DE LAVENDELTUIN

Ook verschenen van Lucinda Riley bij Xander Uitgevers

De zeven zussen (2017)
De zeven zussen – Storm (2018)
De zeven zussen – Schaduw (2018)
De zeven zussen – Parel (2018)
De zeven zussen – Maan (2019)
De zeven zussen – Zon (2020)

De nachtroos (2018)
Het meisje op de rots (2019)
De lavendeltuin (2019)
Het Italiaanse meisje (2019)

Lees meer over Lucinda Riley en al haar boeken
op www.lucindariley.nl

LUCINDA RILEY

De lavendeltuin

XANDER

Uitgegeven door Xander Uitgevers BV
Hamerstraat 3, 1021 JT Amsterdam

www.xanderuitgevers.nl

Oorspronkelijke titel: *The Light Behind the Window/The Lavender Garden*
Eerder verschenen als *De lavendeltuin*
Oorspronkelijke uitgever: Pan Macmillan
Vertaling: Erica Feberwee
Omslagontwerp: Studio Marlies Visser
Omslagbeeld: Roberto Pastrovicchio/Arcangel;
Plainpicture/Elektrons08; FinePic®
Beeldbewerking: Zero-media.net, Munich
Auteursfoto: Lana Pinho
Zetwerk: Michiel Niesen, ZetProducties

Eerste druk 2018
Negentiende druk 2021

ISBN 978 94 0161 117 6 | NUR 302

Voor Olivia

‘U dankt wat u bent aan de plek waar uw wieg heeft gestaan;
ik heb wat ik ben op eigen kracht bereikt.’

Ludwig van Beethoven

Het licht achter het venster

Ongebroken nacht;
Duister mijn wereld, en ik zwicht
Onder de zwaarte van mijn last.
De vensters donker, verstoken van licht.

Maar dag verjaagt de zwaarte;
Een hand doet het duister beven
In een beroering, mild en zacht.
En kilte wordt door warmte verdreven.

Schemeruren;
Waar jij gaat, vlieden schaduwen heen in de nacht,
Geheim verlangen;
En mijn hart klopt teder, met nieuwe kracht.

Ongebroken licht;
Mijn wereld niet langer in duister gehuld
Maar stralend helder;
Van innige liefde voor jou vervuld.

Sophia de la Martinières, juli 1943

1

GASSIN, ZUID-FRANKRIJK, VOORJAAR 1998

Emilie voelde de druk op haar hand wegvallen. Ze keek op haar moeder neer, en terwijl Valéries ziel zich losmaakte van haar lichaam, leek het alsof ook de pijn, die zich in haar verwrongen gelaatstrekken had afgetekend, haar verliet. En zo kon Emilie in dat uitgemergelde gezicht opnieuw de schoonheid herkennen die haar moeder ooit had bezeten.

'Ze is van ons heengegaan,' mompelde Phillipe, de dokter, volstrekt overbodig.

'Ja.'

Achter zich hoorde Emilie hem een gebed mompelen, maar het kwam niet bij haar op met de dokter mee te bidden. In plaats daarvan bleef ze in een soort morbide verbazing neerkijken op wat restte van de vrouw die dertig jaar lang haar leven had gedomineerd. Een stoffelijk omhulsel van vlees dat zich traag grauw kleurde. Dat was alles. Emilie had de neiging haar moeder wakker te schudden, niet in staat te bevatten dat een natuurkracht als Valérie de la Martinières de overstap had gemaakt van het leven naar de dood.

Ze wist niet goed raad met haar gevoelens, ook al had ze zich dit moment de afgelopen weken zo vaak voorgesteld. Ten slotte keerde ze haar dode moeder de rug toe, en ze keek uit het open raam naar de pluizige wolken die als ongebakken meringues aan de blauwe hemel hingen. De zwakke roep van een leeuwerik kondigde het voorjaar aan.

Langzaam kwam Emilie overeind, stijf geworden van de lange nachtelijke uren die ze bij de stervende had gewaakt. Zo vroeg in de morgen had het weidse panorama nog niets van de zwaarte die met het verstrijken van de uren over het land zou neerdalen. Bij het aanbreken van de dageraad schilderde de natuur alles in frisse heldere kleuren, met het zachte Provençaalse palet van roodbruin, groen en azuur dat de nieuwe dag bijna teder verwelkomde. Emilie keek uit over het terras en de geometrisch aangelegde tuin, met daarachter de golvende wijngaarden die het huis omringden en zich uitstrekten zo ver het oog reikte. Het uitzicht was schitterend en al eeuwenlang onveranderd. Chateau De la Martinières was voor haar als kind een toevluchtsoord geweest, een vredige plek waar ze zich veilig voelde; de rust ervan stond voor altijd in het diepst van haar wezen, van haar ziel gegrift.

En nu was het van haar, ook al wist ze niet of het bijbehorende geld dat ze zou erven genoeg zou zijn om zich het onderhoud te kunnen veroorloven. Want haar moeder had zichzelf in financieel opzicht nooit enige beperking opgelegd.

'*Mademoiselle* Emilie, ik laat u alleen zodat u afscheid kunt nemen.' De stem van de dokter deed haar opschrikken uit haar gedachten. 'Ondertussen zal ik beneden de overlijdensverklaring invullen. Mijn oprechte deelneming met dit droevige verlies,' voegde hij eraan toe, waarna hij met een vluchtige buiging de kamer verliet.

Een droevig verlies...

In gedachten herhaalde Emilie de woorden. Ze liep terug naar haar stoel en probeerde antwoord te geven op de vele vragen waarmee ze door de dood van haar moeder werd geconfronteerd, in een poging de balans op te maken van haar conflicterende emoties en tot een heldere conclusie te komen over wat ze voelde. Maar dat was natuurlijk onmogelijk. De trieste, roerloze gedaante – ze leek ineens zo onschuldig, terwijl ze tijdens haar leven zo'n verwarrende rol had gespeeld in Emilies leven – zou voorgoed verbonden blijven met het ongemak waartoe haar complexiteit had geleid.

Valérie had haar dochter het leven geschonken, ze had haar gevoed, gekleed en gezorgd dat het haar in materieel opzicht aan niets ontbrak, en bij dat alles had ze haar nooit geslagen of op een andere manier mishandeld.

Ze had haar dochter simpelweg niet opgemerkt.

Valérie was – Emilie zocht naar het juiste woord – volstrekt ongeinteresseerd geweest. Haar dochter had haar onverschillig gelaten, met als gevolg dat die als het ware onzichtbaar was geworden.

Emilie legde haar hand op die van haar moeder.

'Je zag me niet, *Maman*... je zag me gewoon niet...'

Emilie was zich er pijnlijk van bewust dat haar moeder – met tegenzin – gevolg had gegeven aan de verplichting een erfgenaam te produceren voor het geslacht De la Martinières. Ze wist dat haar moeder zich uitsluitend had laten leiden door plichtsbesef, niet door het verlangen naar een kind. En toen de erfgenaam een meisje bleek te zijn, en niet de stamhouder waarop ze had gehoopt, had Valérie zich van haar dochter afgekeerd. Omdat ze te oud was voor een volgende zwangerschap – ze was al drieënveertig toen Emilie werd geboren – had ze haar leven als een van de charmantste, ruimhartigste en mooiste gastvrouwen van Parijs weer opgepakt. Emilies geboorte en haar aanwezigheid in het leven van haar moeder betekenden nauwelijks meer dan de aanschaf van een vierde chihuahua, naast de drie die Valérie al had. En net als de hondjes werd Emilie mooi gemaakt en aan de gasten getoond wanneer dat Maman zo uitkwam. De hondjes hadden tenminste nog troost en gezelligheid aan elkaar ontleend, dacht Emilie, terwijl zij in haar kinderjaren erg veel alleen was geweest.

Tot overmaat van ramp had ze niet de blonde rankheid van haar Slavische voorouders van moederskant geërfd, maar de grovere trekken en bouw van het geslacht De la Martinières. Ze was een gedrongen klein meisje geweest, met een stevig postuur, een olijfbruine huid en dik kastanjebruin haar dat elke zes weken werd geknipt in een boblijn, met een pony die tot op haar donkere wenkbrauwen viel. Die donkere huid en haar bruine haar dankte ze aan de genen van haar vader, Édouard.

‘Soms kan ik me gewoon niet voorstellen dat je mijn dochter bent!’ zei haar moeder regelmatig, bij haar schaarse bezoekjes aan de kinderkamer, op weg naar de opera. ‘Maar je hebt tenminste nog mijn ogen.’

Soms zou Emilie haar diepblauwe kijkers uit hun kassen willen rukken, om ze te verruilen voor de prachtige lichtbruine ogen van haar vader, want ze vond dat ze niet bij de rest van haar gezicht pasten. Bovendien zag ze daardoor telkens wanneer ze in de spiegel keek, haar moeder.

Ze had vaak het gevoel gehad dat ze geen enkel talent bezat dat haar moeder kon waarderen. Toen Valérie haar op haar derde meenam naar balletles, merkte Emilie dat haar lichaam simpelweg weigerde de vereiste posities aan te nemen. Terwijl de andere meisjes als vlinders door de studio fladderden, kostte het haar de grootste moeite ook maar enige sierlijkheid aan de dag te leggen. Haar kleine brede voeten stonden het liefst stevig op de grond en elke poging om ze daarvan los te maken, liep uit op een mislukking. Ook de pianolessen waren geen succes geworden, en bij het zingen was gebleken dat ze niet over een muzikaal gehoor beschikte.

Haar figuur leende zich bovendien niet voor de vrouwelijke japonnen die ze van haar moeder moest dragen tijdens de soirees in de schitterende tuin van het huis in Parijs, het door weelderig bloeiende rozen omgeven decor van Valéries beroemde avondjes. Weggekropen in een hoekje keek Emilie verwonderd naar de elegante, charmante, beeldschone vrouw die zich zo sierlijk en ongedwongen tussen haar gasten bewoog. Bij de talrijke ontvangsten in Parijs en in de zomer op het chateau in Gassin voelde Emilie zich slecht op haar gemak en wist ze nooit wat ze moest zeggen. Want helaas had ze ook haar moeders gemakkelijke omgang met mensen niet geërfd.

Toch leek het voor de buitenwereld alsof ze alles had wat haar hartje begeerde. Een sprookjesachtige jeugd – in een schitterend huis in Parijs, met een familie die tot de oude Franse adel behoorde en die zelfs na twee wereldoorlogen nog steeds schatrijk was. Het was een scenario waarvan talloze Franse meisjes alleen maar konden dromen.

Gelukkig had ze een lieve vader gehad. Hoewel *Papa* nauwelijks meer aandacht aan haar besteedde dan Maman, omdat hij volledig in beslag werd genomen door zijn nog altijd groeiende collectie zeldzame boeken in zijn bibliotheek op het chateau, gaf hij Emilie de liefde en de warmte waar ze zo naar verlangde. Tenminste, áls het haar lukte zijn aandacht te trekken.

Papa was bij haar geboorte al zestig geweest en gestorven toen ze veertien was. Ondanks de schaarse tijd die ze samen hadden doorgebracht, had Emilie begrepen dat ze in veel opzichten leek op haar zwijgzame, nadenkende vader die de voorkeur had gegeven aan zijn boeken en aan de rust van het chateau boven de voortdurende stroom van gasten die door Maman werd uitgenodigd. Emilie had zich vaak afgevraagd hoe twee zulke volslagen tegenpolen verliefd op elkaar hadden kunnen worden. Toch leek het erop dat Édouard zijn veel jongere vrouw aanbad. Hoewel hijzelf veel zuiniger was van aard, klaagde hij nooit over haar weelderige levensstijl, en was hij trots op haar schoonheid en haar populariteit in de hogere kringen van Parijs.

Wanneer de zomer ten einde liep en het tijd werd dat Emilie met haar moeder naar Parijs terugkeerde, smeekte ze haar vader te mogen blijven.

'Papa,' zei ze dan, 'ik vind het hier zo heerlijk, bij jou op het land. Er is een school in het dorp… Waarom mag ik daar niet naartoe? Dan kan ik voor je zorgen, want je bent vast eenzaam, helemaal alleen in het chateau.'

'Nee, kleintje.' Édouard pakte haar liefdevol, maar hoofdschuddend bij haar kin. 'Hoeveel ik ook van je hou, je moet terug naar Parijs, om naar school te gaan en om te leren hoe je een dame wordt, zoals je moeder.'

'Maar Papa, ik wil niet terug met Maman. Ik wil hier blijven, bij jou…'

En toen ze dertien was... Emilie knipperde driftig met haar ogen om haar tranen terug te dringen, nog altijd niet in staat terug te denken aan het moment waarop haar moeders onverschilligheid was ontaard in verwaarlozing. Een moment dat voor haar, Emilie, levenslange gevolgen zou hebben.

'Hoe is het mógelijk dat je niet zag wat er aan de hand was, Maman? Dat het je niet kon schelen? Ik was je dochter!'

Emilie dacht dat haar hart stilstond toen ze zag dat een van haar moeders oogleden vluchtig trilde. Ze was ineens doodsbang dat Maman nog leefde, dat haar moeder had gehoord wat ze had gezegd. Getraind als ze was om de tekenen te herkennen, voelde Emilie de pols van Valérie, maar er was geen hartslag meer. Het trillen was veroorzaakt door een laatste fysiek residu van leven, door het verslappen van de spieren in het dode lichaam.

'Ik zal proberen je te vergeven, Maman. Ik zal proberen het te begrijpen, maar op dit moment weet ik gewoon niet of ik blij of verdrietig moet zijn dat je er niet meer bent.' Emilie voelde dat haar keel werd dichtgesnoerd; het was een soort verdedigingsmechanisme tegen de pijn die het hardop uitspreken van de woorden haar bezorgde. 'Ik heb zo veel van je gehouden, ik heb altijd zo mijn best gedaan om te zorgen dat je tevreden over me kon zijn, om je liefde en je aandacht te verdienen, om te bewijzen dat ik het... wáárd was je dochter te zijn. Mijn god! Ik deed alles voor je!' Emilie balde haar handen tot vuisten. 'Je was mijn moeder!'

Het geluid van haar eigen stem die door de enorme slaapkamer klonk, deed haar verschrikt zwijgen. Ze staarde naar het familiewapen van het geslacht De la Martinières, dat tweehonderdvijftig jaar geleden op het indrukwekkende hoofdeinde van het bed was geschilderd. Het was verbleekt, de twee vechtende wilde zwijnen met de alomtegenwoordige Franse lelie en daaronder het motto 'Victorie Boven Alles' waren nauwelijks meer te onderscheiden.

Ze huiverde, ondanks de warmte in de kamer. De stilte in het chateau was oorverdovend. Het huis, ooit zo vol leven, was een lege huls geworden waarin alleen nog het verleden woonde. Neerkijkend op de zegelring om haar rechterpink, met daarop een miniatuurafbeelding van het familiewapen, bedacht ze dat zij de laatste overlevende was van het huis De la Martinières.

Plotseling voelde ze het gewicht van haar eeuwenoude voorgeslacht op haar schouders drukken, en ze besefte hoe verdrietig het was dat er van een groots en nobel huis alleen nog een ongetrouwde, kinderloze vrouw van dertig was overgebleven. De familie had honderden jaren van wreedheden doorstaan, maar na twee wereldoorlogen had alleen haar vader weten te overleven.

Dat betekende dat er in ieder geval niet het gebruikelijke geruzie zou ontstaan over de erfenis. Dankzij een achterhaalde napoleontische wet werd het bezit van de ouders in gelijke mate verdeeld over alle kinderen. Er was dan ook al menige familie bijna te gronde gericht doordat een van de kinderen weigerde te verkopen. Triest genoeg bestonden *les héritiers en ligne directe* in dit geval alleen uit haar.

Emilie zuchtte. Misschien zou ze het chateau inderdaad moeten verkopen, maar daar zou ze later over nadenken. Nu was het tijd om afscheid te nemen.

'Rust zacht, Maman.' Ze drukte een vluchtige kus op het steeds grijzer wordende voorhoofd en sloeg een kruis. Toen stond ze vermoeid op van haar stoel, liep de kamer uit en trok de deur ferm achter zich dicht.

2

TWEE WEKEN LATER

Emilie liep met haar café au lait en haar croissant vanuit de keuken naar buiten. Het chateau lag pal op het zuiden, dus de binnenplaats aan de achterkant van het huis, waar de lavendel al uitbundig bloeide, was de beste plek om van de ochtendzon te genieten. Het weer was zo stralend en zacht dat ze aan een T-shirt genoeg had.

Twee dagen eerder, in Parijs, had het op de middag van haar moeders begrafenis onafgebroken geregend terwijl de stoffelijke resten van Valérie aan de grond werden toevertrouwd. Tijdens de ontvangst daarna – in het Ritz, zoals Valérie had gewild – had Emilie de condoleances in ontvangst genomen van de talrijke vooraanstaande, belangrijke gasten. De vrouwen, van wie de meesten net zo oud waren als haar moeder, hadden haar met hun zwarte kleding doen denken aan een zwerm kraaien. Rusteloos ronddribbelend, sterk vermagerd door ouderdom en met zo'n dikke laag plamuur op hun uitgezakte huid dat het leek alsof ze een masker droegen, nipten ze van hun champagne. Hun eclectische verzameling hoeden, waaronder het dunnende haar schuilging, was bijna antiek.

In hun hoogtijdagen hadden ze behoord tot de mooiste en machtigste vrouwen van Parijs. Maar de kringloop van het leven was ook aan hen niet voorbijgegaan, en hun plaats was ingenomen door een geheel nieuwe generatie dynamische, invloedrijke vrouwen. De oudjes restte niets anders dan wachten op hun dood. Vervuld van weltschmerz had Emilie het Ritz verlaten en een taxi genomen naar haar appartement. Omdat ze zich zo ellendig voelde, had ze veel meer gedronken dan normaal, met als gevolg dat ze de volgende ochtend met een kater wakker was geworden.

Maar gelukkig was het ergste inmiddels achter de rug, troostte ze zichzelf, genietend van haar koffie. De afgelopen twee weken had ze amper tijd gehad om aan iets anders te denken dan aan het regelen van de begrafenis. Ze was het aan haar moeder verplicht geweest om althans een perfect afscheid voor haar te organiseren, precies zoals Valérie het zelf zou hebben gedaan. En dus had Emilie geworsteld met dilemma's als cakejes of petitfours bij de koffie, en had ze zich bezorgd afgevraagd of de roomwitte, uitbundig opgebloeide rozen waar haar moeder zo van had gehouden, indrukwekkend genoeg waren voor de tafeldecoratie. Over dat soort subtiele kwesties had Valérie wekelijks moeten beslissen, en Emilie had ondanks zichzelf respect gekregen voor het gemak waarmee haar moeder dat had gedaan.

Nu was het tijd om aan de toekomst te denken, besefte Emilie, en ze hief haar gezicht naar de zon om zich te koesteren in zijn troostende warmte.

Gerard Flavier, de *notaire* van de familie die alle juridische zaken regelde en het vastgoed beheerde, was vanuit Parijs onderweg naar het chateau. Voordat hij duidelijkheid had verschaft over haar financiële situatie, had het niet veel zin om plannen te maken. Emilie had een maand vrij genomen van haar werk om de erfenis te regelen. Een complex en tijdrovend karwei, wist ze. Had ze maar broers en zussen. Dan hoefde ze het niet allemaal alleen te doen. Juridische en financiële kwesties waren niet haar sterkste punt. De verantwoordelijkheid joeg haar angst aan.

Ze voelde iets zachts langs haar enkel strijken. Het was Frou-Frou, de laatst overgebleven chihuahua van haar moeder, die verdrietig naar haar opkeek. Ze nam het oude hondje op schoot en kriebelde het achter de oren.

'Nu zijn we nog maar met z'n tweetjes, Frou,' zei ze zacht. 'Dus we moeten maar goed op elkaar passen, wat jij?'

Emilie glimlachte bij het zien van de ernstige uitdrukking in de halfblinde hondenogen. De zorg voor Frou-Frou was een van de problemen waarvoor ze een oplossing moest zien te vinden. Want ook al droomde ze van een huis vol dieren, haar minuscule appartement in Le Marais in Parijs en de lange werkdagen die ze maakte, waren verre van ideaal voor een verwend hondje dat het zijn leven lang aan niets had ontbroken.

Tijdens die lange werkdagen zette Emilie zich met hart en ziel in voor dieren en hun verzorging. Ze leefde voor haar kwetsbare patiënten, die haar niet konden vertellen hoe ze zich voelden of waar het pijn deed.

'*Helaas omringt mijn dochter zich liever met dieren dan met mensen...*'

Die uitspraak maakte maar al te duidelijk hoe Valérie dacht over het leven waarvoor Emilie had gekozen. Toen ze aankondigde dat ze diergeneeskunde wilde gaan studeren, was er een afkeurende trek om Valéries mond verschenen. 'Ik begrijp niet wat er zo leuk is aan het opensnijden van beesten,' had ze vol afkeer gezegd.

'Maman, dat is alleen de technische kant. Daar gaat het me niet om. Ik hou van dieren, ik wil ze helpen,' had ze haar keuze verdedigd.

'Als je dan per se carrière wilt maken, waarom dan niet in de mode? Ik heb een vriendin bij de *Marie Claire*. Die kan vast wel een baantje voor je regelen. En tegen de tijd dat je gaat trouwen, stop je natuurlijk met werken. Dan heb je je man en je huishouden.'

Emilie nam haar moeder die achterhaalde, ouderwetse opvattingen niet kwalijk, maar ze had toch gehoopt dat Valérie een beetje trots zou zijn op wat ze had gepresteerd. Ze was als beste van haar jaar afgestudeerd, en daarna had ze direct een baan gevonden bij een bekende dierenartsenpraktijk in Parijs.

'Misschien had Maman wel gelijk, Frou,' zei ze met een zucht. 'Misschien heb ik inderdaad liever dieren dan mensen om me heen.'

Toen ze het geknerp van banden op het grind hoorde, zette ze

Frou-Frou op de grond en liep naar de voorkant van het chateau om Gerard te begroeten.

'Emilie, hoe gaat het?' Gerard Flavier kuste haar op beide wangen.

'Goed, dank je. Heb je een voorspoedige reis gehad?'

'Ik ben naar Nice gevlogen, en daar heb ik een auto gehuurd,' vertelde Gerard terwijl hij de enorme hal binnenliep, waar het schemerig was dankzij de gesloten luiken. 'Ik was blij dat ik even aan Parijs kon ontsnappen. En dan nog wel voor een bezoekje aan een van mijn lievelingsplekken. De Var is in de lente misschien wel op haar mooist.'

'Ja, het leek me beter om hier af te spreken,' viel Emilie hem bij. 'De papieren van Papa en Maman liggen in het bureau in de bibliotheek, en ik ging ervan uit dat je die nodig zou hebben.'

'Dat klopt.' Gerard liep over de uitgesleten marmeren tegels en inspecteerde een vochtvlek in het plafond. 'Het chateau heeft wel wat zorg en aandacht nodig, hè?' Hij zuchtte. 'Het wordt oud, maar ja, dat worden wij ook.'

'Zullen we naar de keuken gaan?' stelde Emilie voor. 'Ik heb de koffie klaar.'

'Lekker. Dat gaat er wel in.' Met een glimlach volgde hij haar de gang door naar de achterkant van het huis.

'Ga zitten.' Ze wees op een stoel aan de lange eikenhouten tafel en liep naar het fornuis om water op te warmen.

'Echt luxe is het hier niet, hè?' Gerard liet zijn blik door de sobere, spaarzaam gemeubileerde ruimte gaan.

'Nee. Maar hier kwam dan ook alleen het personeel, om voor ons en eventuele gasten te zorgen. Ik denk niet dat mijn moeder ooit zelfs maar een kopje heeft afgewassen.'

'Wie zorgt er nu voor het chateau en de huishouding?' vroeg Gerard.

'Margaux Duvall. Ze werkt al meer dan vijftien jaar als huishoudster op het chateau, en ze komt nog steeds elke middag op de fiets uit het dorp. Na de dood van mijn vader heeft Maman al het andere personeel ontslagen. Trouwens, sindsdien kwam ze hier ook niet meer elke zomer. Volgens mij hield ze liever vakantie op het jacht dat ze huurde.'

'Ja, je moeder vond het heerlijk om geld uit te geven,' zei Gerard terwijl Emilie een kop koffie voor hem neerzette. 'Aan dingen die zij belangrijk vond,' voegde hij eraan toe.

'En daar hoorde het chateau niet bij.' Emilie draaide er niet omheen.

'Precies. Voor zover ik de boeken tot dusverre heb kunnen bekijken, gaf ze de voorkeur aan het huis Chanel.'

'Ja, Maman droeg het liefst haute couture.' Emilie ging met haar koffie tegenover hem zitten. 'Zelfs toen ze vorig jaar al zo ziek was, is ze nog naar alle shows van de grote modehuizen geweest.'

'Tja, ze was een bijzondere vrouw, Valérie. En een bekende figuur. Alle kranten hebben ruim aandacht besteed aan haar overlijden,' zei Gerard. 'Maar dat zou ons natuurlijk niet moeten verbazen. Het geslacht De la Martinières behoort tot de beroemdste families in Frankrijk.'

'Ja, daar ben ik me van bewust.' Emilie vertrok haar gezicht. 'Ik heb de kranten ook gezien. Volgens de berichten erf ik een fortuin.'

'Je familie is inderdaad ooit puissant rijk geweest. Maar de tijd heeft helaas niet stilgestaan, Emilie. De adellijke naam van de familie bestaat nog, het kapitaal niet meer.'

'Dat vermoedde ik al.' Emilie toonde zich niet verrast.

'Je vader was niet bepaald een zakenman, maar dat zal ook geen verrassing voor je zijn,' vervolgde Gerard. 'Hij was een intellectueel, een academicus. Belangstelling voor geld had hij nauwelijks. Ik heb het regelmatig met hem over beleggen en investeren gehad en geprobeerd hem ervan te overtuigen dat hij aan de toekomst moest denken, maar het interesseerde hem niet. Twintig jaar geleden deed dat er ook niet echt toe. Er was geld genoeg. Maar door je vaders desinteresse en door je moeders liefde voor mooie dingen is het familiekapitaal drastisch verminderd.' Gerard zuchtte. 'Het spijt me dat ik de brenger van het slechte nieuws moet zijn.'

'Ik had geen ander nieuws verwacht. Bovendien vind ik het niet zo belangrijk,' verklaarde Emilie. 'Ik wil gewoon regelen wat er geregeld moet worden, en dan zo snel mogelijk terug naar Parijs. En weer aan het werk.'

'Zo simpel ligt het niet, ben ik bang. Zoals ik al zei, ik heb nog niet echt de tijd gehad om me in de details te verdiepen, maar ik kan je al wel vertellen dat er schulden zijn. Grote schulden. En dat de schuldeisers zo snel mogelijk betaald moeten worden. Je moeder heeft bij de bank een schuld opgebouwd van bijna twintig miljoen franc, met het huis in Parijs als onderpand. Daarnaast had ze ook nog diverse andere schulden die moeten worden afbetaald.'

'Twintig miljoen franc?' herhaalde Emilie, vervuld van afschuw. 'Maar hoe kan dat dan?'

'O, dat is niet zo moeilijk. Toen het geld begon op te raken, heeft Valérie haar levensstandaard niet aangepast. In plaats daarvan heeft ze jaar in jaar uit geld geleend. Er is geen reden voor paniek, Emilie,' stelde Gerard haar gerust bij het zien van de blik in haar ogen. 'We hebben het over schulden die moeiteloos kunnen worden afbetaald. Om te beginnen met de verkoop van het huis in Parijs. Dat moet volgens mij zo'n zeventig miljoen kunnen opbrengen. En dan is er nog de inboedel. En de schitterende sieradencollectie van je moeder. Die ligt bij de bank, in een kluis. En niet te vergeten de schilderijen en de vele andere waardevolle kunstvoorwerpen. Dus je bent verre van arm, Emilie. Maar er moet wel snel iets worden gedaan om het verval te stoppen. En je zult besluiten moeten nemen over de toekomst.'

'Dat begrijp ik,' antwoordde Emilie langzaam. 'Je moet het me maar vergeven, Gerard. Ik ben net als mijn vader, dus ik ben niet echt in geld geïnteresseerd. En ik weet ook niet goed hoe ik het moet beheren.'

'Dat begrijp ik. Je ouders hebben wel een erg zware last op je schouders gelegd. En die zul je helemaal alleen moeten dragen. Hoewel...'

Gerard trok zijn wenkbrauwen op 'Het is verbijsterend hoeveel familie je ineens schijnt te hebben.'

'Wat bedoel je?'

'O, maak je geen zorgen. Het is heel gebruikelijk dat er op een moment als dit allerlei aasgieren opduiken. Ik heb al meer dan twintig brieven ontvangen. Allemaal mensen die beweren dat ze op de een of andere manier gerelateerd zijn aan het huis De la Martinières. Vier tot dusverre onbekende buitenechtelijke broers en zussen van je, die je vader tijdens zijn huwelijk zou hebben verwekt, twee neven, een oom en iemand die in de jaren zestig voor je ouders heeft gewerkt. In Parijs. In een of andere huishoudelijke functie. Ze is bereid te zweren dat je moeder haar een Picasso heeft beloofd.' Gerard glimlachte. 'Nogmaals, zulke dingen kun je verwachten. Alleen, de wet schrijft voor dat alle aanspraken worden onderzocht.'

'Je denkt toch niet dat er rechtsgeldige bij zitten?' vroeg Emilie met grote schrikogen.

'Dat betwijfel ik ten zeerste. En ik kan je geruststellen. Ik heb het in mijn werk telkens weer zien gebeuren, na elk overlijden waaraan veel ruchtbaarheid werd gegeven.' Hij haalde zijn schouders op. 'Laat het maar aan mij over, en maak je vooral geen zorgen. Ik heb liever dat jij je concentreert op het chateau en wat je daarmee wilt. Zoals ik al zei, de schulden van je moeder kunnen moeiteloos worden afbetaald met de verkoop van het huis in Parijs plus de inboedel. Maar dan zit je nog met dit schitterende stuk vastgoed dat, zo te zien, behoorlijk wat achterstallig onderhoud heeft. Wat je ook besluit, je bent en blijft een rijke vrouw. Maar wil je het chateau verkopen of niet?'

Emilie slaakte een diepe zucht en staarde in de verte. 'Eerlijk gezegd zou ik willen dat het hele probleem niet bestond. Dat een ander dat besluit voor me nam. En wat moet ik met de wijngaard? Hoe zit het met de *cave*? Levert die genoeg op?' vroeg ze.

'Ook dat is iets wat ik moet uitzoeken,' antwoordde Gerard. 'Mocht je besluiten het chateau te verkopen, dan zou het gunstig zijn om de cave als een goedlopende onderneming in de overeenkomst te betrekken.'

'Het chateau verkopen...' herhaalde Emilie. Door het hardop uit te spreken besefte ze pas goed hoe enorm de verantwoordelijkheid was die op haar schouders was komen te rusten. 'Het chateau is al tweehonderdvijftig jaar in de familie. En nu moet ik er een besluit over nemen. Terwijl ik geen idee heb waar ik goed aan doe.' Ze slaakte opnieuw een diepe zucht.

'Dat kan ik me voorstellen. En zoals ik al zei, het is extra zwaar omdat je er helemaal alleen voor staat.' Gerard schudde medelevend zijn hoofd. 'Tja, we hebben het niet altijd voor het kiezen. Ik kan alleen maar zeggen dat ik zal proberen je zo veel mogelijk te helpen. Al was het maar omdat ik weet dat je vader dat zou hebben gewild. Ik ga me even opfrissen, en misschien kunnen we daarna even de wijngaard in lopen om met de bedrijfsleider te praten?'

'Dat is goed,' antwoordde Emilie vermoeid. 'Ik heb de luiken opengezet in de slaapkamer links van de trap. Dat is een van de kamers met het mooiste uitzicht. Zal ik even met je meelopen?'

'Nee, dat hoeft niet. Ik vind het wel. Ik heb hier tenslotte al vaker gelogeerd.'

Gerard stond op. Hij knikte Emilie toe, verliet de keuken en beklom de grote trap naar zijn kamer. Halverwege bleef hij staan en keek naar het stoffige, verbleekte gezicht van een van Emilies voorouders. Veel adellijke families in Frankrijk stonden op uitsterven, met als gevolg dat ook hun geschiedenis in het vergeetboek zou raken, als een nauwelijks zichtbaar spoor in het zand. Gerard vroeg zich af wat de grote Giles de la Martinières – krijgsman, edelman en volgens sommigen minnaar van Marie Antoinette – zou zeggen als hij wist dat de toekomst van zijn geslacht op de tengere schouders van een jonge vrouw was komen te rusten. En dan ook nog een vrouw die in de ogen van Gerard altijd wat merkwaardig was geweest.

Vroeger al had hij haar tijdens zijn vele bezoeken aan huize De la Martinières een weinig aantrekkelijk klein meisje gevonden, gereserveerd in haar reacties op zijn welwillendheid en die van anderen. Ze had altijd een afstandelijke, dromerige indruk gemaakt en bijna nors geleken in haar terughoudendheid. Als notaire vond hij echter dat zijn taak niet alleen het bestuderen en verwerken van kolommen met cijfers behelsde, maar ook het doorgronden van de emoties van zijn cliënten.

En Emilie de la Martinières was altijd een raadsel voor hem geweest.

Tijdens de begrafenis van haar moeder had hij geen enkele emotie op haar gezicht gezien. Als volwassen vrouw was ze veel aantrekkelijker dan als het kleine meisje van vroeger, moest hij toegeven. Maar zelfs nu, zoals ze daar in de keuken had gezeten, geconfronteerd met het verlies van haar enige overgebleven ouder en met de verantwoordelijkheid van de ingrijpende beslissingen die ze moest nemen, kon Gerard haar niet kwetsbaar vinden. Het bestaan dat ze leidde in Parijs, leek in niets op het leven van haar ouders en voorouders. Terwijl haar ouders en het geslacht De la Martinières in alle opzichten konden bogen op een opmerkelijke geschiedenis, leidde Emilie een volstrekt onopmerkelijk bestaan.

Gerard liep de trap verder op, geërgerd door haar terughoudendheid. Er ontbrak iets... Ze had iets ongrijpbaars. En hij had geen idee hoe hij contact – echt contact – met haar moest zien te krijgen.

Toen Emilie opstond en de koffiekopjes in de gootsteen zette, ging de keukendeur open. Margaux, de huishoudster, kwam binnen. Haar gezicht lichtte op zodra ze Emilie zag.

'Mademoiselle Emilie!' Margaux omhelsde haar. 'Ik wist helemaal niet dat u zou komen! Dat had u moeten zeggen. Dan had ik gezorgd dat alles op orde was.'

'Ik ben gisteravond laat uit Parijs aangekomen,' vertelde Emilie. 'Wat heerlijk om je te zien, Margaux.'

De huishoudster deed een stap naar achteren en nam Emilie aandachtig op. In haar ogen stond medelijden te lezen. 'Hoe gaat het?'

'Het eh... het gaat,' antwoordde Emilie naar waarheid. De aanblik van Margaux, die altijd voor haar had gezorgd wanneer ze als klein meisje de zomer op het chateau doorbracht, bezorgde haar een brok in haar keel.

'U bent magerder geworden. U eet toch wel genoeg?' Margaux nam haar taxerend op.

'Natuurlijk, Margaux! Bovendien, ik kan wel wat missen.' Emilie streek met een vluchtige glimlach over haar heupen.

'Onzin! U hebt een prachtig figuurtje. Nee, dan ík!' Margaux gebaarde grinnikend naar haar eigen weelderige rondingen.

Emilie ontmoette de blik van haar blauwe ogen. Ze waren fletser geworden, en het ontging haar niet dat Margaux grijze strepen in haar blonde haar begon te krijgen. Wanneer Emilie terugdacht aan de knappe vrouw die Margaux vijftien jaar geleden nog was geweest, werd ze nog somberder dan ze al was, in het besef dat de tijd alles op zijn vernietigende pad kapotmaakte.

De keukendeur ging opnieuw open. Er stond een kleine, tengere jongen op de drempel, zijn reusachtige blauwe ogen – dezelfde ogen als zijn moeder – domineerden zijn fijngetekende gezicht. Hij keek verrast naar Emilie en keerde zich toen een beetje geschrokken naar zijn moeder.

'Maman? Mag ik hier wel zijn?' vroeg hij aan Margaux.

'Vindt u het vervelend dat ik Anton meeneem als ik kom werken, mademoiselle Emilie? Het is paasvakantie, en ik vind het niet prettig om hem alleen thuis te laten. Je hoort hem niet, hij zit meestal stilletjes ergens te lezen.'

'Natuurlijk vind ik dat niet vervelend!' Emilie schonk het kind een geruststellende glimlach. De man van Margaux was acht jaar eerder omgekomen bij een auto-ongeluk. Sindsdien rustte op haar de zware taak haar zoon alleen groot te brengen. 'Er is hier ruimte genoeg, voor ons allemaal!'

'Dank u wel, mademoiselle Emilie,' zei Anton beleefd en hij liep naar zijn moeder.

'Gerard Flavier, de notaire, is boven. Hij blijft logeren, Margaux,' vertelde Emilie. 'We gaan straks naar de wijngaard om te overleggen met Jean en Jacques.'

'Dan zal ik ondertussen zijn kamer klaarmaken. Moet ik ook voor het avondeten zorgen?'

'Nee, dank je. We gaan wel een hapje eten in het dorp,' antwoordde Emilie.

'Er zijn wat huishoudelijke rekeningen gekomen, mademoiselle. Moet ik die aan u geven?' vroeg Margaux, slecht op haar gemak.

'Ja, geef ze maar aan mij,' zei Emilie met een zucht. 'Er is verder niemand meer die ze kan betalen.'

'Ach, mademoiselle, ik vind het zo verdrietig. Het is wel zwaar voor u dat u nu helemaal alleen bent. Ik weet hoe dat voelt,' zei Margaux meelevend.

'Dank je wel, Margaux. We zien elkaar later.' Emilie knikte moeder en zoon toe en liep de keuken uit, op zoek naar Gerard.

Die middag vergezelde ze hem naar de cave. De wijngaard die tot het domein van het chateau behoorde, was niet groot. De tien hectare wijnstokken produceerden twaalfduizend flessen rood, wit en een uiterst lichtgekleurde rosé, die voornamelijk aan winkels, restaurants en hotels in de omgeving werden verkocht.

In de cave was het koel en donker, de lucht was doordrenkt met de geur van de fermenterende wijn in de reusachtige vaten van Russisch eikenhout die in lange rijen langs de zijkanten lagen.

Jean Benoit, de bedrijfsleider van de cave, stond op van achter zijn bureau toen ze binnenkwamen.

'Mademoiselle Emilie! Wat fijn om je te zien.' Jean kuste haar hartelijk op beide wangen. 'Papa, kijk eens wie er is!'

Jacques Benoit, al dik in de tachtig en stijf van de reumatiek, zat nog dagelijks op zijn vaste plek aan een tafel in de cave, waar hij elke fles zorgvuldig in paars vloeipapier rolde. 'Mademoiselle Emilie!' Hij keek glimlachend op. 'Hoe gaat het?'

‘Goed, dank je. En met jou?’

‘Ach, ik jaag niet meer in de heuvels op wilde zwijnen, zoals vroeger met je vader,’ zei hij grinnikend. ‘Maar ik ben er nog! En ik geniet nog altijd van elke nieuwe dag.’

Emilie voelde een golf van blijdschap, niet alleen dankzij hun warme begroeting, maar ook omdat deze twee mannen haar zo vertrouwd waren. Haar vader was dik bevriend geweest met Jacques, en als meisje was Emilie vaak met Jean naar het strand van Gigaro gefietst om te gaan zwemmen. Hij was acht jaar ouder dan zij, en ze had altijd enorm tegen hem opgekeken. Ze had weleens gefantaseerd dat hij haar grote broer was. Jean had altijd de rol van haar vriend en beschermer vervuld. Hij had zijn moeder, Francesca, al jong verloren, maar Jacques had gedaan wat hij kon om hem zo goed mogelijk alleen groot te brengen.

Vader en zoon – maar ook hun voorouders – waren opgegroeid in het kleine huisje naast de cave. Inmiddels had Jean de leiding over de wijngaard. Die had Jacques aan hem overgedragen toen hij zeker wist dat zijn zoon de speciale manier van mengen en fermenteren die hij hem had geleerd, volledig beheerste.

Emilie besefte dat Gerard zich wat ongemakkelijk op de achtergrond hield. Dus ze maakte zich los uit haar dagdroom en stelde hem voor. ‘Dit is Gerard Flavier, de notaire van onze familie.’

‘Volgens mij hebben we elkaar al eens eerder ontmoet, *monsieur*. Ook al is dat inmiddels jaren geleden.’ Jacques stak een bevende hand naar hem uit.

‘Inderdaad, en wanneer ik weer in Parijs ben, ruik en proef ik in gedachten nog steeds het subtiele bouquet van de wijn die u hier maakt,’ merkte Gerard glimlachend op.

‘Buitengewoon vriendelijk dat u dat zegt, monsieur,’ zei Jacques. ‘Maar ik heb zo’n idee dat mijn zoon een nog perfectere Provençaalse rosé maakt dan ik.’

‘Monsieur Flavier, ik neem aan dat u hier bent voor de financiën. Voor de boekhouding en de winst- en verliescijfers van de cave. En niet om over de kwaliteit van onze wijnen te praten?' Jean leek slecht op zijn gemak.

'Inderdaad. Ik zou graag inzicht krijgen in de financiële situatie van het bedrijf,' bevestigde Gerard. 'Mademoiselle Emilie zal een aantal belangrijke beslissingen moeten nemen, ben ik bang.'

'Daar hebben jullie mij niet bij nodig,' zci Emilic. 'Dus ik ga een eindje lopen, de wijngaard in.' Ze knikte de mannen toe en verliet de cave.

Ze besefte dat het ongemakkelijke gevoel over de verantwoordelijkheid die op haar schouders rustte, werd versterkt door het feit dat de beslissingen die ze moest nemen, dramatisch zouden kunnen ingrijpen in het bestaan van de Benoits. De familie was al eeuwenlang met de cave en de wijngaard verbonden. En Emilie besefte dat vooral Jean zich grote zorgen maakte over de mogelijkheid dat het chateau zou worden verkocht. Want een nieuwe eigenaar zou misschien een eigen bedrijfsleider meebrengen, met als gevolg dat Jean en Jacques gedwongen werden hun huis en hun manier van leven op te geven. Het was iets wat Emilie zich nauwelijks kon voorstellen. De Benoits leken, net als de lange rijen wijnstokken, geworteld in de harde droge grond.

De zon begon al naar de horizon te zinken terwijl Emilie tussen de tere groene ranken liep. In de komende weken zouden de stokken als onkruid woekeren en de dikke, zoete druiven voortbrengen die aan het eind van de zomer tijdens de *vendange* werden geplukt en geperst voor de wijn van het volgende jaar.

Ze draaide zich om naar het chateau, dat inmiddels ver achter haar lag, en slaakte een radeloze zucht. De lichtgekleurde, met rozen overwoekerde muren, de al eeuwenlang lichtblauw geschilderde luiken, de hoge cipressen aan weerskanten... Alles baadde in het zachte licht van de naderende zonsondergang. Het simpele, maar elegante huis, volmaakt passend in de landelijke omgeving, weerspiegelde de adellijke afkomst – wars van praal en opzichtigheid – waaruit ook zij was voortgekomen.

En we zijn alles wat er nog over is…

Emilie werd overspoeld door een golf van liefde voor het gebouw. Het was ook wees geworden, net als zij. Zijn grandeur werd erkend, maar zijn basale behoeften waren verwaarloosd. Toch wist het ondanks alles zijn elegantie en waardigheid te behouden… Een merkwaardig gevoel van kameraadschap nam bezit van Emilie.

'Hoe kan ik je geven wat je nodig hebt?' vroeg ze fluisterend. 'Wat moet ik met je beginnen? Mijn leven ligt ergens anders. Ik…' Emilie zuchtte. Toen hoorde ze dat ze werd geroepen.

Gerard kwam aanlopen en volgde haar blik naar het chateau. 'Mooi hè?' zei hij.

'Ja, dat is het. Maar ik heb geen idee wat ik ermee aan moet.'

'Ik stel voor dat we teruglopen, dan zal ik je vertellen wat mijn gedachten daarover zijn. Misschien heb je er iets aan.'

'Graag.'

Twintig minuten later, toen de zon definitief achter de heuvel met daarop het middeleeuwse dorpje Gassin verdween, luisterde Emilie op de kleine binnenplaats bij de keuken naar wat Gerard te zeggen had.

'De wijngaard heeft een groter potentieel dan de huidige resultaten, zowel qua oogst als qua winst. De verkoop van rosé trekt de laatste jaren behoorlijk aan op de wereldmarkt. Rosé werd altijd gezien als het ondergeschoven kindje, maar dat is niet meer zo. Wanneer het weer de komende weken stabiel blijft, rekent Jean op een recordoogst. Het punt is dat de cave voor je familie altijd een soort hobby is geweest,' legde Gerard uit. 'En dat vind je terug in de bedrijfsvoering.'

'Dat besef ik,' gaf Emilie toe.

'Jean, van wie ik trouwens buitengewoon onder de indruk was, vertelde dat er sinds de dood van je vader, nu zestien jaar geleden, nooit meer in de wijngaard is geïnvesteerd. Oorspronkelijk ging het erom in de eigen behoefte van het chateau te voorzien. In de hoogtijdagen van je voorouders, toen er nog grootse ontvangsten plaatsvonden, werd een aanzienlijk deel van de oogst door de bewoners van het chateau en hun gasten opgedronken. Dat ligt inmiddels anders, maar de werkwijze in de wijngaard is nog dezelfde als honderd jaar geleden.'

Gerard keek naar Emilie, benieuwd naar haar reactie. Toen die niet kwam, sprak hij verder.

'Wat de cave nodig heeft, is een financiële injectie om eruit te halen wat erin zit. Volgens Jean is er genoeg land om het aantal wijnstokken te verdubbelen. Bovendien is er nieuwe apparatuur nodig om de boel te moderniseren en een gezonde winst te maken, aldus Jean. Samenvattend draait het om de vraag of je verder wilt met de wijngaard en het chateau. Allebei renovatieprojecten waarin je behalve geld ook heel veel tijd zou moeten steken.'

Hij zweeg. Emilie luisterde naar de stilte. Er was geen zuchtje wind te horen. De rust en de kalmte wikkelden zich als een warme deken om haar heen. Voor het eerst sinds de dood van haar moeder voelde ze zich vredig en ontspannen. En niet geneigd tot het nemen van besluiten.

'Bedankt, Gerard. Maar ik denk niet dat ik daar op dit moment al een antwoord op heb. Als je het me twee weken geleden had gevraagd, zou ik er zonder aarzelen voor hebben gekozen om de boel te verkopen. Maar inmiddels...'

'Ik begrijp het.' Gerard knikte. 'Ik kan je alleen financieel adviseren. Emotionele keuzes zul je zelf moeten maken. Misschien is het een troost om te weten dat je door de verkoop van het huis in Parijs, compleet met de inboedel en de sieraden van je moeder, genoeg geld hebt om het chateau te restaureren. Dat niet alleen, je houdt nog genoeg over om er goed van te kunnen leven. En dan heb ik het nog niet eens over de bibliotheek. Je vader mag zich dan weinig om zijn huizen en zijn inkomsten en uitgaven hebben bekommerd, zijn erfenis staat hier. De collectie was al schitterend toen hij die erfde, maar hij heeft er nog heel veel zeldzame boeken aan toegevoegd. Ik heb een vluchtige blik geworpen in de registers die hij bijhield, en het blijkt dat hij de collectie heeft verdubbeld. Antiquarische boeken behoren niet tot mijn expertise, maar volgens mij is de bibliotheek van je vader erg veel geld waard.'

'Daar zou ik nooit afstand van doen,' antwoordde Emilie vol overtuiging; ze was zelf verbaasd over de heftigheid waarmee ze het zei. 'Zijn boekencollectie was zijn levenswerk. Ik heb als kind uren bij mijn vader in de bibliotheek gezeten.'

'Natuurlijk, en er is ook geen enkele reden waarom je de boeken zou moeten verkopen. Anderzijds, mocht je besluiten tot de verkoop van het chateau, dan zul je wel op zoek moeten naar een groter appartement,' zei Gerard licht spottend. 'Anders kun je al die boeken niet kwijt. Zo, en nu moet ik iets eten. Ga je mee naar het dorp? Ik vertrek morgen al vroeg, maar eerst wil ik de inhoud van je vaders bureau nog inspecteren, om de hele financiële administratie compleet te hebben. Tenminste, als jij dat goedvindt?'

'Ja, natuurlijk.'

'En ik moet nog een paar telefoontjes plegen,' zei hij verontschuldigend. 'Dus ik zie je over een half uur.'

Emilie keek hem na terwijl hij naar binnen liep. Hoewel ze hem haar hele leven al kende, voelde ze zich nog altijd slecht op haar gemak in zijn gezelschap. Als kind had ze zich op een afstand gehouden, zoals kinderen dat doen met volwassenen die ze niet kennen. Inmiddels was ze zelf volwassen, maar zonder de aanwezigheid van een derde partij bleken de gesprekken met hem een nieuwe en enigszins moeizame ervaring.

Terwijl ze het huis in liep, besefte Emilie dat ze zich betutteld voelde, ook al begreep ze dat Gerard probeerde haar te helpen. Soms las ze een soort wrokkige ergernis in zijn ogen. En dat kon ze hem niet eens kwalijk nemen. Waarschijnlijk vond hij dat ze in alle opzichten tekortschoot om als laatste overlevende de mantel te dragen van het geslacht De la Martinières, om het gewicht te torsen van de eeuwenlange geschiedenis van haar familie. Emilie was zich er pijnlijk van bewust dat ze niets bezat van de luister die haar voorouders had gekenmerkt. Als telg van een uitzonderlijk geslacht wilde zij niets liever dan gewoon lijken.

3

De volgende morgen hoorde Emilie de auto van Gerard al vroeg de oprijlaan af rijden. Ze lag in het smalle bed waarin ze al als klein meisje had geslapen. Haar kamer lag op het noordwesten, dus de ochtendzon drong er nauwelijks door. Er was natuurlijk geen enkele reden waarom ze nu niet zou kiezen voor een van de fraaie, ruime slaapkamers aan de voorkant van het huis, waarvan de enorme ramen uitkeken op de tuin en de wijngaarden.

Frou-Frou, die de vorige avond zo hartverscheurend had gejankt dat Emilie was gezwicht en het hondje op haar bed had laten slapen, stond bij de deur te blaffen om duidelijk te maken dat ze dringend naar buiten moest.

Beneden in de keuken zette Emilie koffie, daarna slenterde ze de gang door naar de bibliotheek. In de hoge ruimte waar haar vader de luiken altijd gesloten had gehouden om zijn boeken te beschermen tegen het felle licht, rook het troostrijk muf en vertrouwd. Ze zette haar kopje op het kaal gesleten leren blad van haar vaders bureau, liep naar een van de ramen en deed een luik open. Door de plotselinge verplaatsing van lucht verlieten honderdduizenden stofdeeltjes hun schuilplaats en begonnen een wilde dans in het schuin naar binnen vallende, zachte ochtendlicht.

Emilie ging op de bank in het raamkozijn zitten en liet haar blik over de planken met boeken gaan die van de vloer tot het plafond reikten. Ze had geen idee hoeveel boeken de bibliotheek telde. Haar vader had zijn laatste jaren voornamelijk besteed aan het catalogiseren en uitbreiden van de collectie. Ze stond op en liep langzaam langs de vier keer manshoge wanden met boeken. Zoals ze daar stonden – waakzaam en stoïcijns – had ze het gevoel dat de boeken naar haar, hun nieuwe meesteres, keken en zich afvroegen welk lot hen was beschoren.

Emilie herinnerde zich hoe ze met haar vader het Alfabetspel had gespeeld. Zij koos twee letters van het alfabet, in een willekeurige combinatie, en daarop ging haar vader in zijn collectie op zoek naar de naam van een schrijver of naar de titel van een boek waarin die lettercombinatie voorkwam. Het gebeurde maar zelden dat hij tevergeefs zocht. Zelfs wanneer ze dacht hem te slim af te zijn met een X of een Z, haalde haar vader een verbleekt, veelgelezen exemplaar van een Chinese filosoof uit de kast, of een slanke bloemlezing van een reeds lang vergeten Russische dichter.

Hoewel ze hem daarbij jarenlang had gadegeslagen, wenste Emilie nu dat ze meer aandacht had besteed aan de eclectische criteria die haar vader had gehanteerd bij het catalogiseren en archiveren van zijn boeken. Terwijl ze haar blik langs de planken liet gaan, besefte ze dat hij niet simpelweg een alfabetische volgorde had aangehouden. Op de plank recht vóór haar stonden behalve Dickens ook Plato en Guy de Maupassant.

Ze wist bovendien dat de collectie zo groot en veelzijdig was dat haar vader met het noteren en catalogiseren in de registers op zijn bureau nog maar een fractie van de bibliotheek in kaart had gebracht. Zelf had hij ieder boek bijna onmiddellijk weten te vinden, maar hoe hij dat deed, was een geheim dat hij had meegenomen in het graf.

'Als ik het chateau verkoop, wat doe ik dan met jullie?' vroeg Emilie fluisterend aan de boeken.

Ze keken zwijgend terug; duizenden verweesde kinderen die beseften dat hun toekomst in haar handen lag. Emilie schudde zichzelf wakker uit haar dagdroom. Ze mocht zich niet laten meeslepen door haar emoties. Als ze besloot het chateau te verkopen dan moest er een ander huis voor de boeken worden gezocht. Ze sloot het luik, dompelde de boeken opnieuw in hun schaduwrijke sluimer en verliet de bibliotheek.

De rest van de ochtend besteedde ze aan een grondige verkenning van het chateau, waarbij ze werd getroffen door de schoonheid van een eeuwenoude fries in de schitterende salon, door de elegantie van het Franse meubilair dat door de tand des tijds enigszins sjofel was geworden, en door de rijkdom aan schilderijen die verspreid door het hele chateau aan de muren hingen.

Toen het tijd werd om te lunchen ging ze terug naar de keuken. Ze schonk zichzelf een glas water in, en terwijl ze gretig haar dorst leste, besefte ze dat ze zich bevrijd voelde, uitgelaten, alsof ze was ontwaakt uit een nare droom. De schoonheid waarvan ze zich die ochtend pas echt bewust was geworden, had haar altijd al omringd, haar hele leven, en toch had ze er nooit oog, nooit waardering voor gehad. Maar ineens zag ze haar erfenis en haar voorgeslacht niet langer als een blok aan haar been, een molensteen om haar nek, iets waarvan ze zich moest ontdoen. In plaats daarvan voelde ze voor het eerst een zekere opwinding.

Dit prachtige chateau met alle schoonheid, alle pracht waaraan het onderdak bood, was van háár!

Plotseling merkte ze dat ze honger had, en ze ging op onderzoek uit in de koelkast en de keukenkastjes. Tevergeefs. En dus nam ze Frou-Frou onder de arm, zette het hondje naast zich in de auto en reed naar Gassin. Daar parkeerde ze de auto en beklom de eeuwenoude treden door het dorp naar de cafés en restaurants op de top van de heuvel. Ze nam een tafeltje aan de rand, om te genieten van het spectaculaire uitzicht op de kust diep beneden haar. Nadat ze een kannetje rosé en een salade van het huis had besteld, koesterde ze zich in de krachtige middagzon en liet ze haar gedachten de vrije loop.

'Pardon, mademoiselle, maar bent u toevallig Emilie de la Martinières?'

Haar ogen afschermend tegen het felle zonlicht keek Emilie op naar de man die naast haar tafeltje stond.

'Ja?'

'Wat leuk om u te ontmoeten.' De man stak zijn hand uit. 'Sebastian Carruthers,' stelde hij zich voor.

Emilie legde aarzelend haar hand in de zijne. 'Kennen wij elkaar?'

'Nee, tenminste, u kent mij niet.'

Het viel Emilie op dat hij uitstekend Frans sprak, maar met een Engels accent. 'Mag ik dan vragen hoe u mij kent?' Doordat ze zich niet op haar gemak voelde, klonk ze strenger dan haar bedoeling was.

'Ach, dat is een lang verhaal. En dat wil ik u graag vertellen. Schikt het? Of verwacht u iemand?' Hij wees naar de lege stoel tegenover haar.

'Ik eh... Nee.' Emilie schudde haar hoofd.

'Vindt u het dan goed dat ik even bij u kom zitten?'

Voordat Emilie kon protesteren, had Sebastian de stoel tegenover haar al naar achteren getrokken. Niet langer gehinderd door de zon nam ze hem aandachtig op. Ze schatte hem ongeveer van haar leeftijd. Hij was slank van postuur, duur maar nonchalant gekleed, en hij maakte een ontspannen indruk. Zijn neus zat onder de sproetjes, hij had kastanjebruin haar en leuke, lichtbruine ogen.

'Ik hoorde van het overlijden van uw moeder. Mijn deelneming,' zei hij.

'Dank u.' Emilie nam een slok wijn. 'Kan ik u misschien een glas rosé aanbieden?' bood ze aan, want ze wilde niet onbeleefd lijken.

'Heel graag. Dank u wel.' Sebastian wenkte de ober. Er werd een glas voor hem neergezet, en Emilie pakte het kannetje om hem in te schenken.

'Hoe hebt u dat gehoord? Dat mijn moeder is overleden?' vroeg ze.

'Ach, uw moeder was hier in Frankrijk een bekende figuur.' Er kwam een meelevende uitdrukking in zijn ogen. 'Dit is ongetwijfeld een zware tijd voor u.'

'Inderdaad,' antwoordde ze stijfjes. 'U komt uit Engeland?'

'Hè, u hebt me door!' Sebastian rolde in gespeelde afschuw met zijn ogen. 'En ik heb nog wel zo mijn best gedaan om van mijn accent af te komen. Inderdaad, ik beken. Maar ik heb een jaar in Parijs gestudeerd. Kunstgeschiedenis. En ik ben een totale francofiel.'

'O. Aha,' mompelde Emilie. 'Maar...'

'Ik begrijp wat u wilt zeggen. Dat verklaart nog steeds niet waarom ik wist dat u Emilie de la Martinières bent. Dan zal ik het raadsel voor u ontsluieren...' Hij keek haar geheimzinnig aan. 'De band tussen u en mij gaat heel ver terug, naar een donkergrijs verleden.'

'Bent u familie?' Emilie moest plotseling denken aan de waarschuwende woorden van Gerard.

'Nee, dat ben ik zeker niet,' zei hij met een glimlach. 'Maar mijn oma was half Frans. En ik heb recentelijk ontdekt dat ze in de Tweede Wereldoorlog nauw heeft samengewerkt met Édouard de la Martinières. Dat was toch uw vader?'

'Aha.' Emilie wist zo goed als niets over het verleden van haar vader. Hij had er nooit over gesproken. Bovendien voelde ze zich nog altijd slecht op haar gemak met deze Engelsman en had ze geen idee wat hij van haar wilde. 'Ik weet niet zo veel over die periode in het leven van mijn vader.'

'Ik ook niet, totdat mijn oma me erover vertelde, kort voor haar dood. Het blijkt dat ze tijdens de bezetting in Frankrijk heeft gezeten. En ze had het over uw vader, en hoe dapper hij was,' voegde Sebastian eraan toe.

De onthulling bezorgde Emilie een brok in haar keel. 'Dat wist ik niet... Toen ik werd geboren, was mijn vader al zestig. En toen lag de oorlog al meer dan twintig jaar achter hem.'

'Dat begrijp ik.' Sebastian knikte.

'Bovendien was hij er de man niet naar om op te scheppen over zijn triomfen.' Emilie nam een grote slok wijn.

'Nou, het was wel duidelijk dat Constance, mijn oma, hem erg hoog had zitten,' zei Sebastian. 'En ze vertelde ook over het prachtige chateau in Gassin waar ze tijdens haar verblijf in Frankrijk had gewoond. Dat is toch hier vlakbij?'

'Ja, dat klopt,' antwoordde Emilie. Op dat moment werd haar salade gebracht. 'Eet u een hapje mee?' vroeg ze, opnieuw uit beleefdheid.

'Heel graag. Tenminste, als u daar geen bezwaar tegen hebt.'

'Natuurlijk niet.'

Sebastian bestelde, en de ober trok zich terug.

'Hoe bent u in Gassin verzeild geraakt?' vroeg Emilie.

'Dat is een goede vraag,' antwoordde Sebastian. 'Na mijn studie in Parijs ben ik in de kunstwereld terechtgekomen. Ik heb een kleine galerie in Londen. Daar organiseer ik exposities. En daarnaast ben ik vaak op reis, op zoek naar zeldzame schilderijen in opdracht van vermogende cliënten. Vandaar dat ik naar Frankrijk moest, om te proberen de hand te leggen op een Chagall. De eigenaar woont hier vlakbij, in Grasse. Daar las ik toevallig in de krant dat uw moeder was overleden, en dat deed me denken aan het contact van mijn oma met uw familie. Vandaar dat ik besloot hierlangs te gaan, om een blik te werpen op het chateau waar ik zo veel over had gehoord. Het dorp hier is werkelijk schitterend.'

'Ja, dat is het zeker.' Emilie wist zich niet goed raad met de vreemde loop die het gesprek nam.

'Woon je in het chateau, Emilie?' vroeg Sebastian.

'Nee.' Ze vond zijn directheid nogal confronterend. 'Ik woon in Parijs.'

'O, daar heb ik heel veel vrienden zitten,' vertelde Sebastian enthousiast. 'Ooit hoop ik meer tijd in Frankrijk te kunnen doorbrengen, maar voorlopig ben ik nog druk bezig mijn naam te vestigen in Engeland. Jammer genoeg is het niets geworden met de Chagall. Erg teleurstellend. Dat zou mijn eerste echt grote aankoop zijn geweest.'

'Dat spijt me voor je.'

'Ach, ik kom er wel overheen. Je hebt niet toevallig een paar kostbare schilderijen in je chateau hangen? Doeken waar je vanaf wilt?' vroeg hij met pretlichtjes in zijn ogen.

'Dat weet ik eigenlijk niet eens,' antwoordde ze naar waarheid. 'Dat is een van de punten op mijn lijstje. De kunst in het chateau laten taxeren.'

'Dan neem je vast en zeker de beste deskundigen in de arm die er in Parijs te vinden zijn. Maar mocht je vóór die tijd iemand nodig hebben die er aardig wat van af weet en die onmiddellijk beschikbaar is, dan wil ik je graag van dienst zijn.' Terwijl zijn croque-monsieur werd geserveerd, haalde hij zijn portefeuille tevoorschijn, en hij gaf Emilie zijn visitekaartje. 'Je kunt me vertrouwen,' zei hij nadrukkelijk. 'Mocht je dat willen, dan kan ik je een aantal cliënten als referentie geven.'

'Dat is erg aardig van je, maar de notaire van onze familie regelt dit soort dingen.' Emilie hoorde zelf hoe hooghartig ze klonk.

'Ach, natuurlijk.' Hij schonk hun allebei nog wat rosé bij en begon aan zijn croque-monsieur. 'Dus je woont in Parijs,' gooide hij het haastig over een andere boeg. 'Wat doe je daar als ik vragen mag?'

'Ik werk als dierenarts in een grote praktijk in Le Marais. Het verdient niet geweldig, maar ik doe het met heel veel plezier.'

'Echt waar?' Sebastian trok een wenkbrauw op. 'Dat verbaast me. Bij iemand als jij, met jouw achtergrond, had ik me een of andere chique, dynamische baan voorgesteld. Als je al een baan had.'

'Ja, dat denkt iedereen... Sorry, maar ik moet er nu echt vandoor.' Emilie gebaarde gejaagd om de rekening.

'Sorry, dat klonk wel erg banaal,' verontschuldigde Sebastian zich haastig. 'Ik vind het juist hartstikke goed van je. Het was niet mijn bedoeling je te kwetsen. Echt niet.'

Emilie voelde plotseling een dringende behoefte om deze man met zijn opdringerige vragen te ontvluchten. Ze pakte haar tas en legde wat francs op de tafel. 'Leuk je ontmoet te hebben.' Met die woorden pakte ze Frou-Frou, en ze keerde Sebastian vastberaden de rug toe. Zo snel als ze kon daalde ze de steile treden af naar haar auto, belachelijk geschokt en met tranen in haar ogen.

'Emilie! Wacht nou even!'

Ze negeerde de stem achter haar en liep door.

'Wacht nou even,' herhaalde hij hijgend toen hij haar had ingehaald. 'Het spijt me als ik je heb gekwetst. Echt waar. Hè, dat doe ik nou altijd…' Hij bleef naast haar lopen terwijl ze de rest van de treden afdaalde. 'Misschien begrijp je het beter als ik je vertel dat ik ook met een "loodzware bagage" ben geboren. Inclusief een landgoed op de woeste heidegronden in Yorkshire. Helaas staat het op instorten, en ik word geacht het te restaureren, ook al zou ik niet weten waarvan ik dat moet betalen.'

Ze waren bij de auto aangekomen, dus Emilie had geen andere keus dan te blijven staan. 'Waarom verkoop je het dan niet?' vroeg ze.

'Omdat het deel uitmaakt van mijn erfgoed en…' Hij haalde zijn schouders op. 'Nou ja, dat ligt allemaal erg ingewikkeld. Afijn, ik wil niet zielig doen, ik probeer je alleen uit te leggen dat ik weet hoe het voelt om te worden aangesproken op je afkomst.'

Emilie zei niets en zocht in haar tas naar haar autosleutels.

'Dus nogmaals, niet om zieliger te klinken dan jij… Ik zeg het alleen om je duidelijk te maken dat ik weet wat je doormaakt.'

'Bedankt.' Ze had haar sleutels gevonden. 'Ik moet ervandoor.'

'Dus je bent niet kwaad meer?'

Ze keek hem aan, volkomen van streek door de heftigheid waarmee ze op hem reageerde, maar niet in staat zich daartegen te verzetten. 'Ik wil gewoon…' Zoekend naar woorden keek ze uit over het groene landschap in de diepte. 'Ik wil worden beoordeeld op wie ik ben.'

'Dat begrijp ik! Echt waar. Afijn, ik zal je niet langer ophouden, maar ik vond het leuk je te ontmoeten.' Sebastian stak haar zijn hand toe. 'Succes. Met alles.'

'Bedankt. Dag.' Emilie ontsloot haar auto en zette de geërgerde Frou-Frou op de bijrijdersplaats. Toen ging ze achter het stuur zitten, en terwijl ze de heuvel afreed vroeg ze zich af waaróm ze zo heftig had gereageerd. Misschien was ze gewoon geschrokken van zijn directheid, gewend als ze was aan de Franse omgangsvormen die aanzienlijk formeler waren. Maar wat had hij nou eigenlijk misdaan? Hij had alleen maar aardig willen zijn. Het probleem lag bij haar. Sebastian had haar gevoeligste snaar geraakt. Toen ze hem een eindje voor zich uit de heuvel af zag lopen, werd ze overvallen door een gevoel van schuld en schaamte.

Ze was dertig, dacht ze nijdig. Het familiechateau was van haar, ze kon ermee doen wat ze wilde. Misschien werd het tijd volwassen te worden en zich niet langer te gedragen als een nukkig kind.

Tegen de tijd dat ze naast hem reed, haalde ze diep adem en ze draaide haar raampje omlaag.

'Als je helemaal hierheen bent gekomen voor het chateau, zou het jammer zijn als je het niet te zien kreeg. Dus waarom rijd je niet even mee?'

'Weet je het zeker...' Zijn gezicht verraadde hoe verrast hij was. 'Ja... ik wil het natuurlijk graag zien. Heel graag zelfs. Zeker met iemand die het zo goed kent.'

'Stap dan maar in.' Ze boog zich over de bijrijdersstoel en deed het portier voor hem open.

'Dank je wel.' Zodra hij het portier achter zich had dichtgetrokken, reden ze verder de heuvel af. 'Ik vind het echt afschuwelijk dat ik je zo van streek heb gemaakt. Weet je zeker dat je niet kwaad meer bent?'

'Daar kun jij niks aan doen,' zei ze met een zucht. 'Het ligt aan mij. Dat is wat ze in de psychologie een "trigger" noemen. Zo reageer ik altijd wanneer ik word aangesproken op mijn afkomst. Daar moet ik wat aan doen.'

'Ach, dat soort triggers hebben we allemaal. Zeker als je een stoet succesvolle, indrukwekkende voorouders hebt.'

'Mijn moeder had inderdaad een buitengewoon sterke persoonlijkheid,' gaf Emilie toe. 'Haar dood heeft een groot gat geslagen in het leven van een heleboel mensen. En je hebt gelijk, het valt niet mee om de verwachtingen waar te maken. Ik heb altijd geweten dat ik dat niet zou kunnen.'

Emilie vroeg zich verbaasd af of de twee glazen wijn haar tong hadden losgemaakt. Maar ineens vond ze het niet ongemakkelijk meer om erover te praten. Sterker nog, ze wilde het hem vertellen, ook al vond ze het tegelijkertijd doodeng.

‘Hm, dat kan ik van mijn moeder niet zeggen. Victoria. Zo wilde ze dat we haar noemden. Ik kan me haar niet eens herinneren. Mijn broer en ik zijn geboren in Amerika, in een hippiecommune. Toen ik drie was en mijn broer twee, heeft mijn moeder ons meegenomen naar Engeland en gedumpt bij mijn grootouders in Yorkshire. Een paar weken later was ze verdwenen, en daarna hebben we nooit meer iets van haar gehoord.’

‘Ach!’ riep Emilie geschokt uit. ‘Dus je weet niet eens of ze nog leeft?’

‘Nee, maar onze oma heeft het gemis van een moeder meer dan goedgemaakt. Omdat we nog zo klein waren toen mijn moeder verdween, kwam het er eigenlijk op neer dat Constance onze moeder was. En wat mijn echte moeder betreft, als ik haar op straat zou tegenkomen, zou ik haar waarschijnlijk voorbijlopen. Ik denk oprecht dat ik haar niet zou herkennen.’

‘Wat fijn dat je zo’n oma had. Toch blijft het verdrietig,’ zei Emilie meelevend. ‘En je weet niet wie je vader is?’

‘Nee. Mijn broer en ik weten alleen dat we dezelfde vader hebben. Ook al zijn we heel verschillend…’ Sebastian staarde voor zich uit.

‘Heb je je opa ook nog gekend?’ vroeg ze.

‘Ja, maar die stierf toen ik vijf was. Een geweldige man. Hij had in de oorlog in Noord-Afrika gevochten, en eigenlijk is hij nooit meer helemaal hersteld van de verwondingen die hij daar had opgelopen. Mijn grootouders waren dol op elkaar. Dus mijn arme oma heeft niet alleen haar man verloren, maar ook haar dochter. Volgens mij gaven wij, haar kleinzoons, haar de kracht om door te gaan. Ze was echt ongelooflijk. Op haar vijfenzeventigste stond ze nog muren te pleisteren, en tot een week voordat ze ziek werd, was ze een toonbeeld van kracht en gezondheid. Zo kom je ze tegenwoordig nog maar zelden tegen,’ zei hij peinzend, met een zweem van verdriet in zijn stem. ‘Sorry,’ zei hij abrupt. ‘Ik praat te veel.’

'Helemaal niet. Het is een troost om te horen dat er nog meer mensen zijn die het in hun jeugd niet gemakkelijk hebben gehad.' Emilie zuchtte. 'Ik denk weleens dat een teveel aan verleden net zo erg is als helemaal geen verleden.'

'Dat ben ik helemaal met je eens.' Sebastian knikte, toen grijnsde hij. 'Lieve hemel, als anderen ons hoorden, zouden ze ons een stel verwende rijkeluiskinderen vinden, zwelgend in zelfmedelijden. En niet om het een of ander, maar we hebben ook eigenlijk niks te klagen.'

'Nee, dat is zo. En je hebt gelijk, dat is precies wat mensen zouden denken. Vooral van mij. Maar dat komt omdat ze alleen de buitenkant zien. Kijk...' Ze wees. 'Daar is het chateau.'

Sebastian keek naar het elegante, bleekroze huis, genesteld in de vallei beneden hen, en floot zacht. 'Het is werkelijk schitterend. Precies zoals mijn oma het beschreef. En nogal een contrast met de zetel van onze familie op de heidegronden in Yorkshire. Toch is Blackmoor Hall door het ruige landschap ook schitterend, maar op een heel andere manier.'

Emilie sloeg de lange oprijlaan in en reed om het chateau heen naar de achterkant. Daar parkeerde ze de auto, en ze stapten uit.

'Weet je zeker dat je tijd hebt om me een rondleiding te geven?' Sebastian keek haar aan. 'Ik kan ook een andere keer terugkomen.'

'Welnee, ik heb alle tijd,' stelde Emilie hem gerust terwijl ze met Frou-Frou op de arm naar binnen liep, gevolgd door Sebastian.

Terwijl ze hem voorging van de ene naar de andere kamer, bleef hij regelmatig staan, vol aandacht voor de schilderijen, het meubilair en de talloze kunstvoorwerpen die veronachtzaamd en onder het stof op schoorsteenmantels, tafels en bureaus lagen. Toen ze de ochtendkamer betraden, liep hij recht op een schilderij af dat daar hing.

'Dit doet me denken aan *Luxe, calme et volupté.* Een werk van Matisse uit 1904. Dat heeft hij geschilderd tijdens zijn periode in St. Tropez. Het pointillé is vergelijkbaar.' Sebastian liet zijn vingers net boven de verf langs het schilderij gaan. 'Ook al is dit alleen een landschap met rotsen en de zee, zonder menselijke figuren.'

'*Luxury, peace and pleasure*,' herhaalde Emilie de titel in het Engels. 'Ik weet nog dat mijn vader me het gedicht van Baudelaire voorlas.'

'Precies!' Sebastian draaide zich om, zijn ogen straalden van enthousiasme omdat ze het gedicht bleek te kennen. 'Matisse liet zich inspireren door *L'Invitation au voyage*. Het doek hangt in het Musée National d'Art Moderne in Parijs.' Hij keerde zich weer naar het schilderij. 'Voor zover ik kan zien is het niet gesigneerd. Tenzij de handtekening achter de lijst zit. Maar dit zou best eens een voorstudie kunnen zijn. Matisse zat in St. Tropez in de periode dat hij deze stijl hanteerde. En St. Tropez ligt hier vlakbij, toch?'

'Mijn vader heeft Matisse gekend,' vertelde Emilie. 'Ze zagen elkaar regelmatig in Parijs. Matisse kwam naar de ontvangsten die Papa gaf voor de creatieve intelligentsia in de stad. Ik weet dat Papa hem graag mocht. Hij had het vaak over hem. Maar of hij ooit op het chateau is geweest, weet ik niet.'

'Matisse heeft tijdens de Tweede Wereldoorlog hier ergens in het zuiden gezeten. Zoals veel kunstenaars en schrijvers. Omdat het hier minder gevaarlijk was. Matisse is mijn grote passie!' Sebastian huiverde van opwinding. 'Mag ik het van de muur halen, om te kijken of er misschien een opdracht op de achterkant staat? Het gebeurde regelmatig dat kunstenaars hun werk aan een genereuze weldoener gaven. En misschien was je vader dat voor Matisse.'

'Natuurlijk, haal het er maar af.' Emilie kwam naast hem staan toen Sebastian de lijst beetpakte en het schilderij voorzichtig van de muur nam. Daarachter kwam een donkere plek op het behang tevoorschijn. Samen draaiden ze het schilderij om. Er was niets te zien op de achterkant.

'Jammer, maar geen ramp,' stelde Sebastian haar gerust. 'Als Matisse het schilderij had gesigneerd, zou het alleen een stuk gemakkelijker zijn geweest om te bewijzen dat het inderdaad van hem is.'

'Denk je dat dan echt? Dat het een Matisse is?'

'Na wat jij net vertelde, en gezien het pointillé – want daar experimenteerde Matisse mee in de periode dat hij *Luxe, calme et volupté* schilderde – lijkt de kans me heel reëel. Maar de echtheid moet natuurlijk door een expert worden vastgesteld.'

'Als het inderdaad een Matisse is, hoeveel zou het schilderij dan waard zijn?' vroeg ze.

'Omdat het niet gesigneerd is, voel ik me niet gekwalificeerd om daar een uitspraak over te doen. Matisse heeft erg veel geschilderd, en hij is heel oud geworden. Maar hoezo? Overweeg je het schilderij te verkopen?'

'Dat is een van de vele dingen waarover ik een beslissing moet nemen.' Emilie haalde vermoeid haar schouders op.

'Nou, ik heb wel wat contacten in de kunstwereld,' zei hij terwijl hij het schilderij voorzichtig terughing. 'Experts die de echtheid zouden kunnen vaststellen. Maar je notaire zal ongetwijfeld zijn eigen contacten hebben. In elk geval bedankt dat ik het mocht zien. Net als de rest van het chateau. Het is echt schitterend.'

'Graag gedaan.' Emilie ging hem voor naar de hal.

'Trouwens...' Sebastian bleef staan en krabde op zijn hoofd. 'Ik weet bijna zeker dat mijn oma het ook over een verbijsterende collectie zeldzame boeken had. Of vergis ik me?'

'Nee.' Emilie besefte dat ze de bibliotheek helemaal was vergeten. 'Dat klopt. Kom maar mee.'

'Graag. Tenminste, als je nog tijd hebt.'

'Ik heb alle tijd.'

Sebastian toonde zich gepast onder de indruk bij het betreden van de bibliotheek. 'Allemachtig.' Hij liep langzaam langs de planken met boeken. 'Wat een schitterende collectie. Heb je enig idee hoeveel het er zijn? Vijftien-, twintigduizend?'

'Nee, geen idee.'

'Zijn ze gecatalogiseerd? Staan ze gerubriceerd, op volgorde?'

'Ze staan in de volgorde waarvoor mijn vader ooit heeft gekozen, en vóór hem zijn vader. Een groot deel van de collectie gaat meer dan tweehonderd jaar terug. De nieuwe aanwinsten zijn inderdaad gecatalogiseerd.' Emilie wees naar de leren registers op het bureau van haar vader.

Sebastian sloeg er een open, bladerde het door en liet zijn blik over de honderden titels gaan in Édouards onberispelijke handschrift. 'Ik besef dat het me niets aangaat, maar dit is echt een heel bijzondere collectie. Uit wat ik hier lees, begrijp ik dat je vader veel zeldzame eerste drukken heeft gekocht. Om nog maar te zwijgen van de boeken die er al stonden. Dit is ongetwijfeld een van de mooiste collecties van zeldzame boeken in heel Frankrijk. Ze zouden moeten worden gecatalogiseerd in een professionele database.'

Emilie liet zich in de leren bureaustoel vallen. 'Mijn god,' mompelde ze, totaal overweldigd. 'Het lijkt wel alsof er steeds meer werk bijkomt. Ik begin te beseffen dat het een volledige dagtaak is om de erfenis van mijn ouders te beheren.'

'Maar wel heel erg de moeite waard, toch?'

'Natuurlijk, maar ik heb mijn eigen leven. En dat wil ik niet kwijt. Een rustig en...' Veilig, wilde ze zeggen, maar dat klonk vast vreemd. 'Een rustig en overzichtelijk bestaan.'

Sebastian kwam naar haar toe, liet zich op zijn hurken zakken en legde zijn hand op de leuning van haar stoel. 'Dat begrijp ik. Dus als je terug wilt naar je eigen leven, dan moet je het anders aanpakken. Dan moet je zien dat je mensen vindt die je vertrouwt en die hier alles voor je regelen.'

'Maar wie kan ik vertrouwen?' verzuchtte ze.

'Nou, je had het toch over je notaire?' opperde Sebastian. 'Misschien kun je de hele zaak aan hem overdragen.'

'Maar...' Er prikten tranen in haar ogen. 'Ik heb toch zeker mijn verplichtingen en mijn verantwoordelijkheid jegens mijn familie en onze geschiedenis? Daar kan ik niet zomaar voor weglopen.'

'Ach Emilie, het is allemaal nog zo vers,' zei Sebastian geduldig. 'Het is logisch dat je je overweldigd voelt. Je moeder is net een paar weken dood. Je bent nog in shock. In de rouw. Geef jezelf wat tijd. Uiteindelijk zul je weten wat de juiste beslissing is.' Hij klopte haar op haar hand en richtte zich op. 'Ik moet ervandoor, maar je hebt mijn kaartje. Als ik je kan helpen – het maakt niet uit waarmee – dan doe ik dat met plezier. Het chateau is voor mij als een geschenk uit de hemel. Vooral de schilderijen, natuurlijk.' Hij glimlachte. 'Waarschijnlijk ben ik nog wel even in Gassin, dus mocht je besluiten de potentiële Matisse te laten taxeren, bel me dan. Mijn mobiele nummer staat op mijn kaartje.'

'Dank je wel.' Emilie controleerde of zijn kaartje nog in de zak van haar spijkerbroek zat.

'En ik wil ook met alle plezier mijn relaties in Parijs raadplegen over betrouwbare experts op het gebied van zeldzame boeken en antieke meubels. Wat je ook met het chateau besluit te doen, het is waarschijnlijk hoe dan ook goed om alles te laten taxeren. Ik neem aan dat je ouders een verzekering hadden afgesloten?'

'Ik heb geen idee.' Ze haalde haar schouders op, maar haar vader kennende twijfelde ze daar sterk aan. Dus in gedachten maakte ze een aantekening dat ze er bij Gerard naar moest informeren. 'Ik stel je advies erg op prijs,' zei ze dankbaar en met een vluchtige glimlach. Ze stond op en ging Sebastian opnieuw voor door het huis, naar de achterkant, waar haar auto stond. 'En sorry dat ik zo... emotioneel reageer. Zo ben ik normaal niet. Misschien kunnen we het een andere keer over je oma hebben. Over haar tijd hier, in de oorlog, en over haar contact met mijn vader.'

'Dat zou ik leuk vinden. En je hoeft echt geen sorry te zeggen,' voegde hij eraan toe terwijl ze in de auto stapten. 'Je hebt net je moeder verloren. En dat niet alleen, je staat ook nog voor een reusachtig karwei dat je moet zien te klaren.'

'Dat gaat wel lukken. Trouwens, ik heb geen keus.' Emilie startte de auto en begon de oprijlaan af te rijden.

'Natuurlijk gaat het lukken. En zoals ik al zei, als ik je ergens mee kan helpen, dan weet je me te vinden.'

'Dank je wel.'

'Ik heb een gîte gehuurd. We zijn er al. Daar, links van de weg.' Sebastian wees naar een afslag. 'Als je me hier afzet, loop ik het laatste stuk. Het is zo'n prachtige middag.'

'Oké.' Ze stopte langs de kant van de weg. 'Nogmaals bedankt.'

'Pas goed op jezelf.' Hij stapte uit, stak zijn hand op en sloeg het pad in.

Emilie keerde en reed terug naar het chateau. Daar dwaalde ze rusteloos door de kamers, zich scherp bewust van de leegte, van het feit dat ze moederziel alleen was.

Toen het tegen de avond kouder werd, ging ze in de keuken zitten, bij het fornuis. Margaux had een cassoulet voor haar gemaakt. Maar ze had geen trek, tot grote vreugde van Frou-Frou die daarvan profiteerde.

Na het eten schoof ze de grendel op de achterdeur en draaide ze de sleutel om in het slot. Boven zette ze de kraan open en liet het oude bad, bedekt met kalkaanslag, vol lauw water lopen. Toen ze erin zat, peinsde ze somber dat het bad exact de afmetingen had van een doodskist. Later, toen ze zich had afgedroogd, liet ze de handdoek op de grond vallen en ging voor de lange spiegel staan.

Het kostte moeite, maar ze dwong zichzelf naar haar naakte lichaam te kijken. Ze had het altijd onverschillig als een soort standaarduitrusting beschouwd, een willekeurige prijs in de genetische loterij. Als kind was ze klein en gedrongen geweest, en daarna een mollige tiener. Ondanks de smeekbeden van haar moeder om toch vooral gezond – en minder! – te eten, had Emilie rond haar zeventiende eindelijk de brui gegeven aan alle komkommer- en meloendieten. Ze had haar verre van volmaakte figuur verstopt onder wijdvallende, gemakkelijke kleren en de natuur haar gang laten gaan.

Bovendien had ze geweigerd nog langer naar de feestjes te gaan, waar ze werd geacht kennis te maken met de crème de la crème van de jongelui uit de hogere kringen. *Le Rallye* werd georganiseerd door een groep moeders, met de bedoeling dat hun kinderen de juiste vriendschappen sloten en misschien zelfs een toekomstige partner ontmoetten, afkomstig uit het juiste milieu. De competitie om te worden toegelaten tot een elitaire *rallye* was enorm. Dankzij de naam De la Martinières had Valérie de kandidaten voor haar *cercle* voor het uitkiezen. En ze was diep geschokt geweest toen Emilie weigerde nog langer naar de cocktailparty's te gaan die rijke, vooraanstaande families aan huis organiseerden en die de kern vormden van het hele gebeuren.

'Hoe kun je je geboorterecht de rug toekeren?' had Valérie verontwaardigd gevraagd.

'Ik haat die feestjes, Maman. Ik ben meer dan een achternaam en een bankrekening! Het spijt me, maar ik doe het niet langer.'

Toen Emilie in de spiegel naar haar volle borsten, haar ronde heupen en haar welgevormde benen keek, besefte ze dat ze de laatste weken moest zijn afgevallen. Wat ze zag, verraste haar. Ze zou nooit een sierlijke, elegante verschijning worden, daarvoor had ze niet de goede botten. Maar zelfs met haar meest kritische blik kon ze zichzelf niet langer dik noemen.

Voordat ze alsnog onvolkomenheden ontdekte – want dat zou onvermijdelijk gebeuren, wist ze – trok ze haar nachthemd aan en kroop in bed. Ze deed het licht uit en terwijl ze luisterde naar de volmaakte stilte, vroeg ze zich af waarom ze naakt voor de spiegel was gaan staan. Dat deed ze anders nooit.

Het was inmiddels zes jaar geleden dat ze voor het laatst een – erg vrijblijvende – verhouding had gehad. De relatie met Olivier, de aantrekkelijke nieuwe dierenarts die zich bij de praktijk had aangesloten, had maar een paar weken geduurd. Ze had hem eigenlijk niet eens erg leuk gevonden, maar een warm lichaam 's nachts in bed en iemand om mee te praten tijdens het eten hadden de scherpe kantjes van haar eenzaamheid gehaald. Dat het uit was gegaan, kwam door een gebrek aan inspanning van haar kant, besefte ze.

Emilie wist eigenlijk niet zo goed wat de liefde inhield. Een combinatie van lichamelijke aantrekkingskracht, verwante zielen… en misschien fascinatie voor de ander. Ze wist wel dat ze nog nooit verliefd was geweest. En wie zou er ooit verliefd worden op háár?

Die nacht lag ze te woelen en te draaien, bang dat ze gek zou worden van alle beslissingen die ze moest nemen en van alle verantwoordelijkheden waarvoor ze niet kon wegvluchten. Haar slaap werd echter vooral verstoord door het beeld van Sebastian.

Ook al was hij maar even op het chateau geweest, toch besefte ze dat ze zich in zijn aanwezigheid veilig had gevoeld. Hij maakte een capabele, betrouwbare indruk… en hij was erg aantrekkelijk. Toen zijn hand in de bibliotheek vluchtig langs de hare streek, was ze niet teruggedeinsd, zoals anders wanneer iemand te dichtbij kwam.

Ze moest wel erg eenzaam en wanhopig zijn, dacht ze schamper, dat een man die ze toevallig had ontmoet en met wie ze amper een paar uur was opgetrokken, zo'n diepe indruk op haar had gemaakt. En trouwens, waarom zou een aantrekkelijke man als Sebastian, een man die wist wat hij deed en wat hij wilde, in de toekomst nog maar enige aandacht aan haar besteden? Nee, de kans was groot dat ze hem nooit meer zou zien. Tenzij ze hem belde – hij had haar zijn nummer gegeven – en hem vroeg haar te helpen bij het laten taxeren van de Matisse…

Emilie schudde verbeten haar hoofd.

Dat durfde ze toch niet. Trouwens, het zou nergens toe leiden. Ze had al jaren eerder besloten dat ze maar beter alleen kon blijven. Dan kon niemand haar ooit nog kwetsen of teleurstellen. Zich vastklampend aan die gedachte viel ze ten slotte in slaap.

4

Na een onrustige nacht werd Emilie de volgende morgen laat wakker. Gesterkt door een kop koffie begon ze een eindeloze lijst op te stellen van dingen die ze moest doen. Vervolgens pakte ze een schoon vel papier waarop ze de vragen schreef die ze zichzelf moest stellen. In eerste instantie had ze niets anders gewild dan beide huizen verkopen, orde scheppen in het complexe familiebezit en zo snel mogelijk terugkeren naar haar veilige bestaan in Parijs. Maar nu...

Ze wreef met het potlood langs haar neus en keek de keuken rond, alsof die haar raad kon geven. Het huis in Parijs zou ze verkopen. Daar bewaarde ze geen goede herinneringen aan. Maar over het chateau was ze de afgelopen dagen anders gaan denken. Het was niet alleen van oudsher de zetel van de familie, in 1750 gebouwd door Comte Louis de la Martinières, maar bovendien was de sfeer die het ademde haar altijd dierbaar geweest. Het chateau stemde haar kalm en vredig, en het herinnerde haar aan de gelukkige dagen die ze er met haar vader had gekend.

Dus moest ze onderzoeken of ze het kon houden?

Emilie stond op en begon door de keuken te ijsberen, terwijl ze met die gedachte speelde. Was het niet belachelijk, om niet te zeggen obsceen, om als alleenstaande vrouw zo'n reusachtig huis aan te houden?

Haar moeder had blijkbaar gevonden van niet, maar de kringen waarin Valérie zich had bewogen, waren nu eenmaal een klasse apart. Die kringen had Emilie al jaren eerder vaarwel gezegd, en inmiddels wist ze hoe gewone mensen leefden. Toch begon de gedachte om hier te wonen, in deze vredige, rustige atmosfeer, haar hoe langer hoe meer aan te spreken. Nadat ze zich altijd een buitenstaander had gevoeld in haar eigen familie, had ze ironisch genoeg ineens het gevoel dat ze was thuisgekomen. Het was een schok te ontdekken hoe graag ze hier wilde blijven.

Emilie ging weer aan de keukentafel zitten en vulde de lijst van dingen die ze aan Gerard moest voorleggen verder aan. Als ze het chateau in zijn oude glorie zou kunnen herstellen, deed ze dat niet alleen voor zichzelf, maar bracht ze ook een eerbetoon aan de geschiedenis van Frankrijk. Ze zou het land er een dienst mee bewijzen. Getroost door die gedachte pakte ze haar mobiele telefoon en koos ze Gerards nummer.

Nadat ze langdurig met hem had gesproken, bekeek Emilie de aantekeningen die ze had gemaakt. Gerard had haar nogmaals verzekerd dat ze ruimschoots voldoende middelen zou hebben om het chateau te laten renoveren. Hij had echter ook duidelijk gemaakt dat er op dat moment sprake was van een gebrek aan liquiditeit; dat alles wat ze wilde ondernemen, zou moeten worden gefinancierd met wat ze in de naaste toekomst ging verkopen.

Verder had hij zich verbaasd getoond dat ze van gedachten was veranderd over het chateau. 'Emilie, het is beslist te waarderen dat je het erfgoed van je familie wilt behouden, maar het is wel een enorme onderneming om zo'n groot pand in de oude staat terug te brengen. Sterker nog, ik verwacht dat je er de eerstkomende twee jaar een dagtaak aan zult hebben. En het komt allemaal op jou neer. Je staat er helemaal alleen voor.'

En dan ook nog als vrouw, hoorde Emilie hem denken, maar dat had hij gelukkig niet gezegd. Waarschijnlijk vroeg hij zich af wat de gevolgen voor hém zouden zijn. Het was hem maar al te duidelijk dat ze het niet alleen zou kunnen en dat een deel van het werk alsnog op hem zou neerkomen. Geërgerd door zijn neerbuigendheid, maar in het besef dat ze hem weinig reden had gegeven zijn mening over haar te herzien, haalde Emilie haar laptop tevoorschijn. Toen grinnikte ze om zichzelf. De bedrading van het chateau dateerde waarschijnlijk nog van net na de oorlog, en een internetverbinding behoorde al helemaal niet tot de faciliteiten! En dus reed ze met Frou-Frou naar het dorp. Nadat ze de steile heuvel had beklommen, vroeg ze Damien, de vriendelijke eigenaar van Brasserie Le Pescadou, of ze gebruik mocht maken van zijn internetverbinding.

'Maar natuurlijk, mademoiselle De la Martinières.' Hij nam haar mee naar het kantoortje helemaal achterin. 'Neemt u me niet kwalijk dat ik u niet eerder ben komen begroeten, maar ik zat in Parijs. Iedereen in het dorp was geschokt door het overlijden van uw Maman. Mijn familie woont, net als de uwe, al honderden jaren in Gassin. Gaat u het chateau verkopen nu uw Maman er niet meer is?'

Emilie besefte hoe dolgraag hij het antwoord op die vraag zou willen weten. In de bar en het restaurant van Le Pescadou werd dagelijks de hoogmis van de dorpsroddel opgedragen.

'Dat weet ik nog niet,' zei ze. 'Er valt nog zo veel te doen en uit te zoeken.'

'Natuurlijk, dat begrijp ik. En ik hoop dat u besluit om niet te verkopen. Mocht u dat toch doen, dan ken ik genoeg projectontwikkelaars die maar al te graag een kapitaal zouden neertellen om uw prachtige chateau te verbouwen tot een hotel. Ze zijn hier in de loop der jaren vaak genoeg komen informeren.' Damien wees naar het chateau diep beneden hen in de vallei. De terracotta dakpannen, die door de elementen tot grijs waren verkleurd, glinsterden in de zon.

'Zoals ik al zei, ik heb nog niets besloten,' herhaalde Emilie.

'Laat het me alstublieft weten als ik u ergens mee kan helpen. Uw vader was erg geliefd in het dorp. Hij was een goed mens. Na de oorlog zaten we allemaal aan de grond,' vertelde Damien. 'Maar de Comte heeft de overheid bewerkt om te zorgen dat er een fatsoenlijke weg naar boven werd aangelegd en dat de toeristen werden gestimuleerd om vanuit St. Tropez hierheen te komen. Mijn familie is in de jaren vijftig met dit restaurant begonnen, en sindsdien is het dorp steeds welvarender geworden. Trouwens, uw vader heeft ook voor de aanplant van wijngaarden gezorgd, en daardoor kunnen we nu trots zijn op de verrukkelijke wijn die we hier maken.' Damien gebaarde weids naar de onafzienbare rijen wijnstokken in de vallei. 'Toen ik klein was, lag het dorp tussen akkers, maïsvelden en weidegrond met koeien. Maar inmiddels is onze Provençaalse rosé wereldberoemd.'

'Het is een troost om te weten dat mijn vader de streek waar hij zo van hield vooruit heeft geholpen,' zei Emilie.

'De familie De la Martinières hoort bij Gassin, mademoiselle. Ik hoop dat u besluit bij ons te blijven.'

Damien omringde haar met goede zorgen, hij zette een kan water bij haar neer, en hij bracht een mandje brood en een *plat au fromage*. Tegen de tijd dat Emilie haar laptop met succes op het internet had aangesloten, liet hij haar alleen. Nadat ze haar e-mail had gelezen, haalde ze Sebastians kaartje tevoorschijn en ging op het internet op zoek naar zijn galerie.

Arté lag aan Fulham Road en handelde voornamelijk in moderne schilderijen. Gerustgesteld dat de galerie inderdaad bleek te bestaan, besloot Emilie hem te bellen. Ze kreeg zijn voicemail, dus ze sprak een korte boodschap in, waarin ze hem vroeg contact met haar op te nemen naar aanleiding van hun gesprek van de vorige dag.

Toen ze klaar was, bedankte ze Damien voor de lunch en voor het gebruik van het internet. Terwijl ze terugreed naar het chateau, was ze vervuld van nieuwe energie en meer gemotiveerd dan ze zich in jaren had gevoeld. Als ze besloot het chateau in de oude glorie te herstellen, zou ze haar werk als dierenarts in Parijs bijna zeker moeten opgeven en hierheen moeten verhuizen om toezicht te houden op de werkzaamheden. Maar misschien was dat wel precies wat ze nodig had – en het laatste wat ze een paar dagen eerder zou hebben overwogen. Het zou haar een nieuw doel in het leven geven.

Haar opwinding sloeg om in schrik toen ze bij het chateau kwam en een politieauto voor de deur zag staan. Haastig bracht ze haar auto tot stilstand, en met Frou-Frou op de arm stapte ze uit. Toen ze de hal binnenkwam, trof ze Margaux in gesprek met de gendarme.

'Mademoiselle Emilie!' Margaux keek haar met grote, verschrikte ogen aan. 'Ik ben bang dat er is ingebroken. Toen ik hier om twee uur kwam, zoals altijd, stond de voordeur wijd open. O, mademoiselle, het spijt me zo.'

Met een gevoel van moedeloosheid besefte Emilie dat ze in haar opwinding over haar besluit het chateau te laten renoveren, was vergeten de achterdeur op slot te doen toen ze naar het dorp ging.

'Rustig maar, Margaux. Het is mijn schuld. Volgens mij heb ik de achterdeur open gelaten. Is er iets gestolen?' Emilie dacht aan het schilderij in de ochtendkamer dat misschien wel heel veel geld waard was.

'Ik heb in alle kamers gekeken, en volgens mij ontbreekt er niets,' zei Margaux. 'Maar misschien kunt u ook nog even kijken.'

'Bij dit soort inbraken gaat het vaak om snelle buit,' merkte de gendarme op. 'Het gebeurt regelmatig dat zigeuners inbreken wanneer ze denken dat er niemand thuis is, op zoek naar geld of juwelen.'

'Nou, dan zijn ze hier van een koude kermis thuisgekomen,' zei Emilie grimmig.

'Mademoiselle Emilie, hebt u de sleutel van de voordeur?' vroeg Margaux. 'Die is nergens te vinden. Ik vroeg me af of u hem misschien ergens had opgeborgen. Voor de veiligheid. Want hij zit anders altijd gewoon in het slot.'

'Nee, ik heb hem niet.' Emilie keek naar het grote, lege sleutelgat dat er kaal uitzag zonder de bijbehorende roestige sleutel. Verbaasd probeerde ze zich te herinneren of de sleutel die ochtend in het slot had gezeten. Maar daar lette ze niet op wanneer ze door de hal naar de keuken liep.

'Als de sleutel onvindbaar blijft, moet u onmiddellijk een slotenmaker bellen voor een nieuw slot,' zei de gendarme. 'Want u kunt de boel niet meer afsluiten, en het is heel goed mogelijk dat de dieven de sleutel hebben meegenomen, met de bedoeling later terug te komen.'

'Ja, natuurlijk.' Emilies visioen van een veilig paradijs verdampte als sneeuw voor de zon. Haar hart bonsde in haar keel.

Margaux keek op haar horloge. 'Neemt u me niet kwalijk, mademoiselle Emilie, maar ik moet naar huis. Anton is alleen. Kan ik gaan?' vroeg ze aan de gendarme.

'Akkoord. Mocht ik nog meer vragen hebben, dan neem ik contact met u op,' antwoordde de politieman.

'Dank u wel.' Margaux keerde zich weer naar Emilie. 'Ik vind het niet prettig dat u hier helemaal alleen bent, mademoiselle. Misschien kunt u de eerstkomende nachten beter in een hotel gaan slapen.'

'Maak je maar niet ongerust, Margaux. Ik bel de slotenmaker, en bovendien kan ik de deur van mijn slaapkamer nog altijd op slot doen. In elk geval vannacht.'

'Als u zich ook maar enigszins ongerust maakt, moet u me bellen. En doe in het vervolg altijd de achterdeur op slot.' Nog altijd geschokt stak Margaux haar hand op, toen haastte ze zich weg om haar fiets te pakken.

'Ik stel voor dat u alle kamers naloopt, voor het geval dat uw huishoudster of mij iets is ontgaan.' De gendarme haalde een notitieblok uit zijn borstzak en noteerde een telefoonnummer. 'Mocht u ontdekken dat er iets is gestolen, dan kunt u me bereiken op dit nummer. Zolang we daar geen zekerheid over hebben, kunnen we verder niet veel doen,' zei hij met een zucht.

'Bedankt voor uw komst.' Emilie voelde zich erg bezwaard vanwege haar slordigheid. 'Zoals ik al zei, het is mijn schuld.'

'We doen het graag, maar ik raad u aan zo snel mogelijk voor een betere beveiliging te zorgen. Het gebeurt maar al te vaak dat er niemand thuis is. Dus een alarmsysteem lijkt me geen overbodige luxe.' Daarop knikte hij haar toe, en liep door de voordeur, die nog altijd openstond, naar buiten.

Zodra hij weg was, haastte Emilie zich naar boven om te controleren of er inderdaad niets was meegenomen. Toen ze halverwege de trap was zag ze een auto naderen over de bochtige oprijlaan en uit het gezicht verdwijnen toen hij om het chateau heen naar de achterkant reed. Met bonzend hart haastte ze zich naar de keuken en deed de deur op slot tegen indringers. Maar ze had het nog niet gedaan, of het gezicht van Sebastian verscheen voor het raam. Dus Emilie schoof de grendel weer weg en deed de deur open.

'Hallo!' Sebastian nam haar onderzoekend op. 'Weet je wel zeker dat je wil dat ik binnenkom?'

'Ja. Sorry. Er is ingebroken en ik had je auto niet herkend.'

'O god! Wat afschuwelijk!' Hij liep de keuken in. 'Is er iets gestolen?'

'Margaux dacht van niet, maar ik ging net naar boven om te controleren.'

'Wil je dat ik je help?'

'Ik...' Haar benen leken ineens van rubber en ze liet zich abrupt op een keukenstoel vallen.

'Je ziet lijkwit,' zei Sebastian. 'Blijf nog even zitten. Dan zorg ik eerst voor het Engelse middel tegen alle kwalen. Een kop thee! Je bent verschrikkelijk geschrokken. Probeer weer rustig te worden, dan zet ik ondertussen water op.'

'Dank je wel.' Ze voelde zich beverig en verdwaasd. Frou-Frou kwam naast haar stoel staan en jankte omdat ze geknuffeld wilde worden. Emilie nam het beestje op schoot en begon haar te aaien. De beweging had iets troostends, merkte ze.

'Hoe zijn ze binnengekomen?' vroeg Sebastian.

'Door de achterdeur. Tenminste, dat denken we. Maar ze zijn door de voordeur vertrokken, en nu is de sleutel weg. Ik moet zo snel mogelijk een slotenmaker laten komen om een nieuw slot op de deur te zetten.'

'Heb je hier een telefoonboek?' Sebastian zette een mok voor haar op tafel. 'Terwijl jij je thee drinkt, kan ik een slotenmaker voor je bellen.' Hij haalde zijn mobiele telefoon tevoorschijn.

'Het telefoonboek ligt in de la.' Emilie wees naar een groot dressoir. 'Maar doe geen moeite. Het is niet jouw probleem. Ik zoek het wel uit...'

Hij had de la al opengetrokken en het telefoonboek eruit gehaald.

'Hm,' zei hij na enig zoeken. 'Er zijn drie slotenmakers in St. Tropez en een in La Croix Valmer. Zal ik ze meteen maar bellen, om te zien wie er beschikbaar is?' Hij koos het eerste nummer. 'Hallo? Goeiemiddag, ik bel van het chateau De la Martinières en ik vroeg me af of...'

Emilie luisterde niet, maar dronk haar thee en koesterde zich dankbaar in het troostrijke besef dat iemand anders de leiding had genomen.

'Jammer,' zei Sebastian nadat hij het gesprek had beëindigd. 'Hij kan morgenochtend pas komen, maar hij zei wel dat hij ervaring heeft met het vervangen van oude sloten.' Sebastian keek haar aan. 'Volgens mij begin je weer een beetje kleur te krijgen. Kun je het aan om het huis te controleren? Het wordt straks donker, dus je moet er niet te lang mee wachten. Als je dat wilt, ga ik met je mee.'

'Welnee. Je hebt vast en zeker wel wat anders te doen,' zei Emilie spijtig.

'Doe niet zo gek. Als Engelse gentleman zou ik een belaagde jonkvrouwe nooit in de steek laten.' Hij stak zijn hand uit om haar overeind te helpen. 'Kom, dan hebben we het maar gehad.'

'Dank je wel. Ik ben eigenlijk bang dat ze zich ergens verstopt hebben.' Emilie beet op haar lip. 'Margaux heeft ze niet zien weggaan.'

Alle kamers lagen er nog net zo bij als Emilie ze zich herinnerde. Omdat ze de inboedel niet tot in de details in haar hoofd had zitten, kon ze niet met zekerheid zeggen dat er niets ontbrak, maar toch voelde ze zich gerustgesteld na haar ronde met Sebastian.

'We hebben het hele huis gecontroleerd. Denk je dat ze zich nog ergens anders verstopt kunnen hebben?' vroeg hij.

'Misschien in de kelders. Maar daar ben ik nooit geweest,' bekende Emilie.

'Dan zou je toch even moeten gaan kijken, denk ik. Weet je hoe je er moet komen?'

'Volgens mij is er een deur in de hal, naast de deur naar de keuken.'

'Kom mee dan.'

'Denk je echt dat het nodig is?' vroeg Emilie met tegenzin. Donkere, gesloten ruimten joegen haar angst aan.

'Heb je liever dat ik alleen ga?'

'Nee, je hebt gelijk. Ik moet het zelf doen.'

'Maak je geen zorgen. Ik zal je beschermen,' zei hij grijnzend toen ze de hal in liepen. 'Is het deze deur?'

'Ja, dat denk ik.'

Sebastian schoof de roestige grendels weg en draaide met veel moeite de sleutel om. 'Nou, dat slot is in geen jaren gebruikt, dus ik kan me niet voorstellen dat er beneden iemand verstopt zit.' Met enige moeite wist hij de deur open te krijgen. Op zoek naar de schakelaar van het licht stuitte hij op een rafelig stuk touw boven zijn hoofd. Hij trok eraan en beneden hen floepte hier en daar een lamp aan. 'Mooi zo. Ik ga eerst.'

Aarzelend volgde Emilie hem de treden af, naar een kille ruimte met een laag plafond. Het rook er muf en vochtig.

'Wow!' verzuchtte Sebastian bij het zien van de lange wijnrekken, van onder tot boven gevuld met stoffige flessen. Hij trok er willekeurig een uit en veegde het etiket schoon. 'Château Lafite Rotschild, 1949. Ik ben geen kenner, maar volgens mij is dit voor een wijnhandelaar een droom die werkelijkheid wordt. Hoewel...' Hij legde de fles schouderophalend terug. 'Misschien zijn ze wel niet meer te drinken.'

Ze zwierven door de kelder, haalden hier en daar een fles uit een van de rekken en bekeken die.

'Ik zie niet één fles van na 1969, jij?' vroeg Sebastian. 'Blijkbaar is er na '69 niets meer met de verzameling gedaan. Wacht eens even...'

Sebastian zette de twee flessen die hij in zijn handen hield op de grond en haalde er nog vier uit het rek. En daarna nog zes. 'Hier zit iets achter. Een deur. Zie je dat?'

Emilie tuurde door het rek en zag wat hij bedoelde. 'Die leidt waarschijnlijk naar nog een kelder. Maar dan een kelder die niet werd gebruikt,' opperde ze hoopvol, want het liefst ging ze zo snel mogelijk weer naar boven.

'Ja, een huis als dit heeft natuurlijk diverse kelders. Aha!' Sebastian haalde de laatste fles weg, pakte het half verrotte houten wijnrek en trok het naar voren. 'Het is inderdaad een deur.' Hij veegde het spinrag van het slot en draaide aan de knop. De deur klemde doordat hij was kromgetrokken van het vocht. 'Zullen we kijken wat erachter ligt?'

'Ik eh...' Emilie voelde zich slecht op haar gemak en ging liever niet verder. 'De kelder hierachter is waarschijnlijk leeg.'

'We zullen zien.' Sebastian zette zich schrap en trok de deur open, schurend over de keldervloer. Toen tastte hij opnieuw naar een lichtknop, maar hij kon niets vinden.

'Blijf jij hier staan,' zei hij tegen Emilie, toen stapte hij naar voren, de duisternis in. 'Zo te zien komt er ergens daglicht naar binnen...' Hij werd opgeslokt door de duisternis. 'Ja, hier is een raampje... Au! Sorry, ik stoot mijn scheen.' Hij kwam terug naar de deur. 'Weet jij toevallig of hier ergens een zaklantaarn is?'

'Ik kan wel even boven kijken, in de keuken.' Emilie draaide zich om en liep naar de trap, dankbaar voor een excuus om te ontsnappen.

'Als je geen zaklantaarn kunt vinden, neem dan een paar kaarsen mee!' riep Sebastian haar na.

In de zaklantaarn die ze ten slotte vond, zaten geen batterijen, dus ze pakte een doos met oude waskaarsen en lucifers uit de provisiekast, haalde diep adem en daalde opnieuw de keldertrap af.

'Hier!' riep ze. Sebastian nam twee kaarsen uit de doos en hield ze vast, terwijl Emilie ze aanstak. Hij gaf er een aan haar en liep toen het donker weer in. Emilie volgde met tegenzin.

Midden in de kleine ruimte bleven ze staan en lieten het griezelige licht van hun kaarsen om zich heen schijnen. Zonder een woord te zeggen gaven ze hun ogen de kost.

'Ik kan me vergissen, maar het ziet eruit alsof hier ooit iemand heeft gewoond,' zei Sebastian ten slotte. 'Een bed met een tafeltje ernaast, een stoel bij het raam om althans een beetje licht op te vangen, een ladekast...' Hij gebaarde ernaar met zijn kaars. 'Er ligt zelfs nog een deken op het matras.'

'Ja, en er ligt een kleed op de grond,' viel Emilie hem bij toen haar ogen gewend raakten aan het gedempte licht. 'Maar wie zou hier nou willen wonen? Onder de grond?'

'Misschien een bediende?' opperde Sebastian.

'Onze bedienden hadden kamers op zolder. Het zou onmenselijk zijn om je personeel hier te laten slapen. Dat zou mijn familie nooit doen.'

'Nee, je hebt gelijk,' gaf Sebastian haastig toe. 'Kijk, daar is nog een deur.'

Hij liep erheen en maakte de kleine deur open. 'Dit ziet eruit alsof het als badkamer is gebruikt. Met een kraan aan de muur en een grote emaillen gootsteenbak op de grond eronder. En een wc.' Hij bukte zich en kwam voorzichtig weer naar buiten. 'Ooit heeft hier inderdaad iemand gewoond, maar wie?' Zijn ogen schitterden van opwinding. 'Kom, dan gaan we naar boven. We nemen een fles mee uit de kelder hiernaast, en dan proberen we onder het genot van een glas wijn te bedenken wat hier aan de hand kan zijn geweest.'

5

Toen ze weer boven was, in de keuken, begon Emilie plotseling hevig te rillen, van de kou in de kelder, of misschien was het een verlate reactie op de inbraak.

'Ga gauw een trui halen, dan probeer ik ondertussen het vuur aan te steken. Het is een koude avond,' zei Sebastian. 'Moet je horen hoe hard het waait!'

'Dat is de mistral. Dan wordt het altijd een stuk kouder. Ik denk trouwens niet dat we hout hebben voor de haard.'

'Geen hout? Je zit hier midden tussen de bomen! Natuurlijk is er hout.' Sebastian gaf haar een knipoog. 'Ik ben zo terug.'

Emilie liep naar boven, pakte een vest uit de kast en trok een deken van haar bed. Toen controleerde ze of alle luiken goed dichtzaten, want het begon steeds harder te waaien. Veel mensen waren bang voor de mistral, de harde wind die meedogenloos door de vallei van de Rhône blies, vaak onaangekondigd en binnen enkele minuten op volle sterkte. Er deden allerlei bijgelovige praatjes de ronde, van hekserij die door de wind werd opgeroepen, tot de hormonale cyclus van vrouwen en het gedrag van dieren die door de mistral zouden worden beïnvloed. Toch had Emilie altijd bewondering gevoeld voor het majestueuze natuurgeweld, en wanneer het was uitgewoed, leek de hele wereld opgefrist.

Sebastian kwam tien minuten later de keuken weer binnen met een kruiwagen vol afgewaaide takken uit de tuin en een paar oude houtblokken die hij in een schuur had gevonden. 'Zo, nou zullen we eens zorgen dat we de boel warm krijgen. Waar kan ik het vuur aansteken?'

Emilie nam hem mee naar de ochtendkamer. Het duurde niet lang of de vlammen knetterden vrolijk.

'Wat een geweldige haard,' zei Sebastian goedkeurend, terwijl hij zijn handen afveegde aan zijn broek. 'Toen het chateau werd gebouwd, wisten ze nog hoe ze een fatsoenlijke schoorsteen moesten metselen.'

'Ik zou niet eens weten hoe ik de haard moest aansteken,' bekende Emilie. 'Vroeger deden de bedienden dat, hier en in Parijs, en in mijn appartement heb ik geen open haard.'

'Nou, prinses...' Sebastian keek haar grijnzend aan. 'Waar ik vandaan kom, is de haard een vast onderdeel van het dagelijks leven. Afijn, ik ga die fles uit de kelder opentrekken. Het zal mij benieuwen of hij nog te drinken is. Als je het goedvindt, kijk ik ook even in de keuken of ik iets te eten kan vinden. Ik heb de hele dag nog niet gegeten, en volgens mij zou het voor jou ook goed zijn om iets in je maag te hebben.'

'O, maar...' Toen Emilie aanstalten maakte op te staan, duwde Sebastian haar weer op de bank.

'Niks daarvan. Jij blijft hier en je zorgt dat je het weer lekker warm krijgt. Ik zie wel wat ik kan vinden.'

Emilie trok de deken dichter om zich heen, en terwijl ze in de vlammen staarde en zich koesterde in de warmte van het vuur, genoot ze van het gevoel dat er voor haar werd gezorgd. Dat was niet meer gebeurd sinds ze een klein meisje was. Denkend aan haar favoriete kindermeisje trok ze haar benen op de bank, ze legde haar hoofd op de versleten damastzijden bekleding en sloot haar ogen.

'Emilie!' Ze voelde een hand op haar schouder die haar zacht heen en weer schudde. 'Wakker worden, lieverd.' Ze keek op, recht in de lichtbruine ogen van Sebastian.

'Het is bijna negen uur. Je hebt twee uur geslapen. En het eten is klaar.'

Slaperig en beschaamd schoot Emilie overeind. 'O, sorry! Wat erg!'

'Onzin. Dat geeft niks. Je bent gewoon doodmoe. Ik heb het eten maar meegenomen, want het is steenkoud in de keuken. De mistral ging verschrikkelijk tekeer toen ik terugkwam van de supermarkt. Tast toe.' Hij zette een bord met dampende spaghetti bolognese op de lage tafel voor haar. 'En de wijn uit de kelder ruikt goed. Laten we eens proeven of hij nog te drinken is.' Sebastian bracht het glas naar zijn mond, nam aandachtig een slok en knikte aangenaam verrast. 'Verrukkelijk! Ik hoop niet dat ik een fles van een paar honderd franc heb opengetrokken bij de spaghetti!'

'Ach, er staat beneden zo veel. Een fles meer of minder maakt niet uit.' Emilie pakte haar glas en dronk. 'Hij is inderdaad heerlijk.' Ze nam een hap spaghetti. Ineens besefte ze hoeveel trek ze had. 'Wat aardig dat je hebt gekookt. En trouwens, je bent een goede kok.'

'Dat zou ik niet willen beweren, maar ik weet hoe je een paar basisingrediënten moet combineren. Terwijl jij sliep, heb ik eens nagedacht over die vermoedelijke Matisse. Hoe je het best te werk zou kunnen gaan. En ik heb een vriend gebeld bij Sotheby's in Londen. Hij heeft me iemand in Parijs aanbevolen. Ik heb zijn nummer, dus als je dat wilt, kun je morgen het balletje aan het rollen brengen.'

'Bedankt. Ik zal zeker contact met hem opnemen.'

'Hij is een van de beste veilingmeesters in Parijs, en mijn vriend kan hem warm aanbevelen. Eerlijk gezegd had ik er dolgraag bij willen zijn als hij het schilderij te zien krijgt. Ik ben zo benieuwd of ik gelijk heb.' Sebastian keek haar glimlachend aan.

'Wat mij betreft kun je erbij zijn. Wanneer ga je terug naar Engeland?'

'Eind volgende week. Dus tot die tijd ben ik beschikbaar als je me nodig hebt. Er is zo veel waaraan je moet denken. Maar het voornaamste is een goede beveiliging. De slotenmaker komt morgen voor de voordeur. Als je dat wilt, kan ik hem vragen of hij hier in de buurt iemand weet die het chateau kan voorzien van een alarminstallatie.'

'Als je dat echt nodig vindt, dan zou ik daar enorm mee geholpen zijn,' zei ze dankbaar. 'Want ik heb geen idee hoe ik zoiets moet aanpakken.'

'Oké, dat is dan afgesproken,' zei Sebastian tussen twee happen spaghetti door. 'En dan het aanzienlijk interessantere vraagstuk van die geheime schuilplaats in de kelder. Heb jij inmiddels enig idee wat daarachter zou kunnen zitten?'

'Nee.' Emilie schudde haar hoofd. 'Ik ben bang dat ik heel weinig weet van de geschiedenis van mijn familie.'

'Ik heb me natuurlijk afgevraagd of die kamer misschien in de oorlog als schuilplaats is gebruikt. God, je moet er toch niet aan denken! Ik zou van een paar minuten al gek worden.' Sebastian trok zijn wenkbrauwen op. 'Kun je je voorstellen hoe het moet zijn geweest om daar dagen, weken, misschien zelfs maanden te zitten?'

'Nee, dat is inderdaad onvoorstelbaar. Leefde mijn vader nog maar, dan kon ik het hem vragen. Ik schaam me dat ik zo weinig van het verleden weet. Misschien verandert dat wanneer ik aan de slag ga met wat mijn ouders me hebben nagelaten.'

'Vast en zeker.' Sebastian stond op en begon af te ruimen.

'Laat mij dat alsjeblieft doen. Jij hebt al genoeg gedaan,' drong Emilie aan. 'Trouwens, ik neem aan dat je onderhand weg wilt.'

'Wat?' Vol afschuw keek hij haar aan. 'Je denkt toch niet dat ik je vannacht alleen laat met een voordeur die niet op slot kan? Ik zou geen oog dichtdoen. Laat me alsjeblieft hier blijven, Emilie. Ik kan op de bank slapen. Voor de haard. Dan heb je geen last van me.'

'Sebastian, ik red me wel. Echt waar. De bliksem slaat nooit twee keer op dezelfde plek in, zeggen ze toch? Bovendien, zoals ik al tegen de gendarme zei, ik kan de deur van mijn slaapkamer op slot doen. Ga alsjeblieft naar huis. Ik heb al veel te veel beslag gelegd op je tijd,' drong ze aan.

'Nou ja, als je je niet op je gemak voelt met mij over de vloer...'

'Nee, dat is het niet. Ik voel me gewoon bezwaard omdat ik je zo tot last ben,' verzekerde Emilie hem haastig. 'Tenslotte kennen we elkaar nauwelijks.'

'Voel je alsjeblieft niet bezwaard. En trouwens, mijn bed in de gîte is zo hard als een plank.'

'Nou ja, als je het echt niet vervelend vindt, dan graag. En natuurlijk hoef je niet op de bank te slapen. Er zijn boven kamers genoeg.'

'Oké.' Sebastian pakte de pook die naast de haard hing. 'En deze neem ik vannacht mee. Gewoon voor de zekerheid.'

Nadat ze samen hadden afgewassen, deed Emilie de achterdeur op slot en ging ze Sebastian voor, de trap op, de gang door, naar een van de slaapkamers. 'Margaux zorgt dat het bed hier altijd is opgemaakt, voor als er onverwacht iemand blijft slapen. Ik hoop dat alles naar wens is.'

'Het kan ermee door,' grapte Sebastian, terwijl hij zijn blik over het kostbare, Franse antiek liet gaan. 'Bedankt, Emilie. Slaap lekker.'

'Jij ook. Welterusten.'

Sebastian deed een stap in haar richting. Emilie trok intuïtief de deur dicht en haastte zich de gang door, naar haar eigen kamer. Nadat ze de sleutel had omgedraaid in het slot, liet ze zich op haar bed vallen. Ze was buiten adem, zonder te weten waarom.

Vanwaar die reactie, vroeg ze zich af. Sebastian had haar waarschijnlijk alleen maar een onschuldige nachtzoen willen geven. Maar dat zou ze nooit weten. Gefrustreerd sloeg ze op haar matras.

Na een onrustige nacht – de nabijheid van Sebastian voelde wonderlijk intiem, en dat maakte dat ze erg gespannen was – liep Emilie de volgende morgen naar beneden om koffie te zetten, in de veronderstelling dat hij nog sliep. Ze was dan ook verrast toen ze een auto hoorde aankomen, waarop Sebastian even later de keuken binnenstapte.

'Goeiemorgen. Ik ben naar de bakker geweest. Maar ik wist niet wat je wilde als ontbijt, dus ik heb baguettes, croissants en *pain au chocolat.* O, en een pot met mijn favoriete Franse jam.' Hij stalde zijn boodschappen uit op de keukentafel.

'Bedankt.' Dat zei ze wel erg vaak, besefte ze. 'Ik heb koffiegezet.'

'Vers brood halen 's ochtends, dat is een van de dingen die ik altijd zo leuk vind in Frankrijk. In Engeland is die traditie allang verdwenen. O, en de slotenmaker belde. Hij is er over een uur.'

'Ik voel me zo onnozel,' verzuchtte ze. 'Toen ik gisteren naar het dorp ging, had ik natuurlijk gewoon de achterdeur op slot moeten doen.'

'Emilie,' zei hij toegeeflijk, en hij legde een hand op haar schouder. 'Je hebt de laatste twee weken onder enorme druk gestaan. Verdrietige, schokkende ervaringen kunnen op allerlei niveaus doorwerken.' De hand op haar schouder begon haar te masseren. 'Je moet niet te hard zijn voor jezelf. Gelukkig is er niets ergs gebeurd. Beschouw het als een waarschuwing. Zo, wat wil je als ontbijt?'

'Baguette, croissant... het maakt me niet uit.' Ze maakte zich van hem los om koffie in te schenken. Toen ging ze zwijgend aan tafel zitten en terwijl ze at, luisterde ze hoe Sebastian belde met de beveiligingsbedrijven die de slotenmaker had aanbevolen.

'Oké,' zei hij ten slotte. Hij legde de telefoon neer en maakte wat aantekeningen. 'Ze zeggen allemaal dat ze een alarminstallatie kunnen verzorgen, maar voordat ze een prijsopgaaf kunnen geven, moeten ze eerst komen kijken. Wil je dat morgen doen?'

'Ja, graag.' Ze keek abrupt naar hem op. 'Waarom doe je zo veel voor me?'

'Wat een rare vraag. Ik denk omdat ik je aardig vind, en omdat ik zie dat je het zwaar hebt. Bovendien weet ik zeker dat mijn oma Constance zou willen dat ik de dochter van haar vriend Édouard help. Wat die Matisse betreft, wil je zelf met die man in Parijs praten over een eventuele taxatie, of moet ik het doen?'

Emilie was een beetje misselijk na een ontbijt waar ze niet om had gevraagd. 'Misschien is het beter als jij het doet. Jij bent in die materie thuis, dus jou begrijpt hij.'

'Oké. En als hij toch hier is, stel ik voor dat hij ook de andere schilderijen bekijkt. Het kan nooit kwaad om kunst door twee of drie experts te laten taxeren.'

'Oké, prima. En dan is er nog de kunst in het huis in Parijs. Die moet ik ook laten taxeren.'

'Wanneer ga je terug naar de stad?' vroeg Sebastian.

'Ik hoop snel,' zei ze met een zucht. 'Maar je hebt gelijk, zolang ik hier ben kan ik maar beter zorgen dat ik zo veel mogelijk gedaan krijg. Mocht ik besluiten het chateau niet te verkopen, dan is dat nog maar het begin.'

'Denk je erover om het chateau te houden?'

'Ja. Hoewel... als ik al zoiets simpels vergeet als de achterdeur op slot doen, is het misschien wel erg onnozel om een project te overwegen dat voor iedereen een uitdaging zou betekenen.'

'Ach, ik wil je met plezier helpen,' zei Sebastian.

'Dat is erg aardig van je. Dank je wel.' Omdat Frou-Frou bij de keukendeur stond te piepen, liet Emilie haar naar buiten. 'Maar ik neem aan dat je ook een eigen leven hebt?'

'Jawel. Maar schilderijen zijn nu eenmaal mijn passie, dus het is niet echt een opoffering. Wat wil je met de bibliotheek? Moet ik op zoek gaan naar een expert op het gebied van zeldzame boeken, om een blik op de collectie te komen werpen?'

'Nee, dank je,' zei Emilie haastig. Het duizelde haar. 'Daar is geen haast bij, want ik ben niet van plan de boeken te verkopen. Ik moet Gerard bellen, mijn notaire. Hij heeft gistermiddag drie boodschappen ingesproken, maar ik heb hem nog niet teruggebeld.'

'Terwijl jij dat doet, ga ik even naar mijn gîte om te douchen en andere kleren aan te trekken. Tot straks. O, en denk erom,' hielp hij haar herinneren, 'de slotenmaker kan elk moment hier zijn.'

'Dank je wel.'

Nadat ze de slotenmaker de voordeur had gewezen, ging Emilie terug naar de keuken en belde Gerard. Ze voelde althans een lichte bevrediging toen ze hem kon vertellen dat ze alles onder controle had. Bovendien sprak ze af hem over een week te treffen in Parijs, in het huis van haar ouders. Daarna keek ze hoe het werk van de slotenmaker vorderde en liep ze naar de bibliotheek, omdat ze behoefte had aan de rust die daar heerste. Terwijl ze langs de planken liep, besefte ze wat een reusachtige klus het zou zijn om de duizenden boeken op te slaan in geval van renovatie of verkoop van het chateau.

Haar oog viel op twee boeken die niet keurig in het gelid stonden maar iets naar voren staken. Ze nam ze uit de kast – het waren boeken over het kweken van fruit, zag ze – en zette ze weer netjes terug tussen de andere. Toen ze weer naar de keuken liep, hoorde ze autobanden knerpen op het grind.

Sebastian kwam buiten adem binnenstormen. 'Emilie! Ik heb geprobeerd je te bellen!' Hij ging met een hand door zijn haar. 'Je hondje lag langs de weg. Ik heb haar gevonden. Volgens mij is ze zwaargewond. We moeten onmiddellijk naar de dierenarts. Ik heb haar al op de achterbank gelegd. Kom, dan gaan we meteen!'

Vervuld van afschuw haastte Emilie zich naar buiten en ging naast de hevig bloedende Frou-Frou zitten. Het hondje ademde nauwelijks. Sebastian trapte het gaspedaal diep in en reed naar de dierenarts in La Croix Valmer, tien minuten rijden van het chateau. De tranen stroomden over Emilies wangen terwijl ze Frou-Frou aaide, die meer dood dan levend op haar schoot lag.

'Ik heb haar vanmorgen naar buiten gelaten,' zei ze snikkend. 'En toen kwam de slotenmaker, en toen ben ik vergeten haar weer naar binnen te halen. Anders blijft ze altijd in de buurt, maar misschien is ze achter je auto aan gelopen... en eenmaal op de weg... Ze is blind, dus ze ziet het verkeer niet... O god! Hoe kon ik haar nou toch vergeten?'

'Emilie, rustig. Je moet proberen kalm te blijven. Misschien kan de dierenarts nog iets voor haar doen,' probeerde Sebastian haar te troosten.

Maar één blik op het ernstige gezicht van haar collega vertelde Emilie wat ze eigenlijk al had geweten.

'Het spijt me heel erg, mademoiselle, maar ze heeft ernstige inwendige verwondingen. We zouden haar kunnen opereren, maar het is al een oud beestje, en ze is erg verzwakt. Dus misschien kunnen we beter zorgen dat ze zo pijnloos mogelijk inslaapt. Dat zou u zelf ook adviseren, neem ik aan?' opperde hij vriendelijk.

'Ja.' Emilie knikte verdrietig. 'Natuurlijk. U hebt gelijk.'

Twintig minuten later, nadat ze Frou-Frou een afscheidskus had gegeven terwijl de dierenarts het hondje een injectie gaf, en nadat er een laatste siddering door het kleine lijfje was gegaan, kwam Emilie weer naar buiten, stuk van verdriet, met knikkende knieën, steunend op de arm van Sebastian.

'Mijn moeder was zo dol op haar. Ik had beloofd dat ik goed voor haar zou zorgen en...'

'Kom maar, lieverd, dan breng ik je naar huis.' Sebastian loodste haar naar de auto.

Vermorzeld door schuldgevoel en verdriet zat Emilie naast hem. Thuisgekomen liep ze de keuken in, ze ging aan de tafel zitten en ze liet haar hoofd in wanhoop op haar armen vallen.

'Ik kan niet eens voor een hond zorgen! Ik ben hopeloos. Mijn moeder had gelijk! Ik kan niks. Helemaal niks! En ik ben nota bene de laatste overlevende van een roemrijk, adellijk geslacht, vol heldhaftige voorouders, onder wie mijn eigen vader! En moet je me nou zien. Ik deug helemaal nergens voor!'

Alle pijn om de levenslange teleurstelling die ze voor haar moeder was geweest, kwam naar boven. Emilie snikte als een kind, met haar armen om haar hoofd geslagen, op zoek naar troost.

Toen ze haar hoofd eindelijk weer ophief, zag ze dat Sebastian tegenover haar zat. Hij zei niets, hij keek haar alleen maar aan.

'Sorry!' verontschuldigde ze zich beschaamd. 'Het spijt me. Ik... ik deug nergens voor! En dat is altijd al zo geweest,' bracht ze gesmoord uit.

Sebastian stond langzaam op, liep om de tafel heen en liet zich naast haar op zijn hurken zakken. 'Emilie...' Hij gaf haar een zakdoek om haar neus te snuiten. 'Het beeld dat je van jezelf hebt, en dat je blijkbaar door je moeder is aangepraat, klopt van geen kanten. Ik ken je nog maar net...' Hij glimlachte en streek een lok haar achter haar oor. 'Maar ik vind je een dappere, sterke, intelligente vrouw. En bovendien een mooie vrouw.'

'Mooi!' Emilie keek hem spottend aan. 'Het is aardig van je dat je me probeert op te beuren. Dat waardeer ik. Maar je moet wel eerlijk blijven, anders voel ik me niet serieus genomen. Ik ben niet "mooi"!'

'Dat is zeker ook iets wat je moeder je heeft wijsgemaakt?'

'Dat heeft ze me niet wijsgemaakt, dat ís zo!' zei Emilie heftig.

'Sorry, maar daar denk ik dan heel anders over. Het is het eerste wat ik dacht toen ik je leerde kennen. En hoezo, je deugt nergens voor? Dat is de grootste onzin die ik ooit heb gehoord. Wat ik in deze korte tijd met je heb meegemaakt, bewijst dat je verbazend sterk bent in een situatie die heel wat anderen tot totale wanhoop zou hebben gebracht. En je hebt het allemaal zo goed als alleen gedaan. Ik meen wat ik zeg, Emilie,' zei hij bezwerend. 'Wat de houding van je moeder ook mag zijn geweest, je moet ophouden jezelf door haar ogen te zien. Want je moeder had het mis, lieverd. Ze had het heel erg mis. Bovendien is ze er niet meer. Nu ben jij aan de beurt. Ze kan je geen pijn meer doen. Nooit meer. Kom eens bij me.'

Sebastian trok haar tegen zich aan. Hij hield haar stijf vast terwijl ze snikkend haar hoofd op zijn schouder liet rusten. 'Alles komt goed. Dat beloof ik. En als je me nodig hebt, dan ben ik er voor je.'

Ze tilde haar hoofd op en keek hem aan. 'Hoe kan je dat nou allemaal zeggen? Je kent me nauwelijks!'

'Ach, we hebben een paar behoorlijk heftige dagen achter de rug.' Sebastian grinnikte. 'Als ik je in Parijs had ontmoet en als we alleen nog maar een paar keer uit eten waren geweest, dan had ik niet zo stellig mijn mening durven geven. Tegenspoed levert soms ook iets positiefs op. Barrières die onder normale omstandigheden wekenlang overeind blijven, worden sneller neergehaald. Bovendien denk ik dat ik je begrijp. En als jij me die kans geeft, zou ik graag nog veel langer bij je willen blijven.' Hij hield haar een eindje van zich af en legde zijn hand onder haar kin om haar te dwingen hem aan te kijken. 'Ik weet dat het allemaal erg snel gaat, en dat je bang bent en geschrokken, dus ik wil je niet onder druk zetten, Emilie. Dat is echt het laatste wat ik wil. En dat zal ik ook niet doen. Dat beloof ik. Maar als ik eerlijk ben, zou ik je nu heel graag willen kussen.'

'Mij?' Emilie glimlachte vluchtig.

'Ja. Is dat zo schokkend?' vroeg hij met tedere spot. 'Wees maar niet bang, ik zal me niet opdringen. Ik wilde alleen eerlijk zijn.'

'Dank je wel.' Terwijl ze hem aankeek, kwam ze tot een besluit. Ze boog zich naar hem toe en streek heel voorzichtig met haar lippen langs de zijne. 'Dank je wel. Voor alles. Je bent zo lief voor me geweest, ik...'

Hij legde zijn handen langs haar gezicht en beantwoordde haar kus. Toen liet hij haar plotseling los, alsof hij zichzelf tot de orde riep. 'Je moet eerlijk zeggen of je dit wel wilt.' Hij pakte haar hand en vlocht zijn vingers door de hare. 'Want je mag niet denken dat ik misbruik maak van de situatie. Dat wil ik niet. Je bent in de war, dus je kunt onmogelijk weten wat je voelt en...'

'Maak je geen zorgen.' Nu was het haar beurt om hem gerust te stellen. 'Ik weet wat ik doe. Je hebt het net zelf gezegd, ik ben een grote meid. Dus nogmaals, maak je geen zorgen.'

'Oké,' antwoordde hij zacht.

Terwijl hij haar opnieuw in zijn armen nam, voelde ze dat de pijn langzaam van haar af viel. En ze gaf zich over aan zijn liefkozingen.

6

PARIJS, JANUARI 1999 – NEGEN MAANDEN LATER

Vanaf de achterste rij in de veilingzaal keek Emilie naar het snaterende gezelschap rijke, moeiteloos chique Parijse vrouwen, die hun zorgvuldig gemanicuurde hand opstaken om te bieden op een schitterend halssnoer van gele diamanten met bijpassende oorbellen. Een blik in de catalogus, op de cijfers die ze in de kantlijn had geschreven, vertelde haar dat de verkoop tot dusverre bijna twaalf miljoen franc had opgebracht.

In de komende weken zou de hele inboedel van het huis in Parijs ook onder de hamer komen, op een paar schilderijen en meubels na die ze had besloten te houden en te laten overbrengen naar het chateau. Het huis zelf was al verkocht, de nieuwe eigenaars zouden er op korte termijn intrekken.

Ze voelde een lichte druk op haar linkerhand en draaide zich om. ‘Gaat het?’ vroeg Sebastian fluisterend.

Ze knikte, dankbaar voor de manier waarop hij met haar meevoelde terwijl ze er getuige van was hoe haar moeders waardevolle sieradencollectie werd geveild. Met de opbrengst zou ze een groot deel van de schuld kunnen afbetalen die Valérie bij de bank had opgebouwd. Het geld dat ze bij de overdracht van het huis zou krijgen, kon ze vervolgens gebruiken om eindelijk een begin te maken met de renovatie van het chateau. Bovendien was de Matisse dankzij Sebastians bemiddeling authentiek verklaard. Hij had er onmiddellijk een particuliere koper voor gevonden en haar trots een cheque van vijf miljoen franc overhandigd.

'Jammer dat het doek niet gesigneerd was,' had hij verzucht. 'Dan zou het minstens drie keer zo veel hebben opgebracht.'

Emilie wierp een zijdelingse blik op hem, terwijl hij het koortsachtige bieden op de ketting en de oorbellen met geamuseerde belangstelling volgde. Ze betrapte zich er regelmatig op dat ze verwonderd naar hem keek, nog altijd verbaasd dat hij op haar pad was gekomen en haar leven zo onherroepelijk had veranderd.

Hij had haar gered. Alles was inmiddels anders. Ze had een beetje het gevoel dat ze was ontwaakt uit een lange, pijnlijke droom en de zon tegemoet was gelopen. Aanvankelijk had ze zich terughoudend opgesteld en niet echt in zijn gevoelens voor haar durven geloven, bang dat hij weer zou verdwijnen en haar in de steek zou laten. Maar toen de weken zich aaneenregen en hij haar met warmte en zorg bleef omringen, had ze haar verzet uiteindelijk opgegeven. Inmiddels waren ze negen maanden verder en koesterde ze zich in zijn liefde, als een verwelkte bloem die opbloeide nadat hij water had gekregen. Wanneer ze in de spiegel keek, was er niets meer over van de hopeloosheid die vroeger om haar heen had gehangen. Haar ogen schitterden, ze straalde en haar huid glansde... Er waren zelfs dagen waarop ze zichzelf eigenlijk best aantrekkelijk vond.

En niet alleen dat, Sebastian had haar bovendien geweldig geholpen met het enorme karwei om haar erfenis uit te zoeken en te regelen. Hoewel ze zich soms alleen had moeten redden omdat hij heen en weer reisde tussen Frankrijk en zijn galerie in Engeland, was hij zo veel mogelijk bij haar gebleven om haar terzijde te staan bij het taxeren, en daarna met het leeghalen van het huis in Parijs. Toen dat allemaal achter de rug was, begonnen de gesprekken met architecten, opzichters en aannemers om vast te stellen wat er allemaal aan het chateau moest gebeuren om het in zijn oude glorie te herstellen. En wat dat ongeveer zou gaan kosten.

Emilie was zich ervan bewust dat ze hoe langer hoe meer op Sebastian begon te leunen, niet alleen emotioneel, maar ook als het ging om het organisatorische en financiële doolhof waardoor ze zich een weg moest zien te banen. Het was niet zozeer dat ze zich geen raad wist met de eindeloze papierwinkel die Gerard haar stuurde, of met zijn voorstellen hoe ze het geld zou kunnen investeren wanneer het eenmaal beschikbaar kwam, het was meer een kwestie van desinteresse. Net als haar vader was ze gewoon niet in geld geïnteresseerd. Zolang ze genoeg had om het chateau te renoveren en om zichzelf in de toekomst te bedruipen, liet het haar onverschillig waar ze haar geld had staan en hoe het werd beheerd. Ze was veel te gelukkig om zich in dat soort zaken te verdiepen.

Terwijl ze hoorde dat de biedingen voor het halssnoer en de oorbellen de verwachte opbrengst van een miljoen tweehonderdduizend franc passeerden, nam Emilie zich plechtig voor dat ze haar financiele situatie tot in de details met Sebastian zou doornemen na de definitieve overdracht van het huis in Parijs. Het was belangrijk dat ze de controle behield, besefte ze, maar Sebastian was nu eenmaal veel beter in dat soort dingen. Ze had geleerd hem onvoorwaardelijk te vertrouwen. En tot dusverre had hij dat vertrouwen niet beschaamd.

De veilingmeester liet zijn hamer neerkomen en Sebastian keek haar glimlachend aan.

'Wow! Driehonderdduizend franc meer dan we hadden verwacht. Gefeliciteerd, lieverd.' Hij kuste haar liefdevol op haar wang.

'Dank je wel.' Toen ze zag dat de veilingmeester een simpel snoer van roomwitte parels met bijpassende oorbellen omhooghield proefde ze plotseling een smaak van gal in haar keel. Ze boog haar hoofd.

Sebastian merkte direct dat er iets aan schortte. 'Emilie, wat is er?'

'Mijn moeder droeg die parels bijna elke dag. Zo lang als ik me kan herinneren. Ik... Sorry.' Ze stond op en liep de zaal uit, op zoek naar de wc's. Daar liet ze zich in een van de hokjes op het gesloten wc-deksel zakken, met haar handen voor haar gezicht. Ze was duizelig, misselijk, verrast door haar eigen reactie. Tot op dat moment had het haar emotioneel niet echt geraakt om afstand te doen van haar moeders eigendommen. Verdriet had ze nauwelijks gevoeld, eerder opluchting dat ze eindelijk was bevrijd van haar verleden.

Ze staarde naar de fraai bewerkte eikenhouten wc-deur. Had ze te hard over Maman geoordeeld? Valérie had haar tenslotte nooit geslagen. Het feit dat zij zich als dochter volslagen onbelangrijk had gevoeld in de wereld van haar moeder – hoogstens een soort aanhangsel, nooit een prioriteit – betekende niet dat haar moeder een slecht mens was. In Valéries wereld had alles om Valérie gedraaid; er was simpelweg geen ruimte geweest voor anderen.

En... toen ze op haar dertiende zo ziek was en dat afschuwelijke was gebeurd, was dat geen wreedheid geweest van haar moeder, besefte Emilie. Het was gebeurd omdat haar moeder gewoon weer eens geen aandacht voor haar had gehad.

Ze stond op, liep de wc uit en spetterde wat water in haar gezicht.

'Ze heeft haar best gedaan. Meer zat er gewoon niet in. Je moet haar vergeven,' zei ze tegen de spiegel. 'Laat het los.'

Na een paar keer diep zuchten verliet ze de wc's. Sebastian stond in de gang op haar te wachten.

'Gaat het een beetje?' vroeg hij ongerust en hij nam haar in zijn armen.

'Ja. Ik werd ineens niet lekker, maar nu gaat het wel weer.'

'Ach, lieverd. Daar zou iedereen door van streek raken.' Hij wees naar de deur van de veilingzaal. 'Zien hoe de aasgieren zich op de overblijfselen van je moeders leven storten. Weet je wat, laten we ergens gaan lunchen. Er is geen enkele reden om te blijven en nog meer van streek te raken.'

'Ja, dat lijkt me heerlijk,' zei Emilie dankbaar.

Door een frisse januariwind nam Sebastian haar mee naar een restaurant waar hij al vaker had gegeten.

'Niet chic, eerder eenvoudig,' vertelde hij. 'Maar de bouillabaisse is uitstekend. Zeker op een koude dag als vandaag.'

Ze gingen aan een van de landelijke, houten tafels zitten. Verkleumd als ze was, koesterde Emilie zich in de warmte van de haard die lustig brandde. Sebastian bestelde bouillabaisse en nam haar handen in de zijne om ze warm te wrijven.

'Het is bijna voorbij. Denk daar maar aan. Dan kun je het verleden achter je laten en je op de toekomst richten.'

'Zonder jou had ik het niet gered, Sebastian. Ik ben je zo dankbaar.' Er glinsterden tranen in haar ogen.

'Ik heb het met plezier gedaan,' zei hij vol overtuiging. 'En misschien is dit het moment om het ook over ónze toekomst te hebben.'

Op slag bonsde haar hart in haar keel. Ze had het zo druk gehad met het verleden dat ze in het heden van dag naar dag had geleefd, zonder verder vooruit te kijken. Bovendien had ze nauwelijks aan de toekomst durven denken. Ze had geen idee hoe Sebastian hun relatie zag, en onzeker als ze was durfde ze er niet naar te vragen. Dus ze wachtte zwijgend af wat hij ging zeggen.

'Mijn werk ligt in Engeland. Daar heb ik mijn galerie, dat weet je. De afgelopen maanden heb ik mijn best gedaan de zaak zo goed mogelijk draaiende te houden, maar eerlijk is eerlijk, ik heb de boel wel een beetje verwaarloosd...'

'En dat komt door mij,' viel Emilie hem schuldbewust in de rede. 'Je hebt zo veel voor me gedaan, en dat is ten koste gegaan van je werk.'

'Ach, dat valt wel mee,' stelde hij haar gerust. 'Maar het wordt wel tijd dat ik terugga. Dat ik me meer op de galerie en alles wat daarbij hoort concentreer. Maar dan moet ik ook fysiek aanwezig zijn en er ruimte voor hebben in mijn hoofd.'

'Dat begrijp ik...' Haar stem stierf weg terwijl de betekenis van wat hij zei tot haar doordrong. Hij had haar door een moeilijke periode heen geholpen, maar nu het ergste achter de rug was, had ze hem niet langer nodig. Was dat wat hij wilde zeggen? Emilies maag draaide zich om.

Blijkbaar verraadden haar ogen wat ze dacht, want Sebastian pakte haar hand en drukte er een kus op. 'Nee, gekkie. Ik weet wat je denkt, maar zo bedoel ik het niet. Ik moet terug naar Engeland, in elk geval voorlopig, maar ik denk er niet aan om jou hier te laten.'

'Maar... wat wil je dan?'

'Dat je met me meegaat.'

'Naar Engeland?'

'Ja. Trouwens, spreek je een beetje Engels? Ik heb geen idee, want we hebben alleen maar Frans gesproken.' Hij grijnsde.

'Natuurlijk.' Ze knikte. 'Mijn moeder stond erop dat ik Engels leerde, en in de praktijk had ik soms ook patiënten uit Engeland.'

'Mooi zo. Dat scheelt een stuk. Dus misschien kun je met me mee. In elk geval voor een tijdje. Je appartement hier kun je verhuren. Dus wat vind je? Dan kan ik je laten kennismaken met ons bier en een delicatesse als onze *yorkshire pudding*.'

'En het chateau dan? Ik zal toch hier moeten zijn om toezicht te houden op de werkzaamheden?'

'Ach, wanneer ze eenmaal met de renovatie zijn begonnen, is het huis de eerstkomende maanden een bouwplaats. Er moeten nieuwe leidingen worden gelegd, alle bedrading moet worden vernieuwd, om nog maar te zwijgen van het dak. Dat moet ook worden vervangen. Dus zolang er wordt gewerkt, kun je er niet wonen. Zeker niet in de wintermaanden. Je kunt natuurlijk in Parijs blijven en op en neer reizen naar Gassin, maar vanuit Engeland ben je met het vliegtuig net zo snel in Nice. En dan zouden we samen zijn. Tenminste...' Hij keek haar aan. 'Je moet het wel willen, natuurlijk.'

'Ik...'

'Weet je wat, denk er even over na,' viel Sebastian haar in de rede. 'Van mij uit geredeneerd zou het een stuk eenvoudiger zijn als je met me meeging naar Engeland. Dan hoef ik niet voortdurend heen en weer te vliegen. Maar de keuze is aan jou. En natuurlijk begrijp ik het als je besluit in Frankrijk te blijven.'

'Maar...' Emilie wist niet goed hoe ze het onder woorden moest brengen. Wilde hij dat ze permanent naar Engeland verhuisde? Of alleen voor de periode waarin het chateau werd gerenoveerd?

'Emilie,' zei Sebastian met een zucht. 'Je bent als een open boek voor me. Wat ik voor ogen heb, is niet zozeer een praktisch scenario… Ik spreek vanuit mijn gevoel. Ik hou van je. Ik wil de rest van mijn leven met je samen zijn. Waar we dat doen, hoe we dat doen, daar kunnen we later over beslissen. We hebben alle tijd. Op dit moment wil ik je maar één vraag stellen…'

Emilie keek toe terwijl hij zijn hand in de zak van zijn jasje stak en een doosje tevoorschijn haalde. Toen hij het opendeed, bleek er een ring in te zitten met een kleine saffier. 'Wil je met me trouwen?'

'Wat?'

'Kijk me niet zo aan! Je zou denken dat ik iets verschrikkelijks heb gezegd!' Sebastian sloeg zijn blik ten hemel. 'Dit hoort een romantisch moment te zijn, en je wordt geacht dienovereenkomstig te reageren.'

'Sorry, je overvalt me.' Haar ogen vulden zich met tranen. 'Weet je het zeker?' Ze keek hem aan.

'Emilie!' Sebastian slaakte opnieuw een zucht. 'Natuurlijk weet ik het zeker! Een ring tevoorschijn halen en een vrouw ten huwelijk vragen is niet iets wat ik dagelijks doe.'

'Maar we kennen elkaar nauwelijks.'

'Emilie, we hebben de afgelopen negen maanden intiem en intensief samen opgetrokken. We hebben samen gewerkt, geslapen, gegeten, gepraat. Maar…' Er kwam een sombere blik in zijn ogen. 'Als je niet zeker van me bent, dan begrijp ik dat.'

'Nee! Nee, dat is het niet.' Emilie probeerde zich te herstellen van de schok. 'Sebastian, ik vind je geweldig en ik… ik hou van je. Als je het echt meent, dan… dan zeg ik ja!'

'Weet je het zeker?' Hij hield de ring nog altijd tussen zijn vingers.

'Ja, ik weet het zeker.'

'Daarmee maak je me heel erg gelukkig.' Hij schoof de ring aan haar vinger.

Emilie keek ernaar. 'Hij is prachtig,' fluisterde ze.

'Het was de verlovingsring van mijn oma. Ik vind hem ook prachtig, maar hij is natuurlijk lang niet zo kostbaar als de diamanten die je moeder het liefst droeg. Trouwens, ik ben niet gekwetst als je je meisjesnaam wil aanhouden.' Hij nam een slok van zijn wijn. 'Als laatste van de De la Martinières.'

Daar had Emilie nog nooit over nagedacht. 'Ik weet het niet. Echt niet,' zei ze, terwijl de ernst van het moment tot haar doordrong en geleidelijk plaatsmaakte voor verbazing en verrukking.

'Dat begrijp ik,' zei Sebastian sussend. 'Het spijt me als ik je overval, maar ik loop hier al een hele tijd mee rond.' De ober kwam met hun bouillabaisse. 'Heb je enig idee waar en wanneer je het jawoord wil geven?'

'Nog niet. Maar in elk geval in Frankrijk. Als jij dat geen bezwaar vindt,' voegde ze er haastig aan toe. 'En ik wil het heel bescheiden houden.'

'Ik dacht wel dat je dat zou zeggen. En wanneer?'

Emilie haalde haar schouders op. 'Dat maakt me niet zo veel uit. Jou?'

'Hoe eerder hoe beter, zou ik zeggen. Ik had al bedacht hoe heerlijk het zou zijn om met mijn kersverse echtgenote terug te gaan naar Engeland. Dus als jij in Frankrijk wilt trouwen, en als je er geen groot feest van wilt maken, waarom doen we het dan niet over een paar weken, hier in Parijs?'

Een paar dagen later was Emilie weer op het chateau om toezicht te houden op het opslaan van de meubels. Na haar huwelijk en de daaropvolgende verhuizing naar Yorkshire zou ze terugkomen om te regelen dat de boeken uit de bibliotheek werden opgeslagen voordat de renovatie begon. Sebastian was naar Engeland gevlogen om zijn geboortebewijs te halen en alle andere formaliteiten te regelen die nodig waren om in Frankrijk te kunnen trouwen.

Emilie was erin geslaagd haar appartement in Parijs voor een half jaar te verhuren. Vervolgens had ze al haar moed bij elkaar geraapt en Leon gebeld, die aan het hoofd stond van de dierenartsenpraktijk, om hem te vertellen dat ze, anders dan aanvankelijk de bedoeling was geweest, niet terugkwam.

'We vinden het jammer dat je weggaat,' had hij gezegd. 'En ik weet zeker dat je patiënten je ook zullen missen. Mocht je ooit willen terugkomen, laat het me dan weten. Heel veel geluk in je huwelijk en met je nieuwe leven in Engeland. Ik ben zo blij voor je, Emilie. Als er iemand is die het geluk verdient, ben jij het.'

De weinige vrienden die ze had, hadden verbaasd gereageerd op haar besluit haar hart te volgen en naar Engeland te vertrekken.

'Dat is helemaal niets voor jou, zo'n overhaaste beslissing,' had Sabrina, Emilies studievriendin, gezegd. 'Ik hoop wel dat ik erbij mag zijn als je trouwt. Dan kan ik kennismaken met de prins op het witte paard die je mee terugneemt naar zijn vaderland.'

'We hebben niemand uitgenodigd. Alleen onze getuigen. Dat wilde ik het liefst.'

'Je bent een rare, Emilie,' had Sabrina teleurgesteld verzucht. 'Ik had op een groot feest gerekend. Nou ja, ik wens je heel veel geluk. Wel contact houden, hoor!'

Bij haar aankomst op het chateau werd ze door Margaux al bij de voordeur begroet. De huishoudster was merkbaar zenuwachtig door de verhuizers die de Louis XIV-kasten en de kostbare vergulde spiegels naar buiten sjouwden.

'Ik heb gezegd dat ze voorzichtig moesten zijn, maar ze hebben al een hoek van een antieke ladekast beschadigd,' pruttelde ze verontwaardigd toen ze eenmaal in de keuken waren. Ze zette een kop koffie voor Emilie neer.

'Een beetje schade is onvermijdelijk.' Emilie haalde haar schouders op. 'Margaux, ik moet je wat vertellen.' Ze stak lachend haar hand uit om haar verlovingsring te laten zien. 'Ik ga trouwen.'

'Trouwen?' Het gezicht van Margaux verraadde haar verrassing. 'Met wie?'

'Met Sebastian! Met wie dacht je dan?'

'Ach, natuurlijk.' Margaux knikte. 'Maar dat is wel erg snel, mademoiselle. U kent hem nog maar een paar maanden. Weet u het zeker?'

'Ja, ik weet het zeker. Ik hou van hem, Margaux. En hij heeft me zo enorm geholpen.'

'Dat is zo.' Margaux kwam naar Emilie toe en kuste haar op beide wangen. 'Ik ben heel blij voor u. Het is goed dat u iemand hebt om voor u te zorgen.'

'Dank je wel.'

'En nu moet u me verontschuldigen. We hebben boven een stofexplosie door alle meubels die van hun plaats worden gehaald. Ik zie u straks wel weer, mademoiselle.'

In het besef dat ze verder weinig kon doen, en omdat ze de verhuizing eigenlijk liever niet wilde zien, slenterde Emilie na de lunch naar het huisje van Jean en Jacques, om hun het nieuws van haar huwelijk te vertellen. Tijdens de korte wandeling naar de wijngaard bedacht ze dat ze hen ook zou moeten geruststellen dat haar nieuwe leven, ver van huis, niet ten koste zou gaan van haar belangstelling voor de cave en de renovatie van het chateau.

Jean haalde prompt een fles champagne tevoorschijn die hij van een bevriende wijnhandelaar had gekregen.

'Ik had een excuus nodig om hem open te trekken,' zei hij lachend toen ze de warme zitkamer binnenkwamen waar Jacques zat te dommelen bij het vuur. 'Papa, Emilie heeft goed nieuws! Ze gaat trouwen.'

Jacques deed een oog open en keek Emilie verdwaasd aan.

'Heb je het gehoord, Papa? Emilie gaat trouwen.' Hij keerde zich naar Emilie. 'Papa heeft weer een zware bronchitisaanval. Zoals elke winter,' voegde hij er op gedempte toon aan toe.

'O.' Jacques deed nu ook zijn andere oog open. 'Met wie?'

'Met die jonge Engelsman die we hebben ontmoet toen Emilie laatst met hem naar de wijngaard kwam. Sebastian...' Jean keek Emilie vragend aan.

'Carruthers,' vulde ze aan. 'Hij komt uit Yorkshire, in Engeland. Na mijn trouwen verhuis ik daarheen. Tenminste, voor een tijdje, zolang het chateau wordt gerenoveerd. Maar ik kom regelmatig over,' voegde ze er vastberaden aan toe.

'Carruthers?' herhaalde Jacques, plotseling alert. 'Uit Yorkshire?'

'Ja, Papa,' bevestigde Jean.

Jacques schudde zijn hoofd als om zijn slaperigheid af te schudden. 'Het is vast en zeker toeval, maar ik heb jaren geleden iemand gekend die ook zo heette.'

'Echt waar?' vroeg Jean.

'Tijdens de oorlog. Toen heb ik hier een Constance Carruthers in huis gehad,' vertelde Jacques.

'Dat klopt,' zei Emilie. 'Dat was Sebastians oma. Hij vertelde dat ze tijdens de oorlog hier in Frankrijk heeft gezeten.' Er ging een huivering van opwinding door haar heen. 'Dit was haar verlovingsring.' Ze hield Jacques haar hand voor en hij bekeek hem aandachtig.

'Ja, dat is haar ring.' Hij keek op, en Emilie las een combinatie van schok en ontroering in zijn ogen. 'Je gaat trouwen met de kleinzoon van Constance?'

'Ja.'

'Allemensen!' Jacques voelde in zijn broekzak, op zoek naar een zakdoek. 'Het is bijna niet te geloven! Constance...'

'Heb je haar goed gekend, Papa?' Jean was net zo verrast als Emilie.

'Heel goed. Ze heeft maanden bij me in huis gewoond. Een vrouw met een groot hart...' Jacques moest iets wegslikken. 'En dapper! Leeft ze nog?' Er schitterende een sprankje hoop in zijn vochtige blauwe ogen.

'Nee, helaas niet. Ze is een jaar of twee geleden gestorven,' antwoordde Emilie. 'Maar hoe kwam dat zo, Jacques? Dat ze bij jou in huis heeft gewoond?'

Jacques staarde geruime tijd voor zich uit, toen sloot hij zijn ogen, duidelijk ver weg met zijn gedachten.

'Papa, champagne?' Jean hield hem een glas voor.

De hand van Jacques beefde toen hij het aanpakte en een slok nam. Het was hem aan te zien dat hij probeerde zijn gedachten te ordenen. 'Hoe heb je hem leren kennen, Emilie? De kleinzoon van Constance?'

'Vlak voor haar dood heeft ze Sebastian over haar tijd hier in Frankrijk verteld. Tijdens de bezetting. Dus hij is op zoek gegaan naar het chateau, en omdat hij er meer over wilde weten kwam hij langs,' legde Emilie uit. 'Maar hij weet, net als ik, niet echt hoe ze hier terecht is gekomen. Dus we zijn allebei benieuwd naar wat er is gebeurd.'

Jacques zuchtte. 'Dat is een lang verhaal. En ik had niet gedacht dat ik het ooit nog eens zou vertellen.'

'Hè, toe!' smeekte Emilie. 'Ik wil het zo graag horen. Er gaat de laatste tijd geen dag voorbij of ik besef hoe weinig ik eigenlijk weet over mijn familie. Vooral over mijn vader.'

'Édouard was een geweldige man. Na de oorlog is hij onderscheiden met de Orde de la Libération wegens moed en betoonde diensten voor het vaderland, maar hij heeft geweigerd de onderscheiding in ontvangst te nemen.' Jacques haalde verdrietig zijn schouders op. 'Hij vond dat anderen daar meer recht op hadden.'

'Vertel verder, Jacques. Alsjeblieft!' drong Emilie aan. 'Tenslotte sta ik op het punt om met de kleinzoon van Constance te trouwen, en ik heb het gevoel dat het belangrijk is om de connectie tussen onze families te begrijpen. Om te weten wat er in het verleden is gebeurd.'

'Je hebt gelijk. Dat hoor je te weten. Het is ook jouw geschiedenis. Maar waar moet ik beginnen...' Jacques staarde opnieuw peinzend voor zich uit. 'Het lijkt me dat ik moet beginnen met Constance,' zei hij ten slotte. 'Want volgens mij is er maar weinig dat ik niet van haar weet.' Hij glimlachte. 'Tijdens de lange avonden dat we bij elkaar zaten, had ze het vaak over haar leven in Engeland. En hoe ze hier in Frankrijk terecht was gekomen...'

Ach, kon ik zien

Ach, kon ik zien het rood
van rozen die bloeien langs de laan.
Ach, kon ik zien het zonlicht
zilver weerspiegeld door de maan.

Ach, kon ik zien het blauw
van de golven die razen en kolken.
Ach, kon ik zien het bruin
van een arend scherend langs de wolken.

Ach, kon ik zien het paars
van druiven, rij na rij geplant.
Ach, kon ik zien het goud
van de zon boven het zomerland.

Ach, kon ik zien het rossig bruin
van de kastanjes op het plein.
Ach, kon ik zien de glimlach
van wie me dierbaar zijn.

Sophia de la Martinières, 1927, negen jaar

7

LONDEN, MAART 1943

Bij aankomst op haar werk maakte Constance Carruthers de bruine envelop open die ze op haar bureau aantrof. Deze bevatte een brief waarin ze werd verzocht die middag op gesprek te komen in Kamer 505a op het ministerie van Oorlog. Terwijl ze haar jas uitdeed vroeg ze zich af of er sprake was van een misverstand, een persoonsverwisseling. Want Connie was heel tevreden met haar werk als archiefbediende op de 'afdeling oud papier', zoals het archief bij MI5 met welwillende spot werd genoemd. Ze was niet geïnteresseerd in een andere baan. Dus ze stak de bedrijvige kantoorruimte over en klopte op de deur van haar baas.

'Binnen.'

'Neem me niet kwalijk dat ik stoor, *Miss* Cavendish, maar ik heb een brief gekregen over een sollicitatiegesprek bij het ministerie van Oorlog. Dat zou vanmiddag zijn. Ik vroeg me af of u misschien weet waar dat over gaat.'

'Het is niet aan ons om daarnaar te vragen,' baste Miss Cavendish, vluchtig opkijkend van haar bureau dat volledig schuilging onder hoge stapels dossiermappen. 'Eenmaal daar wordt het u vast en zeker allemaal uitgelegd.'

'Maar...' Connie beet op haar lip. 'Ik hoop wel dat u tevreden bent over mijn werk.'

'Dat ben ik, Mrs. Carruthers. Maar ik stel voor dat u uw vragen voor vanmiddag bewaart.'

'Dus ik moet erheen?'

‘Natuurlijk. Was dat alles?’

‘Ja, dank u.’ Connie trok de deur achter zich dicht, liep terug naar haar bureau en ging zitten. Dus het was een voldongen feit.

Toen ze die middag door het doolhof van ondergrondse gangen werd geloodst in de kelder onder het ministerie van Oorlog, waar het zenuwcentrum van de Britse oorlogsinspanningen was gevestigd, besefte Connie dat het geen gewoon sollicitatiegesprek betrof. Ze werd een kleine, kale ruimte binnengelaten, met als enig meubilair een tafel en twee stoelen.

‘Goedemiddag, Mrs. Carruthers. Potter is de naam.’ Een gezette man van middelbare leeftijd stond op van achter de tafel en schudde haar de hand. ‘Gaat u zitten, alstublieft.’

‘Dank u.’

‘Ik heb gehoord dat u vloeiend Frans spreekt. Klopt dat?’

‘Dat klopt, ja.’

‘Dus u vindt het geen bezwaar om de rest van ons gesprekje in het Frans te voeren?’

‘Ik... *Non*.’ Connie schakelde haastig over.

‘Hoe komt dat zo? Dat u zo goed Frans spreekt?’ vroeg Potter.

‘Mijn moeder is Française, en haar zus, mijn tante, heeft een huis in St. Raphael. Daar gingen we ’s zomers altijd naartoe.’

‘Dus Frankrijk is u dierbaar?’

‘Absoluut. Ik ben hier geboren, maar ik voel me zowel Frans als Engels,’ vertelde ze.

Potters scherpe blik gleed keurend over haar dikke, kastanjebruine haar, over haar bruine ogen en haar krachtige Gallische trekken. ‘U ziet er inderdaad uit als een Française. In uw dossier staat dat u aan de Sorbonne hebt gestudeerd? Franse cultuur en letteren?’

‘Ja, ik heb drie jaar in Parijs gewoond. En van elke dag genoten,’ voegde Connie er glimlachend aan toe.

‘Waarom bent u dan na uw studie teruggegaan naar Engeland?’

‘Om met mijn jeugdliefde te trouwen.’

‘Aha. En u woont momenteel in Yorkshire?’

‘Inderdaad. Het landgoed van de familie van mijn man ligt op de heidegronden in het noorden van Yorkshire. Maar nu ik hier op Whitehall werk, woon ik in ons appartement in de stad. Mijn man zit in het buitenland, in Noord-Afrika.’

‘Hij is kapitein bij de Scats Guards?’

‘Inderdaad. Maar hij wordt sinds enige tijd vermist.’

‘Dat heb ik gehoord. En ik voel met u mee. U hebt geen kinderen?’ vroeg Potter.

‘Nee. Daar is het door de oorlog nog niet van gekomen,’ verzuchtte Connie grimmig. ‘We waren net een paar weken getrouwd toen Lawrence werd opgeroepen. Dus in plaats van sokken te breien in Yorkshire besloot ik naar de stad te komen om me nuttig te maken.’

‘Zou u uzelf een vurige patriot willen noemen, Mrs. Carruthers?’

‘Absoluut, Mr. Potter,’ antwoordde Connie, enigszins verwonderd door de directheid van zijn vragen.

‘En bent u bereid uw leven te geven voor de twee landen waar u van houdt?’

‘Indien nodig, ja.’

‘Ik heb ook gehoord dat u een uitstekende schutter bent,’ vervolgde Potter.

Connie keek hem verrast aan. ‘Dat zou ik niet durven zeggen. Maar ik ben inderdaad al jong begonnen met schieten, op het landgoed van mijn man.’

‘U bent een wildebras? Een halve jongen?’

‘Daar heb ik nooit zo over nagedacht,’ stamelde Connie in een poging duidelijke antwoorden te geven op de hoogst ongebruikelijke vragen die hij stelde. ‘Maar ik ben erg graag buiten.’

‘En u geniet een goede gezondheid?’

‘Inderdaad.’

‘Dank u wel, Mrs. Carruthers.’ Potter sloeg het dossier dicht en stond op. ‘U hoort nog van ons. Goedemiddag.’

Hij stak haar de hand toe en ze legde de hare erin.

‘Dank u wel. Goedemiddag,’ zei ze op haar beurt, verrast door het abrupte einde van het gesprek en zonder ook maar enig idee hoe ze het ervan af had gebracht.

Toen ze vanuit de bedompte kelder weer boven kwam, rook ze het voorjaar in de drukke Londense straat. Ze liep terug naar kantoor en keek omhoog naar de versperringsballonnen die dreigend boven de stad hingen. Wat had Mr. Potter van haar gewild? Wat was de bedoeling geweest van het gesprek dat ze zojuist had gevoerd?

Drie dagen later zat ze, na een tweede oproep om zich te melden in Kamer 505a, opnieuw in het schelle kunstlicht voor het bureau. En weer moest ze allerlei vragen beantwoorden: had ze weleens last van wagenziekte, luchtziekte? Sliep ze doorgaans lang, licht, diep? Wist ze hoe ze in Frankrijk met de trein van A naar B moest komen? Was ze vertrouwd met de plattegrond van Parijs…

Hoewel daar nog met geen woord over werd gesproken, begon Connie een steeds duidelijker beeld te krijgen van de taak die men voor haar in gedachten had, als de gesprekken bevredigend verliepen. Toen ze aan het eind van die dag terugliep naar haar appartement achter Sloane Square, besefte ze dat haar leven elk moment voorgoed zou kunnen veranderen.

'Mrs. Carruthers, goed om u weer te zien. Gaat u zitten.'

Mr. Potter voelde zich duidelijk meer op zijn gemak dan bij hun eerste ontmoeting, zag Connie. Het begon er al mee dat hij haar glimlachend begroette.

'U hebt inmiddels ongetwijfeld een vermoeden waarom u hier bent, Mrs. Carruthers.'

'Inderdaad. Ik denk dat u overweegt om me naar Frankrijk te sturen.'

'Dat is juist. Ik neem aan dat u door uw werk bij MI5 weleens van de *F Section* hebt gehoord? En van de *Special Operations Executive*?'

'Daar heb ik inderdaad dossiers van verwerkt,' antwoordde Connie. 'Maar alleen om de antecedenten van de betrokken meisjes na te trekken.'

'Zoals we ook uw antecedenten de afgelopen dagen hebben nagetrokken,' zei Potter. 'En daarbij is niets zorgwekkends aan het licht gekomen. Dus we achten u geschikt om toe te treden tot onze SOE-agenten. Maar we hebben het nog niet gehad over de zware druk die daarmee op uw schouders zou worden gelegd. Niet alleen vanwege het vertrouwen dat door zowel Groot-Brittannië als Frankrijk in u zal worden gesteld, maar ook vanwege de buitengewoon reële dreiging dat u dit werk met de dood zult moeten bekopen.' Potters gezicht stond ernstig. 'Hoe staat u daar tegenover, Mrs. Carruthers?'

Zich bewust van wat er van haar zou worden geëist en worstelend met de vraag of ze bereid zou zijn haar leven te geven, had Connie al een week niet geslapen. 'Mr. Potter, ik geloof hartstochtelijk in de zaak waar de geallieerden voor vechten,' zei ze ten slotte. 'En ik zal doen wat ik kan om u niet teleur te stellen. Dat gezegd hebbende, besef ik dat ik tot dusverre nog niet zodanig op de proef ben gesteld dat ik uw vraag kan beantwoorden. Ik ben pas vijfentwintig, over dat soort dingen kan ik niet meepraten. En ik moet nog een hoop leren over mezelf, en over het leven.'

'Wijze woorden, Mrs. Carruthers. Dat waardeer ik. Maar ik kan u geruststellen. Uw onervarenheid vormt geen probleem. De meeste vrouwen die we rekruteren voor dit buitengewoon moeilijke en vertrouwelijke werk, hebben net zo weinig ervaring als u. De groep bestaat op dit moment uit een winkelbediende, een actrice, een echtgenote en moeder, en een hotelreceptioniste. Bovendien zullen we doen wat we kunnen om u voor uw vertrek nog zo veel mogelijk kennis en opleiding mee te geven. U gaat een intensieve cursus volgen om u te trainen in de vele gevaarlijke situaties waarmee u geconfronteerd zou kunnen worden. Aan het eind daarvan weet zowel u als de leiding van de SOE of u de opdrachten waarvoor u wordt uitgezonden, met succes zult kunnen uitvoeren. Dus ik vraag het u nogmaals,' sloot Potter af. 'Bent u bereid een taak op u te nemen die het zwaarste offer van u zou kunnen eisen?'

Connie keek hem recht aan. 'Ja, daar ben ik toe bereid.'

'Uitstekend. Dat is dan geregeld. Omdat u bij MI5 werkt, hebt u de *Official Secrets Act* al getekend, dus daar hoef ik u niet meer mee lastig te vallen. Binnen een paar dagen neemt de F Section contact met u op. Gefeliciteerd, Mrs. Carruthers.' Potter stond op, en deze keer liep hij om de tafel heen om haar de hand te schudden en haar vervolgens naar de deur te begeleiden. 'Zowel Groot-Brittannië als Frankrijk is u dankbaar voor de offers die u misschien zult moeten brengen.'

'Dank u wel, Mr. Potter. Mag ik vragen...'

'Geen vragen meer, Mrs. Carruthers. Alles wat u moet weten, zal op korte termijn duidelijk worden. Het spreekt vanzelf dat onze gesprekken en uw toekomstige rol voor iedereen geheim moeten blijven.'

'Dat begrijp ik.'

'Veel geluk, Mrs. Carruthers.' Potter schudde haar nogmaals de hand en hield de deur voor haar open.

'Dank u wel.'

Toen Connie de volgende morgen op haar werk kwam, bleek dat Miss Cavendish, haar cheffin, al op de hoogte was van haar vertrek.

'Ik hoor dat u nieuwe horizonten gaat verkennen.' Ze wist een zweem van een glimlach op haar zorgelijke gezicht te toveren toen Connie haar kantoor binnenkwam. 'Alstublieft.' Miss Cavendish gaf haar een envelop. 'U moet zich morgenochtend om negen uur melden op dit adres. Ik dank u voor uw inzet en ik vind het jammer dat we u kwijtraken.'

'Ik vind het ook jammer om hier weg te gaan.'

'Wat de toekomst ook brengt, Mrs. Carruthers, ik weet zeker dat u zich erdoorheen weet te slaan.'

'Ik zal mijn best doen,' zei Connie.

'Zo mag ik het horen. Stel me niet teleur,' voegde Miss Cavendish eraan toe terwijl Connie naar de deur liep. 'Want ik heb u aanbevolen.'

De volgende morgen meldde Connie zich, volgens opdracht, om negen uur in Orchard Court, achter Baker Street. Ze gaf de portier haar naam, waarop hij knikte en het vergulde hek van de lift openduwde. In de gang op de tweede verdieping deed hij een deur open en loodste haar naar binnen.

'Wilt u hier even wachten, miss?'

Connie keek om zich heen. Het was geen kantoor waarin ze zich bevond, maar een badkamer.

'Het duurt niet lang, miss.' De portier knikte haar toe en trok de deur achter zich dicht. Connie ging op de rand van het gitzwarte bad zitten – daaraan gaf ze de voorkeur boven het marmeren bidet – en vroeg zich af wat er ging gebeuren. Uiteindelijk zwaaide de deur weer open.

'Wilt u mij maar volgen, miss?' De portier ging haar voor, de gang door, naar een kamer waar ze werd opgewacht door een lange, blonde man.

Hij zat boven op zijn bureau en stak haar glimlachend zijn hand toe. De portier trok zich terug.

'Maurice Buckmaster, hoofd van de F Section. Het is me een genoegen u te ontmoeten, Mrs. Carruthers. Ik heb veel goeds over u gehoord.'

'Dat is geheel wederzijds, *sir*.' Connie drukte zijn stevige hand en probeerde haar zenuwen in bedwang te houden. Ze had zijn naam maar al te vaak horen noemen bij MI5. Er deed zelfs een verhaal de ronde dat Hitler zich recentelijk over hem had uitgelaten. 'Ik weet niet wie ik als eerste ophang wanneer ik eenmaal in Londen ben. Churchill of Buckmaster,' zou de Führer hebben gezegd.

'Voert u dit gesprek liever in het Frans of in het Engels?' vroeg Buckmaster.

'Dat maakt me niet,' antwoordde Connie.

'Zo mag ik het horen.' Buckmaster schonk haar een glimlach. 'Dan doen we het in het Frans. U bent ongetwijfeld benieuwd naar wat we hier bij de F Section met u van plan zijn. Dus ik draag u over aan Miss

Atkins. Zij zal zich verder over u ontfermen.' Buckmaster zwaaide zijn lange benen van het bureau en liep naar de deur. Connie volgde hem, zich bewust van de kracht en de gedrevenheid die hij uitstraalde, terwijl ze de gang door liepen naar een volgende kamer, waar het blauw stond van de sigarettenrook. 'Vera...' Hij glimlachte naar een vrouw van middelbare leeftijd die achter een bureau zat. 'Dit is Constance Carruthers. Ik laat haar in jouw capabele handen. Constance, mag ik je voorstellen aan Miss Atkins, de drijvende kracht achter de F Section. We zien elkaar spoedig weer.' Buckmaster knikte hen toe en verdween.

'Ga zitten, kindje.' Miss Atkins keek Connie met haar blauwe ogen doordringend aan. 'We zijn verheugd dat je je bij ons aansluit voor een speciale opdracht. Ik ben er om antwoord te geven op al je vragen, en om je vervolgens uit te leggen hoe het nu verdergaat. Wat heb je tot dusverre tegen je familie gezegd?'

'Niets, Miss Atkins, Mijn man vecht in Afrika en wordt vermist, mijn ouders bel ik maar één keer per week, op zondag. En het is vandaag pas vrijdag.' Ze glimlachte.

'Je ouders zitten in Yorkshire en je hebt geen broers en zusters,' las Miss Atkins in het dossier dat vóór haar lag. 'Dat maakt het alleen maar gemakkelijker. Je vertelt aan je ouders en aan vrienden die ernaar vragen, dat je bent overgeplaatst naar de FANY. De First Aid Nursing Yeomanry, maar dat wist je ongetwijfeld. Je zegt dat je bent gerekruteerd voor chauffeursdiensten in Frankrijk. Denk erom dat je niemand de waarheid vertelt. Onder geen enkele voorwaarde. Is dat duidelijk, Constance?'

'Ja, Miss Atkins.'

'Je vertrekt op korte termijn naar je training, op een locatie buiten Londen. Daar blijf je een aantal weken, en ik zal je vooruitgang nauwkeurig volgen, van dag tot dag. Daarbij komt alles aan de orde waarmee je bij je komende werkzaamheden te maken zult krijgen.'

'Waaruit bestaat het trainingsprogramma?' vroeg Connie.

'Uit alle vaardigheden die je nodig zult hebben. Wil je een sigaret?' Ze hield Connie een pakje voor.

'Graag. Dank u.' Connie haalde er een sigaret uit, Miss Atkins deed hetzelfde.

'Woon je hier in Londen alleen in het appartement?' vroeg ze.

'Ja.'

'Dan hoef je niet van adres te veranderen. Ik heb het met Mr. Buckmaster over je naam gehad, en we hebben besloten dat je van nu af aan de meisjesnaam van je moeder moet gebruiken. Chapelle, klopt dat? En je tante van moederskant, de tante in St. Raphael, dat is barones Du Montaine?'

'Dat klopt.' Connie knikte.

'Dan ben je tijdens je verblijf in Frankrijk het nichtje van je tante. Het lijkt ons verstandig dat je zo snel mogelijk aan je nieuwe naam gewend raakt. Lukt dat, denk je, Constance Chapelle?'

'Absoluut,' verzekerde Connie haar. 'Hoe lang duurt het nog voordat ik naar Frankrijk vertrek?'

'Bij voorkeur geven we onze agenten een opleiding van acht weken. Maar gezien de huidige situatie in Frankrijk en de dringende noodzaak om onze meisjes daar te krijgen, wordt het misschien korter.' Miss Atkins zuchtte. 'We zijn jou en je collega-agenten heel dankbaar dat jullie dit gevaarlijke werk willen doen. Had je verder nog vragen, kindje?'

'Wat zijn precies mijn taken wanneer ik in Frankrijk ben?'

'Uitstekende vraag,' zei Miss Atkins goedkeurend. 'Veel meisjes die hier komen, denken dat ze als spion op pad worden gestuurd. Maar dat is niet het werk van de F Section. Onze agenten worden ingezet voor communicatiedoeleinden en om sabotage te plegen. Het enige waar het ons om gaat, is het naziregime in Frankrijk te hinderen en te dwarsbomen. De SOE werkt samen met de Maquis en het Franse verzet, door ze op alle mogelijke manieren te ondersteunen.'

'Dat is duidelijk. Ik zou eigenlijk hebben verwacht dat er voor dit werk beter gekwalificeerde mensen te vinden zijn dan ik.' Connie fronste haar wenkbrauwen.

'Dat waag ik te betwijfelen, Constance,' stelde Miss Atkins haar gerust. 'Je spreekt vloeiend Frans, je kent Parijs en je kent het zuiden van het land. Bovendien zie je er Frans uit. Dat alles maakt je perfect geschikt voor dit werk.'

'Maar zijn mannen niet veel geschikter?'

'Nee, en ik zal je vertellen waarom. Iedere willekeurige Fransman kan voor een routineondervraging door de lokale *Milice* of door de Gestapo worden opgepakt. En gefouilleerd. Vrouwen die door het land reizen – per trein of per bus of op de fiets – trekken veel minder de aandacht.' Miss Atkins lachte grimmig en trok haar wenkbrauwen op. 'En met jouw knappe gezichtje zal het je wel lukken je eruit te redden, mocht je in de problemen komen. Ziezo.' Ze keek op haar horloge. 'Als je verder geen vragen hebt, stel ik voor dat je teruggaat naar je appartement om je ouders te schrijven wat we zojuist hebben besproken. En als ik jou was zou ik het er nog even van nemen, want dit is voorlopig misschien wel je laatste weekeinde als gewone burger.' Met haar blauwe ogen nam ze Connie taxerend op. 'Ik denk dat je een aanwinst voor ons zal blijken te zijn, Constance. En je kunt er trots op zijn dat je bent geselecteerd. Want voor de F Section is alleen het beste goed genoeg.'

8

Op maandagochtend werd Connie afgezet bij Wanborough Manor, een groot landhuis aan de rand van Guildford in Surrey. Ze beklom de treden van het bordes, en eenmaal binnen werd ze de trap op geloodst naar een kamer met vier eenpersoonsbedden waarvan er maar één in gebruik leek. Connie pakte haar koffertje uit en hing haar kleren in de royale mahoniehouten kast. Wie haar kamergenote ook mocht zijn, ze had op het gebied van kleding in elk geval een weinig conventionele smaak. In de kast hing een goudkleurige, nauwsluitende avondjurk naast een zijden smokingbroek en een lange, veelkleurige sjaal.

'Dus jij bent Constance,' klonk een lijzige stem achter haar. 'Ik ben blij dat je er bent, want het leek me helemaal niet leuk om hier de komende weken het enige meisje te zijn. Venetia Burroughs,' stelde ze zich voor. 'Of Claudette Dessally, moet ik eigenlijk zeggen!'

Constance draaide zich om en was getroffen door de opvallende verschijning van het meisje met wie ze de kamer zou delen. Ze had glanzend, gitzwart haar dat bijna tot haar middel viel, een roomblanke huid, reusachtige groene ogen, aangezet met kohlpotlood, en vuurrood gestifte lippen. Het contrast tussen haar extravagante uiterlijk en het voorgeschreven FANY-uniform had niet opmerkelijker kunnen zijn. Het verraste Connie dat ze geschikt was bevonden, want ze zou in elke omgeving onmiddellijk opvallen.

'Constance Carruthers. Of Chapelle, moet ik eigenlijk zeggen.' Connie kwam glimlachend naar Venetia toe en schudde haar uitgestoken hand. 'Weet je of er nog meer vrouwen komen?'

'Nee, ik heb het gevraagd. Wij zijn de enigen. We trainen samen met de mannen.' Venetia liet zich op haar bed vallen en stak een sigaret op. 'Dat is dan wel weer leuk aan dit werk.' Diep inhalerend trok ze haar wenkbrauwen op. 'We lijken wel gek, weet je dat?'

'Tja, misschien.' Connie liep naar de spiegel en controleerde of haar knot nog netjes door de spelden bij elkaar werd gehouden.

'Waar hebben ze jou vandaan geplukt?' vroeg Venetia.

'Ik werkte als archiefbediende bij MI5. Ze vonden me geschikt omdat ik vloeiend Frans spreek en het land ken.'

'Het enige wat ik van Frankrijk weet, heb ik geleerd van de cocktails die ik heb gedronken op een terras in Cap Ferrat,' zei Venetia lachend. 'Maar ik heb een Duitse oma. Dus ik ben aardig goed in de taal van de moffen. En trouwens, volgens de anderen is mijn Frans ook niet slecht. Ik kom van Bletchley Park... Daar heb je bij MI5 vast wel van gehoord.'

'Natuurlijk. De Enigma Code. Iedereen was er vol van.'

'Ja, daar hebben we nogal een slag mee geslagen.' Venetia liep naar het raam en tikte haar as af in een bloempot op de vensterbank. 'Blijkbaar zitten ze in Frankrijk te springen om radiotelegrafisten. En dankzij mijn ervaring met het kraken van codes ben ik daar geknipt voor. Trouwens...' Ze liep terug naar haar bed en liet zich er weer languit op vallen. 'Wist je dat de huidige levensverwachting van een radiotelegrafiste om en nabij de zes weken is?'

'Dat kan toch niet waar zijn!'

'Ach, zo verrassend is dat niet,' zei Venetia lijzig. 'Een radiozender is niet iets wat je in je onderbroek verstopt.'

Connie was verbijsterd door de nonchalante manier waarop Venetia over haar eigen overlevingskansen sprak. 'Ben je niet bang?'

'Geen idee,' antwoordde Venetia. 'Ik weet alleen dat we de nazi's moeten tegengehouden. Mijn vader heeft mijn oma nog net op tijd uit Berlijn weten te krijgen, maar de rest van zijn familie in Duitsland is verdwenen. Ze zijn Joods, en we zijn bang dat ze zijn weggevoerd naar een van die vernietigingskampen waar we over hebben gehoord. Dus ik ben bereid om te doen wat ik kan om de moffen tegen te houden,' zei Venetia met een zucht. 'Want als je het mij vraagt, is het leven geen lolletje meer, tenzij we Hitler en zijn vrolijke vrienden een meter onder de grond weten te werken. Hoe eerder hoe liever. Het is alleen vervelend dat ik mijn haar moet afknippen. Dát vind ik wel erg.' Ze ging rechtop zitten en schudde haar weelderige, gitzwarte manen.

'Je hebt inderdaad prachtig haar,' zei Connie. Als íémand de nazi's te slim af kon zijn en ze eigenhandig kon verslaan, dan was het deze uitzonderlijke vrouw, dacht ze.

'Het kan verkeren.' Venetia ging weer liggen, met haar handen onder haar hoofd. 'Nog maar vier jaar geleden werd ik in Londen als debutante gepresenteerd. Het leven was één groot feest. En nu...' Ze keerde zich naar Connie en zuchtte samenzweerderig. 'Moet je ons nu eens zien.'

'Ja,' viel Connie haar bij. 'Ben je getrouwd?' vroeg ze.

'Gelukkig niet!' Venetia grijnsde. 'Ik heb jaren geleden besloten dat ik alles uit het leven wilde halen, voordat ik trouwde en kinderen kreeg. En het lijkt erop dat ik er inderdaad alles uithaal. En jij?'

'Ik ben getrouwd. Lawrence, mijn man, is kapitein bij de Scats Guards. Hij zit in Afrika, maar hij wordt vermist.'

'Wat erg voor je,' zei Venetia met een blik van medeleven in haar ogen. 'Het is afschuwelijk, die vervloekte oorlog. Maar manlief komt vast wel weer boven water.'

'Daar moet ik op blijven vertrouwen,' zei Connie, stoïcijnser dan ze zich voelde.

'Mis je hem?'

'Verschrikkelijk, maar ik heb geleerd me alleen te redden. Net als al die andere vrouwen met een man in het leger.'

'En heb je sindsdien nog een *amour* gehad?' vroeg Venetia met een veelbetekenende glimlach.

'Lieve hemel, nee! Dat zou ik nooit... Ik bedoel...' Connie besefte dat ze bloosde. 'Nee,' eindigde ze abrupt.

'Nee, natuurlijk niet. Je ziet eruit als het type dat haar man trouw blijft.'

Connie wist niet zeker of ze dat als een compliment bedoelde.

'Hoe dan ook,' vervolgde Venetia, 'ik ben maar wat blij dat ik de afgelopen vier jaar vrijgezel ben geweest. Want wat heb ik een plezier gehad! Pluk de dag! Dat is mijn motto in deze zware tijden. Want elke dag kan je laatste zijn. Zeker als je bedenkt wat jij en ik voor de boeg hebben...' Ze drukte haar sigaret uit in de bloempot. 'Dan is die kans zelfs heel groot.'

Later die middag werden de twee vrouwen naar beneden geroepen, waar ze in de indrukwekkende salon thee met gebak geserveerd kregen en werden voorgesteld aan hun mederekruten.

'Je weet toch waar SOE voor staat, schat?' vroeg Venetia fluisterend aan Connie. 'De *Stately 'Omes of England*!' Ze begon onbedaarlijk maar geluidloos te giechelen. 'Ik vraag me af wie hier woonde voordat het huis werd gevorderd.'

'Ja, het is schitterend.' Connie keek om zich heen, naar het hoge plafond, de indrukwekkende marmeren haard en de fraaie openslaande deuren met daarachter een al even fraai terras.

'Hij ook.'

Connie volgde Venetia's blik naar een jonge man die tegen de haard geleund stond, in geanimeerd gesprek gewikkeld met een van de instructeurs. 'Ja, hij is niet onknap,' viel ze haar bij.

'Kom, dan gaan we ons voorstellen.'

Connie volgde haar toen Venetia naar de man toe liep en hen voorstelde.

'Het is me een genoegen jullie te ontmoeten, meisjes,' zei hij in accentloos Frans. 'Ik ben Henry du Barry.'

Vol ontzag keek Connie toe terwijl Venetia in actie kwam – de vleesgeworden charme en zinnelijkheid. Toen Henry en zij in gesprek raakten, voelde Connie zich buitengesloten, en ze trok zich aarzelend terug.

'Dus dat is de Mata Hari van de groep,' fluisterde een plagende stem achter haar. 'James Frobisher, alias Martin Coste. En jij bent?'

Connie draaide zich naar hem om. Hij was net zo lang als zij, met dunnend haar en een hoornen bril. 'Constance Carruthers, ik bedoel Chapelle.' Ze stak haar hand uit.

'Hoe is jouw Frans?' vroeg James kameraadschappelijk terwijl hij haar de hand schudde.

'Ik heb een Franse moeder, dus ik ben ermee opgegroeid.'

'Dat geluk heb ik helaas niet,' verzuchtte James. 'Het gaat beter sinds mijn intensieve cursus, maar als de Gestapo me te pakken krijgt val ik door de mand. Dus ik maak me vooral zorgen dat ik niet kan onthouden wanneer ik word geacht *vous* en *tu* te zeggen!'

'Nou, ze zouden je er niet naartoe sturen als ze geen vertrouwen hadden in je Frans,' troostte Connie hem.

'Nee, dat is zo. Hoewel, het is er op dit moment zo'n chaos dat ze zitten te springen om agenten. Het schijnt dat de een na de ander wordt gearresteerd. Tenminste, dat heb ik gehoord.' James trok zijn wenkbrauwen op. 'Afijn, we zijn allemaal op onze eigen speciale vaardigheden geselecteerd. Ik ben vrij goed in het opblazen van dingen. En als je met dynamiet werkt, hoef je niet veel te zeggen.' Hij grijnsde. 'Ik moet zeggen dat ik bewondering heb voor de vrouwelijke vrijwilligers bij de SOE. Het is gevaarlijk werk.'

'Nou, ik voel me niet echt een "vrijwilliger", maar ik ben wel blij dat ik iets voor mijn land kan doen,' antwoordde Connie vastberaden.

Tijdens het diner in de deftige eetzaal leerde Connie de vier mannelijke rekruten met wie ze zou trainen, beter kennen. Ze waren afkomstig uit verschillende milieus, geselecteerd op hun speciale geschiktheid voor het werk waarvoor ze werden opgeleid. Connie praatte met Francis Mont-Clare en Hugo Sorocki, allebei half Frans, net als zij, met James, en natuurlijk met Henry, gevechtspiloot en de donjuan van de groep. De wijn vloeide rijkelijk en Constance ervoer de avond als onwezenlijk. Het leek gewoon een gezellig etentje, zoals zich in heel Groot-Brittannië mensen rond de tafel hadden verzameld.

Na het dessert klapte kapitein Bevan, de hoofdinstructeur, in zijn handen en vroeg om stilte.

'Dames en heren, ik hoop dat u vanavond de kans hebt gekregen elkaar beter te leren kennen. U zult de komende weken nauw met elkaar moeten samenwerken. Ik ben bang dat het van nu af aan gedaan is met de pret. Het ontbijt is morgenochtend om zes uur. Daarna wordt u ieder afzonderlijk beoordeeld op conditie en gezondheid. En vanaf de dag dáárna beginnen we elke ochtend met acht kilometer hardlopen voor het ontbijt.'

Aan tafel klonk gekreun en gesteun.

'Een groot deel van de training is gericht op het opbouwen van uw fysieke uithoudingsvermogen. Ik kan niet genoeg benadrukken hoe belangrijk het is dat we u helpen zo veel mogelijk conditie te kweken voordat u naar Frankrijk vertrekt. U kunt in situaties terechtkomen waarin alleen een goede conditie u kan redden.'

'Als er een nazi met een geweer achter me aan komt, weet ik zeker dat ik heel hard kan rennen, sir,' grapte James.

Venetia giechelde, en de kapitein glimlachte.

'Een aantal van u heeft al legertraining gehad, dus u bent aan het strenge fysieke regime gewend. Voor sommigen van u, en dat geldt vooral voor de dames,' hij keek Venetia en Connie aan, 'zal het niet meevallen. De komende paar weken zullen tot de zwaarste van uw leven behoren. Maar als dat leven u lief is, wijdt u zich met volledige inzet, zowel fysiek als mentaal, aan de training die u hier krijgt. Elke avond om zes uur hang ik het schema voor de volgende dag op het bord in de hal. Tijdens uw verblijf hier leert u het gebruik van vuurwapens, u leert hoe u dynamiet tot ontploffing brengt, u krijgt les in morse, we trainen u in overlevingsvaardigheden en u leert parachutespringen. Dat alles bereidt u voor op de uitdagingen waarmee u zult worden geconfronteerd. Van al uw landgenoten die in Frankrijk tegen de nazi's vechten voor onze vrijheid, zult u als SOE-agenten misschien wel het grootste gevaar onder ogen moeten zien.'

Het was stil geworden in de eetzaal, de stemming was omgeslagen. Alle ogen waren op de kapitein gericht.

'Maar zonder mannen en vrouwen van uw kaliber, zich bewust van de gevaren, maar toch bereid de uitdaging aan te gaan, kunnen we deze oorlog niet winnen. Dus ik dank u allen, namens de Britse en de Franse regering. Voor wie dat wil, wordt er in de salon koffie en cognac geserveerd. De anderen wens ik alvast welterusten.'

James en Connie waren de enigen die geen koffie wilden. Toen de rest van het gezelschap naar de salon verdween, kwamen zij elkaar tegen in de hal.

'Ga je niet mee?' vroeg James.

'Nee, ik ben een beetje moe.' Overweldigd, wilde ze zeggen, maar dat deed ze niet.

'Ik ook.'

Ze liepen in de richting van de trap. Op de onderste tree bleef James staan, en hij draaide zich naar haar om.

'Ben je bang?' vroeg hij.

'Dat weet ik eigenlijk niet.'

'Ik wel,' gaf hij toe. 'Maar we moeten allemaal ons steentje bijdragen, neem ik aan. Welterusten, Constance.' Met een zucht liep hij de trap op.

'Welterusten.' Connie keek hem na tot hij uit het zicht was verdwenen. Ze had het ineens koud. Huiverend, met haar armen om zich heen geslagen, liep ze naar een van de reusachtige ramen en keek naar de volle maan die aan de hemel stond. Was ze bang? Ze wist het oprecht niet. Maar misschien had de oorlog, die al meer dan vier jaar door haar jonge leven raasde, haar afgestompt. Vanaf de dag waarop Lawrence – al een paar weken na hun trouwen – naar het buitenland was vertrokken om te gaan vechten, had Connie het gevoel gehad dat haar leven tot stilstand was gekomen, uitgerekend op het moment dat alles had moeten beginnen. Aanvankelijk had ze hem zo verschrikkelijk gemist dat ze dacht het niet te kunnen verdragen. In zijn reusachtige, tochtige huis in Yorkshire, met alleen zijn kortaangebonden moeder en haar twee niet meer zo jonge zwarte labradors als gezelschap, had ze veel te veel tijd gehad om na te denken. Haar schoonmoeder was het er niet mee eens geweest toen ze besloot het aanbod van een baan bij MI5 in Londen aan te nemen, dat ze dankte aan een relatie van haar vader die besefte dat zijn dochter wegkwijnde in de eenzaamheid van de sombere heidegronden.

Veel van de meisjes met wie ze bij MI5 had gewerkt, hadden genoten van de merkwaardig uitgelaten sfeer waartoe de oorlog in Londen had geleid. Door officieren met verlof werden ze voortdurend mee uit eten genomen of meegevraagd naar een nachtclub. En dat terwijl sommige van de meisjes verloofd waren of zelfs getrouwd. Net als in Connies geval vochten hun jonge verloofdes of echtgenoten in het buitenland, maar dat weerhield hen er niet van plezier te maken met andere mannen.

Voor Connie was zoiets ondenkbaar. Voor haar was Lawrence al sinds haar zesde, sinds de dag waarop ze hem had ontmoet op een tennisfeestje in Yorkshire, de enige man van wie ze ooit had gehouden. Ook al had ze met haar heldere verstand een eigen carrière kunnen opbouwen na haar studie aan de Sorbonne, en ook al zou ze liever in Frankrijk zijn gebleven, toch had ze van harte gekozen voor het grimmige noorden van Yorkshire, om daar als echtgenote van haar geliefde Lawrence uiteindelijk de vrouw des huizes te worden op Blackmoor Hall.

Maar een paar weken na de gelukkigste dag van haar leven, waarop ze hem haar jawoord had gegeven in de katholieke kapel van het landgoed, was de man die ze al veertien jaar liefhad, van haar zijde weggerukt.

Connie zuchtte. Vier jaar lang had ze dagelijks in angst geleefd voor een telegram, voor het bericht dat haar man tijdens de oorlogshandelingen vermist was geraakt. En na vier jaar was het inderdaad gekomen. Door haar werk bij MI5 wist ze maar al te goed dat de kans dat Lawrence nog leefde met de dag kleiner werd nu er al twee maanden niets meer van hem was vernomen.

Ze draaide zich om en liep de hal door, terug naar de trap. Met het openmaken van dat telegram, een paar weken eerder, had ze haar grootste angst onder ogen moeten zien. En omdat Lawrence nog steeds werd vermist, kon het haar eigenlijk niet zo veel schelen of ze de oorlog overleefde.

Ze kroop in bed en liet het nachtlampje aan voor Venetia. Het begon al licht te worden toen Connie haar de kamer hoorde binnenkomen, zacht giechelend toen ze ergens over struikelde.

'Ben je wakker, Con?' vroeg ze fluisterend.

'Ja,' antwoordde Connie slaperig. Ze hoorde Venetia's bed kraken.

'Allemachtig, wát een leuke avond! Henry is echt een droom, vind je niet?'

'Ja, hij is erg knap.'

Venetia geeuwde. 'Misschien worden de komende weken wel een stuk leuker dan ik had gedacht. Welterusten, Con.'

In tegenstelling tot Venetia's vermoeden werden de rekruten in de daaropvolgende weken tot het uiterste op de proef gesteld. Hun dagen waren gevuld met zware fysieke en mentale trainingen. Als ze niet in een loopgraaf zaten en leerden dynamiet tot ontploffing te brengen, klommen ze wel in bomen om zich te verbergen tussen de takken. Ze leerden eetbare noten, bessen, paddenstoelen en bladeren herkennen, er werd eindeloos geoefend met vuurwapens, en elke dag begon met de onvermijdelijke acht kilometer hardlopen. Venetia, die zich met dezelfde overgave op haar onstuimige relatie met Henry stortte als op het dagelijkse programma en vaak pas tegen het ochtendgloren haar bed in rolde, vormde kreunend en steunend de achterhoede van de groep.

Connie wist zich tot haar eigen verrassing veel beter staande te houden dan ze had verwacht. Dankzij haar leven op het platteland had ze bij het begin van de training al een goede conditie gehad, en ze voelde haar krachten met de dag toenemen. Ze was de beste schutter van de groep en ontwikkelde zich tot een expert op het gebied van dynamiet, wat niet kon worden gezegd van Venetia, die hen bijna allemaal opblies door een granaat tot ontploffing te brengen in de loopgraaf.

'Nou ja, we weten in elk geval dat ik het kan,' had ze gezegd toen ze later terugmarcheerden naar Wanborough Manor.

'Wat vind jij? Deugt Venetia eigenlijk wel voor dit werk?' vroeg James op een avond toen Connie en hij met koffie en cognac in de salon zaten. 'Ze is niet bepaald discreet.' Hij keek lachend naar het terras, waar Venetia en Henry in een innige omhelzing waren verstrengeld.

'Ik denk dat ze het geweldig zal doen,' verdedigde Connie haar vriendin. 'Ze is slim en bijdehand. En we worden er voortdurend aan herinnerd dat het daar in de meeste situaties op aan zal komen, wanneer het eenmaal menens is.'

'Ze is in elk geval verdomd aantrekkelijk,' gaf James toe. 'Ik twijfel er niet aan of ze zal zich dankzij haar charmes uit de meeste problemen weten te redden. Beter dan ik,' voegde hij er somber aan toe. 'Dit is de stilte voor de storm, Con. Waar ik nog het meest bang voor ben, dat is de parachutesprong als we in Frankrijk worden gedropt. Ik heb nu al zo'n last van mijn knieën.'

'Probeer je nog geen zorgen te maken.' Connie klopte hem op zijn hand. 'Misschien tref je het en word je met een Lizzy gedropt.'

'Ik hoop het,' zei James. 'Want als ik met parachute en al in een boom beland – en dat zou echt iets voor mij zijn – hebben ze me meteen in de gaten.'

Van alle rekruten was James de enige die toegaf dat hij als een berg opzag tegen de taak die hem wachtte. Als de rustigste, meest verstandelijke leden van de groep ontleenden Connie en hij steun aan de vriendschap die zich tussen hen had ontwikkeld.

'Het kan soms raar lopen in het leven,' vervolgde James, nippend van zijn cognac. 'Als ik de keus had gehad zou ik voor een heel ander leven hebben gekozen.'

'Dat geldt op dit moment waarschijnlijk voor de meeste mensen,' zei Connie. 'Als de oorlog niet was uitgebroken, had ik nu op het platteland van Yorkshire gezeten, als een uitdijende huisvrouw, met elk jaar gezinsuitbreiding.'

'Is er nog nieuws?' James wist dat Lawrence werd vermist.

'Nee,' zei ze met een zucht.

'Je moet de hoop niet opgeven, Con.' Nu was het zijn beurt om haar moed in te spreken. 'Het is daar zo'n verdomde chaos. De kans dat je man nog leeft is net zo groot als het alternatief.'

'Ik probeer te blijven hopen,' zei Connie, maar met elke dag die verstreek, had ze het gevoel dat het graf van Lawrence dieper werd. 'Wat zijn je plannen, als er ooit een eind komt aan die ellendige oorlog?' Ze schakelde over naar een minder somber onderwerp.

'Gossie!' James grinnikte. 'Dat lijkt op dit moment zo'n bizarre gedachte. Maar mijn leven is net als het jouwe. Als alles voorbij is, ga ik terug naar huis en pak ik de draad weer op. Dan wordt er getrouwd en voor een nieuwe generatie gezorgd...' Hij haalde zijn schouders op. 'Je kent het.'

'Nou ja, je kunt je kinderen in elk geval Frans leren.' Connie glimlachte. 'Echt, je bent de laatste weken zo vooruitgegaan!' zei ze om hem op te beuren.

'Het is aardig dat je het zegt, Con. Maar ik moet je wat bekennen. Ik heb de kapitein vandaag met Buckmaster horen praten. Door de telefoon. Ja, ik heb hem afgeluisterd.' James grijnsde. 'Er wordt ons toch voortdurend op het hart gedrukt dat we onze oren moeten gebruiken om informatie te verzamelen? Afijn, de kapitein was compleet lyrisch over jou. Je was de verrassing, de ster van de groep, zei hij. Een uitmuntende leerling. De F Section heeft grote verwachtingen van je, kindje.'

'Dank je wel. Ik moest er op school anders hard voor werken,' zei Connie lachend. 'Het probleem is alleen dat ik nooit echt de kans heb gehad me te bewijzen.'

'Maak je geen zorgen, Con. Die kans ga je ruimschoots krijgen.'

Een maand later was de training voltooid en werden de agenten afzonderlijk bij de kapitein geroepen voor een langdurig, slopend gesprek waarin ze onomwonden op hun sterke en zwakke punten werden gewezen.

'Je hebt het uitzonderlijk goed gedaan, Constance. We zijn allemaal erg tevreden over je,' verklaarde de kapitein. 'Het enige punt van kritiek dat ik van je instructeurs heb doorgekregen, is dat je te lang nadenkt voordat je een besluit neemt. Wanneer je eenmaal op locatie bent, moet je vaak direct kunnen reageren. Dat kan het verschil tussen leven of dood betekenen. Besef je dat?'

'Dat besef ik, sir.'

'Je hebt bewezen over goede instincten te beschikken. Vertrouw daarop, dan denk ik dat je de goede keuzes zult maken. We sturen je hiervandaan naar Schotland, samen met de andere agenten die we geschikt hebben bevonden,' besloot de kapitein. 'Daar word je verder voorbereid op de taak die op je wacht.' Hij stond op en stak haar zijn hand toe. 'Veel geluk, *madame* Chapelle,' zei hij met een glimlach.

'Dank u wel, sir.'

'En moge God je behoeden,' voegde hij eraan toe terwijl Connie de deur achter zich dichttrok.

Connie, Venetia, James en – tot Venetia's grote vreugde – ook Henry waren geschikt bevonden en werden naar de Schotse wildernis gestuurd om daar een guerrillatraining voor gevorderden te ondergaan. Ver van de bewoonde wereld oefenden ze gevieren in het opblazen van bruggen, ze leerden met kleine boten omgaan zonder ze tot zinken te brengen, en hoe ze Duitse, Britse en Amerikaanse wapens moesten laden en ze – geladen en wel – in het pikdonker in een vrachtwagen moesten hijsen. Het belang van de Vichy-demarcatielijn werd gedetailleerd toegelicht. Hoewel de lijn officieel niet meer bestond, was oversteken nog steeds riskant, omdat deze nog altijd de grens vormde tussen het 'bezette' noorden van Frankrijk en het zuiden.

De survivaltraining die ze op Wanborough Manor hadden doorlopen moest in praktijk worden gebracht toen ze op de verlaten heidegronden van Schotland werden gedropt en zich dagenlang in leven moesten zien te houden met wat de natuur te bieden had. Verder kregen ze les van een getrainde moordenaar die hun leerde een aanvaller geluidloos uit te schakelen en te doden.

Na twee weken in Schotland werd Venetia plotseling uit de groep gehaald.

'Goddank!' verzuchtte ze terwijl ze haastig haar spullen pakte. 'Blijkbaar word ik naar Thame Park gestuurd, voor een spoedcursus om mijn radiografische vaardigheden op te frissen. Er schijnt paniek te zijn ontstaan aan de andere kant van het Kanaal, dus ze hebben dringend radiotelegrafisten nodig. O, Con.' Ze omhelsde haar vriendin. 'Laten we hopen dat we elkaar daar spoedig weerzien. En pas goed op Henry voor me. Beloof je dat?'

'Natuurlijk.' Connie keek toe terwijl Venetia haar koffer sloot en van het bed tilde. 'Maar het duurt vast niet lang voordat je een vervanger hebt gevonden.'

'Misschien niet.' Venetia keerde zich naar Connie. 'Dat is zelfs heel waarschijnlijk. Maar hij was wel erg leuk.'

Er werd op de deur geklopt. 'Miss Burroughs, de auto staat voor,' klonk een stem.

'Tijd om te vertrekken. Veel geluk, Con.' Venetia pakte haar koffer en liep naar de deur. 'Ik ben blij dat ik je heb leren kennen.'

'En ik jou. Geef de moed niet op,' smeekte Connie. 'Je moet blijven geloven in de goede afloop.'

'Ik doe mijn best.' Venetia stond al in de deuropening. 'Maar ik ga het niet redden, Con. Dat weet ik.' Ze haalde haar schouders op. '*À bientôt.*'

9

'Constance, je opleiding zit erop, niets staat je vertrek naar Frankrijk nog in de weg. Hoe voel je je?'

Connie was terug in Londen, op het hoofdkwartier van de F Section. Tegenover haar zat Vera Atkins achter haar bureau.

'Ik ben er helemaal klaar voor,' antwoordde Connie als vanzelf, ook al gaf dat antwoord nauwelijks weer wat ze dacht en hoe ze zich voelde. Na de maand Schotland was ze opnieuw overgeplaatst, naar Beaulieu in Hampshire, ook een landgoed dat was gevorderd door de overheid. Daar waren haar spionagevaardigheden nog verder verfijnd. Ze had geleerd het onderscheid te herkennen tussen de verschillende uniformen van de Duitsers en van de Franse Milice – de gehate politie van het Vichy-bewind – en waar ze op moest letten wanneer ze Franse burgers betrok bij het netwerk waarvan ze deel zou gaan uitmaken. Bovendien was ze ervan doordrongen dat ze nooit, maar dan ook nooit iets op papier mocht zetten.

'Ik denk dat ik me beter voel wanneer ik eenmaal aan het werk ga,' besloot ze.

'Zo mag ik het horen,' antwoordde Miss Atkins opgewekt. 'Het is de bedoeling dat je met de volgende volle maan vertrekt. En je zult blij zijn te horen dat je niet hoeft te springen. Je wordt door een Lysander naar Frankrijk gevlogen en veilig op Franse bodem afgezet.'

'Dank u wel.' Dat was althans een opluchting.

'Dus je hebt een paar dagen de tijd om uit te rusten en te ontspannen. Ik heb een kamer voor je geboekt in Fawley Court, een gezellig pension, gedreven door de FANY. Daar verblijf je tot je vertrek. Ik stel voor dat je die tijd gebruikt om een aantal brieven aan je dierbaren te schrijven. Die zal ik dan de komende weken, terwijl jij in het buitenland zit, versturen.'

'Wat moet ik schrijven?' vroeg Connie.

'Ik adviseer mijn meisjes altijd om kort van stof te zijn en positief te blijven. Dus je schrijft dat het goed met je gaat en dat ze zich geen zorgen hoeven te maken,' antwoordde Miss Atkins. 'Op de dag van vertrek kom ik je 's middags halen, maar het exacte tijdstip krijg je pas op de dag zelf te horen. Op het vliegveld krijg je je nieuwe codenaam, waaraan andere agenten en wij hier bij de F Section je kunnen herkennen. En wanneer je eenmaal in Frankrijk bent geland, krijg je te horen bij welk netwerk je bent ingedeeld. Voordat je vertrekt wil Mr. Buckmaster je ook nog even spreken.'

Connie volgde Miss Atkins de gang op, naar het kantoor van Maurice Buckmaster.

'Constance, kindje!' Buckmaster sprong op van achter zijn bureau en liep met open armen naar haar toe om haar te omhelzen. 'Ben je er klaar voor?' vroeg hij toen hij haar weer losliet.

'Helemaal, sir,' antwoordde Connie.

'Zo mag ik het horen. Volgens de berichten die ik heb gekregen, was je de ster van de cursus. Ik weet zeker dat de F Section trots op je kan zijn,' zei hij enthousiast en even positief als altijd.

'Eerlijk gezegd zal ik blij zijn wanneer ik eindelijk aan het werk kan, sir.'

'Dat kan ik me voorstellen. Probeer je niet te veel zorgen te maken. Gisteravond sprak ik een SOE-agent die net terug was van haar eerste detachering. Wat zij het zwaarst had gevonden, was dat ze elke dag kilometers had moeten fietsen. Ze had er olifantendijen van gekregen, beweerde ze!'

Hij grinnikte en Connie grinnikte met hem mee.

'Heb je nog vragen, Constance?'

'Niet dat ik weet, sir. Ik ben alleen benieuwd of u al iets van Venetia hebt gehoord,' zei ze gretig. 'Ze is een paar dagen geleden vertrokken, heb ik begrepen.'

'Nee. Nog niet.' Zelfs Buckmasters gezicht betrok even. 'Maar daar zou ik me geen zorgen over maken. Vaak duurt het even voordat een radiotelegrafist de kans krijgt zijn eerste berichten door te sturen. En er waren de laatste tijd wat problemen in haar regio. Afijn...' Hij liep terug naar zijn bureau, trok een la open en haalde er een pakje uit. 'Een cadeautje voor je.' Hij drukte het haar in de hand. 'Om je veel geluk te wensen.'

'Dank u wel.'

'Maak het maar open,' drong hij aan. 'Dat geef ik al mijn meisjes bij wijze van afscheidsgeschenk. Buitengewoon nuttig, en mocht je ooit in moeilijkheden komen, kun je het altijd nog verkopen.'

Het pakje bevatte een kleine zilveren poederdoos, ontdekte Connie.

'En? Wat vind je ervan?' vroeg Buckmaster.

'Hij is prachtig. Dank u wel.'

'Ik wil niet dat mijn meisjes hun uiterlijk verwaarlozen, zelfs niet in het veld. Afijn, dan valt er niets meer te zeggen, Constance, anders dan dat ik je wil bedanken voor je inzet tot dusverre. Ik twijfel er niet aan of we zullen de komende weken te horen krijgen over je activiteiten. Veel geluk en *bonne chance*.'

'Dank u wel, sir.'

Connie draaide zich om en verliet de kamer.

Op de avond van 17 juni reed Connie met Vera Atkins van Londen naar Tangmere Airfield in Sussex. Daar aangekomen namen ze plaats aan een tafeltje helemaal achter in de hangar, waar Vera een vel papier naar Connie toeschoof.

'Je krijgt twintig minuten de tijd om alles wat erop staat in je geheugen te prenten. Je codenaam is "Lavender". Die gebruik je bij alle contacten met ons en met andere agenten in het veld, zowel Britse als Franse. Je wordt toegevoegd aan het "Scientist"-netwerk, dat voornamelijk in en rond Parijs opereert. Bij de landing op Vieux-Briollay word je opgewacht door een ontvangstcomité. Dat zorgt voor vervoer en het geeft je de contactinformatie van je coördinator, de radiotelegrafist en de andere leden van je netwerk.'

'Duidelijk, Miss Atkins.'

'Ik moet je wel waarschuwen, Constance. We hebben de laatste tijd communicatieproblemen met je netwerk,' vervolgde Miss Atkins, 'Waarschijnlijk kan het ontvangstcomité in Frankrijk je meer vertellen dan ik. Maar je hebt een goed stel hersens, dus je zult je wel weten te redden. En ten slotte dit.' Miss Atkins pakte een leren koffertje dat onder de tafel had gestaan. 'Hierin zit alles wat je nodig hebt. Identiteitspapieren op naam van Constance Chapelle, schooljuffrouw, woonachtig in Parijs. Je hebt veel familie en vrienden in het zuiden, want daar kom je oorspronkelijk vandaan. Dat voer je als reden aan om de Vichy-lijn over te steken, mocht dat nodig zijn.

Connie zag dat Miss Atkins een klein flesje tevoorschijn haalde met daarin één enkele pil.

'Dit is je C-pil. Ik wil dat je die nu meteen in de hak van je schoen stopt,' instrueerde ze.

Connie was hierop voorbereid, dus ze trok de speciaal bewerkte schoen uit en klapte de hak open.

Miss Atkins liet de pil erin vallen. 'Laten we hopen dat je hem nooit hoeft te gebruiken.'

'Inderdaad.' Connie wist dat de onschuldig ogende pil een dodelijke dosis cyaankali bevatte. Die zou ze moeten slikken in geval van arrestatie, om te voorkomen dat ze doorsloeg als ze werd gemarteld.

'Zo.' Miss Atkins keek haar opgewekt aan. 'Ben je er klaar voor?'

'Ja.'

'Op naar de Lizzy dan!'

Ze liepen naar het kleine vliegtuigje, dat zwart was geschilderd om onzichtbaar te zijn, ook bij volle maan. Beneden aan de trap bleef Miss Atkins staan. 'Dat zou ik bijna vergeten.' Ze haalde een envelop uit haar jaszak. 'Die is voor jou.'

Het was een telegram. Connie maakte het open. Met een blik vol ongeloof las ze de inhoud.

'Dat is goed nieuws, hè?' merkte Miss Atkins op.

Connie sloeg een hand voor haar mond, er kwamen tranen in haar ogen. 'O, Miss Atkins, Lawrence leeft nog! Hij leeft nog!'

'Inderdaad, kindje. En hij is per schip naar huis vervoerd. Drie dagen geleden is hij in Portsmouth aangekomen. Hij heeft een gebroken been en een lelijke wond in zijn borst, maar volgens de dokters is zijn moreel uitstekend en reageert hij goed op de behandeling in het ziekenhuis.'

'Bedoelt u dat hij híér is? In Engeland?' vroeg ze ongelovig.

'Ja, kindje. Hij is thuis. Veilig en wel. Is dat niet heerlijk om te weten?'

Connie keek naar de datum van het telegram waarin stond dat haar echtgenoot levend was gevonden en onmiddellijk naar huis zou worden vervoerd. Het telegram was van 20 mei, inmiddels bijna een maand geleden.

'Dat leek me goed nieuws om mee te nemen, en een geweldige stimulans om veilig terug te komen. Zo, kindje. Tijd om aan boord te gaan.' Miss Atkins pakte voortvarend het telegram terug. De propellers van het vliegtuig begonnen te draaien en Vera Atkins schudde Connie de hand. 'Dag, Constance, het ga je goed!'

Verdwaasd liep Connie de trap op en verdween in de krappe cabine van het vliegtuig. Terwijl ze haar gordel vastmaakte, probeerde ze te bevatten wat ze zojuist had gehoord. Haar echtgenoot leefde nog! En dat niet alleen, hij was hier. Hij was thuis. Veilig aangekomen in Engeland. Misschien maar een paar uur rijden bij haar vandaan.

En ze hadden het haar niet verteld...

Hoe kónden ze voor haar hebben verzwegen dat Lawrence terecht was? Dat hij naar huis terugkwam? Connie beet uit alle macht op haar lip om de tranen terug te dringen waardoor de strakke, ongemakkelijke vliegeniersbril dreigde over te lopen.

Met een bezwaard gemoed besefte ze waarom ze niets tegen haar hadden gezegd. Als ze dat wel hadden gedaan, als ze haar hadden verteld dat Lawrence op weg was naar Engeland, dan zou ze zich hebben bedacht, dan zou ze zijn teruggedeinsd voor de gruwelijk zware taak die ze op het punt stond te aanvaarden.

Nu kon ze niet meer terug, besefte ze, terwijl er nog twee onherkenbare gedaanten in vliegenierspak en met bijpassende bril aan boord klommen en de deur achter zich dichttrokken. De F Section had uit eigenbelang haar privéomstandigheden gemanipuleerd. En op het laatste moment hadden ze haar de enige stimulans gegeven die ze nodig had om in leven te blijven en terug te komen.

'Het is onverdraaglijk,' mompelde ze zacht, terwijl het vliegtuig begon te taxiën en de hangar uit reed, het maanlicht in.

'Connie? Ben jij het?' klonk het uit de stoel naast haar, boven het gebrul van de motoren uit. Ondanks het lawaai herkende ze de stem.

'James!' riep ze uit, absurd getroost door de ontdekking dat hij het was.

Praten was onmogelijk toen het vliegtuig eenmaal opsteeg, de nachtelijke hemel tegemoet. In plaats daarvan reikte er een hand naar de hare, drukte die en hield hem stevig vast. Connie protesteerde niet. Ze keek uit het raampje naar het in duisternis gehulde Engelse platteland, diep beneden haar.

'Dag, Lawrence. Dag, mijn liefste,' fluisterde ze. 'Ik kom terug! Dat zweer ik!'

10

De Lysander landde sierlijk op een weiland, binnengeloodst door kleine zaklantaarns in de handen van onzichtbare verzetsmensen op de grond. De piloot draaide een rondje en stak zijn duim op naar zijn passagiers. 'Volgens mij is de kust veilig. Het ga jullie goed, dames en heren. Ik wens jullie veel geluk,' voegde hij eraan toe terwijl ze de trap afdaalden naar het gras.

'*Bienvenue*!' De man die hen begroette, rende langs hen heen en haastte zich met een tas in zijn armen de vliegtuigtrap op. Nadat hij de tas naar binnen had gegooid, sloot hij de deur en kwam terugrennen om kennis te maken met zijn nieuwe ploeg rekruten.

De Lysander taxiede alweer, klaar voor de terugreis. Connie keek hem jaloers na. Had ze maar de moed om aan boord te klimmen en haar hart te volgen, terug naar Engeland!

'Kom mee,' zei de man die de tas aan boord had gebracht. 'We moeten vlug zijn. Er kwam hier een paar minuten geleden een vrachtwagen vol moffen langs. Dus het kan best zijn dat ze het vliegtuig hebben gehoord.'

De drie agenten haastten zich over het weiland achter hun gids aan. James vormde de achterhoede. Het was een prachtige nacht – helder en warm – en terwijl Connie met de groep mee rende, had ze ondanks al het nieuwe een gevoel van vertrouwdheid. Frankrijk rook nog net als vroeger. De milde droogte met een geur van hars was zo heel anders dan de vochtige geur op het Engelse platteland. Die sfeer en die geur zou ze onder alle omstandigheden herkennen.

Ten slotte kwamen ze bij een houten hut, midden in een dicht bos. Hun gids deed de deur open. Er lagen veldbedden op de grond, voorzien van dekens. In een hoek stond een gaspit. Hun gastheer haalde lucifers tevoorschijn en stak hem aan.

'We moeten hier de rest van de nacht blijven, tot de avondklok afloopt. Zodra het ochtend is, sturen we jullie ieder afzonderlijk op pad vanaf het station in Vieux-Briollay. Dat is hier op de fiets twintig minuten vandaan. Probeer het je zo gemakkelijk mogelijk te maken. Leg je vliegenierspakken maar daar in de hoek. Die blijven hier,' instrueerde hij. 'Ondertussen ga ik koffiezetten.'

Connie trok haar pak uit en keek toe terwijl haar medepassagiers tevoorschijn kwamen. De andere man kende ze niet. Toen ze eenmaal op hun veldbed zaten, reikte de gids hen een emaillen beker met koffie aan.

'Ik weet dat jullie, Engelsen, daar dol op zijn, maar ik heb helaas geen melk,' zei hij.

Connie was blij met het sterke, donkere brouwsel. Dat was ze wel gewend.

'Ik ben Stefan,' stelde de gids zich voor. 'En u, als enige vrouw, u moet "Lavender" zijn, madame.'

'Ik ben "Trespass",' meldde James.

'"Pragmatist",' zei de onbekende man.

'Namens mijn land heet ik u welkom op Franse bodem. We hebben nog nooit zo dringend behoefte gehad aan Britse agenten om ons te helpen,' zei Stefan. 'De afgelopen dagen zijn veel van uw medeagenten, vooral in Parijs, opgepakt. Hun lot is onbekend, maar we weten bijna zeker dat we een mol hebben. Anders had de Gestapo het netwerk nooit zo succesvol kunnen oprollen. Ik kan u alleen maar aanraden om niemand te vertrouwen,' verklaarde hij nadrukkelijk. 'Probeer te slapen. Ik hou de wacht, en mocht dat nodig zijn maak ik u wakker. Welterusten.'

Stefan liep naar buiten, stak een sigaret op en trok de deur achter zich dicht. De drie agenten installeerden zich zo comfortabel mogelijk op hun veldbed.

'Welterusten, makkers,' zei James. 'Slaap lekker.'

‘Volgens mij doe ik geen oog dicht,’ zei Pragmatist, maar het duurde niet lang of Connie hoorde een zacht snurken aan de andere kant van de hut.

‘Connie?’ Dat was de stem van James.

‘Ja?’

‘Daar zijn we dan. Nu is het menens.’

‘Ja, nu is het menens,’ viel Connie hem bij, met een zurige smaak in haar keel, van de koffie en de emoties, en omdat ze niets in haar maag had.

Uiteindelijk moest ze zijn ingedommeld, want James schudde haar wakker. Door het kleine raam zag ze dat het licht begon te worden.

‘Wakker worden!’ zei James. ‘Ze staan buiten op ons te wachten.’

Omdat ze volledig gekleed had geslapen, hoefde ze alleen maar haar kousen en schoenen aan te trekken. Voor de hut stond behalve Stefan ook een onbekende vrouw.

‘Goedemorgen, Lavender,’ zei Stefan. ‘Ben je klaar om op pad te gaan?’

‘Ja, maar...’ Connie keek om zich heen in het bos. ‘Kan ik ergens...’ Ze voelde dat ze bloosde.

‘Er is hier geen wc. Dus loop maar even het bos in,’ zei hij schouderophalend, en hij keerde zich naar James.

Connie haastte zich weg, op zoek naar een dikke boom. Toen ze terugkwam, stonden James en de andere agent op het punt op de fiets te vertrekken, samen met de onbekende vrouw.

‘Veel geluk,’ fluisterde Connie tegen James. ‘Ik hoop dat we elkaar snel weerzien.’

‘Anders ik wel,’ zei James. Zijn gezicht stond strak en gespannen. ‘Ondertussen zal ik mijn best doen om de moffen aan flarden te blazen zodat we allemaal weer naar huis kunnen.’

‘Zo mag ik het horen.’ Connie schonk hem een dappere glimlach en keek hem na toen hij wiebelend op zijn fiets achter de anderen aan het bos in reed.

'We wachten tot ze een paar kilometer op weg zijn,' zei Stefan. 'Het zou de aandacht trekken als er te veel fietsers het bos uit komen. Koffie?'

'Graag.' Connie ging op de drempel van de hut zitten en keek naar de zon, die inmiddels boven de bomen stond en de grond daaronder bedekte met lichte vlekken.

Stefan gaf haar een mok, kwam naast haar zitten en stak een sigaret op. 'En nu jij, Lavender. Ik zal je vertellen wat de bedoeling is. Je bent ingedeeld bij het Scientist-netwerk, dat weet je. Scientist is onze grootste organisatie en opereert in Parijs en omgeving.'

'Dat weet ik,' bevestigde Connie.

'Helaas hebben we doorgekregen dat diverse leden van Scientist zijn opgepakt door de Gestapo, onder wie Prosper, de leider.'

'Dat hebben ze me ook verteld, en ze zeiden dat jij waarschijnlijk meer informatie zou hebben.' Connie dronk van haar koffie.

'We hebben nog niets gehoord van Prospers radiotelegrafist, dus dat zou kunnen betekenen dat hij ook is opgepakt.' Stefan trapte zijn sigaret uit. 'Drie dagen geleden hebben ze me laten weten dat ze je verwachtten. Het was de bedoeling dat ze contact met je zouden leggen op station Montparnasse. Maar ik durf niet te zeggen of ze daar inderdaad zullen zijn.' Stefan stak onmiddellijk een volgende sigaret op. 'Ik kan niet met je meegaan. Dat is op dit moment te gevaarlijk. We zijn door het hoofdkwartier gewaarschuwd om zo onzichtbaar mogelijk te blijven tot we duidelijkheid hebben. Dus je zult de reis alleen moeten maken.'

'O.' Connie omklemde haar mok alsof het een talisman was, in een poging haar zenuwen in bedwang te houden.

'Je codenaam komt in nog geen enkel dossier voor dat de Gestapo in zijn bezit zou kunnen hebben. Dus het is onwaarschijnlijk dat je onderweg onder verdenking komt te staan,' stelde Stefan haar gerust. 'Het is erg veel gevraagd van iemand die net is aangekomen, maar we moeten iemand naar Parijs sturen om uit te zoeken wat er precies is gebeurd. En dat moet iemand zijn die de moffen niet kennen. Wil je dat doen?'

'Natuurlijk.'

'Als het goed is, word je opgewacht voor de *tabac* op het stationsplein. Daar moet je een pakje Gauloises kopen, en dat laat je zogenaamd per ongeluk op de grond vallen. Je raapt het op en je neemt een sigaret. Die steek je hiermee aan.' Stefan haalde een doosje lucifers uit zijn zak en gaf het haar. 'Op dat moment zou er een man naar je toe moeten komen. Hij brengt je vervolgens naar een van onze onderduikadressen.'

'En als hij er niet is?' vroeg Connie.

'Dan weet je dat er iets niet in orde is. Ken je Parijs een beetje?'

'Ja, ik heb aan de Sorbonne gestudeerd.'

'Dan zal het je geen moeite kosten om dit adres te vinden.' Stefan gaf haar een stukje papier.

'Rue de Rennes, appartement nummer 17.' De straatnaam was haar vertrouwd. 'Die buurt ken ik.'

'Mooi. Je loopt langs het gebouw, tot het eind van de straat, dan steek je over en je loopt langs de andere kant terug. Als je Gestapo op straat ziet, of ergens vlakbij in een vrachtauto, dan weet je dat het onderduikadres is ontdekt. Duidelijk?'

'Ja. En als ik geen Gestapo zie?' vroeg Connie.

'Dan ga je naar het appartement. Het is op de derde verdieping. Je klopt twee keer op de deur, dan drie keer, en als het goed is, wordt er dan opengedaan. Aan de mensen daar vertel je dat hun koerier niet is komen opdagen om je te halen en dat Stefan je stuurt,' instrueerde hij.

'Akkoord.' Connie prentte het adres in haar geheugen. Daarop pakte Stefan het papiertje uit haar hand om er een lucifer bij te houden. 'En als er niemand thuis is, waar ga ik dan heen?'

'Er moet altijd iemand zijn, de klok rond. Als er niet wordt opengedaan, dan weet je dat het Scientist-netwerk is ontdekt. En dat iedereen is gevlucht en elders ondergedoken. Dan is het te gevaarlijk om te proberen alsnog contact te leggen met een van de leden.' Stefan zuchtte en inhaleerde diep. 'Je laatste mogelijkheid is dit adres.' Stefan haalde nog een stukje papier uit zijn zak. 'Daar woont een vriend van me. Hij maakt geen deel uit van een netwerk, en hij werkt niet voor de SOE, maar hij is onvoorwaardelijk loyaal aan onze zaak en hij zal je helpen.' Stefan gaf haar het briefje. 'Je belt hier aan en je vraagt naar "Hero".'

Connie keek verbaasd naar het adres. 'De Rue de Varenne. Daar woonden vrienden van mijn familie.'

'Dan bewoog je familie zich in voorname kringen. Het is een van de chicste buurten van Parijs.' Stefan trok een wenkbrauw op.

'En... als Hero niet thuis is...' vroeg ze. 'Moet ik het dan opgeven en de trein terug nemen, hierheen?'

'Madame...' Stefan drukte zijn sigaret krachtig uit op de bosgrond. 'Op dat moment ben je op jezelf aangewezen. Je neemt je intrek in een pension vlakbij, je houdt de boel in de gaten en je wacht tot Hero terugkomt. Kom mee. Het is zover. We moeten gaan. En denk erom dat je in Parijs tijdens de avondklok niet de straat op gaat. Dan is het gevaar het grootst.'

Terwijl hij de koffiemokken naar binnen bracht, bestudeerde Connie de stokoude fietsen waarop ze naar het station zouden rijden.

'Wie is die Hero? Die vriend van je?' Connie stapte op de fiets, met haar koffer wankel tussen de mand en het stuur geklemd.

'Er worden hier geen vragen gesteld. Maar als je bij hem aanklopt, weet hij wat er aan de hand is, en hij zal je veilig in contact kunnen brengen met een onderafdeling van Scientist. Vervolgens zul jij moeten zorgen dat je zo snel mogelijk contact legt met Londen en verslag uitbrengt van de situatie. Tenminste, als er nog één radiotelegrafist op vrije voeten is,' voegde Stefan er grimmig aan toe.

De fietstocht naar het station verliep zonder incidenten. Het stadje lag erbij zoals Connie zich dit gedeelte van Frankrijk herinnerde uit de tijd vóór de oorlog. Alleen wapperde nu de vlag met het hakenkruis op het gemeentehuis.

Stefan kocht een treinkaartje voor Connie. Het ontging haar niet dat hij het perron ondertussen voortdurend in de gaten hield. 'Ik moet ervandoor. Dag, madame.' Hij kuste haar hartelijk op beide wangen, alsof ze een dierbaar familielid was. 'We houden contact,' voegde hij eraan toe. Terwijl hij de zoveelste sigaret opstak, slenterde hij nonchalant naar zijn fiets en Connie bleef alleen achter op het perron.

Om precies elf uur kwam de trein. Buckmaster had bij wijze van grap weleens gezegd dat de plotselinge stiptheid van het openbaar vervoer in Frankrijk het enige voordeel was van de Duitse bezetting. Connie klom aan boord en hees haar koffer in het rek boven haar hoofd. Toen de trein het station verliet, keek ze om zich heen. De bezetting van de wagon bestond uit de gebruikelijke menselijke smeltkroes. Connies lege maag knorde en ze sloot haar ogen, in de hoop dat het vertrouwde, sussende schudden van de trein haar getergde zenuwen zou kalmeren. Maar op elk station deed ze nerveus haar ogen open om te zien of er nieuwe passagiers bij haar in de wagon kwamen zitten.

In Le Mans moest ze overstappen en wist ze een oudbakken pasteitje te bemachtigen bij de kiosk op het perron. Terwijl ze op een bankje op haar trein zat te wachten, zag ze voor het eerst een Duitse officier. Hij stond met de stationschef te praten.

Eindelijk – het was al theetijd – reed de trein station Paris Montparnasse binnen. Connie liet zich meevoeren door de stroom passagiers, de trein uit, het perron af. Innerlijk zette ze zich schrap voor de eerste controle waaraan ze door de Milice zou worden onderworpen. Ze zag dat enkele van haar medepassagiers hun koffers op een tafel moesten leggen en openmaken. Connies hart bonsde in haar keel, maar ze mocht gewoon doorlopen. Er was geen politieman die ook maar enige aandacht aan haar schonk.

Met knikkende knieën van opluchting keek ze op het stationsplein om zich heen, op zoek naar de tabac waar ze haar koerier zou ontmoeten. Het was druk op het station door de vele reizigers die van hun werk op weg waren naar huis, maar uiteindelijk ontdekte ze de tabac, in een hoek van het plein. Ze liep erheen en kocht een pakje

Gauloises. Terwijl ze het wisselgeld pakte, liet ze de sigaretten op de grond vallen.

'*Ah, mince alors*!' Ze raapte het pakje op, nam er een sigaret uit en hield er zo nonchalant mogelijk een lucifer bij uit het doosje dat Stefan haar had gegeven. Ondertussen keek ze om zich heen, of er misschien iemand naar haar toe kwam.

Connie rookte de hele sigaret op, maar er meldde zich niemand. Terwijl ze de sigaret met haar voet uitmaakte, keek ze zuchtend op haar horloge, alsof ze wachtte op iemand die te laat was. Tien minuten later stak ze opnieuw een sigaret op, weer met dezelfde lucifers. Ook die sigaret rookte ze helemaal op.

Na de derde sigaret besefte ze dat er niemand zou komen.

'Tijd voor Plan B,' mompelde ze, en ze keerde het station de rug toe om zich voor het eerst in de straten van bezet Parijs te begeven. Het was maar een klein eindje lopen naar de Rue de Rennes. Omdat er op het eerste gezicht niet veel was veranderd, kalmeerde ze een beetje terwijl ze door de stad liep die ze zo goed kende en waar ze zo van hield. Het was een warme zomeravond, de straten werden bevolkt door Parijzenaars die deden wat ze altijd deden, dus Connie kon zichzelf bijna wijsmaken dat er helemaal niets was veranderd.

Het begon al te schemeren toen ze de Rue de Rennes bereikte. Daar liep ze langs het gebouw waar ze moest zijn, onopvallend om zich heen kijkend, alert op gevaar. Aan het eind van de straat stak ze over, en ze liep terug langs de andere kant. Ze had het akelige gevoel dat ze erg opviel met haar koffer.

Toen ze ten slotte voor de ingang van het appartementencomplex stond, liep ze doelbewust naar de indrukwekkende deur en draaide zelfverzekerd aan de knop. De deur ging moeiteloos open, en eenmaal binnen stak ze de marmeren hal over naar de trap. Haar voetstappen weergalmden in het hoge trappenhuis. Op de derde verdieping bleef ze staan. Nummer 17 bevond zich aan haar rechterhand. Ze haalde diep adem, klopte twee keer en vervolgens drie keer op de deur, zoals Stefan haar had geïnstrueerd.

Er werd niet opengedaan. Moest ze wachten of nogmaals kloppen? Connie voelde dat haar oren begonnen te suizen naarmate haar bloeddruk steeg. Ze besloot niet nogmaals te kloppen. Er was haar gezegd dat ze het maar één keer moest proberen. Dus het was nu zaak zo snel mogelijk te vertrekken. Blijkbaar was Stefans angst gegrond en verkeerde het netwerk in moeilijkheden. Connie draaide zich op haar hakken om, en ze wilde net de trap af lopen toen de deur van het appartement naast nummer 17 op een kiertje openging.

'Madame!' klonk het fluisterend. 'Uw vrienden zijn er niet. De Gestapo is gisteren aan de deur geweest. Ze houden het gebouw in de gaten. Dus u moet niet door de voordeur vertrekken. De deur aan de achterkant komt uit op een plaatsje. Er is een hek dat door de vuilnismannen wordt gebruikt, en via dat hek komt u in een andere straat. Vlug, madame! U moet hier zo snel mogelijk weg!'

De deur ging weer dicht. Connie herinnerde zich eindelijk wat ze had geleerd, dus ze trok haastig haar schoenen uit om geruisloos en zo snel als ze kon, de trap af te dalen. Achter in de hal bevond zich inderdaad een deur. Vurig wensend dat het geen valstrik was, deed Connie hem open. Hij kwam uit op een kleine binnenplaats. Ze trok haar schoenen weer aan, maakte het hek open en kwam terecht op een smal pad dat naar een naburige straat leidde. Ze liet de Rue de Rennes achter zich en dwong zichzelf langzaam en nonchalant weg te lopen van haar eerste gevaarlijke confrontatie.

Slap van de honger en van de adrenaline die nog altijd door haar lichaam joeg, kwam ze enige tijd later, op minstens een kilometer van het appartement, langs een druk café waar de klanten ook buiten aan tafeltjes op de stoep zaten. Bang dat haar benen haar in de steek zouden laten, ging ze haastig aan een leeg tafeltje zitten. Haar koffer zette ze eronder. Gretig bestudeerde ze de beperkte kaart, en ze bestelde een croque-monsieur. Terwijl ze hongerig at, haalde ze diep adem om weer een beetje tot zichzelf te komen.

Nog nooit had ze zich in de miljoenenstad Parijs zo alleen gevoeld. Er waren genoeg mensen die ze nog kende uit haar tijd aan de Sorbonne, en bovendien woonde de familie van haar moeder er, maar ze mocht met niemand contact hebben.

Het besef dat al die bekende, vertrouwde gezichten zo dichtbij waren, maar tegelijkertijd onbereikbaar, maakte haar situatie extra schrijnend. Het leek erop dat Stefan gelijk had gehad en dat haar netwerk was ondergedoken toen de Gestapo op grote schaal mensen begon op te pakken. Terwijl ze haar koffie dronk, wist Connie dat ze geen andere keus had dan gebruikmaken van de laatste uitweg die hij had voorgesteld. Ze betaalde, pakte haar koffer en ging weer op weg.

Ze liep in noordelijke richting en dacht dat haar hart stilstond, telkens wanneer ze het gerommel van een nazitruck hoorde. Maar ten slotte bereikte ze de Rue de Varenne, een brede, door bomen omzoomde boulevard met fraaie, voorname huizen. Vele daarvan stonden er stil en donker bij, maar toen ze het opgegeven adres van een afstand observeerde, wist ze zeker dat het huis bewoond was. Uit alle ramen scheen licht, en in een van de vertrekken aan de voorkant kon ze zelfs schimmen zien bewegen.

Na een keer diep zuchten stak Connie de straat over, ze beklom de treden naar de voordeur en drukte op de bel.

Enkele ogenblikken later werd er opengedaan door een al wat oudere dienstbode. 'U wenst?' vroeg ze arrogant, terwijl ze Connie taxerend opnam.

'Ik kom voor Hero,' fluisterde Connie. 'Hij krijgt de groeten van Stefan,' voegde ze eraan toe.

Op slag veranderde de houding van de dienstbode. Er verscheen een verontruste uitdrukking op haar doorgroefde gezicht. 'Kom geruisloos binnen, madame. Dan zal ik hem gaan halen.' Ze trok Connie de hal in.

'Dus hij is er?' Connies opluchting was bijna tastbaar.

'Ja, maar...' Ze leek onzeker. 'Een ogenblikje, madame.'

De dienstbode verdween door een van de deuren in de gang en Connie keek bewonderend naar het schitterende antieke meubilair en de elegant gedraaide trap in het midden van de hal. De bewoners van dit huis maakten deel uit van een wereld die ze maar al te goed kende en waarin ze zich thuis voelde.

Na enkele ogenblikken kwam er een lange man uit een van de deuren, gekleed in smoking, voor het diner. Duidelijk een Fransman, met zijn donkere haar en fijngetekende trekken.

Hij liep met zijn armen gespreid naar haar toe. 'Lieverd! Wat een verrassing!' Hij omhelsde de verraste Connie. 'We hebben gasten,' zei hij op gedempte toon terwijl hij haar tegen zich aan hield. 'Het kan zijn dat ze je naar de voordeur hebben zien lopen.' Weer hardop vervolgde hij: 'Heb je een goede reis gehad?'

'Hij was vooral erg lang,' antwoordde ze geschrokken.

'Ben je Française?' fluisterde hij in haar oor, met zijn armen nog altijd stijf om haar heen.

'Ja, mijn familie woont in St. Raphael,' fluisterde ze haastig terug.

'Hoe heet je?'

'Constance Chapelle. Mijn tante is barones Du Montaine.'

'Ik ken de familie.' Hij klonk plotseling opgelucht. 'We spreken af dat je mijn achternicht bent die op bezoek komt. Ga met Sarah mee naar boven, dan zien we elkaar straks weer.' Hij liet haar los. 'De reis vanuit het zuiden is zo vermoeiend tegenwoordig, met al die veiligheidscontroles. Ga je even opknappen. Dan zien we je straks weer beneden, lieve Constance.'

De blik in zijn ogen maakte Connie duidelijk dat ze geen andere keus had dan het spel mee te spelen. Hij liep terug naar de salon.

Toen hij de deur opendeed, zag Connie in de kamer daarachter diverse Duitse uniformen.

11

Nadat Sarah, de dienstbode, haar was voorgegaan de trap op, naar een weelderig ingerichte slaapkamer, en haar vervolgens alleen had gelaten om het bad te laten vollopen, liet Connie zich ademloos en geschokt in een stoel vallen, niet in staat te bevatten wat ze beneden had gezien. Ze had zich allerlei scenario's voorgesteld, daar had ze zelfs mee geoefend tijdens haar training. Maar ze had nooit kunnen denken dat ze op haar eerste avond in bezet gebied zou dineren met de vijand.

Sarah bracht haar door de gang naar de badkamer, waar Connie kortstondig genoot van het warme water nadat ze zich twee dagen niet had kunnen wassen. Ze veroorloofde zich een vluchtige glimlach om de bizarre situatie. Toen stapte ze met tegenzin uit het bad en haastte ze zich de gang door, terug naar de slaapkamer.

Sarah zat op de chaise longue aan het voeteneind van het bed. 'Ga zitten, Constance.' Ze gebaarde naar de plek naast zich.

Connie gehoorzaamde.

'Voordat je je bij het gezelschap voegt voor het diner, heeft Édouard – die heb je zojuist beneden ontmoet – me gevraagd met je te praten. We hebben niet veel tijd, dus luister goed. Om te beginnen, ik ben Sarah Bonnay en ik werk al jaren voor de familie De la Martinières. Édouard vertelde me dat je bent gestuurd door zijn vriend Stefan, en hij wil dat ik je duidelijk maak wat er van je wordt verwacht.'

'Dank je wel,' zei Connie nerveus.

'Ik hoor aan je stem dat je bang bent, en dat begrijp ik. Gezien de tijd waarin we leven, mag je van geluk spreken dat je op een veilig adres bent beland,' stelde Sarah haar gerust. 'Maar met je onverwachte komst heb je ons allemaal in gevaar gebracht, ook al kon natuurlijk niemand weten dat we vanavond... gasten zouden hebben. Dus we moeten doen wat we kunnen, om de situatie te redden. En dat betekent dat je op je eerste avond in Parijs de rol van je leven zal moeten spelen, Constance. Édouard gaat je voorstellen als zijn nicht uit het zuiden. Hij vertelde dat je daar familie hebt. Klopt dat?'

'Ja. Mijn tante, barones Du Montaine, heeft een chateau in St. Raphael.'

'Édouard heeft een chateau daar vlakbij. In Gassin. Dus het is volstrekt aannemelijk dat de families Du Montaine en De la Martinières aan elkaar gerelateerd zijn. Het verhaal waar je tijdens het diner aan moet vasthouden, is dat je net in Parijs bent aangekomen om je dierbare neef en nicht te bezoeken en hun het verdrietige nieuws te brengen van de dood van jullie wederzijdse oom Albert.'

'Duidelijk.'

'Laat Édouard het woord doen,' vervolgde Sarah. 'Vertel zo weinig mogelijk als je iets wordt gevraagd. Hoe meer je jezelf blijft, hoe gemakkelijker het is.'

'Ik zal mijn best doen.'

Sarah nam haar taxerend op. 'Volgens mij heb je ongeveer dezelfde maat als Emilie de la Martinières. Dat is de moeder van Édouard. Ze is vier jaar geleden gestorven, vlak voor het uitbreken van de oorlog. En misschien is ze daarom wel te benijden...' verzuchtte Sarah. 'Ik zal een van haar japonnen voor je halen. Als je dat wilt, help ik je met je haar. Hoe mooier en charmanter en naïever je lijkt, hoe kleiner het gevaar voor ons allemaal. Begrijp je dat, Constance?'

'Ja, dat begrijp ik.'

'Mooi zo. Zorg jij dan nu dat je zo snel mogelijk klaar bent om je bij het gezelschap in de salon te voegen. En ik zal Édouard vertellen wat we hebben besproken wanneer hij Sophia komt halen – dat is zijn jongere zuster – om haar naar beneden te begeleiden. Stel ons niet teleur. Het is van het grootste belang dat niemand ook maar iets in de gaten krijgt. Want dan is alles verloren voor Édouard en zijn familie.' Met opnieuw een diepe zucht stond Sarah op van de chaise longue.

'Ik zal mijn best doen,' beloofde Connie nogmaals.

'Dan kunnen we alleen maar bidden voor een goede afloop.'

Twintig minuten later stond Connie voor de deur van de salon. Zoals Sarah had voorgesteld, deed ze in gedachten een schietgebedje, toen opende ze de deur en liep naar binnen.

'Constance!' Édouard maakte zich los uit het gezelschap, kwam naar haar toe en kuste haar hartelijk op beide wangen. 'Ben je een beetje bekomen van de vermoeienissen? Zo te zien wel,' voegde hij er bewonderend aan toe.

'Ja, ik voel me weer helemaal verkwikt,' antwoordde Connie, in het besef dat er althans aan haar uiterlijk niets mankeerde. Integendeel, ze had er nog nooit zo goed uitgezien. Sarah had haar schitterend gekapt en opgemaakt en haar vervolgens in een exquise avondjurk geholpen – van niemand minder dan monsieur Dior! Geleende diamanten om haar hals en in haar oren vervolmaakten de vermomming.

'Kom, dan stel ik je voor aan mijn vrienden.' Édouard bood Connie zijn arm, en terwijl hij haar meetroonde naar zijn gasten, zag ze een zee van uniformen die ze tijdens haar training had leren herkennen.

'Hans, mag ik je voorstellen aan mijn lieve nicht, Constance Chapelle. Ze verblijdt ons met haar lieftallige aanwezigheid tijdens een kortstondig verblijf in Parijs. Constance, dit is *Kommandant* Hans Leidinger.'

Constance voelde de ogen van de reusachtige man in het uniform van een hoge *Abwehr*-officier van de militaire inlichtingendienst onderzoekend op zich gericht.

'*Fräulein* Chapelle, wat een genoegen om opnieuw een van Édouards charmante familieleden te leren kennen!'

'Kolonel Falk von Wehndorf.' Édouard bewoog verder naar de volgende gast, in het uniform van de gevreesde Gestapo.

Von Wehndorf was de volmaakte blonde Ariër. Hij liet zijn blikken met onverholen belangstelling over Connies lichaam gaan. In plaats van haar uitgestoken hand te schudden, bracht hij die naar zijn mond en drukte er een kus op. Even keken zijn bleekblauwe ogen haar doordringend aan. 'Fräulein Chapelle, waar heeft uw neef Édouard u al die tijd verborgen gehouden?' vroeg hij vervolgens in onberispelijk Frans.

Hoe onschuldig de opmerking ook was bedoeld, Connie raakte er op slag door in paniek.

'Kolonel Von Wehndorf...'

'Kom, kom, we zijn hier vrienden onder elkaar. Noem me alsjeblieft Falk. Mag ik u dan Constance noemen?'

'Natuurlijk.' Connie dwong zichzelf om de kolonel haar betoverendste glimlach te schenken. 'Hij heeft me niet verborgen gehouden, ik woon in het zuiden en ik vind de reis naar Parijs erg vermoeiend.'

'Waar woont uw familie precies?'

Maar Édouard stelde haar al voor aan een man in het uniform van de ss, de Duitse staatspolitie.

'Neemt u mij niet kwalijk,' verontschuldigde Connie zich met neergeslagen ogen tegenover Falk, waarna ze zich naar Kommandant Choltitz keerde.

'À bientôt, Fräulein Constance,' hoorde ze Falk achter zich op gedempte toon zeggen.

Édouard reikte haar een glas champagne aan toen ze kennismaakte met nog drie Duitse officiers en een hoge functionaris van de Franse Milice. Vervolgens werd ze voorgesteld aan twee Fransen in burger, een advocaat en een professor. Die laatste werd vergezeld door zijn echtgenote Lilian, behalve Connie de enige vrouw in het gezelschap. Connie nam een grote slok champagne, haar zenuwen voelden als strakgespannen snaren, en ze wenste vurig dat Édouard zo verstandig zou zijn om haar aan tafel op een veilige plek te zetten, naast haar 'landgenoten'.

'*Mesdames et Messieurs*, mag ik u verzoeken u naar de eetzaal te begeven? Dan ga ik ondertussen mijn zuster halen.' Édouard ging het gezelschap voor naar de deur.

Connie werkte zich zo subtiel mogelijk tussen de Franse professor en zijn vrouw, en eenmaal in de eetzaal begeleidde Sarah haar naar haar stoel. Connie ging zitten, opgelucht toen ze de professor aan haar ene kant achter zijn stoel zag staan, en aan haar andere kant de advocaat. Net toen de advocaat wilde gaan zitten, haastte Sarah zich naar hem toe. Ze fluisterde hem iets in het oor, waarop de advocaat naar de andere kant van de tafel liep. In zijn plaats kreeg Connie de Duitse Gestapo-officier, Falk von Wehndorf, naast zich.

'Fräulein Constance, ik hoop dat u niet beledigd bent, maar ik heb gevraagd om tijdens het diner naast u te mogen zitten.' Falk glimlachte. 'Het gebeurt niet vaak dat ik het genoegen smaak zo'n mooie vrouw als tafeldame te hebben. Daar moeten we op drinken! Champagne!' Hij gebaarde naar Sarah, die snel toeschoot met de fles.

Op dat moment kwam Édouard de eetkamer weer binnen, met aan zijn arm een beeldschone jonge vrouw. Dat moest zijn zuster Sophia zijn, besefte Connie. Een kleine, tengere gedaante, bijna popperig. Haar diepblauwe avondjurk benadrukte haar perfecte, roomblanke huid en haar sprekende blauwe ogen. Haar blonde haar was opgestoken in een wrong, om haar ranke hals droeg ze een collier van blauwe saffieren.

Terwijl Édouard haar naar de tafel begeleidde, ontging het Connie niet dat Sophia zoekend haar armen strekte, naar haar stoel tastte en haar sierlijke vingers langs de houten rugleuning liet gaan. Toen ze ging zitten, glimlachte ze naar het gezelschap rond de tafel.

'Goedenavond. Het is me een genoegen u weer als gasten te mogen verwelkomen.'

Ze had een zachte, welluidende stem en ze sprak het onberispelijke Frans van de aristocratie.

Een groot deel van de aanwezigen beantwoordde haar groet warm en vol genegenheid.

'Nicht Constance… ik hoor van Édouard dat je eindelijk veilig bent gearriveerd.' Sophia richtte haar turkooisblauwe ogen niet op Connie terwijl ze het zei.

'Inderdaad. En ik ben blij je in goede gezondheid aan te treffen,' antwoordde Connie neutraal.

Sophia keerde zich in de richting van haar stem en schonk Connie een stralende glimlach. 'We hebben ongetwijfeld heel wat bij te praten.'

Daarop zag Connie dat de man die naast Sophia zat, haar in een gesprek betrok. Maar ze keek hem niet aan terwijl ze met hem praatte.

Sophia de la Martinières was blind, besefte Connie geschokt.

Édouard registreerde met een haastige blik op haar en Falk von Wehndorf dat de tafelschikking was veranderd, waarop hij tegenover Connie ging zitten, tussen twee Duitsers.

'Om te beginnen wil ik een toost uitbrengen. Dit diner wordt gehouden ter ere van de vijfendertigste verjaardag van onze gast en goede vriend Falk von Wehndorf.' Iedereen rond de tafel hief het glas. 'Falk, op je gezondheid!'

'Op Falk!' riep de rest in koor.

Falk boog een beetje spottend. 'En op onze gastheer, Comte Édouard de la Martinières! Niet alleen omdat hij me dit diner aanbiedt, maar bovendien…' Hij keek opzij, naar Connie. '… een onverwacht verjaarscadeau. Op Fräulein Constance, die helemaal uit het zuiden is gekomen om zich voor deze gelegenheid bij ons te voegen.'

Connie wist haar zenuwen in bedwang te houden toen alle ogen op haar werden gericht. Ze had nooit kunnen denken dat er op haar aankomst in Parijs zou worden gedronken door een gezelschap naziofficieren. Ze nam een slok van haar champagne en bedacht dat ze helder moest blijven en dat ze het bij dat ene glas moest laten. Ze was blij toen Sarah de eerste gang begon te serveren, zodat zij niet langer het middelpunt van de aandacht vormde.

Wanneer Connie later op haar eerste avond in het bezette Parijs terugkeek, was ze ervan overtuigd dat er een beschermengeltje op haar schouder had gezeten. De professor, die links van haar zat, doceerde aan de Sorbonne, en dat gaf haar de gelegenheid om geheel naar waarheid verslag te doen van haar studietijd, terwijl Falk belangstellend meeluisterde. Het gesprek verleende geloofwaardigheid aan haar dekmantel, en ze merkte dat Édouard haar goedkeurend gadesloeg terwijl ze erin slaagde de vragen van Falk te ontwijken en ze haar charmes in de strijd gooide om hem af te leiden met kokette blikken en glimlachjes.

Toen de Duitse officieren aan het eind van de avond vertrokken, kuste Falk opnieuw haar hand. 'Fräulein, ik heb bijzonder genoten van uw gezelschap. En ik heb ontdekt dat u niet alleen beeldschoon bent, maar ook intelligent.' Hij knikte goedkeurend. 'Ik hou van intelligente vrouwen. Hoe lang blijft u in Parijs?'

'Daar heb ik nog geen besluit over genomen,' antwoordde ze naar waarheid.

'Constance blijft bij ons zolang het haar bevalt,' schoot Édouard haar te hulp, terwijl hij de mannen naar de deur begeleidde om zelf afscheid van hen te nemen.

'Dan hoop ik heel spoedig het genoegen te smaken u weer te zien. *Heil Hitler*! Met een laatste blik van zijn bleekblauwe ogen volgde Falk de anderen naar de deur. Nadat die achter hen was dichtgevallen, draaide Édouard hem persoonlijk op slot en schoof de grendel ervoor.

Nu de beproeving voorbij was, had Connie het gevoel dat alle energie uit haar wegstroomde. Haar benen leken plotseling van rubber, en ze wankelde. Édouard schoot haastig toe om haar te ondersteunen. Hij sloeg troostend een arm om haar schouders.

'Kom maar mee, Constance.' Hij begeleidde haar naar de achterkant van het huis. 'Je zult wel uitgeput zijn. We nemen nog een cognac voor het slapengaan.' Hij gebaarde naar Sarah, die afwachtend in de gang stond. 'Wil je het blad naar de zitkamer brengen, alsjeblieft?'

Connie liet zich dankbaar op de bank vallen, willoos van uitputting. Édouard nam haar aandachtig op, terwijl Sarah met de cognac en glazen op een blad binnenkwam. Toen ze had ingeschonken en de kamer had verlaten, hief hij zijn glas. 'Gefeliciteerd, Constance. Je hebt je schitterend van je taak gekweten.' Voor het eerst zag ze een oprechte glimlach op zijn knappe gezicht, waardoor het plotseling tot leven kwam.

'Dank je wel,' zei ze zwakjes, en ze verzamelde de energie om het glas naar haar lippen te brengen.

'Wat kan ik verder nog zeggen...' Édouard glimlachte opnieuw. 'Behalve welkom in onze familie!'

Ze moesten er allebei om grinniken. En terwijl de gruwelijke spanning zich eindelijk ontlaadde, moesten ze zo lachen om de manier waarop ze de vijand zand in de ogen hadden gestrooid, dat de tranen over hun wangen stroomden.

'Ach, Constance, je hebt geen idee hoe geschokt ik was toen je ineens op de stoep stond. Ik dacht echt dat alles verloren was. Het huis was gevuld met hoge officieren van de Milice, de Gestapo en de Abwehr, en dan komt er ineens een verdwaalde SOE-agent in het volle zicht naar de deur gewandeld!'

'Ik kon mijn ogen niet geloven toen ik al die uniformen zag.' Connie schudde haar hoofd, vervuld van afschuw bij de herinnering.

'We praten morgen verder,' zei Édouard. 'Voor nu wil ik alleen maar zeggen dat ik je innig dankbaar ben voor de manier waarop je de uitdaging hebt aanvaard en waarop je je rol hebt gespeeld. Je was geweldig. Gelukkig stond God in veel opzichten aan onze kant. Dankzij je achtergrond was het niet moeilijk om iedereen te laten geloven dat je familie bent.'

'Tijdens de SOE-training kreeg ik regelmatig de waarschuwing dat ik Frans sprak als iemand van de bourgeoisie,' zei Connie giechelend. 'Te deftig voor een schooljuffrouw in Parijs, want dat was mijn dekmantel. Ik had te veel maniertjes, dus ik heb er hard aan gewerkt om die af te leren.'

'Je deftige achtergrond was vanavond onze redding. En het lijkt erop dat je een bewonderaar hebt.' Édouards gezicht verstrakte plotseling. 'Falk is, voor zover ik weet, een van de weinige nazi's hier in Parijs, die zelf van aristocratische afkomst is. Maar laat je niet verleiden tot een vals gevoel van veiligheid. Falk van Wehndorf is een van de dodelijkste, gevaarlijkste mannen die er in Parijs rondlopen. Hij kent geen genade bij het ontmaskeren van verraders. En hij was de hoofdverantwoordelijke voor het oppakken van een groot deel van het netwerk waarbij jij je had moeten aansluiten.'

Connie huiverde. 'Ik begrijp het,' zei ze grimmig. 'Toch is hij een ontwikkeld man, en hij wekt de indruk dat Frankrijk hem dierbaar is.'

'Hij waardeert onze geschiedenis, onze cultuur en onze elegantie, maar die wil hij voor zichzelf, voor zijn vaderland. Dat maakt hem nog gevaarlijker. Bovendien hebben we vanavond kunnen zien dat hij ook onze vrouwen waardeert.' Édouard trok zijn wenkbrauwen op. 'Als hij zijn zinnen op je heeft gezet... Nou ja, zoals ik al zei, we praten morgen verder.' Édouard zette zijn glas neer, stond op en liep naar haar toe. 'Voorlopig hoef je alleen maar te weten dat je hier veilig bent.' Hij legde even een hand op haar schouder. 'Dus je kunt rustig slapen.' Na die woorden bood hij haar zijn arm. 'Zullen we ons terugtrekken voor de nacht?'

'Ja.' Connie stond ook op en smoorde een geeuw. Samen liepen ze de gang door, de trap op.

'Welterusten, nicht Constance,' zei Édouard met een glimlach.

'Welterusten, Édouard.'

Nadat ze zich had uitgekleed en haar sieraden had afgedaan, kroop Connie in het grote, comfortabele bed. Overmand door uitputting viel ze dankbaar in een diepe slaap.

De volgende ochtend schrok ze abrupt wakker. Gedesoriënteerd liet ze haar blik door de kamer gaan. Toen wist ze weer waar ze was, en ze liet zich met een zucht terugvallen in de zachte kussens. Het was al over tienen, zag ze op haar horloge. Ontsteld sloeg ze een hand voor haar mond. Zo lang had ze nog nooit uitgeslapen.

Ze stapte uit bed, deed haar koffer open en trok de eenvoudige bloes en rok aan die volgens de F Section geloofwaardig waren als uitmonstering van een schooljuffrouw. Nadat ze voor de spiegel haastig haar kapsel had geordend, ging ze naar beneden, op zoek naar Édouard en Sophia.

'De Comte is in de bibliotheek, mademoiselle,' zei Sarah, die haar tegemoetkwam in de hal. 'Zodra u wakker was, moest ik u naar hem toe sturen. Kan ik u een blad met ontbijt brengen?'

'Alleen koffie, graag. Dank u wel.' Connie had nog geen trek na het uitgebreide diner van de vorige avond. Voedselbonnen waren in dit huis blijkbaar geen vereiste. Ze volgde Sarah naar een deur, klopte en ging naar binnen.

Édouard zat in een comfortabele leren stoel omringd door boekenwanden die van de vloer tot het plafond reikten. Toen Connie binnenkwam, keek hij op van zijn krant.

'Goedemorgen, Constance. Ga zitten.' Hij wees naar een stoel aan de andere kant van de haard.

'Dank je wel. Wat een schitterende verzameling boeken heb je!' Ze liet haar blik bewonderend door zijn bibliotheek gaan.

'Geërfd van mijn vader, maar ik ben zelf ook een gepassioneerd verzamelaar. Het is mijn bedoeling de collectie zo veel mogelijk uit te breiden. Door de duizenden boeken die de nazi's in heel Europa hebben verbrand, is deze collectie nóg kostbaarder geworden.' Édouard slaakte een diepe zucht, maar vermande zich onmiddellijk weer. Zijn gezicht stond ernstig en vermoeid. Van de uitbundige gastheer van de vorige avond was niets meer over. Bij daglicht waren de fijne groeven in zijn gezicht duidelijk te zien. Connie schatte hem rond de vijfendertig.

'Constance, ik wil graag precies van je weten wat er is gebeurd waardoor je gisteravond bij me aanklopte.'

Connie vertelde dat de koerier die haar zou ontmoeten bij station Montparnasse niet was komen opdagen, en dat ze vervolgens had aangeklopt bij het adres aan de Rue de Rennes dat Stefan haar had opgegeven.

'Weet je of iemand je het gebouw heeft zien binnengaan?' vroeg Édouard ongerust.

'Ik heb de omgeving nauwlettend in de gaten gehouden, precies zoals Stefan had gezegd, maar ik heb niemand in uniform gezien. Net toen ik wilde vertrekken, vertelde de buurvrouw dat de Gestapo bij nummer 17 was langsgeweest en alle bewoners had opgepakt. En ze zei dat ik het gebouw via de achterdeur moest verlaten.'

'Heeft ze je gezicht gezien?'

'Zo ja, dan maar heel even. Misschien een paar seconden.'

'Laten we hopen dat ze te vertrouwen is,' fluisterde Édouard. 'Het lijkt erop dat je erg veel geluk hebt gehad, Constance. Nummer 17 was een van de belangrijkste schuiladressen van het Scientist-netwerk. Wat de buurvrouw zei, is waar. Op de avond voordat jij daar aanklopte, is de Gestapo het appartement binnengevallen. En ze zijn nog steeds bezig onderafdelingen op te rollen en mensen te arresteren. Het is zo goed als zeker dat het appartement nog altijd in de gaten werd gehouden toen jij aan de deur kwam. Ze hopen natuurlijk dat zich nog agenten melden die niet op de hoogte zijn van de inval. Blijkbaar heb jij als nieuw gezicht geen aandacht getrokken. Tenminste, dat moeten we maar hopen.' Hij zuchtte weer. 'Je bent nog niet eerder bij het appartement gesignaleerd. Dus misschien dachten ze dat je bij een van de andere bewoners op bezoek ging.'

'Stefan zei dat ik de enige was die hij naar Parijs kon sturen omdat ik nog nergens bekend was en op geen enkele Gestapo-lijst stond,' verduidelijkte Connie.

'Daar heeft hij gelijk in. En dat is tenminste iets.' Édouard streek peinzend over zijn kin, terwijl Sarah koffie en koekjes serveerde. 'Je mag van geluk spreken dat Stefan deel uitmaakte van je ontvangstcomité. Hij behoort tot het kader van de Maquis, het Franse verzet dat door jullie agenten in het veld wordt gesteund. Mij kent hij via andere kanalen. Omdat hij besefte dat er problemen waren in Parijs, heeft hij je mijn adres gegeven als laatste redmiddel. De moeilijkheid is...'

‘Ja?’ Connie probeerde te begrijpen welke rol Édouard speelde in het geheel.

‘Vanwege mijn...’ Hij zocht naar het juiste woord. ‘Vanwege mijn positie mogen we geen enkel risico nemen dat er een verband wordt gelegd tussen mij en de SOE of het verzet. Dat is van het grootste belang. Een zaak van leven of dood. Maar jij bent precies de schakel die de Duitsers nodig hebben: een Britse SOE-agent die bij mij in de bibliotheek aan de koffie zit.’

‘Het spijt me echt heel erg dat ik je in zulke grote problemen heb gebracht.’

‘Constance, begrijp me alsjeblieft niet verkeerd! Ik verwijt jou niets. Stefan moest iemand naar Parijs sturen om erachter te komen hoe ernstig de situatie was. Maar ik kan je verzekeren dat het allemaal nog veel erger is dan hij al dacht.’

‘Hij heeft me gevraagd zo snel mogelijk rapport uit te brengen aan Londen,’ zei Connie.

‘Dat is niet nodig. Ik werk niet voor de Britse overheid, maar ik wissel wel informatie uit met de top van de inlichtingendiensten. Dus ik heb vanmorgen al contact opgenomen met Londen en het slechte nieuws gemeld,’ legde Édouard uit. ‘Dat wordt dan weer zo snel mogelijk aan Stefan doorgegeven. Zowel Prosper, het hoofd van het Scientist-netwerk, als zijn radiotelegrafist is gearresteerd. De andere leden van Scientist zijn Parijs ontvlucht, of ze houden zich tot nader order schuil in de stad. Dus, mijn beste Constance,’ besloot Édouard, ‘er is op dit moment hier in Parijs simpelweg geen netwerk waarbij je je zou kunnen aansluiten.’

‘Dan neem ik aan dat ik word overgeplaatst naar elders?’ veronderstelde Connie.

‘Dat zou onder normale omstandigheden inderdaad de gang van zaken zijn,’ erkende Édouard. ‘Maar het toeval wil dat je gisteravond een aantal van de machtigste Duitsers in Parijs hebt ontmoet.’ Édouard zette zijn kopje neer en boog zich naar haar toe. ‘Probeer het je voor te stellen, Constance. Je wordt naar een ander netwerk overgeplaatst, je gaat met succes aan de slag met de missie waarvoor je bent opgeleid. En dan ineens, *pouf*!' Hij gebaarde met zijn handen. 'Je wordt gearresteerd en naar het hoofdkwartier van de Gestapo gebracht. Dan gebeurt er opnieuw iets toevalligs. Een van de mannen die je gisteravond hebt ontmoet, bijvoorbeeld kolonel Falk, komt binnenlopen om je te ondervragen. En wie ziet hij daar, vastgebonden op een stoel? Niemand minder dan de nicht van zijn goede vriend, de Comte De la Martinières. Een dame die hij een paar weken eerder bij een etentje heeft ontmoet. Wat denkt hij dan? Dat zijn vriend Édouard niets van de activiteiten van zijn nicht af weet? Het minste wat hij zou doen, is de Comte scherper in de gaten houden, net als de andere Fransen rond de tafel. En misschien begint hij zich af te vragen of ze wel zulke oprechte, trouwe supporters zijn van de Duitsers en van het Vichy-regime als ze hem willen doen geloven.'

'Ik begrijp wat je bedoelt,' moest Connie erkennen. 'Maar hoe lossen we dat op? En met wie werk je samen?'

'Dat hoef je niet te weten, Constance. Sterker nog, het is beter als je dat niet weet. Maar alles wat ik doe, is erop gericht mijn vaderland te bevrijden van de nazi's. En van de marionettenregering in Vichy. Een stel zwakkelingen die alles doen wat de Duitsers zeggen, om hun eigen hachje te redden. Hoezeer het me ook tegenstaat, ik heb de afgelopen vier jaar keihard gewerkt om het vertrouwen van de nazi's te winnen, en dat is me gelukt. Dankzij mijn geld. En hun hebzucht. Maar onderschat niet hoeveel geweld ik mezelf daarbij moet aandoen, Constance. Want het liefst zou ik mijn pistool pakken en ze neerschieten, zodra ze hier een voet over de drempel zetten.'

Connie keek hem aan. Zijn gezicht was verwrongen, en hij had zijn handen zo krampachtig tot vuisten gebald dat de knokkels wit waren.

'Maar dat doe ik niet. In plaats daarvan nodig ik ze uit op het diner, ik schenk hun de beste wijn uit mijn kelder, ik geef geld uit op de zwarte markt om het beste vlees en de lekkerste kaas voor ze te kopen, zodat ze zich kunnen volvreten en zodat ik beleefd met ze kan converseren. Waarom doe ik dat, zul je vragen. Hoe kan ik het opbrengen?'

Connie zei niets, want ze wist dat hij geen antwoord verwachtte.

'Ik doe het omdat ik heel soms, wanneer ze na te veel cognac roekeloos en loslippig worden, een snippertje informatie opvang. En omdat ik dankzij die informatie anderen kan waarschuwen en levens kan redden. Als de prijs daarvoor is, dat ik de nazi's aan mijn tafel moet dulden, dan ben ik bereid die te betalen.'

Connie zei nog altijd niets, maar ze begreep het.

'Dus het zal je duidelijk zijn dat er nooit ook maar enige schijn mag worden gewekt van mijn betrokkenheid bij organisaties die door de nazi's worden vervolgd. Dat zou niet alleen resulteren in de dood van de vele dappere mannen en vrouwen die met me samenwerken, maar daardoor zou het ook afgelopen zijn met het doorgeven van kostbare informatie aan het verzet. Over mijn eigen leven maak ik me niet zo veel zorgen. Wel over dat van Sophia. Doordat ze hier in huis woont, maakt ze noodgedwongen deel uit van het bedrog. Wat betekent dat ze ook schuldig zal worden bevonden als ik word ontmaskerd. Dus...' Édouard stond abrupt op, liep naar het raam en keek naar de prachtige tuin die zich koesterde in de zon. 'Om al deze redenen is het onmogelijk dat jij je werk als Brits agent voortzet.'

Het duurde even voordat de betekenis van wat hij had gezegd, tot Connie doordrong. Het kon toch niet zo zijn dat het allemaal voor niets was geweest? De wekenlange training, de mentale en emotionele voorbereiding?

'Dat begrijp ik. Maar wat dan? Hoe moet het dan verder?' vroeg ze ten slotte, en ze hoorde zelf hoe klaaglijk het klonk.

'Dat is een goede vraag, Constance. Ik heb Londen al laten weten dat je hier bent. En dat ze onmiddellijk elke melding over jouw aankomst in Frankrijk moeten intrekken. Er zal bericht worden gestuurd naar de paar mensen die op de hoogte zijn van je verblijfplaats, en vanaf dit moment zal er geen enkel contact meer zijn tussen hen en jou. Je geeft me nu direct je identiteitspapieren, dan verbranden we ze samen in de haard. En je koffer moet ook verdwijnen. Daar zal ik voor zorgen. Verder heb ik al opdracht gegeven om nieuwe papieren voor je te maken. Van nu af aan ben je mijn nicht Constance Chapelle, woonachtig in St. Raphael.'

'En dan?' vroeg ze. 'Word ik dan teruggestuurd naar Engeland?'

'Nog niet. Dat is op dit moment te gevaarlijk. We kunnen niet het risico lopen dat je gevangen wordt genomen.' Édouard lachte grimmig. 'Ik ben bang dat je de komende weken de rol zult moeten spelen waarin je gisteravond je debuut hebt gemaakt. Je verblijft hier als onze gast. En misschien kun je op enig moment naar het zuiden reizen, zogenaamd om terug te gaan naar huis, naar St. Raphael. Dan kunnen we proberen je vandaar het land uit te krijgen, terug naar Engeland. Maar voorlopig zit je – volledig buiten je schuld – hier als het ware gevangen.'

'En daar heeft Londen mee ingestemd?' vroeg Connie ongelovig.

'Ze hadden geen keus.' Édouard wuifde de vraag weg alsof die niet ter zake deed. Toen hij zich naar haar toe keerde, stonden zijn ogen plotseling zachter. 'Ik heb begrip voor je dappere wens om je land te helpen, en voor je teleurstelling nu blijkt dat je je opdracht niet kunt uitvoeren. Maar geloof me, het offer dat je brengt, dient een waardige, hogere zaak. Bovendien zijn er misschien andere manieren waarop je kunt helpen.' Hij haalde zijn schouders op. 'Je bent een mooie vrouw en je hebt diepe indruk gemaakt op een machtige man. Falk is hier regelmatig te gast. Wie weet wat hij je nog allemaal zou kunnen vertellen.'

Connie huiverde bij de gedachte, maar ze begreep wat Édouard bedoelde.

'Sophia heeft haar naaister gebeld. Die komt vandaag langs. Want je zult een garderobe nodig hebben die past bij een telg van de adellijke families Du Montaine en De la Martinières. En voor Sophia zal het prettig zijn dat er nog een vrouw in huis is. Ze gaat zelden uit, door haar… toestand. En ze is eenzaam. Bovendien mist ze onze moeder nog altijd heel erg. Misschien zou jij wat tijd met haar kunnen doorbrengen?' opperde Édouard.

'Is ze blind vanaf haar geboorte?' vroeg Connie.

'Nee, toen kon ze nog wel wat zien. Daardoor hadden mijn ouders het probleem niet direct in de gaten. Haar gezichtsvermogen werd geleidelijk aan steeds slechter, maar tegen de tijd dat mijn ouders beseften hoe ernstig de situatie was, konden de dokters al niets meer voor haar doen. Sophia heeft zich goed aan haar gebrek aangepast. Ze kan schrijven, want dat had ze gelukkig al geleerd voordat ze helemaal blind werd. Haar gedichten zijn echt prachtig.'

Connie las de ontroering in zijn ogen. 'Hoe oud was ze toen ze definitief blind werd?'

'Zeven. Maar het is verbazingwekkend te zien hoe de andere zintuigen het wegvallen van het zicht compenseren. Ik ken niemand met zo'n scherp gehoor. Doorgaans hoort ze aan de manier van bewegen wie er de kamer binnenkomt. En ze is dol op lezen. Ik heb een aantal boeken uit de bibliotheek hier en in Gassin in braille laten overzetten. Vooral de Engelse romantische dichters, zoals Byron en Keats, zijn haar dierbaar. En ze tekent ook. Door haar onderwerp te betasten slaagt ze erin de vormen en kleuren naar het papier over te brengen.' Édouard glimlachte vertederd. 'Ze is buitengewoon getalenteerd, maar bovendien het liefste wat ik heb.'

'En ze is erg mooi,' voegde Connie eraan toe.

'Ja. En wat verdrietig dat ze dat zelf niet kan zien. Ze heeft geen idee. Mannen die haar voor het eerst ontmoeten en die niet weten dat ze blind is... Ik zie hoe ze op haar reageren. Ze is beeldschoon.'

'Ja, dat is ze.'

'Afijn.' De uitdrukking op zijn gezicht veranderde abrupt. 'Ga je papieren en je koffer halen. Ik heb geen rust zolang die nog hier in huis zijn.'

Het was geen verzoek, maar een opdracht, besefte Connie. Ze deed wat haar werd gezegd, en tien minuten later zag ze haar identiteit in vlammen opgaan. De inhoud van haar koffer stopte Édouard in een zak. Ten slotte wees hij op haar schoenen.

'Die ook, Constance. We weten allebei wat er in een van je hakken zit.'

'Maar ik heb geen andere schoenen!'

'Dan gaan we daar onmiddellijk voor zorgen.'

Terwijl ze op kousenvoeten in de bibliotheek stond, voelde ze zich afschuwelijk kwetsbaar. Haar kleren waren nog het enige wat ze bezat.

Alsof hij het dagelijks deed, haalde Édouard de francs tevoorschijn die achter de bekleding van de koffer verborgen waren. Hij gaf haar het geld. 'Dat mag je natuurlijk houden,' zei hij bij het zien van haar gespannen gezicht. 'Noem het een genoegdoening van de Engelse en Franse regering voor de beproevingen die je hebt doorstaan. Zolang je hier in huis woont, zullen Sophia en ik ervoor zorgen dat het je aan niets ontbreekt. Alleen het beste is goed genoeg. Sophia wacht boven om je voor te stellen aan de naaister. O, nog één ding...' Édouard bleef bij de deur staan. 'Het is niet waarschijnlijk dat iemand probeert contact met je te zoeken. Want van je organisatie weet bijna niemand dat je hier bent. Maar mochten anderen daar door toeval achter komen, probeer dan niet – onder geen enkele voorwaarde – op eventuele boodschappen te reageren. Is dat duidelijk?'

'Ja.'

'Want anders zou het allemaal voor niets zijn.' Édouard keek haar doordringend aan. 'En dan zou je talloze levens in gevaar brengen.'

'Dat begrijp ik.'

'Mooi zo. Ga dan maar gauw naar boven, naar Sophia.'

12

Constance maakte inmiddels een maand deel uit van het huishouden De la Martinières. Er was een chique nieuwe garderobe voor haar afgeleverd, met diverse paren schoenen van soepel leer – het soort schoenen dat ze sinds het uitbreken van de oorlog niet meer had gezien – en zijden kousen. Terwijl ze de kousen in haar ladekast borg, moest ze zuchten om de bittere ironie van haar situatie. Ze had een leven als een prinses, in een huishouden waar geld geen probleem leek te zijn en waar ze door het personeel op haar wenken werd bediend. Maar ook al leefde ze dan in weelde, het was een bestaan waartoe ze werd gedwongen en dat haar tot een gevangene maakte, met alle pijn en frustratie van dien. Als ze 's nachts niet kon slapen, miste ze Lawrence zo verschrikkelijk dat haar hart letterlijk verkrampte van verlangen. Bovendien werd ze achtervolgd door gedachten aan de dappere mannen en vrouwen met wie ze had getraind en die wél actief waren in het veld. Haar medestrijders die voortdurend gevaar liepen en die ontberingen leden waarvan zij zich amper een voorstelling kon maken. Het daaruit voortvloeiende schuldgevoel vrat aan haar en Connie dacht dat ze gek zou worden in haar gouden kooi, afgesneden van de buitenwereld.

Haar redding was Sophia. Connie was al snel op de jonge vrouw des huizes gesteld geraakt, die als gevolg van haar blindheid extra scherp observeerde en die het onmiddellijk aan Connies stem hoorde wanneer ze neerslachtig was.

Sophia was vijfentwintig, net zo oud als Connie. Door haar gebrek had ze nooit buiten Frankrijk gereisd, dus ze genoot van Connies verhalen over haar leven in Engeland. En zo kwam het dat Connie haar op een hete middag in juli had verteld over de sombere, maar indrukwekkende schoonheid van de woeste heidegronden van Yorkshire. En van Blackmoor Hall, het landgoed van Lawrence' familie. De verhalen troostten Connie, ondanks het heimwee dat ze haar bezorgden, want ze stelden haar in staat de herinnering aan haar man levend te houden.

Op een zoele zomeravond, toen ze bij zonsondergang op het terras zaten, had Connie haar hart uitgestort en Sophia verteld hoe verschrikkelijk ze haar man miste. Sophia had allerliefst gereageerd. Ze had allerlei vragen over Lawrence gesteld en geprobeerd Connie te troosten.

Achteraf had Connie in paniek beseft dat ze te veel had gezegd. Ze had tenslotte geen enkel bewijs dat Édouard en zijn zuster haar niet als gijzelaar beschouwden, als een trofee die ze misschien ooit, wanneer hen dat uitkwam, aan de nazi's konden uitleveren. Maar ze móést iemand in vertrouwen kunnen nemen.

En toen had kolonel Falk van Wehndorf op een avond ineens onaangekondigd op de stoep gestaan, inmiddels twee dagen geleden. Sarah kwam Connie halen, die met Sophia in de bibliotheek zat.

'U hebt bezoek, madame Constance,' had ze gezegd, maar haar blik had Connie gewaarschuwd.

Connie had geknikt en was met bonzend hart naar de salon gegaan, waar Falk op haar zat te wachten.

'Fräulein Constance! Ik geloof warempel dat u nog mooier bent dan de laatste keer dat ik u zag.' Hij was opgestaan en had haar hand gekust.

'Dank u, kolonel, ik...'

'Fräulein, toe. We hadden toch afgesproken dat we elkaar bij de voornaam zouden noemen? Ik was op weg naar het hoofdkwartier en besloot de charmante nicht van Édouard een bezoekje te brengen, om te informeren of het haar bevalt in Parijs. Zo te zien wel.'

'Inderdaad. De stad betekent een aangename afwisseling ten opzichte van het landelijke zuiden,' had Connie stijfjes geantwoord.

‘Ik vroeg me af…’ Hij aarzelde even. ‘Er zit iemand op het hoofdkwartier die ik moet ondervragen. Maar als ik daarmee klaar ben, zou ik u graag mee uit willen nemen. Voor een etentje. En misschien zouden we ergens kunnen gaan dansen.’

Connies maag kwam prompt in opstand. ‘Ik…’

Op dat moment kwam Édouard de kamer binnen. Blijkbaar had Sarah hem gewaarschuwd.

‘Falk! Wat een aangename verrassing!’ De twee mannen schudden elkaar hartelijk de hand.

‘Ik vertelde je lieftallige nicht net dat ik later op de avond graag het genoegen zou smaken van haar gezelschap,’ zei Falk.

‘Dat zal helaas niet gaan. We zijn voor het diner uitgenodigd bij een wederzijdse neef, in de buurt van Versailles.’ Édouard schonk Connie een liefdevolle blik. ‘Je bent te lang uit Parijs weggebleven, kindje. Er wordt gevochten om je gezelschap. Misschien kun je een andere keer gehoor geven aan Falks vriendelijke uitnodiging?’

‘Natuurlijk! Ik voel me vereerd, *Herr* Falk.’ Connie dwong zichzelf te glimlachen.

‘Fräulein, de eer is geheel aan mij. Inderdaad, Édouard, misschien een andere keer.’

Falk sloeg zijn hakken tegen elkaar en in een parodie van wat Connie alleen op korrelige nieuwsbulletins in de bioscoop had gezien, strekte hij zijn arm. ‘Ik moet ervandoor. Heil Hitler!’

‘Misschien zien we elkaar zaterdagavond in de Opéra?’ opperde Édouard terwijl hij Falk uitliet.

‘Heb je een loge?’ vroeg Falk met een blik op Connie.

‘Ja, lijkt het je wat om je bij ons aan te sluiten?’ vroeg Édouard.

‘Dat zou me een waar genoegen zijn. Tot dan, Fräulein Constance,’ groette hij met een buiging.

Toen hij was vertrokken, had Connie zich al in een stoel laten vallen voordat Édouard de kamer weer binnenkwam.

‘Het spijt me, Constance, maar het lijkt erop dat onze kolonel erg onder de indruk is van mijn knappe nicht.’ Hij nam haar handen in de zijne. 'Ik heb de Opéra voorgesteld, want daar zijn we er tenminste bij. En dan kunnen we je een beetje in bescherming nemen.'

'O, Édouard...' verzuchtte Connie. Ze schudde wanhopig haar hoofd.

Hij gaf een troostend klopje op haar hand. 'Ik weet wat je wil zeggen, kindje. Het is een afschuwelijke komedie die we moeten opvoeren. Misschien hadden we die eerste avond, toen je Falk leerde kennen, meteen een verloofde in het zuiden voor je moeten verzinnen. Maar daar is het nu te laat voor. Dus je zult moeten roeien met de riemen die je hebt.'

De Place de l'Opéra gonsde van het feestelijke, voornaam ogende uitgaanspubliek dat bestond uit hoge Duitse militairen, functionarissen van het Vichy-regime en leden van de Parijse bourgeoisie. De Franse Milice stond op wacht bij de ingang van het theater.

Het was op deze juliavond verstikkend warm, en Connie voelde zich in haar smaragdgroene avondjurk met nauwsluitend lijfje als een opgebonden kip in een te hete oven. Haar blik ging naar de Opéra, en ze zag dat de tricolore was vervangen door de nazivlag. Even sloot ze haar ogen, overweldigd door emoties. Ook al moest het lijken alsof het leven gewoon zijn gebruikelijke loop nam, dat was slechts schijn. Een grimmige, slechte imitatie van hoe het zou moeten zijn. Want de situatie was natuurlijk niet gewoon... niets was nog gewoon.

Toen Édouard op weg naar hun loge bleef staan om vrienden te begroeten, schoof Connie haar arm door die van Sophia om samen de indrukwekkende trap te beklimmen.

'Ik heb me zo op deze avond verheugd.' Er kwam een glimlach op Sophia's knappe gezichtje terwijl Connie haar in een van de comfortabele, met fluweel beklede stoelen hielp. 'Ook al zou ik voor een andere componist hebben gekozen.' Sophia trok haar neus op. 'Maar Wagner geniet natuurlijk de voorkeur van onze vrienden en die maken de dienst uit. Zelf hoor ik liever Puccini.'

De volgende die de loge betrad, was Falk.

'Fräulein Constance,' zei hij na de gebruikelijke handkus. Hij nam haar taxerend op. 'Uw avondjapon is werkelijk buitengewoon smaakvol. Het is waar wat ze zeggen: de Franse vrouwen zijn de elegantste van de wereld. Laten we hopen dat er althans iets van die Franse klasse doorsijpelt naar de vrouwen van mijn vaderland.'

Hij nam een glas champagne van het blad dat hem werd voorgehouden. Op dat moment ging de deur opnieuw open. Édouard kwam binnen en hij was niet alleen... Connie staarde verbijsterd naar de dubbelganger van Falk die na Édouard de loge betrad.

Falk grijnsde om haar verwarring.

'Fräulein, u denkt misschien dat u dubbel ziet? Maakt u zich geen zorgen. U hebt niet te veel champagne gedronken. Mag ik u voorstellen aan Frederik, mijn tweelingbroer?'

'Madame, ik ben vereerd u te leren kennen.' Frederik kwam naar voren en schudde Connie beleefd de hand.

Zoals hij daar stond, naast zijn broer, zag Connie dat ze weliswaar dezelfde bouw en dezelfde vorm van gezicht hadden, maar dat Frederiks ogen oprechte warmte uitstraalden toen hij naar haar glimlachte.

'En dit is mijn zuster, Sophia.' De stem van Édouard deed Connie opschrikken uit haar gedachten.

Frederik keerde zich naar Sophia, maar toen hij haar wilde begroeten, kwam er geen woord over zijn lippen. Als gehypnotiseerd keek hij haar aan, met een blik van ontzag en bewondering.

Het bleef geruime tijd stil. Uiteindelijk was het Sophia die haar hand uitstak en het zwijgen verbrak. 'Kolonel Von Wehndorf, wat een genoegen u te leren kennen.'

Connie sloeg hen gade terwijl hun handen elkaar voor het eerst vonden. Frederik zei nog altijd niets, maar hij hield Sophia's kleine hand bijna liefkozend in de zijne. En zo langdurig dat het bijna ongemakkelijk werd. '*Enchanté*, mademoiselle,' wist hij ten slotte uit te brengen. Toen hij haar hand met tegenzin losliet, zag Connie dat

Sophia hem een stralende glimlach schonk, alsof haar iets verrukkelijks was overkomen. Gelukkig werd Édouard afgeleid door twee nieuwe gasten die de loge betraden en Falk had alleen maar oog voor haar, besefte Connie.

'Wie is de oudste van jullie tweeën?' vroeg ze in een poging de spanning te breken.

'Helaas ben ik de jongste,' antwoordde Falk. 'Ik ben een uur na mijn grote broer geboren. En het had niet veel gescheeld of ik had het niet gehaald. Ik sluit niet uit dat hij alle energie van mijn moeder voor zichzelf had opgeëist.' Hij keek Frederik aan met een blik die Connie vertelde dat de band tussen de twee broers verre van liefdevol was. 'Waar of niet, Frederik?'

'Neem me niet kwalijk, broer, ik heb niet gehoord wat je zei.' Frederik maakte zijn blik met moeite los van Sophia en keerde zich vragend naar zijn broer.

'Niks belangrijks. Ik zei alleen dat jij de eerste was. Zoals je dat sindsdien maar al te vaak bent geweest.' Falk lachte om zijn hatelijke opmerking, maar zijn ogen lachten niet mee.

'En dat zul je me nooit vergeven, hè?' Frederik klopte zijn broer ontspannen en liefhebbend op de schouder.

'Sinds wanneer ben je in Parijs, Frederik?' vroeg Sophia. 'Het verbaast me dat we elkaar nog niet eerder hebben ontmoet.'

'Mijn grote broer is veel te belangrijk om zich tot Parijs te beperken,' antwoordde Falk ongevraagd. 'Hij valt rechtstreeks onder de Führer, als lid van zijn denktank. Frederik is een intellectueel, geen soldaat, dus hij staat ver boven ons, armzalige stervelingen van de Gestapo.'

'Ik ben inderdaad met een speciale opdracht naar Parijs gestuurd,' vertelde Frederik. 'De Führer maakt zich zorgen over de recente successen van het verzet.'

'Met andere woorden, Frederik is hier omdat hij denkt dat wij van de Gestapo ons werk niet goed doen.'

'Natuurlijk niet, Falk,' protesteerde Frederik ongemakkelijk. 'Het verzet is gewoon buitengewoon intelligent en goed georganiseerd. Ze zijn ons te vaak te slim af.'

'Broer, we hebben net onze meest succesvolle actie tegen het verzet en de agenten van de SOE achter de rug,' zei Falk. 'Bijna het hele Scientist-netwerk is opgerold, en wat ervan over is, verkeert in totale chaos. Dus daar zullen we voorlopig geen last meer van hebben.'

'Daar kan ik je alleen maar mee feliciteren,' zei Frederik instemmend. 'De reden dat ik hier ben, is simpelweg om een overzicht te krijgen van de informatie waarover we beschikken, en om plannen uit te werken voor het vervolg van onze strijd tegen het verzet.'

Connie was zich bewust van de spanning tussen de twee broers en probeerde niet te luisteren naar wat er werd gezegd. Gelukkig doofden de lichten in de zaal en nam het gezelschap zijn plaats in, waarbij Frederik haastig naast Sophia ging zitten. Connie belandde tussen de twee broers in.

'Houdt u van Wagner, Fräulein Chapelle?' Falk dronk zijn champagne op en zette het lege glas terug op het blad.

'Het is een componist die ik eigenlijk niet zo goed ken, dus ik zie ernaar uit de kennismaking te vernieuwen,' antwoordde Connie diplomatiek.

'Ik hoop dat u, en Fräulein Sophia en Édouard, na de voorstelling met ons willen souperen. Ik voel het als mijn plicht om mijn broer het mooiste en het beste van Parijs te laten zien zolang hij hier is.'

Connie hoefde niet te antwoorden, want zijn laatste woorden werden overstemd door het dramatische openingskoor van *Die Walküre*.

Omdat ze altijd al een hekel had gehad aan Wagner – ze vond zijn muziek en zijn thema's te zwaar – keek Connie regelmatig discreet om zich heen naar het publiek. Ze voelde zich afschuwelijk slecht op haar gemak doordat ze zich in het openbaar met de vijand vertoonde, maar ze had geen keus. Als ze haar offer inderdaad bracht voor een hogere zaak, zoals Édouard haar had voorgehouden, moest ze over haar weerzin heen stappen. En dat deed ze ook toen Falk zijn hand op haar in zijde gehulde knie legde. Ze zou het moeten verdragen, zei ze tegen zichzelf.

Terwijl haar blik onopvallend naar links dwaalde, zag ze een uitdrukking van gelukzaligheid op Frederiks gezicht. En toen ze zijn blik volgde, zag ze dat die niet op het toneel beneden hen was gericht, maar op Sophia.

Na de eindeloos lange uitvoering accepteerde Édouard de uitnodiging van Falk en Frederik om met hen te gaan souperen. Buiten stond al een zwarte Gestapo-limousine te wachten.

Toen Édouard naast de meisjes op de achterbank wilde gaan zitten, trof hem iets in zijn nek.

'*Traître*! *Traître*!' riep een stem uit de menigte.

De chauffeur sloot haastig de portieren terwijl de auto werd bekogeld met rotte eieren. Toen ze wegreden, hoorde Connie het geluid van schoten achter hen. Édouard haalde zuchtend een zakdoek tevoorschijn en probeerde het stinkende eierstruif van de schouder van zijn zwarte smokingjasje te vegen.

Sophia klampte zich vast aan zijn andere schouder, haar gezicht was verstard van angst.

'Stelletje zwijnen!' tierde Falk op de stoel voor hen. 'Maak je geen zorgen. We krijgen ze wel te pakken, en dan zal ik ze morgenochtend hoogstpersoonlijk aan de tand voelen.'

'Zo erg is het niet, Falk,' haastte Édouard zich te zeggen. 'Het waren maar eieren, geen kogels. Gewoon een verbeten patriot die het licht nog niet heeft gezien.'

'Nou, hoe eerder ze dat zien, hoe beter het is. Voor ons allemaal,' aldus Falk.

Aangekomen bij de club waar ze zouden souperen, verontschuldigde Édouard zich om naar de wc's te gaan en zijn jasje verder schoon te maken. Zo kwam het dat Frederik zich aanbood om Sophia zorgvuldig de treden af te loodsen. 'Uw hand beeft helemaal,' zei hij liefdevol.

'Ik verafschuw geweld, in welke vorm dan ook,' zei Sophia huiverend.

'Dat geldt voor velen van ons.' Hij nam haar hand stevig in de zijne en begeleidde haar door de drukte naar hun tafel. Toen hij haar stoel aanschoof legde hij zijn handen op haar schouders. 'Maakt u zich geen zorgen, mademoiselle Sophia,' fluisterde hij. 'Bij mij bent u veilig.'

Terwijl ze dansten bewoog Falk zijn handen over Connies rug. Telkens wanneer zijn vingers haar hals en de naakte huid tussen haar schouderbladen raakten, huiverde ze van weerzin en doodsangst. Dit waren de vingers van een man die er niet voor terugdeinsde weerloze gevangenen dood te schieten, wist ze van Édouard. Vingers die vertrouwd waren met het kille metaal van een pistool. Zijn ranzige adem, stinkend naar drank, streek langs haar wang terwijl hij probeerde haar lippen voor de zijne te manoeuvreren.

'Constance, je móét toch weten hoezeer ik naar je verlang,' fluisterde hij kreunend, met zijn gezicht in haar hals. 'Zeg alsjeblieft dat mijn verlangen beloond zal worden.'

Vervuld van weerzin moest Connie zichzelf geweld aandoen om zich niet los te rukken. Want ze zou hoe dan ook voor zijn aanraking zijn teruggedeinsd, ook als hij geen Duitser was geweest. Ze keek om zich heen. Er waren meer Françaises die met Duitsers dansten, en ze waren geen van allen zo voornaam gekleed als zij. Sommige van de vrouwen zagen eruit als prostituees. Maar was zij zo veel beter...

Ook Sophia en Frederik hadden zich op de dansvloer gewaagd, zag Connie. Ze dansten niet. Sterker nog, ze bewogen nauwelijks. In plaats daarvan hield Frederik haar hand in de zijne en praatte zacht tegen haar. Sophia glimlachte, knikte en kroop nog dichter in zijn armen. Het ontging Connie niet hoe teder hij haar tegen zich aan hield, hoe vanzelfsprekend haar hoofd op zijn borst rustte. Hun lichaamstaal straalde een – Connie moest even zoeken naar het juiste woord – intimiteit uit, een saamhorigheid die in tegenspraak leek met het feit dat ze elkaar die avond voor het eerst hadden ontmoet.

'Misschien lukt het ons volgende week om te ontsnappen aan het waakzame oog van je beschermende neef,' zei Falk met een blik op Édouard, die aan hun tafeltje zat en die al hun bewegingen nauwlettend in de gaten hield. 'Zodat we eindelijk samen kunnen zijn.'

'Misschien.' Connie vroeg zich af hoe lang ze hem nog op een afstand zou kunnen houden. Falk van Wehndorf was gewend te krijgen wat hij wilde. 'Neem me niet kwalijk, maar ik moet even mijn neus poederen,' zei ze toen de laatste tonen van het nummer weerklonken.

Falk knikte kortaf en volgde haar toen ze de dansvloer verliet.

Bij terugkeer aan hun tafeltje ving Connie een flard op van het gesprek tussen Falk en Édouard.

'Mijn vriend heeft bij voorkeur een Renoir, maar als dat niet lukt, is hij ook tevreden met een Monet.'

'Ik zal zien wat ik kan doen, Falk. Dat weet je. Ach, Constance, je ziet er moe uit,' zei Édouard bezorgd toen ze weer bij hen kwam zitten.

'Ik ben ook een beetje moe,' antwoordde ze naar waarheid.

'Dan vertrekken we zodra we Sophia en Frederik van de dansvloer hebben weten te krijgen,' zei Édouard.

'Tja.' Falk dronk grijnzend en gretig van zijn cognac. 'Het lijkt erop dat de mannen in mijn familie erg gecharmeerd zijn van de vrouwen in de jouwe.'

Een auto van de Gestapo bracht hen terug naar de Rue de Varenne. Connie zei niet veel tijdens de rit, en ook Sophia was zwijgzaam. Édouards pogingen een gesprek aan te knopen liepen op niets uit. Toen Sarah voor hen opendeed, wenste Connie broer en zus kortaf 'welterusten' en liep naar de trap.

'Constance!' De stem van Édouard maakte dat ze op de onderste tree bleef staan. 'Kom nog even een glas cognac drinken in de bibliotheek.'

Het was geen uitnodiging, maar een opdracht. Terwijl Sarah de dolgelukkige Sophia naar boven begeleidde, draaide Connie zich om en volgde Édouard naar de bibliotheek.

'Voor mij geen cognac,' zei ze toen hij begon in te schenken.

'Wat is er aan de hand? Je bent van streek. Komt dat door die rotte eieren? Door de toenaderingspogingen van Falk?'

Connie liet zich in een stoel vallen en zette haar vingers tegen haar voorhoofd. Ongewild kwamen er tranen in haar ogen. 'Ik...' Ze schudde wanhopig haar hoofd. 'Ik denk niet dat ik dit nog lang volhou. Dit bedrog. Ik ben gedwongen alles te verraden wat me is geleerd, waar ik in geloof!'

'Kom, Constance, probeer jezelf niet van streek te maken. Ik begrijp hoe je je voelt. In de ogen van buitenstaanders lijkt het misschien alsof je de oorlog fluitend uitzit. Maar wat wij drieën moeten doormaken – jij door toeval, ik uit overtuiging, Sophia vanwege de familieband – is verschrikkelijk. Een kwelling.'

'Vergeef me dat ik het zeg, Édouard, maar jij weet tenminste waarvoor je het doet! Ik heb geen enkel bewijs dat het waar is wat je me vertelt. Ik heb een training gevolgd, ik ben hier door de Britse regering naartoe gestuurd om me in te zetten voor de twee landen waar ik van hou, niet om te dineren en te dansen en te babbelen met Duitse officieren! Vanavond, toen die vrouw ons uitmaakte voor verraders... O, Édouard, ik heb me nog nooit zo geschaamd.' Connie veegde driftig de tranen van haar wangen. 'Misschien moet ze haar protest wel met de dood bekopen! En dat is dan onze schuld!'

'Misschien,' gaf Édouard toe. 'Maar misschien ook niet.' Hij keek haar aan met een kalme blik in zijn bruine ogen. 'Door wat ik vanavond heb gehoord, kan ik een groep mannen en vrouwen die morgenavond hebben afgesproken op een schuiladres hier vlakbij, waarschuwen dat de nazi's daarvan op de hoogte zijn. Dat betekent niet alleen dat die twaalf mannen en vrouwen gespaard blijven, maar honderden dappere mannen en vrouwen die bij het netwerk betrokken zijn.'

Connie keek hem verrast aan. 'Hoe kan dat dan?'

'De groep vormt een onderafdeling van het Scientist-netwerk. De nazi's zijn achter hun namen gekomen door het martelen van de agenten die ze bij de laatste invallen hebben opgepakt. Dat vertelde Falk terwijl jij weg was om je neus te poederen. Hij was euforisch over de ontwikkelingen. Ik ken hem als mijn broekzak. Wanneer hij te veel cognac op heeft, wordt hij loslippig. En zijn arrogantie verraadt hem telkens weer. Hij wil dat ik weet hoe goed hij zijn werk doet. En dat doet hij inderdaad veel te goed.' Édouard slaakte een zucht van wanhoop.

Connie keek hem zwijgend aan. Ze wilde hem zo graag geloven.

'Vertel me alsjeblieft voor wie je werkt, Édouard,' zei ze ten slotte. 'Dan kan ik 's nachts tenminste rustig slapen, omdat ik weet dat ik mijn land niet verraad.'

'Nee.' Édouard schudde zijn hoofd. 'Dat kan ik je niet vertellen. Je zult me moeten geloven. En misschien krijg je sneller dan je denkt het bewijs van mijn betrouwbaarheid. Want onze vriend Falk zal zich binnenkort wel weer melden. Als hij opschept over een succesvolle nieuwe ronde van arrestaties, dan ben ik inderdaad de verrader die jij in me vermoedt. Maar als het schuiladres verlaten was toen de Gestapo er binnenviel, dan geloof je misschien dat ik de waarheid spreek.' Édouard zuchtte opnieuw. 'Ik begrijp heel goed dat je het moeilijk hebt, want dit is niet de weg die je hebt gekozen. Ik kan je alleen maar beloven, zoals ik dat al vaker heb gedaan, dat we allebei aan dezelfde kant strijden.'

Ze probeerde het nogmaals. 'Ik zou zo graag willen dat je me vertelt voor wie je werkt.'

'En daarmee jouw leven en dat van heel veel anderen op het spel zetten?' Édouard schudde zijn hoofd. 'Nee, Constance, zelfs Sophia kent geen details, en dat moet ook zo blijven. Bovendien lijkt het erop dat de risico's alleen maar groter zijn geworden. Ik kende Frederik von Wehndorf al. Hij behoort tot een elitegroep van SS-officieren binnen de SD, de inlichtingendienst van de Gestapo. In die hoedanigheid brengt hij rechtstreeks verslag uit aan de hoogste machthebbers. Als hij ook tot onze vaste gasten gaat behoren, zullen we zo mogelijk nog voorzichtiger moeten zijn.'

'Hij leek erg gecharmeerd van Sophia,' zei Constance. 'En wat nog verontrustender is, zij ook van hem.'

'Zoals ik al zei, de twee broers stammen uit een aristocratisch Pruisisch geslacht. Het zijn allebei ontwikkelde, beschaafde mannen, maar toch werd me vanavond pas goed duidelijk hoezeer ze van elkaar verschillen. Frederik is een intellectueel, een denker.' Édouard zweeg even, toen keek hij haar aan. 'Als hij aan de goede kant had gestreden, had ik hem sympathiek kunnen vinden.'

Ze zaten enige tijd zwijgend bij elkaar, allebei verdiept in hun eigen gedachten. 'En wat Sophia betreft, ze is erg naïef,' zei Édouard ten slotte. 'Ze is altijd afgeschermd van de wereld, eerst door mijn ouders, en daarna door mij. Dus ze weet niets van mannen of van de liefde. Laten we hopen dat Herr Frederik spoedig teruggaat naar Duitsland. Want het is mij ook niet ontgaan wat er tussen hen gebeurde.'

'En wat moet ik met Falk?' vroeg Connie. 'Want ik ben getrouwd, Édouard! Ik heb een man!'

Met zijn handen om zijn cognacglas keek hij haar aan. Zijn ogen stonden kalm, beheerst. 'We zijn het er net over eens geworden dat we soms met een leugen moeten leven. Misschien moet je je deze vraag stellen, Constance: als ik aan het hoofd had gestaan van het netwerk waaraan je was toegewezen, en als ik je opdracht had gegeven het contact met Falk aan te moedigen, in de hoop dat hij af en toe nuttige informatie loslaat waarmee we onze medestrijders kunnen helpen, zou je dat dan weigeren?'

Connie ontweek zijn blik. Het was maar al te duidelijk wat hij wilde zeggen.

'Nee, natuurlijk niet,' antwoordde ze met tegenzin.

'Misschien kun je het contact met Falk dan los zien van jezelf, van je gevoelens en je overtuigingen. Misschien kun je jezelf voorhouden dat je strijdt voor een zaak die groter is dan jij, telkens wanneer je weerzin voelt opkomen. Dat is iets wat ik voortdurend moet doen, vierentwintig uur per etmaal.'

'Maar vind je het dan niet erg dat je landgenoten je als een verrader zien?'

'Natuurlijk vind ik dat erg! Maar daar gaat het toch niet om? Ik vind mijn landgenoten die opgesloten zitten in een smerige gevangenis, die worden gemarteld en verkracht, die hun strijd met de dood moeten bekopen, belangrijker dan mijn eigen reputatie. Bovendien ben ik ervan overtuigd dat ik het nog relatief gemakkelijk heb. Het spijt me, maar ik moet me verontschuldigen. Ik heb nog werk te doen.'

Hij stond op en met een vluchtige glimlach verliet hij de bibliotheek.

13

Connie kon niet bewijzen dat het Édouard was geweest die de groep verzetsstrijders had gewaarschuwd, maar toen Falk en Frederik een paar dagen later kwamen dineren, waren ze er vol van. Falk was woedend, misschien wel des te meer omdat zijn broer in de stad was en de mislukte inval van nabij had meegemaakt. De vijandigheid waarmee hij Frederik bejegende, was voelbaar. Broederlijke rivaliteit in zijn ergste vorm. Frederik had het aanzienlijk verder geschopt, en hij was in elk opzicht de meerdere van zijn broer. Connie vroeg zich af of Falks legendarische agressie jegens de verzetsmensen die hij in de val wist te lokken, werd aangewakkerd door de frustratie dat hij altijd zou moeten onderdoen voor zijn broer.

'Het verzet wordt met de dag lastiger,' gromde Falk, starend naar zijn soep. 'Gisteren is er in Le Mans een Duits konvooi overvallen. Al onze mensen zijn gedood, hun wapens gestolen.'

'Ze zijn inderdaad goed georganiseerd,' viel Frederik hem bij.

'En ze worden getipt. Er zit een verrader in onze gelederen. Dat kan niet anders. Het lijkt wel alsof het verzet precies weet waar en wanneer onze volgende overval zal plaatsvinden. We moeten zien dat we de zwakke schakel vinden, broer,' zei Falk.

'Als iemand dat kan, ben jij het,' antwoordde Frederik.

Falk ging die avond al vroeg weg. Hij had nog het een en ander te doen op het hoofdkwartier van de Gestapo, zei hij. Dat hij volledig in beslag werd genomen door de mislukte poging het verzet een vernietigende slag toe te brengen, zodat hij minder aandacht had voor haar, betekende althans enige compensatie voor het feit dat Connie twee uur lang had moeten aanhoren hoe hij de macht van het verzet uiteindelijk dacht te breken. Frederik kon wat langer blijven, zei hij. Maar toen hij Édouard en Sophia naar de salon vergezelde, verontschuldigde Connie zich en ging naar boven. Uitgeput door het voortdurend moeten ophouden van de schijn, door de spanning die dat opleverde, trok ze de deur van haar slaapkamer achter zich dicht. Ook al woonde ze in het hart van de stad die op dat moment het brandpunt van de wereld was, toch had ze zich nog nooit zo alleen gevoeld. Doordat de nazi's al maanden eerder alle radio's hadden verboden, na de ontdekking dat de geallieerden op die manier met hun agenten communiceerden, en omdat de enige kranten die ze mocht lezen, de spreekbuis waren van het Vichy-regime, voelde Connie zich volledig afgesneden van de buitenwereld. Ze had geen idee hoe de geallieerden ervoor stonden, en of de beloofde invasie waarop ze haar hoop al had gevestigd toen ze naar Frankrijk kwam, ooit zou plaatsvinden.

Édouard weigerde ook maar iets over dat soort dingen te zeggen. Trouwens, wanneer Connie 's ochtends beneden kwam voor het ontbijt, zat doorgaans alleen Sophia aan tafel en was Édouard de deur al uit. Ze had geen idee waar hij naartoe ging en met wie hij sprak. Als hij de F Section had laten weten waar ze was, dan zouden ze toch wel proberen contact met haar op te nemen? Ze zouden haar toch niet aan haar lot overlaten? Hulpeloos, machteloos, achter een nutteloze façade van rijkdom en comfort, terwijl ze was getraind om te doden?

'O, Lawrence,' verzuchtte ze wanhopig. 'Ik zou willen dat ik jou om raad kon vragen. Jij zou wel weten wat ik moet doen.'

Met die sombere gedachte kroop ze in bed, en ze vroeg zich voor de zoveelste keer af of ze elkaar ooit zouden weerzien.

In augustus, toen de geallieerden de frequentie opvoerden van hun bombardementen op de buitengebieden rond Parijs, begon Connie er weer iets meer vertrouwen in te krijgen. Geheel in stijl met de luxe waaraan de bewoners van huize De la Martinières gewend waren, was de kelder voorzien van comfortabele bedden, een gaspit om koffie te kunnen zetten en allerlei gezelschapsspellen zodat ze zich bij een luchtalarm niet hoefden te vervelen. Al lezend bedacht Connie dat het dreunende geronk van de vliegtuigen mogelijk een voorbode was van de invasie waarop ze allemaal zo vurig hoopten. Voor haar kon die niet vroeg genoeg komen. Want wat de afloop ook zou zijn, de invasie zou haar bevrijden uit het onwezenlijke bestaan dat ze leidde.

Augustus was, zoals altijd, onaangenaam drukkend, met slechts af en toe een zweem van een briesje. Connie maakte er een gewoonte van 's middags met Sophia in de tuin te gaan zitten. Zoals Édouard haar al had verteld, bleek Sophia inderdaad over een opmerkelijk artistiek talent te beschikken. Connie gaf haar een bloem of een stuk fruit, dat Sophia dan een tijdje in haar hand hield. Nadat ze met haar slanke vingers de vorm van het object had verkend, vroeg ze Connie het te beschrijven. Dan pakte ze haar schetsboek en een houtskoolpotlood, en een half uur later stond er een perfect getekende citroen of perzik op papier.

'Hoe ziet het eruit?' vroeg Sophia onveranderlijk gretig. 'Heb ik de vorm en de textuur goed weten te treffen?'

Connie antwoordde altijd bevestigend. 'Ja, Sophia, absoluut.'

Op een extreem broeierige middag, toen Connie het gevoel had dat ze gek zou worden als de dreigende, vuilgrijze wolken niet snel hun verkwikkende lading loslieten, slaakte Sophia een kreet van ergernis.

'Wat is er?' Connie waaierde zichzelf koelte toe met een boek.

'Ik heb het gevoel dat ik al weken dezelfde vruchten teken. Kun je geen andere bedenken? Bij het chateau in Gassin hebben we een boomgaard met heel veel verschillende rassen, maar ik kan me de vruchten niet voor de geest halen.'

Connie knikte, want ze had alle vruchten die ze kon bedenken, al opgenoemd en beschreven. 'Ik zal mijn best doen,' zei ze, dankbaar en opgelucht toen ze de eerste koele druppels voelde. 'Het is zover. We moeten naar binnen. Het gaat onweren. Goddank!'

Ze loodste Sophia naar binnen en droeg haar over aan Sarah, zodat Sophia zich kon opfrissen. Ondertussen liep Connie naar de bibliotheek. Daar ging ze voor het raam staan, luisterend naar het onaardse gebulder aan de hemel, getroost door het besef dat dit een natuurlijk gebulder was en dat het niet afkomstig was van vliegtuigen, als herauten van een naderende verwoesting. Het onweer was spectaculair, en terwijl het bliksemde en donderde, ging Connie op verkenning uit in Édouards bibliotheek, op zoek naar een inspiratiebron voor Sophia.

Op dat moment kwam Édouard binnen. Hij zag er ongewoon gespannen en afgetobd uit.

'Constance.' Hij glimlachte geforceerd. 'Zoek je iets? Kan ik je helpen?'

'Ik ben op zoek naar een boek waarin diverse soorten fruit worden beschreven. Je zus heeft er genoeg van om steeds weer sinaasappels en citroenen te tekenen.'

'Dan heb ik precies wat ze nodig heeft... Ik heb het net een paar weken geleden gekocht.' Met een lange, slanke hand reikte hij naar een hoge plank, en hij nam er een dun boekje af. 'Alsjeblieft.'

'Dank je wel. *De geschiedenis van fruit in Frankrijk, deel twee*,' las Connie hardop.

'Daar vind je een heleboel nieuwe ideeën in. Maar gezien de bezetting zijn veel van de genoemde soorten vast niet te krijgen in Parijs,' voegde Édouard er somber aan toe.

Connie bladerde het boekje door. De beschrijving van de diverse rassen en soorten was verluchtigd met afbeeldingen in kleur. 'De platen zijn echt schitterend,' zei ze bewonderend.

'Ja, en erg oud. Het boek dateert uit de achttiende eeuw. Mijn vader heeft ooit het eerste deel gekocht voor de bibliotheek in het chateau in Gassin,' vertelde Édouard. 'En een bevriende handelaar ontdekte het tweede deel toevallig hier in Parijs, een paar weken geleden. Samen zijn de twee erg waardevol. Niet dat ik om die reden boeken verzamel. Dat doe ik alleen vanwege hun schoonheid.'

'Het is inderdaad een heel bijzonder boek.' Connie streek met haar vingers licht over de fraaie band van groen linnen. 'Meer dan tweehonderd jaar oud, maar bijna onaangetast door de tand des tijds.'

'De volgende keer dat ik naar het chateau ga, neem ik het mee,' zei Édouard. 'Samen vormen de twee delen het perfecte naslagwerk voor onze boomgaard daar. Maar voel je vrij het te gebruiken. Ik weet zeker dat je er voorzichtig mee bent.' Hij knikte. 'Nu moet je me verontschuldigen, Constance. Ik heb het een en ander te doen.'

Augustus maakte plaats voor september, en het ontging Connie niet dat Sophia steeds vaker ver weg dwaalde met haar gedachten. Voorheen had ze altijd aandachtig geluisterd wanneer Connie haar voorlas, en ze vroeg regelmatig of Connie een zin wilde herhalen wanneer ze die niet goed had begrepen. Maar nu leek het wel alsof ze nauwelijks hoorde wat er werd gezegd. Bij het tekenen merkte Connie eenzelfde gebrek aan concentratie. Wanneer Connie alle registers van haar verbeelding had opengetrokken om een dikke paarse damastpruim te beschrijven, gebeurde het regelmatig dat Sophia's potlood boven het lege papier bleef hangen en dat ze met haar gedachten ergens anders was.

In plaats van tekenen was ze notities gaan maken in een klein aantekeningenboekje met een leren band. Connie sloeg Sophia geboeid gade wanneer ze haar hoofd ophief, op zoek naar inspiratie, en ze de bladzijde aftastte en bepaalde waar ze haar pen op het papier moest zetten. Maar wanneer Connie vroeg of ze mocht zien wat ze had geschreven, stuitte ze op verzet.

Toen ze op een middag in de bibliotheek zaten, waar de haard die nazomer voor het eerst was aangestoken omdat het ongewoon kil was, zei Sophia plotseling: 'Constance, je kunt dingen altijd zo goed beschrijven. Kun je uitleggen hoe de liefde voelt?'

Connie was zo verrast dat haar theekopje halverwege het schoteltje en haar mond bleef steken. Ze keek naar de dromerige uitdrukking op Sophia's gezicht. 'Tja...' Ze nam een slok thee en zette haar kopje weer op het schoteltje. 'Dat is niet zo gemakkelijk. Volgens mij voelt het voor iedereen anders.'

'Vertel dan hoe het voor jóú voelt,' drong Sophia aan.

'Lieve hemel.' Connie zocht naar de juiste woorden. 'Voor mij... met Lawrence... Als ik bij hem was, dan werd de hele wereld lichter. Zelfs op de saaiste, somberste dagen leek het alsof de zon scheen. Een alledaagse wandeling over de heide werd een magische ervaring, alleen omdat hij bij me was.' Ze kreeg een brok in haar keel bij de herinneringen aan die betoverende dagen in het begin van hun verkering. 'Ik verlangde naar zijn aanraking. Die vond ik nooit bedreigend. Alleen maar opwindend. En tegelijkertijd werd ik er rustig van. Hij gaf me het gevoel dat ik... de hele wereld aankon, dat ik bijzonder was. En ik voelde me ook heel veilig, alsof ik nergens bang voor hoefde te zijn zolang hij bij me was. De uren dat we niet samen waren, leken eindeloos te duren. Maar zodra hij weer bij me was, vloog de tijd om. Hij wekte me tot leven, Sophia. Ik... Neem me niet kwalijk.' Connie haalde haar zakdoek tevoorschijn en bette haar ogen.

'O, Constance.' Sophia hield haar handen ineengeklemd, en ook haar grote, niets ziende ogen waren vochtig. 'Mag ik je wat vertellen?'

'Natuurlijk.' Connie deed haar best zichzelf weer onder controle te krijgen.

'Je beschrijft die gevoelens zo prachtig. Nu weet ik zeker dat het liefde is wat ik voel. O, Constance, ik moet iemand in vertrouwen nemen! Anders word ik gek! Maar je mag niets tegen mijn broer zeggen. Geen woord. Beloof je dat?'

'Als jij dat niet wilt, dan doe ik dat natuurlijk niet.' Een gevoel van moedeloosheid bekroop haar, want ze wist al wat Sophia haar ging vertellen.

'Ik eh...' Sophia haalde diep adem. 'Ik weet al een paar weken dat ik verliefd ben op Frederik von Wehndorf. En hij is ook verliefd op mij! Hè, hè, het is eruit! Goddank! Ik heb het gezegd.' Sophia lachte opgelucht en er kwam een blos op haar wangen.

'O, Sophia...' Nu wist Connie echt niet wat ze moest zeggen.

'Ik weet wat je denkt, Constance. Het kan niet, onze liefde is onmogelijk. Maar je moet me begrijpen! Ik heb zo gevochten, zo mijn best gedaan om mijn gevoelens te ontkennen, om te begrijpen waarom we niet samen kunnen zijn. Maar mijn hart wil niet luisteren naar mijn verstand. En Frederik... Hem vergaat het net zo. Het heeft geen zin ons tegen onze gevoelens te verzetten. We kunnen niet zonder elkaar.'

Connie keek Sophia vol afschuw aan. 'Maar je begrijpt toch wel dat zo'n relatie onmogelijk is? Niet alleen nu, maar ook in de toekomst,' zei ze ten slotte. 'Frederik is een hoge naziofficier. Als de geallieerden winnen, en als de oorlog volgend jaar afgelopen is, dan zal Frederik bijna zeker gearresteerd worden. Misschien krijgt hij zelfs de doodstraf.'

'En als zij winnen?'

'Dat gebeurt niet.' Het was iets waar Connie niet eens aan wilde denken. Waar ze niet aan kón denken. 'Wat de uitkomst van deze verschrikkelijke oorlog ook mag zijn, het is ondenkbaar dat twee mensen uit tegenovergestelde kampen samen een nieuw leven opbouwen. Dat wordt simpelweg niet getolereerd.'

'Dat begrijpen we ook wel,' gaf Sophia toe. 'Maar Frederik heeft al oplossingen bedacht, voor als de oorlog eindelijk voorbij is.'

'Dus jullie praten serieus over een gezamenlijke toekomst?' Connies gezicht verstrakte. 'Maar hoe zien jullie dat voor je? En waar?'

'Constance, wanneer de leider van een land zijn volk een regime oplegt, wil dat nog niet zeggen dat iedereen die wordt gedwongen te helpen bij de totstandkoming, daar ook in gelooft.'

Het werd Connie te machtig. Ze sloeg haar handen voor haar gezicht en schudde wanhopig haar hoofd. 'Sophia, wat wil je daarmee zeggen? Heeft Frederik je wijsgemaakt dat hij niet in de nazigedachte gelooft? Die man is medeverantwoordelijk voor alle doden die in onze landen zijn gevallen! Voor alle verwoestingen die in jouw land en het mijne zijn aangericht. Ik heb van je broer begrepen dat Frederik rechtstreeks aan Himmler rapporteert. Hij...'

'Nee!' viel Sophia haar in de rede. 'Frederik is net als wij. Zijn leven is niet wat het lijkt. Hij is een ontwikkeld, beschaafd mens. Een vroom christen die niet gelooft in alles waar de Führer voor staat. Maar hij heeft geen keus.' Sophia zuchtte. 'Als hij zegt wat hij werkelijk vindt, tekent hij daarmee zijn doodvonnis.'

Met een blik vol wanhoop keek Connie naar de arme, misleide Sophia. Ze was niet alleen letterlijk blind, door haar gevoelens was ze ook geestelijk verblind, met als gevolg dat ze alles voor zoete koek aannam wat haar geliefde haar vertelde. 'Dat geloof ik niet, Sophia! En jij zou het ook niet moeten geloven! Mijn god! Begrijp je dan niet wat die man doet? Hij gebruikt je! Misschien koestert hij verdenkingen jegens Édouard en hoopt hij dat jij je broer onbedoeld zult verraden!'

'Nee, Constance! Je vergist je!' protesteerde Sophia heftig. 'Je kent Frederik niet. Je bent er niet bij als we samen praten. Hij is een goed mens. Ik vertrouw hem onvoorwaardelijk! En wanneer de oorlog voorbij is, zijn we van plan gewoon te verdwijnen. Samen.'

'Nee, Sophia, je kunt nergens heen. Geloof me toch alsjeblieft. Frederik zal zich nergens kunnen verbergen.' Connie had het wel kunnen uitschreeuwen om Sophia's goedgelovigheid. 'Ze zullen hem overal weten te vinden, en dan zal hij moeten boeten voor zijn misdaden tegen de mensheid.'

'We vinden een plek waar we samen zijn, en daar blijven we voor altijd bij elkaar.' Sophia trok een pruillip en deed Connie denken aan een verwend kind dat haar zinnen had gezet op een stuk speelgoed dat ze niet kreeg. Wat Sophia suggereerde, getuigde van zo veel onwetendheid, van zo'n gebrek aan inzicht dat Connie niet wist of ze moest lachen of boos worden. Ze gooide het over een andere boeg.

'Sophia,' zei ze zacht. 'Ik begrijp dat je gevoelens voor Frederik heel sterk zijn. Maar zoals je zelf al zei, dit is voor het eerst dat je de liefde ervaart. Misschien ben je over een paar weken beter in staat orde te scheppen in je gedachten en je gevoelens. En misschien blijkt dan dat dit alleen maar een kortstondige verliefdheid was…'

'Behandel me niet als een klein kind, Constance. Ik mag dan blind zijn, maar ik ben een volwassen vrouw en ik weet dat mijn gevoel echt is. Frederik moet binnenkort voor een paar weken terug naar Duitsland, maar hij komt terug. Voor mij. Dat weet ik zeker. En wil je dan nu alsjeblieft Sarah bellen?' zei ze gebiedend. 'Ik ben moe, dus ik wil even gaan liggen.'

Terwijl Connie geschokt de kamer verliet, besefte ze voor het eerst dat er achter Sophia's zachte, kwetsbare uiterlijk een vrouw schuilging die haar leven lang altijd alles had gekregen wat ze wilde.

14

In de daaropvolgende dagen worstelde Connie met de vraag of ze Édouard moest inlichten over wat Sophia haar had verteld. Als ze dat deed, zou ze de enige vriendin verraden die ze op dit moment had; de enige met wie ze kon praten en die haar gezelschap hield. Anderzijds, als ze niets zei, twijfelde ze er niet aan of ze bracht Édouard, Sophia en zichzelf nog verder in gevaar.

Na haar bekentenis had Sophia afstand van Connie genomen, vandaar dat Connie 's middags regelmatig de deur uit ging om over de Pont de la Concorde naar de Tuilerieën te wandelen, simpelweg om even te ontsnappen aan het verstikkende huis en zijn complexe bewoners. Toen ze na een van die wandelingen naar huis terugkeerde, kwam haar op de brug een fietser tegemoet. Een vrouw met een gezicht dat haar vertrouwd voorkwam. Connie bleef geschokt staan toen ze gedurende één seconde een blik van herkenning zag in de groene ogen. Maar de fietser reed door.

Venetia...

Connie dwong zichzelf niet achterom te kijken, want ze moest rekening houden met de mogelijkheid dat ze door de vijand werden bespied. Dus ze liep door naar het huis aan de Rue de Varenne. Venetia's lange zwarte haar was in een keurige boblijn geknipt, haar kleren waren onopvallend, erop gericht te versmelten met de achtergrond. Heel anders dan de kleren van de Venetia die Connie zich herinnerde en die bij voorkeur alle aandacht naar zich toe had getrokken.

De volgende dag maakte Connie de wandeling over de brug opnieuw, rond hetzelfde tijdstip. In de Tuilerieën aangekomen ging ze op een bankje zitten, om te genieten van het schitterende rood-metgoudgele bladertapijt waarmee de herfst de wereld bedekte. Misschien woonde Venetia ergens in de buurt… Connie snakte ernaar die vertrouwde ogen van dichtbij te zien. Ze verlangde zo naar iets bekends, iets vertrouwds. Naar iets – of iemand – uit het verleden.

Gedurende een week maakte ze dagelijks dezelfde wandeling, elke dag om dezelfde tijd, maar Venetia zag ze niet meer.

Frederik kwam tegenwoordig vaker op bezoek dan Falk. Het gebeurde regelmatig dat hij onaangekondigd op de stoep stond, hoewel Sophia nooit verrast leek wanneer ze hem met onverholen plezier begroette in de deuropening van de salon. Connie hoopte vurig dat Édouard uit zichzelf in de gaten zou krijgen wat er in zijn huis gebeurde, maar hij was vaak weg en als hij thuis was, maakte hij een uitgeputte, verstrooide indruk. Dus Connie zweeg over haar bezorgdheid, en ze probeerde zich zo vaak mogelijk bij de geliefden in de salon te voegen. Wanneer ze dat deed, vertelden Sophia's blinde, maar sprekende ogen haar dat ze niet welkom was, en wanneer het gesprek maar niet echt op gang wilde komen, trok Connie zich meestal na een kwartier alweer terug.

Gelukkig had ze een welkome bondgenoot gevonden in Sarah, die sinds Sophia's geboorte voor haar had gezorgd en die haar met liefde omringde. Wanneer Connie de wacht hield voor de deur van de salon, gebeurde het vaak dat Sarah naar haar toe kwam. 'U kunt op me rekenen, madame. Ik zal ervoor zorgen dat mademoiselle Sophia niets overkomt.'

Dan verliet Connie dankbaar en gerustgesteld haar post, want Sarah was als een moeder voor Sophia.

Ook al veranderde er ogenschijnlijk niets aan het dagelijkse ritme in huis, toch was het hart sneller gaan kloppen. Toen Connie op een ochtend wakker werd, herinnerde ze zich dat ze Édouard die nacht pas bij het aanbreken van de nieuwe dag had horen thuiskomen. Hij zag er vermoeid uit toen hij zich in de salon bij haar voegde voor het ontbijt.

‘Ik moet voor zaken naar het zuiden,’ zei hij nadat ze hadden gegeten. Hij stond op en liep naar de deur. Daar bleef hij staan. ‘Als iemand ernaar vraagt, dan zeg je maar dat ik in Gassin ben, in ons chateau. Ik ben donderdag terug. Mochten we onverwacht gasten krijgen, dan vertrouw ik erop dat jij je over mijn zuster ontfermt, Constance.’ En weg was hij.

Weer lag er een lege dag voor haar, dacht Connie somber. Sophia was nog niet uit bed, dus Connie ging naar de bibliotheek en pakte een boek van Jane Austen uit de kast. Boeken waren in toenemende mate haar enige manier om te ontsnappen aan de werkelijkheid, en dankzij de personages over wie ze las, beleefde ze althans nog iets. Toen ze de bibliotheek uit kwam, met de bedoeling naar boven te gaan en zich op te knappen voor de lunch, zag ze dat er een brief op de mat lag. Ze bukte zich om hem op te rapen en zag tot haar verrassing dat hij aan haar geadresseerd was.

Haastig liep ze de trap op, en eenmaal boven deed ze de deur van haar slaapkamer dicht. Toen scheurde ze de envelop open.

Beste Constance,
Ik heb gehoord dat je tegenwoordig in Parijs woont. Door een toeval zit ik hier ook. Zoals je weet, is jouw tante een oude bekende van mijn familie, en ze heeft me gevraagd om tijdens mijn verblijf hier poolshoogte te nemen, zodat ik haar verslag kan uitbrengen hoe het met je gaat. Ik logeer in het Ritz, en ik zou het erg leuk vinden vanmiddag thee met je te drinken in de Salon. Om drie uur, stel ik voor. Het lijkt me heerlijk herinneringen op te halen aan de nachten op onze slaapzaal, vroeger op school.
V.

Venetia.

Connie drukte het briefje tegen haar borst, gekweld door besluiteloosheid, heen en weer geslingerd tussen verlangen en schuldgevoel. Ze snakte naar contact, maar tegelijkertijd voelde ze zich schuldig bij de gedachte dat ze haar belofte aan Édouard zou verbreken.

Ze lunchte alleen. Het was stil in huis. Sophia at boven op haar kamer, want ze had hoofdpijn, zei ze.

Hoewel ze nog geen besluit had genomen, kleedde Connie zich om de deur uit te gaan. Toen liet ze zich op het bed vallen. Ze zag de wijzers van de klok naar half drie kruipen. Plotseling hakte ze de knoop door. Ze zette haar hoed op en verliet het huis.

Een kwartier later betrad ze het Ritz Hotel, en ze liep zonder aarzelen naar de Salon d'Été, waar ze vroeger vaak een high tea had gebruikt. Het was er druk, de salon was gevuld met geanimeerd pratende, voornaam geklede vrouwen. Tot haar opluchting zag Connie geen enkel Duits uniform. Tien minuten verstreken. Connie bestudeerde aandachtig de kaart, terwijl elke minuut langer leek te duren dan de vorige. Misschien was het een val. Misschien werd ze in de gaten gehouden en moest ze weggaan voordat het te laat was... Misschien was de spanning bij Édouard een signaal geweest dat er iets ophanden was. Sterker nog, misschien was hij al gearresteerd... en was het nu haar beurt...

'*Darling*! Je bent nóg mooier geworden!'

Connie draaide zich om en stond oog in oog met Venetia, betoverend in bont, zwaar opgemaakt. Ze leek in niets op de vrouw die Connie drie weken eerder op de brug voorbij was gefietst.

Venetia omhelsde haar. 'Ik ben Isabel,' fluisterde ze in haar oor, gejaagd maar duidelijk verstaanbaar. 'En ik woon vlak bij je in St. Raphael.'

Ze liet Connie los en ging naast haar zitten. 'Wat vind je van mijn haar?' Ze klopte er voorzichtig op. 'Ik heb het nog niet zo lang geleden laten knippen. Het werd tijd om volwassen te worden, vond ik.'

'Het staat je goed... Isabel.'

'Zullen we bestellen? Ik rammel na een ochtend winkelen,' zei Venetia met haar lijzige stem. 'En zullen we een glas champagne nemen? Om het weerzien te vieren? Na al die tijd?'

'Natuurlijk, dat doen we.' Connie wenkte een ober. Terwijl ze bestelde, ontging het haar niet dat Venetia haar hoofd gebogen hield, terwijl ze in haar tas naar haar sigaretten zocht. Toen de ober wegliep, haalde ze het pakje tevoorschijn.

'Wil je een sigaret?' Ze bood Connie een Gauloise aan.

'Graag.'

'En, geniet je van Parijs?' Venetia gaf Connie een vuurtje en nam toen een lange trek van haar eigen sigaret.

'Enorm. En jij?'

'Ach, het is wel heel wat anders dan het gemoedelijke zuiden, vind je niet?'

Toen de champagne werd geserveerd, zag Connie dat Venetia gretig en weinig damesachtig een paar grote slokken nam. Het ontging haar ook niet dat Venetia's handen beefden wanneer ze de sigaret tussen haar lippen stak. En toen Venetia haar bontjas uitdeed en haar hoed afzette, zag Connie dat haar magere schouderbladen als messen door haar bloes staken. Haar gezicht stond afgetobd, en zelfs de zware make-up kon de donkere kringen onder haar ogen niet verbergen. Ze leek tien jaar ouder dan toen Connie haar voor het laatst had gezien.

In het daaropvolgende half uur voerden ze een absurd gesprek over Connies tante in St. Raphael en een reeks denkbeeldige schoolvriendinnen. De thee werd geserveerd en Venetia viel op de delicate sandwiches en cakejes aan alsof ze in geen weken had gegeten. Connie leunde schuldbewust naar achteren. Venetia's ogen werden weliswaar overschaduwd door haar pony, maar Connie zag dat ze nerveus alle kanten uit schoten.

'Nou, dat was heerlijk!' zei Venetia enthousiast. 'Ik heb een afspraak met mijn coupeuse aan de Rue de Cambon. Heb je zin om mee te gaan? Dan kunnen we nog even doorgaan met herinneringen ophalen.'

'Natuurlijk, gezellig,' zei Connie, in de wetenschap dat ze geen nee kon zeggen.

'Ik zie je in de hal. Terwijl jij de rekening vraagt, ga ik even mijn neus poederen.'

Venetia liep weg en Connie wenkte de ober. Nadat ze het merendeel van de francs die ze van de F Section had gekregen, aan champagne en cake had uitgegeven, liep ze naar de hal om daar te wachten. Toen Venetia uit de wc's kwam, schoof ze haar arm door die van Connie, en ze liepen samen het Ritz uit in de richting van de Rue de Cambon.

'Goddank!' verzuchtte Venetia. 'Nu kunnen we eindelijk praten. Dat durfde ik binnen niet te riskeren. Je weet nooit wie er meeluistert. In deze stad hebben de muren echt oren. Lekkere hap, trouwens. Het is voor het eerst in dagen dat ik iets fatsoenlijks heb gegeten. Maar vertel, waar heb jij al die tijd gezeten? Ik had van James gehoord dat jullie met dezelfde Lizzy naar Frankrijk zijn gevlogen. En toen was je ineens spoorloos verdwenen!'

'Heb je James gezien?' vroeg Connie, enthousiast bij het horen van een bekende naam.

'Ja, maar een paar dagen geleden hoorde ik dat hij ons heeft verlaten. Die arme kerel. Hij heeft het niet lang volgehouden. Maar ja, zo vergaat het de meesten van ons.' Ze lachte schamper.

'Is hij dood?' fluisterde Connie, vervuld van afschuw.

'Ja. Maar vertel, waar had jij je verstopt? En wat doe je in vredesnaam in die chique tent aan de Rue de Varenne?'

'Venetia, ik...' Connie zuchtte. Het duizelde haar nog door het schokkende nieuws over James. 'Dat is een lang verhaal, en ik kan het je niet vertellen. Voor een deel omdat ik het zelf niet helemaal begrijp,' voegde ze eraan toe.

'Nou, dat klinkt wel erg onbevredigend. Maar ik zal het moeten accepteren, neem ik aan. Je bent toch niet overgelopen naar de andere kant, hè? Een vriend van me heeft je gevolgd, van de Tuilerieën naar huis. Dat had ik gevraagd. Maar hij vertelde dat hij niet lang na jou een nazi naar binnen had zien gaan.'

'Nogmaals, Venetia, ik kan het je niet vertellen. Echt niet.'

'Dus je staat nog aan onze kant? Dáár kan je toch wel antwoord op geven?' Venetia gaf het niet op.

'Ja, natuurlijk! Er is iets gebeurd op mijn eerste avond in Parijs waardoor ik… Nou ja, daardoor ben ik in het huis aan de Rue de Varenne terechtgekomen. Uitgerekend jij moet toch begrijpen dat ik niet meer kan zeggen,' zei Connie nadrukkelijk. 'En als degene die me destijds heeft gered, wist dat ik nu hier bij jou ben… dan zou hij zich verraden voelen.'

'Welnee,' mompelde Venetia. 'Bijpraten met een oude vriendin met wederzijdse familiebetrekkingen is geen verraad. Hoor eens, Con…' Venetia trok haar mee naar de overkant van de weg en keek ondertussen oplettend naar beide kanten. 'Ik heb je hulp nodig. Je weet dat het Scientist-netwerk uit elkaar is gevallen, neem ik aan. Op dit moment ben ik nog de enige radiotelegrafist, en ik moet voortdurend verkassen om mijn berichten naar Londen te krijgen, zodat de moffen mijn signaal niet kunnen traceren. Een dag of twee, drie geleden was ik er bijna geweest. Ze waren getipt, dus ze deden een inval in het appartement waar ik had gezeten. Maar ik was net twintig minuten weg. Mijn radio is verstopt op een ander schuiladres, maar daar is het niet veilig. Ik moet een nieuwe plek zien te vinden om een dringende boodschap naar Londen te sturen, en naar de andere agenten hier. Er staat iets enorms te gebeuren. De plannen zijn voor morgenavond, en het is van vitaal belang dat ik dat doorgeef. Jij weet vast wel een plek waar ik terecht kan.'

'Nee, het spijt me, maar ik zou het niet weten. Ik kan het je niet uitleggen, maar ik ben een soort gevangene. Tenminste, daar komt het wel op neer. Ik mag met niemand praten, om te voorkomen dat er een verband wordt gelegd tussen mij en de persoon in kwestie. Degene over wie ik het net had,' voegde ze er ter verduidelijking aan toe.

'Godsamme, Con!' Venetia bleef met een ruk staan. 'Hoor je zelf wel wat je zegt? Je bent hier door de Britse regering naartoe gestuurd! De "persoon in kwestie" die je probeert te beschermen en die je blijkbaar heeft gehersenspoeld, kan me geen moer schelen! Het gaat om morgenavond! Ik ben niet de enige, we zijn met een heleboel! En als het lukt wat we van plan zijn, dan kunnen we voorkomen dat misschien wel duizenden Fransen worden opgepakt en voor een soort slavenarbeid naar Duitse fabrieken worden gestuurd. Je moet ons helpen! We hebben je nodig! Je weet vast wel een adres waar ik kan zenden,' zei ze wanhopig. 'Ik móét die berichten vanavond versturen. Anders zijn we te laat.'

Met lichte tegenzin schoof Venetia haar arm weer door die van Connie. Zo liepen ze zwijgend verder.

Connie voelde zich verstrikt in een web, waarvan de ragdun gesponnen draden van waarheden, leugens en bedrog overal en nergens naartoe leidden. Ze was in een doodlopende straat beland, zonder nog te weten waar haar loyaliteit lag en wie ze moest vertrouwen. Door de ontmoeting met Venetia voelde ze zich opnieuw met de opdracht geconfronteerd waarvoor ze hierheen was gestuurd. En de uiterlijke verandering die Venetia had ondergaan, de wanhoop in haar ogen, de honger die ze zo duidelijk leed, maakten dat Connie zich nóg schuldiger voelde, nog meer in verwarring gebracht.

'Je zou naar het huis aan de Rue de Varenne kunnen komen, maar daar is het niet veilig,' zei Connie. 'Dat weet je. Er komen te veel Duitsers over de vloer.'

'Dat kan me niet schelen,' zei Venetia. 'Die zwijnen hebben vaak geen idee wat er pal onder hun ogen gebeurt.'

'Maar Venetia, dat is toch veel te riskant? En een andere oplossing zou ik niet weten.'

Ondertussen kwam de gedachte bij Connie op dat Édouard die nacht niet zou thuiskomen, en dat er vanuit de tuin een deur naar de kelder leidde. Daar had ze die zomer gebruik van gemaakt wanneer het luchtalarm ging als ze in de tuin zat. Maar hoe moest het als het luchtalarm die avond ging? Of als Venetia werd gezien wanneer ze het huis binnenging of verliet? Of als een van de gebroeders Van Wehndorf onverwacht op bezoek kwam, net als Venetia in de kelder zat te zenden?

'Weet je, Con,' verzuchtte Venetia. 'Ik kan me niet langer druk maken over mijn veiligheid. Bijna alle onderduikadressen in Parijs zijn verdwenen, ook al worden er op dit moment wel weer nieuwe opgezet. Bovendien, niemand verwacht een Britse agent in de kelder van een huis waarvan iedereen weet dat de vijand er regelmatig te gast is.' Venetia keerde zich naar Connie. 'Weet je echt zeker dat je niet bent overgelopen?' Ze begon plotseling te lachen. 'Nou ja, wat maakt het uit? Als dat zo is, ben ik er hoe dan ook geweest.'

Venetia vroeg haar te bewijzen dat ze nog aan de goede kant stond, besefte Connie, en met een zucht aanvaardde ze het onvermijdelijke. Ze moest loyaal zijn jegens haar vriendin en haar land. Ongeacht de gevolgen.

'Goed,' zei ze. 'Ik zal je helpen.'

Bij thuiskomst ging Connie naar de kelder. Tegen Sarah zei ze dat ze daar bij het vorige luchtalarm een boek had laten liggen. Eenmaal beneden deed ze de kelderdeur van het slot, vanwaar een rij treden omhoog leidde naar de tuin. Toen ging ze met Sophia in de salon zitten. Maar terwijl Sophia met een gelukzalige glimlach haar ranke vingers losjes over een nieuwe braille-uitgave van de gedichten van Byron liet gaan, had Connie geen rust. Om half zeven zei ze dat ze hoofdpijn had en dat ze die avond op haar kamer zou eten.

Om acht uur ging ze weer naar beneden, om tegen Sarah te zeggen dat ze naar haar kamer kon gaan, want dat er die avond geen gasten werden verwacht. Sophia had zich ook al teruggetrokken. Terwijl de minuten verstreken, ijsbeerde Connie rusteloos en tot het uiterste gespannen door haar kamer. Ze wist bijna zeker dat Venetia inmiddels beneden in de kelder was.

Geplaagd door schuldgevoel bij de gedachte aan de nietsvermoedende Sophia, die er geen weet van had dat haar veiligheid werd bedreigd door degene die bij haar en haar broer bescherming en een toevluchtsoord had gevonden, keek Connie naar de wijzers van de klok tot er weer een uur was verstreken.

Om tien uur sloop ze naar beneden. Toen ze via de keuken, aan de achterkant van het huis, naar de kelder wilde gaan, om te controleren of

Venetia weg was, hoorde ze dat er zacht op de voordeur werd geklopt.

Ze dacht dat haar hart stilstond, en toen ze de keukendeur op een kiertje opendeed en de hal in keek, zag ze dat Sophia erin was geslaagd zonder hulp de trap af te komen en de voordeur open te doen. Frederik stond op de drempel, met Sophia in zijn armen. Diep geschokt trok Connie zich terug in het donker, zich afvragend wat ze moest doen. Ze besefte dat Sophia en Frederik in het geheim hadden afgesproken. Om tien uur 's avonds was bezoek niet langer gepast, laat staan herenbezoek voor een dame alleen. Connie wist niet waar ze zich meer zorgen over moest maken, over Sophia's kuisheid, of over de kans dat er een Britse agente in de kelder zat – met vlak boven haar hoofd een hoge nazi.

Uiteindelijk kwam Connie tot de conclusie dat ze het tweetal maar beter kon laten begaan. Zolang Frederik verliefd naar Sophia keek, had hij geen aandacht voor andere dingen. Dus toen het tweetal in de salon was verdwenen, vluchtte Connie de trap op naar haar kamer. Daar ging ze in een stoel bij het raam zitten, kaarsrecht, vurig snakkend naar het moment waarop deze nacht voorbij zou zijn en de nieuwe dag begon.

Maar toen riep ze zichzelf tot de orde. Hoe kon ze zo egoïstisch zijn? Venetia en de andere agenten zagen dag na dag de gruwelijkste gevaren onder ogen. Eén rusteloze nacht was wel het minste wat zij daartegenover kon stellen.

Uiteindelijk hoorde Connie voetstappen in de gang en het gekraak van traptreden. Op de bovenverdieping viel een deur dicht, en Connie slaakte een zucht van verlichting. Sophia was naar bed gegaan en Frederik was vertrokken. Het verbaasde Connie dat ze hem niet had horen weggaan, maar hij had ongetwijfeld zijn uiterste best gedaan om geen geluid te maken.

Ze geeuwde terwijl de spanning haar verliet en plaatsmaakte voor uitputting. Zodra ze in bed lag, viel ze in een diepe, droomloze slaap. Daardoor hoorde ze niet dat de voordeur heel zacht werd dichtgetrokken toen het eerste licht de hemel boven Parijs kleurde.

15

BLACKMOOR HALL, YORKSHIRE, 1999

In een dichte sneeuwjacht betaalde Sebastian de chauffeur van de taxi. Terwijl hij haar koffer uit de achterbak hees, keerde Emilie zich naar het huis voor haar eerste kennismaking met Blackmoor Hall. Wat ze zag, was een donker, intimiderend landgoed in gotische stijl, opgetrokken in rode baksteen. Op de boog boven de voordeur troonde dreigend een stenen waterspuwer met een grijns waaruit de tanden waren weggevreten door de elementen. Zijn kop was bedekt met een baret van sneeuw.

Over de omgeving viel niets te zeggen. Het landgoed had net zo goed in Siberië kunnen staan als op de heidegronden in het noorden van Yorkshire. Een witte verlatenheid strekte zich uit zo ver als Emilie kon kijken. Ze huiverde onwillekeurig, zowel van de kou als van het sombere vergezicht.

'Verdorie, dat ging maar net goed.' Sebastian kwam naast haar staan. 'Ik hoop dat de chauffeur weer veilig thuiskomt,' voegde hij eraan toe terwijl de taxi de oprijlaan af reed, ploegend door het steeds dikkere pak sneeuw. 'Morgen hadden we misschien niet meer thuis kunnen komen.'

'Bedoel je dat we ingesneeuwd raken?' vroeg Emilie. Ze baanden zich een weg naar de voordeur, tot hun enkels in de sneeuw.

'Ja. Dat gebeurt bijna elke winter wel een keer. Gelukkig hebben we de Land Rover, en een buurman met een tractor.'

'In de Franse Alpen weten ze de wegen altijd vrij te houden, hoeveel sneeuw er ook valt,' zei Emilie terwijl Sebastian zijn hand op de grote emaillen deurknop legde.

'Je bent hier in Engeland, mijn Franse prinses. Bij ons komt het hele openbare leven tot stilstand zodra het weer onverwachte grillen vertoont,' zei hij glimlachend. 'Zo! Welkom in mijn nederige stulp!'

Hij duwde de voordeur open en ze betraden de hal. Het contrast met de witte wereld buiten had niet groter kunnen zijn. Binnen was alles afgewerkt met donker hout: de gelambriseerde muren, de logge, door de tand des tijds aangetaste trap. Zelfs de reusachtige haard die de hal domineerde, was voorzien van een zware mahoniehouten omlijsting. Helaas lagen er geen vrolijk brandende houtblokken op het rooster, en qua temperatuur voelde Emilie nauwelijks verschil met buiten.

'Kom!' Sebastian zette haar koffer aan de voet van de lelijke trap. 'Ik weet zeker dat de haard in de salon wel brandt. Want ik heb Mrs. Erskine laten weten dat we eraan kwamen.'

Hij trok haar mee door een doolhof van gangen met op het diepgroene behang schilderijen van jachttaferelen met paarden. Toen ze de salon betraden, bleek ook die erg donker van kleur, met kastanjebruin William Morrisbehang. De talrijke schilderijen waren nogal lukraak opgehangen.

'Shit!' zei Sebastian nijdig bij het zien van de lege haard met daarin alleen de grijze asresten van de vorige keer dat hij had gebrand. 'Dat is niks voor Mrs. Erskine. Ze zal toch niet weer ontslag hebben genomen?' Sebastian zuchtte. 'Geen paniek, lieveling, ik heb hem zo aan!'

Emilie ging rillend op de haardrand zitten, terwijl Sebastian snel en behendig het vuur aanmaakte. Tegen de tijd dat de vlammen vrolijk oplaaiden, zat ze te klappertanden, en ze hield dankbaar haar handen naar de warme gloed.

'Zo. Blijf jij maar lekker zitten,' zei Sebastian. 'Dan ga ik thee zetten en uitzoeken wat er allemaal is gebeurd sinds mijn vertrek.'

'Sebastian…' riep Emilie hem na toen hij de kamer uit liep. Ze wilde weten waar de wc was. Maar de zware eikenhouten deur viel al achter hem dicht. In de hoop dat hij snel terug zou zijn, bleef Emilie bij het vuur zitten om warm te worden. Door de ramen zag ze dat de sneeuwjacht steeds dichter werd, terwijl de wind aanwakkerde en de witte deken op de vensterbanken hoe langer hoe dikker werd.

Ze kende Engeland nauwelijks – met haar moeder had ze een paar keer bij vrienden in Londen gelogeerd – maar haar droombeeld van schilderachtige dorpjes en lieflijke cottages met rieten daken kon nauwelijks verder verwijderd zijn van deze strenge, ijzige monoliet en zijn omgeving.

Twintig minuten later was Sebastian nog steeds niet terug. Emilie begon wanhopig te worden. Ze kwam overeind en waagde zich de gang op, waar ze de ene na de andere deur opendeed, met daarachter de ene na de andere donkere kamer, op zoek naar een wc. Uiteindelijk vond ze er een, die haar met zijn reusachtige houten bril deed denken aan een troon. Toen ze na gedane zaken weer tevoorschijn kwam, hoorde ze ergens in het huis luide stemmen. De ene herkende ze niet, maar de andere was de stem van Sebastian. Ze kon niet horen wat er werd gezegd, maar wel dat hij woedend was.

Had ze maar meer interesse getoond in zijn leven hier in Yorkshire voordat ze met hem op het vliegtuig stapte! Maar de twee weken nadat hij haar ten huwelijk had gevraagd, waren omgevlogen in een roes van bedrijvigheid. En ze hadden meer over hun fascinerende gemeenschappelijke verleden gesproken dan over hun toekomst.

Bij terugkeer in Parijs had ze hem alles verteld wat ze van Jacques te weten was gekomen.

'Wat een verhaal,' had Sebastian verzucht. 'En zo te horen is dat nog maar het begin. Wanneer krijg je de rest te horen?'

'Als ik terugga om de bibliotheek in de opslag te doen, heeft hij beloofd. Volgens mij was het emotioneel erg zwaar voor hem,' had Emilie gezegd.

'Dat kan ik me voorstellen.' Sebastian had haar tegen zich aan getrokken. 'Maar het is prachtig om te horen hoe onze families al lang geleden met elkaar verbonden zijn geraakt.'

Emilie reikte naar de roomwitte parels om haar hals – de parels van haar moeder – en dacht terug aan de ochtend van hun huwelijksdag, toen Sebastian haar het collier had gegeven.

'Ik heb ze op de veiling voor je teruggekocht, lieveling,' had hij gezegd terwijl hij haar de parels omdeed. Toen had hij haar gekust. 'Vind je het echt niet erg dat de plechtigheid zo bescheiden is? Bij de laatste telg uit het geslacht De la Martinières verwacht je toch eigenlijk iets anders. Ik weet zeker dat bij het huwelijk van je ouders half Parijs aanwezig was.' Hij keek glimlachend op haar neer.

'Precies, en daarom ben ik erg blij dat wij in stilte trouwen,' zei Emilie, en dat meende ze. De gedachte om in het middelpunt van alle aandacht te staan vervulde haar met afschuw.

Na de huwelijksplechtigheid, waarbij Gerard en een bevriende Parijse kunsthandelaar als getuigen waren opgetreden, had Gerard erop gestaan hen gevieren uit te nodigen voor een lunch in het Ritz, 'Dat is wel het minste wat je ouders zouden hebben gewild, Emilie.' Aan tafel had hij het glas geheven op hun geluk en naar hun toekomstplannen geïnformeerd. Emilie had hem verteld dat ze met Sebastian naar Engeland vertrok, in elk geval totdat de renovatie van het chateau was voltooid. Bij het verlaten van het Ritz had Gerard haar even apart genomen en erop aangedrongen dat ze met hem in contact bleef.

'Als ik je ook maar ergens mee kan helpen, dan ben ik er voor je, Emilie. Dat weet je.'

'Dank je wel, Gerard. Je bent altijd erg goed voor me geweest.'

'En vergeet nooit dat jij eigenaar blijft van het chateau! Ook nu je getrouwd bent. Hetzelfde geldt voor de opbrengst van het huis in Parijs én voor de naam De la Martinières. Ik wil graag een keer met jou en je man om de tafel gaan zitten om te praten over je erfenis en over je financiële situatie in de toekomst.'

'Sebastian vertelt me alles wat ik moet weten,' had Emilie geantwoord. 'Hij is echt geweldig voor me geweest, Gerard. Zonder hem had ik het niet gered.'

'Dat wil ik graag geloven, maar toch blijft het verstandig om je onafhankelijkheid te behouden. Zeker financieel.' Na die woorden had hij met een handkus afscheid van haar genomen.

Tegen de tijd dat Emilie zich ten einde raad maar had verdiept in de stapel oude nummers van *Horse and Hound*, kwam Sebastian terug. Zijn gezicht stond zowel getergd als schuldbewust.

'Sorry dat het zo lang duurde, lieveling. Ik moest het een en ander regelen. Wil je een kop thee? Daar ben ik tenminste hard aan toe.' Hij ging zuchtend met zijn hand door zijn haar.

'Wat is er aan de hand?' Emilie liep naar hem toe en hij sloeg zijn armen om haar heen.

'O, niets bijzonders. Tenminste, niks waaraan we onderhand niet gewend zijn. Ik had gelijk. Mrs. Erskine heeft weer eens ontslag genomen. Ze is op hoge poten vertrokken en heeft gezworen dat ze nooit meer terugkomt. Maar ze komt natuurlijk gewoon weer terug. Zo gaat het altijd.'

'Waarom is ze dan weggegaan?'

'Tja, dat zal ik je proberen uit te leggen bij een lekkere warme kop thee.'

Met een grote mok thee maakten ze het zich gemakkelijk op een stel grote kussens voor het vuur.

'Ik moet je een verhaal vertellen. Over mijn broer Alex,' begon Sebastian. 'En ik moet je waarschuwen, want het is een verhaal dat ik liever níét vertel. Bovendien voel ik me een beetje schuldig omdat ik er nooit eerder iets over heb gezegd. Maar tot dusverre leek het er niet toe te doen.'

'Vertel,' moedigde Emilie hem aan.

'Goed. Daar gaat-ie dan.' Sebastian nam een slok thee. 'Je weet al wel dat onze moeder ons destijds als peuters bij onze oma heeft gedumpt, en dat ze vervolgens met de noorderzon is vertrokken. Alex is anderhalf jaar jonger dan ik. En we zijn totale tegenpolen, zo te horen een beetje zoals Falk en Frederik. Ik ben erg ordelijk en georganiseerd. Alex was altijd al meer een… vrijgevochten geest. Altijd zoekend. En niet bereid – zelfs niet in staat – om volgens een bepaalde routine te leven. Hoe dan ook, we werden allebei naar kostschool gestuurd. Ik vond het er heerlijk, Alex had er een zware tijd. Hij maakte het zo bont dat hij uiteindelijk van school werd gestuurd. En vervolgens verspeelde hij zijn toelating tot de universiteit door een veroordeling wegens rijden onder invloed. Op zijn achttiende vertrok hij naar het buitenland, en daarna hebben we jaren niets van hem gehoord.'

'Waar heeft hij al die tijd gezeten?' vroeg Emilie.

'We hadden geen idee, tot we op een dag werden gebeld door een ziekenhuis in Frankrijk. Blijkbaar had hij een overdosis heroïne genomen. Hij was meer dood dan levend gevonden en naar het ziekenhuis gebracht, maar inmiddels was hij er weer bijna bovenop.' Sebastian zuchtte. 'Dus oma vloog naar Frankrijk om hem te halen, en eenmaal in Engeland liet ze hem opnemen in een particuliere ontwenningskliniek. En, eerlijk is eerlijk, Alex deed wat hij had beloofd en hij kickte af. Maar nadat hij uit de kliniek was ontslagen verdween hij weer naar het buitenland, en ik heb hem niet meer teruggezien tot na oma's dood. Trouwens, ik kan wel een borrel gebruiken. Wil je ook wat drinken?'

'Nee, dank je.'

Sebastian liep de kamer uit, en Emilie stond op om de gordijnen dicht te doen en de sneeuw buiten te sluiten die nog altijd in een dichte jacht naar beneden kwam. Toen ze weer bij het vuur ging zitten en in de laaiende, rode vlammen keek, had ze met haar echtgenoot te doen. Zo te horen had hij een afschuwelijke broer.

Sebastian kwam terug met een gin-tonic. Hij ging zitten en leunde achterover, in Emilies armen.

'En hoe ging het toen verder?' Ze streelde zijn haar.

'Nou, net na oma's dood, toen Alex eindelijk terug was en hier weer zijn intrek had genomen, kregen we knallende ruzie. Hij liep naar de auto, en ik bood aan te rijden omdat ik wist dat hij te veel had gedronken. Maar hij wilde per se zelf achter het stuur. Ik was zo stom om bij hem in de auto te stappen, en na een paar kilometer nam hij een gevaarlijke bocht veel te ruim en botste hij op een tegenligger.

Mijn broer was ernstig gewond. Ik had geluk en kwam ervan af met een paar gebroken ribben, een gebroken arm en een whiplash.'

'O god!' fluisterde Emilie. 'Arme lieverd.'

'Zoals ik zei, Alex was er het ergst aan toe,' verklaarde Sebastian nadrukkelijk.

'Wat verdrietig.' Emilie keek hem hoofdschuddend aan. 'Je had me dit al veel eerder moeten vertellen, Sebastian!'

'Ja, om je de kans te geven het huwelijk af te blazen voordat het te laat was.' Hij glimlachte wrang.

'Nee, zo bedoel ik het niet! Maar ik heb van jou geleerd dat het helpt om over je problemen te praten. Dat je er niet alleen mee moet blijven rondlopen.'

'Je hebt gelijk,' viel Sebastian haar bij. 'Het tragische is dat Alex razend intelligent is. Veel intelligenter dan ik. Hij haalde fluitend zijn examens, zonder dat hij er ook maar iets voor hoefde te doen, terwijl ik altijd keihard voor alles heb moeten werken. Hij had alles kunnen bereiken wat hij wilde, als hij niet zo onverantwoordelijk was geweest en als hij er niet zo'n puinhoop van had gemaakt.'

'Ik denk weleens dat mensen die te slim zijn, het net zo moeilijk hebben als mensen die er keihard voor moeten werken,' merkte Emilie op. 'Mijn vader zei altijd dat je maar het best gemiddeld getalenteerd kon zijn. Te veel talent geeft problemen. Net als te weinig.'

'Volgens mij had je een wijze vader. Ik vind het erg jammer dat ik hem nooit heb gekend.' Sebastian keek naar haar op en drukte een kus op haar neus. 'Dus dat was het dan. Het verhaal van mijn broer die van het rechte pad is afgedwaald. Je moet onderhand wel rammelen van de honger. Kom mee naar de keuken, dan kijk ik of er nog iets te eten in de koelkast staat. Het is er in elk geval warm, want het fornuis brandt voluit. En daarna stel ik voor dat we ons terugtrekken in onze ijskoude slaapkamer. We kunnen vast wel iets bedenken om warm te blijven.' Sebastian werkte zich overeind en stak haar zijn hand toe. 'Kom, laten we vlug iets eten en dan naar boven gaan.'

Terwijl hij haar door de ijskoude gangen naar de keuken loodste, kon Emilie haar nieuwsgierigheid niet langer bedwingen. ‘En waar is Alex nu?’

‘Heb ik dat niet gezegd?’

‘Nee.’

‘Hier natuurlijk. Alex woont op Blackmoor Hall.’

16

Na een onrustige nacht werd Emilie de volgende morgen al vroeg wakker. Dat kwam voor een deel door de ijzige kou. Zo erg had ze het nog nooit meegemaakt. Ze had het gevoel dat haar botten waren bevroren en elk moment in tweeën konden breken. Sebastian had zich omstandig verontschuldigd en uitgelegd dat de stokoude verwarming het niet deed omdat iemand was vergeten de olietank te laten bijvullen. Dat zou hij zo snel mogelijk regelen, beloofde hij.

Emilie schoof haar ijskoude voeten zo onopvallend mogelijk tegen Sebastians warme onderbeen. Het was aardedonker in de kamer. Er drong geen sprankje licht door de verbleekte damasten gordijnen. Zou Sebastian het vervelend vinden om met de gordijnen open te slapen? Ze had de gordijnen nooit dicht, want ze vond het heerlijk om wakker te worden met het zachte licht van een nieuwe dag.

Ze dacht na over wat Sebastian haar de vorige avond over zijn broer Alex had verteld. Na de onthutsende mededeling dat hij op Blackmoor Hall woonde, had hij uitgelegd dat Alex bij het ongeluk zijn rug had gebroken en als gevolg daarvan in een rolstoel zat. Hij had permanente verzorging nodig en woonde in de oostelijke vleugel, in een speciaal aangepast appartement op de begane grond.

'Zo'n verzorger kost natuurlijk een vermogen, om nog maar te zwijgen over de verbouwing om het huis aan te passen aan een invalide. Maar wat had ik dan moeten doen?' had Sebastian verzucht. 'Afijn, maak jij je nou maar geen zorgen over Alex. Hij is erg op zichzelf, dus hij laat zich maar zelden zien in het hoofdgedeelte van het huis.'

'En is hij sinds het ongeluk van de drank en de drugs afgebleven?' had Emilie aarzelend gevraagd.

'Min of meer wel, ja. Maar hij heeft al een hele reeks verzorgers versleten, van wie ik er twee heb moeten ontslaan omdat hij ze zover had weten te krijgen drank voor hem te kopen. Als hij dat wil, kan hij buitengewoon charmant zijn, en buitengewoon overtuigend.'

Ondanks Sebastians geruststelling dat Alex erg op zichzelf was, huiverde Emilie bij de gedachte dat ze met een verslaafde invalide onder één dak woonde – eigen appartement of niet.

Sebastian had Alex bovendien een geniale leugenaar genoemd. 'Je moet niets geloven van wat hij zegt. Want ook al ben je gewaarschuwd, mijn broer is in staat alles wat krom is, recht te praten.'

'Lieverd?'

Emilie voelde dat er een warme hand naar haar toe kroop.

'Ja?'

'Jezus!' riep Sebastian uit toen hij Emilie bij haar schouder pakte en voelde dat ze die nacht de ene laag kleren over de andere had aangetrokken. 'Je lijkt wel zo'n pakje uit dat spelletje. Je weet wel, zo'n pakje dat je moet doorgeven tot de muziek stopt,' zei hij lachend. 'Kom eens bij me en geef me een knuffel.'

Toen Emilie zich in zijn verrukkelijk warme omhelzing nestelde en hij haar begon te zoenen, verdwenen alle angsten die haar in de vroege ochtenduren hadden bekropen, naar de achtergrond.

'Ik denk niet dat het een goede dag is om de omgeving te verkennen,' zei Sebastian toen ze met een kop koffie voor het keukenraam stonden en naar de hopen opgewaaide sneeuw in de tuin keken. 'Volgens mij is er wel bijna een halve meter gevallen, en als ik naar die dreigende lucht kijk, zou ik zeggen dat we nog meer krijgen. Ik ga Jake bellen, van de boerderij hiernaast, om te vragen of hij de oprijlaan met de tractor sneeuwvrij kan maken. De voorraden beginnen op te raken, dus ik moet naar de dorpswinkel om wat eerste levensbehoeften in te slaan. Wat vind je? Zal ik jou in de salon bij een lekker vuurtje installeren? Verderop in de gang is een bibliotheek, daar vind je vast wel iets om je mee te vermaken.'

'Oké.' Ze had niet veel keus, besefte Emilie.

'En ik zal eens kijken of er wat olie gebracht kan worden. Dan kunnen we de centrale verwarming weer aansteken. Olie is tegenwoordig zo verrekte duur, bovendien verdwijnt de meeste warmte door de verrotte kozijnen naar buiten.' Hij zuchtte. 'Sorry, lieveling. Zoals ik al zei, ik heb mijn werk en de boel thuis de afgelopen maanden een beetje verwaarloosd.'

'Kan ik ergens mee helpen?' vroeg Emilie.

'Nee, maar het is lief dat je het aanbiedt. Als ik toch in het dorp ben, ga ik ook langs Mrs. Erskine, onze voormalige huishoudster, om te kijken of ik haar kan overhalen terug te komen. Ik beloof je dat ik de boel over een paar dagen weer helemaal op orde heb,' zei hij toen ze door de gang naar de salon liepen. 'Je zult je wel afvragen waar je in godsnaam in terecht bent gekomen.' Hij liet zich op zijn hurken zakken om de haard uit te vegen. 'Het komt allemaal goed, dat beloof ik. En deze uithoek van de wereld is schitterend. Echt waar.'

'Laat mij dat maar doen.' Emilie liet zich naast hem op haar knieën zakken. 'Ga jij maar naar het dorp.'

'Weet je het zeker? Sorry voor het gebrek aan personeel,' zei hij plagend. 'Ik weet dat je het anders gewend bent.'

'Sebastian...' Ze bloosde. 'Dat kan ik toch leren.'

'Natuurlijk, ik maak maar een grapje. En ga vooral op verkenning uit hier in huis. Ook al denk ik dat je zult schrikken van wat je ziet. Daarbij vergeleken is jouw oude chateau heel modern!' Sebastian trok een lelijk gezicht en liep de kamer uit.

Dik ingepakt in twee visserstruien van Sebastian zwierf Emilie een uur door het huis. Het was duidelijk dat diverse kamers op de bovenverdieping al in geen jaren waren gebruikt, en in tegenstelling tot het chateau met zijn grote ramen, waar alles erop was gericht zo veel mogelijk licht binnen te laten, had dit huis kleine, smalle ramen, bedoeld om de kou buiten te houden. De sombere kleuren en de zware mahoniehouten meubels gaven Emilie het gevoel dat ze door het decor van een edwardiaans toneelstuk dwaalde.

Toen ze weer naar beneden liep, besefte ze hoe dringend het huis moest worden opgeknapt. Maar dat zou, net als bij het chateau, een reusachtig renovatieproject betekenen. En ze had geen idee of Sebastian daar het geld voor had. Maar eigenlijk deed dat er niet toe. Haar eigen financiële positie was buitengewoon gezond. Ze hadden geld genoeg om zich de rest van hun leven geen zorgen te hoeven maken.

Weer terug in de salon vroeg Emilie zich opnieuw af waarom ze nooit naar Sebastians financiële situatie had geïnformeerd voordat ze met hem trouwde. Niet dat die van invloed zou zijn geweest op haar besluit, maar nu ze zijn vrouw was, moest ze dat soort dingen toch weten. Misschien zou ze het hem later op de dag moeten vragen, dacht ze, net toen ze de tractor en daarachter de Land Rover glibberend en glijdend over de oprijlaan zag verdwijnen.

Tegen lunchtijd begon ze honger te krijgen en zich te vervelen, dus ze ging naar de keuken om te zien of er nog iets te eten was in de koelkast. Ze maakte een sandwich met de laatste snee brood en ging ermee aan de tafel zitten. Op hetzelfde moment hoorde ze ergens verderop in huis een deur dichtslaan, gevolgd door een luide stem. Dit keer een vrouwenstem. De keukendeur vloog open en er kwam een broodmagere vrouw van middelbare leeftijd binnenstormen.

'Is Mr. Carruthers er? Ik moet hem onmiddellijk spreken!'

Emilie zag dat ze beefde van woede. 'Nee, ik ben bang dat u hem bent misgelopen. Hij is naar het dorp.'

'Wie bent u?' vroeg ze bot.

'Ik ben Emilie, de vrouw van Sebastian.'

'O ja? Nou, dan boft u! En als u zijn vrouw bent, kan ik het ook wel tegen u zeggen. Ik neem ontslag, met onmiddellijke ingang. Dat onbeschofte gedoe van zijn broer... dat pik ik niet langer! Om nog maar te zwijgen over het geweld! Hij heeft een kop kokendhete koffie naar mijn hoofd gegooid. Als ik niet op tijd was weggedoken, had ik wel derdegraadsbrandwonden kunnen oplopen! Ik heb mijn vriendin gebeld om me te halen. Ze heeft een auto met vierwielaandrijving, dus ze moet met een uur hier kunnen zijn. Ik blijf hier geen minuut langer! In dit verschrikkelijke huis met die... die idióót!'

'O. Ach, dat spijt me.' Het ontging Emilie niet dat ze een beetje onduidelijk sprak, waarschijnlijk doordat ze zo kwaad was. 'Wilt u misschien iets drinken? En kunnen we er niet over praten voordat u vertrekt? Ik weet zeker dat Sebastian niet lang wegblijft...'

'Mijn besluit staat vast! Wat hij ook zegt!' viel de vrouw haar in de rede. 'Ik heb me al eerder laten ompraten, en daar heb ik toen grote spijt van gekregen. Ik mag hopen dat uw man u niet laat opdraaien voor de zorg voor zijn broer. Anderzijds, ik kan me niet voorstellen dat hij daar nog íémand voor weet te vinden. U weet dat Mrs. Erskine er ook vandoor is?'

'Ja, maar volgens mijn man komt ze wel weer terug.'

'Ze lijkt wel gek. Het is een aardig mens en ze blijft alleen maar uit loyaliteit jegens de oma van die jongens. Ik heb Constance nog gekend toen ik jong was. Een allerliefste vrouw, maar wat die twee jongens haar hebben laten doormaken, daar lusten de honden geen brood van. Afijn, dat is mijn probleem niet meer. Ik ga mijn spullen pakken. Hij heeft zijn lunch gehad, dus hij moet zich kunnen redden tot uw man terug is. Trouwens, ik zou hem voorlopig maar met rust laten. In elk geval tot zijn driftbui is gezakt. Uiteindelijk bedaart hij wel weer. Zo gaat het altijd.'

'O.' Emilie wist niet wat ze moest zeggen.

Blijkbaar zag de vrouw de angst in haar ogen, want de uitdrukking op haar gezicht verzachtte. 'Maakt u zich maar geen zorgen. Alex is geen kwaaie vent. Hij is alleen gefrustreerd, en neem het hem eens kwalijk. Hij heeft een goed hart, maar het valt allemaal niet mee. Hoe dan ook, ik voel me te oud voor dat soort fratsen. Ik wil gewoon een leuke, rustige bejaarde om voor te zorgen, geen wispelturige vent – wat heet, eigenlijk nog een kleine jongen – die nooit volwassen is geworden.'

Ze ging weg, dacht Emilie geschokt. Voordat Sebastian terug was!

En dan zat ze hier helemaal alleen. In een huis dat ze niet kende en waaruit ze niet kon ontsnappen vanwege de sneeuw. Dan bleef ze alleen achter met een wildvreemde, drankzuchtige, verlamde idioot. Haar nieuwe leven leek op het scenario van een griezelfilm, en wanhopig als ze was, voelde Emilie een soort slappe lach opkomen vanwege de belachelijke situatie.

'Maar in elk geval gefeliciteerd met uw huwelijk,' zei de vrouw.

'Dank u wel.' Emilie glimlachte wrang.

De vrouw liep naar de keukendeur, daar bleef ze staan en ze draaide zich nog één keer om. 'Ik hoop dat u wist waar u aan begon. Dag.'

Toen ze een half uur later weer in de salon zat, zag Emilie een auto licht slingerend over de besneeuwde oprijlaan ploegen. Even later kwam de vrouw die ze kort daarvoor in de keuken had gesproken, met een koffer naar buiten. Ze baande zich een weg door de sneeuw en stopte de koffer in de achterbak. Daarop keerde de auto met veel geglibber en aanvaardde nog steeds glijdend en slingerend de terugweg.

Het begon weer te sneeuwen. Emilie keek naar de dikke vlokken als wervelende derwisjen, die de barrière tussen haar en de buitenwereld nog onneembaarder maakten. Haar hart bonsde in haar keel. De krankzinnige broer was vlakbij, en ze was helemaal alleen met hem. Misschien viel er wel zo veel sneeuw dat Sebastian niet kon terugkomen! Om drie uur begon de januarihemel al grijs te kleuren. De schemering viel, en het zou niet lang meer duren of het was donker... Emilie stond op, haar versnelde hartslag betekende dat ze rechtstreeks op een paniekaanval afstevende, wist ze. Als puber had ze daar regelmatig last van gehad. En ook al had ze de aanvallen overwonnen, ze was sindsdien altijd bang geweest dat ze zouden terugkomen.

'Kalm blijven en doorgaan met ademhalen,' zei ze tegen zichzelf toen ze voelde dat de paniek in onstuitbare golven door haar heen raasde. Ze begon te hijgen, in het besef dat ze de controle kwijt was en dat rationeel denken geen zin meer had.

Ze liet zich op een bank vallen en stopte haar hoofd tussen haar knieën. Alle kracht stroomde uit haar weg, en terwijl ze snakte naar adem, dansten er felgekleurde vlekken op de binnenkant van haar gesloten oogleden.

'Alsjeblieft, *mon dieu, mon dieu...*'

'Kan ik u helpen?'

Van ergens ver weg klonk een diepe mannenstem. Maar het duizelde haar, dus ze kon niet opkijken. Haar handen en voeten tintelden en ze had haar adem veel te hard nodig om te hijgen.

'Kan ik u helpen?' vroeg de stem nogmaals.

Hij klonk inmiddels dichterbij. Sterker nog, bijna naast haar. Voelde ze een warme adem langs haar wang strijken... Een hand die de hare greep... Ze kon nog altijd geen woord uitbrengen.

'Ik neem aan dat u Sebs vrouw bent? Uit Frankrijk? Spreekt u Engels?'

Emilie slaagde erin ja te knikken.

'Ik zal eens gaan kijken of ik een zakje kan vinden. Om in te blazen. Ga ondertussen gewoon door met hyperventileren. Dat betekent tenminste dat u nog leeft.'

In haar onthechte staat had Emilie geen idee hoe lang het duurde voordat er een papieren zak over haar mond en haar neus werd gedrukt, terwijl diezelfde kalme stem haar opdroeg langzaam in en uit te ademen. Misschien droomde ze – of had ze een nachtmerrie – maar het kon haar niet schelen. De eigenaar van de stem leek precies te weten wat hij moest doen. Als een hulpeloos kind volgde ze zijn aanwijzingen op.

'Brave meid, je doet het goed. Heel goed. Gewoon in de zak blijven ademen. Kijk, je wordt al rustiger. Nog even en het is voorbij,' stelde de stem haar gerust.

Uiteindelijk begon het ritme van haar bonzende hart weer enigszins normaal te worden en keerde het gevoel terug dat haar handen en voeten een deel van haar lichaam waren. Emilie nam de zak van haar mond. Uitgeput en met gesloten ogen naar achteren leunend besefte ze opgelucht dat haar lichaam weer tot rust kwam.

Pas na enkele minuten genieten van het besef dat ze nog leefde, dat het voorbij was, drong de vraag zich op wie haar redder in nood zou kunnen zijn. Met enige inspanning sperde ze vermoeid één trillend oog open. En daar was Sebastian, recht voor haar. Alleen, het was Sebastian niet. Of liever gezegd, het was Sebastian in technicolor – de bruine ogen in het gezicht dat haar aankeek, waren stralender, sprekender, met goudbruine vlekjes op de irissen. Verder had het gezicht een perfecte neus, de vollere lippen waren warmer van kleur, de jukbeenderen onder de zachte, volmaakte huid waren geprononceerder, en het bruine haar boven dat alles lichtte hier en daar rossig op.

'Ik ben Alex. Leuk je te leren kennen.'

Emilie deed onmiddellijk het oog weer dicht en bleef doodstil zitten, bang dat de aanblik van de krankzinnige broer tot een nieuwe paniekaanval zou leiden.

Ze voelde een warme hand op de hare. 'Ik snap dat je even niks kunt zeggen. Dat je je adem wel beter kunt gebruiken. Want ik weet hoe je je voelt. Ik heb zelf ook last gehad van paniekaanvallen. Wat jij nodig hebt, is een stevige borrel.'

Deze man, die zo vriendelijk en geduldig op haar in praatte, kwam in geen enkel opzicht overeen met het beeld dat Sebastian van hem had geschilderd. De hand op de hare voelde niet angstaanjagend, maar geruststellend. Ze waagde het erop haar ogen open te doen en hem onderzoekend op te nemen.

'Hallo.' Er verscheen een glimlach om de volle lippen, en ze zag pretlichtjes in zijn ogen.

'Hallo,' wist ze uit te brengen, hoewel ze haar stem nog niet helemaal onder controle had.

'Zullen we Engels praten of *préférez-vous Français*?'

'*Français, merci.*' Haar hoofd was nog te wazig om in een vreemde taal te kunnen denken.

'*D'accord.*'

Emilie zag dat hij haar aandachtig opnam.

'Je bent erg mooi,' zei hij in het Frans. 'Dat had mijn broer al gezegd. En nog mooier met je grote blauwe ogen open,' vervolgde hij in foutloos Frans. 'Kijk eens aan, je laatste medicijn.' Uit een zijvak van de rolstoel haalde hij een fles whisky tevoorschijn. 'Die helleveeg van wie ik net verlost ben, dacht dat ik niet wist waar ze haar geheime drankvoorraad bewaarde. Maar deze fles heb ik weten te redden toen ze zich bij jou beklaagde dat ik zo'n monster was om voor te zorgen. Sebastian geloofde me niet, maar ze was goed aan de drank – minstens één fles whisky per dag. Ziezo.' Alex reed behendig naar een kast die een stoffige verzameling glazen bleek te bevatten. 'We nemen er allebei een. Want het is nooit goed om alleen te drinken.' Hij schonk twee flinke bodems whisky in en kwam toen terugrijden, met de glazen tussen zijn dijen.

'Nee, dank je. Ik kan beter niet drinken,' zei Emilie toen hij haar een van de glazen gaf.

'Waarom niet? Je kunt in alle eerlijkheid zeggen dat je het alleen om medische redenen doet. Toe,' drong hij aan. 'Dan kan ik voor de verandering eens voor iemand zorgen. En een borrel helpt. Echt waar.'

'Nee, dank je.' Emilie schudde haar hoofd, want ze wilde hem niet aanmoedigen.

'Als jij niks neemt, doe ik het ook niet.' Alex zette zijn glas op tafel. 'Het is hier verrekte koud. Als ik je dan niet met een slok whisky kan opwarmen, zal ik het vuur oppoken. Dat is wel het minste wat ik kan doen.'

Te gebiologeerd om op te staan en hem te helpen, keek Emilie toe terwijl hij het vuur weer tot leven bracht.

'Waar is Seb?' vroeg Alex ten slotte. 'Zeker naar het dorp? Naar die arme Mrs. Erskine, in de hoop dat hij haar kan overhalen om voor de zoveelste keer terug te komen?'

'Ja, hij ging boodschappen doen, en dan zou hij bij haar langsgaan, zei hij.'

'Ik denk niet dat er nog veel te krijgen is. Iedereen heeft de sneeuwstorm zien aankomen. Dus ze hebben de schappen leeggekocht en zich in huis verschanst. De winkel draait een topomzet. Zelfs stokoude blikken sperziebonen worden verkocht. We mogen blij zijn als er vanavond nog iets in het schap staat. En dit gaat nog wel even duren.' Hij keek naar het raam. De sneeuw viel nog steeds gestaag. 'Eerlijk gezegd hou ik er wel van. En jij?'

Geïntimideerd door zijn onderzoekende blik probeerde Emilie zich te herinneren wat Sebastian had gezegd over de gave van zijn broer om te charmeren en te overtuigen. 'Van mij hoeft het niet,' zei ze. 'Sinds ik hier ben heb ik het nog geen moment echt warm gehad.'

'Dat verbaast me niks. De olietank is al weken leeg. Gelukkig heb ik een geheime voorraad elektrische kacheltjes om de bloedcirculatie op peil te houden. Niks tegen Seb zeggen hoor, want dan neemt hij ze onmiddellijk in beslag. Afijn, ook al wonen we dan in een Engelse versie van de iglo, ik hou van sneeuw. Maar ja...' Alex zuchtte. 'Ik hou van alles wat de dagelijkse sleur doorbreekt. Zulk weer als dit... dat heeft iets dramatisch!'

'Ja,' moest Emilie hem – weinig enthousiast – gelijk geven.

Alex keek naar de twee whisky's op de tafel. 'Ik vind dat we ze moeten opdrinken. Het is drankverspilling om ze te laten staan.'

'Nee, echt niet.' Emilie schudde haar hoofd.

'Hm.' Alex trok zijn wenkbrauwen op. 'Seb heeft je zeker verteld over mijn tomeloze verslaving aan drank en drugs?'

'Daar heeft hij iets over gezegd, ja.'

'Ik had inderdaad ooit een drugsprobleem,' gaf Alex ontspannen toe. 'Maar alcoholist, dat ben ik nooit geweest. Niet dat ik geen borrel lust. Trouwens, we lusten allemaal wel een glaasje op zijn tijd. En jij, als Française, jij dronk al wijn toen je nog in de wieg lag. Of niet soms?'

'Absoluut.'

'Waarom ben je met mijn broer getrouwd?'

'Omdat ik...' Emilie was verbijsterd door zijn directheid. 'Omdat ik verliefd op hem was. Dat is bij de meeste mensen de reden waarom ze trouwen.'

'En waarom ook niet.' Alex knikte. 'Dus ik zou zeggen, welkom in de familie!'

De deur ging open, en Sebastian kwam de salon binnen. Smeltende sneeuw droop uit zijn haar.

Emilie sprong schuldbewust op. 'Wat fijn dat je weer veilig terug bent!'

'We hebben de auto helemaal niet horen aankomen,' zei Alex.

Sebastians gezicht stond dreigend, zijn blik ging naar de twee glazen whisky op de tafel.

'Dat wil ik wel geloven. Ik moest het laatste stuk lopen! Door de sneeuw. Met twee zware tassen met boodschappen. Heb je gedronken?' vroeg hij op beschuldigende toon aan Alex.

'Nee. Maar ik heb wel geprobeerd je vrouw over te halen om een borrel te nemen. Want ze voelde zich niet zo lekker.' Alex reageerde heel rustig.

'Ik had het kunnen weten.' Sebastian trok zijn wenkbrauwen op en keerde zich naar Emilie. In plaats van bezorgdheid las ze boosheid in zijn ogen. 'Wat is er? Hoezo, je bent niet lekker?'

'Het gaat alweer,' antwoordde ze nerveus.

'Ik heb je gezegd dat ik je hier niet wil zien!' Sebastian keerde zich weer naar zijn broer.

'Zoals ik net tegen Emilie zei, mijn verzorgster is er weer vandoor. Dat kwam ik even zeggen.'

'Wát? Dat meen je niet!! Wat heb je nou weer gedaan?' vroeg Sebastian nijdig.

'Ik heb een kop koffie tegen de muur gesmeten. Het spul was niet te drinken. Ze was zo dronken dat ze er zout in had gedaan in plaats van suiker,' legde Alex uit. 'En ze dacht dat ik op haar mikte.'

'Dus je hebt het goed verziekt.' Sebastian was razend. 'Mrs. Erskine vertikt het om terug te komen. Dat is nog nooit gebeurd. Maar ik kan het haar niet kwalijk nemen. En dat arme mens dat je net hebt weggepest... Het verbaast me niks dat ze de benen heeft genomen. Maar waar haal ik met dit weer in godsnaam een nieuwe vandaan?'

'Luister nou eens, Seb, je doet alsof ik zelf niks kan. Ik kan voor mijn eigen eten zorgen, ik kan me wassen en aankleden, en ik kan mijn eigen kont afvegen. En ik heb zelfs geen hulp nodig om in en uit bed te komen. Dat kan ik ook alleen. Ik heb je al honderd keer gezegd dat ik geen volledige verzorging meer nodig heb, alleen een werkster.'

'Dat is niet waar,' reageerde Sebastian boos.

'Het is wel waar!' Alex trok zijn wenkbrauwen op en keerde zich naar Emilie. 'Hij behandelt me als een klein kind. Terwijl...' Hij wees naar de rolstoel. 'De kans is klein dat ik hiermee in zeven sloten tegelijk loop.'

Emilie voelde zich een toeschouwer bij een bokswedstrijd. Ze zei niets, al was het maar omdat ze niet wist wat ze aan de discussie zou moeten toevoegen.

'Je komt anders een heel eind,' zei Sebastian nijdig. 'Maar we zullen zien. Of liever gezegd, jij kunt de komende dagen laten zien wat je waard bent. Want er is geen kijk op dat ik op korte termijn iemand voor je weet te vinden.'

'En dat hoeft ook niet. Echt niet,' zei Alex met grote stelligheid. 'Het is zonde van het geld. Dat heb ik je al vaker gezegd. Maar je wilt niet naar me luisteren. Afijn, ik laat jullie alleen.' Hij manoeuvreerde zijn rolstoel in de richting van de deur. Daar stopte hij even, en hij keerde zich glimlachend om naar Emilie. 'Leuk je te leren kennen. En nogmaals, welkom in Blackmoor Hall.'

De deur viel achter hem dicht, en het werd stil in de salon. Sebastian pakte een van de glazen en sloeg de whisky in één teug achterover. 'Sorry dat het zo moest lopen, Emilie. Ik heb het al eerder gezegd. Je zult je wel afvragen waar je in 's hemelsnaam in terecht bent gekomen. Alex is een ramp, en ik ben onderhand ten einde raad.'

'Dat begrijp ik heel goed. En maak je over mij alsjeblieft geen zorgen. Ik zal doen wat ik kan om je te helpen.'

'Dat is lief van je, maar op dit moment zou ik even niks kunnen bedenken. Wil jij dit?' Hij wees naar het andere glas.

‘Nee, dank je.’

Sebastian pakte het op en dronk ook het tweede glas whisky leeg. ‘Ik denk dat jij en ik maar eens een openhartig gesprek moeten voeren, Emilie. Want ik ben niet helemaal eerlijk tegen je geweest. Sterker nog, ik heb het gevoel dat ik onder valse voorwendselen met je getrouwd ben. Het is hier een puinhoop. En als je besluit dat je ermee stopt, dat je er niet mee door wil gaan, dan kan ik je dat niet kwalijk nemen.’ Hij liet zich naast haar op de bank vallen en nam haar hand in de zijne. ‘Het spijt me verschrikkelijk. Dat meen ik echt.’

‘Ik begin inderdaad wel te begrijpen dat het hier allemaal een stuk ingewikkelder ligt dan ik dacht,’ gaf Emilie toe. ‘Maar ik ben met je getrouwd omdat ik van je hou. En als je vrouw wil ik alles met je delen, ook je problemen.’

‘Je weet nog lang niet alles,’ zei Sebastian kreunend.

‘Vertel het me dan.’

‘Goed. Ik zal open kaart met je spelen.’ Hij zuchtte. ‘Behalve dat er problemen zijn met Alex, ben ik bovendien hartstikke failliet. Er was al niet veel geld meer toen oma stierf, maar ik had gehoopt mijn bedrijf verder uit te bouwen om daarmee de renovatie van het huis te betalen. Maar toen kreeg Alex twee jaar geleden dat ongeluk, en mijn inkomsten zijn volledig opgegaan aan de kosten van zijn verzorging. Natuurlijk heb ik een hypotheek op het huis genomen, maar de kosten daarvan kan ik ook al bijna niet meer opbrengen, en de bank zal het geleende bedrag zeker niet willen verhogen. Het is al zo erg dat ik de olietank deze winter nog niet heb laten bijvullen, gewoon omdat ik er geen geld voor heb. Dus het lijkt erop dat ik Blackmoor Hall zal moeten verkopen. Tenminste, als Alex akkoord gaat. Het huis is voor de helft van hem, en hij houdt koppig vol dat hij hier niet weg wil.’

‘Sebastian, ik begrijp hoe pijnlijk het kan zijn om het huis van je familie te verkopen,’ opperde Emilie ten slotte voorzichtig. ‘Maar zo te horen heb je geen keus. En dat geldt ook voor Alex.’

‘Natuurlijk. Je hebt gelijk. Maar – en dat is nou juist het punt –

net voordat ik jou leerde kennen, kreeg ik zakelijk eindelijk de wind mee. Ik heb wat beslissingen genomen die gunstig hebben uitgepakt, en het leek echt allemaal de goede kant op te gaan. Afijn, dat doet er onderhand niet meer toe, neem ik aan,' vervolgde Sebastian. 'Want dat is een heel ander verhaal. Scenario B zal ik maar zeggen. Ik zit nu in A. En hoe ik van het een in het ander moet komen, is een vraag waar ik geen antwoord op heb. Maar hoe graag ik het ook zou willen...' Hij haalde zijn schouders op. 'Ik denk simpelweg niet dat ik het huis kan aanhouden. Alleen, met die constatering is het probleem van onze huidige buurman niet opgelost. Hij zal vechten tot zijn laatste snik om hier te kunnen blijven, en het huis is van ons samen. Bovendien kun je je voorstellen dat de alternatieven qua huisvesting voor iemand als Alex beperkt zijn.'

'Maar je laat hem toch niet in de steek?' vroeg Emilie.

'Nee, natuurlijk niet!' viel hij driftig uit. 'Waar zie je me voor aan? Ik neem mijn verantwoordelijkheden heel serieus. Dat moet je toch onderhand wel gemerkt hebben.'

'Zo bedoelde ik het niet,' verzekerde Emilie hem haastig. 'Ik vroeg me gewoon af waar hij naartoe zou gaan als jullie het huis verkopen.'

'Ach, ik neem aan dat hij met de opbrengst heel wat jaren kwaliteitszorg kan kopen,' zei Sebastian. 'Want hoe hardnekkig hij dat ook blijft ontkennen, hij heeft voortdurend toezicht nodig...'

'Sebastian,' viel Emilie hem in de rede, 'je hebt het voortdurend over "ik". Maar van nu af aan is het "wij". Dat moet je goed voor ogen houden. Ik ben je vrouw, we zijn partners, en we gaan de problemen hier samen te lijf, net zoals jij me hebt geholpen om mijn problemen in Frankrijk op te lossen.'

'Dat is erg lief van je, Emilie, maar gezien de omstandigheden denk ik niet dat je veel kunt doen,' zei hij met een zucht.

'Waarom niet? Om te beginnen weet je dat geld geen probleem hoeft te zijn. Ik ben je vrouw. Alles wat ik heb, is ook van jou. Dus natuurlijk kan ik je helpen. Sterker nog, ik wil niets liever. Zeker als je dat geld, zoals je zegt, alleen maar nodig hebt om je door de eerste tijd heen te helpen, tot de galerie meer gaat opleveren. Als je er op die manier minder moeite mee hebt, beschouw me dan als een investeerder,' stelde ze voor.

Sebastian hief zijn hoofd op en keek haar verwonderd aan. 'Meen je dat serieus? Zou je financieel willen bijspringen?'

'Natuurlijk,' zei ze schouderophalend. 'Geen enkel probleem. De afgelopen maanden heb jij mij geholpen. Nu kan ik iets terugdoen.'

'Emilie, je bent een schat!' Sebastian sloeg zijn armen om haar heen en trok haar dicht tegen zich aan. 'Ik voel me zo schuldig omdat ik je dit niet eerder heb verteld, vóór ons trouwen. Eerlijk gezegd besefte ik pas gisteren, bij aankomst, hoe uitzichtloos de situatie is. En ik moet bekennen dat ik veel te lang mijn kop in het zand heb gestoken. Toen ik vanmorgen mijn bankpost openmaakte, kon ik wel janken.'

'Laten we ons nou niet langer zorgen maken over geld,' troostte ze. 'Zodra je weet hoeveel je nodig hebt, laat ik het bedrag overmaken naar je rekening. Als je het mij vraagt, zijn er urgentere problemen, bijvoorbeeld die lege olietank.' Emilie trok een wenkbrauw op. 'We kunnen vast wel telefonisch, met de creditcard, regelen dat hij wordt bijgevuld. Dan hebben we het tenminste warm.'

'O, schat.' Sebastians gezicht zag grauw van bezorgdheid. 'Je bent zo lief en je neemt het zo goed op. Het spijt me echt heel erg.'

'Sst. En behalve de olietank – en dat probleem is simpel op te lossen – moeten we iemand regelen die voor je broer zorgt. Toch?'

'Absoluut. De snelste oplossing is een uitzendbureau, maar die rekenen een vermogen...'

'We zijn het er net over eens geworden dat geld geen probleem is,' zei Emilie nadrukkelijk. 'Alex beweert dat hij voor zichzelf kan zorgen. En dat is niet zo, volgens jou?'

'Nou, misschien moet ik zeggen dat ik het hem nooit heb toevertrouwd,' gaf Sebastian toe. 'Er gaat bij hem altijd van alles mis. Ik zie hem in staat zichzelf te elektrocuteren door een blik bonen in de magnetron te zetten. Of om enorme hoeveelheden drank te bestellen via de computer.'

'Dus hij heeft geen medische zorg nodig van een gediplomeerde verpleegster?' vroeg Emilie om duidelijkheid te krijgen.

'Ach, hij neemt 's ochtends wat pillen voor de bloedcirculatie, maar bij de verzorging gaat het meer om praktische, fysieke dingen.'

'Als we niemand kunnen vinden, zou ik hem misschien kunnen helpen. In elk geval tijdelijk,' stelde Emilie voor. 'Ik heb wat ervaring met mijn moeder. Die zat de laatste weken van haar leven ook in een rolstoel. Bovendien weet ik als dierenarts wel een beetje hoe het lichaam functioneert.'

'Maar hoe weet ik zeker dat je niet bezwijkt voor zijn charmes?' Sebastian keek van de lege whiskyglazen naar haar, en zijn blik verraadde dat hij het niet helemaal als grapje bedoelde. 'Dat je je niet door hem laat beïnvloeden?'

'Dat gebeurt niet!' Emilie verzweeg tactvol dat Sebastian – en niet zijn vrouw of zijn broer – de twee glazen had leeggedronken. 'Trouwens, ik vind het niet zo vreemd dat hij af en toe gefrustreerd raakt. Komt hij weleens buiten?'

'Zelden. Maar ik kan me ook niet voorstellen dat hij elke woensdag naar het dorpshuis zou willen, om te kaarten met de plaatselijke gehandicapten, onder het genot van een glaasje vruchtensap. Ik hoor het hem zeggen! Hij is altijd een eenling geweest. Afijn...' Sebastian verbrak hun omhelzing en liet zich terugvallen op de bank. 'Dat is het hele verhaal. Het leven van je echtgenoot, genadeloos blootgelegd. Een totale puinhoop. In elk geval op dit moment.'

'Dat moet je niet zeggen,' drong Emilie aan. 'Het is lang niet allemaal jouw schuld. Je hebt je best gedaan om je broer te helpen, en bovendien ook nog de galerie en het huis draaiende te houden. Dus je moet jezelf geen verwijten maken.'

'Dank je wel, lieverd. Ik waardeer het enorm dat je me zo steunt. Je bent geweldig. Echt waar.' Sebastian boog zich naar haar toe en kuste haar zacht op de lippen. 'Dan moeten we maar snel de oliehandel bellen, voordat ze dichtgaan. Ik ben alleen bang dat we achteraan moeten aansluiten in de onvermijdelijk lange rij ingesneeuwden die zonder olie zitten. Kun je me je creditcard vast geven? Tenminste, als je het echt niet vervelend vindt dat ik die gebruik? Want ik heb hem nodig als ik bel.'

'Natuurlijk. Hij zit boven in mijn tas. Ik ga hem wel even halen.'

Emilie drukte een kus op het vermoeide hoofd van haar man, en terwijl ze de trap op liep, besefte ze dat ze gloeide van bevrediging. Haar echtgenoot had haar de afgelopen maanden geholpen, en nu kon ze eindelijk iets terugdoen. Dat gaf haar een goed gevoel.

17

Een week later was de situatie in Blackmoor al een stuk minder onrustig. Nadat het drie dagen onafgebroken had gesneeuwd en gevroren, begonnen de verraderlijk glibberige ijsvlaktes eindelijk te ontdooien toen de temperatuur omhoogging. Het oliebedrijf was langs geweest, en bij het wakker worden de volgende ochtend merkte Emilie dat de kou al iets minder was.

Sebastian had via een uitzendbureau tijdelijke verzorging voor Alex geregeld. Sinds de dag van haar paniekaanval had Emilie de broer van haar man niet meer gezien. En toen ze de ketel op het vuur zette voor een kop koffie die ze weer mee naar bed wilde nemen, besefte ze dat ze zich beduidend kalmer voelde. Sebastian had opgebiecht hoeveel geld hij nodig had om de eerstkomende maanden door te komen, en ze had het bedrag onmiddellijk naar zijn bankrekening laten overmaken. Sindsdien was hij zichtbaar tot rust gekomen.

'Als we dan toch ingesneeuwd zijn, moeten we het gedwongen isolement maar zien als een soort huwelijksreis,' had hij aangekondigd. 'We hebben wijn in de kelder, een koelkast vol eten, een knappend haardvuur en elkaar. Dus laten we proberen ervan te genieten, vind je ook niet?'

Ze bleven 's ochtends loom en lang onder de dekens liggen, en wanneer ze eenmaal uit bed waren, trokken ze laarzen en een dikke jas aan en trotseerden ze de sneeuw tijdens een korte wandeling naar het dorp voor een bord degelijke Britse kost in de pub. Op de terugweg hielden ze fanatieke sneeuwbalgevechten, met als gevolg dat ze uitgelaten en rozig van de vrieskou thuiskwamen. De avonden brachten ze door bij de haard, opgekruld voor het vuur. Ze praatten en ze vreeën en ze genoten van de wijn die Sebastian uit de kelder had gehaald.

'Je bent zo mooi,' zei Sebastian dan terwijl hij haar naakte lichaam kuste bij het schijnsel van de vlammen. 'En ik ben zo blij dat ik met je getrouwd ben.'

Op de ochtend toen het ijs begon te dooien nam hij haar mee naar het stadje Moulton, om de snel afnemende voedselvoorraad aan te vullen. Hij stond erop dat zij in de Land Rover naar huis reed; een bloedstollende beproeving voor iemand die niet gewend was onder zulke winterse omstandigheden auto te rijden, om nog maar te zwijgen van het feit dat ze nog nooit links had gereden.

'Het is belangrijk dat je het kunt, lieverd,' had Sebastian gezegd terwijl ze in een slakkengangetje naar huis reed. 'Als ik in Londen ben, moet je de deur uit kunnen.'

Toen de koffie klaar was, keek Emilie tevreden om zich heen in de keuken. Alleen al door de sombere, groezelige gordijnen te wassen en een vaas met bloemen op de geschuurde grenen tafel te zetten had ze de boel aanzienlijk opgevrolijkt. In een van de kasten had ze mooi blauw-wit porselein gevonden dat ze op de schoorsteenmantel boven het fornuis had uitgestald. Terwijl ze naar boven liep, zag ze dat de zon scheen en dat het ijs geleidelijk aan wegsmolt. Misschien kon ze Sebastian wel voorstellen om de keuken te schilderen – een pot lichtgele verf zou wonderen doen.

Ze kroop weer naast hem in bed en nam genietend een slok van haar hete koffie.

Sebastian werkte zich overeind. 'Heb je lekker geslapen?' Hij reikte naar zijn mok.

'Ja, en ik ben tot de conclusie gekomen dat ik het huis toch wel erg leuk vind. Het is net als een oude tante naar wie lang niet is omgekeken. We moeten er gewoon liefde, zorg en aandacht aan besteden.'

'En een heleboel geld. Trouwens, over geld gesproken, nu het begint te dooien en nu jij je draai aardig hebt gevonden, ben ik bang dat ik voor een paar dagen naar Londen moet. Red je het zonder mij?

Ik heb de indruk dat Alex tevreden is over zijn nieuwe verzorgster, dus van hem zul je geen last hebben. Je zou wel met me mee kunnen gaan, maar je hebt niets aan me, want ik ben van 's morgens vroeg tot 's avonds laat aan het werk. Je zou je alleen maar vervelen.'

'Waar logeer je als je in Londen bent?' vroeg Emilie.

'O, ik mag de bergruimte in het appartement van een vriend gebruiken. Niet bepaald het Ritz, maar voor een paar dagen is het goed genoeg.'

'Hoe lang blijf je weg?'

'Als ik morgenochtend vroeg vertrek, misschien maar drie dagen. Dan ben ik vrijdagavond laat weer terug,' beloofde hij. 'En ik laat de Landy natuurlijk hier, voor het geval dat het weer opnieuw omslaat. Om naar het station te rijden heb ik nog een ouwe roestbak. En misschien kun je de volgende keer met me mee naar Londen.'

'Oké.' Emilie probeerde zich geen zorgen te maken bij het vooruitzicht dat hij haar alleen liet met de onvoorspelbare Alex en met een auto waarin ze amper durfde te rijden. 'Ik dacht dat ik misschien de keuken zou kunnen schilderen. Of vind je dat vervelend?'

'Nee, natuurlijk niet. Ik moet toch de stad in, naar de bank. Dus dan zouden we op de terugweg verf kunnen halen bij de doe-het-zelfwinkel.' Sebastian keerde zich naar haar toe en streelde haar wang. 'Je bent een wonder, Emilie. Echt waar.'

Sebastian vertrok de volgende ochtend al heel vroeg naar Londen. Boordevol plannen, waaronder een begin maken met het verven van de keuken, ging Emilie naar beneden en zette neuriënd koffie. Toen ging ze aan het werk.

Tegen lunchtijd had ze de hele muur rond de schoorsteenmantel al geschilderd. Stom dat ze niet aan Sebastian had gevraagd om haar te helpen de enorme ladekast te verschuiven die bijna een hele muur in beslag nam. Terwijl ze een boterham zat te eten, hoorde ze aan de voorkant van het huis een auto aankomen en even later weer vertrekken. In de veronderstelling dat het de postbode was, besteedde ze er verder geen aandacht aan. Na de lunch begon ze aan de muur van het aanrecht.

'Hallo, daar ben ik weer,' klonk het achter haar in het Frans.

Ze draaide zich om, en de moed zonk haar in de schoenen. Alex stond met zijn rolstoel bij de keukendeur.

'Wat doe jij hier?' Door de zenuwen klonk ze norser dan ze wilde.

'Ach, het is tenslotte ook mijn huis,' antwoordde hij vriendelijk. 'En ik kom je even laten weten dat mijn verzorgster de benen heeft genomen.'

'O, Alex! Wat heb je nou weer gedaan?' Emilie stond nog boven op de ladder, maar begon aarzelend de treden af te dalen.

'Hè, nee!' zei hij in gespeelde afschuw. 'Begin jij me nou niet óók als een klein kind te behandelen.'

'Wat verwacht je dan? Ik ben hier pas een week, en er zijn al twee verzorgsters op hoge poten vertrokken.'

'Ik hoor het al. Je bent volledig gehersenspoeld door mijn broer,' zei Alex verdrietig.

'Dat is niet waar. Echt niet,' antwoordde Emilie in het Engels, om te onderstrepen dat hij het helemaal mis had.

'Ik vind het leuk hoe je "echt niet" zegt, met dat prachtige Franse accent.' Hij grijnsde.

'Probeer niet van onderwerp te veranderen.' Emilie schakelde weer over naar het Frans.

'Sorry. Afijn, ze is weg. Dus we zullen het samen moeten zien te rooien.'

'Dan moet ik onmiddellijk het uitzendbureau bellen om iemand anders te sturen.'

'Wil je dat alsjeblieft niet doen? Wil je het alsjeblieft een paar dagen aankijken? Ik wil Seb en jou zo graag bewijzen dat ik echt voor mezelf kan zorgen. Als ik beloof dat ik me netjes gedraag – geen drank, geen drugs, geen drinkgelagen in de plaatselijke pub et cetera...' Alex keek haar aan met een blik van wanhoop. 'Het enige wat ik vraag, is uitstel van executie. Bij de eerste tekenen van wangedrag kun je de reservisten oproepen.' Hij schudde zijn hoofd. 'En je hebt geen idee hoezeer ik daar níét op zit te wachten.'

Emilie voelde zich voor een dilemma geplaatst. Ze moest haar man bellen en het met hem bespreken. Anderzijds, als ze dat deed zou hij bijna zeker op stel en sprong naar huis komen. En dat was ongetwijfeld het laatste wat hij wilde, gezien de dringende noodzaak om zich eindelijk weer aan zijn galerie te kunnen wijden.

Emilie nam een besluit. Als Sebastians vrouw zou ze in zijn plaats afspraken maken met zijn broer.

'Akkoord,' zei ze dan ook. 'Is er iets waar ik je mee moet helpen?' Ze zette een voet op de onderste tree van de ladder om de lastige bovenhoek af te schilderen.

'Nee, op dit moment niet.'

'Laat het me weten als er iets is.' Ze keerde hem de rug toe, klom verder de trap op en doopte haar kwast in de verf.

Beneden haar bleef het stil. Emilie concentreerde zich op de streken met haar kwast.

'Mooie kleur. Goed gekozen,' zei Alex ten slotte.

'Dank je. Het wordt echt mooi, vind ik.'

'Ja, dat vind ik ook. Gelukkig maar, want formeel gesproken is de keuken voor de helft van mij.'

'Dat klopt.'

Weer een stilte. 'Kan ik helpen?' klonk het toen van beneden.

Emilie had een spottende opmerking kunnen maken, maar dat deed ze niet. 'Nee hoor, ik red me wel.'

'Ik kan anders uitstekend met een verfroller overweg,' zei Alex, alsof hij haar gedachten kon lezen.

'Oké. Er ligt er nog een op het aanrecht. Giet maar wat verf in het bakje.'

Emilie sloeg hem onopvallend gade terwijl hij zich naar de gootsteen bewoog, het blik verf pakte en er behendig wat uit schonk in het bakje. 'Zal ik hier beginnen?' Hij wees naar de muur links van de ladekast.

'Graag. Het is jammer dat ik die kast niet van zijn plaats krijg.'

'O, maar daar kan ik je wel mee helpen. Ik ben in mijn bovenlijf sterker dan de meeste mensen met gezonde benen. Dus die kast krijgen we samen wel van zijn plaats.'

'Oké.' Emilie klom van de ladder en begon de bovenste planken leeg te halen, terwijl hij hetzelfde deed met de onderste. Daarna schoven ze de kast samen weg van de muur.

'Vertel eens wat over jezelf,' zei Alex op kameraadschappelijke toon toen Emilie opnieuw de ladder op klom en hij de muur begon te rollen.

'Wat wil je weten?'

'Gewoon, de standaardinformatie: leeftijd, rang en serienummer, dat soort dingen.' Hij glimlachte.

'Oké, ik ben eenendertig, geboren in Parijs. Mijn vader was veel ouder dan mijn moeder, dus hij is al overleden toen ik nog heel jong was.' Emilie was vastberaden zich tot het minimum te beperken zonder onbeleefd te zijn. 'Ik ben dierenarts, ik had een appartement in Le Marais, en nadat mijn moeder was overleden, heb ik je broer leren kennen. Dat is eigenlijk alles.'

'Volgens mij doe je jezelf te kort,' merkte Alex op. 'Om te beginnen stam je uit een van de oudste adellijke families van Frankrijk. Het overlijden van je moeder heeft zelfs *The Times* gehaald.'

'Weet je dat van je broer?'

'Nee, dat weet ik omdat ik het zelf heb opgezocht. Op internet.'

'Als je alles al weet, vanwaar dan al die vragen?'

'Ik ben geïnteresseerd in wat je over jezelf te vertellen hebt. We zijn nu tenslotte familie. En eerlijk gezegd ben je heel anders dan ik had verwacht. Gezien je achtergrond ben ik verbaasd dat je niet de prototypische, verwende, Franse prinses bent. Zo'n vrouw die haar overdaad aan zelfvertrouwen ontleent aan haar deftige achternaam. De meeste jonge vrouwen uit jouw milieu zouden er niet voor kiezen dierenarts te worden. Die gingen liever op zoek naar een rijke man uit de juiste kringen en die zouden hun tijd verdelen tussen de

Cariben, de Alpen en St. Tropez, afhankelijk van de tijd van het jaar.'

'Je hebt zojuist een treffende beschrijving gegeven van het leven van mijn moeder.' Emilie veroorloofde zich een glimlach.

'Aha!' Alex gebaarde triomfantelijk met zijn verfroller. 'Dus je hebt gekozen voor een leven dat diametraal tegenovergesteld is aan dat van je moeder. De vraag is...' Hij wreef zogenaamd nadenkend over zijn kin. '... waarom? Misschien had je moeder het zo druk met mooi zijn en uitgaan en ontvangen dat ze geen tijd had voor jou. En misschien had je een afkeer van de luxe, de pracht en de praal, de overvloed in haar leven omdat jij daardoor altijd op de tweede plaats kwam. Ze was de ultieme chique Française, en misschien had je het gevoel dat je nooit aan haar verwachtingen kon voldoen. Je voelde je onbemind en verwaarloosd door je moeder. Met als gevolg dat je opgroeide met een erg laag zelfbeeld. En dus wees je je geboorterecht af, want je had het gevoel dat je geboorterecht jou afwees, net zoals je moeder dat deed. Daarom koos je voor een heel ander bestaan.'

Emilie was zo geschokt dat ze zich moest vastgrijpen aan de ladder.

'En toen je voor de keus stond wat je wilde worden, koos je voor een verzorgend beroep. Dierenarts. Want verzorgend, dat was je moeder nooit geweest.' Alex was niet meer te stuiten in zijn messcherpe analyse. 'En wat de mannen betreft... Ik betwijfel of je veel vriendjes hebt gehad. En toen verscheen mijn broer ineens op het toneel, als de prins op het witte paard. En je viel als een blok voor hem...'

'Zo is het wel genoeg! Hoe kun je dat soort dingen zeggen? Je kent me niet eens!' Emilie beefde zo dat de ladder begon te wiebelen. Uit angst om te vallen klom ze naar beneden. 'Hoe dúrf je zo tegen me te praten?' Ze liep naar hem toe. 'Waar haal je het lef vandaan? Je weet niets van me! Helemaal niets!'

'Aha...' Alex grijnsde. 'Ik heb een gevoelige snaar geraakt! De hooghartige Franse prinses schuilt toch ergens diep binnen in je, hoezeer je ook je best doet haar te verbergen.'

'Genoeg, zei ik!'

Voordat ze besefte wat ze deed, haalde ze uit en sloeg ze hem hard in het gezicht. Het geluid van de klap schalde door de keuken. Emilie stond als verstard, geschokt door wat ze had gedaan. Ze had iemand geslagen! Voor het eerst in haar leven!

'Au!' Alex wreef over zijn wang.

'Neem me niet kwalijk. Dat had ik niet mogen doen,' zei Emilie haastig, vervuld van afschuw.

'Het geeft niet. Ik had het ernaar gemaakt,' zei Alex berouwvol. 'Ik ben weer eens te ver gegaan. Het spijt me.'

Zonder iets te zeggen wendde ze zich af en liep de keuken uit. In de hal begon ze te rennen, en ze vloog met twee treden tegelijk de trap op. Boven gooide ze hijgend de deur van de slaapkamer achter zich dicht, ze draaide de sleutel om in het slot en wierp zich op het bed.

Hulpeloos, met het gevoel dat ze genadeloos was ontleed, begon ze te snikken. Hoe kon hij doen alsof hij alles van haar wist? Hoe kon hij zo'n wreed spel met haar spelen, hoe kon hij misbruik maken van haar diepste gevoelens om haar te vernederen?

Wat was hij voor monster?

Ze trok een kussen over haar hoofd. Zou ze Sebastian bellen, om te zeggen dat ze hier niet langer kon blijven en dat ze naar Londen kwam? Ze zou met de Land Rover naar het station kunnen rijden, en dan kon ze over een paar uur veilig in zijn armen liggen.

Nee, zei ze tegen zichzelf. Geen sprake van. Ze was voor Alex gewaarschuwd. Hij was een aartsmanipulator, en ze mocht zich niet laten kennen. Ze mocht niet hulpeloos als een klein kind naar haar man vluchten. Die had bovendien al genoeg aan zijn hoofd. Ze zou moeten zorgen dat ze zich staande hield... Alex was gewoon een verveelde kleine jongen die ervan genoot haar uit te dagen. Als Sebastians vrouw zou ze in de toekomst voortdurend met hem te maken krijgen, dus ze moest nu meteen zorgen dat ze de situatie weer onder controle kreeg.

Gekalmeerd door dat voornemen, maar uitgeput van woede, viel ze in slaap.

En het laatste wat ze dacht, was dat Alex met alles wat hij over haar had gezegd, gelijk had gehad.

Toen ze wakker werd, was het donker. Ze voelde zich uitgeput en gedesoriënteerd. Op haar horloge zag ze dat het even over zessen was. Ze sloop de trap af, deed onderweg overal het licht aan en hoopte vurig dat Alex was teruggegaan naar zijn eigen vleugel. Angstig deed ze de keukendeur open. Tot haar opluchting was er niemand. Toen ze de ketel opzette zag ze dat de kwasten keurig schoongemaakt op het afdruiprek lagen. Tegen de fruitschaal op de tafel stond een briefje.

Lieve Emilie,
Het spijt me echt heel erg dat ik je van streek heb gemaakt. Ik ging zoals gewoonlijk weer veel te ver. Kunnen we opnieuw beginnen, met een schone lei? Bij wijze van verontschuldiging heb ik eten gekookt. Kom alsjeblieft naar hiernaast wanneer je er klaar voor bent.
Met oprechte groet,
Alex

Emilie liet zich met een zucht op een stoel vallen. Hoe moest ze hierop reageren? Het briefje was duidelijk een uitgestoken hand. Ondanks haar antipathie zou ze toch een soort wapenstilstand moeten sluiten. Ze woonden tenslotte onder hetzelfde dak. Bovendien had Alex weliswaar veel over haar gezegd, maar niets negatiefs, bedacht ze terwijl ze een kop thee maakte. Waar ze zich aan stoorde, was dat hij een intimiteit had verondersteld waar nog helemaal geen sprake van was. Hij kende haar nauwelijks, toch had hij haar feilloos beschreven… en haar volledig uit haar evenwicht gebracht.

Verder was er een praktische overweging waar ze rekening mee moest houden. Ze had geen idee of hij inderdaad voor zichzelf kon zorgen. Morgen zou ze het uitzendbureau bellen voor een nieuwe hulp, dacht ze terwijl ze een slok thee nam. Sebastian had het nummer naast de telefoon gelegd. Die avond moest ze in elk geval even gaan kijken of alles in orde was. Dat hij had gekookt – bonen op toast, waarschijnlijk – betekende nog niet dat ze moest blijven eten.

De telefoon ging. Emilie liep ernaartoe en nam op.

'Hallo, lieverd, met mij.'

'Hallo, "mij".' Emilie glimlachte bij het horen van de stem van haar man. 'Hoe gaat het? En hoe is het in Londen?'

'Erg druk. Ik ben nog steeds bezig me door de enorme hoeveelheid opgehoopte administratie heen te werken. Maar ik wilde even weten of thuis alles in orde is.'

Emile aarzelde slechts heel even. 'Ja hoor, hier is alles in orde,' zei ze toen welbewust.

'En Alex bezorgt je geen problemen?'

'Nee, hoor.'

'Ben je niet al te eenzaam?'

'Nou, ik mis je wel, maar verder gaat het prima. Ik ben met de keuken begonnen.'

'Wat goed! Nou, welterusten dan maar. Je hebt mijn mobiele nummer. Ik bel je morgen.'

'Ja. Werk niet te hard.'

'Jawel, maar dat is voor een goede zaak. Ik hou van je, schat.'

'Ik hou ook van jou.'

Emilie hing op en raapte al haar moed bij elkaar om bij Alex langs te gaan. Terwijl ze door de gang naar de oostelijke vleugel liep, vroeg ze zich af wat ze daar zou aantreffen. De deur van het appartement stond op een kier. Emilie haalde diep adem en klopte aarzelend.

'Kom maar binnen! Ik ben in de keuken.'

Emilie duwde de deur verder open en kwam in een kleine hal. Ze volgde het geluid van zijn stem en sloeg rechts af, naar wat blijkbaar de zitkamer was. Een prettig, rustig vertrek, met nergens ook maar een zweem van de chaos en de wanorde die ze had verwacht. De muren waren zachtgrijs geschilderd, voor de ramen hingen lichtbeige linnen gordijnen. Er brandde een knappend vuur in de open haard tussen twee boekenwanden die van de vloer tot het plafond reikten en waarvan de inhoud keurig was gerangschikt. Eén muur werd in beslag genomen door een comfortabele, moderne bank met daarboven een verzameling ingelijste zwart-witlitho's. Aan weerskanten van de haard stond een elegante, fraai gestoffeerde antieke stoel. Boven de schoorsteenmantel hing een grote, vergulde spiegel, en op de glimmend gepoetste salontafel stond een vaas met verse bloemen.

De orde, de netheid en de aandacht voor detail waren zo onverwacht – zeker in vergelijking met de sombere, verwaarloosde staat van de rest van het huis – dat Emilie opnieuw in verwarring dreigde te raken. De zachte klassieke muziek uit verborgen geluidsboxen droeg bij aan de verstilde sfeer.

'Welkom in mijn nederige stulp.' Alex verscheen in een deuropening aan de andere kant van de kamer.

'Wat is het hier... mooi,' liet ze zich ontvallen. Het was precies zoals ze zelf een kamer zou willen inrichten.

'Dank je wel. Als je dan toch je hele leven opgesloten moet zitten, kun je je gevangenis maar beter zo aangenaam mogelijk maken. Vind je ook niet?'

Emilie kreeg amper de tijd om te knikken.

'Het spijt me van vanmiddag,' vervolgde hij onmiddellijk. 'Echt waar. Het was onvergeeflijk. En het zal nooit meer gebeuren. Dat beloof ik. Het was onverdiend. Kunnen we alsjeblieft proberen het te vergeten en een nieuwe start maken?'

'Ja. En het spijt mij ook. Dat ik je heb geslagen.'

'O, maar dat begrijp ik heel goed. Ik slaag er telkens weer in mensen tegen de haren in te strijken. En soms doe ik dat zelfs expres, moet ik bekennen. Dat zal de verveling wel zijn.' Hij zuchtte.

'Je bedoelt dat je het leuk vindt om mensen op de proef te stellen?' vroeg Emilie. 'Om ze tot het uiterste te brengen? Om ze te overrompelen, door hardop dingen te zeggen die bijna niemand durft uit te spreken? Om mensen tot ontboezemingen te brengen, om ze zover te krijgen dat ze zich laten gaan, waardoor jij de controle hebt over de situatie?'

'*Touché*, madame.' Er stond respect in zijn ogen te lezen. 'Na deze messcherpe repliek, in combinatie met die klap van vanmiddag, lijkt het me dat we quitte staan. Vind je ook niet?' Hij stak zijn hand uit.

Emilie liep naar hem toe en legde de hare erin. 'Akkoord. We staan quitte.'

'Zie je nou wat er gebeurt? Ik heb je verborgen temperament naar boven gehaald. Je hebt de uitdaging aanvaard en gepareerd, je bent er niet voor teruggeschrokken.'

'Alex...'

'Oké,' bond hij haastig in. 'Genoeg mentaal sabelgekletter. Ik heb een heel aardige fles Raspail-Ay opengemaakt. Die had ik bewaard voor een speciale gelegenheid. Mag ik je een glas inschenken?'

Het klonk erg verleidelijk. Ze kende de zijdezachte rhônewijn die haar ouders zo vaak hadden geschonken.

'Een kleintje dan,' stemde ze toe.

'Zoals je wilt. En als je dat prettiger vindt, drink ik niet met je mee. Ik kan je verzekeren dat ik mijn alcoholgebruik volledig onder controle heb. Maar weet je, met af en toe een glaasje is het leven zo veel leuker. Als je terugkijkt in de geschiedenis zie je dat alcohol sinds mensenheugenis is gebruikt om de weg door het leven iets minder zwaar te maken.' Alex draaide zich om en reed naar de keuken. 'Zelfs Jezus oogstte applaus omdat hij water in wijn wist te veranderen. En van de middeleeuwen tot de victoriaanse tijd begon iedereen de dag met een kroes bier of gegist druivensap in plaats van een shot cafeïne. Water kon je niet drinken, want dan kreeg je tyfus of de pest. Of de een of andere gruwelijke parasiet die je maagwand wegvrat. En dus werd er de hele dag door alcohol gedronken, tot ze tegen bedtijd volslagen laveloos waren.' Hij grinnikte.

'Ja, daar zit iets in.' Emilie glimlachte.

'En trouwens, wat is er mis mee om althans de scherpe kantjes van de harde werkelijkheid te halen?' vroeg Alex. 'Op de keper beschouwd is het leven één lange, moeizame tocht naar de dood. Dus waarom zou je het jezelf onderweg niet zo aangenaam mogelijk maken?'

Emilie was hem gevolgd naar de kleine, maar moderne, ergonomisch ingerichte keuken met veel glas, roestvrijstaal en gelamineerde witte kasten. Alles glom en blonk en was onberispelijk schoon. Op een verlaagd middenblok stond de wijn, ontkurkt maar onaangeroerd.

'Maar dan toch wel alles met mate?' Ze keek hem aan.

'Precies. En daar ben ik soms de fout ingegaan,' gaf Alex toe. 'Maar dat gebeurt me niet meer. Je kunt aan mijn huis wel zien dat ik een soort controlfreak ben geworden. Alles moet precies zoals ik het wil. En dat geldt ook voor mezelf. Het moet zo en niet anders.'

'En wat is "zo" in jouw geval?'

'Goeie vraag.' Alex pakte de fles wijn, schonk twee glazen in en gaf er een aan Emilie. '"Zo" is op zich een vaag begrip. Maar in mijn geval, na een jeugd waarin ik er nogal een puinhoop van heb gemaakt – om redenen waar we het een andere keer over zullen hebben – komt het erop neer dat ik alles zo veel mogelijk onder controle wil hebben. En daar valt mijn omgeving ook onder.' Hij nam een slok wijn. 'Trouwens, als ik ook maar enigszins beneveld dreig te raken kun je altijd nog naar je edwardiaanse museum ontsnappen. Dus er is geen enkele reden om bang te zijn.'

'Ik ben niet bang voor je, Alex,' zei Emilie op besliste toon.

'Mooi zo.' Alex keek haar aan met de veelbetekenende blik die ze inmiddels van hem kende en hief zijn glas. 'Op je huwelijk.'

'Dank je wel.'

'En op een nieuw begin voor ons. Wat het eten betreft, ik ben ervan uitgegaan dat je, als Française, nog liever Brits zou worden dan vegetariër. Dus ik heb biefstuk op het menu staan.'

'Lekker.' Emilie keek toe terwijl hij twee gemarineerde lendebiefstukken uit de koelkast haalde en op het keukenblok legde. Daarop keerde hij zijn rolstoel naar de lage oven, waarin al iets stond te garen, en controleerde of alles goed ging.

'Kan ik iets doen?' vroeg Emilie.

'Nee, dank je. Geniet van je wijn. De salade is al klaar. Vind je het erg om hier te eten? De eetkamer is een beetje formeel voor twee personen.'

'Heb je ook een eetkamer?'

'Ja, natuurlijk.' Alex trok een wenkbrauw op.

'Nee hoor, ik vind het helemaal niet erg om hier te eten. Hoe doe je je boodschappen?' vroeg ze.

'Kwestie van aan huis laten bezorgen.' Hij glimlachte. 'Ik bel de lijst door naar de biologische supermarkt, en dan komen ze het brengen.'

'Goed om te weten,' zei Emilie, en opnieuw was ze verrast en onder de indruk van de efficiënte manier waarop hij zijn leven had ingericht. 'Zijn er ook dingen die je niet kunt?'

'In praktische zin kan ik bijna alles. Daarom vind ik het ook zo frustrerend dat me voortdurend verzorgsters worden opgedrongen. Natuurlijk, net na het ongeluk was er heel veel wat ik niet kon. Toen had ik de thuiszorg die Seb voor me regelde, hard nodig. Maar de afgelopen twee jaar heb ik me leren aanpassen. Bovendien ben ik veel sterker geworden in mijn bovenlichaam, dus ik kan me verplaatsen en ik kan mezelf in en uit mijn rolstoel tillen,' legde hij uit. 'Natuurlijk heb ik me weleens ergens op verkeken, met als gevolg dat ik op de grond belandde, maar dat gebeurt gelukkig steeds minder.' Hij schepte de dressing door de sla en zette de schaal op tafel. 'Een van mijn grootste ergernissen is dat alles zo lang duurt. Als ik 's avonds naar bed ga en ik heb mijn boek in de kamer laten liggen, dan moet ik zien dat ik weer in mijn stoel kom, ik moet erheen rijden, en terug, en dan moet ik mezelf weer in bed hijsen. Douchen en aankleden… dat duurt ook allemaal eindeloos. Elke normale menselijke actie moet worden voorbereid als een militaire operatie. Maar de mens beschikt over een groot aanpassend vermogen, dus mijn hersens hebben mijn ongebruikelijke lichamelijke vereisten inmiddels volledig ingeprogrammeerd, en die routine werkt uitstekend.'

'Denk je dat je het zonder hulp zou kunnen redden?' vroeg Emilie.

'Kijk om je heen!' Alex gebaarde weids met zijn armen. 'Ik zit in een opgeruimd appartement en ik heb eten voor je gekookt. Alleen, zonder hulp! Ik heb Sebastian keer op keer gezegd dat ik me uitstekend weet te redden, maar hij luistert gewoon niet.'

'Nou ja, misschien is hij bezorgd en wil hij niet dat er ongelukken gebeuren.'

Alex zuchtte. 'Laten we nu meteen afspreken dat we het niet over mijn broer hebben, of over zijn beweegredenen. Het is voor alle betrokkenen beter als we dat onderwerp mijden.'

'Er valt hem toch nauwelijks iets te verwijten?' zei Emilie. 'Hij heeft kosten noch moeite gespaard om te zorgen dat het je hier aan niets ontbreekt. En dat terwijl zijn gedeelte van het huis dringend zou moeten worden opgeknapt.'

Alex lachte honend. 'Zoals ik al zei, we kunnen het beter niet over mijn broer hebben. Ga lekker zitten. We kunnen eten.'

Het was al half twaalf toen Emilie hem welterusten wenste en de deur openduwde naar haar koude, sombere kant van het huis, die extra koud en somber leek na het schone, moderne appartement van Alex. Toen ze de trap op liep naar haar slaapkamer, voelde ze zich als Alice die door de spiegel was gevallen.

De verwarming in het hoofdgedeelte van het huis was al uren eerder afgeslagen, dus het was ijskoud in haar slaapkamer. Zo snel als ze kon, kleedde ze zich uit en kroop ze onder de dekens. Ze had helemaal geen slaap. Integendeel, ze voelde zich uitgelaten en geïnspireerd na een avond in zulk briljant gezelschap.

Kalm en ontspannen dankzij de uitgelezen rhônewijn, had ze met Alex over Parijs gepraat, waar hij twee jaar had gewoond, en over zijn favoriete Franse schrijvers. Van Parijs waren ze overgestapt op muziek en wetenschap, en Emilie was diep onder de indruk geraakt van zijn enorme, buitengewoon brede, culturele onderlegdheid.

Toen ze haar bewondering daarvoor uitsprak, had Alex nonchalant zijn schouders opgehaald. 'Dat is een van de voordelen als je platzak in een grote stad bent. Dan zijn musea, galeries en bibliotheken de ideale plekken om warm te blijven en je tijd door te brengen. Bovendien heb ik een fotografisch geheugen.' Hij had haar glimlachend aangekeken toen ze die bewering in twijfel had getrokken. 'Het is echt waar, en het kan soms heel irritant zijn. Ik ben net een olifant. Ik vergeet niets. Dus je bent gewaarschuwd.'

Nadat ze aan de keukentafel hadden gegeten, waren ze naar de zitkamer verhuisd, waar hij zich behendig vanuit zijn rolstoel op de bank had weten te werken. Op de merkwaardige stand van zijn benen na, had hij er heel gewoon uitgezien. Pas toen hij niet meer in zijn rolstoel zat, was het tot haar doorgedrongen hoe lang hij was. Desgevraagd had hij dat bevestigd. Hij was ruim één meter zeventachtig, zei hij. En dat was mooi meegenomen voor iemand met zijn handicap, want dankzij die extra centimeters had hij meer 'reikvermogen'.

Alex was een erg aantrekkelijke man, bekende Emilie tegenover zichzelf. En zuiver objectief bekeken was hij veel knapper dan zijn broer. Door zijn uiterlijk, gecombineerd met zijn onmiskenbare charisma en zijn intelligentie, durfde Emilie zich nauwelijks voor te stellen hoeveel vrouwenharten hij vóór het ongeluk had gebroken. Trouwens, dat zijn benen verlamd waren deed in geen enkel opzicht afbreuk aan zijn mannelijke uitstraling. Hij voelde zich overduidelijk geen slachtoffer.

Emilie vergeleek Sebastians vernietigende kenschets van zijn broer met de welbespraakte, gerijpte man met wie ze de avond had doorgebracht. En ze dacht aan hun eerste ontmoeting, aan de rustige, efficiënte manier waarop hij haar door een paniekaanval heen had geholpen.

Wie was de ware Alex Carruthers?

Ze viel in slaap met de vraag hoe het voor haar man moest zijn geweest om – net als Falk in het verhaal van Jacques – altijd in de schaduw te staan van zijn broer.

18

Toen Emilie de volgende morgen de keuken binnenkwam om water op te zetten, was ze verrast Alex daar aan te treffen. Hij had de onderste helft van de muur achter de ladekast al gedaan.

'Goeiemorgen, slaapkop,' begroette hij haar vrolijk.

Emilie bloosde verlegen en wenste dat ze zich had aangekleed, in plaats van in haar nachthemd, een visserstrui en een paar dikke sokken van Sebastian naar beneden te gaan. Maar ze had niet op gezelschap gerekend. En ze voelde zich in de verdediging gedrongen. 'Het is pas half acht,' zei ze, terwijl ze de ketel opzette.

'Ik plaag je maar. Ik mag dan geen gevoel hebben in mijn benen, maar ze beginnen 's nachts vaak ongecontroleerd te trillen en te trekken. Met als gevolg dat ik doorgaans niet veel slaap krijg. Soms tintelen ze zelfs. Heel merkwaardig, maar volgens de dokter is dat een goed teken. Het zou erop kunnen duiden dat mijn gevoel terugkeert.'

'Echt waar? Dat zou geweldig zijn!' Emilie leunde tegen het aanrecht. 'Wat was de oorspronkelijke prognose?'

'O, wat ze altijd zeggen,' zei Alex luchtig. 'De zenuwen in mijn ruggengraat zijn beschadigd, en ze konden geen voorspelling doen of het gevoel daarin ooit zou terugkeren, maar dat leek hen niet waarschijnlijk... blablabla...'

'Maar ze hielden de mogelijkheid dat je ooit weer zou kunnen lopen wel open?'

'Nee, zo ver wilden ze niet gaan. Stel je voor! Je kunt een dokter tegenwoordig voor het gerecht slepen voor het wekken van valse hoop.' Alex glimlachte. 'Maar in plaats van eigenwijs te zijn en niet naar de heren doktoren te luisteren, ben ik een brave jongen geweest.

Ik heb keihard gewerkt met de fysiotherapeut in het ziekenhuis, en hier thuis ben ik met de oefeningen doorgegaan.'

'Maar nogmaals, de kans op herstel is dus niet volledig uitgesloten?'

'Ik weet het niet. Maar zolang er leven is... Afijn, ik was al voor dag en dauw aan het werk, dus ik vind dat ik wel een kop koffie heb verdiend.'

'Komt eraan!' Emilie vulde de cafetière met kokend water en pakte twee mokken uit de kast.

'Je snapt dat ik de bovenste helft van de muur aan jou overlaat. Het is nogal een vertoning als ik een ladder op moet klimmen.' Hij grijnsde. 'Heb je lekker geslapen?'

'Heerlijk. Alex?' vroeg ze toen een beetje aarzelend terwijl ze wachtte tot de koffie sterk genoeg was.

'Ja, Em? Vind je het goed als ik je Em noem? Die naam past bij je. Em klinkt op de een of andere manier zachter dan Emilie.'

'Van mij mag je. Ik heb eens nagedacht en... Nou ja, je bent heel anders dan ik verwachtte... na wat ik van Sebastian had gehoord.'

'Ach, ik geef mijn broer gewoon wat hij wil.' Alex haalde zijn schouders op.

'Wat bedoel je daar nou weer mee? Waarom zou Sebastian wíllen dat je je onmogelijk gedraagt?'

'Ik wil het niet over je man hebben. Dat heb ik je gezegd.' Alex wiebelde dreigend met zijn wijsvinger. 'En al helemaal niet 's ochtends in alle vroegte als ik onder de gele verf zit.'

'Maar waarom maak je het je verzorgers zo lastig dat de een na de ander haar biezen pakt?' Emilie gaf het niet op.

'Em,' zei Alex met een zucht, 'we hadden afgesproken dat we het er niet over zouden hebben. Het enige wat ik erover zeg is dat ik geen verzorging wil! En dat ik geen inspraak heb in de keuze van verzorgsters. Dus ik moet zien dat ik ze kwijtraak, maar fysiek kan ik niet voorkomen dat Sebastian ze op me af stuurt. Terwijl ik uitstekend voor mezelf kan zorgen. Dat heb ik je gisteravond al gezegd.'

'Weet je dat zeker? Weet je echt zeker dat je je alleen kunt redden?'

'Begin jij me nou alsjeblieft niet ook als een hulpeloze gehandicapte te behandelen.' Hij trok zijn wenkbrauwen op. 'Dat heb ik niet verdiend na gisteravond. Of had je iets op me aan te merken?'

'Nee, daar heb je gelijk in. Maar nu Sebastian er niet is, heb ik de verantwoordelijkheid en...'

'Em,' viel Alex haar in de rede. 'Niemand is voor mij verantwoordelijk. Jij al helemaal niet. Mijn broer mag dan denken dat hij de baas over me is, maar dat is een illusie. En in de korte tijd dat je hier bent, heb je kunnen zien dat ik er alles aan doe om die illusie door te prikken.'

'Wat ik probeer te zeggen, is dat Sebastian het me nooit zou vergeven als ik niet voor vervangende hulp zorg. Dat heeft hij me gevraagd en ik moet er niet aan denken dat er ongelukken gebeuren,' vervolgde Emilie.

'Er gebeuren geen ongelukken, Em.' Alex werd eindelijk ernstig. 'Dat beloof ik je. En hou nu alsjeblieft op me te betuttelen en doe iets nuttigs. Schenk koffie in.'

Een uur later zei Alex dat hij nog het een en ander te doen had, en hij vertrok naar zijn eigen vleugel. Emilie maakte de bovenste helft van de muur af en stipte zorgvuldig de plekken aan die ze had gemist. Terwijl ze bij het aanrecht stond en de verf van haar handen waste, zag ze door het raam dat er een lichtgroen waas zichtbaar werd onder het snel smeltende ijs. En omdat ze zo lang binnen had gezeten, besloot ze de omgeving een beetje te verkennen.

De zon scheen toen ze de achterdeur uitkwam. Achter de poort aan het eind van de geometrisch aangelegde tuin, die in de zomer ongetwijfeld schitterend was, lag een boomgaard. De oude bomen zagen er met hun kale takken uit alsof ze dood waren, maar het verrotte afgewaaide fruit dat eronder lag, bewees dat ze na de winter weer vrucht zouden dragen.

Terugkijkend naar het huis, vanaf de rand van een ernstig verwaarloosde tennisbaan, besefte Emilie dat Blackmoor Hall knus lag weggedoken in een ondiepe vallei tussen glooiende heuvels. In de verte kon ze aan de horizon vaag de donkere silhouetten van hogere toppen en rotsmassa's onderscheiden. Toen ze verder liep, zag ze dat het huis was omringd door grasland waar blijkbaar schapen graasden, te oordelen naar de bevroren keutels die overal verspreid lagen. Ze beklom een lage, met gras begroeide heuvel en constateerde dankbaar dat haar nieuwe thuis inderdaad een schitterende, zij het nogal kale uithoek van de wereld was.

Later die middag pleegde ze een aantal telefoontjes met Frankrijk. Er was met de architect en de aannemers afgesproken dat ze over een paar weken naar Gassin zou komen om te overleggen. En vooral om de opslag van haar vaders bibliotheek te begeleiden. Pas wanneer die was afgerond zou er serieus met de renovatie worden begonnen.

Bij een kop thee vroeg ze zich af of ze de vriendendienst moest retourneren door Alex die avond voor het eten uit te nodigen. Het raadsel van zijn verstandhouding met haar man en van de vijandigheid tussen de twee broers was iets wat ze tot op de bodem zou moeten uitzoeken. En wanneer kon ze dat beter doen dan als Sebastian in Londen zat?

Toen ze zijn appartement binnenkwam – ze had netjes aangeklopt – trof ze Alex achter de computer in zijn onberispelijk geordende studeerkamer.

'Sorry dat ik je stoor, maar heb je zin om vanavond te komen eten? En om de ladekast weer op zijn plek te zetten?'

'Heel graag.' Hij knikte. 'Tot straks dan!' Hij stak zijn hand op bij wijze van groet, volledig gefocust op het scherm van zijn computer.

'Wat zie je er mooi uit,' zei Alex bewonderend toen hij later op de middag de keuken binnenkwam. 'Die turkooisblauwe trui kleurt prachtig bij je teint.'

'Dank je wel.' Emilie ging er verder niet op in. 'Zullen we eerst de kast terugzetten? Dan kan ik daarna de keukentafel vrijmaken voor het eten.'

'Laat mij dat maar doen.'

Emilie keek toe terwijl hij met gemak de ladekast weer op zijn plaats schoof. Daarna ruimden ze samen de planken weer in, hij de onderste, zij de rest.

'Zo!' Emilie keek tevreden de keuken rond. 'Dat ziet er al veel beter uit, vind je ook niet?'

'Het is een openbaring! Ik zou bijna willen dat ik hier woonde.' Alex glimlachte. 'Je maakt het graag gezellig, hè Em?'

'Ach, ik kan niet tegen somberheid. Ik hou van licht en warmte.'

'Dat is logisch. Je hebt tenslotte een groot deel van je leven in Zuid-Frankrijk gewoond. Ik heb nog een goede fles wijn meegenomen, want ik weet toevallig dat er van de voorraad hier in de kelder alleen nog droesem over is, om in stijl te blijven. O, en ik heb nog iets voor je. Iets wat je misschien leuk vindt om te lezen.' Hij haalde een klein boekje uit het zijvak van zijn rolstoel. 'Volgens mij zijn ze geschreven door een familielid van je. Dus vandaar dat ik dacht dat je ze wel zou willen lezen. Ik vind ze aandoenlijk, zij het naïef.'

Alex ontkurkte de wijn en Emilie bekeek het oude, in leer gebonden notitieboekje. Ze sloeg het open op de eerste, vergeelde bladzijde en probeerde de tekst – in het Frans – te ontcijferen.

'Het zijn gedichten,' zei Alex ten overvloede. 'Het handschrift is erg slecht leesbaar, vind je ook niet? Ik ben uren bezig geweest om erachter te komen wat er stond. Kijk, ik heb ze uitgetikt.' Hij gaf Emilie wat vellen papier. 'Het lijkt wel alsof ze door een kind van vijf zijn geschreven, en in sommige gevallen was de dichter inderdaad nog heel jong. Maar naarmate ze ouder wordt, blijkt dat ze talent had. Heb je de naam gezien die eronder staat?'

'Sophia de la Martinières!' las Emilie. Niet-begrijpend keek ze op. 'Hoe kom je hieraan?'

'Een paar weken geleden haalde Seb een boek uit de bibliotheek. Over Frans fruit als ik me goed herinner. Toen had hij ook dit notitieboekje gevonden, zei hij. En hij gaf de gedichten aan mij om ze te ontcijferen. Weet jij wie Sophia de la Martinières was?'

'Ja. Sophia was mijn tante. De zuster van mijn vader. Hij had het niet vaak over haar, maar vlak voor mijn vertrek hierheen heb ik het verhaal van haar leven gehoord. Althans, het begin van het verhaal. Ze was blind.'

'Aha!' Alex trok een wenkbrauw op. 'Vandaar dat slecht leesbare handschrift.'

'En je zei dat Sebastian de gedichten heeft gevonden bij een boek over Frans fruit?'

'Daar had hij het over, ja.'

'Jacques – hij heeft me het verhaal verteld van je grootmoeder en Sophia in de oorlog – zei dat Constance een boek over fruitsoorten gebruikte om de vorm en de textuur van de vruchten te beschrijven, zodat Sophia ze kon tekenen. En hij vertelde ook dat Sophia gedichten schreef. Misschien heeft Constance de twee boeken na de oorlog mee naar Engeland genomen.'

'Wat een aandoenlijk verhaal,' zei Alex.

'Ja. Weet je waar dat boek over fruit is?' vroeg Emilie. 'Daar ben ik wel benieuwd naar.'

'Ik heb het niet meer gezien sinds Seb het uit de bibliotheek heeft gehaald,' zei Alex, plotseling alert. 'Ik kan natuurlijk niet op de bovenste planken zoeken. Dus misschien staat het daar.'

'Ik zal eens kijken, en als ik het niet kan vinden, vraag ik het aan Sebastian.' Emilie richtte haar aandacht weer op de gedichten. 'Ze zijn prachtig! Hieronder heeft Sophia haar leeftijd gezet.' Emilie wees op de handtekening. 'Ze was pas negen toen ze dit schreef. Het gaat over haar verlangen om te kunnen zien. Ik...' Emilie schudde haar hoofd, bijna tot tranen geroerd. 'Het is erg verdrietig.'

'Ik vind vooral deze erg mooi.' Alex bladerde het boekje door tot hij het had gevonden. '"Het licht achter het venster". Het heeft zo'n elegantie in zijn eenvoud, en de structuur van het rijm spreekt me ook aan. Kun je mij dat verhaal ook vertellen, Em? Over mijn oma's tijd in Frankrijk? Dat zou ik dolgraag willen horen.'

En dus vertelde Emilie, terwijl ze risotto kookte, alles wat ze van

Jacques over Constance had gehoord. Alex luisterde aandachtig, en als hij iets niet begreep, vroeg hij om nadere toelichting.

'Verder zijn we nog niet gekomen,' besloot Emilie toen ze de risotto op tafel zette. 'Het is puur toeval dat jouw familie en de mijne na al die jaren weer met elkaar in contact zijn gekomen.'

'Ja. Dat is inderdaad wel heel toevallig.' Alex pakte zijn vork.

Emilie keek hem aan. De zweem van ironie in zijn stem was haar niet ontgaan. 'Wat bedoel je daarmee? Als je denkt dat Sebastian bewust naar mijn familie op zoek is gegaan, dan vergis je je. Het was puur toeval dat we elkaar in Gassin tegenkwamen. Hij moest voor zijn werk in de Var zijn. En hij herkende me van de berichten in de kranten. Toen we aan de praat raakten, vertelde hij over de connectie tussen onze families.'

'Je zult wel gelijk hebben.'

'Natuurlijk heb ik gelijk,' verklaarde Emilie op besliste toon.

'Zullen we het over iets anders hebben?' stelde Alex voor.

De rest van de avond verliep niet half zo ontspannen als de avond daarvoor. De stemming bleef licht geforceerd. Alex vertrok meteen na het eten en Emilie nam een kop chocolademelk mee naar boven.

Er was geen enkele reden aan de beweegredenen van haar echtgenoot te twijfelen, dacht ze terwijl ze zich rechtop in bed tegen de kussens nestelde, met haar handen om de beker chocolademelk. En trouwens, wat deed het ertoe hoe ze elkaar hadden ontmoet? Ze waren verliefd geworden. En getrouwd.

Terwijl ze Sophia's ontwapenende, aandoenlijke gedichten las, vroeg ze zich af – en niet voor het eerst – waarom haar vader nooit over zijn jongere zusje had gesproken. Als kind had ze het bestaan van Sophia toevallig ontdekt door een schilderij aan de muur van haar vaders Parijse studeerkamer. Een schilderij van een prachtige jonge vrouw met een Perzische kat op haar schoot. Ze had goudblond haar dat over haar schouders golfde en lachende, turkooisblauwe ogen.

'Wie is dat, Papa?' had Emilie gevraagd.

Het was heel lang stil gebleven. 'Dat is mijn zus, je tante Sophia,' had Édouard ten slotte geantwoord.

'Ze is erg mooi.'

'Ja, dat was ze.'

'Is ze dood?'

'Ja.'

'Hoe komt het dat ze dood is, Papa?'

'Daar wil ik niet over praten, Emilie.' Er was een gesloten, afwerende uitdrukking op Édouards gezicht gekomen.

En misschien had ze wel tranen in zijn ogen gezien, dacht Emilie, terugkijkend op dat moment.

De volgende morgen raapte ze al haar moed bij elkaar en reed ze naar Moulton om boodschappen te doen voor het weekend. Sebastian arriveerde die avond met de trein van negen uur, dus hij zou om tien uur thuis zijn, had hij gezegd. Toen ze hem zag aankomen, vloog Emilie hem om de hals, dolgelukkig dat hij er weer was.

'Hoe ging het?' vroeg hij.

'Prima.' Ze trok hem mee naar de keuken. 'En, hoe vind je het?'

Sebastian keek om zich heen. 'Mooi! En wat een verschil!' zei hij bewonderend. 'Hoe heb je die ladekast in 's hemelsnaam van zijn plek gekregen?'

'Alex heeft me geholpen.'

'Alex?' Sebastians gezicht betrok. 'Wat deed die hier? Hij valt je toch niet lastig, hè?'

'Nee. Hij heeft zich keurig gedragen. Ik heb je een heleboel te vertellen, maar dat kan wachten tot morgen. Heb je trek? Ik heb soep gemaakt en vers brood gehaald.'

'Heerlijk.' Sebastian ging zitten. 'En ik lust ook wel een glas wijn, als we dat hebben.'

'Dat hebben we.' Emilie hield hem de fles voor die Alex de vorige avond had meegebracht en die nog halfvol was.

'Wat een heerlijke wijn,' zei Sebastian waarderend toen hij een slok had genomen. 'Die heb je vast niet bij de Spar hier in het dorp gekocht.'

'Nee, Alex bracht hem mee. Vertel...' vervolgde ze haastig, vastbesloten om het niet de rest van de avond over zijn broer te hebben. 'Hoe was het in Londen?'

'Nou, het is er nogal een puinhoop. Dat zei ik al door de telefoon. Maar ik kom er wel. Vandaag ben ik vooral bezig geweest om het contact met de klanten in mijn database te hernieuwen. Het ziet ernaar uit dat ik volgende week naar Frankrijk moet. De klant voor wie ik daar was toen ik jou ontmoette, is nog steeds geïnteresseerd, en ik denk dat ik misschien een Picasso voor hem heb gevonden. In een chateau vlak bij Menton.'

'Dat is niet ver van Gassin,' zei Emilie gretig. 'Misschien kan ik wel met je meegaan.'

'Dat zou leuk zijn, maar het is de moeite niet waard. Ik ga alleen maar even op en neer voor een bliksembezoek. Bovendien, ik dacht dat je zelf al plannen had om te gaan? Over een week of zo?'

'Ja, dat klopt. Ik mis het,' zei ze met een zucht.

'Dat kan ik me voorstellen.' Sebastian pakte haar hand. 'Het was ook niet bepaald een gezellig begin voor je, hier in Engeland. Maar ik beloof je, met de lente fleurt alles op. En eerlijk is eerlijk, ik vind het heerlijk dat je hier bent als ik thuiskom. De soep is verrukkelijk. Volgens het weerbericht blijft het droog dit weekend. Dus ik dacht erover om morgen wat in de omgeving rond te kijken, dan kan ik je een paar mooie plekjes laten zien.'

'Ja, dat lijkt me leuk! Het is wel raar om hier te zijn zonder jou.'

'Dat begrijp ik. En Engeland is natuurlijk hoe dan ook een enorme overgang voor je. Maar zoals ik een paar dagen geleden al zei, het is maar voor een paar maanden, op zijn hoogst een jaar. Daarna kunnen we bekijken waar we uiteindelijk willen wonen. Bovendien, na alle drukte van de afgelopen weken dacht ik dat je het wel leuk zou vinden om het even wat rustiger aan te doen en voor je kersverse echtgenoot te zorgen.'

'Dan moet die echtgenoot er wel zijn...'

'Emilie,' zei Sebastian zuchtend en met een zweem van ergernis, 'ik heb je gezegd dat ik mijn uiterste best zal doen. Maar zolang ik nog bezig ben mijn zaak weer op de rails te krijgen, ben ik bang dat we moeten roeien met de riemen die we hebben.'

Emilie nam het zichzelf kwalijk dat ze zo egoïstisch had gereageerd. 'Natuurlijk. Je hebt gelijk. En nu de keuken zo goed gelukt is, kan ik misschien nog meer kamers opknappen. Wat vind je? Onze slaapkamer bijvoorbeeld.'

'Ga je gang. Alles wat de boel opvrolijkt, heeft mijn zegen. Maar ik moet je wel waarschuwen. Als je eenmaal begint, kun je niet meer stoppen. Hoe dan ook, ik vind het geweldig dat je al die moeite wil doen. Zo, zullen we maar eens naar bed gaan? Ik ben doodmoe.'

'Ga jij vast lekker in bad, dan ruim ik hier op,' stelde Emilie voor.

'Bedankt.' Sebastian stond op. 'Want ik maak wel erg lange, zware dagen.'

Emilie hoorde hem de trap op lopen, en even later klonk het kreunen van de stokoude leidingen toen hij de kranen opendraaide. Haastig liep ze de keuken uit, de gang door, naar de vleugel van Alex, gekweld door schuldgevoel omdat ze haar man nog niet had verteld dat zijn broer alleen zat, zonder verzorging. Maar ze schrok terug voor de scène die onvermijdelijk zou volgen als Sebastian dat hoorde. 'Wie is daar?' klonk het op haar kloppen.

'Ik ben het, Emilie. Mag ik binnenkomen?'

'De deur is open.'

Alex zat te lezen in een stoel bij het vuur. Hij keek glimlachend op toen ze binnenkwam. 'Hallo.'

'Hallo. Ik kom alleen even kijken of alles in orde is.'

'Nee, zoals je ziet, ben ik laveloos. Op het punt te stikken in mijn eigen braaksel. Heb je Seb al verteld dat ik alleen ben, zonder oppas?'

'Nee, nog niet. Hij is doodmoe, dus daar wil ik hem nu niet mee lastigvallen. Ik zal morgen tegen hem zeggen dat je geen volledige zorg nodig hebt. En als hij per se toch iets wil regelen, dan zal ik voorstellen dat hij iemand zoekt voor een paar uur, om alleen wat huishoudelijk werk te doen. Dat scheelt hem tenslotte ook een hoop geld.'

Bij die laatste woorden trok Alex een wenkbrauw op. 'Em, ik...' Toen schudde hij zijn hoofd. 'Laat ook maar. Bedankt dat je het voor me opneemt. Dat ben ik niet gewend.'

'Graag gedaan, maar dan moet jij Sebastian wel laten zien dat je echt alleen maar wat huishoudelijke hulp nodig hebt,' zei ze nadrukkelijk.

'Natuurlijk, dat begrijp ik. En vloeren schrobben, bedden opmaken, daar ben ik inderdaad niet goed in. Doorgaans beland ik zelf in de hoes in plaats van het dekbed.' Hij grijnsde. 'Dus ik zal proberen braaf te zijn. Dat beloof ik. En bedankt voor je hulp. Welterusten.'

'Welterusten.'

Emilie bracht het onderwerp ter sprake toen ze de volgende dag met Sebastian in een knusse pub zat, in de uitgestrektheid van de heidegronden. Sebastian trok een gezicht als een oorwurm toen Emilie hem vertelde over het vertrek van de laatste verzorgster, maar ze voegde er haastig aan toe dat Alex, naar haar mening, zich heel goed alleen wist te redden en dat ze hem een kans moesten geven.

'Emilie,' zei Sebastian met een zucht, 'daar hebben we het al eerder over gehad. Het is erg lief van je dat je wilt helpen, maar ik denk dat je gewoon niet beseft hoe onvoorspelbaar Alex is. Stel je voor dat hij weer naar de fles grijpt? Of dat er iets gebeurt wanneer hij zichzelf in of uit zijn stoel werkt?'

'In dat geval hervatten we de volledige zorg. Dat weet hij, en dat is een goede stok achter de deur. Misschien zou hij minder gefrustreerd zijn als hij niet zo afhankelijk was,' hield Emilie vol. 'En als we bij ons een alarmknop laten installeren, weten we zeker dat er niets kan gebeuren.'

'En jij bent bereid die verantwoordelijkheid op je te nemen?' Sebastian nam een slok bier. 'Want ik heb de komende maanden simpelweg niet de tijd om toe te geven aan de grillen van mijn broer. En dat zullen er heel wat zijn. Dat weet ik uit ervaring.'

'Alex heeft me nog nergens om gevraagd. Sterker nog, hij heeft mij geholpen met het schilderen van de keuken. En hij heeft voor me gekookt.'

'Echt waar? Nou, hij heeft duidelijk alle registers opengetrokken voor een charmeoffensief. Sorry, Emilie.' Sebastian schudde zijn hoofd. 'Ik heb het al zo vaak zien gebeuren. En ik heb je gewaarschuwd hoe hij mensen weet te manipuleren. Je hebt je duidelijk al volledig laten inpakken. Misschien hoopt hij je wel zo ver te krijgen dat jij voor hem gaat zorgen. Hij vond het altijd al heerlijk om me alles af te pakken,' zei hij mokkend als een klein kind.

'Sebastian! Hoe kan je dat nou zeggen?' Emilie was geschokt door zijn onvolwassen reactie. 'Volgens mij zijn jullie allebei even erg. Want dat is natuurlijk onzin wat je zegt! Ik weet dat ik me er niet mee moet bemoeien, maar ik stel voor dat we het een tijdje op zijn manier proberen. Alex snakt ernaar onafhankelijk te zijn. Misschien wordt hij daardoor minder moeilijk in de omgang. Waarom zouden we hem niet de kans geven te bewijzen dat hij het alleen kan?'

Het bleef geruime tijd stil. 'Akkoord,' zei Sebastian ten slotte. 'Jij je zin. Maar zie je het dan niet? Hij heeft je precies waar hij je hebben wil. En als ik ga dwarsliggen, ben ik de boeman.'

'Dank je wel.' Ze legde sussend een hand op de zijne. 'Ik zou het gewoon zo fijn vinden als de sfeer in huis wat minder gespannen was. Vooral voor jou. Want ik hou van je. Zo, hebben we nog tijd om naar Haworth te rijden? Ik ben benieuwd naar de pastorie waar de gezusters Brontë hebben gewoond.'

Toen Sebastian zich die avond achter de computer in zijn studeerkamer had teruggetrokken, ging Emilie bij Alex langs. Hij zat in de keuken te eten.

'Sebastian gaat akkoord met mijn voorstel.'

De opluchting was van zijn gezicht af te lezen. 'Echt waar? Dat je dat voor elkaar hebt gekregen! Wow! Ik ben diep onder de indruk. Dank je wel, Em!'

'Ik zal de komende dagen op zoek gaan naar hulp in de huishouding, maar als er in de tussentijd iets moet gebeuren, dan weet je me te vinden.'

'Kom even zitten,' stelde hij voor.

'Nee, dat kan niet. Ik ben aan het koken.'

'Ach, natuurlijk.' Alex keerde zich weer naar zijn bord. 'Dan wens ik je een prettige avond.'

'Dank je. Ik jou ook.'

Sebastian was al in de keuken toen ze binnenkwam. 'Waar zat je nou? Ik heb je geroepen.'

'Ik heb even bij Alex om een hoekje gekeken. Alles is dik in orde.'

'Mooi zo.'

Sebastian was ongewoon stil tijdens het eten. 'Gaat het wel goed met je?' vroeg Emilie terwijl ze afruimde. 'Je lijkt een beetje van slag. Is er iets?'

'Nee. Of eigenlijk... Nou ja, er is wel wat. Kom eens bij me zitten.' Sebastian klopte op zijn knie.

Emilie kroop op zijn schoot en kuste hem teder op zijn wang. 'Vertel.'

'Oké... het klinkt kinderachtig en lomp... maar ik wil je niet delen.'

'Waar heb je het over?'

'Nou, dat lijkt me nogal duidelijk. Het charmeoffensief van Alex is geslaagd, en hij heeft je weten te overtuigen dat hij niemand nodig heeft om voor hem te zorgen. En omdat hij alleen is, voel jij je verplicht om in de gaten te houden of alles goed gaat. Je bent net ook al bij hem geweest. Op die manier lokt hij je naar zich toe en dwingt hij je aandacht aan hem te besteden. En ondertussen doet hij vast en zeker zijn beklag over zijn akelige grote broer en vertelt hij allerlei leugens over me.'

'Dat is gewoon niet waar! Alex heeft het nooit over je,' verklaarde Emilie met grote stelligheid.

'Nou, ik voel me er anders heel ongemakkelijk bij. Want ik ben vaak van huis, en dan weet mijn broer je natuurlijk telkens weer tot een knus tête-à-tête te verleiden. Dat zie ik al helemaal voor me. Je vindt dat ik overdreven reageer, maar je hebt geen idee hoe hij is. Ik heb het al eerder gezegd, ik sluit helemaal niet uit dat hij probeert je van me af te pakken.'

'Dat gebeurt niet.' Emilie streelde hem over zijn haar. 'Want ik hou van jou. En ik probeer Alex alleen maar te helpen.'

'Dat weet ik, liefste. En ik weet ook hoe onnozel het klinkt als ik zulke dingen zeg. Maar Alex is zo'n manipulator. We hebben het zo heerlijk samen. Ik wil niet dat hij dat kapotmaakt.'

'Dat gebeurt niet. Echt niet.'

'Misschien was het geen goed idee om je mee hierheen te nemen,' verzuchtte Sebastian. 'Maar gezien de omstandigheden hebben we geen keus.'

'Ik kan... We kunnen toch een appartement in Londen kopen? Dan zijn we altijd samen en...'

'Je begon met "ik".' Sebastians gezicht verstrakte. 'Ik ben me er volledig van bewust dat mijn rijke vrouw desnoods half Londen zou kunnen kopen! Maar gun je man zijn trots. Voor mijn gevoel van eigenwaarde moet ik dit alléén doen. Hoe moeilijk ik het ons ook maak.' Hij legde zijn hand onder haar kin en dwong haar hem aan te kijken. 'Begrijp je dat?'

'Ja.'

'Sorry. Het spijt me dat ik het je zo moeilijk maak, maar ik wil niet dat mensen denken dat ik met je getrouwd ben om je geld.'

'Dat is niet zo, en dat weet ik.'

'Dan is het goed. Zullen we naar bed gaan?'

Sebastian vertrok maandagochtend naar Londen en zou vandaar doorreizen naar Frankrijk. Het was stralend weer, dus toen Emilie in de schuur een oude fiets zag staan, besloot ze daarop naar het dorp te rijden. Daar aangekomen zette ze haar fiets tegen de winkel, ze liep naar binnen en ging in de rij staan bij de kassa.

'Wilt u dit op uw advertentiebord hangen?' Emilie gaf de vrouw achter de toonbank het kaartje waarop ze had geschreven dat ze hulp in de huishouding zocht.

De winkelierster bekeek de tekst, en toen ze zich vervolgens weer naar Emilie keerde, glinsterden haar ogen van nieuwsgierigheid. 'Natuurlijk, dat is een pond per week. Dus u bent de nieuwe Mrs. Carruthers? We hadden al gehoord dat Mr. Carruthers een vrouw uit Frankrijk had meegebracht.'

Ze sprak met een sterk plaatselijk accent, zodat het Emilie moeite kostte haar te verstaan. Het nieuwtje van haar komst had blijkbaar als een lopend vuurtje de ronde gedaan. Bovendien besefte Emilie dat ze zelf een duidelijk hoorbaar Frans accent had.

'Ja, dat ben ik. Ik betaal voor twee weken.' Ze haalde het geld uit haar tas.

'Komt voor de bakker!' De vrouw knikte. 'Maar ik betwijfel of u veel reacties zult krijgen. Als ik u was, zou ik het ook bij de plaatselijke krant proberen.'

'Dat zal ik doen. Merci. Eh... dank u wel.'

Emilie liep naar buiten en wilde alweer op haar fiets stappen toen er een vrouw haastig achter haar aan de winkel uit kwam.

'Mrs. Carruthers?'

Omdat ze er nog niet aan gewend was zo te worden aangesproken, duurde het even voordat Emilie besefte dat de vrouw het tegen haar had. 'Ja?'

'Ik ben Norma Erskine. Ik heb jaren in Blackmoor Hall gewerkt, als huishoudster. Net voordat u kwam, heb ik ontslag genomen.'

'Ja, dat heb ik van Sebastian begrepen,' zei Emilie.

'Hij kwam langs om te vragen of ik wilde terugkomen, maar ik heb gezegd dat ik er niets meer mee te maken wilde hebben. Wat hij ook zei, ik heb mijn poot stijf gehouden.'

Emilie nam haar op. Norma Erskine was een mollige, kleine vrouw met levendige, warme ogen. 'Het spijt me dat Alex u van streek heeft gemaakt,' zei Emilie verontschuldigend.

'Hm. Ach, er is in dat huis zo veel gebeurd wat u niet weet. En dat ga ik u ook niet vertellen,' zei Norma. 'Het enige wat ik zeg, is dat hun grootmoeder zich in haar graf zou omdraaien. Ik ben gebleven zo lang ik kon, want dat had ik haar beloofd. Maar op een gegeven moment kon ik er niet meer tegen. Afijn, leuk u te leren kennen. En ik hoop maar dat u wist waar u aan begon toen u met hem trouwde. Nou ja, dat zijn mijn zaken niet meer.'

'Ik heb al wel begrepen dat de situatie behoorlijk gecompliceerd ligt.' Emilie voelde zich in de verdediging gedrongen.

'En dat is nog heel voorzichtig uitgedrukt.' Norma rolde met haar ogen. 'Begint u zich al een beetje thuis te voelen?'

'Ja hoor, ik ben al aardig gewend. Dank u wel,' antwoordde ze beleefd.

'Nou, mocht u ooit trek hebben in een kop thee, ik woon in het laatste huis van het dorp, aan de linkerkant. Kom eens langs, kindje. Om te vertellen hoe het gaat.'

'Dank u wel. Dat is erg aardig van u.'

'Nou, tot ziens dan maar.'

'Tot ziens.' Toen Emilie op haar fiets stapte, ontging het haar niet dat Norma Erskine haar meewarig nakeek.

In de daaropvolgende dagen schilderde Emilie hun slaapkamer lichtroze. Ze reed naar Moulton en kocht lakens en een dik dekbed, want ze vond het beddengoed dat er lag, onaangenaam zwaar. Bovendien kriebelde het. Ze haalde de oude damasten gordijnen naar beneden en kocht banen voile om voor de ramen te hangen, waardoor het toch al schaarse licht optimaal de kans kreeg binnen te komen. Vervolgens ging ze op zoek naar wat minder sombere schilderijen voor aan de muren.

Later die avond liep ze even bij Alex binnen om te kijken of alles in orde was. Ze gaf hem haar mobiele nummer en drukte hem op het hart te bellen als hij hulp nodig had. Nadat Sebastian haar dat weekend deelgenoot had gemaakt van zijn ongerustheid, had ze besloten zo veel mogelijk afstand te bewaren tot zijn broer. Toen ze in de slaapkamer de laatste puntjes op de i had gezet, liep ze naar beneden om iets te eten te maken. De vaste telefoon ging.

'Hallo?'

'O, hallo. Met Mrs. Erskine?' vroeg een vrouwenstem.

'Nee, die werkt hier niet meer.'

'O. Is Sebastian thuis?'

'Nee, die zit in Frankrijk.'

'Echt waar? O, dan bel ik hem wel op zijn mobiele nummer. Bedankt.'

De verbinding werd verbroken. Emilie haalde haar schouders op en wijdde zich weer aan haar avondeten.

'Ik heb een erg aardig meisje voor je gevonden als hulp in de huishouding,' zei Emilie later die week. Alex zat achter zijn computer.

'Wat fijn.' Alex keek glimlachend op. 'Wie is het?'

'Ze heet Jo en ze woont nog bij haar ouders, hier in het dorp. Volgend jaar gaat ze naar de universiteit, maar ze heeft nu een tussenjaar en ze wil een extraatje verdienen.'

'Nou, het is alleen al leuk dat ze nog geen zestig is. Dat is weer eens wat anders,' merkte Alex op.

'Ze komt morgenmiddag kennismaken. Wil je alsjeblieft aardig tegen haar zijn?' vroeg ze smekend.

'Natuurlijk, Em.'

'Wat doe je?' vroeg Emilie, wijzend naar de voortdurende, snelle beeldwisselingen op het scherm van zijn computer.

'Ik handel.'

'Je handelt? Bedoel je in aandelen?'

'Ja. Maar denk erom dat je niks tegen mijn broer zegt. Want die zou het ten strengste afkeuren. Hij zou me waarschijnlijk beschuldigen van gokken en mijn computer in beslag nemen.' Alex strekte zijn armen boven zijn hoofd en legde zijn handen in zijn nek. 'Heb je trek in een kop thee?'

Emilie voelde zich schuldig omdat ze hem de laatste dagen had ontweken. Dus ze knikte. 'Ik zet het wel even.' Ze liep naar de keuken, die er geruststellend opgeruimd en schoon uitzag. 'Wil je suiker in je thee?'

'Eén klontje, graag.'

Terwijl ze wachtte tot het water kookte, wierp Emilie onopvallend een blik in de koelkast, om te zien of hij genoeg in huis had. En dat had hij. Tot dusverre ging alles goed... Alex had woord gehouden, hij gedroeg zich keurig. Emilie slaakte een zucht van verlichting en zette twee mokken, de theepot, de suikerpot en een kannetje melk op een blad.

'Neem alles maar mee naar de zitkamer,' zei Alex. 'Ik ben wel toe aan een pauze.'

Emilie deed wat hij zei en Alex volgde in zijn rolstoel.

'Hoe heb je dat geleerd? Die handel in aandelen?' vroeg ze terwijl ze thee inschonk en hem een kop gaf.

'Met vallen en opstaan. Ik ben een autodidact,' legde Alex uit. 'Het is de perfecte manier om toch wat te verdienen, ook al kom je de deur niet uit. En voor wie aan slapeloosheid lijdt, is er altijd wel ergens ter wereld een beurs die opengaat.'

'En loopt het goed?'

'Steeds beter. Ik doe het nu bijna anderhalf jaar, dus de periode van het zogenaamde beginnersgeluk ben ik voorbij. Trouwens, ik heb in het begin ook een paar stomme dingen gedaan, maar inmiddels mag ik niet klagen.'

'Het is een wereld waar ik helemaal niets van weet,' gaf Emilie toe.

'Ach, het stimuleert de hersens, en ik begin best aardig te verdienen. Maar vertel, hoe is het met jou?'

'Heel goed.'

'Verveel je je nog niet, helemaal alleen in je mausoleum?'

'Ik ben aan het schilderen geweest.'

'Aha! Dat is mooi.' Alex knikte. 'Ik vind het wel jammer dat ik je zo weinig zie.'

'Dat komt omdat ik het druk heb gehad.'

'Waarom blijf je niet eten? De biologische super heeft net geweldige foie gras bezorgd.'

'Ik heb nog erg veel te doen...'

'Dacht ik het niet? Seb heeft gezegd dat je bij me uit de buurt moet blijven.'

'Nee, dat is het niet.'

'Oké.' Hij hief met een berustende zucht zijn handen.

'Sorry.'

'Het is toch te gek voor woorden!' barstte hij uit. 'We zitten hier samen opgesloten, ver van de bewoonde wereld. Maar we eten alleen, allebei in ons eigen deel van het huis!'

'Ja, daar heb je wel gelijk in.'

'Oké. Dan zie ik je om een uur of half acht. En als jij niks zegt, zeg ik ook niks,' zei hij met een knipoog toen ze opstond en naar de deur liep.

Voordat Emilie later op de avond naar Alex terugging, probeerde ze Sebastian te bellen. Ze kreeg zijn voicemail, dus ze sprak een boodschap in, met een licht schuldgevoel omdat ze voor hem verzweeg dat ze die avond bij zijn broer ging eten. Sinds zijn vertrek op maandagmorgen had ze niets meer van haar man gehoord.

'Kom binnen, kom binnen!' Alex was in de zitkamer, waar hij het vuur opstookte. 'Ik heb net uitstekend nieuws ontvangen! Een van de beginnende oliebedrijven waarin ik alweer een tijd geleden had geïnvesteerd, heeft een succesvolle boring gedaan in de buurt van Quebec.'

'O, wat fijn voor je!'

'Bedankt!' Alex straalde. 'Wil je wit of rood?' Hij wees naar de twee flessen op de salontafel.

'Rood graag.'

'Trouwens, waar is Sebastian?' vroeg hij terwijl hij haar een glas overhandigde.

'Die zit in Frankrijk.'

'Je bent echt een beetje een onbestorven weduwe, hè? Misschien moet je eens voorstellen dat hij je meeneemt als hij op reis gaat.'

'Dat heb ik gedaan.' Emilie ging op de bank zitten. 'Maar hij heeft het veel te druk, zegt hij, en ik wil hem niet voor de voeten lopen. Dus misschien een andere keer.'

'En hoe denk je jezelf bezig te houden terwijl je zit te wachten tot manlief weer thuiskomt? Heb je daar al over nagedacht?'

'Nee, eigenlijk niet. Ik heb het tot nu toe steeds te druk gehad. Trouwens, de situatie is maar tijdelijk.'

'Ja, dat zal ook wel. Proost!' Alex nam een slok van zijn wijn.

'En jij? Ben jij van plan hier te blijven wonen?' vroeg Emilie.

'Ja. Tenminste, als dat lukt. Ik ben dol op dit huis. Altijd al geweest.'

'Waarom moest je dan zo nodig weg toen je jong was?'

'Ach, dat is een heel ander verhaal.' Alex keek haar aan. 'En gezien de omstandigheden kunnen we dat maar beter onbesproken laten.'

'Vertel me dan op z'n minst waarom je wel met je broer in één huis wil blijven wonen, terwijl jullie zo... Nou ja, jullie lijken me niet bepaald dikke vrienden. En stel nou eens dat Sebastian het huis niet kan aanhouden? Er moet zo veel aan gebeuren...'

'Emilie, dring nou niet verder aan. Laten we het over iets anders hebben. Iets neutralers. Dat hadden we toch afgesproken?'

'Sorry, je hebt gelijk. Maar er is zo veel wat ik niet weet, en wat ik niet begrijp.'

'Dat kan ik me voorstellen. Maar voor uitleg moet je niet bij mij zijn.' Alex schonk haar een melancholieke glimlach. 'Wat vind je? Zullen we gaan eten?'

Na de verrukkelijke foie gras, die Emilie sterk aan thuis deed denken – het was een van haar vaders lievelingsgerechten geweest – zette ze koffie en zochten ze de warmte op van het vuur in de zitkamer.

'Voel je je nooit eenzaam, Alex?'

'Soms, maar ik ben altijd al een eenling geweest. Dus ik vind het niet zo erg om alleen te zijn, of in elk geval minder erg dan anderen het zouden vinden. En omdat ik domheid niet kan uitstaan, eet ik doorgaans liever alleen dan met anderen. Jou uitgezonderd, natuurlijk,' voegde hij eraan toe. 'Maar volgens mij ben jij ook een eenling, Em. Waar of niet?'

'Ja. Ik heb nooit veel vriendinnen gehad, want ik voelde me eigenlijk nergens echt op mijn plaats. Op de privéschool in Parijs vond ik de meisjes verwend en onnozel. En op de universiteit werd ik door anderen raar aangekeken vanwege mijn achternaam.'

'Voordat je van iemand kunt houden, moet je eerst van jezelf leren houden. Ik weet niet meer wie dat zei. Maar volgens mij hebben jij en ik daar allebei mee geworsteld. Ik in elk geval wel,' bekende Alex.

'En ik heb altijd gevonden dat ik mijn moeder teleurstelde, zoals jij me met je messcherpe analyse nog eens hebt bevestigd. Dus het viel niet mee om van mezelf te houden,' gaf Emilie toe.

'Ik had geen ouders, dus die kan ik niet als excuus aanvoeren.' Alex haalde zijn schouders op.

'Dat heeft Sebastian me verteld. Maar dat je geen ouders had, is ongetwijfeld een deel van je probleem. Hebben jullie ooit nog iets van je moeder gehoord?'

'Nee, nooit.'

'Kun je je haar nog herinneren?'

'Ik heb af en toe een flashback, vooral met geuren. Als ik een joint ruik, moet ik bijvoorbeeld altijd aan haar denken. Misschien heb je gelijk, misschien stond ik daarom altijd vooraan als het om drugs ging.' Alex grijnsde. 'Het zat in de genen.'

'Ik begrijp niet waarom je de controle over jezelf zou willen verliezen.' Emilie schudde vastberaden haar hoofd. 'Dat zou ik afschuwelijk vinden.'

'Verslaafden rennen vooral heel hard weg voor zichzelf. En voor de werkelijkheid. Dus dat gold ook voor mij. Alles wat de pijn van het leven verzacht, is welkom,' legde Alex uit. 'Het verdrietige is dat sommige van de boeiendste mensen die ik heb gekend, verslaafd waren. Hoe slimmer je bent, hoe meer je nadenkt. En hoe meer je nadenkt, hoe meer je beseft hoe zinloos het leven is, en hoe harder je weg wilt vluchten voor de zinloosheid. Gelukkig heb ik dat inmiddels achter me gelaten. Ik ben ermee opgehouden anderen de schuld te geven van mijn problemen. Want dat is een doodlopende weg. Ik ben ermee opgehouden slachtoffer te zijn en ik ben verantwoordelijkheid gaan nemen voor mijn eigen leven. Toen ik dat deed – inmiddels een paar jaar geleden – viel er ineens een hoop op zijn plaats.'

'Het is wel heel erg verdrietig dat Sebastian en jij zonder vader en moeder zijn opgegroeid. Hoewel...' Emilie zuchtte. 'Als kind fantaseerde ik altijd dat mijn ouders me hadden geadopteerd. Dan kon ik me verbeelden dat mijn echte moeder wel van me zou hebben gehouden. Of dat ze me in elk geval een beetje leuk zou hebben gevonden. Ik was zo eenzaam. Maar ik woonde in een prachtig huis, en in een chateau, met alle luxe die ik me maar kon wensen.'

'De meeste mensen willen datgene wat ze niet hebben,' zei Alex nuchter. 'En daar schiet je dus niks mee op. Wanneer je dat eenmaal beseft en wanneer je kijkt naar wat je wel hebt, dan ben je op weg naar een tevreden bestaan. Het leven is een loterij, de dobbelstenen bepalen wat we krijgen, en daar moeten we het mee zien te rooien. En er het beste van maken.'

'Ben je in therapie geweest?' vroeg Emilie.

'Natuurlijk.' Hij grijnsde. 'Wie niet?'

'Ik.' Ze grijnsde terug.

'Groot gelijk,' zei Alex waarderend. 'Uiteindelijk drong het tot me door dat ik daar ook verslaafd aan begon te raken, dus toen ben ik ermee gestopt. Er wordt zo veel onzin verkondigd. Ze vertellen je waarom je in de shit zit, en dat is meestal de schuld van iemand anders. Wat je vervolgens een excuus geeft om je totaal te misdragen. Een van mijn therapeuten zei met zo veel woorden dat ik alle recht had om kwaad te zijn. En dus ben ik een jaar lang kwaad geweest. Het voelde geweldig.' Hij zuchtte. 'Tot ik besefte dat ik zo ongeveer iedereen die me lief was, ongelukkig had gemaakt en van me had vervreemd.'

'Ik word nooit kwaad,' zei Emilie peinzend.

'Je deed het anders niet slecht toen je me die mep gaf. Bij jou in de keuken,' hielp Alex haar grijnzend herinneren.

Emilie bloosde. 'Nee, dat is zo.'

'Sorry, dat was niet eerlijk. Ik wil alleen maar zeggen dat het heel gezond is om af en toe uit je slof te schieten. Het moet alleen geen permanente staat zijn, en dat was het bij mij wel. Ach, de mens…' Alex schudde zijn hoofd. 'We zijn een complexe, chaotische soort.'

'Je hebt blijkbaar heel veel zelfkennis,' zei Emilie in oprechte bewondering.

'Dat klopt, maar tegelijkertijd blijf ik mezelf verbazen. Ik ben veranderd van een boze drugsverslaafde in een redelijk obsessieve controlfreak, die van de leg raakt als zijn routine wordt verstoord. Maar misschien is dat wel de enige manier om ons staande te houden,' analyseerde hij. 'Het enige wat ik kan controleren, ben ikzelf. En ik wil nooit meer het risico lopen dat ik op het hellende vlak van de verslaving terechtkom.'

'Ik heb bewondering voor je discipline,' zei Emilie uit de grond van haar hart. 'Ben je ooit echt close geweest met iemand? Of mag ik dat niet vragen?'

'Een vrouw, bedoel je?'

'Ja.'

'Ach, ik ben met heel veel vrouwen fysiek "close" geweest, maar het duurde nooit lang. Eerlijk gezegd kon ik het vroeger gewoon niet, een relatie onderhouden.'

'Maar je bent nu anders, je bent tot rust gekomen. Zou je nu geen relatie willen?'

Hij keek haar aan. 'Op voorwaarde dat ik de juiste vrouw zou ontmoeten. Ja, dan denk ik dat ik het heel graag zou willen.'

'Nou, wie weet. Misschien vind je die ooit.'

'Ja, wie weet.' Alex keek op zijn horloge. 'Nu ga ik heel onbeleefd zijn en je de deur uit schoppen. Want ik moet mijn aandelen olie controleren. Het is twaalf uur geweest, dus in het Verre Oosten gaan de beurzen weer open.'

'Ik had helemaal niet in de gaten dat het al zo laat was.' Emilie stond op. 'Bedankt voor de gezelligheid en voor de foie gras.'

'Ik vond het ook erg gezellig, Em.'

'Morgen kom ik bij je langs met Jo, de hulp.' Emilie bleef bij de deur staan. 'Weet je, Alex, ik zou willen dat Sebastian je zo kon zien.'

'Mijn broer ziet me zoals hij me wil zien. En ik reageer dienovereenkomstig. Welterusten, Em.'

'Welterusten.'

Toen ze twintig minuten later in bed lag, genietend van de metamorfose die ze in de kamer tot stand had gebracht, dacht ze nog na over de avond.

Ze had zich erg op haar gemak gevoeld bij Alex. Misschien kwam dat omdat hun verstandhouding niet te lijden had onder de complexiteiten van een relatie. Ze waardeerde hem gewoon om wie hij was. Maar haar man zou het niet leuk vinden dat ze het zo goed met elkaar konden vinden, terwijl hij daar juist blij om zou moeten zijn. Hoe dan ook, ze moest op haar tellen passen.

Emilie zuchtte. Als de broers het verleden konden vergeven en vergeten – wat er in dat verleden ook was gebeurd – dan zou het leven op Blackmoor Hall zo veel kalmer en relaxter kunnen zijn.

19

Sebastian kwam aan het eind van de week weer thuis. Hij zag er doodmoe uit. Toen Emilie tijdens het avondeten met hem wilde praten, reageerde hij afstandelijk. Later, in bed, vroeg ze nogmaals of er misschien problemen waren.

'Sorry, maar het gaat op het moment allemaal erg moeizaam.'

'Zakelijk, bedoel je?' vroeg Emilie.

'Ja. Ik ben er net achter gekomen dat die verrekte bank mijn automatische afschrijvingen niet uitvoert. En de vent die ik in Frankrijk had gevonden en die dacht dat hij een Picasso zou kunnen leveren, bleek een ongelooflijke opportunist. Hij had al biedingen gehad van meer dan zeven miljoen, zei hij, en het enige wat ik te zien kreeg, waren wat vage foto's. Dus daar word ik allemaal niet vrolijk van,' zei hij nijdig.

'Je weet dat ik je financieel wil helpen als dat nodig is. Je hoeft het maar te vragen.' Hij lag met zijn rug naar haar toe, en Emilie masseerde zijn schouders.

'Bedankt. Maar snap je dan niet hoe ik me voel als ik voortdurend bij jou moet aankloppen?'

'Je hebt mij toch ook geholpen toen ik je nodig had? Je moet er niet zo zwaar aan tillen. Als je van iemand houdt, is het helemaal niet erg om elkaar om hulp te vragen.'

'Misschien ligt dat voor meisjes anders.' Sebastian haalde zijn schouders op. 'En nu ga ik slapen. Ik heb mijn rust erg hard nodig.'

De rest van het weekend sloot hij zich op in zijn studeerkamer, achter zijn computer. Tijdens het avondeten was hij erg zwijgzaam, en die nacht kwam er geen hand onder de dekens naar haar toe. Toen Emilie zondagavond naar boven liep, naar hun slaapkamer, stond hij zijn tas te pakken.

'Ga je weg?' vroeg ze.

'Ja. Ik ga morgen naar Londen.'

'Dan ga ik met je mee.'

'Ik denk niet dat je erg gecharmeerd zou zijn van het armoedige hok waar ik verblijf.'

'Dat kan me niet schelen,' zei ze vastberaden.

'Maar mij misschien wel.'

'Ik kan toch een hotelkamer voor ons nemen.'

'Emilie, nu voor de laatste keer, ik moet je verdomde geld niet!'

Geschokt, alsof ze een klap in haar gezicht had gekregen, trok ze zich terug. Die nacht lag ze klaarwakker naast hem, zich afvragend wat ze moest doen, wat ze moest zeggen, en ze wilde dat ze iemand had om mee te praten.

Bij het afscheid de volgende morgen kuste hij haar vluchtig op haar wang. Hij kwam vrijdag weer thuis, zei hij.

Het was een grijze, regenachtige dag, alsof het weer haar stemming weerspiegelde. Het rook vochtig in huis, en Emilie besefte dankbaar dat ze halverwege de week naar Frankrijk ging, naar het heldere licht in het zuiden.

Het boek over fruit schoot haar te binnen, waar Alex het over had gehad. Dus ze liep naar de bibliotheek, maar hoe ze ook zocht, het was nergens te vinden. Dus ze nam een boek van F. Scott Fitzgerald mee en maakte het zich gemakkelijk bij de haard in de zitkamer.

Haar mobiele telefoon ging. Ze herkende het nummer van Alex.

'Hallo?'

'Hallo. Alles goed?' vroeg hij.

'Ja, met jou?'

'Uitstekend. Dat meisje dat je voor me hebt geregeld, Jo, is echt erg aardig. Ze gaat rustig haar gang en doet haar werk zonder mij lastig te vallen. Dus ik ben erg blij met haar. Dank je wel!'

'Fijn. Daar ben ik blij om.'

Het bleef even stil.

'Emilie, weet je zeker dat alles goed met je is?'

'Ja hoor.'

'Oké. Nou, een fijne dag dan maar.'

'Dank je wel.'

Emilie verbrak de verbinding, trots op zichzelf omdat ze niets had laten merken van haar sombere stemming. Want hoezeer ze ook verlangde naar iemand om mee te praten, iemand die haar raad kon geven nu haar man zich plotseling zo merkwaardig, zo verontrustend gedroeg, Alex had heel duidelijk gemaakt dat hij het met haar niet over Sebastian wilde hebben.

Twintig minuten later werd er op de deur van de zitkamer geklopt.

'Hallo, Alex.' Ze slaakte een zucht.

'Hallo, Em. Als ik stoor, stuur je me maar weg. Alleen... ik hoorde aan je stem dat er iets niet in orde was. Dus ik kom even poolshoogte nemen. Als goede buren onder elkaar.'

'Bedankt. Ja, ik zit inderdaad een beetje in de put,' gaf ze toe.

'Dat dacht ik al. Wil je erover praten?'

'Ik... ik weet het niet.' Er brandden tranen in haar ogen.

'Erover praten kan soms helpen. En ik wil met plezier je allereerste therapeut zijn. Op een volstrekt neutrale, niet emotionele manier, natuurlijk. Dat is weer eens wat anders.' Hij grijnsde. Emilie besefte dat hij probeerde haar op te vrolijken. 'Ik neem aan dat het met mijn broer te maken heeft? Dat zeg ik omdat hij gisteren bij mij kwam binnenlopen – zonder te kloppen, wat ik buitengewoon ergerlijk vind – om me op mijn donder te geven. Ik viel je lastig, zei hij.'

'Maar ik heb helemaal niks gezegd! Echt niet!'

'Dat weet ik. Hij had gewoon een excuus nodig om tegen me tekeer te gaan,' antwoordde Alex beminnelijk.

'Hij was zo gespannen dit weekend. Ik begrijp niet wat er met hem aan de hand is,' bekende ze.

'Tja, Em, wat moet ik daarop zeggen?' Alex slaakte een diepe zucht. 'Ik zou je een gedetailleerde analyse kunnen geven van de psyche van je echtgenoot. Voor een beter begrip van de man met wie je bent getrouwd. Maar dat zou niet juist zijn, daar zijn we het over eens geworden. Dus ik zal me beperken en alleen maar zeggen dat Sebastian altijd last heeft gehad van plotselinge, sombere buien. Ik hoop voor jou dat deze ook weer spoedig overdrijft.'

'Dat hoop ik ook.' Emilie zou dolgraag willen doorvragen, maar daarmee bracht ze hem in een onmogelijke situatie, en bovendien zou het voelen als verraad jegens Sebastian. 'Het weer helpt ook niet echt mee. Ik ben blij dat ik woensdag naar Frankrijk ga.'

'Bofferd! Ja, dat zal je opvrolijken. En misschien kun je wel meer te weten komen over Sophia en haar gedichten.'

'Ik ga Jacques zeker vragen of hij me de rest van het verhaal wil vertellen.'

'Wat zou ik die bibliotheek in het chateau graag willen zien!' zei Alex met een glimlach. 'Boeken zijn mijn passie. Vooral oude boeken.'

'En ik moet zorgen dat ze allemaal ingepakt worden en in de opslag gaan voordat de renovatie begint. Daar zie ik wel tegenop,' bekende ze. 'Maar het is voor een goede zaak.'

'En ik weet zeker dat je vader trots op je zou zijn. Het is wel verdrietig dat de beroemde naam De la Martinières gaat verdwijnen, Em. Sterker nog, die is in feite al verdwenen toen je met mijn broer trouwde.'

'Nee hoor. Ik hou gewoon mijn eigen naam. Daar heb ik het met Sebastian over gehad, en hij was het met me eens.'

'Maar als jullie kinderen krijgen, heten ze Carruthers. Of niet dan?'

'Zo ver is het nog niet,' zei Emilie abrupt. 'Trouwens...' Ze wilde het er verder niet over hebben. 'Wil je dat Jo hier komt slapen als ik weg ben? Dat doet ze met plezier, zei ze.'

'Welnee. Dat hoeft niet. Mocht er iets gebeuren, dan heb ik haar telefoonnummer. Je kunt me vertrouwen, Em, dat weet je. Ik kan echt wel voor mezelf zorgen.'

'Ik vind het zo jammer dat je nooit buiten komt. Mis je dat niet?'

'Soms. Dan komen de muren op me af,' moest hij toegeven. 'Maar als het weer straks weer beter wordt, kan ik tenminste een beetje rondrijden in onze prachtige tuin. Of wat daarvan over is. En niks tegen Sebastian zeggen, maar ik ben me aan het oriënteren over de aanschaf van een aangepaste auto.'

'Wat een goed idee! En wanneer ik terug ben uit Frankrijk, kunnen we de rolstoel misschien in de achterbak van de Land Rover doen en ergens heen gaan. Wat vind je?'

'Dat lijkt me heerlijk!' zei Alex met een brede, verheugde grijns. 'Eindelijk weer eens een echte pint in een pub!'

'Dat is dan afgesproken.' Emilie vroeg zich af waarom Sebastian dat nooit had gedaan. Maar gezien de spanning tussen hen beiden was een biertje in de pub met zijn broer waarschijnlijk het laatste waar hij zin in had.

'Dan ga ik maar weer.' Alex deed de rem van zijn rolstoel. 'Ik moet voor mijn nog steeds groeiende familie olieaandelen zorgen. Veel plezier in Frankrijk, Em. Ik ben benieuwd naar alles wat je te weten kunt komen over mijn oma. *Adieu* en *bon voyage*.'

Hij stak zijn hand op en verliet de kamer.

Emilie had de plaatselijke taxicentrale gebeld die Sebastian haar had aanbevolen, en ze arriveerde met een zweem van opwinding op Leeds Bradford airport. Toen het vliegtuig was opgestegen en naar het zuiden vloog, over de grijze industriegebieden in het hart van Noord-Engeland, wenste ze dat ze Sebastian nog even had kunnen spreken voor zijn vertrek. Maar als ze zijn mobiele telefoon belde, kreeg ze zijn voicemail, en hij had niet gereageerd op de boodschappen die ze had ingesproken.

Haar enige troost was wat Alex had gezegd over de stemmingswisselingen van zijn broer. Ondanks dat had ze die nacht tot in de kleine uurtjes wakker gelegen, onrustig en met een zwaar gevoel in haar maag dat er iets niet in orde was. De abrupte omslag van zorgzame, ondersteunende geliefde naar een echtgenoot die zelfs weigerde haar telefoontjes te beantwoorden, was iets waar ze geen raad mee wist.

Er scheen een zwak maartzonnetje toen het vliegtuig in Nice landde. Emilie haalde de huurauto op die ze had gereserveerd, en vertrok naar wat in hoog tempo steeds meer als haar enige echte thuis begon te voelen. Of althans, als iets wat daarop leek. De vertrouwde omgeving had een geruststellende, troostende uitwerking op haar.

Bij het chateau heerste grote bedrijvigheid. Voor de hoofdingang stond een reusachtige vrachtwagen.

Toen ze binnenkwam werd Emilie begroet door een duidelijk nerveuze Margaux, die haar hartelijk omhelsde. 'O, madame, wat fijn dat u er weer bent.'

'Ja, en ik ben ook erg blij om jou weer te zien.' Emilie beantwoordde haar omhelzing.

'Ik heb zo goed mogelijk antwoord gegeven op alle vragen, maar ik weet ook niet alles,' zei Margaux met een zorgelijk gezicht. 'Ze zijn al met de bibliotheek begonnen.'

'Wat? Maar ze zouden op mij wachten! Dat hadden we afgesproken!' riep Emilie uit.

'Dat is mijn schuld, madame. Ze waren er drie uur geleden al, en ik wilde niet dat ze al die tijd niks deden.'

'Laat ook maar,' zei Emilie haastig. Ze verdrong haar ergernis. 'Ik ben er. En daar gaat het om.'

'U wilt vast wel iets drinken na zo'n lange reis,' opperde Margaux.

'Ja, thee graag. Mag ik die in de bibliotheek, alsjeblieft?'

'Natuurlijk, madame.'

Emilie liep de gang door naar de bibliotheek. De helft van de planken was al leeg, het stof van eeuwen hing in de lucht.

'Hallo,' zei ze tegen de vier of vijf mannen die druk bezig waren de boeken in waterdichte kratten te pakken. 'Ik ben Emilie de la Martinières.'

'Aangenaam kennis te maken, madame.' Een zware, gedrongen man stond op en stak haar zijn eeltige knuist toe. 'U ziet het, we schieten al lekker op. Wat een indrukwekkende collectie hebt u hier! En wat een hoop oude, bijzondere boeken!'

Giles, zoals hij zich voorstelde, vertelde dat ze de kratten en de planken van corresponderende nummers hadden voorzien. 'Op die manier kunnen de boeken later moeiteloos weer op hun oorspronkelijke plaats worden teruggezet.'

'Dat is mooi,' zei Emilie, gerustgesteld dat ze een georganiseerde, competente indruk maakten en de boeken met zorg behandelden. Ze liet haar blik over de chaos gaan en schrok toen ze Anton, de zoon van Margaux, op de grond zag zitten, verdiept in een boek ondanks het lawaai en de drukte om hem heen.

Emilie liep naar hem toe. 'Hallo, Anton.'

Hij keek verschrikt op, met een zweem van angst in zijn ogen. 'Madame De la Martinières! Sorry! Mijn moeder had me hierheen gestuurd om u te helpen, maar toen vond ik dit boek en toen...'

Emilie keek naar wat hij las. Een oud exemplaar van *Les Misérables* van Victor Hugo. Precies datzelfde boek had ze zelf als jong meisje ook gelezen. Emilie glimlachte toen Anton overeind krabbelde. Hij deed haar denken aan Gavroche, de jongen uit de krottenwijken van Parijs.

'Lees maar lekker verder.' Ze legde een hand op zijn schouder en duwde hem met zachte drang weer op de grond. 'Hou je van lezen?'

'Nou en of. En ik vind het hier fijn.' Hij gebaarde om zich heen. 'Als mijn moeder me meeneemt omdat ze moet werken, kijk ik altijd naar de boeken. Maar ik heb er nooit aangezeten, madame. Echt niet,' voegde hij er haastig aan toe.

'Nou, ik vind dat je dat boek maar mee naar huis moet nemen. Dan kun je het daar uitlezen,' stelde Emilie voor. 'Ik weet zeker dat je er voorzichtig mee bent.'

'Echt waar, madame?' Anton begon te stralen. 'O, dat vind ik echt heel fijn! Dank u wel, madame.'

'Zeg alsjeblieft gewoon Emilie.'

'Anton! Je doet toch niks wat niet mag, hè?'

Margaux kwam thee brengen. Haar ogen stonden bezorgd.

'Nee, natuurlijk niet.' Emilie pakte de thee van haar aan. 'Hij is een boekenwurm, net als mijn vader en ik. En bovendien is hij erg slim,' voegde ze er glimlachend aan toe. 'Hij leest *Les Misérables.* Dat is voor volwassenen al een moeilijk boek, laat staan voor een kind.'

'Ja!' De ogen van Margaux glommen van trots. 'Hij is de beste van zijn klas, en later wil hij naar de universiteit. Om letteren te gaan studeren. Hoe lang blijft u, madame? Het hele chateau is leeg, op de kamer na die u altijd gebruikt. En u kunt ook bij Jean en Jacques slapen, hebben ze aangeboden. Maar dat weet u.'

'Ja, maar ik slaap vannacht nog hier. Het bed en de ladekast in mijn kamer zijn niks meer waard, dus die kunnen in de container. En dan ga ik morgen naar Jean en Jacques. Dank je wel, Margaux, voor alles. Het is echt geweldig wat je hebt gedaan,' zei Emilie dankbaar toen ze van de bibliotheek naar de lege keuken liepen.

'Ik heb nog wat serviesgoed en bestek hier gelaten. En natuurlijk de waterketel,' vertelde Margaux. 'O, en de koelkast hebben ze ook niet meegenomen. Hij is al erg oud, dus ik dacht dat u die misschien toch wel zou willen vervangen.'

De reusachtige omvang van het project waaraan ze was begonnen, drong plotseling in volle hevigheid tot Emilie door. Tot op dat moment had ze zich achter Sebastian kunnen verschuilen, en daardoor had het allemaal hanteerbaar geleken.

'Ja, die gaan we ongetwijfeld vervangen,' zei ze instemmend. 'Ik heb morgenochtend een afspraak met de architect. En met de hoofdaannemer, die de leiding heeft en toezicht houdt op de verbouwing.'

'Hoe lang denkt u dat het allemaal gaat duren, madame?'

Het viel Emilie ineens op dat Margaux er erg moe uitzag. 'Ik heb geen idee. Misschien een jaar? Of misschien zelfs anderhalf jaar?'

'O. Tja, dan eh… Het spijt me, madame, maar dan ben ik bang dat ik op zoek moet naar ander werk. Want al die tijd is er voor mij hier niets te doen.'

'Maar Margaux…' Emilie besefte schuldbewust dat ze al veel eerder met haar had moeten praten. 'Je werkt al meer dan vijftien jaar voor onze familie. Dus ik betaal je natuurlijk gewoon door tijdens de renovatie. Dan kun je een oogje houden op de werklui en op het chateau wanneer ik in Engeland zit. En als er problemen zijn, kun je het me laten weten.'

'O, dank u wel, madame! Dat doe ik graag. U kunt op me rekenen.' Margaux was duidelijk opgelucht. 'Het liefst zou ik er geen geld voor aannemen, maar ik heb het nou eenmaal niet breed. En ik spaar al jaren voor later, voor als Anton gaat studeren.' Er kwam plotseling een gekwelde blik in haar ogen. 'Soms maak ik me zorgen hoe het verder moet als ik er niet zou zijn.'

'Maar je bént er toch, Margaux?' troostte Emilie haar glimlachend. 'En voel je alsjeblieft niet schuldig. Als de renovatie eenmaal achter de rug is en als het chateau weer bewoonbaar moet worden gemaakt, dan haal je de schade dubbel en dwars in. Dat weet ik zeker.'

'Ik vind het geweldig wat u doet. Uw ouders zouden trots op u zijn.' Er kwamen plotseling tranen in haar ogen. 'Het chateau blijft bewaard, voor Frankrijk en voor de toekomstige generaties die na u en uw man zullen komen. Ik heb avondeten voor u klaargezet. En dan moet ik nu naar huis, om voor Anton en mezelf te koken.'

'Natuurlijk. Ik zie je nog voordat ik weer wegga, en dan zal ik je meteen betalen. Nogmaals, bedankt voor alles.'

Margaux liep de keuken uit. Emilie keek in de enorme, kale, ruimte om zich heen. Toen ging ze naar de bibliotheek, om te zien of ze kon helpen.

Tegen de tijd dat de schemering over het chateau begon neer te dalen, waren alle boeken in de vrachtwagen geladen, klaar om te vertrekken.

'Madame De la Martinières, wilt u deze formulieren even tekenen? Daarin verklaart u de inhoud van de bibliotheek te hebben gecontroleerd en dat het gaat om 24.307 boeken. Toen ik hem vorige week sprak, stelde uw man een verzekerd bedrag voor van eenentwintig miljoen franc,' zei Giles.

'Zo veel?' Emilie trok een wenkbrauw op. 'Is dat niet een beetje overdreven?'

'Het is een erg indrukwekkende collectie, madame. En als ik u was, zou ik de hele zaak laten taxeren wanneer alles weer op de plank staat. Door iemand die gespecialiseerd is in zeldzame oude boeken. Want die kunnen tegenwoordig soms een vermogen waard zijn.'

'Ja,' zei Emilie. 'U zult wel gelijk hebben.' Sebastian had haar hetzelfde geadviseerd, maar voor haar had de collectie nooit enige financiële waarde vertegenwoordigd, alleen emotionele. 'Bedankt voor uw hulp en voor uw advies.'

Emilie keek de vrachtauto na en zag hem verdwijnen in de vallende avond. Toen liep ze terug naar de keuken, naar de gesmoorde ossenstaart die Margaux voor haar had klaargezet. Op de keukentafel lag de inhoud van het bureau van haar vader. Die had ze haastig in twee zwarte vuilniszakken gedaan toen het bureau een paar weken eerder in de opslag was gegaan. Terwijl ze at, haalde ze een willekeurig stapel papieren uit een van de zakken. Voornamelijk brieven, zowel privé- als zakelijke correspondentie, en ze gingen terug tot de jaren zestig. Maar er zaten ook foto's bij van haar ouders, in Parijs en in de tuin van het chateau, tijdens etentjes en andere ontvangsten.

Daarnaast waren er foto's van Emilie als baby, als kind en als tiener met een pony tot diep over haar ogen, een ietwat mollig meisje, duidelijk nog niet op haar gemak met haar eigen lichaam. Ze vergat elk besef van tijd en keek alles door, getroost door de intieme herinneringen en tastbare overblijfselen van haar vaders leven. Die brachten hem dichterbij, en ze kreeg tranen in haar ogen bij het lezen van de liefdesbrieven die haar moeder hem had geschreven.

Daaruit bleek zonneklaar hoeveel Valérie van haar man had gehouden, en daar was Emilie dankbaar voor. Ze veegde met de rug van haar hand langs haar neus, ontroerd maar tegelijkertijd lichter gestemd – hoe ironisch ook – doordat althans iets van haar pijn werd weggenomen naarmate ze het verleden beter begon te begrijpen.

Terugkijkend besefte ze bovendien dat ze haar eigen heden en haar toekomst in de weg had gezeten door zich af te sluiten voor haar familie, haar geschiedenis. Natuurlijk waren er dingen gebeurd die ze nooit zou kunnen vergeven... maar als ze begreep waaróm ze waren gebeurd, zou ze het misschien eindelijk allemaal kunnen loslaten.

Het was al twaalf uur geweest, zag ze op haar horloge. Ze controleerde haar voicemail, benieuwd of er een boodschap was van Sebastian. Eerder op de dag had ze bij hem een boodschap ingesproken om te zeggen dat ze in Frankrijk was gearriveerd.

Een elektronische stem vertelde haar dat ze geen nieuwe boodschappen had. Met een zucht verliet ze de keuken, waar het dankzij het fornuis nog lekker was, en liep ze naar haar koude slaapkamer, blij dat ze eraan had gedacht haar oude kruik mee te nemen.

Toen ze in bed lag, voelde ze opnieuw de adrenaline door haar lichaam jagen bij de gedachte aan Sebastians kille afstandelijkheid in het weekend en aan het totale gebrek aan communicatie in de dagen daarna. Maar ze weigerde zich van streek te laten maken. Als hij om welke reden dan ook niet meer van haar hield, dan zou ze zich zonder hem ook wel staande weten te houden. Tenslotte had ze al vroeg geleerd om alleen te zijn.

20

De volgende morgen verliep hectisch dankzij het bezoek van de architect en de uitvoerder. Nadat ze het chateau waren doorgelopen om de geplande werkzaamheden gedetailleerd te bespreken, had Emilie wel even moeten slikken toen ze de nieuwe kostenraming onder ogen kreeg. Maar de architect verzekerde haar dat de renovatie elke centime waard was, gezien de waarde van het chateau wanneer de werkzaamheden eenmaal waren voltooid.

'We hebben ongetwijfeld nog veelvuldig contact de komende maanden,' zei Adrien, de uitvoerder. 'En de volgende keer dat u komt, moet u niet schrikken. Want dan ziet het chateau er erg onttakeld uit. En het gaat heel lang duren voordat uw prachtige huis weer in zijn volle glorie is hersteld.'

Toen ze eindelijk weg waren, deed Emilie de voordeur achter hen dicht en liep langzaam het hele chateau door. Ze voelde zich dwaas en sentimenteel terwijl ze het deed, maar ze verzekerde de kamers dat de renovatie voor hun eigen bestwil was.

Eerder op de dag had ze Jean gebeld, en hij had voorgesteld dat ze die avond bij hen kwam eten en slapen. Toen ze na haar zwerftocht door het chateau terugkwam in de bijkeuken, waar haar koffer en de twee vuilniszakken al klaarstonden, haalde ze de laatste stapel foto's en ongelezen papieren tevoorschijn. In een vergeelde envelop bleek een foto te zitten van een heel jonge Édouard – ergens in de twintig, schatte ze. Hij stond op een strand, met zijn arm beschermend om de schouders van een mooi, blond meisje geslagen. Emilie herkende haar van het portret dat in de Parijse studeerkamer van haar vader had gehangen. Het meisje was zijn zusje Sophia. Er zat ook een velletje papier in de envelop, een blaadje uit een notitieboekje… Emilie vouwde het open en zag het inmiddels vertrouwde, onregelmatige, kinderlijke handschrift.

'*Mon Frère…*'

'Mijn broer,' las Emilie fluisterend en ze bestudeerde de bijna onleesbare tekst. Het gedicht was een lofzang op Édouard en net als alle andere gedichten die Emilie had gelezen, ondertekend door Sophia de la Martinières, '14 jaar'.

Haar vingers waren stijf van de ijzige kou in het verlaten huis, dus Emilie ging weer in de stoel bij het fornuis zitten. Het gedicht illustreerde op een unieke manier de adoratie die de jonge Sophia voor haar broer moest hebben gevoeld. Waarom had Édouard dan nooit over haar gesproken? Wat was er gebeurd dat tot zijn stilzwijgen en zijn verdriet had geleid? Uit de foto bleek duidelijk hoeveel broer en zus van elkaar hadden gehouden. Dus er moest iets gebeurd zijn.

Emilie stopte het gedicht en de foto in haar tas, ze pakte de vuilniszakken en haar koffer en trok voor de laatste keer de deur van het chateau achter zich dicht. Toen ze over het grind van de oprijlaan naar het huisje van Jean reed, ging haar mobiele telefoon. Bij het zien van Sebastians nummer bracht ze de auto abrupt tot stilstand.

'Waar zat je nou? Ik ben zo ongerust geweest!' schreeuwde ze bijna in de telefoon, angstig en woedend tegelijk.

'Lieverd, het spijt me zo. Ik had de oplader van mijn telefoon in Yorkshire laten liggen. Dus de batterij was dinsdagmorgen al leeg.'

'Dat is geen excuus! Je had me toch op een andere telefoon kunnen bellen!'

'Dat heb ik gedaan! Ik heb op dinsdagavond naar Blackmoor Hall gebeld, maar er werd niet opgenomen. En daarna zat je in Frankrijk.'

'Waarom heb je dan geen boodschap ingesproken op mijn mobiele telefoon?' vroeg ze streng.

'Emilie, wees nou niet boos. Toe. Ik kan het uitleggen. Het is heel simpel. De enige plek waar ik je mobiele nummer had opgeslagen, was in mijn eigen mobiele telefoon. En daarvan was de batterij leeg. Dus ik had je nummer pas weer hier thuis, in Yorkshire. Toen ik vanmiddag thuiskwam, heb ik mijn telefoon meteen aan de oplader gelegd.'

'Had je Gerard dan niet kunnen bellen? Die heeft mijn nummer.' Emilie beefde nog altijd van woede.

'Zijn nummer zit ook in mijn mobiele telefoon. Het spijt me echt heel erg.' Hij klonk vermoeid. 'En voordat je het vraagt, ik ben inderdaad op zoek gegaan naar een oplader. Maar mijn mobiel is inmiddels zo verouderd dat er nergens meer een oplader te krijgen was. En ik had geen tijd om de hele stad af te stropen. Afijn, het is gewoon een ongelukkige samenloop van omstandigheden. Wat ik ervan heb geleerd, is hoe nuttig een ouderwets papieren notitieboekje nog altijd is. Trouwens, wat had ik voor andere reden kunnen hebben om je niet te bellen?'

Dat klonk zo logisch dat het verdere uitbarstingen van frustratie en ongerustheid in de kiem smoorde. Hij had gelijk, besefte Emilie. Welke andere reden had er kunnen zijn?

'Je hebt geen idee hoe ongerust ik ben geweest. Vooral omdat je het weekend zo... zo raar deed,' bekende ze. 'Ik begon zelfs te denken dat je misschien wel bij me weg was.' Haar boosheid ebde weg en het scheelde niet veel of ze was in tranen.

Er klonk een toegeeflijk gegrinnik. 'Dat ik bij je weg was? Emilie, ik ben pas een paar weken met je getrouwd! Waar zie je me voor aan? Oké, ik was dit weekend erg somber. Maar daar hebben we allemaal toch weleens last van?'

'Ja, dat zal wel.' Emilie beet op haar onderlip. Ze voelde zich schuldig en op het verkeerde been gezet omdat ze overhaaste conclusies had getrokken.

'Begint die broer van me je soms dingen aan te praten? Brengt hij je op ideeën waarop jij vervolgens volledig doordraaft? Natuurlijk.' In gedachten zag Emilie hem knikken. 'Ik wil wedden dat het door Alex komt.'

'Dan vergis je je. Alex heeft nog nooit iets lelijks over je gezegd. Echt niet.'

'Lieg niet tegen me, Emilie. Ik weet hoe hij is.' Zijn stem had plotseling een harde klank.

'Hij heeft nog nooit iets lelijks over je gezegd,' herhaalde Emilie nadrukkelijk, want ze had geen zin in ruzie nu ze haar man eindelijk, na vier dagen, weer aan de telefoon had. 'Dus je bent nu thuis in Yorkshire?'

'Ja. Hoe gaat het daar?'

'De boeken zijn weg, en het chateau is klaar voor een algehele facelift.'

'Het spijt me dat ik er niet kon zijn om je te helpen. Maar het is hier zo ongelooflijk druk geweest.'

'Dat is toch juist goed?' vroeg Emilie zacht.

'Ja, het zou beter kunnen, maar... Wanneer kom je weer thuis?'

'Morgen.'

'Dan maak ik iets heel lekkers voor het avondeten, om het debacle van de telefoon goed te maken. Het spijt me, Emilie, maar ik kon er niks aan doen. En ik heb je dinsdagavond gebeld. Echt waar.'

'Nou ja, zand erover, oké?'

'Ja. En als ik hier iets voor je kan doen, laat het me dan weten.'

'Bedankt, maar tot dusverre heb ik alles onder controle.'

'Oké, lieverd, hou alsjeblieft contact.'

'Dat kan ik beter tegen jou zeggen!' Ze glimlachte vluchtig. 'Tot morgen.'

Ze staarde een tijdje voor zich uit, zich afvragend of ze hem geloofde. Haar vader zei altijd dat de simpelste oorzaken vaak tot de meest dramatische gevolgen konden leiden. Kon zij ook maar zo denken. Maar de vier dagen stilte hadden wel degelijk ideeën in haar hoofd geplant en het zaad van de twijfel gezaaid.

En ook al had Alex nooit iets negatiefs over zijn broer gezegd, ook al had hij hem nooit zwart gemaakt, hij vermeed het doelbewust om over hem te praten. Dus blijkbaar viel er meer over haar man te zeggen dan Alex haar vertelde. Emilie startte de auto weer en reed de laatste honderd meter naar het huisje.

Ze liet haar spullen in de achterbak liggen en liep eerst naar de deur van de cave, want ze wist dat Jean vaak tot laat doorwerkte. Hij zat inderdaad nog aan de tafel, omringd door administratie.

Toen hij opkeek, verschenen er lachrimpeltjes rond zijn warme, bruine ogen. 'Emilie! Welkom.' Hij stond op, liep om de tafel heen en kuste haar op beide wangen. 'Wat heerlijk dat je er bent. Je bed staat al klaar en we hebben voor je gekookt. Je zult wel doodmoe zijn.'

'Bedankt voor jullie gastvrijheid, Jean. Waar is Jacques?' Emilie tuurde de donkere cave in, naar de grote bank helemaal achterin, waar Jacques altijd te vinden was en flessen in vloeipapier verpakte.

'Ik heb Papa naar huis gestuurd om de haard vast aan te steken. Het is koud vanavond, vooral hier in de cave, en ik wil niet dat hij ziek wordt. Hij was deze winter ook al niet in orde. Dat weet je. Maar ja, hij is ook niet meer de jongste.' Jean zuchtte en Emilie zag de bezorgdheid in zijn ogen. 'En, is op het chateau alles klaar?'

'Ja, klaar voor een nieuw leven.' Emilie knikte.

'Je hebt geen idee hoe blij Papa en ik zijn dat het chateau in de familie blijft. Daarmee heb je niet alleen onze bron van inkomsten gered, maar mijn vader en ik zijn ook erg aan het chateau verknocht. Ik denk echt dat het zijn dood was geworden als Papa had moeten vertrekken. Kom, dan gaan we naar binnen, en we kruipen lekker bij het vuur met een glas wijn. De rosé is dit jaar bijzonder goed. De weersomstandigheden waren dan ook volmaakt. Sterker nog, ik krijg binnenkort te horen of we in de prijzen zijn gevallen bij de komende Vignerons-onderscheidingen. Dat zou dan voor het eerst zijn voor deze wijngaard, maar mijn verwachtingen zijn hooggespannen.'

Emilie hielp Jean de lichten uit te doen in de cave, waarna ze de korte gang door liepen die naar het huisje leidde. Zodra Jean de deur van de keuken opendeed, kwamen de verrukkelijkste geuren hen tegemoet.

'Kom maar mee naar de zitkamer. Ik weet zeker dat mijn vader de wijn al open heeft staan,' zei Jean.

Jacques zat te doezelen bij het vuur. Als kind had Emilie de vader van Jean al stokoud gevonden, maar nu zag ze duidelijk dat hij echt een oude man was geworden, en dat zijn gezondheid achteruitging. Ze keerde zich naar Jean. 'Zullen we hem laten slapen en naar de keuken gaan?' vroeg ze fluisterend.

'Welnee.' Jean grijnsde. 'Hij is onderhand zo doof als een kwartel. Ga zitten.' Jean gebaarde naar een stoel en pakte de ontkurkte fles van de tafel. 'En proef dit eens.'

Emilie pakte het glas van hem aan en liet de glinsterende, bleekroze vloeistof rondwalsen, genietend van het rijke, krachtige bouquet.

'Hij ruikt heerlijk, Jean.'

'Ik heb er wat meer syrah bij gedaan dan anders, en volgens mij is dat de smaak ten goede gekomen.'

Emilie nam een slok en glimlachte waarderend. 'Hij is inderdaad verrukkelijk.'

'Er is hier in de regio natuurlijk erg veel concurrentie en er wordt enorm geïnvesteerd in de modernste technologie. Maar ik blijf mijn best doen om bij te blijven.' Jean haalde zijn schouders op. 'Genoeg over de wijngaard, daar kunnen we het later nog over hebben. Hoe is het in Engeland? En hoe bevalt het getrouwde leven?'

De vreemde, gespannen kilte van Blackmoor Hall had nog nooit zo ver weg geleken als bij Jean in zijn vertrouwde, gezellige keuken.

'Alles gaat prima, maar ik moet nog wel aan Engeland wennen. En door zijn werk is Sebastian vaak van huis,' antwoordde ze naar waarheid.

'Ja, hij reist veel. Vorige week zag ik op een avond een onbekende auto naar het chateau rijden. Een auto die ik niet kende. Dus in mijn niet-officiële functie als toezichthouder wanneer Margaux naar huis is, ben ik poolshoogte gaan nemen,' vertelde Jean. 'Het bleek je man te zijn.'

'Echt waar? Is Sebastian vorige week hier geweest?' Emilie probeerde niet te laten merken hoe geschokt ze was.

'Ja. Wist je dat niet?' Jean nam haar onderzoekend op.

'Ik wist dat hij in Frankrijk zat. Dus misschien was hij in de buurt en besloot hij even een kijkje te nemen,' opperde ze haastig.

'Vast en zeker. Ik ben bang dat ik hem nogal heb laten schrikken. Hij stond in de bibliotheek, omringd door stapels boeken.'

'O! Dan heeft hij blijkbaar een begin gemaakt met inpakken,' zei Emilie opgelucht.

'Hij is twee dagen gebleven, maar ik heb hem daarna niet meer gezien, want ik wilde hem niet storen. Hij is tenslotte je man, dus hij heeft het volste recht om op het chateau te zijn.'

'Ja.' Toch vroeg ze zich heimelijk af waarom Sebastian haar helemaal niet had verteld dat hij twee dagen op het chateau was geweest. En weer kreeg ze dat zware, onrustige gevoel in haar maag. 'Wat lief van hem om tijd vrij te maken om me te helpen met de bibliotheek,' wist ze uit te brengen.

'Hij heeft je door een moeilijke tijd heen geholpen. Je hebt echt enorm veel steun aan hem gehad.'

'Absoluut. Nou ja...' Emilie wilde het er verder niet over hebben en begon haastig over wat anders. 'Ik moet je iets laten zien. Iets wat ik heb gevonden in het huis in Yorkshire.' Ze haalde de envelop tevoorschijn die Alex haar had gegeven. 'Dit zijn de gedichten van mijn tante, Sophia de la Martinières. De vorige keer dat Jacques over vroeger vertelde, had hij het er al over dat ze gedichten schreef.' Ze gaf de inhoud van de envelop aan Jean, en op hetzelfde moment zag ze dat Jacques één oog opendeed.

'Ze zijn prachtig...' mompelde Jean zacht terwijl hij ze doorlas. 'Papa, wil jij ze ook zien?'

'Ja.' Jacques had inmiddels beide ogen open, en Emilie vroeg zich af of hij zijn doofheid niet af en toe overdreef als dat hem zo uitkwam. Jean legde de gedichten in de bevende handen van zijn vader. Er werd geen woord gesproken terwijl hij ze las. Toen Jacques ten slotte opkeek, glinsterden er tranen in zijn ogen.

'Ze was beeldschoon... en haar einde zo tragisch... Ik...' Jacques schudde zijn hoofd, overmand door emotie.

'Hoe is ze gestorven, Jacques?' vroeg Emilie zacht. 'Waarom sprak mijn vader nooit over haar? En hoe zijn die gedichten in Yorkshire terechtgekomen, in het huis van Constance?'

'Emilie.' Jean legde welwillend een hand op haar arm. 'Rustig aan. Ik zie aan mijn vaders gezicht dat het hem erg aangrijpt. Dus misschien kunnen we beter eerst eten, om hem de tijd te geven zijn gedachten te ordenen.'

'Natuurlijk,' zei Emilie schuldbewust. 'Neem me niet kwalijk, Jacques. Ik wil zo graag alles weten over mijn familie. Maar ze zijn allemaal dood. Jij bent de enige die me nog over het verleden kan vertellen.'

'We gaan eerst eten,' zei Jacques ernstig. Jean reikte hem zijn stok en hielp hem overeind.

Aan tafel was Jacques erg zwijgzaam. Jean veranderde welbewust van onderwerp en begon weer over de wijngaard en zijn plannen voor uitbreiding en modernisering.

'Met de juiste investeringen weet ik zeker dat we binnen vijf jaar royaal met winst kunnen draaien. Het zou prachtig zijn om ook in financiële zin een positieve bijdrage te leveren aan het domein,' zei hij enthousiast.

Terwijl Emilie naar hem luisterde en zag met hoeveel passie en gedrevenheid hij over zijn werk vertelde, besefte ze dat hij er nog altijd erg aantrekkelijk uitzag. Hij was inmiddels negenendertig, maar met zijn gladde huid – nog altijd gebronsd, ook na de lange winter – en zijn golvende, kastanjebruine haar dat zijn gezicht omlijstte, zag hij er jonger uit. Als tiener was ze veel met hem opgetrokken en zelfs een tijdje kinderlijk verliefd op hem geweest.

Toen ze hielp met afruimen, gaapte Jacques hartgrondig.

'Zal ik je naar boven helpen, Papa?'

'Nee!' De stem van Jacques klonk luid en krachtig. 'Ik wil nog niet naar bed. Het zijn de emoties, daar moet ik van gapen. Pak de fles armagnac, dan zal ik proberen Emilie te vertellen wat ik nog weet. En helaas...' Jacques kreunde en grinnikte tegelijk. 'Helaas weet ik nog alles. Toen je hier de vorige keer wegging, Emilie, heb ik me afgevraagd of ik de rest van mijn herinneringen mee moest nemen in mijn graf.' Hij haalde zijn schouders op. 'Maar hoe kun je het heden begrijpen als je het verleden niet kent?'

'Dat is een les die ik ook begin te leren, Jacques,' zei Emilie zacht. 'De vorige keer heb je verteld over de aankomst van Constance in Parijs. Ze had Venetia ontmoet en gezegd dat ze haar zou helpen...'

Mijn Broer

Mijn broer, mijn schild,
Mij steeds nabij.
Altijd zorgend en vol liefde,
Zie je mij wel, zie je mij?

Sterk, maar tegelijk een raadsel,
Wat droomt, wat voelt, wat mijmert hij?
Zwijgend leeft hij in zijn boeken.
Zie je mij wel, zie je mij?

Stralende lichtbron in mijn duister,
In jouw schaduw voert het tij
Van het leven ook mij met zich.
Zie je mij wel, zie je mij?

Ooit zal het wrede lot ons scheiden,
Ooit ben je een ander nabij.
Hoeveel ik van je hield, zul je nooit weten.
Zag je mij wel, zag je mij?

Sophia de la Martinières, 1932, veertien jaar

21

PARIJS, 1943

Édouard kwam twee dagen later terug uit het zuiden. Hij zag er doodmoe uit en ging rechtstreeks naar boven, naar zijn kamer, maar op de trap bleef hij nog even staan om tegen Connie te zeggen dat ze die avond gasten ontvingen. Dus ze werd om half zeven in de salon verwacht.

Ze vroeg zich af wie de gasten die avond zouden zijn – en deed heimelijk een schietgebedje dat het niet Falk en Frederik waren. Ze begon langzaam maar zeker bij te komen van de spanning die ze twee avonden eerder had uitgestaan, toen Venetia haar berichten had verzonden vanuit de kelder en toen Frederik onverwacht bij Sophia was langsgekomen.

Zodra Sarah de volgende ochtend boodschappen ging doen, was Connie haastig de trap afgedaald om de kelder te controleren, met de bedoeling de buitendeur weer op slot te doen. Maar de sleutel was nergens te vinden. Ze zocht in de kelder en in de tuin, maar zonder resultaat. Gelukkig bleek uit niets dat Venetia er was geweest – er hing zelfs geen zweem van een verschaalde Gauloises-lucht, en zo te zien was er niets verdwenen of van zijn plaats gehaald. Bovendien waren er ook nog geen represailles uitgevoerd, hoewel ze uit ervaring wist dat de Duitsers daar doorgaans niet lang mee wachtten. Als ze een radiosignaal hadden opgevangen, zouden ze onmiddellijk in de hele straat huiszoeking hebben gedaan, omdat ze wisten dat de radiotelegrafist meestal binnen enkele uren zijn spullen pakte en verdween.

Om half zeven die avond zat Connie, zoals Édouard had verzocht, feestelijk gekleed in de salon. Sophia, die er hartveroverend uitzag in een nieuwe cocktailjapon, kwam met een dromerige uitdrukking op haar gezicht binnen aan de arm van Sarah.

Terwijl Sophia in haar stoel ging zitten, drong het ineens tot Connie door dat ze recentelijk een aura van verlangen, maar ook van weten en wijsheid had verworven. Ze straalde. Een jonge vrouw op het hoogtepunt van haar charmes.

Édouard leek vervuld van nieuwe energie toen hij de salon binnenkwam, uitgerust en weer helemaal zijn gewone, zorgeloze zelf. Hij kuste zijn zuster, merkte op dat ze er die avond beeldschoon uitzag en vertelde wie de gasten waren. Het kwam neer op het gebruikelijke gezelschap van Fransen uit de hogere kringen, Vichyfunctionarissen en Duitsers.

Tegen half acht was iedereen er, op Falk na. Frederik bracht de verontschuldigingen van zijn broer over. Falk was verlaat, maar hij zou wel komen.

'Er is vannacht ingebroken in het kantoor van de Service de Travail Obligatoire, aan de Rue des Francs-Bourgeois,' vertelde Frederik. 'Het verzet heeft vijfenzestigduizend dossiers gestolen, en er is niemand opgepakt. Dus u zult begrijpen dat mijn broer onaangenaam verrast was.'

De STO was een instantie waarover Connie had gehoord tijdens haar SOE-training. Bij de STO lagen de gegevens opgeslagen van jonge Fransen – het ging in totaal om bijna honderdvijftigduizend dossiers. Van hen werden er stelselmatig grote aantallen opgepakt en naar Duitsland gestuurd om in de munitiefabrieken en aan de lopende band te werken. De deportatie van zovele duizenden jonge mannen had geleid tot groeiend verzet onder het Franse publiek en had het Vichy-regime buitengewoon gehaat gemaakt. De praktijken van de STO hadden ertoe geleid dat vele brave, oppassende Franse burgers zich bij het verzet hadden aangesloten. Connies bezorgde gezicht terwijl ze naar Frederik luisterde, verraadde niets van de intense vreugde die ze voelde over het succes van de actie van het verzet. En van Venetia's rol daarin.

'Natuurlijk komen er represailles,' merkte een hoge Vichyfunctionaris op. 'We zullen zo mogelijk nog waakzamer worden om de rebellen die ons land te gronde richten te vermorzelen.'

Het gezelschap zat al aan de koffie met cognac in de salon toen de bel ging. Enkele ogenblikken later kwam Falk binnen.

'Mijn verontschuldigingen, Édouard. Ik heb verstek moeten laten gaan aan je tafel door de activisten in dit land die stelselmatig proberen ons bewind te ondermijnen.'

Terwijl Édouard hem een glas cognac inschonk, ontging het Connie niet hoe grimmig Falks gezicht stond. In zijn ogen lag een kille glans. Ze zette haar tanden op elkaar toen hij naar haar toe kwam. 'Fräulein Constance, hoe maakt u het?'

'Heel goed, Herr Falk. Dank u. En hoe is het met u?'

'Zoals u al hebt gehoord, hebben we wat problemen met het verzet. Maar maakt u zich geen zorgen, we zullen zorgen dat de raddraaiers worden opgepakt. En dan zullen ze hun straf niet ontlopen. Afijn, genoeg over het werk. Ik kan wel een verzetje gebruiken.' Hij hief zijn hand en liet zijn vingers langs Connies wang glijden.

Ze had het gevoel alsof er ijswater langs haar gezicht droop.

'Fräulein, misschien kunnen we...'

'Ik hoor dat je met grote problemen kampt.' Édouard kwam bij hen staan, om Connie in bescherming te nemen.

'Ja, maar zoals ik al zei, we krijgen de daders wel te pakken. En dan zullen ze ervan lusten! We zijn al getipt door het Franse publiek. Dat moet niets van het verzet hebben en is maar al te graag bereid verraders bij ons aan te geven. Bovendien weten we bijna zeker dat ze ergens hier in de buurt actief zijn. Een van onze menselijke waakhonden ving twee avonden geleden een krachtig signaal op, en het kwam uit een huis hier in de straat. Dus we hebben onmiddellijk overal huiszoeking laten doen, maar dat heeft tot niets geleid. Je begrijpt dat ik mijn mensen heb gezegd dat ze jou met rust moesten laten,' zei Falk.

Connie had het gevoel dat het bloed stolde in haar aderen toen Édouard hem oprecht verrast aankeek. 'Waar kan dat signaal dan vandaan zijn gekomen?' vroeg hij. 'Want ik weet zeker dat al mijn buren loyale, oppassende burgers zijn.'

'Broer...' Frederik mengde zich in het gesprek. 'Als dat twee dagen geleden was, dan moet ik bekennen dat ik die avond kortstondig een bezoekje aan mademoiselle Sophia heb gebracht. Ze wilde graag naar muziek luisteren, en toen de grammofoon het niet deed, vertelde ze dat er een radio in huis was. Om haar een plezier te doen heb ik die aangezet en gezocht naar een zender met klassieke muziek. Dus misschien was dat het signaal dat door je mensen is opgepikt.' Frederik zuchtte berouwvol. 'Het spijt me dat ik je zo veel extra werk heb bezorgd. Maar ik kan je verzekeren dat de SS die avond persoonlijk aanwezig was, en de enige die ik het huis binnen heb zien komen, was de kat.'

Zelfs de anders zo onverstoorbare Édouard wist zich blijkbaar niet goed raad met Frederiks vreemde bekentenis. En ook Falk leek niet overtuigd. 'Tja, ik kan moeilijk mijn eigen superieur arresteren omdat hij een dame een plezier wilde doen.' Zijn stem verraadde hoe nijdig hij was. 'Dus we zullen het door de vingers zien, maar ik stel voor dat je je radio onmiddellijk inlevert, Édouard. Om te voorkomen dat er opnieuw verwarring door ontstaat.'

'Natuurlijk, Falk,' zei Édouard. 'Ik was die nacht niet thuis. Sophia, je had Frederik niet mogen aanmoedigen.'

'Maar de muziek was prachtig,' zei Sophia glimlachend vanuit haar stoel achter hem. 'Voor het *Requiem* van Mozart is geen moeite te veel. Waar of niet?' Met haar naïeve charme doorbrak ze de spanning.

Connie zag hoe vertederd Frederik naar haar keek en hoe hij zijn ogen niet van haar af kon houden. Diezelfde ogen zag ze aan haar andere kant, maar dan met een stalen gloed, ontdaan van elke warmte.

Als de ogen inderdaad de spiegels waren van de ziel, dan hadden Frederik en Falk behalve hun identieke uiterlijk niets met elkaar gemeen.

De volgende ochtend – Connie zat in de bibliotheek – kwam Édouard binnen. Het was duidelijk dat hij haar wilde spreken.

'Dus Frederik is hier geweest tijdens mijn afwezigheid?'

'Ja. Maar ik had hem niet uitgenodigd. Dat heeft je zuster gedaan. Ik wist er niets van.'

'O.' Édouard sloeg zuchtend zijn armen over elkaar. 'Ik heb gisteravond kunnen zien hoe die relatie zich heeft ontwikkeld. Ze zijn tot over hun oren verliefd. Heeft Sophia er met jou over gesproken?'

'Ja,' antwoordde Connie naar waarheid. 'En ik heb haar gewaarschuwd. Ik heb gezegd dat het zinloos was om een relatie met Frederik na te streven, in welke vorm dan ook. Maar er valt niet met haar te praten.'

'In Sophia's belang kunnen we alleen maar hopen dat Frederik spoedig naar Duitsland teruggaat.' Édouard keerde zich naar haar toe. 'Heb je erbij gezeten toen hij hier was?'

'Nee. Hij kwam pas nadat ik me had teruggetrokken. Ik lag al in bed.'

'Mijn god!' Édouard legde vol afschuw een hand op zijn voorhoofd. 'Sophia lijkt wel gek geworden! Het is ongepast om als vrouw alleen een man te ontvangen! Maar om het dan ook nog in het geheim te doen, en laat op de avond... Dat is onaanvaardbaar!'

'Het spijt me, Édouard. Ik hoop dat je het mij niet kwalijk neemt, want ik wist echt niet wat ik moest doen,' zei Connie. 'Zelfs al had ik tegen Sophia gezegd dat het geen pas gaf om Frederik nog zo laat te ontvangen, en dan ook nog helemaal alleen... Ik ben hier te gast. Dus ik heb niet het recht haar in haar eigen huis de wet voor te schrijven. En al helemaal niet in haar omgang met een hoge Duitse officier. Maar nogmaals, het spijt me heel erg wat er is gebeurd.'

Édouard liet zich in een stoel vallen, ineens een en al moedeloosheid. 'Is het al niet erg genoeg dat ze ons prachtige land verkrachten en verwoesten en beroven van zijn schatten? Moeten ze ook mijn zuster nog stelen? Soms dan...'

'Wat is er? Wat wilde je zeggen?'

Hij staarde voor zich uit. 'Neem me niet kwalijk, Constance,' zei hij ten slotte. 'Ik ben moe. En diep geschokt door het gedrag van mijn zuster. Deze oorlog duurt voor mijn gevoel al een eeuwigheid. Ik vecht al zo lang... Laten we inderdaad hopen dat Frederik op korte termijn naar Duitsland vertrekt. Zo niet, dan zullen er drastische maatregelen moeten worden genomen.'

'De plundering van de archieven van de STO was in elk geval geweldig nieuws!' zei Connie.

'Ja.' Hij keerde zich opnieuw naar haar toe, met een merkwaardige uitdrukking op zijn gezicht. 'En er komt nog veel meer. Dat kan ik je verzekeren. Er komt nog veel meer.'

Hij stond op en liep de bibliotheek uit. Connie bleef zitten, met haar boek op schoot, en op dat moment wist ze zeker dat Édouard de la Martinières een rol had gespeeld bij de overval van de afgelopen nacht. Dat was een troostende wetenschap. Maar het veranderde niets aan het feit dat ze was verstrikt in een web waaraan ze zelf geen deel had; dat ze passief moest toekijken terwijl ze was opgeleid voor een actieve rol, met als gevolg dat ze bezig was langzaam gek te worden...

En waarom had Frederik hen in bescherming genomen door over die radio te beginnen? Was het dan misschien toch waar wat Sophia had gezegd? Geloofde Frederik niet in de zaak van de nazi's? Of had hij geweten dat er vanuit het huis een signaal was opgepikt, en was hij hoogstpersoonlijk poolshoogte komen nemen?

Connie sloeg haar handen voor haar gezicht en begon te huilen. Haar eigen rol in deze oorlog, de strijd waarvoor ze was opgeleid, was haar door een verwarrende samenloop van omstandigheden uit handen geslagen. Iedereen leek te weten welk spel hij speelde, en wat daarin zijn rol was. Maar zij voelde zich als een stuk wrakhout, heen en weer geslingerd door de grillen en de geheime bedoelingen van anderen.

'Lawrence, help me toch alsjeblieft,' smeekte ze fluisterend.

Ze keek de bibliotheek rond, en de boeken keken terug, koud, onbezield, vanbuiten gelijk, maar hun inhoud bleef verborgen. Het was een perfecte metafoor voor het leven dat ze was gedwongen te leiden.

Tijdens de lunch stond het gezicht van Sophia bleek en vermoeid. Connie had haar de afgelopen dagen nauwelijks gezien, en het viel haar op dat ze lusteloos en met lange tanden zat te eten. Uiteindelijk stond Sophia abrupt van tafel op en verontschuldigde zich.

Toen ze zich twee uur later nog altijd niet had laten zien, besloot Connie poolshoogte te nemen. Ze liep naar boven en klopte op de deur van haar kamer. Sophia lag op bed, haar gezicht zag grauw, en ze had een koude lap op haar voorhoofd gelegd.

'Lieverd, voel je je niet lekker?' Connie ging op de rand van het bed zitten en nam Sophia's hand in de hare. 'Kan ik iets voor je doen?'

'Nee, ik ben niet ziek. Tenminste, niet lichamelijk...' Sophia zuchtte, met een matte glimlach. 'Lief van je om te komen, Constance. Ik heb het gevoel dat we elkaar de laatste tijd nog maar weinig zien. Ik heb je gemist.'

'Ja, maar nu ben ik er,' zei Connie sussend.

'O, Constance.' Sophia beet op haar onderlip. 'Frederik heeft me verteld dat hij over een paar weken teruggaat naar Duitsland. Wat moet ik doen? Ik kan het niet verdragen.' Dikke tranen liepen uit haar niets ziende ogen.

'Toch zul je je erbij moeten neerleggen.' Connie drukte haar hand. 'Net zoals ik me erbij moet neerleggen dat ik niet bij Lawrence kan zijn.'

'Je hebt gelijk. Ik weet dat je me naïef vindt. En dat je denkt dat ik niets van de liefde begrijp. Dat ik er wel overheen kom, dat er geen toekomst is voor Frederik en mij. Maar ik ben een volwassen vrouw, Constance, en ik weet wat ik voel.'

‘Ik probeer je alleen te beschermen, Sophia,’ zei Connie. ‘Maar ik begrijp hoe moeilijk je het hebt.’

‘Eens zullen we samen zijn, Frederik en ik. Dat weet ik zeker. Heel diep vanbinnen.’ Sophia legde een hand op haar hart. ‘Frederik zegt dat hij wel een oplossing zal weten te vinden. En ik geloof hem.’

Connie zuchtte. Vergeleken met de ontberingen van miljoenen mensen die in de afgelopen vier jaar hun leven of hun dierbaren hadden verloren, leek Sophia’s verdriet misschien onbeduidend. Maar Sophia werd erdoor verteerd, omdat het ging om háár leven, háár liefde.

‘Als Frederik dat zegt, dan doet hij dat,’ zei ze dan ook troostend. Wat moest ze anders zeggen? Als Frederik inderdaad op korte termijn vertrok, kon ze alleen maar hopen dat de situatie zich uiteindelijk vanzelf zou oplossen.

De daaropvolgende weken werd de stilte van de nacht talrijke malen verscheurd door het gejank van het luchtalarm, zodat de bewoners van Parijs hun bed uit moesten en dekking moesten zoeken onder de grond. Connie hoorde dat de RAF aanvallen uitvoerde op de fabrieken van Peugeot en Michelin in het geïndustrialiseerde achterland van Parijs. Als ze het nieuws thuis in Engeland in *The Times* had gelezen, zou ze het met vreugde hebben begroet, maar hier stonden de kranten vol van de talloze onschuldige Franse burgers die bij de aanvallen de dood hadden gevonden.

Tijdens haar dagelijkse wandeling naar de Tuilerieën kon Connie bijna voelen dat de hartslag van de stad zwakker werd en dat de mensen het vertrouwen begonnen te verliezen dat er ooit een eind aan de oorlog zou komen. De beloofde geallieerde invasie had nog steeds niet plaatsgevonden, en Connie vroeg zich steeds vaker af of de hoop daarop tevergeefs was geweest.

Er daalde een dichte mist over het park, als om de sombere dag zo snel mogelijk onzichtbaar te maken, en toen ze op haar vaste bankje ging zitten, zag Connie dat Venetia kwam aanslenteren.

Na het gebruikelijke onzinnige begroetingsritueel ging ze naast Connie op de bank zitten. Hoewel ze was vermomd als 'rijke vrouw' had ze niet de moeite genomen zich op te maken. Haar huid zag doorzichtig bleek, haar gezicht was angstaanjagend ingevallen.

'Bedankt voor het gebruik van je kelder. Je hulp is erg op prijs gesteld.' Venetia haalde een pakje Gauloises tevoorschijn. 'Wil je een sigaret?'

'Nee, dank je.'

'Ik leef op die verrekte dingen. Ze dempen het hongergevoel.' Venetia gaf zichzelf een vuurtje.

'Heb je geld nodig om eten te kopen?' vroeg Connie, blij dat ze althans iets kon doen.

'Nee, dank je. Het probleem is dat ik voortdurend onderweg ben. Ik kan nooit twee keer vanaf dezelfde plek zenden, want dan kunnen de moffen het signaal traceren. Dus ik zit constant op die rotfiets, en ik heb niet eens tijd om te eten.'

'Hoe gaat het?' vroeg Connie.

'Ach, je kent het.' Venetia nam een lange trek van haar sigaret. 'Een stap vooruit, twee stappen achteruit. Gelukkig is onze groep inmiddels wel beter georganiseerd dan in de zomer dat ik hier aankwam. Maar we kunnen altijd wel een extra paar handen gebruiken, Con. Dus ik dacht, wat maakt het uit dat je officieel geen agent meer bent? Misschien kun je een handje helpen, gewoon als burger? En als je eenmaal contact hebt met de mensen in mijn netwerk, kunnen zij je misschien helpen om Frankrijk uit te komen.'

'Echt waar?' Connie had de hoop op terugkeer allang opgegeven, maar nu kreeg ze weer nieuwe moed. 'O, Venetia, vergeleken met jou heb ik het maar gemakkelijk. Dat besef ik heel goed. Toch zou ik er alles voor doen – echt alles – om uit dat huis weg te komen en naar Engeland terug te gaan.'

'Ik heb mijn netwerk al verteld dat je me hebt geholpen, en ik weet zeker dat ze je willen helpen. Ik stel voor dat je bij onze volgende samenkomst aanwezig zult zijn. Ik kan niks beloven, en er is altijd een kans dat de plek waar we hebben afgesproken, wordt verraden. Maar de ene dienst is de andere waard. Bovendien ben je mijn vriendin. En ik heb met je te doen, omdat je daar opgesloten zit en die zwijnen moet ontvangen.'

Venetia schonk haar een warme glimlach, en plotseling zag Connie een glimp van haar vroegere schoonheid, dwars door de uitputting heen. 'Trouwens, die vent bij wie je in huis zit, moet wel een heel hoge zijn in het verzet. Er moet hier in Parijs een schatrijke kerel zijn die ze allemaal bijna net zo hoog hebben zitten als Moulin. Moulin was de leider van het verzet, helaas overleden en door iedereen op handen gedragen. Als die schatrijke vent jouw huisbaas is, dan snap ik wel waarom Londen je moest opofferen – ondanks je schitterende carrièrevooruitzichten – toen je bij hem op de stoep verscheen, in het volle zicht van de Gestapo. Afijn, ik moet ervandoor.' Venetia stond op. 'Donderdag weet ik meer. Hoe laat en waar. Op de barricaden! Tot dan! Zelfde bankje.'

22

Zoals afgesproken ging Connie die donderdag opnieuw naar de Tuilerieën, maar Venetia liet zich niet zien. Pas vier dagen later, nadat Connie elke dag trouw op het afgesproken tijdstip op de bank was gaan zitten, kwam Venetia aanfietsen. Ze groette Connie niet, maar bleef alleen even staan en zei op gedempte toon, strak voor zich uitstarend: 'Café de la Paix, negende arrondissement, vanavond om negen uur.' Toen fietste ze weer door.

De uren daarna piekerde Connie zich suf hoe ze onopgemerkt het huis uit moest zien te komen. Want ze twijfelde er niet aan of Édouard zou het niet goedvinden dat ze 's avonds nog alleen de straat op ging. Uiteindelijk besloot ze te zeggen dat ze hoofdpijn had en zich direct na het eten terug te trekken. Édouard verdween op dat moment doorgaans naar zijn studeerkamer, en zodra ze wist dat ook hij zich had teruggetrokken, zou ze via de keuken en de kelder naar buiten glippen. Omdat de sleutel nog altijd niet was gevonden, zat de kelderdeur niet op slot.

Na het diner die avond – Édouard was al van tafel opgestaan en Connie wilde net zijn voorbeeld volgen – ging de bel. Sarah deed open. Enkele ogenblikken later kwam ze de eetkamer binnen. 'U hebt bezoek, madame Constance. Kolonel Falk van Wehndorf is er. Ik heb hem in de salon gelaten.'

Connie kon wel huilen. Hij had op geen slechter moment kunnen komen! Maar toen ze de salon betrad, dwong ze zichzelf stralend te glimlachen. 'Herr Falk, goedenavond. Hoe maakt u het?'

'Uitstekend, Fräulein, maar ik heb uw schoonheid al een paar dagen moeten missen. Dus zou u me het genoegen willen doen me later op de avond naar een club te vergezellen? Dan kunnen we misschien ergens gaan dansen?'

Connie begon al een excuus te stamelen, maar Falk legde hoofdschuddend een vinger op haar lippen. 'Nee, Fräulein, u hebt me al te vaak een blauwtje laten lopen. Vanavond neem ik met een weigering geen genoegen. Ik kom u om tien uur halen.' Hij liep naar de deur, maar daar bleef hij nog even staan, alsof hem iets te binnen schoot. 'Ik hoop in een uitstekende stemming te zijn. Mijn mensen hebben vanavond een belangrijke afspraak in Café de la Paix,' zei hij met een glimlach. 'Tot straks, Fräulein.'

Vervuld van afschuw keek Connie hem na. Haar hart bonsde in haar keel. Ze moest Venetia waarschuwen dat de Gestapo op de hoogte was van de bijeenkomst. Dus ze rende naar boven, zette een hoed op en haastte zich weer naar beneden. Op het moment dat ze de voordeur opendeed en naar buiten stapte, werd er een hand op haar arm gelegd.

'Constance, vanwaar die haast? Waar ga je nog zo laat naartoe?'

Ze keerde zich naar Édouard, in het besef dat de paniek die ze voelde, van haar gezicht was af te lezen. 'Ik moet de stad in! Er zijn levens mee gemoeid. Ik kan het je niet vertellen, maar laat me alsjeblieft gaan!'

'Kom maar even mee naar de bibliotheek. Dan kun je me daar vertellen waarom je zo van streek bent.' Hij trok haar weer naar binnen op een manier die geen tegenspraak duldde.

'Toe nou, alsjeblieft!' smeekte Connie. 'Ik ben je gevangene niet! Je kunt me niet tegen mijn wil opsluiten. Ik moet de deur uit, anders is het misschien te laat!'

'Je bent inderdaad niet mijn gevangene, Constance, maar ik kan niet het risico nemen je de deur uit te laten gaan zonder te weten wat je van plan bent. Dus óf je vertelt me wat er aan de hand is, óf ik zal inderdaad gedwongen zijn je op te sluiten in je kamer. Denk maar niet dat je activiteiten, zoals je ontmoeting met een "vriendin" in het Ritz, onopgemerkt zijn gebleven,' zei Édouard grimmig. 'Ik heb je keer op keer op het hart gedrukt dat we niet het risico mogen nemen dat er een verband wordt gelegd tussen dit huis en het verzet.'

'Dat besef ik,' bekende Connie, geschokt dat hij op de hoogte was van haar contact met Venetia. 'De vrouw die ik in het Ritz heb gesproken, zat in mijn trainingsgroep in Engeland. Ze vroeg om hulp. En die kon ik niet weigeren, want ik beschouw haar als een vriendin.'

'En waar moet je vanavond naartoe?' vroeg Édouard nogmaals.

'Ik heb vanmiddag van mijn vriendin gehoord dat haar netwerk vanavond om negen uur bij elkaar komt in Café de la Paix. En ik begreep net van Falk dat hij van die bijeenkomst op de hoogte is. De Gestapo zal het netwerk daar opwachten. Dus ik moet ze waarschuwen. Laat me alsjeblieft gaan, Édouard,' smeekte Connie.

'Nee, Constance! Dat kan ik niet doen, en dat weet je. Als je wordt opgepakt, weten we wat de gevolgen zouden zijn voor de anderen hier in huis.'

'Maar ik kan niet thuis blijven zitten, in de wetenschap dat ze in de val loopt! Het spijt me, Édouard, ik ga! Of je dat nou goedvindt of niet!' Connie liep vastberaden naar de deur.

'NEE!'

Édouard pakte haar bij de schouders. Ze verzette zich uit alle macht, maar het was zinloos, hij was sterker dan zij. Er kwamen tranen in haar ogen van frustratie.

'Constance, rustig! Anders moet ik je slaan, en dat wil ik niet. Jij gaat vanavond niet naar dat café.' Édouard slaakte een diepe zucht. 'Dat doe ik.'

'Jij?'

'Ja. Ik heb meer ervaring met dit soort situaties dan jij ooit zult hebben.' Hij keek op zijn horloge. 'Hoe laat zei je vriendin dat de bijeenkomst zou beginnen?'

'Om negen uur. Dus dat is al over een uur.'

'Dan ben ik misschien nog op tijd om contact te zoeken met iemand die een boodschap kan doorgeven,' zei hij met een vluchtige, geforceerde glimlach. 'Zo niet, dan ga ik er zelf heen. Je moet dit aan mij overlaten. Ik zal doen wat ik kan, dat beloof ik.'

'O god, Édouard.' Het was nu definitief gedaan met Connies verzet, en ze sloeg haar handen voor haar gezicht. 'Het spijt me zo! Het spijt me dat ik je vertrouwen heb beschaamd.'

'Daar hebben we het later nog wel over. Als ik nog op tijd wil zijn, moet ik nu weg. Mocht er iemand aan de deur komen,' hij trok zijn wenkbrauwen op, 'dan ben ik met migraine naar bed gegaan.'

'O, Édouard!' Ineens schoot het haar te binnen. 'Falk komt me om tien uur halen om te gaan dansen.'

'Dan moet ik zorgen dat ik tegen die tijd weer thuis ben.'

Terwijl Édouard de bibliotheek uit liep, liet Connie zich in een stoel vallen. Een paar minuten later hoorde ze de voordeur dichtslaan.

'Laat hij alsjeblieft op tijd komen!' smeekte ze handenwringend.

Connie hield de wacht bij het raam van de salon om Édouard te zien terugkomen. Het was niet koud die avond. Dat ze rilde, kwam puur door de angst. De klok op de schoorsteenmantel tikte de seconden weg, en toen de bel ging, schrok ze, zich ineens weer bewust van haar afspraak met Falk. Maar het was pas even na negenen.

Ze liep de gang in, en toen Sarah opendeed, zag ze Falk voor de deur staan.

'U bent vroeg, Herr Falk. Ik ben nog niet zover!'

'U vergist zich, Fräulein Constance,' zei hij met een ongebruikelijk warme glimlach. 'Ik ben Frederik. Is mademoiselle Sophia thuis? Ik weet niet of ze het u heeft verteld, maar ik vertrek morgen. Dus ik wilde graag afscheid nemen.'

'Ach, natuurlijk,' antwoordde Connie. 'Sophia zit in de bibliotheek.' Ze wees naar de bewuste deur. 'En neem me niet kwalijk dat ik u voor Falk aanzag. Die verwacht ik later op de avond.'

'Daar hoeft u zich niet voor te verontschuldigen,' stelde Frederik haar gerust. 'Dat is me al zo vaak gebeurd, en het zal ongetwijfeld nog vaker gebeuren.' Hij knikte haar toe en liep langs haar heen naar de bibliotheek, waar hij de deur achter zich dichttrok.

Kon het nog erger worden, vroeg Connie zich af terwijl ze de trap op liep om zich voor te bereiden op de volgende beproeving. Toen ze klaar was, ging ze weer naar beneden en hervatte ze haar wacht in de salon, zodat ze Édouard onmiddellijk kon waarschuwen dat Frederik op bezoek was.

De wijzers van de klok gaven al kwart voor tien aan toen Connie buiten voetstappen hoorde. Ze rende naar de deur, gooide hem open en ving Édouard op die zich in haar armen stortte. Hijgend en wankelend werkte hij zich weer overeind, en Connie hield geschokt haar adem in toen ze zag dat de rechterschouder van zijn jasje onder het bloed zat.

'O, mijn god! Je bent gewond! Wat is er gebeurd?' vroeg ze fluisterend.

'Ik kwam te laat. Toen ik de treden af liep naar het café had de Gestapo het pand al omsingeld. Binnen heerste chaos, er werd door beide partijen geschoten... Ik weet niet eens door wie ik ben geraakt. Maar maak je geen zorgen, het is maar een vleeswond. Ik overleef het wel. Helaas kan ik niet instaan voor het leven van je vriendin,' mompelde hij ernstig verzwakt.

'Édouard,' zei Connie wanhopig, 'we hebben een gast en die mag je zo niet zien...'

Maar het was al te laat. De ogen van Édouard waren niet langer op Connie gericht, maar op Frederik en Sophia, aan de andere kant van de hal. Frederik staarde Édouard verbijsterd aan.

'Ben je gewond?' vroeg hij.

'Het valt wel mee,' antwoordde Édouard haastig. 'Ik ben in een vuurgevecht op straat beland toen ik uit een restaurant kwam.'

'Frederik, wat is er aan de hand?' vroeg Sophia, die niet kon zien hoe Édouard er aan toe was. 'Ben je ernstig gewond, broer? Moeten we je naar het ziekenhuis brengen?' vroeg ze met paniek in haar stem.

'Geen sprake van,' wist Édouard uit te brengen, bijna bedwelmd door de pijn. 'Ik ga naar boven om de boel schoon te maken.'

‘Ik zal je helpen,’ zei Connie.

‘Nee, stuur Sarah maar naar me toe, om het bad te laten vollopen.’ Met een van pijn vertrokken gezicht begon hij de trap te beklimmen. ‘Morgenochtend voel ik me alweer een stuk beter. Welterusten.’

Gedrieën keken ze hem na terwijl hij voorzichtig, tree voor tree, de trap op klom. Net toen hij de overloop had bereikt, ging de bel.

‘Dat zal uw broer zijn!’ Connie pakte haastig haar jas van de kapstok. ‘Ga alstublieft terug naar de bibliotheek, Herr Frederik. Jou spreek ik later weer, Sophia.’

Connie deed de deur open. ‘Ik ben zover!’ zei ze stralend. ‘Zullen we dan maar?’

Verrast en dankbaar vanwege haar gretigheid ging Falk akkoord. Hij bood haar zijn arm, en ze liepen de treden af naar de straat. De chauffeur van zijn dienstauto hield het portier voor Connie open, en Falk kroop naast haar op de achterbank. Ze kon zijn scherpe adem ruiken, zoals gebruikelijk met een verschaalde alcoholwalm. Het hakenkruis op de mouw van zijn jasje streek langs haar huid toen hij vastberaden een hand op haar knie legde.

‘Hè, hè,’ verzuchtte hij. ‘Ik ben blij dat ik even de zinnen kan verzetten. Het was me het dagje wel.’

‘Maar is het allemaal succesvol verlopen?’ vroeg Connie zo beheerst mogelijk.

‘Buitengewoon succesvol. We hebben er twintig te pakken weten te krijgen. Helaas waren ze gewapend, dus we hebben een officier verloren. Een goeie vent. Bovendien een vriend van me. En natuurlijk is er ook een stel ontsnapt... Maar het is boeiend om te zien hoe hard hun vrienden het op een krijsen zetten wanneer we de druk een beetje opvoeren. En dan geven ze al heel snel de namen van hun makkers prijs. Dus maak je geen zorgen, we zullen ze wel weten te vinden. Maar genoeg daarover.’ Hij klopte haar op de knie. ‘Dat is voor morgen. Voorlopig zitten er al een hoop veilig achter de tralies. Het is tijd om te ontspannen.’

Connie voelde dat hij zinderde van euforie, ingegeven door de behaalde triomf. Toen ze de club binnenkwamen, verontschuldigde ze zich en liep naar de wc's, waar ze zich opsloot in een van de hokjes. Daar ging ze met haar hoofd tussen haar knieën op het deksel van de wc zitten. Haar ademhaling was gejaagd, oppervlakkig, en ze had het afschuwelijke gevoel dat ze niet meer op haar benen kon staan. Het spel was uit, dat kon niet anders. Wanneer Frederik zijn broer vertelde dat Édouard met een schotwond was thuisgekomen, zou Falks wantrouwen zijn gewekt. Sterker nog, misschien had Frederik de Gestapo al gewaarschuwd.

En het kwam allemaal door haar! Ze had Édouards vertrouwen beschaamd, en door te proberen Venetia te waarschuwen had ze zijn moeizaam verworven, angstvallig beschermde dekmantel in gevaar gebracht, met alle gevolgen van dien.

'O god, wat heb ik gedaan...' jammerde ze. En hoe was het met Venetia afgelopen? Was ze een van de weinige gelukkigen die, net als Édouard, hadden weten te ontsnappen? Of zat ze in een cel op het hoofdkwartier van de Gestapo, in afwachting van de gruwelijke martelingen die agenten van de SOE en leden van het verzet moesten ondergaan? Waarna ze op transport werden gesteld naar de vernietigingskampen of – als ze geluk hadden – ter plekke werden doodgeschoten.

Uiteindelijk richtte Connie zich op, ze liep het hokje uit en spetterde wat water in haar gezicht. Terwijl ze haar lippen bijwerkte, sprak ze zichzelf ernstig toe. Als Édouard nog niet was gearresteerd, zou ze hem zo veel mogelijk tijd moeten geven om weer op krachten te komen.

Ongeacht wat ze daarvoor moest doen...

Édouard lag op bed, met zijn tanden op elkaar om het niet uit te schreeuwen van de pijn. Nadat hij een bad had genomen, had Sarah de wond in zijn schouder schoongemaakt, ontsmet en verbonden.

'Monsieur Édouard,' zei de huishoudster wanhopig. 'U weet dat u dit in het ziekenhuis moet laten behandelen. Het is inderdaad een vleeswond, maar wel een diepe, en misschien zitten er nog meer kogelscherven in.'

'Sarah, ik kan niet naar het ziekenhuis. Dat weet je!' Hij vertrok zijn gezicht van pijn, want de jodium prikte alsof hij door honderden bijen werd gestoken. 'We zullen moeten roeien met de riemen die we hebben. Is Frederik al weg?'

'Nee, die is nog in de bibliotheek met mademoiselle Sophia.'

Édouard pakte Sarahs hand. 'Je beseft, neem ik aan, dat het zo goed als zeker voorbij is voor me? Ik ben gezien door ten minste twee van de Gestapo-officieren in het café. En met mij komt ook de rest van het huishouden onder verdenking te staan. Ik...' Édouard probeerde te gaan zitten, maar viel weer terug in de kussens. 'We hebben van meet af aan geweten dat dit kon gebeuren. En daar zijn we op voorbereid. Dus jullie moet hier zo snel mogelijk weg, Sarah. Je moet zo snel mogelijk met mademoiselle Sophia en Constance naar het zuiden, naar het chateau. De Gestapo kan elk moment voor de deur staan om ons allemaal te arresteren.'

'Monsieur, dat kunt u niet van me vragen.' Sarah schudde haar hoofd. 'Ik werk al vijfendertig jaar voor de familie en ik weet hoe moedig u bent. Hoeveel risico's u hebt genomen. Mijn man is twee jaar geleden door die zwijnen doodgeschoten. Dus ik pieker er niet over om te deserteren.'

'Je hebt geen keus, Sarah. Je moet wel. Voor Sophia,' drong Édouard aan. 'Zorg dat jullie zo snel mogelijk klaar zijn voor vertrek. Er ligt geld in het bureau in de bibliotheek, samen met de persoonsbewijzen die ik voor jullie allemaal heb laten maken. Met een beetje geluk lukt het je daarmee Parijs uit te komen. Maar voordat jullie verder naar het zuiden reizen, moeten jullie nieuwe papieren hebben. Ik zal bericht sturen naar mijn contactpersonen dat jullie eraan komen. Zij zullen jullie helpen, en ik...'

Er werd op de deur van de kamer geklopt.

'Laat ze maar binnenkomen. En doe dan wat ik je net heb gezegd.'

Sarah liep naar de deur. Daar stond Frederik, met de arm van Sophia door de zijne.

'Je zuster wilde je zien, Édouard,' zei Frederik. 'Ze maakt zich grote zorgen om je. Trouwens, ik ook. Mogen we binnenkomen?'

'Natuurlijk.'

Édouard keek toe terwijl hij Sophia met vaderlijke tederheid naar het bed geleidde en haar hielp te gaan zitten.

'Lieve broer, wat is er gebeurd?' Sophia tastte naar zijn hand, haar gezicht was vertrokken van angst. 'Ben je ernstig gewond?'

'Nee, lieverd. Zoals ik al zei, het is maar een vleeswond. Er werd gevochten op straat, en daar belandde ik middenin.' Édouard was zich ervan bewust dat elk woord zijn doodvonnis en dat van zijn zuster kon betekenen. De ogen van Frederik waren echter niet op hem gericht, en ook niet op de kleine stukjes kogel in een schaaltje op zijn nachtkastje, die Sarah zorgvuldig uit de wond had verwijderd. In plaats daarvan keek Frederik bezorgd naar Sophia.

'Ja, ik hoorde dat er vanavond een paar overvallen waren in de stad.' Frederik keerde zich naar Édouard, en de twee mannen keken elkaar aan. 'Ik moet ervandoor. Mocht ik ook maar iets voor je kunnen doen, bel me dan rechtstreeks op mijn privélijn op het Gestapo-hoofdkwartier. Ik zal het nummer voor je opschrijven.' Frederik haalde potlood en papier uit zijn binnenzak. 'Welterusten, Sophia,' zei hij toen hij het nummer had genoteerd. 'Pas goed op je broer.' Hij drukte een tedere kus op haar hand, knikte naar Édouard en verliet de kamer.

Toen Connie bij Falk terugkwam, was haar glimlach net zo onecht als het vurige rood op haar lippen. Terwijl Falk gretig toetastte tijdens hun souper, at Connie met lange tanden. Hij vroeg naar haar leven voor de oorlog, naar het huis in St. Raphael en naar haar plannen voor de toekomst.

'Ach, ik denk dat we allemaal moeite hebben met vooruitkijken zolang de oorlog nog woedt,' zei ze terwijl Falk haar wijnglas nog eens bijvulde.

'Maar het einde is onvermijdelijk, waar of niet?' Hij keek haar doordringend aan.

'Natuurlijk,' zei Connie haastig. 'Maar tot het Franse volk leert inzien waar zijn belang ligt, zijn het gevaarlijke tijden die we doormaken.'

'Zeg dat wel,' zei Falk, tevreden met haar antwoord. 'Vertel nog eens wat over uw neef Édouard. Een boeiende man, vindt u ook niet?'

'Dat is hij zeker,' antwoordde Connie vrijblijvend.

'Lid van de Franse aristocratie, met een stamboom die honderden jaren teruggaat. En bovendien een stamboom met heel wat dappere mannen die hun leven hebben gewaagd om het land dat hun lief was, te verdedigen.'

'Hij heeft inderdaad veel dappere voorouders,' zei Connie instemmend.

'Toch had Édouard niet lang nodig om zijn loyaliteit te verleggen naar Duitsland en ons groeiende Rijk. Daar heb ik me vaak over verbaasd. Hoe dat kan. En waarom hij het heeft gedaan,' zei Falk nadenkend, terwijl zijn blik nog altijd die van Connie vasthield.

'Misschien omdat hij de toekomst net zo ziet als u,' zei ze enthousiast. 'Hij weet dat het oude Frankrijk niet zal kunnen overleven, en bovendien omhelst hij de idealen van de Führer.'

'Toegegeven, onze rechtse sympathieën zijn gunstig voor de rijken. Maar er hebben zich gelegenheden voorgedaan waarbij anderen hun twijfel hebben uitgesproken omtrent zijn steun aan onze zaak,' zei Falk met een zucht. 'Zijn naam wordt in verband gebracht met het verzet en met een geheime organisatie van intellectuelen. Het spreekt vanzelf dat ik dergelijke vermoedens heb afgedaan als roddel.'

'En terecht! Het lijkt wel alsof iedereen in Parijs af en toe onder verdenking komt te staan. Misschien zelfs ik wel!' Connie grinnikte.

'Nee, Fräulein, ik kan u verzekeren dat er geen enkele twijfel is gerezen omtrent uw dossier. Trouwens, is Édouard vanavond thuis?

Misschien kan ik hierna nog even bij hem langsgaan, om hem te waarschuwen dat zijn naam wordt genoemd in verband met een recente actie van het verzet. Dat ben ik als goede vriend aan hem verplicht. Édouard heeft mijn broer en mij altijd buitengewoon gastvrij ontvangen.'

'Natuurlijk is hij thuis, maar op dit uur heeft hij zich ongetwijfeld al teruggetrokken. Bovendien...' Connie dwong zichzelf over haar weerzin heen te stappen en legde losjes een hand op zijn arm. 'Ik dacht dat u vanavond wilde ontspannen?' Ze hield koket haar hoofd schuin en glimlachte flirterig.

Falks ogen begonnen te glinsteren. 'U hebt gelijk!' Hij sloeg met zijn vuist op tafel. 'Vanavond wil ik alleen maar plezier maken. Kom, dan gaan we dansen!'

Connie drukte haar lichaam tegen het zijne terwijl ze op de maat van de muziek over de dansvloer bewogen. Ze ging op zijn liefkozingen in alsof ze ernaar had verlangd. En toen hij haar kuste en zijn tong als een hagedis door haar mond liet bewegen, voelde ze het bewijs van zijn opwinding tegen haar dij.

'Laten we ergens heen gaan waar we alleen zijn,' fluisterde ze in zijn oor, tot alles bereid om hem af te brengen van zijn voornemen nog bij Édouard langs te gaan.

'Dat doen we!'

Hij liet onmiddellijk zijn auto komen. Nadat hij de chauffeur kortaf het adres had genoemd, aarzelde hij geen moment, maar begon aan een verkenning van Connies lichaam, voor zover hij daarbij kon. Toen de auto stilhield voor een onopvallend appartementenblok, op enkele minuten rijden van het hoofdkwartier van de Gestapo aan de Avenue Foch, stuurde Falk de chauffeur weg, hij trok Connie mee naar binnen en ze stapten in de lift naar de tweede verdieping. Zodra ze het appartement betraden, loodste hij Connie haastig naar een verduisterde slaapkamer.

'*Mein Gott!* Wat heb ik hier lang op moeten wachten! Al sinds de eerste keer dat ik je zag!'

Hij rukte haar de kleren van het lijf. Zelf trok hij alleen zijn uniformjas uit, hij duwde haar op het bed en maakte de rits van zijn gulp open. Connie deed haar ogen stijf dicht om de tranen terug te dringen toen hij ruw in haar drong en agressief haar borsten kneedde. In gespeeld genot duwde ze haar heupen omhoog, vurig hopend dat het daardoor sneller voorbij zou zijn.

Ze voelde zijn smerige adem langs haar gezicht strijken terwijl hij krachttermen en obsceniteiten kreunde in het Duits. Omdat ze vanbinnen kurkdroog was, moest ze zich beheersen om het niet uit te schreeuwen van pijn door het geweld waarmee hij haar tere opening ramde. Net toen ze dacht dat ze zou flauwvallen, slaakte hij een woeste kreet en liet zich slap op haar vallen.

Toen zijn adem weer normaal werd, richtte hij zich op een elleboog op en keek op haar neer. 'Voor een Franse aristocrate neuk je als een hoer.' Hij liet zich van haar af rollen en deed zijn ogen dicht.

Gesust door een vals gevoel van veiligheid bedacht Connie dankbaar dat het betrekkelijk snel voorbij was geweest.

Maar tien minuten later was Falk weer wakker. Hij keerde zich naar haar toe en begon zich af te trekken. Toen pakte hij haar bij haar schouders, hij trok haar ruw van het bed op de grond en dwong haar tussen zijn gespreide benen te gaan zitten.

'Alstublieft, Herr Falk! Ik...' Verder kwam ze niet want hij drong haar mond binnen.

'Jullie Franse aristocraten! Jullie denken dat jullie beter zijn dan wij!' Hij hield haar hoofd als in een bankschroef en beukte nog dieper in haar. 'Maar dan vergis je je! Jullie vrouwen zijn allemaal hetzelfde: hoeren en sletten!'

Terwijl de nacht plaatsmaakte voor een aarzelende dageraad werd Connie onderworpen aan een opeenvolging van vernederende, tegennatuurlijke seksuele handelingen. En ondertussen zette Falk zijn tirade tegen vrouwen voort. Connie huilde en smeekte, maar haar woorden stuitten op dovemansoren terwijl hij doorging haar te misbruiken. Toen hij haar ten slotte op haar buik draaide en maagdelijke, intieme openingen binnendrong, die daar niet voor bedoeld waren, werd de beproeving zo ondraaglijk dat Connie het bewustzijn verloor.

Tegen de tijd dat ze bijkwam, drong het eerste zwakke licht van de nieuwe dag al door de ramen. Falk was verdwenen. De tranen stroomden over haar wangen toen ze duizelig over de grond kroop om haar kleren bij elkaar te rapen en haar misbruikte, bloedende lichaam te bedekken. Het was even over zessen, zag ze op haar horloge. Met moeite wist ze zich overeind te werken, onder verontwaardigd protest van haar gemartelde spieren. Voorzichtig deed ze de deur van de slaapkamer open, wanhopig op zoek naar een uitweg, en ze liep de zitkamer in.

Er stond een foto – het enige persoonlijke accent in de verder strikt functionele ruimte – van een aantrekkelijke, iets te zware, moederlijke vrouw met twee engelachtige jonge kinderen, miniatuuruitgaven van Falk.

Connie strompelde naar de badkamer want ze voelde dat ze moest braken. Daarna waste ze haar gezicht, ze dronk wat water en verliet het appartement.

23

Toen Connie het huis aan de Rue de Varenne binnenstrompelde, kwam Sarah haar tegemoet.

'Madame, waar was u? En wat is er gebeurd?' vroeg ze, vervuld van afschuw toen ze zag hoe Connie was toegetakeld.

Zonder antwoord te geven liep Connie langs haar heen naar de trap, en ze rende naar boven. In de badkamer draaide ze de kranen open, ze stapte in de kuip en schrobde elk stukje van haar lichaam bijna tot bloedens toe.

De bel ging. Het was Frederik.

'Madame, ik moet de Comte spreken,' zei hij tegen Sarah.

'Die slaapt nog.'

Opnieuw werd Sarah genegeerd en Frederik stormde met twee treden tegelijk de trap op.

Toen hij de slaapkamer van Édouard binnenviel, keek die hem vanuit de kussens aan. Zijn ogen schitterden van de koorts, want de wond in zijn schouder was gaan ontsteken. Omdat hij niet direct wist welke van de twee broers hij voor zich had, lag er angst in zijn ogen te lezen.

'Monsieur le Comte... Édouard... neem me niet kwalijk dat ik zomaar kom binnenvallen,' zei Frederik gehaast. 'Maar ik kom je waarschuwen. Jij en je familie zijn in groot gevaar. Mijn broer vermoedt al geruime tijd dat je deel uitmaakt van het verzet. Vanmorgen kwam hij bij me in mijn kantoor, en hij vertelde dat een van zijn officieren je heeft herkend tijdens de overval op de leden van het Psychologynetwerk, gisteravond in Café de la Paix. Hij kan elk moment hier zijn om jou, je nicht en Sophia te arresteren. Je moet hier onmiddellijk weg!' zei hij smekend. 'Je hebt geen ogenblik te verliezen.'

Édouard staarde hem geschokt en tegelijkertijd gefascineerd aan. 'Maar... waarom vertel je me dit? En waarom zou ik je vertrouwen?'

'Omdat je geen keus hebt en omdat ik van je zuster hou. Monsieur le Comte...' Frederik kwam dichter naar het bed en keek op Édouard neer. 'Je haat jegens mijn volk is gerechtvaardigd, maar velen van ons hadden geen andere keus dan ons achter een zaak te scharen waarin we al lang niet meer geloven. En steeds meer landgenoten voegen zich bij ons. Édouard, net als jij heb ik mijn positie gebruikt om waar ik kon het aantal slachtoffers zo beperkt mogelijk te houden. Ik onderhoud bovendien contact met mensen die jij ook kent en die ervoor strijden een eind te maken aan de verwoesting van onze prachtige landen, aan het vertrappen van hun geschiedenis door nazilaarzen. Maar dit is niet het moment om het daarover te hebben. Je moet hier onmiddellijk weg.'

Édouard schudde zijn hoofd. 'Dat zal niet gaan, Frederik. Ik ben te ziek. De vrouwen zullen zonder mij moeten vertrekken. Ik zou te veel opvallen en alleen maar een blok aan hun been zijn.'

'Frederik!' Sophia verscheen in de deuropening. 'Wat is er aan de hand?'

Hij haastte zich naar haar toe en trok haar tegen zich aan. 'Wees maar niet bang, liefste Sophia. Ik zal zorgen dat je niets overkomt. Ik vertelde net aan je broer dat dit huis onder verdenking staat en dat de Gestapo elk moment hier kan zijn. Dus je moet hier onmiddellijk weg, *mein Liebling*.'

'Sarah heeft mijn spullen gepakt, dat had mijn broer gisteravond al tegen haar gezegd. Dus we zijn klaar om te vertrekken. Édouard, je moet opstaan en je aankleden.'

'De auto staat voor. Ik kan jullie hier in Parijs overal naartoe brengen. Je hoeft het maar te zeggen. Maar we moeten nu wel weg.'

'Maar daarmee neem je zelf toch ook een enorm risico?' Édouard probeerde tevergeefs rechtop te gaan zitten en viel terug in de kussens.

'Voor degenen die ons dierbaar zijn, moeten we doen wat we kunnen.' Frederik hield Sophia nog altijd dicht tegen zich aan.

Ze maakte zich van hem los en liep naar het bed, waar ze op de tast Édouards hand vond en de hare op zijn voorhoofd legde. 'Je hebt koorts, maar je moet opstaan! Alsjeblieft! Frederik zegt dat ze elk moment hier kunnen zijn!'

'Sophia, je weet dat ik op dit moment niet kan reizen. Dat gaat gewoon niet,' zei Édouard zo rustig mogelijk. 'Maar ik vind wel een manier om achter jullie aan te komen. Dat beloof ik. Sarah en Constance zijn bij je, en ik kom zo snel als ik kan naar jullie toe. En nu moet je echt gaan!'

'Maar ik kan je toch niet alleen laten...'

'Sophia, doe wat ik zeg! Het ga je goed, lieve zus, en ik bid dat we elkaar spoedig weerzien.' Édouard reikte naar haar met zijn hand en kuste haar op beide wangen. Toen gebaarde hij Frederik haar mee te nemen. Zodra de deur van de slaapkamer achter hen was dichtgevallen, probeerde hij helderheid te scheppen in zijn hoofd en ondanks de koorts te bedenken wat hem te doen stond.

Beneden werden Frederik en Sophia opgewacht door Sarah en Connie. Frederik ging hen voor naar buiten, naar de auto.

Boven was Édouard er met veel pijn in geslaagd overeind te komen. Vanachter het raam keek hij de wegrijdende auto na.

'Waar moet ik jullie naartoe brengen?' vroeg Frederik, die er vreemd uitzag met de pet van zijn chauffeur op zijn hoofd.

'Naar het Gare de Lyon. We gaan eerst naar het huis van mijn zuster. Daar krijgen we nieuwe papieren,' zei Sarah, die als enige van de drie vrouwen in staat was te antwoorden.

'En waar gaan jullie vandaar naartoe?' vroeg hij.

De blik die Connie haar toewierp, legde Sarah het zwijgen op. Maar dat kon Sophia niet zien. 'We gaan naar ons familiechateau,' zei ze. 'In Gassin.'

In zijn spiegeltje zag Frederik de afschuw op Connies gezicht.

'Constance, ik weet dat het te veel gevraagd is om een Duitser te vertrouwen. Maar ik neem ook een enorm risico. Ik hoop dat je dat wil geloven. Het zou een stuk gemakkelijker zijn om jullie rechtstreeks naar het hoofdkwartier van de Gestapo te brengen. Ik kan je verzekeren dat wat ik doe niet onopgemerkt zal blijven. Dus het is heel goed mogelijk dat ik hiermee mijn eigen doodvonnis heb getekend.'

'Je hebt gelijk,' gaf Connie toe, nog altijd ziek en wanhopig door wat er enkele uren eerder was gebeurd. 'Het spijt me, Frederik. Ik waardeer je hulp.'

'Ook al zijn we tweelingbroers, ik ben heel anders dan Falk,' vervolgde Frederik. 'Ik weet zeker dat hij mij verdenkt als blijkt dat jullie zijn ontsnapt. En dat hij zal doen wat hij kan om ook anderen te overtuigen dat ik jullie heb geholpen.'

Bij het Gare de Lyon stapten de drie vrouwen uit. Frederik haalde hun koffers uit de achterbak.

'Heel veel geluk,' fluisterde hij zacht.

Sophia wilde hem omhelzen, maar hij hield haar tegen. 'Ik ben de chauffeur, weet je nog wel? Maar ik beloof dat ik zo snel mogelijk naar je toe kom, mein Liebling. Nu moet je eerst zorgen dat je Parijs zo snel mogelijk achter je laat.'

'Ik hou van je, Frederik,' zei Sophia hartstochtelijk, voordat ze opgingen in de drukte rond het station.

'Ik hou ook van jou, mijn Sophia. Meer dan van mijn eigen leven,' mompelde Frederik toen hij weer in de auto stapte.

Een uur nadat de vrouwen waren vertrokken, arriveerde Falk bij het huis aan de Rue de Varenne. Hij bonsde op de voordeur, en toen er niet werd opengedaan, liet hij stormtroepers de deur intrappen. Het hele huis werd van onder tot boven doorzocht, maar het was verlaten.

Gesmoord vloekend keerde Falk terug naar het hoofdkwartier.

Toen hij het kantoor van Frederik binnenkwam, zag hij dat zijn broer bezig was zijn attachékoffer te pakken.

‘Ik kom net van de Rue de Varenne, om de hele familie op te pakken. Maar de vogel was gevlogen. Het lijkt wel alsof ze wisten dat ik zou komen.’ Falks gezicht was vertrokken van woede. ‘Maar de enige met wie ik over mijn verdenkingen heb gesproken, ben jij, broer.’

Frederik klikte het slot van zijn attachékoffer dicht. ‘Echt waar? Dat is inderdaad verontrustend. Maar zoals je zelf altijd zegt, zelfs de muren in Parijs hebben oren.’

Falk boog zich dichter naar hem toe. ‘Ik weet dat jij hierachter zit. Of denk je soms dat ik gek ben? Die smoes dat Sophia naar de radio wilde luisteren… Dat zei je om Édouard in bescherming te nemen! Je weet net zo goed als ik dat het signaal van een radio niet te onderscheppen valt zoals dat van een draadloze zender. Je zet míj te kakken, terwijl jij de Duitse zaak verraadt. En niet voor het eerst. Je moet oppassen, grote broer,’ sneerde hij. ‘Met je slimme praatjes en je uitgekookte ideeën kun je anderen misschien voor de gek houden, maar ik heb je door. Ik weet waar je loyaliteit werkelijk ligt.’

Frederik keek hem aan. De blik in zijn ogen was welwillend. ‘Dan zou ik dat zeker niet vóór me houden, broer. Ik groet je. We komen elkaar vast en zeker wel weer ergens tegen.’

Falk slaakte een zucht van woede en frustratie. Zoals altijd wist Frederik hem met zijn kalme superioriteit tot het uiterste te drijven. ‘Je denkt dat je zo veel beter bent dan ik, met je universitaire titels en je papieren plannen om indruk te maken op onze Führer. Maar ik vecht dag na dag, onvermoeibaar voor de goede zaak!’

Frederik tilde zijn attachékoffer van het bureau. Bij de deur bleef hij nog even staan. ‘Ik voel me helemaal niet beter, broer. Jij voelt je de mindere.’

‘Ik zal ze wel weten te vinden!’ riep Falk hem na door de gang. ‘Ook die hoer op wie je zo verzot bent!’

‘Dag, Falk.’ Met een zucht stapte Frederik in de lift.

Achter hem ramde Falk met volle kracht zijn vuist tegen de deur van het kantoor.

Édouard werd wakker uit een koortsige slaap. Het was pikdonker, en hij tastte naar de lucifers die hij had meegenomen. Zodra het vlammetje opgloeide, keek hij op zijn horloge. Het was al over drieën. Vijf uur sinds de stormtroepers boven zijn hoofd de voordeur hadden geforceerd. Toen hij probeerde zijn verstijfde ledematen te strekken, raakten zijn voeten de muur aan de andere kant van de benauwde ruimte.

De kleine, van bakstenen gemetselde schuilplaats, diep onder de grond en bereikbaar via een onzichtbaar valluik in de kelder, was door zijn voorouders gemaakt tijdens de Revolutie en bood plaats aan maximaal twee personen. Ook al wilde de legende dat Arnaud de la Martinières er op een nacht met zijn vrouw en twee kinderen had geschuild terwijl Parijs boven hen in brand stond en tientallen leden van de aristocratie op open wagens naar de guillotine waren gereden.

Édouard ging op zijn knieën zitten en stak nog een lucifer aan, om de rand van het valluik boven zich te kunnen zien. Toen hij die eenmaal had gevonden, gebruikte hij de weinige energie die hij nog had, om het luik open te duwen.

Met moeite hees hij zich omhoog, de kelder in, waar hij hijgend en gekweld door pijn op de vochtige stenen vloer ging liggen. Ten slotte sleepte hij zich naar de kast waarin flessen met water werden bewaard, voor de nachten dat ze vanwege het luchtalarm dekking moesten zoeken in de kelder. Hij dronk gretig. Huiverend en tegelijkertijd badend in het zweet zag hij dat er uit de wond op zijn schouder gelige etter kwam die door zijn overhemd sijpelde. Hij had dringend medische hulp nodig, anders zou de ontsteking geleidelijk aan zijn bloed vergiftigen. Maar hulp halen was ondenkbaar. Hij wist dat het huis in de gaten werd gehouden, voor het geval dat er iemand van de familie terugkwam. Dus hij zat in de val.

Denkend aan zijn zuster wenste hij vurig dat zij in elk geval op weg was naar de vrijheid, samen met Sarah en Connie.

Hij keek op naar het ruwe, gebarsten plafond van de kelder, maar het danste voor zijn ogen. Dus hij deed ze weer dicht en zakte weg in een troostrijke slaap.

Connie was maar al te blij dat Sarah de leiding had genomen. Toen de trein in beweging kwam, sloot ze haar ogen om de twee Duitse officieren die tegenover hen zaten in het eersteklasrijtuig niet te hoeven zien. Sarah converseerde beleefd met hen en Connie was dankbaar voor de kalmerende aanwezigheid van de al wat oudere dienstbode. Sophia zweeg en hield haar blinde ogen naar het raampje gekeerd, terwijl ze door de geïndustrialiseerde buitenwijken van Parijs reden, op weg naar het zuiden. Wat maakte het nog uit of ze de oorlog overleefde of stierf, dacht Connie. Die nacht was niet alleen haar lichaam maar ook haar ziel verkracht. Ze was als een dier behandeld. Als een nutteloos stuk vlees. Ze was diep en ondraaglijk vernederd.

Hoe kon ze Lawrence ooit nog onder ogen komen? En waar had ze het voor gedaan? Ze had haar eigen strijd gevoerd om Édouard te beschermen, om hem de hele nacht de tijd te geven zijn ontsnapping voor te bereiden. Maar Édouard was in Parijs achtergebleven. Alleen. Ernstig gewond. Misschien was hij al gearresteerd en in de klauwen van Falk, op het hoofdkwartier van de Gestapo.

'Ik heb mijn best gedaan, Édouard,' jammerde ze geluidloos.

Uitgeput viel ze in slaap, terwijl de trein zijn passagiers meevoerde over het vlakke Franse platteland. Bij elk station voelde ze de spanning van Sarah, naast haar, alert op de Gestapo die inmiddels kon zijn gewaarschuwd dat ze probeerden te ontkomen naar het zuiden. De officieren tegenover hen stapten in Sens uit de trein, en toen de wagon verder leeg bleef, vertelde Sarah haar beschermelingen op gedempte toon wat ze konden verwachten.

'We stappen uit in Dijon. Mijn zuster woont vlak bij het station. We logeren bij haar, en als we daar zijn, krijgen we nieuwe persoonsbewijzen. Édouard heeft gisteravond geregeld dat we worden opgehaald door een vriend van hem. Het is te riskant om langs een van de officiële controleposten te gaan. Kolonel Falk zal de autoriteiten inmiddels ongetwijfeld hebben gewaarschuwd dat ze naar ons moeten uitkijken.'

Sophia's niets ziende ogen keken haar angstig aan. 'Maar ik dacht dat we naar het chateau gingen?'

'Dat gaan we ook, kindje.' Sarah klopte haar geruststellend op haar hand. 'Maak je maar niet ongerust. Het komt allemaal goed.'

Het begon al donker te worden toen de vrouwen uren later uit de trein stapten. Sarah liep vol vertrouwen door de smalle straten van de stad. Voor een klein huisje bleef ze staan, en ze klopte op de voordeur.

Er werd opengedaan door een vrouw die op Sarah leek. Ze zette grote ogen op toen ze zag wie er voor de deur stond, maar haar gezicht straalde.

'Florence!' zei Sarah. 'Goddank dat je thuis bent!'

'Sarah? Wat doe jij hier? Kom vlug binnen.' Florence keek naar de twee vrouwen die Sarah bij zich had. 'En je vriendinnen ook.'

Florence ging hen voor naar een kleine keuken. Daar wees ze uitnodigend naar de tafel, en ze verdween om een kruik wijn, wat brood en kaas tevoorschijn te halen.

'Wie is Florence?' vroeg Sophia gebiedend.

'Dat is mijn zuster.' Sarahs ogen schitterden van blijdschap om de hereniging. 'En ik ben hier, in deze stad, opgegroeid.'

Connie dronk haar wijn en luisterde terwijl de zussen praatten. Haar lichaam was nog altijd pijnlijk na de brute behandeling van de afgelopen nacht. Ze dwong zichzelf wat te eten, en ondertussen probeerde ze de gruwelijke beelden te verdrijven die zich voortdurend aan haar opdrongen.

Florence vertelde dat de Gestapo recentelijk een stel jongemannen uit de stad had opgepakt en naar werkkampen in Duitsland gestuurd, als vergeldingsmaatregel omdat het verzet een spoorbrug in de omgeving had opgeblazen. Op haar beurt vertelde Sarah over Parijs en over haar werkgever, Édouard, wiens lot onzeker was.

'Vannacht zijn jullie hier in elk geval veilig.' Florence klopte haar zuster op de hand. 'Maar we zullen je vriendinnen voor de zekerheid op de zolder te slapen leggen.' Ze keek naar Sophia, die nog geen hap van het brood en de kaas had genomen. 'U moet me maar vergeven dat ik u niet het comfort kan bieden dat u gewend bent, mademoiselle De la Martinières.'

'Madame, ik ben u alleen maar dankbaar dat u ons vannacht een dak boven het hoofd wilt geven. Met gevaar voor uzelf. Ik weet zeker dat mijn broer uw goedheid zal belonen als...' Haar ogen vulden zich met tranen en Sarah sloeg een arm om haar schouder.

'Ach, Sophia, ik ken Édouard al sinds hij in de buik van je moeder zat. En ik weet zeker dat hij heeft weten weg te komen. Dat voel ik.' Sarah legde een hand op haar hart.

Even later werden Sophia en Connie naar boven gebracht. Sarah hielp Sophia de steile zoldertrap op, en eenmaal boven kleedde ze haar uit en stopte haar in bed, alsof ze nog een klein meisje was.

'Slaap lekker, kindje.' Sarah gaf Sophia een kus. 'Welterusten, madame Constance.'

Toen Sarah weg was, kleedde Connie zich uit. Ze durfde niet naar haar lichaam te kijken, in het besef dat ze zwaar was toegetakeld en onder de blauwe plekken zat. Haastig trok ze het nachthemd over haar hoofd. Dankbaar dat ze haar misbruikte lichaam rust kon geven, kroop ze onder de lappendeken. De venijnige decemberkou was duidelijk voelbaar.

'Slaap lekker, Sophia!'

'Ik zal het proberen. Maar ik heb het zo koud, en ik moet steeds aan mijn broer denken. O, Constance, ik weet me geen raad! Op één dag heb ik ze allebei verloren. Édouard en Frederik!'

Toen Connie een jammerlijk gesnik hoorde vanuit het andere bed, sloeg ze de dekens terug en ze ging naar Sophia. 'Schuif eens op, dan kom ik bij je liggen. Dan krijg je het vanzelf warm.'

Sophia deed wat ze zei en kroop in Connies armen.

'We moeten erin blijven geloven dat Édouard in veiligheid is en dat hij een manier zal weten te vinden om naar ons toe te komen,' zei Connie met een overtuiging die ze niet voelde. Uiteindelijk vielen ze in een onrustige slaap, dicht tegen elkaar, op zoek naar warmte en troost.

Édouard zag dat zijn moeder zich over hem heen boog. Hij was weer zeven, en ze zei dat hij wat moest drinken omdat hij koorts had.

'Maman,' mompelde hij, en haar troostende aanwezigheid toverde een glimlach om zijn mond. Toen veranderde haar gezicht, en ineens was het Falk die hem aankeek, in zijn naziuniform. Hij richtte een pistool op zijn borst...

Édouard schrok wakker. Bij het zien van het plafond van de kelder boven zijn hoofd kreunde hij. Water! Hij had een ondraaglijke dorst. Maar toen hij zich wilde oprichten, om naar de kast met de flessen te kruipen, weigerde zijn lichaam hem te gehoorzamen.

In het besef dat hij telkens opnieuw het bewustzijn verloor en weer bijkwam, aanvaardde hij dat het spoedig met hem gebeurd zou zijn. En hij verwelkomde de dood. Hij wenste alleen dat hij, voordat hij stierf, nog zou weten of zijn dierbare zuster in veiligheid was.

'O God, neem mijn leven,' mompelde hij schor. 'Maar spaar mijn zuster... spaar mijn zuster...'

En terwijl hij zich voorbereidde op het moment waarop zijn ziel zijn lichaam zou verlaten, begon hij weer te hallucineren. Er zweefde een engel boven hem. Een engel met gitzwart haar. Ze legde een koele doek op zijn koortsige voorhoofd en druppelde water tussen zijn uitgedroogde lippen. Toen werd er een lepel met iets bitters in zijn mond geduwd. Hij kokhalsde, maar uiteindelijk slikte hij. Toen viel hij weer in slaap. Dezelfde droom keerde eindeloos terug, terwijl de engel bij hem bleef. Op enig moment voelde hij dat de engel hem op een bed legde, en geleidelijk aan werd hij kalmer en begonnen de koorts en de pijn weg te ebben.

Toen hij wakker werd, zag hij nog steeds het gebarsten plafond van de kelder boven zich, maar het draaide niet meer voor zijn ogen, en hij zag het niet langer wazig. Dus hij was nog steeds niet dood, dacht hij somber. Hij was nog altijd – en zonder enige hoop – gevangen in het leven.

'Nee maar! Zie ik het goed? Ben je wakker?' klonk een vrouwenstem naast hem.

Hij draaide zijn hoofd opzij en zag een paar prachtige groene ogen in een bleek gezicht, omlijst door een stralenkrans van gitzwart haar. De engel uit zijn droom! Maar in plaats van een engel bleek ze een echte vrouw te zijn. Een vrouw die er blijkbaar in was geslaagd de kelder onder zijn huis binnen te komen.

'Wie...' Édouard schraapte zijn keel, want zijn stem leek van heel ver te komen'... ben jij?'

'Je mag kiezen.' Er dansten pretlichtjes in de groene ogen. 'Ik heb verschillende namen. Hier heet ik officieel Claudette Dessally, maar je mag me ook Venetia noemen.'

'Venetia...' De naam deed vaag een belletje rinkelen in zijn uitgeputte hoofd.

'En jij bent Édouard, Comte De la Martinières, neem ik aan? Eigenaar en momenteel enige bewoner van dit huis?'

'Ja, maar hoe ben je hier gekomen? Hoe kan dat? Ik...'

'Dat is een lang verhaal.' Venetia wuifde de vraag luchtig weg. 'Daar hebben we het later nog wel over, als je wat bent aangesterkt. Het enige wat je op dit moment hoeft te weten, is dat je op sterven na dood was toen ik je vond. En ook al sta ik niet bekend om mijn kwaliteiten als verpleegster, ik ben er op de een of andere manier in geslaagd je leven te redden. Daar ben ik eigenlijk best trots op.' Ze stond grijnzend op om een fles water uit de kast te pakken en die bij hem neer te zetten. 'Drink zo veel als je kunt. Ondertussen ga ik proberen wat soep op te warmen op deze gaspit. Maar ik waarschuw je, mijn kookkunsten zijn nog beruchter dan mijn kwaliteiten als verpleegster.'

Édouard probeerde te focussen op het beeld van de slanke jonge vrouw die naast de gaspit knielde, maar zijn ogen vielen dicht.

Toen hij weer wakker werd, was ze er nog steeds. Ze zat naast hem in een stoel een boek te lezen.

'Hallo,' zei ze glimlachend. 'Ja, sorry, ik kon het je niet vragen, maar ik ben even naar boven geglipt en daar heb ik de bibliotheek ontdekt. Het was hier de afgelopen dagen nogal een saaie boel.'

Édouard raakte op slag in paniek. Hij probeerde rechtop te gaan zitten, maar ze duwde hem hoofdschuddend weer in de kussens. 'Rustig maar. Niemand heeft me gezien. Echt niet. Ook al houden ze het huis nog steeds in de gaten. Ik ben getraind voor dit werk. Sterker nog, ik ben een van de besten,' vertelde ze trots.

'Maar wie ben je dan? En hoe heb je me gevonden?' vroeg hij wanhopig.

'Ik heet Venetia, maar dat had ik je al verteld. Als je belooft deze soep helemaal op te eten, zal ik je alles uitleggen. Volgens mij is de ontsteking verdwenen, maar je bent nog erg zwak, dus je moet zorgen dat je weer op krachten komt.' Venetia stond op om de blikken steelpan te pakken. Ze ging ermee naast het bed zitten en begon hem de soep te voeren.

'Het spijt me,' merkte ze op toen Édouard een vies gezicht trok. 'Hij is een beetje koud geworden. Ik had hem al eerder opgewarmd, maar toen viel je weer in slaap.'

Na een paar lepels wilde Édouard niet meer. Hij had dagen niet gegeten en zijn maag kwam in opstand en dreigde zich om te keren.

'Goed.' Venetia zette de steelpan op de stenen vloer. 'Daar laten we het voorlopig bij. Ik ben niet goed met braaksel.'

'Kun je me nu alsjeblieft vertellen hoe je me hebt gevonden?' smeekte Édouard, popelend van verlangen om te horen hoe deze vrouw zijn leven had gered.

'Jawel. Alleen, ik weet zeker dat je dan goed nijdig wordt. Maar als ik je niet had gevonden, had je dit gesprek nu niet gevoerd. Dan had je met niemand meer gesproken,' voegde ze eraan toe. 'Ik werk als radiotelegrafiste voor de SOE. Toen het merendeel van mijn netwerk was opgepakt, heb ik Connie opgespoord – we zaten bij elkaar in dezelfde trainingsgroep in ons goede oude Albion – en haar gesmeekt of ik hiervandaan, uit deze kelder, een stel dringende boodschappen naar Londen mocht sturen. En wees maar blij dat ik dat heb gedaan, want dat was de avond vóór de overval op het kantoor van de STO, en ik weet toevallig dat jij daar ook nauw bij betrokken bent geweest.'

Venetia trok een wenkbrauw op. 'Toen ik hier klaar was, heb ik de sleutel van de kelderdeur meegenomen. Voor het geval dat ik nog eens een schuiladres nodig zou hebben. En na de overval op het Café de la Paix, toen er een heleboel agenten zijn opgepakt, ben ik hierheen gevlucht. Natuurlijk had ik meteen in de gaten dat het huis was doorzocht. Dus ik heb de boel in de gaten gehouden tot ik de wacht zag vertrekken voor het avondeten. Toen ben ik de tuin in geslopen, de kelder in, en daar vond ik jou halfdood op de grond.'

Édouard toonde zich niet verrast. 'Aha.'

'Wees alsjeblieft niet boos op Connie! Ze probeerde alleen maar te doen waarvoor ze hiernaartoe was gestuurd. En als ik zie hoe jij en ik er nu bij zitten, dan is het maar goed dat ze dat heeft gedaan.'

Édouard was te uitgeput om naar de details te vragen. Zijn schouder deed pijn, en hij zocht moeizaam een houding waardoor hij er minder last van had. 'Bedankt. Zonder jou was ik er niet meer geweest.'

'En bedank Onze Lieve Heer maar dat er jodium bestaat,' zei Venetia met een glimlach. 'En dat het huis hierboven zo royaal is voorzien. De wond geneest zo te zien goed, maar je moet wel ongelooflijk sterk zijn. Misschien komt dat door het voortreffelijke eten dat je je moffenvrienden altijd hebt voorgezet. Ik ben gisteravond zo vrij geweest om de koelkast te plunderen. En ik heb genoten van een heerlijke boterham met foie gras.'

'Venetia, je snapt toch wel dat de Duitsers die ik ontving, niet mijn vrienden waren?' vroeg Édouard scherp.

'Ja, natuurlijk. Ik plaag je maar.' Ze grijnsde.

'Weet je,' begon Édouard met een zucht, 'de reden dat ik die avond naar dat café kwam, was dat je vriendin, Constance, van een Gestapo-officier had gehoord dat er een overval zou plaatsvinden. Ze wilde je per se zelf waarschuwen, maar ik ben in haar plaats gegaan. Helaas kwam ik te laat. En kreeg ik ook nog een kogel in mijn schouder.'

'Nou, dan staan we quitte. Jij hebt geprobeerd mij te redden, en ik heb jou gered.' Venetia knikte. 'Vind je het vervelend als ik rook?'

'Nee.' Édouard schudde zijn hoofd, en Venetia stak een Gauloise op. 'Houden ze het huis nog steeds in de gaten?'

'Nee. Ze zijn een paar uur geleden vertrokken, en daarna heb ik ze niet meer gezien. Ach, de moffen hebben al problemen genoeg zonder dat ze hun tijd verspillen aan vogels waarvan ze denken dat ze allang zijn gevlogen. Trouwens, waar is Constance?'

'Die is met mijn zuster en haar dienstbode vertrokken. De ochtend na de overval,' vertelde Édouard. 'Ik heb ze naar het zuiden gestuurd. Maar ik heb geen idee waar ze op dit moment zijn.'

'Waar gaan ze precies naartoe?' vroeg Venetia.

Édouard nam haar nadenkend op. 'Dat vertel ik je liever niet.'

'Hoezo?' Venetia keek hem gekwetst aan. 'Het lijkt me duidelijk aan welke kant ik sta. En ik weet inmiddels precies wie je bent. Er wordt in het verzet met ontzag over je gesproken. En het wordt als een reusachtig verlies gezien dat je dekmantel is ontmaskerd. Het spijt me dat ik daar medeverantwoordelijk voor ben. Maar het is bewonderenswaardig dat je de moffen zo lang zand in de ogen hebt weten te strooien. Ik denk dat je zo snel mogelijk het land uit moet, Hero.' Venetia legde de nadruk op zijn codenaam. 'Want ik weet zeker dat je bij de Gestapo boven aan de lijst van gezochte personen staat.'

'Ik kan hier niet weg. Mijn zuster is blind, en dat maakt haar buitengewoon kwetsbaar. Als de Gestapo haar te pakken krijgt en probeert via haar achter mijn verblijfplaats te komen...' Édouard haalde zijn schouders op. 'Daar wil ik niet eens aan denken!'

'Ik neem aan dat je ze hebt laten onderduiken?'

'We hadden weinig tijd om hun vlucht te bespreken,' zei Édouard met een zucht. 'Maar ze weten waar ze naartoe gaan.'

'Nou, je zuster is in goede handen. Constance was de beste van onze groep tijdens de training,' stelde Venetia hem gerust.

'Ja, Constance is een bijzondere vrouw. En wat ben jij nu van plan, Venetia? Waar ga je hiervandaan naartoe?'

'Tja. Toen ik uit het laatste schuiladres ontsnapte, heb ik mijn zendapparatuur helaas moeten achterlaten. Londen is op de hoogte, en er wordt vervangende apparatuur geregeld. Hoe dan ook, ik moet me voorlopig vooral heel stilhouden. Vandaar dat ik me nuttig maak door bij jou voor verpleegster te spelen.' Ze glimlachte.

Édouard keek haar bewonderend aan. Ondanks het gevaar waarin ze verkeerde, was haar moreel ongebroken. 'Je bent erg moedig. We mogen ons gelukkig prijzen met mensen zoals jij,' zei hij zwak.

'Dank u wel, sir.' Venetia fladderde met haar wimpers. 'Ik doe gewoon mijn werk. En wat moet je anders dan lachen om de situatie? Het is zo'n chaos in de wereld, dus ik probeer te leven alsof elke dag mijn laatste kan zijn. Trouwens, dat is ook zo. Ik zie het maar als één ongelooflijk avontuur.'

Ze glimlachte stralend, maar Édouard zag de pijn en het verdriet in haar ogen.

'Ik verwacht dat je over een paar dagen sterk genoeg bent om over een ontsnappingsplan na te denken,' vervolgde ze. 'Als je dat wilt, vraag ik mijn contactpersonen om je te helpen het land uit te komen. Maar voorlopig zitten we hier nog wel even, dus ik wip weer even naar boven om een boek te halen en naar de wc te gaan. Trouwens, jij kan ook wel een bad gebruiken.' Ze trok haar neus op. 'En aan patiënten wassen begin ik niet. Heb je nog iets nodig van boven?'

'Nee, dank je. Wees voorzichtig!' riep hij haar na toen ze de trap op klom.

'Natuurlijk! Maak je geen zorgen,' antwoordde ze luchtig.

Édouard ging weer uitgeput liggen en dankte zijn goede gesternte dat deze uitzonderlijke vrouw hem door een reeks toevalligheden had gevonden. En dat ze zijn leven had gered.

24

De volgende ochtend vertelde Sarah hun dat ze voorlopig moesten blijven waar ze waren.

'We zullen moeten wachten tot de volgende oversteek van de rivier,' legde ze Connie uit tijdens het ontbijt. 'Madame Constance, ik stel voor dat we op uw papieren vermelden dat u huishoudster bent, uit de Provence. Is er misschien een naam die u zou willen gebruiken?'

'Hélène Latour?' zei Connie. Zo heette de dochter van de buren van haar tante, met wie ze lang geleden op het strand van St. Raphael had gespeeld.

'En dan is Sophia uw zuster Claudine. Zodra we onze bestemming hebben bereikt, moet ze natuurlijk onderduiken,' vervolgde Sarah op gedempte toon. 'Want er zijn daar te veel mensen die haar zouden herkennen.'

'En zullen de moffen ons daar niet komen zoeken?' vroeg Connie. 'Falk was op de hoogte van het chateau.'

'Volgens Édouard is er een veilige plek waar we Sophia kunnen verbergen. Het zou natuurlijk beter zijn als we zo snel mogelijk het land uit konden, maar gezien haar gebrek zou een ontsnapping te inspannend voor haar zijn. En op het chateau hoeven we alleen met onszelf rekening te houden. Want zelfs schuiladressen zijn niet langer veilig. De Gestapo betaalt grof geld om desnoods je eigen buren aan te geven als je denkt dat ze onderduikers in huis hebben. Dus om op alles voorbereid te zijn, gaan wij – u en ik – ons uiterlijk veranderen voor de foto op onze nieuwe papieren.' Sarah hield een fles peroxide omhoog. 'Bent u bang voor het resultaat?' vroeg ze grinnikend bij het zien van Connies ontstelde gezicht. 'Ik moet mijn haar rood verven! En we moeten ook iets aan de kleren van mademoiselle Sophia doen. Die zijn veel te deftig, daarmee trekt ze de aandacht.'

Connie keek haar verbaasd aan. 'Sarah, ik zou bijna zweren dat je bij het verzet zit! Hoe weet je dat allemaal?'

'Mijn man heeft twee jaar voor de Maquis gewerkt, tot hij door de Gestapo werd opgepakt en doodgeschoten. En ik heb de Comte natuurlijk vaak geholpen bij gevaarlijke opdrachten. Het is een kwestie van overleven. Je leert snel als het moet. Ziezo...' Sarah wees naar de wc achter het huis, die ook een kleine wasbak had. 'U moet uw haar eerst nat maken voordat u de peroxide erop doet.'

Diep onder de indruk liep Connie met de fles naar buiten. Met al haar training wist ze zich niet half zo goed te redden als Sarah, een simpele dienstbode.

Twee dagen later, nadat Connie in een tijdsbestek van drie uur drie Duitse patrouillewagens door de smalle straat had zien komen, kwam Sarah zeggen dat ze die avond zouden vertrekken.

'Ik kan mijn zuster niet nog langer in gevaar brengen,' voegde ze eraan toe. 'We hebben onze nieuwe papieren, dus we gaan verder. Omdat we het niet kunnen riskeren langs een officiële controlepost te gaan, steken we per boot de rivier over. Alles is geregeld voor vanavond.'

'Akkoord.' Connie knikte en keek naar Sophia, die lusteloos aan de keukentafel zat. Het leek alsof ze zich had teruggetrokken in een eigen wereld, omdat ze door haar afkomst of door haar gebrek niet in staat was de werkelijkheid onder ogen te zien. Connie pakte haar hand. 'We vertrekken vanavond, lieverd. En dan duurt het niet lang meer of je bent thuis, in het chateau waar je me zo vaak over hebt verteld,' zei ze sussend.

Sophia knikte slechts. Haar hele verschijning verraadde hoe ongelukkig ze zich voelde. Ze had inmiddels boerenkleren aan, met een dik vest van beige wol waardoor ze nog bleker leek dan ze al was. Sinds hun aankomst bij Sarahs zuster had ze nauwelijks iets gegeten, wist Connie, die diverse malen met haar naar de wc buiten was gegaan om haar te ondersteunen terwijl ze braakte. Wanneer ze eenmaal veilig aan de overkant van de rivier waren, zouden ze nog een afstand van honderden kilometers moeten afleggen. Connie vroeg zich af of Sophia de reis zou overleven, want ze was duidelijk niet in orde.

Om tien uur die avond voegden Connie, Sarah en Sophia zich bij een groepje van zes anderen op de oever van de Saône. Ze werden aan boord van een platbodem geholpen. Connie ging als eerste, gevolgd door Sophia, die door Sarah met veel zorg aan Connie werd overgedragen. Het was aardedonker en er werd geen woord gesproken toen de boot vertrok voor zijn korte vaart naar de overkant van de rivier. Daar aangekomen gingen de opvarenden nog altijd zwijgend van boord en verdwenen gehaast in de nacht, om hun tocht over de bevroren velden voort te zetten.

'Neemt u Sophia's ene hand, dan pak ik de andere,' instrueerde Sarah. 'Sophia, je moet zo snel mogelijk met ons meelopen, want ze mogen ons hier niet zien.'

'Waar gaan we naartoe?' vroeg Sophia fluisterend terwijl de twee vrouwen haar gejaagd meetrokken over het veld. 'Het is zo koud, ik heb al bijna geen gevoel meer in mijn voeten.'

Sarah verspilde haar adem niet aan een antwoord. Ze had het zwaar, want ze was met haar gezette postuur niet gewend aan fysieke inspanning.

Ten slotte zag Connie in de verte een lichtje opflakkeren.

Toen het silhouet van een gebouw opdoemde, begon Sarah langzamer te lopen. Het licht dat Connie had gezien, was een olielamp. Hij hing aan een spijker, tegen de zijkant van een schuur.

'Hier moeten we schuilen tot het licht wordt.' Sarah duwde de deur van de schuur open en nam de lamp van de spijker om hen bij te lichten. In het flauwe schijnsel zag Connie dat de schuur was volgestapeld met balen hooi.

'Zo.' Sarah loodste Sophia naar binnen en hielp haar, helemaal achter in de schuur, op een hooibaal te gaan zitten. 'Het is hier tenminste droog,' zei ze, nog altijd hijgend van de inspanning. 'En veilig.'

'Moeten we in een schuur slapen?' vroeg Sophia vol afschuw. 'De hele nacht?'

Connie moest bijna lachen om haar verontwaardiging. Sophia was nooit iets anders gewend geweest dan de beste donzen kussens en matrassen gevuld met paardenhaar.

'Ja, en we moeten er het beste van maken,' zei Sarah. 'Ga liggen, dan maak ik van hooi een warm bedje voor je.'

Toen Sophia eindelijk in het hooi was geïnstalleerd, ging Sarah naast haar liggen. 'U moet ook slapen, madame Constance! We hebben nog een lange, zware reis voor de boeg. O, voordat ik het vergeet... Mocht mij iets overkomen, dit is het adres van het chateau.' Ze gaf Connie een stukje papier. 'Wanneer u daar aankomt, gaat u rechtstreeks naar de cave op het grondgebied van het chateau. Jacques Benoit weet dat u komt, heeft Édouard gezegd. Welterusten.'

Connie las het adres, prentte het in haar geheugen en hield toen een lucifer bij het papiertje, dankbaar voor de kortstondige warmte van het kleine vlammetje. Toen nestelde ze zich ook in het hooi, en met haar handen om haar schouders wenste ze vurig dat de ochtend niet lang op zich zou laten wachten.

Toen Connie wakker werd, zag ze dat Sarahs plek al leeg was. Sophia lag nog in diepe rust. Ze liep naar buiten en langs de zijkant van de schuur om te plassen. Op dat moment zag ze Sarah aankomen, met een paard-en-wagen in haar kielzog.

'Dit is Pierre, de boer van hiernaast! Hij heeft zich bereid verklaard ons naar het station in Macon te brengen. Het is te gevaarlijk om dichterbij al op de trein te stappen,' legde Sarah uit.

Sophia werd gewekt en op een van de balen hooi in de kar geholpen. De voerman, met het verweerde gezicht van een echte boer, klakte met zijn tong, en daar gingen ze.

‘Hoe langer de oorlog duurt, hoe inhaliger de mensen worden,’ mopperde Sarah. ‘Ik heb hem uitgelegd dat de jonge dame voor wie ik moet zorgen blind is, maar toch vraagt hij een fortuin voor de rit. Bikkelhard! Gelukkig weet ik wel zeker dat hij te vertrouwen is.’

Terwijl ze onder zacht hoefgetrappel door de velden van Bourgondië reden, bedacht Connie wat een heerlijke rit dit in de zomer zou zijn. Over een paar maanden zou de nu nog bevroren grond schuilgaan onder uitbottende wijnranken. Na vier koude, ongemakkelijke uren stopte de boer net buiten de stad Macon en keerde zich op de bok naar hen om. ‘Ik moet u vragen hier af te stappen. Verder durf ik niet te gaan.’

‘Dank u wel, monsieur,’ antwoordde Sarah vermoeid. Ze klommen van de kar en begonnen aan de wandeling naar het centrum.

‘Ik ben zo moe… en ik voel me zo akelig,’ verzuchtte Sophia en ze kreunde toen de twee vrouwen haar tussen zich in namen en haar bijna droegen.

‘Het is niet ver meer, kindje. En als we eenmaal in de trein zitten, rijden we door tot Marseille,’ zei Sarah troostend.

Op het station kocht zij de kaartjes voor de trein, waarna ze in een café bij de ingang gingen zitten. Connie dronk dankbaar van de warme koffie en genoot van de baguette die ze hadden besteld, ook al was het brood oud. Toen Sophia haar koffie wilde pakken, begon ze te kokhalzen. Dus ze schoof de kop weer weg. Nadat ze Sophia op het perron op een bank had geïnstalleerd, liep Sarah een eindje bij haar vandaan om Connie apart te nemen.

‘Ze is niet in orde, hè?’ vroeg Connie ongerust. ‘En dat duurt al weken. Dus kan het niet door de reis komen, door de ontberingen en de schokkende ervaringen.’

‘Nee, daar komt het niet door,’ antwoordde Sarah grimmig. ‘Het is helaas veel ernstiger. Ze ziet bleek, ze is voortdurend misselijk… Hebt u niet gezien hoe ze haar koffie wegschoof omdat de geur haar tegenstond? Wat denkt u, madame? Waar wijzen die symptomen op?’

Het duurde even voordat Connie besefte wat Sarah bedoelde. Toen sloeg ze een hand voor haar mond. 'Dus u denkt dat...'

'Dat denk ik niet alleen, dat weet ik! Ik moet mademoiselle Sophia bij heel veel dingen helpen. En dus weet ik dat ze al weken niet meer heeft gebloed.'

'Ze is zwanger?' fluisterde Connie vol afschuw.

'Ja, maar ik weet niet wanneer dat gebeurd zou moeten zijn.' Sarah zuchtte. 'Ik kan me geen gelegenheid herinneren waarbij die twee lang genoeg zonder chaperonne zijn geweest om...' Ze kon de rest van de zin niet over haar lippen krijgen. 'Maar ik twijfel er niet aan of het is zo. Ze vertoont alle symptomen van een zwangerschap.'

Moedeloos besefte Connie dat ze precíés wist wanneer die gelegenheid zich had voorgedaan, en dat was gebeurd tijdens haar wacht. Maar ze had geen moment kunnen denken dat Sophia, een jonge vrouw uit de hoogste kringen, zoiets zou doen. Bovendien was ze zo onschuldig... nog een kind...

Nee, verbeterde Connie zichzelf. Sophia was een volwassen vrouw, met dezelfde dromen, dezelfde lichamelijke verlangens als iedere andere vrouw. Sterker nog, Sophia was net zo oud als zij, besefte Connie. Het was het huishouden De la Martinières dat Sophia als een kind had behandeld, en zij had zich daar ook schuldig aan gemaakt, moest Connie bekennen. En de vader van het kind – Connies maag draaide om als ze dacht aan de gevolgen – was een Duitse officier met een hoge rang binnen de SS.

'O, Sarah.' Connie keerde zich naar haar toe. 'Het kan bijna niet erger.'

'Nee, inderdaad. Het is al erg genoeg dat ze ongehuwd zwanger is, maar als iemand achter de identiteit van de vader komt...' Sarah zweeg, hevig van streek.

'Gelukkig is er verder niemand die het weet,' zei Connie troostend toen de trein het station binnenreed en ze terugliepen naar Sophia.

'Madame, er is altijd wel iemand die het weet,' verzuchtte Sarah. 'En die vervolgens zijn mond voorbijpraat. Voorlopig moeten we zorgen dat we Sophia in veiligheid brengen, en wanneer dat eenmaal is gelukt, kunnen we nadenken over wat ons verder te doen staat.'

De drie vrouwen reisden niet langer eersteklas, maar gingen in een wagon van de derde klas zitten, overeenkomstig hun nieuwe, aanzienlijk lagere maatschappelijke status. Het was druk in de smerige wagon, en het rook er naar ongewassen lichamen. Toen de trein zich eindelijk in beweging zette, slaakte Connie een zucht van verlichting. Ze waren weer een stapje dichter bij hun toevluchtsoord.

Bij elk station werd ze gespannen. De Duitsers trokken massaal naar Marseille, vanwege de vrees voor een invasie vanuit het zuiden. Zo kwam het dat het op de perrons wemelde van de moffen. Behalve smerig was de wagon onverwarmd en weinig comfortabel. Desondanks was zowel Sarah als Sophia in slaap gedommeld. Maar Connie was niet alleen bang om te worden opgepakt, ze werd ook telkens wanneer ze haar ogen dichtdeed, geconfronteerd met de gruwelijke beelden van drie dagen eerder.

Op het laatste station vóór Marseille kwam de conducteur langs met de waarschuwing dat er Duitsers aan boord waren die de papieren van alle reizigers controleerden. Connies hart bonsde in haar keel toen ze de anderen wakker maakte om te vertellen wat ze zojuist had gehoord. Iedereen in het rijtuig zette zich schrap, de geur van de angst was bijna tastbaar. Terwijl ze haar blik over het bonte gezelschap reizigers liet gaan, vroeg Connie zich af hoeveel andere passagiers met vervalste persoonsbewijzen reisden.

Uiteindelijk verscheen er een Duitse officier in de wagon, die blafte dat iedereen zijn papieren moest laten zien. Alle ogen waren op hem gericht toen hij rij voor rij alle passagiers controleerde. Sarah, Sophia en Connie zaten op de laatste rij, dus de beproeving van het wachten tot hij bij hen was, leek eindeloos te duren.

'Fräulein, uw papieren!' snauwde hij tegen Sarah, die aan het eind van de rij zat.

'Alstublieft, monsieur.' Sarah gaf ze prompt, met een welwillende glimlach. Hij bestudeerde de papieren, toen keek hij haar aan.

'Waar zijn deze papieren uitgegeven, Fräulein?'

'Op de mairie van Chalon. Daar woon ik.'

Hij bekeek ze nogmaals, toen schudde hij zijn hoofd. 'Uw papieren zijn vervalst, Fräulein. Het juiste stempel ontbreekt. Opstaan!'

Bevend van angst deed Sarah wat hij zei, waarop de Duitser zijn pistool trok en het in haar buik drukte.

'Monsieur, ik ben een onschuldige burger. Ik doe niemand kwaad. Laat u me alstublieft...'

'*Raus*! De trein uit! Nu meteen!'

Terwijl Sarah onder bedreiging met een pistool de trein uit werd gezet, keek ze niet om naar Sophia en Connie. Uit niets mocht blijken dat ze samen reisden, want dan zouden zij ook gearresteerd worden. Enkele ogenblikken later ging de fluit, en de trein reed verder.

Iedereen in het rijtuig keek naar de plek waar Sarah had gezeten. Connie drukte Sophia's hand om haar te waarschuwen dat ze niets moest zeggen. Ondertussen haalde ze onverschillig haar schouders op naar de andere reizigers. Ze kende de gearresteerde vrouw niet. Die had toevallig naast haar gezeten.

In Marseille stapten ze uit, om over te stappen op de trein naar Toulon. Connie installeerde Sophia op een bank op het perron.

'Mijn god, Constance,' fluisterde Sophia wanhopig. 'Waar brengen ze Sarah naartoe? Wat gaan ze met haar doen?'

'Ik weet het niet, Sophia.' Connie deed haar uiterste best om kalm te blijven. 'Maar we hadden hoe dan ook niet kunnen helpen. Ik vertrouw erop dat Sarah haar mond houdt. Ze zal ons en Édouard niet verraden. Daarvoor houdt ze veel te veel van jou en je familie.'

'O, Constance, ze werkte al bij ons toen ik werd geboren,' zei Sophia snikkend. 'Ik kan niet zonder haar.'

'Je hebt mij nog.' Connie klopte haar op de hand. 'Ik zal voor je zorgen. Dat beloof ik.'

Toen de trein naar Toulon het station binnenreed, ging Connie angstig aan boord. Als Sarahs papieren zichtbaar vervalst waren, dan gold dat ook voor de hunne. Het was puur geluk geweest dat die van Sarah als eerste waren gecontroleerd en dat zij vervolgens ongemoeid waren gelaten. Terwijl de trein in oostelijke richting door de Provence boemelde, op weg naar de Côte d'Azur, moest Connie onder ogen zien dat ze het zonder de beschermende arm van Sarah zou moeten stellen. Dat zij nu alleen verantwoordelijk was voor Sophia's – en haar eigen – veiligheid.

'Hoe voelen we ons vandaag?' Venetia zette een mok koffie naast Édouards bed. 'De melk is op. Ik ben bang dat ik alle blikjes die ik kon vinden, heb gebruikt.'

'Ik voel me een stuk beter.' Édouard knikte.

Hij had de afgelopen twee dagen eigenlijk alleen maar geslapen en gegeten. Om weer op krachten te komen had hij alles naar binnen gewerkt wat Venetia hem voorzette. Vandaag was hij ook geestelijk weer alert, en hij voelde dat hij definitief aan de beterende hand was.

'Mooi zo. Dan lijkt het me tijd voor een bad,' zei Venetia. 'Na een goede wasbeurt voel je je meer mens, en het is ook prettig voor je omgeving.' Ze trok haar neus op om haar woorden te onderstrepen.

'Denk je dat het veilig is om naar boven te gaan?' vroeg Édouard.

'Volkomen veilig. Bovendien ligt de badkamer aan de achterkant van het huis, en de luiken zijn dicht. Ik heb tot dusverre elke avond heerlijk liggen weken, bij kaarslicht. Echt zalig!' Venetia rekte zich glimlachend uit. 'Drink je koffie, dan laat ik ondertussen het bad vollopen.'

Na uitgebreid in bad te zijn geweest voelde Édouard zich een uur later inderdaad verfrist. Venetia had schone kleren voor hem uit zijn slaapkamer gehaald en de genezende wond opnieuw verbonden.

'Lieve hemel!' zei ze toen hij de keldertreden af kwam. 'Wat ben je lang als je rechtop staat! Ik denk dat ik even de stad in moet. Er is alleen nog kattenvoer in de keuken. En dat gaat zelfs mij te ver.' Ze grijnsde.

'Laat mij dat dan doen,' drong hij aan.

‘Nee, natuurlijk niet! Ik ben getraind om op te gaan in de menigte, terwijl jij, monsieur le Comte, alle aandacht zou trekken. Laat het nou maar aan mij over. Ik ben zo terug.’

Voordat Édouard haar kon tegenhouden, was Venetia de kelder al uit. Twintig minuten later was ze terug met twee verse baguettes. Voor het eerst at hij weer met smaak, en hij bedacht dat de terugkeer van zijn eetlust een goed teken moest zijn.

‘Ik heb contact gehad met mijn netwerk, en ze zijn bezig een manier te bedenken om je zo snel mogelijk het land uit te krijgen,’ vertelde Venetia. ‘Hoe zou je het vinden om een tijdje in Londen te zitten? Mijn mensen daar hebben contact gehad met het hoofdkwartier van de Vrije Franse Strijdkrachten van De Gaulle. Ze zien je graag komen en ze willen alles weten wat je hun kunt vertellen. Als we je daar heelhuids naartoe kunnen krijgen, natuurlijk. Jammer dat je zo lang bent. Dat maakt het lastiger om je te verbergen.’

‘En mijn zuster dan? Hoe moet het met Sophia? En met Constance, je vriendin?’ Édouard schudde zijn hoofd. ‘Nee, ik kan ze niet in de steek laten en het land uit vluchten!’

‘Bot gezegd kun je je zuster waarschijnlijk geen grotere dienst bewijzen, Édouard. Zoals ik al zei, je staat bij de moffen hoog op de lijst met gezochte personen. Bovendien hopen we allemaal dat je verblijf in Londen niet lang hoeft te duren. De plannen voor de geallieerde invasie worden steeds concreter.’

‘Achteraf gezien had ik Sophia beter bij me kunnen houden, hier in Parijs,’ zei Édouard met een zucht.

‘Daar is nu niets meer aan te doen,’ zei Venetia nuchter. ‘Het is me gelukt een boodschap naar het zuiden te sturen om onze vrienden daar te waarschuwen. Ze zullen naar je zuster uitkijken en haar zo veel mogelijk helpen.’

‘Dank je wel.’ Édouard was haar oprecht dankbaar. ‘Ik heb hen in goed vertrouwen naar het zuiden gestuurd, ervan uitgaande dat ik zo snel mogelijk achter hen aan zou reizen.’

‘Tja, dat zal nu eenmaal niet gaan,’ zei Venetia kordaat. ‘Ik zag net je gezicht op een aanplakbiljet. Je bent beroemd in Parijs. Dus het is zaak om je hier zo snel mogelijk weg te krijgen.'

'Dan neem je wel een risico door me te helpen.'

'Niet meer dan anders.' Venetia trok grijnzend haar wenkbrauwen op. 'We hebben al te lang op ons goede gesternte vertrouwd. Het wordt tijd dat we hier weggaan. Dus we vertrekken morgen.'

Édouard knikte met tegenzin. 'Ik waardeer het enorm wat je allemaal voor me hebt gedaan. En nog steeds doet.'

'Weet je, Hero,' zei Venetia een beetje bruusk om haar emoties te verbergen, 'na alles wat ik over je heb gehoord, en na de talloze levens die je de afgelopen vier jaar hebt gered, beschouw ik het als een eer.'

In Toulon hielp Connie de vermoeide Sophia uit de trein. Het goot van de regen, en tegen de tijd dat ze het station uit kwamen, was het pikdonker. Connie liep naar het loket waar je kaartjes kon kopen en keek door het traliewerk naar de klerk daarachter.

'Monsieur, kunt u me vertellen wanneer de volgende trein langs de kust naar Gassin gaat?'

'Morgenochtend om tien uur,' zei de klerk schor.

'O. Is hier misschien een hotel waar we kunnen overnachten?'

'Hier linksaf, en dan op de hoek van de straat,' zei de klerk met een blik op Connies verreisde voorkomen. Toen trok hij zijn rolluik dicht.

Connie nam Sophia bij de arm, en samen ploeterden ze door de regen naar het hotel dat de klerk had gesuggereerd. Tegen de tijd dat ze daar aankwamen, waren ze doorweekt.

Binnen zag het er sjofel uit, maar het was er in elk geval warm. Connie huurde een kamer voor een bedrag dat onder normale omstandigheden genoeg was om in het Ritz te overnachten, en hielp de uitgeputte Sophia naar boven. Toen ze zich hadden gewassen en gedroogd, voor zover dat lukte gezien de beperkte faciliteiten, gingen ze een uur later naar het kleine restaurant, waar Connie met haar arm door die van Sophia naar een tafeltje liep.

'Je bent bijna thuis,' zei ze troostend. 'Probeer alsjeblieft iets te eten.'

Maar het smaakte hen geen van beiden. Connie dacht aan Sarah, en aan Édouard en Venetia. Ze hield zichzelf voor dat Sophia en zij zich gelukkig mochten prijzen dat ze die nacht althans in vrijheid doorbrachten, en dat ze warm en droog waren. Bovendien was dit het soort werk waarvoor ze was opgeleid, dus ze kon eindelijk laten zien wat ze waard was.

Een stem deed haar opschrikken uit haar gedachten. 'Moet u nog ver reizen, madame?'

Ze keek opzij. Aan het tafeltje naast hen zat een jongeman die hen belangstellend opnam.

'We gaan terug naar huis,' antwoordde Connie op haar hoede. 'Een eindje verder langs de kust.'

'Ach, de Côte d'Azur. Voor mij is er geen mooiere plek op aarde!'

'Inderdaad, monsieur, dat ben ik helemaal met u eens.'

'Bent u op familiebezoek geweest?'

'Ja.' Connie smoorde een geeuw. 'En de terugreis was lang en vermoeiend.'

'Reizen is zwaar en vermoeiend in een tijd als deze. Ik ben landbouwingenieur, dus ik reis veel, en ik maak heel wat mee.' Hij trok zijn wenkbrauwen op. 'U reist zonder chaperonne?'

'Ja, maar we zijn er bijna.' Connie begon nerveus te worden van al zijn vragen.

'Dat is erg dapper in deze moeilijke tijden. Vooral omdat uw reisgenote...' De jongeman sprak het niet uit, maar sloot even zijn ogen.

Paniek maakte zich van Connie meester. Wat bezielde haar, om in een restaurant te gaan zitten met de blinde zuster van een man die werd gezocht door de Gestapo? 'Mijn zuster is niet blind. Ze is gewoon doodmoe. Kom, Claudine, tijd om naar bed te gaan. Welterusten, monsieur.' Ze liet Sophia alleen van tafel opstaan. Pas op het laatste moment pakte ze haar bij de elleboog en leidde haar de eetzaal uit.

'Wie was die man?' vroeg Sophia angstig.

'Ik weet het niet, maar ik vraag me af of we hier wel moeten blijven. Ik...' Net toen ze haar voet op de onderste traptree wilde zetten, voelde ze een hand op haar schouder. Connie dacht dat haar hart stilstond. Het was de man uit het restaurant.

'Madame, ik weet wie u bent,' zei hij op gedempte toon. 'Maakt u zich geen zorgen, ik zal u niet verraden. Een vriend waarschuwde me dat een jongedame zoals zij...' Hij gebaarde naar Sophia. '... deze kant uit zou komen. Er is me gevraagd naar haar uit te kijken, en haar en haar reisgenote te helpen. Ik zag u al op het station van Marseille en ik zou me wel eerder hebben voorgesteld, als ik niet had gezien wat er met uw vriendin in de trein gebeurde. Er is me gevraagd u veilig naar uw bestemming te begeleiden. Ik ken de broer van mademoiselle Sophia heel goed,' besloot hij.

Connie zei niets, gekweld door besluiteloosheid.

'Hero is een held, madame.' De man keek haar doordringend aan.

Bij het gebruik van Édouards codenaam, knikte Connie.

'Dank u wel, monsieur. We zijn u erg dankbaar.'

'Morgen reis ik met u mee langs de kust naar het chateau van mademoiselle Sophia. Armand is de naam, en u kunt op me rekenen. Welterusten.'

'Kunnen we hem vertrouwen?' vroeg Sophia toen ze even later in bed kroop.

Als de Gestapo de volgende ochtend niet kwam binnenvallen, dan wist ze dat hij te vertrouwen was, dacht Connie. Maar dat zei ze niet tegen Sophia. 'Ja, dat denk ik wel. Je broer heeft via zijn vele contacten in het verzet blijkbaar een boodschap hierheen gestuurd.'

'Ik vraag me af wanneer Édouard achter ons aan komt.' Sophia slaakte een zucht. 'O, Constance, ik moet steeds aan die arme Sarah denken. Wat moeten we doen?'

'We kunnen alleen maar hopen dat ze is ondervraagd en daarna weer vrijgelaten. Dan komt ze vanzelf achter ons aan. Probeer te slapen, Sophia. Morgenavond zijn we op het chateau en daar zijn we veilig.'

De volgende morgen, na een ontbijt van versgebakken brood en zelfs een croissant, nog warm uit de oven, voelde Connie zich iets meer mens. Armand had haar toegeknikt vanaf zijn tafeltje, waar hij aan een kop koffie zat. Toen was hij opgestaan, met een blik op zijn horloge.

'Het was me een genoegen u te ontmoeten, madame. Ik ga er maar eens vandoor, want ik wil mijn trein niet missen. Ik moet een eind verderop langs de kust zijn.' Met een glimlach verliet hij de eetzaal.

Een paar minuten na Armand vertrokken ook Connie en Sophia naar het station. Connie had haar arm door die van Sophia geschoven. Armand tikte aan zijn hoed toen hij hen zag aankomen. Nadat ze twee kaartjes had gekocht en Sophia naar een bankje op het perron had geloodst, keek Connie zijn kant uit. Hij stond nonchalant de krant te lezen. Toen de korte trein het station binnenreed, dromde iedereen rond de deuren bij elkaar – iets waar Connie als echte Engelse nog steeds niet aan kon wennen. Ze hielp Sophia in de wagon en installeerde haar voor het raam. Armand zag ze niet meer. Die was blijkbaar in het tweede rijtuig ingestapt.

De reis naar Gassin duurde iets langer dan twee uur. Connie keek naar de aaneenrijging van charmante kustplaatsjes die – in de zomer – uitkeken op een azuurblauwe zee. Maar nu, begin december, hadden de golven in de diepte een bazige grijze kleur. Connie huiverde, vurig hopend dat ze het op hun bestemming althans weer warm zou krijgen. Want ze was tot op het bot verkild.

De treinreis verliep zonder incidenten. Tegen de tijd dat ze uitstapten op het stationnetje van Gassin, plensde het opnieuw van de regen. Toen de trein was doorgereden en de weinige passagiers die waren uitgestapt, zich hadden verspreid, bleven alleen Connie en Sophia over, in afwachting van verdere begeleiding. Een eindje verderop stond een ezelkar. Na enkele minuten kwam Armand aanrijden, op een fiets, met een tweede fiets aan de hand.

Connie keek hem aan met een blik van afschuw. 'Monsieur, u begrijpt toch wel dat Sophia niet kan fietsen. Kunnen we niet met die ezelwagen?'

'Charlotte, de ezel, brengt de post naar boven, naar het dorp.' Armand wierp een liefkozende blik op het dier. 'Als de bewoners op hun post moeten wachten, zou dat de aandacht trekken. En dan zou het nieuws van Sophia's komst weleens bekend kunnen worden.'

'Maar ze zou toch niks zeggen, monsieur?'

'Voor Charlotte steek ik mijn hand in het vuur.' Even verschenen er pretlichtjes in zijn ogen. 'Maar voor haar baas, de postbode, durf ik niet in te staan. Het is maar vijf minuten fietsen naar het chateau. Sophia moet zich gewoon stevig aan mij vasthouden.

'Nee!' protesteerde Sophia geschokt. 'Dat kan ik niet.'

'Het zal toch moeten, mademoiselle.' Armand wierp een blik op Connie. 'Als u deze wilt nemen...' Hij gaf haar Sophia's kleine reistas, die ze in de fietsmand aan haar stuur zette. 'En misschien kunt u me dan helpen mademoiselle op de fiets te krijgen.'

'Nee, dat wil ik niet! Dat kan ik niet!' jammerde Sophia angstig.

Connie, die inmiddels tot op haar huid doorweekt was, verloor haar geduld. 'Sophia, stap op die fiets! Voordat we allemaal doodgaan aan longontsteking!'

De scherpte in Connies stem legde Sophia het zwijgen op en samen met Armand hielp Connie haar op het zadel.

'Sla uw armen om mijn middel en hou goed vast,' instrueerde Armand, die voor Sophia ging staan, met zijn benen aan weerskanten van de fiets. 'Ziezo. Daar gaan we!'

Connie keek toe terwijl Armand over de weg vol gaten en kuilen hobbelde. Sophia klampte zich aan hem vast alsof haar leven ervan afhing. Connie volgde hen, terwijl de regen in stroompjes uit haar witblonde haar droop. Een paar minuten later verliet Armand de doorgaande weg. Al na een klein stukje hield hij stil op het smalle pad om te wachten tot Connie hem had ingehaald.

'Uw eerste fietstocht, mademoiselle!' Hij tilde de bevende Sophia van de fiets en legde die in het gras, terwijl hij Connie gebaarde hetzelfde te doen. 'Vanaf hier moeten we lopen. Het pad is te ongelijk om te kunnen fietsen. Via deze route komen we bij de achterkant van het chateau uit en lopen we door de wijngaarden naar de cave. Het is gunstig dat we sinds het station geen mens zijn tegengekomen.' Zorgzaam loodste hij Sophia over het pad vol gaten en plassen. 'De regen is in ons voordeel.'

'Zijn we er?' vroeg Sophia.

'Ja, over een paar minuten zijn we bij de cave,' stelde hij haar gerust.

'Goddank,' verzuchtte Sophia snikkend. Ze was buiten adem van angst en uitputting.

'Jacques weet dat u er aankomt,' zei Armand.

Het leek wel alsof het noemen van die naam Sophia nieuwe kracht gaf. Ten slotte kwam er een groot, witgepleisterd gebouw in zicht, met in het midden twee hoge, houten deuren. Toen Armand ze opendeed en ze de regen eindelijk achter zich lieten, kon Connie wel huilen van opluchting.

In de uitgestrekte, schemerige ruimte hing de geur van fermenterende druiven. Aan weerskanten lagen reusachtige eikenhouten vaten. Tussen twee van de vaten ging een zijdeur open.

'Sophia? Ben jij het?' klonk een fluisterende stem van uit de schaduwen.

'Jacques!' Sophia spreidde haar slanke, kinderlijke armen. Er kwam een grote, zwaargebouwde man naar hen toe. Connie schatte hem ergens in de dertig. Zijn gezicht was gebruind en gegroefd door de zon van de Provence.

'Sophia! Goddank dat je er bent!' Hij drukte haar tegen zijn brede, gespierde borstkas, en Sophia legde snikkend haar hoofd op zijn schouder. 'Maak je maar niet ongerust,' fluisterde hij teder, en hij streelde haar doorweekte haar. 'Jacques is bij je. Ik zal voor je zorgen.'

Connie en Armand sloegen de innige begroeting zwijgend gade. Ten slotte keerde Jacques zich naar hen.

'Dank u wel dat u haar hebt thuisgebracht.' Zijn stem brak van emotie. 'Ik had niet gedacht dat ze het zou redden. Heeft iemand haar zien aankomen?'

'Met deze regen? Jacques, we konden amper een meter voor ons uit kijken!' zei Armand lachend. 'Het had niet beter gekund.'

'Mooi zo. Dames, ik heb binnen, in de woonkamer, de haard aangestoken. Jullie moeten die natte kleren onmiddellijk uittrekken.' Jacques liet Sophia los en kwam naar Armand toe. 'Bedankt, mijn vriend. Ik weet zeker dat de Comte dit nooit zal vergeten.'

'Ach, ik heb niet veel gedaan. Je kunt beter deze dame bedanken.' Armand wees naar Connie.

'Waar is Sarah, Sophia's dienstbode?' vroeg Jacques aan Connie.

'Monsieur, ik...'

'Sarah is gearresteerd, net voor Marseille,' vertelde Armand.

'En wie is zij dan?' Met zijn ogen tot spleetjes geknepen keek Jacques naar Connie.

'Zij is een goede vriendin van de Comte, en ze is een van de onzen. Maar dat zal Constance je later zelf wel uitleggen.'

'Aha.' Jacques leek gerustgesteld. 'Kom, Sophia, we moeten zorgen dat je het weer warm krijgt. Ik neem aan dat ik gauw weer van je hoor?' Hij knikte in de richting van Armand.

'Natuurlijk. Dag, madame Constance. Dit is ongetwijfeld niet de laatste keer dat we elkaar spreken.' Armand schonk haar een bemoedigende glimlach.

'Namens ons beiden, heel hartelijk bedankt voor je hulp,' zei Connie vol overtuiging. 'Moet je nog ver?'

'Dat soort vragen stellen we niet in een tijd als deze. Ik heb vele huizen.' Hij gaf haar een knipoog, en alsof dat hielp tegen de regen trok hij de kraag van zijn druipnatte jas omhoog. Toen liep hij de cave uit.

'Kom maar mee.' Jacques knikte naar Connie, terwijl hij Sophia door de deur tussen de enorme vaten leidde, een gang door, naar weer een deur. Die kwam uit in een keurige keuken, en een heerlijke warmte sloeg Connie tegemoet toen ze de kleine woonkamer betrad, waar het vuur in de haard brandde.

'Ik zal boven warme kleren voor jullie halen. Want de kleren die jullie bij je hebben, zijn vast en zeker ook drijfnat.' Jacques wees naar de leren reistas die in een plas water op de plavuizen stond.

'O, Constance!' verzuchtte Sophia toen ze haar jas uittrok en aan Connie gaf. 'Ik ben nog nooit zo blij geweest dat de reis erop zit!'

'Ja, het was een verschrikkelijke tocht,' viel Connie haar bij. 'Maar we zijn er, Sophia. Je kunt eindelijk uitrusten.'

Jacques kwam de trap af met voor hen allebei een bloes van zware flanel en een wollen trui. 'Voorlopig moeten jullie het hier maar mee doen,' zei hij bars, en hij gaf hun een handdoek om hun haar droog te wrijven. 'Ik ga koffiezetten en wat te eten maken. Dan kunnen jullie je ondertussen verkleden.' Hij liep de kamer uit en trok de deur achter zich dicht.

'Waarom brengt Jacques ons niet gewoon rechtstreeks naar het chateau?' vroeg Sophia, terwijl Connie haar uit haar natte goed hielp. 'Daar heb ik kasten vol schone, droge kleren.'

Connie had geen idee waar het chateau stond ten opzichte van het huisje, net zomin als ze wist wat de bedoeling was, dus ze haalde haar schouders op. 'Ik denk dat hij het belangrijker vindt dat je eerst weer warm en droog wordt.'

'Ach ja, en ik ben zo blij om hier te zijn. Ik vind het nergens op de hele wereld zo heerlijk als op het chateau!' zei Sophia terwijl ze naar de knopen tastte van de bloes die tot over haar knieën reikte.

'Ga maar lekker bij het vuur zitten en wrijf je haar droog,' zei Connie. Ze kleedde zich uit en legde de drijfnatte kleren op een stapel. Die zou ze eerst boven de gootsteen moeten uitwringen en dan pas bij de haard te drogen hangen. Jacques kwam met een blad uit de keuken en zette de koffiespullen op tafel.

Connie dronk zwijgend, terwijl ze luisterde naar Sophia, die opgewekt naar alle arbeiders in de wijngaard informeerde.

'Helaas, ik ben hier nog maar alleen,' antwoordde Jacques. 'De rest van de mannen vecht in het leger, of ze zijn naar Duitsland gestuurd om in de fabrieken van de moffen te werken. Ik mag hier blijven, omdat ze de schnaps die ik maak, als brandstof gebruiken voor hun torpedo's. Die maken ze in de fabriek, hier een paar kilometer vandaan. Honderden van die dingen! Maar de laatste keer dat ze om schnaps kwamen, heb ik gezegd dat ik niks meer had. Dat ze de hele voorraad hadden opgedronken.' Er dansten pretlichtjes in zijn ogen. 'Dat was natuurlijk niet waar.'

'Maar ik dacht dat hier bijna geen Duitsers waren?' zei Sophia. 'Dat het hier veilig was?'

'Er is helaas veel veranderd sinds de laatste keer dat je hier was.' Jacques slaakte een zucht. 'We leven voortdurend in angst, net als in Parijs. Nog maar een paar weken geleden was er een openbare terechtstelling op de renbaan van La Foux bij St. Tropez. De moffen hebben vier leden van de Maquis doodgeschoten. Onze dappere vriend Armand zit ook bij de Maquis. Het zijn zorgelijke tijden en we moeten allemaal heel voorzichtig zijn,' zei hij waarschuwend.

'Maar hoe gaat het op het chateau? Hoe is het met de huishoudster? En de dienstmeisjes?' vroeg Sophia.

'Die zijn allemaal weg,' antwoordde Jacques. 'Het chateau is afgesloten. Al twee jaar.'

'Maar wie moet er dan voor ons zorgen?'

'Mademoiselle Sophia...' Jacques reikte naar haar hand. 'Je gaat niet in het chateau wonen. Dat zou veel te gevaarlijk zijn. Als Édouard heeft weten te ontsnappen, is het chateau de eerste plek waar ze hem zoeken. En als ze jou daar vinden, zullen ze je ongetwijfeld arresteren en ondervragen. Je woonde tenslotte bij je broer in huis terwijl hij zijn moedige dubbelleven leidde.'

'Maar ik weet helemaal niets.' Sophia wrong wanhopig haar handen. 'Dus wat kunnen ze van me willen? Trouwens, ik weet niet eens of mijn arme broer nog leeft.'

Connie besefte niet voor het eerst hoe beschermd Sophia altijd had geleefd, hoe Édouard haar voor alles had afgeschermd. Als het om concrete, fysieke ontberingen ging, was er voor Sophia de afgelopen vier jaar niets veranderd. Tot haar vertrek uit Parijs had ze hetzelfde, geriefelijke leventje geleid als voor de oorlog, gekoesterd en verwend door de toegeeflijkheid en de rijkdom van haar familie, veilig voor alle gevaren die haar anders hadden kunnen bedreigen.

'Sophia, lieverd, niemand mag je hier zien. Dat begrijp je toch wel? Heeft je broer je dat niet verteld? Hij heeft je niet naar het chateau gestuurd om er in alle openheid te gaan wonen. Zodra de moffen dat in de gaten zouden krijgen, zou je onmiddellijk worden opgepakt,' verduidelijkte Jacques nogmaals. 'Nee, je broer heeft je naar mij gestuurd omdat hij weet dat hier een veilige schuilplaats is waar je kunt blijven tot de oorlog voorbij is. En dat zal niet lang meer duren, dat beloof ik.'

'Waar is die schuilplaats dan?' vroeg Sophia angstig.

'Dat zal ik je straks laten zien. Na het eten. En u, madame Constance.' Jacques keerde zich naar Connie. 'U zult hier bij mij moeten wonen. Mocht iemand daarnaar vragen, dan zeggen we dat u mijn nicht bent.'

'Weet je zeker dat ik hiervandaan niet beter mijn eigen weg kan gaan?' opperde Connie. 'Misschien kan Armand me helpen contact te leggen met een plaatselijk netwerk, zodat ik kan proberen terug te gaan naar Engeland. Ik...'

'Maar wie zou er dan voor mademoiselle Sophia moeten zorgen?' vroeg Jacques met een blik van afschuw. 'Als man ben ik beperkt in wat ik kan doen.' Hij ging een beetje ongemakkelijk verzitten. 'Omdat niemand mag weten dat ze hier is, kan ik geen hulp halen uit het dorp. Want ik vertrouw niemand.'

'Constance! Je mag niet weggaan!' riep Sophia uit. 'Ik kan het niet alleen, dat weet je. Je moet bij me blijven! Alsjeblieft.' Ze tastte smekend naar Connies hand.

En weer gingen haar voornemens om zich eindelijk los te maken van de familie De la Martinières in rook op. Connie pakte Sophia's hand en knikte berustend. 'Natuurlijk laat ik je niet alleen, Sophia.'

'Dank je wel,' verzuchtte die opgelucht, en het ontging Connie niet dat ze in een beschermend gebaar haar hand op haar buik legde. Vervolgens keerde Sophia zich weer naar Jacques. 'Is de schuilplaats hier bij u in huis?'

'Nee, dat zou niet gaan. De moffen komen hier te vaak langs voor de wijn en de schnaps om hun buik en hun torpedo's mee te vullen.' Jacques slaakte een diepe zucht. 'Zoals ik al zei, ik zal je na het eten laten zien waar het is.'

Jacques had een verrukkelijke stoofpot van bonen en groenten gemaakt, en het deed Connie goed te zien dat Sophia haar bord schoon leegat.

'Ik heb ineens zo'n trek,' zei ze glimlachend. 'Dat zal de Provençaalse lucht wel zijn.'

Na het eten hielp Connie haar terug naar de stoel bij de haard. 'Ik ben zo slaperig, Constance.' Ze geeuwde. 'Het lijkt wel alsof ik mijn ogen niet open kan houden.'

'Doe ze dan maar lekker dicht,' zei Connie.

Toen ze zeker wist dat Sophia sliep, ging Connie naar de kleine keuken om Jacques te helpen met de afwas. Zijn gezicht stond ernstig toen hij de borden in de kast zette.

'Sophia zal niet gelukkig zijn met de plek waar ze moet onderduiken. Ik heb geprobeerd het allemaal zo comfortabel mogelijk te maken, maar het is er koud en vochtig, en er komt nauwelijks daglicht, want het zit onder de grond. In dat opzicht is het misschien een zegen dat Sophia niet kan zien,' zei hij zuchtend. 'Want iemand die niet blind is, zou zich levend begraven voelen. Laten we hopen dat het niet lang meer duurt tot de oorlog voorbij is en Sophia haar vrijheid terugkrijgt.'

'Tot we allemaal onze vrijheid terugkrijgen,' mompelde Connie in het Engels.

'Ze moet er zo snel mogelijk naartoe. Ik heb het expres niet gezegd, maar de Gestapo is hier gisteren nog geweest. Ze hebben het hele chateau en de cave uitgekamd. Blijkbaar hebben ze bericht gekregen uit Parijs dat Édouard is verdwenen. Maar ze zullen Sophia nooit vinden,' stelde hij Connie gerust. 'En wat is uw verhaal, madame? Hoe bent u bij Sophia terechtgekomen, als haar verzorgster?'

'Ik eh...'

Jacques zag de angst in haar ogen. 'Madame, mijn familie beheert hier op het chateau al tweehonderd jaar de cave. Édouard en ik zijn met elkaar opgegroeid. Hij was de broer die ik nooit heb gehad. We koesteren allebei dezelfde droom voor ons land. En omdat u de eerstkomende tijd bij me in huis komt wonen, denk ik dat u me zult moeten vertrouwen.'

'Ja.' Connie haalde diep adem en vertelde haar verhaal. Jacques luisterde aandachtig, zonder haar in de rede te vallen.

'Dus u bent een hoogopgeleide agent,' concludeerde hij. 'Maar tot dusverre hebt u niets kunnen doen met alles wat u hebt geleerd. Dat is inderdaad zonde,' gaf hij haar gelijk. 'Maar als de Gestapo weer langskomt, en als ze u dan hier aantreffen, weet ik tenminste dat u uw mannetje staat. Ik neem aan dat ze een foto van u in het archief hebben?'

'Nee, die hebben ze niet. Trouwens, ik zie er inmiddels heel anders uit, want ik heb mijn haar geverfd.'

'Mooi zo. Ik laat morgen nieuwe papieren voor u maken. U bent mijn nicht, uit Grimaud. En u bent hier om uw oom te helpen, in de huishouding en met het bottelen van de wijn. Wat vindt u?' vroeg Jacques.

Connie vroeg zich af hoeveel schuilnamen ze zou hebben gehad tegen de tijd dat ze Frankrijk weer verliet. 'Als dat volgens jou de beste dekmantel is, vind ik het prima, Jacques.'

'U kunt de kleine slaapkamer boven gebruiken, naast de mijne,' vervolgde Jacques. 'Daar boft u mee. Het is verschrikkelijk dat Sophia die luxe niet heeft. Maar weet u, madame Constance, als de Gestapo hier midden in de nacht voor de deur staat, kunnen we haar vanwege haar blindheid niet snel genoeg wegsmokkelen. En ik heb haar broer beloofd dat ik goed op haar zou passen. Dus we moeten allemaal doen wat we kunnen, en dat geldt ook voor mademoiselle Sophia.'

'Dat spreekt vanzelf. Trouwens, ik ben bang dat ik je nog iets moet vertellen...' Connie had besloten open kaart met hem te spelen. 'Ze is zwanger.'

Er tekende zich een reeks van emoties af op zijn gezicht, maar uiteindelijk keek hij Connie vol afschuw aan. 'Hoe kan dat? En van wie? En weet Édouard dat al?' vroeg hij ten slotte.

'Nee, en ik weet officieel ook nog van niets. Sophia heeft het me nog niet verteld. Ik hoorde het van Sarah, de dienstbode. Zij kent Sophia als geen ander, al was het maar omdat ze haar altijd met alles heeft geholpen. Hoe dan ook, die zwangerschap is nog niet eens het ergste.' Connie haalde diep adem. 'De vader is een Duitser, met een hoge functie bij de ss.'

Met stomheid geslagen staarde Jacques haar aan.

'Het spijt me zo dat ik je dit moet vertellen,' zei Connie bij het zien van zijn geschokte gezicht.

'Mijn kleine Sophia... Ik kan het gewoon niet geloven.' Jacques schudde zijn hoofd. 'En ik dacht nog wel dat de moffen het enige gevaar waren. Maar als bekend wordt dat de vader van het kind een ss'er is, krijgt ze ook heel Frankrijk over zich heen. Nog maar een paar weken geleden is er in het dorp 's nachts een vrouw uit haar huis gehaald van wie bekend was dat ze het bed deelde met de vijand. Haar lichaam is uiteindelijk een eind verder langs de kust aangespoeld. Ze hadden haar doodgeslagen en haar lijk in zee gegooid.' Jacques schudde zijn hoofd. 'Het had nauwelijks erger gekund, madame.'

'Zeg dat wel. Maar wat moeten we eraan doen?' Connie keek hem somber aan.

'U weet zeker dat verder niemand op de hoogte is van haar verhouding met die officier? Of van de gevolgen?'

'Ja, dat weet ik zeker.'

'Goddank,' fluisterde Jacques. 'En dat moet ook zo blijven.'

'Het enige wat ik nog kan zeggen, is dat Édouard ooit tegen me zei dat hij de man in kwestie sympathiek vond. Dat ze vrienden hadden kunnen zijn als het allemaal anders was gelopen. En het was Frederik die ons hielp uit Parijs te ontsnappen,' voegde Connie eraan toe. 'Ik geloof oprecht dat hij een goed mens is.'

'Nee!' Jacques schudde heftig zijn hoofd. 'Hij is een Duitser, en hij heeft ons land en onze vrouwen verkracht!'

'Dat ben ik met je eens, maar soms word je gedwongen tot keuzes die de jouwe niet zijn. Keuzes die niets zeggen over je loyaliteit.' Connie zuchtte. 'Afijn, nu weet je alles.'

'Dan is het helemaal van het grootste belang dat Sophia's aanwezigheid geheim blijft. Ook al weet ik niet wat haar te wachten staat wanneer de oorlog eindelijk voorbij is,' zei Jacques hoofdschuddend, met een ernstig gezicht, zijn hand op zijn voorhoofd. 'Ik hou van haar alsof ze mijn eigen dochter is. Vanaf de dag dat ze werd geboren. En ik vind het onverdraaglijk om te denken...' Hij huiverde en schudde opnieuw zijn hoofd. 'De oorlog maakt dwazen van ons allemaal, ieder op zijn eigen manier. En door deze oorlog is het jonge leven van een kwetsbare, mooie vrouw kapotgemaakt. Het is niet aan mij om te bepalen hoe haar toekomst eruit zal zien, maar als ongehuwde moeder heeft ze een zware tijd voor de boeg. Laten we hopen dat Édouard de klopjacht overleeft en haar weer onder zijn vleugels kan nemen. Voorlopig zullen wij ons best moeten doen haar te beschermen.'

Later die avond ging Jacques hen opnieuw voor naar de cave, met de reusachtige, zes meter hoge vaten van Russisch eiken, waarin het gistingsproces zich voltrok.

Bijna achter in de cave bleef hij voor een van de vaten staan. Hij klom op een trapje naar de enorme kraan, haalde de voorkant van het vat los en klom naar binnen. Terwijl Sophia en Connie wachtten wat er ging gebeuren, hoorden ze in het vat het geluid van planken die werden verschoven. Ten slotte stak Jacques zijn hoofd weer naar buiten. 'Het zal niet meevallen om naar binnen te klimmen, mademoiselle Sophia, maar maak je geen zorgen. Ik help je. Madame Constance, kunt u haar het trapje op helpen en dan achter haar aan komen?'

'Gaan we het wijnvat in?' vroeg Sophia niet-begrijpend. 'Daar hoef ik me de komende weken toch niet in te verstoppen?'

'Pak de hand van Jacques, dan helpt hij je over de rand,' drong Connie aan. Sophia verdween in het donkere inwendige van het vat, en Connie hoorde dat Jacques sussend op haar inpraatte.

'Nu u, madame Constance!' Zijn stem had een holle klank.

Connie klom naar boven en stapte in het vat. Ze zag dat er drie planken uit de bodem waren verwijderd. Sophia en Jacques, die een lantaarn omhooghield, stonden in de donkere ruimte onder het vat. Connie liet zich door de opening zakken en voegde zich bij hen.

'Kom maar mee.' Met zijn vrije hand pakte Jacques de hand van Sophia, in de andere hield hij de lantaarn.

Connie moest diep bukken terwijl ze door de smalle gang liep, en ze besefte dankbaar dat Sophia door haar blindheid aan de totale duisternis gewend was. De onderaardse gang – meer was het niet – leek eindeloos door te gaan. Hoewel Connie doorgaans geen last had van claustrofobie, was ze behoorlijk ontdaan tegen de tijd dat ze bij een lage deur kwamen. Jacques maakte hem open. Daarachter lag een vierkante ruimte, met slechts één klein raam voorzien van tralies, hoog in een kale, bakstenen muur. Naarmate haar ogen aan de duisternis gewend raakten, onderscheidde Connie een bed, een stoel en een ladekast. Er lag zelfs een kleed op de ruwe stenen vloer.

'Waar zijn we, Jacques?' Sophia greep zijn arm toen hij haar hielp in de stoel te gaan zitten. 'Het is hier zo koud en het ruikt afschuwelijk vochtig!'

'We zijn in de kelder van het chateau,' zei Jacques. 'Hiernaast ligt de wijnkelder. Hier ben je veilig, Sophia.'

'Bedoel je dat ik hier moet blijven? Onder de grond? In een koude, klamme kelder? En moet ik dan elke keer door die lange gang als ik naar buiten wil?' Haar gezicht verraadde dat ze in paniek raakte. 'Je kunt me hier niet alleen laten, Jacques! Alsjeblieft!'

'Mademoiselle Sophia, zolang je je niet buiten het chateau waagt, zie ik niet in waarom je niet af en toe naar boven zou kunnen. En je kunt ook in de ommuurde tuin wandelen, want daar kan niemand je zien. Maar voor je eigen veiligheid moet je voorlopig hier blijven.'

'En waar moet ik me dan wassen?' Sophia klonk alsof ze op de rand van een hysterische aanval verkeerde. 'En alle andere dingen die een dame moet doen?'

Jacques duwde een deur open en scheen met zijn lantaarn naar binnen. 'Dat kan allemaal hier.'

Connie keek naar binnen en zag een waskom onder een kraan, met daarnaast een ladekast. Plotseling ging de petroleumlamp uit, en ze werden in volledige duisternis gedompeld.

Dit is Sophia's wereld, dacht Connie, terwijl Jacques probeerde de lantaarn weer aan te steken. Een wereld zonder een sprankje licht. En dat was een zegen, besefte ze opnieuw, in de onverlichte ruimte die Sophia's gevangenis zou vormen.

'Ik kan hier niet alleen blijven,' zei Sophia handenwringend. 'Dat kan ik niet!'

'Je hebt geen keus,' zei Jacques, onverwacht bruusk. 'Zoals ik al zei, overdag kun je naar boven en naar buiten. Maar 's nachts kunnen we geen enkel risico nemen.'

'Connie!' Sophia reikte zoekend om zich heen. 'Laat me hier alsjeblieft niet alleen! Alsjeblieft!' riep ze wanhopig.

Jacques negeerde haar smeekbeden. 'Ik zal u ook laten zien hoe u vanhier in het chateau zelf komt, madame Constance. Wie deze schuilplaats ooit heeft gemaakt, heeft dat heel slim gedaan. Er zijn twee uitgangen.'

Hij liep naar de muur aan de andere kant van de ruimte en draaide de sleutel om in het slot van een kleine deur. Toen die openzwaaide, zag Connie dat daarachter een enorme wijnkelder lag. Jacques ging haar voor naar het eind daarvan en wees op een stel treden. 'Hierlangs komt u in het achterste gedeelte van het chateau. Zolang u geen luiken openzet, kunt u de keuken gebruiken om water te halen en om eten klaar te maken voor Sophia. Denk erom dat u nooit, maar dan ook nooit, een vuur aansteekt. Het chateau staat in een vallei. De rook zou in het dorp hierboven te zien zijn,' waarschuwde hij.

'Dat begrijp ik.' Connie voelde zich enigszins getroost door de ontdekking dat er een andere en minder benauwende manier was om uit de ondergrondse gevangenis te komen.

'Ik laat u hier om mademoiselle Sophia te helpen zich gereed te maken voor de nacht. Morgen kunt u haar meenemen naar het chateau. Dan kan ze een bad nemen en wat kleren halen. Nogmaals, er mag geen licht branden achter de ramen. Dat zou kilometers ver te zien zijn, en dan zouden anderen in de gaten krijgen dat ze hier is,' drukte hij haar op het hart.

'Dat begrijp ik,' zei Connie.

'Denkt u dat u de weg terug kunt vinden? Ik laat een lamp hier,' zei Jacques toen ze terugliepen naar de schuilkelder, waar Sophia zachtjes zat te huilen, maar haar handen voor haar gezicht.

'Ja, dat lukt wel.'

Toen Jacques weg was, ging Connie naast Sophia op het bed zitten en pakte haar hand.

'Lieve Sophia, je moet proberen dapper te zijn. Het is alleen maar voor de nachten. Dat lijkt me een kleine prijs voor je veiligheid.'

'Maar het is hier zo afschuwelijk! Alleen al die lucht...' Sophia legde zuchtend haar hoofd op Connies schouder. 'Blijf je bij me tot ik slaap, Constance?'

'Ja, natuurlijk.'

Terwijl ze met Sophia in haar armen zat en haar wiegde als een kind, vroeg Connie zich af hoe het zo had kunnen lopen. Ze was als SOE-agent naar Frankrijk gestuurd, maar in plaats van het werk te doen waarvoor ze was opgeleid, had ze een verwend rijkeluiskind onder haar hoede moeten nemen.

Édouard zat met Venetia aan de rand van een dicht woud. Voor hen lagen de vlakke, open velden. Ze bevonden zich net ten westen van Tours. Waar precies, dat wist hij niet, want door de diverse, buitengewoon oncomfortabele middelen van vervoer was zijn gevoel voor richting behoorlijk van slag. Maar hij was er gekomen. Op dat moment kwam de man die naast Venetia hurkte, overeind en scheen met zijn zaklantaarn over het veld. Boven hen klonk het zachte gezoem van een naderend vliegtuig. De man seinde drie keer met zijn zaklantaarn om de piloot te laten weten dat de kust veilig was, en daarop begon het vliegtuig te dalen.

'Zo te zien gaat het lukken, Édouard. Doe Engeland de groeten van me,' zei Venetia opgewekt.

'Natuurlijk. Had je gewild dat je meekon?' Édouard draaide zich naar haar om. En even schemerde er een zweem van zachtheid door de bravoure in die prachtige groene ogen.

'Natuurlijk, in een ideale wereld.' Ze knikte. 'Ik heb Mup en Pup – dat zijn mijn ouders – al meer dan een jaar niet gezien. Maar helaas, de wereld waarin we leven is niet ideaal. En ik heb hier nog een hoop werk te doen.'

'Ik weet niet hoe ik je ooit moet bedanken. Je hebt zo veel voor me gedaan.' Édouards ogen werden vochtig bij de gedachte dat voor haar de harde, gevaarlijke strijd zou doorgaan. Hoe ziek en ellendig hij zich ook had gevoeld, opgesloten in de kelder van zijn eigen huis, en hoe gevaarlijk de reis hierheen ook was geweest, Venetia had hem niet alleen steeds weer weten te verbazen, ze had hem ook betoverd met haar humor, haar moed en haar ongebroken moreel. 'Ik zal je missen!'

'Ik jou ook.' Ze schonk hem een onverwachte glimlach.

'Als we de oorlog overleven – je weet maar nooit – zou ik je heel graag willen terugzien, Venetia.'

'Ik jou ook.' Plotseling gegeneerd sloeg ze haar ogen neer.

'Venetia, ik...' In een opwelling nam Édouard haar in zijn armen en kuste haar hartstochtelijk op haar mond.

Toen het vliegtuigje landde maakte ze zich van hem los. Édouard zag dat zij ook tranen in haar ogen had. Hij legde een hand onder haar kin en dwong haar hem aan te kijken. 'Mijn beschermengel, je moet dapper zijn. En blijf ongedeerd. Voor mij.'

'Na die zoen ga ik dat zeker proberen. Kom! Het is zover.'

Samen renden ze naar de Lysander, die Édouard veilig zou wegvoeren van zijn vaderland en die hem naar het hare zou brengen.

Vlak voordat hij aan boord zou gaan, gaf hij Venetia een pakje. 'Als jij of iemand van je netwerk erin slaagt dit bij mijn zuster te krijgen in het chateau, weet ze dat alles goed met me is.'

'Ik weet nog niet hoe, maar ik zal zorgen dat ze het krijgt,' beloofde Venetia, en ze stopte het pakje in haar schoudertas.

Édouard beklom de trap, en in de deur van het vliegtuig draaide hij zich nog een laatste keer naar haar om. 'Veel geluk, mijn beschermengel. Zo God het wil, zien we elkaar spoedig weer.'

Hij ging naar binnen, en de kleine vliegtuigdeur werd achter hem gesloten. Venetia keek het vliegtuig na toen het begon te taxiën, steeds meer snelheid kreeg en uiteindelijk opsteeg in de richting van het Kanaal, op weg naar huis.

'Kom, Claudette, we moeten ervandoor.' Tony, haar metgezel, pakte haar bij de arm en trok haar mee over het veld.

Venetia keek verlangend omhoog naar de nachtelijke hemel. En terwijl het berijpte veld in het licht van de volle maan veranderde in een glinsterend wit sprookjesland, bedacht ze dat ze in Édouard de la Martinières eindelijk de man had gevonden van wie ze zou kunnen houden.

De volgende dag, nadat ze Édouards pakketje aan een koerier had meegegeven die naar het zuiden zou gaan, nam Venetia de trein terug naar Parijs. Bij aankomst op het nieuwe schuiladres zette ze met een zucht van verlichting haar tas neer en liep naar de keuken om water op te zetten.

'Goedenavond, Fräulein, wat een genoegen u eindelijk te ontmoeten.'

Venetia draaide zich om en bevroor toen ze in de ijzige, bleekblauwe ogen keek van kolonel Falk von Wehndorf.

Een week later, nadat ze op het hoofdkwartier van de Gestapo was ondervraagd en wreed gemarteld toen ze weigerde ook maar iets los te laten, werd Venetia naar de binnenplaats gebracht.

De officier die haar aan de executiepaal bond, keek haar aan met een blik vol weerzin.

'Nog één peuk, om het af te leren.' Ze wankelde, maar dwong zichzelf te glimlachen.

Hij stak een sigaret op en duwde die tussen haar lippen. Terwijl ze haar laatste trekken nam, stuurde ze haar liefde het Kanaal over, naar haar familie.

Toen de officier zijn plaats innam en zijn pistool op haar hart richtte, was het laatste waar Venetia aan dacht terwijl ze haar ogen sloot, de kus van Édouard de la Martinières.

25

GASSIN, ZUID-FRANKRIJK, 1999

Jacques zag grauw van uitputting.

'Zo is het genoeg, Papa. Het wordt tijd om naar bed te gaan,' zei Jean bij het zien van zijn vermoeide gezicht. 'Ik zal je naar boven helpen.'

'Maar ik moet nog vertellen hoe het afliep... Ik ben nog niet klaar, ik...'

'Vanavond niet meer, Papa.' Jean hielp Jacques uit zijn stoel en loodste hem naar de deur. 'We hebben alle tijd. Misschien kun je morgen verder vertellen.'

Terwijl ze de kamer verlieten, staarde Emilie in het vuur. Ze dacht aan Venetia, die misschien een paar dagen voor haar dood de liefde had gevonden, samen met haar vader. De kracht en de moed van Venetia stemden haar nederig en vervulden haar met ontzag.

Jean kwam weer beneden en ging tegenover haar zitten, op de rand van de haard. 'Wat een verhaal, hè?'

'Ja. En ik bedenk ineens dat de vroege dood van mijn tante misschien wel een gevolg was van haar affaire met Frederik,' zei Emilie met een zucht.

'Tja, je weet net zo goed als ik wat er na de oorlog gebeurde met vrouwen die met de vijand waren omgegaan. Ze werden overdekt met pek en veren, of doodgeschoten door hun woedende buren,' viel Jean haar bij.

Emilie huiverde. 'Dat Sophia uitgerekend Frederik moest kiezen...'

'Ach, als het om de liefde gaat, heeft niemand een keuze,' zei Jean zacht.

'En de baby? Is die ook gestorven?'

'Wie zal het zeggen? We zullen moeten wachten tot Papa ons de rest van het verhaal vertelt. Maar het is me al wel duidelijk dat Frederik een goed mens was. En Papa's verhaal onderstreept maar weer eens dat het puur toeval is waar en in welke tijd je wordt geboren. Ik denk dat er maar weinig mensen zijn die er bewust voor kiezen om te vechten en te doden. Maar destijds had je geen keus, en dat gold voor beide kanten.'

'Onze ouders en voorouders hebben zo veel ontberingen moeten doorstaan, ze hebben zo veel verdriet gekend...' Emilie schudde haar hoofd. 'Dat maakt dat je je eigen leven in een ander perspectief gaat zien.'

'Zeg dat wel. Goddank heeft de mensheid wel iets geleerd van twee wereldoorlogen. In elk geval hier in het Westen. Tenminste, voor zolang als het duurt,' mijmerde Jean somber. 'Want er breken toch steeds weer nieuwe oorlogen uit. Behoefte aan verandering en het onvermogen om vreedzaam met elkaar samen te leven zijn de mens nu eenmaal eigen. Het is triest, maar waar. En tegelijkertijd kunnen de extreme omstandigheden die door een oorlog ontstaan, ook het beste in ons naar boven halen. Ik weet zeker dat je vader het leven van Constance heeft gered door zelf naar dat café te gaan om Venetia te waarschuwen. En om Édouard te beschermen, onderging Constance op haar beurt de verschrikkelijkste vernedering die een vrouw kan ervaren.' Jean slaakte een zucht. 'Helaas haalt de oorlog in sommige mensen ook het allerergste naar boven. Dat zie je aan een man als Falk. Macht corrumpeert maar al te vaak.'

'Dan ben ik maar blij dat ik geen macht heb,' zei Emilie met een glimlach.

'Natuurlijk heb je die wel.' Jean trok een wenkbrauw op. 'Onderschat jezelf niet. Je bent een mooie, intelligente vrouw. Dat is vaak al genoeg, maar je hebt bovendien nog het geluk dat je afstamt van een machtige, zeer gerespecteerde familie. Dat alles bij elkaar maakt je een rijk mens, met vele gaven. Maar goed, het is al laat, en ik moet morgen weer vroeg op. Bij het eerste licht.'

'Natuurlijk. En je hebt gelijk, Jean. Ik ben een rijk mens. Misschien begin ik dat nu pas te beseffen en te waarderen,' zei Emilie zacht.

'Mooi zo.' Jean stond op. 'Tot morgen.'

'Welterusten.'

Twintig minuten later lag Emilie in het oude bed in de kleine slaapkamer waar ook Constance moest hebben geslapen toen ze hier in huis was. Ze hoorde Jean naar de gemeenschappelijke badkamer gaan en daarna de deur van zijn kamer achter zich dichttrekken.

Zijn vader en hij waren eigenlijk de enige 'familie' die ze nog had, besefte Emilie. Getroost door die gedachte viel ze in slaap.

Toen ze de volgende morgen de keuken binnenkwam, begroette Jean haar met een ernstig gezicht.

'Papa is erg benauwd. Ik heb de dokter al gebeld. Wil je koffie?'

'Graag. Kan ik iets doen?'

Bij het zien van de teleurstelling op haar gezicht sloeg Jean een arm om haar schouders. 'Nee, hij is gewoon oud, zijn krachten nemen af. Het spijt me, Emilie, maar hij kan zijn verhaal vandaag niet afmaken.'

'Nee, dat begrijp ik. Sorry dat ik zo egoïstisch ben. Het gaat om je vaders gezondheid. Dat is het enige wat telt.'

'Het betekent in elk geval dat je snel moet terugkomen als je de rest van het verhaal wil horen.' Jean keek haar glimlachend aan. 'Er staat hier altijd een bed voor je klaar. Dat weet je.'

'Misschien kan ik mijn man de volgende keer wel meebrengen,' stelde Emilie voor. 'Het is tenslotte ook het verhaal van zijn oma.'

'Ja. Kun je zelf ontbijt maken? Ik heb nog het een en ander te doen voordat de dokter komt. Ik hoop alleen niet dat Papa weer naar het ziekenhuis moet. Dat vond hij de vorige keer verschrikkelijk. Nou, ik zie je nog voordat je vertrekt.' Jean knikte haar toe en liep de keuken uit.

Na het ontbijt ging Emilie naar boven om de weinige spullen die ze bij zich had in te pakken. In de kamer naast de hare hoorde ze Jacques hoesten. Aarzelend klopte ze op zijn deur en gluurde om een hoekje.

'Mag ik binnenkomen?'

Jacques hief zijn hand op bij wijze van toestemming.

Hij lag met zijn ogen open en bij het zien van zijn bleke gezicht en zijn gekrompen postuur in het grote bed moest Emilie aan haar moeder denken, vlak voor haar dood. Ze ging op de rand van het bed zitten en keek glimlachend op hem neer. 'Ik wilde je alleen maar even bedanken voor het verhaal over mijn familie in de oorlog. Wanneer je weer beter bent, hoop ik dat je me de rest wilt vertellen.'

Jacques deed zijn mond open, maar hij kon niet meer uitbrengen dan een schor gemompel.

'Probeer maar niet te praten,' zei Emilie sussend.

Jacques pakte haar hand. Hoewel hij erg zwak was, hadden zijn benige, kromgegroeide vingers nog verrassend veel kracht. Met een grimas die een glimlach moest voorstellen knikte hij haar toe.

'Gauw beter worden. Dag!' Emilie boog zich over hem heen en kuste hem vluchtig op de perkamenten huid van zijn voorhoofd.

Jean was met de dokter bij zijn vader toen het tijd was om naar het vliegveld te gaan. Omdat ze hen niet wilde storen, legde Emilie een briefje op de keukentafel, waarin ze hen bedankte. Toen stapte ze in haar auto en vertrok naar Nice. Ze was bang dat de terugval van Jacques misschien een gevolg was van de inspanning die het hem had gekost om zijn verhaal te vertellen. Dat maakte dat ze zich schuldig voelde. Het was maar al te duidelijk dat het hem erg had aangegrepen.

Toen het vliegtuig opsteeg en ze Nice achter zich liet, hoopte Emilie vurig dat Jacques weer beter zou worden, maar tegelijkertijd berustte ze in de mogelijkheid dat ze het eind van het verhaal nooit te horen zou krijgen. Toen ze boven Noord-Frankrijk vloog, gingen haar gedachten terug naar huis – of tenminste, naar wat op dat moment haar huis was.

Het vooruitzicht terug te gaan naar Blackmoor Hall, na twee dagen op de plek die nog altijd als haar thuis voelde, was weinig aanlokkelijk. Ze moest zich wapenen tegen de kou en de grijze, Engelse luchten en tegen de deprimerende, gespannen sfeer in huis. Bovendien zou ze Sebastian moeten vragen waarom hij haar niet had verteld dat hij twee dagen op het chateau was geweest.

Tegen de tijd dat het vliegtuig door dichte regenwolken naar de grond zakte en landde in het schemerduister, raapte Emilie al haar moed bij elkaar. Ze had voor deze man en voor dit leven gekozen, hoe moeilijk het op dit moment ook voelde. En toen ze de terminal uit liep en in de Land Rover stapte, riep ze zichzelf streng tot de orde. Een akelig, koud huis en twee ruziënde broers, dat was allemaal nog niets vergeleken bij de verschrikkelijke dingen waarover Jacques de vorige avond had verteld.

Bij aankomst op Blackmoor Hall kon ze de oude roestbak waarmee Sebastian naar het station reed, nergens ontdekken. Binnen was het doodstil. En ijskoud. Dus ze zette haar reistas neer en liep naar de ketelruimte om de verwarming aan te zetten. Blijkbaar was Sebastian al een paar dagen niet thuis geweest. Dat was vreemd, want de vorige dag, aan de telefoon, had hij gezegd dat hij van huis belde…

Misschien was hij zo gewend geraakt aan een leven zonder verwarming dat hij er niet aan had gedacht die aan te zetten, dacht ze schouderophalend en maar al te graag bereid hem te geloven. Maar eenmaal boven trof ze de slaapkamer precies zo aan als ze hem twee dagen eerder had achtergelaten. En toen ze even later naar de keuken ging om thee te zetten, stond het halfje melk onaangeroerd in de koelkast.

'Je moet hiermee ophouden!' mopperde Emilie, nijdig op zichzelf. Het was best mogelijk dat Sebastian de vorige avond was thuisgekomen en die ochtend weer naar Londen was gegaan. Hoe dan ook, ze moest het dorp in om boodschappen te doen, anders hadden ze die avond niets te eten.

Net toen ze naar buiten liep, zag ze de oude roestbak het tuinpad op komen. Ze bleef besluiteloos in de deuropening staan.

Lieveling!' Met zijn armen gespreid kwam Sebastian naar haar toe. 'Wat fijn dat je weer thuis bent!' Hij trok haar tegen zich aan en drukte zijn lippen op de hare. 'Ik heb je gemist.'

'Ik jou ook. Sebastian, ik ben zo ongerust geweest. Ik...'

'Sst.' Hij legde een vinger op haar lippen. 'We zijn weer samen.'

Tot haar opluchting was alles weer bijna als vanouds, en ze hadden een heerlijk weekend samen. Ze vreeën, ze stonden laat op, ze kookten wanneer ze trek hadden en op zondagmiddag verkenden ze het terrein dat bij het huis hoorde. Ondanks het gebrek aan onderhoud vertoonde de tuin de eerste tekenen van het naderende voorjaar.

'Er moet zo veel worden opgeknapt dat ik gewoon niet weet waar ik moet beginnen,' verzuchtte Sebastian terwijl ze over het grote gazon terugliepen naar het huis.

'Ik ben dol op tuinieren,' zei Emilie. 'Dus misschien kan ik eens kijken hoever ik kom. Dan heb ik bovendien iets te doen als jij weg bent.'

'Dat is zo,' viel Sebastian haar bij. Ze liepen de keuken in. 'Thee?'

'Ja, graag.'

'Ik bak er niet veel van, hè? En ik ben bang dat ik ook de komende maanden nog vaak van huis zal zijn.'

'Misschien moet ik dan toch serieus overwegen om naar Londen te verhuizen,' zei Emilie vastberaden toen hij haar een mok thee gaf. 'Het is niet goed om elkaar zo weinig te zien. We zijn nota bene pas getrouwd! Hoe dan ook, ik ben je vrouw, dus het is belachelijk om mijn geld niet te willen, als ik daarmee kan zorgen dat we vaker samen kunnen zijn.' Ze was verbaasd over haar eigen moed.

'Je hebt gelijk. Laten we het er over een paar weken nog maar eens over hebben.' Sebastian drukte een kus op haar neus. 'Misschien kunnen we op zoek gaan naar een appartementje. Want ik wil niet dat mijn vijfsterrenmeisje zelfs maar in de buurt komt van de treurige opslagruimte waar ik nu nog bivakkeer,' zei hij met een glimlach.

Emilie wilde zeggen dat het haar niets uitmaakte waar ze woonden, maar omdat hij zijn verzet tegen haar voorstel om mee te gaan naar Londen eindelijk had opgegeven, besloot ze het erbij te laten.

Die avond begon ze echter wel over zijn verblijf op het chateau.

Ze lagen in bed en Sebastian keek met een merkwaardige blik op haar neer. 'Ik heb je gezegd dat ik er misschien langs zou gaan. Weet je dat niet meer?' Hij grinnikte. 'Je begint toch niet nu al te dementeren, hè? Waarom zou ik je dat niet verteld hebben?'

'Je hébt het me niet verteld. Dat weet ik zeker.'

'Nou ja, had dat iets uitgemaakt? Ik verwacht van jou toch ook niet dat je om toestemming vraagt om hier te komen? Mijn uitstapje naar het chateau was niet gepland. Ik had wat tijd over, dus toen dacht ik dat ik alvast een begin zou kunnen maken met het inpakken van de bibliotheek. Dat vind je toch wel goed?'

'Natuurlijk vind ik dat goed.'

'Gelukkig. Slaap lekker, liefste. Ik moet morgenochtend de eerste trein hebben. Dus ik ga slapen.'

Hij deed het licht uit. Emilie lag nog een tijd wakker, verbaasd over zijn talent om alles wat hij deed volstrekt aannemelijk te laten klinken, met als gevolg dat alles wat zij zei, onnozel klonk en alsof ze het bij het verkeerde eind had.

En misschien was dat ook wel zo. Misschien had ze het bij het verkeerde eind...

Ze zuchtte, en terwijl haar ogen dichtvielen bedacht ze dat trouwen een werkwoord was. Dat beide partijen hun best moesten doen om een huwelijk te doen slagen. En dat ze daarvoor bereid moesten zijn te geven en te nemen.

Sebastian ging de volgende morgen al om zes uur de deur uit, en Emilie probeerde nog wat te slapen. Maar ten slotte gaf ze het op, en ze ging naar beneden om koffie te zetten. Sinds haar terugkomst had ze haar mobiele telefoon nog niet aan gehad, maar nu luisterde ze haar boodschappen af. Jean had ingesproken dat Jacques in een ziekenhuis in Nice was opgenomen, maar dat hij goed reageerde op de antibiotica. Jean zou het haar laten weten zodra Jacques weer thuis was en zich sterk genoeg voelde om de rest van zijn verhaal te vertellen.

Het was een stralende dag, dus Emilie besloot een wandeling door de tuin te maken om te kijken waar ze eventueel zou kunnen beginnen. Het was belangrijk dat ze bezig bleef en dat ze haar tijd nuttig besteedde. In de tuin besefte ze dat het merendeel van het werk dat moest gebeuren veel te zwaar voor haar was. De borders en perken moesten worden gewied, gesnoeid en bemest. Pas in de lente zou ze weten wat er nog te redden viel na jaren verwaarlozing, dacht ze, en ze liep de boomgaard in om de chaos daar in ogenschouw te nemen.

Ontmoedigd door de enorme hoeveelheid werk ging ze uiteindelijk weer naar binnen om nog een kop koffie te zetten. Om te beginnen kon ze in elk geval proberen iets van het terras voor de keuken te maken, waar je al vroeg van de ochtendzon kon genieten. De scheuren in de oude tegels zaten vol mos en over de stenen liepen glinsterende slakkensporen. Ze maakte een lijst van spullen die ze moest halen bij het tuincentrum dat ze een paar kilometer verderop had ontdekt. Met een beetje opruimen, schoonmaken en wat nieuwe planten kon ze van het terras een gezellig plekje maken om buiten te zitten. Daar was ze van overtuigd.

Bij terugkeer van het tuincentrum en de supermarkt bedacht ze dat ze even bij Alex om een hoekje moest kijken. Haar gevoelens voor hem waren erg verwarrend. Ze mocht hem graag, maar elke keer dat ze hem zag, werd ze uit haar evenwicht gebracht door wat onuitgesproken bleef. Hij zei nooit iets negatiefs over Sebastian, maar ze voelde dat er van alles onder de oppervlakte borrelde. En nu ze de relatie met haar man weer op het goede spoor had weten te krijgen, wilde ze niet het risico lopen dat daaraan afbreuk werd gedaan.

Om zeven uur die avond klopte ze op de deur van het appartement in de oostelijke vleugel.

'Kom maar binnen.'

Alex zat in de keuken te eten. Hij keek glimlachend naar haar op. 'Hé, lang niet gezien.'

'Hallo.' Emilie voelde zich slecht op haar gemak. 'Ik kom even kijken of alles in orde is.'

'Prima, dank je. En hoe is het met jou?'

'Heel goed.'

'Mooi zo. Eet je mee?' Alex wees naar de ovenschotel met gehakt en aardappelpuree op de kookplaat. 'Ik maak altijd veel te veel.'

'Nee, dank je. Ik heb zelf gekookt. Kan ik iets voor je doen?'

'Nee, dank je.'

'Nou, dan zal ik je niet langer storen. Mocht er iets zijn, bel me dan. Je hebt mijn mobiele nummer.'

'Dat zal ik doen.'

'Welterusten, Alex.' Ze keerde zich met een geforceerde glimlach naar de deur.

'Welterusten, Emilie,' antwoordde Alex verdrietig.

De dagen daarna was Emilie druk in de weer om het kleine terras schoon en onkruidvrij te maken en het mos te verwijderen van de bakken met dode plantenresten. Voorlopig zette ze er winterharde violen in, maar over een paar weken kon ze daar petunia's en vlijtige liesjes aan toevoegen en de bedden vullen met geurige lavendel.

Jean had gebeld om te zeggen dat Jacques weer thuis was en graag verder wilde met zijn verhaal, dus Emilie boekte voor de week daarna weer een vlucht naar Frankrijk. Ze sprak ook met Jo, het meisje dat ze had aangenomen als hulp in de huishouding voor Alex. Of het werk haar beviel, vroeg Emilie.

'O, ik vind het geweldig, Mrs. Carruthers,' zei ze toen ze samen naar haar fiets liepen. 'Alex is zo aardig! En zo slim. Ik ga volgend jaar Russisch studeren, en hij helpt me vast een beetje op gang.'

'Spreekt hij Russisch?' vroeg Emilie verrast.

'Ja. En Japans, en een beetje Chinees en Spaans. En Frans natuurlijk.' Jo zuchtte. 'Het is zo zonde dat hij in die rolstoel zit en dat hij nauwelijks de deur uit komt. Maar hij klaagt nooit, Mrs. Carruthers. Nou, reken maar dat ik zou klagen als ik in zijn schoenen stond!'

'Ja, ik ook,' viel Emilie haar bij. Ze stak groetend haar hand op toen Jo wegfietste, en ze voelde zich kinderachtiger dan ooit omdat ze haar zwager ontliep.

Ze was blij toen de vrijdag aanbrak. Sebastian had één keer gebeld, maar ze had geleerd te accepteren dat hij, als hij van huis was, te veel aan zijn hoofd had om contact met haar op te nemen. Hij kwam opgewekt thuis. Het was hem gelukt een schilderij van een van zijn nieuwe kunstenaars te verkopen, en daar had hij een mooie commissie voor gekregen. Emilie stelde voor dat hij meeging naar Frankrijk om de rest van het verhaal te horen. Maar hij had het te druk, zei hij. Wat Alex betrof, verzekerde Emilie haar man dat zijn broer het prima maakte en dat ze hem nauwelijks had gezien.

'Hij kan echt voor zichzelf zorgen, Sebastian.'

'Nou, blijkbaar had je gelijk. En had ik het mis,' zei hij kortaf.

'Zo bedoelde ik het niet.'

Ze zaten buiten, achter het huis, op het terras dat ze had opgeknapt. Toen het waterige Engelse zonnetje achter een wolk verdween, huiverde Emilie. 'Ik ga eten koken.' Ze stond op.

'Trouwens, het kan zijn dat ik een paar dagen naar Genève moet en dat ik volgend weekend niet thuiskom,' zei Sebastian.

Emilie knikte peinzend. 'Misschien kan ik vanuit Frankrijk wel naar je toe komen? Ik zou met een huurauto naar Genève kunnen rijden. Zo ver is het niet.'

'Dat zou ik heerlijk vinden, maar het is nu eenmaal geen plezierreisje. Ik ben de hele dag aan het werk.'

'Oké.' Ze zuchtte, maar ze wilde geen ruzie, dus ze ging naar binnen om aan het eten te beginnen.

Sebastian vertrok maandagmorgen weer. Emilie bleef alleen en diepongelukkig in bed achter. Ze deed haar best niet te klagen en Sebastian te steunen bij zijn inspanningen om zijn zaak er weer bovenop te krijgen. En ze wilde oprecht niet te veel beslag leggen op zijn tijd, maar ze zag hem hoe langer hoe minder. Wat moest ze hier doen, helemaal alleen? Haar dagen vullen met scheuren dichtplamuren van een huis dat misschien zou worden verkocht en dat bovendien helemaal niet van haar was, leek haar ineens volslagen zinloos.

Haar besluit om Alex te ontlopen, betekende dat ze voortdurend alleen was. Met een zucht kwam ze uit bed en begon ze zich aan te kleden. Ook al kon ze net zo goed de hele dag in haar nachthemd blijven rondlopen. Er was toch niemand die haar zag. Een deprimerende gedachte.

Zo kwam het dat ze, toen ze in het dorp melk en brood had gekocht – of tenminste, wat in Engeland voor brood moest doorgaan – niet direct terugfietste, maar doorreed naar het laatste huis aan de linkerkant. Ze zette haar fiets tegen de ruwe stenen muur, liep naar de voordeur en klopte aan. Als Mrs. Erskine niet thuis was, zou ze rechtsomkeert maken. Maar de vroegere huishoudster had haar uitgenodigd eens langs te komen en Emilie vond het tijd worden dat ze wat meer informatie kreeg over de twee broers en hun onderlinge verstandhouding.

Nadat ze nogmaals had geklopt, ging de deur open. Norma Erskine begroette haar met zo'n hartelijke glimlach dat Emilie op slag niet meer bang was dat ze stoorde.

'Dag, kindje! Ik vroeg me al af wanneer u eens langs zou komen.' Mrs. Erskine ging Emilie voor door een smalle gang. 'Kom binnen, ik wilde net water opzetten. Ga zitten.' Ze wees naar de kleine tafel.

'Dank u wel.' Emilie keek om zich heen in de ouderwetse, maar blinkend schone keuken. De keukenkastjes van geel formica, het Baby Belling-fornuis en de koelkast van Electrolux met zijn kenmerkende ronde hoeken waren stuk voor stuk overblijfselen uit de jaren zestig.

'En, vertel eens, is die dekselse tweeling een beetje aardig voor u?' Ze keek Emilie lachend aan.

'Ja hoor. Dat gaat prima,' antwoordde Emilie beleefd.

'Daar ben ik blij om. Dus ze maken niet voortdurend ruzie? Dan hebt u blijkbaar een goede invloed op ze.' Norma zette een kop koffie voor Emilie neer en ging tegenover haar zitten. 'Hoewel dat me zou verbazen. Volgens mij is er niemand die dat stel weet te dresseren.'

'Ik weet niet zo goed wat u bedoelt,' zei Emilie neutraal.

'Nou, u zult toch wel hebben gemerkt dat er nogal wat spanningen zijn tussen die twee. Je zou denken dat ze daar als volwassen mannen wel overheen gegroeid zouden zijn. Maar inmiddels geloof ik niet dat ze ooit nog veranderen.'

'Nee, ze hebben niet echt een goede band.'

'En dat is nog heel voorzichtig uitgedrukt, kindje,' verzuchtte Norma. Ze klopte Emilie op haar hand. 'U bent met een van de twee getrouwd, dus ik begrijp dat u er niets over wil zeggen.'

'Nee. Maar u hebt wel gelijk. De sfeer in huis is gespannen,' gaf Emilie toe. 'En omdat ik niet weet hoe het zover heeft kunnen komen, vind ik het moeilijk te begrijpen. Dus ik wilde u vragen of u het me misschien kunt uitleggen. Als ik weet wat het probleem is tussen Sebastian en zijn broer, kan ik er misschien gemakkelijker mee omgaan.'

Norma nam haar zwijgend op. 'Het probleem is dat ik dan een aantal erg onaangename dingen zou moeten zeggen over uw kersverse echtgenoot. En ik weet niet of u die wel wilt horen. Want als ik eenmaal begin, moet ik ook de hele waarheid vertellen. Ik zou niet tegen u kunnen liegen, Mrs. Carruthers. Weet u zeker dat u het allemaal wilt weten?'

'Nee, liever niet, natuurlijk,' antwoordde Emilie naar waarheid. 'Maar alles is beter dan ernaar te moeten raden.'

'En *Master* Alex heeft er niets over gezegd, neem ik aan?'

'Nee, niets. Hij weigert over zijn broer te praten, of over het verleden.'

‘Hij is erg loyaal, dat moet ik hem nageven. Nou, vooruit dan maar.’ Mrs. Erskine zette haar handen op haar stevige knieën. ‘Ik hoop alleen dat ik er goed aan doe het u te vertellen. Maar u hebt er zelf om gevraagd. Als u dat maar niet vergeet.’

‘Nee, dat vergeet ik niet,’ beloofde Emilie.

‘U weet dat de jongens in Amerika met hun moeder in een hippiecommune woonden? En dat hun moeder ze hier heeft gebracht?’

‘Ja.’ Emilie moest erg haar best doen om het allemaal te verstaan, want Mrs. Erskine sprak met een sterk Yorkshire-accent.

‘Ze leken als twee druppels water op elkaar, ook al zit er anderhalf jaar verschil tussen. De schattigste jongetjes die je je kunt voorstellen. Master Sebastian was de oudste van de twee, maar het was van meet af aan duidelijk dat de jongste een heel bijzonder kind was. Master Alex kon al lezen en schrijven voordat hij vier werd. Als kind was hij al een charmeur. Dan kwam hij in de keuken en dan wist hij me altijd zover te krijgen dat ik hem een plak cake gaf. Zelfs vlak voor het eten!’ Norma grinnikte. ‘Met die grote bruine ogen van hem zag hij eruit als een engeltje. Begrijp me niet verkeerd, Mrs. Carruthers, uw man was ook een lief kind, maar – en dat bedoel ik niet onaardig of oneerbiedig – hij had niet de uitzonderlijke gaven die zijn broer in overvloed bezat. Hij was bepaald niet dom, en hij zag er leuk uit, maar het was duidelijk dat hij Alex nooit naar de kroon zou kunnen steken. Natuurlijk zette Sebastian alles op alles om de beste te zijn, maar Alex won het altijd, zonder dat hij er echt iets voor hoefde te doen.’ Norma Erskine schudde zuchtend haar hoofd. ‘Tot overmaat van ramp was de kleine Alex ook nog eens de oogappel van zijn oma.’

‘Dat moet heel moeilijk zijn geweest voor Sebastian.’

‘Dat was het ook, kindje. En het werd alleen maar erger naarmate de jongens ouder werden. Zodra Sebastian kans zag om Alex in moeilijkheden te brengen, deed hij het. Want hij moest toch ook af en toe “winnen”? En dan zei hij natuurlijk altijd dat Alex was begonnen met knokken, maar dat bleek uit niks. Sebastian had nooit één schram of blauwe plek.’

'Ach,' reageerde Emilie geschokt, maar begrijpend. 'En vocht Alex terug?'

'Nee.' Norma vertrok haar gezicht. 'Nooit. Hij aanbad zijn oudere broer, en daarom was hij tot alles bereid om het hem naar de zin te maken. Dus als Sebastian tegen Alex zei dat het allemaal zijn schuld was, dan accepteerde Alex dat zonder protest. Uw man heeft altijd de gave bezeten om recht te praten wat krom is.' Ze schudde haar hoofd. 'Het werd allemaal wat rustiger toen Sebastian naar kostschool ging en bij thuiskomst kon opscheppen over zijn successen. Maar uiteindelijk ging Alex naar dezelfde school, en hij won zelfs een beurs als beste leerling. Dus we hadden allemaal grote verwachtingen van hem. Maar toen kreeg Constance – de oude Mrs. Carruthers – de ene na de andere brief van de school. Alex zou zich voortdurend in de nesten werken. We begrepen er niets van. Het was zo'n zachtaardig joch. Meer geïnteresseerd in lezen dan in knokken. Nou ja, een jaar later werd hij van school gestuurd. Hij zou de splinternieuwe gymzaal in brand hebben gestoken.'

'En had hij dat ook gedaan?'

'De school zei van wel, en Alex heeft er nooit één woord over willen zeggen, hoe zijn oma en ik ook ons best deden om de ware toedracht uit hem te krijgen. Ik heb in elk geval mijn vermoedens.' Mrs. Erskine trok haar wenkbrauwen op en Emilie wist wat ze daarmee wilde zeggen.

'Hoe dan ook, het gevolg was dat Alex naar de plaatselijke middelbare school werd gestuurd. Nou, daar had zelfs ik mijn kinderen nog niet op willen hebben! Een stelletje rauwdouwers was het. Alex paste er totaal niet tussen. Hij vond het er afschuwelijk, maar zijn cijfers waren nog steeds uitzonderlijk goed, ondanks het armzalige niveau van het onderwijs. Dus hij kreeg een plek aangeboden op Cambridge. Zijn oma vond het geweldig dat haar oogappel het toch weer had klaargespeeld. Sebastian kreeg de beste opleiding die er te koop was, maar hij was lui, dus hij mocht blij zijn dat hij werd toegelaten op de universiteit in Sheffield, om kunstgeschiedenis te gaan studeren.'

Norma zweeg even om een slok koffie te nemen. Emilie zei niets en wachtte zwijgend af.

'De zomer voordat Alex naar Cambridge zou gaan, begon goed. Beide jongens genoten van hun volwassenheid. Alex had gespaard voor een auto, en daar gingen ze mee naar de pub. Hij was zo trots als een pauw op die ouwe Mini.' Ze glimlachte. 'Maar op een avond stond de politie voor de deur. Alex was betrokken geweest bij een auto-ongeluk. Blijkbaar was hij stomdronken, en de politie had hem opgesloten om weer nuchter te worden. Goddank was er niemand ernstig gewond geraakt, maar beide auto's waren total loss. Alex werd veroordeeld wegens rijden onder invloed, en met een strafblad werd hij niet meer op Cambridge toegelaten.'

'Wat verschrikkelijk! Maar Sebastian vertelde wel dat Alex een drankprobleem had,' opperde Emilie. 'Dus misschien is dat toen begonnen.'

'Vóór dat ongeluk heeft Alex nooit één druppel gedronken als hij moest rijden...' Norma schudde haar hoofd. 'Dat weet ik zeker. Hij was zo trots op zijn auto dat hij geen enkel risico wilde nemen. En tot op de dag van vandaag houdt hij vol dat hij die avond alleen maar sinaasappelsap heeft gedronken. Maar op de een of andere manier zat er toch alcohol in zijn bloed. Hoe dan ook, studeren kon hij vergeten, en die herfst is hij met al het geld dat hij had verdiend bij de winkel hier in het dorp naar het buitenland vertrokken. Het duurde vijf jaar voordat we hem terugzagen.'

'Ja, Sebastian vertelde dat hij naar het buitenland verdween.'

'We hadden geen idee waar hij zat. Zijn oma werd gek van ongerustheid. Ze vroeg zich af of hij nog leefde, want hij liet niets van zich horen. Helemaal niets. Toen kwam er een telefoontje van een ziekenhuis in Frankrijk. Daar was hij op sterven na dood binnengebracht. Ik weet niks van drugs, kindje, maar laten we het er maar op houden dat Alex had geëxperimenteerd met zo'n beetje alles wat er te krijgen was. Constance stapte onmiddellijk op het vliegtuig en ging erheen om hem een pak op zijn donder te geven.'

'Constance bracht hem toch naar een ontwenningskliniek?' vroeg Emilie.

'Ja, en hij kwam clean thuis, zoals dat heet. Maar niet lang daarna verdween hij opnieuw, en toen duurde het vier jaar voordat hij terugkwam. Hij miste de begrafenis van zijn oma.' Norma kreeg tranen in haar ogen. Ze haalde een zakdoek uit haar mouw en snoot haar neus. 'Het spijt me, kindje, maar het was zo verdrietig. Op haar sterfbed vroeg Constance voortdurend naar hem. Maar we wisten niet waar hij zat. Dus ze heeft geen afscheid kunnen nemen. En volgens mij heeft Alex het zichzelf nooit vergeven dat hij er niet bij was. Want wat hij in het buitenland ook heeft uitgevreten, hij was dol op zijn oma.'

'Dat geloof ik direct.'

'Hij zei maar steeds dat hij haar had geschreven, met een adres om naar terug te schrijven. Maar die brieven hebben we nooit gekregen, kindje. Nooit.' Norma zuchtte. 'Hoe dan ook, misschien was het de schok van het verlies van zijn oma, maar daarna is hij hier gebleven en wist hij zijn leven weer op het juiste spoor te krijgen. Hij had het erover dat hij misschien leraar wilde worden. Echt, hij was een ander mens. Of misschien moet ik zeggen...' Norma glimlachte door haar tranen heen. '... dat hij weer de oude Alex was. Sebastian zat in Londen, en ik was blij dat Alex terug was om dingen te regelen en beslissingen te nemen, want dat had ik alleen niet gekund. En toen kwam uw man uit Londen naar huis... in een weekend... niet lang nadat Constance was gestorven... Alex en hij kregen slaande ruzie – ik weet niet waarover – en uiteindelijk zag ik dat Alex in zijn auto stapte. Maar voordat hij kon wegrijden, was Sebastian al bij hem in de auto gesprongen. Ze scheurden in vliegende vaart de oprijlaan af, en niet veel later kwam er weer een telefoontje van een ziekenhuis. Nu waren beide jongens opgenomen. U weet ongetwijfeld dat uw man ervanaf kwam met lichte verwondingen. Maar Alex was er ernstig aan toe.'

'Hij was weer dronken, hè?'

'Nee, kindje...' Norma schudde haar hoofd. 'U haalt de dingen door elkaar. Dat was bij het éérste ongeluk. Deze keer was de andere chauffeur dronken. Toen de zaak voorkwam, bleek uit zijn patiëntendossier dat Alex geen druppel alcohol in zijn bloed had. Dus de zaak had voor hem geen consequenties. Maar hij zat wel voor de rest van zijn leven in een rolstoel. Soms denk ik dat die jongen voor het ongeluk is geboren. Hoe dan ook, toen Alex eindelijk thuiskwam uit het ziekenhuis, liet uw man er geen enkele twijfel over bestaan dat hij de leiding had als het ging om de verzorging van zijn broer. Ik heb gezegd dat ik met liefde voor Alex wilde zorgen, maar uw man hield vol dat ik het al druk genoeg had met andere dingen.'

'En waarom bent u uiteindelijk weggegaan?' vroeg Emilie.

'Ik weet dat uw man zijn best heeft gedaan met zijn broer, maar de verzorgers die hij voor Master Alex in dienst nam, had ik nog geen uur om me heen kunnen hebben! En Master Alex blijkbaar ook niet. En als er eens iemand bij zat die Master Alex wél aardig vond en in wie hij vertrouwen begon te krijgen, dan had Sebastian er iets op aan te merken en werd ze ontslagen. Ik begrijp dat Master Alex in het begin volledige verzorging nodig had, maar inmiddels is hij zo veel sterker, en hij kan zo veel meer. Ik weet toevallig dat uw man een volledige zorgtoeslag krijgt voor zijn broer. Misschien had hij het gevoel dat hij die ook volledig moest gebruiken.' Ze haalde haar schouders op.

Emilie zei niets en liet de feiten op zich inwerken. Dus Sebastian nam geld aan voor de verzorging van zijn broer.

'Zoals ik al zei, ik moet ervan uitgaan...' Norma keek Emilie schuldbewust aan. 'Ik moet ervan uitgaan dat uw man het beste met zijn broer voorheeft. Hij zit tenslotte veel in Londen. En ik was er weliswaar altijd, maar die voortdurende wisseling van verzorgers was voor niemand prettig. Ook voor mij niet. En die laatste...' Ze sloeg haar blik ten hemel. 'Als Master Alex haar niet een kop koffie naar haar hoofd had gesmeten, had ik het gedaan, denk ik. Ze was regelmatig stomdronken. Ik heb geprobeerd er met uw man over te praten, maar hij wilde niet luisteren. En toen heb ik eindelijk de knoop doorgehakt en gezegd dat ik er genoeg van had.'

'Ik begrijp het.'

'En nu moet u maar zien hoe u het redt met al die toestanden,' zei Norma met een zucht. 'Ik heb met u te doen. Dat meen ik echt, kindje.'

Emilie wist niet hoe ze moest reageren. 'Bedankt dat u met me wilde praten. Ik waardeer uw openhartigheid,' zei ze ten slotte.

'Ik hoop dat ik niet te veel heb gezegd. Maar ik heb eigenlijk alleen verteld hoe het zit. Ze hebben allebei een goed hart, die jongens,' voegde ze er een beetje aarzelend aan toe.

Toen zwegen ze allebei en Emily besefte dat Norma haar verhaal zo diplomatiek mogelijk had verteld.

'Ik heb de jongens zien opgroeien, weet u,' voegde de oude huishoudster eraan toe, alsof ze Emilies gedachten kon lezen. 'En ik was dol op allebei, ook al kon hun gedrag er niet altijd mee door.'

'Ach ja. Dank u wel voor de koffie.' Emilie stond op, ze was ineens doodmoe. 'Ik moet ervandoor.'

'Dat begrijp ik.' Norma ging haar voor naar de deur. Daar legde ze een grote, ruwe hand op Emilies schouder. 'Ik hoop dat ik nu niet de knuppel in het hoenderhoek heb gegooid,' zei ze. 'Dat ik geen dingen heb gezegd die u beter niet had kunnen weten,' verduidelijkte ze toen Emilie haar vragend aankeek.

Ze wisten allebei wat ze bedoelde.

'Ik ben u alleen maar dankbaar voor de uitleg. Ik wilde de situatie kunnen begrijpen. Ik moest weten wat er is gebeurd. En dat weet ik nu.'

'Ja. En de koffie staat altijd voor u klaar.'

'Dank u wel.' Emilie liep naar buiten en pakte haar fiets.

'En pas goed op Alex. Hij is erg kwetsbaar.' De smekende blik van de oude huishoudster vertelde Emilie wat ze bedoelde.

Ze knikte, stapte op haar fiets en reed terug naar Blackmoor Hall.

26

Ze ging die avond niet naar Alex. In plaats daarvan kroop ze voor het vuur in de salon en schreef ze alles op wat ze van Mrs. Erskine had gehoord, om te voorkomen dat ze iets vergat.

Wat de huishoudster haar over de broers had verteld, klonk volstrekt aannemelijk, want het kwam exact overeen met wat ze zelf had waargenomen. Sebastians vermogen om alles wat krom was recht te praten, was een formulering die ze zelf ook had gebruikt. Hij was een meester in het verdraaien van de feiten waardoor hij alles in een ander daglicht wist te plaatsen, wist ze uit ervaring.

Was haar man inderdaad een leugenaar, een bedrieger, een bullebak, zoals Mrs. Erskine had gesuggereerd? Deinsde hij voor niets terug om zijn eigen broer kapot te maken? En als Sebastian inderdaad een wrok koesterde jegens Alex, maakte dat hem dan in alle opzichten een slecht mens?

Emilie dacht terug aan het drama met de mobiele telefoon. En hoe Sebastian haar had weten te overtuigen dat het belachelijk was om zo van streek te raken omdat hij niet had teruggebeld. Ze dacht aan de stelligheid waarmee hij over zijn onverwachte bezoek aan het chateau had gesproken; dat hij had gezegd dat hij er misschien zou langsgaan. Maar dat had hij niet gezegd! Dat wist ze absoluut zeker.

En waarom wilde hij niet dat ze met hem meeging naar Londen, of naar Frankrijk, of naar Genève? Waarom liet hij haar zo vaak alleen? Ze waren pas een paar weken getrouwd!

Stop! Ze moest hiermee ophouden. Haar verbeelding ging met haar op de loop. 'Het effect van de kleine uurtjes' had haar vader het genoemd, wanneer je door vermoeidheid de logica uit het oog verloor.

Boven zocht Emilie in haar toilettas naar de slaappillen die de dokter haar na de dood van haar moeder had voorgeschreven. Ze nam er een, want een goede nachtrust was op dit moment het allerbelangrijkste. De volgende dag zou ze verdere stappen ondernemen om achter de waarheid te komen.

De volgende avond klopte Emilie om zes uur bij Alex aan. Ze had de hele dag geprobeerd de feiten tot een soort logisch geheel te verwerken. En nu stond ze met een fles rode wijn voor zijn deur.

Hij riep dat ze binnen kon komen. 'Ik zit achter de computer! Sommige van mijn kinderen zijn vandaag enorm gekelderd! Door de dramatisch slechte suikeroogst in Fuji. Kom binnen.'

'Hallo.' Emilie verscheen in de deuropening van zijn studeerkamer. Ze keek gefascineerd naar het scherm van zijn computer dat rood en groen oplichtte en voortdurend veranderde.

'Hallo,' antwoordde hij, nog altijd met zijn aandacht bij zijn computer. 'Lang niet gezien.'

'Ik heb iets voor je meegebracht.' Emilie hield hem de fles voor.

Alex draaide zijn hoofd opzij, en bij het zien van de fles keek hij haar verrast aan, duidelijk onder de indruk.

'Weet je het zeker?'

'Ja, ik weet het zeker.'

'Nou, dat is een leuke traktatie.' Hij reed naar achteren en keerde zich naar haar toe. 'Ik bedoel jou, niet de wijn,' zei hij met een glimlach.

'Sorry dat ik niet eerder bij je langs ben geweest.'

'Dat geeft niet. Ik ben het gewend om een paria te zijn. Maar ik vind het wel erg leuk dat je er bent, Em. Zal ik de glazen pakken of doe jij het?'

'Ik doe het wel.'

'Bedankt.'

Met de kurkentrekker en twee glazen volgde ze hem naar de zitkamer, en ze keek naar hem terwijl hij zich naar voren boog om het vuur op te stoken. Ondertussen ontkurkte ze de fles, ze schonk de wijn in en gaf hem zijn glas. Het ontging haar niet dat zijn intelligente ogen haar belangstellend en taxerend opnamen.

'Santé!' Ze nam een slok.

'Vertel...' Alex keek haar nog altijd aan. 'Voor de draad ermee.'

'Wat bedoel je?'

'Je hebt me iets te vertellen. Of misschien wil je iets vragen. Hoe dan ook, ik ben een en al oor.'

'Ja.' Emilie zette haar glas op de tafel en ging in een van de stoelen bij het vuur zitten. 'Ben jij een leugenaar?'

'Wat?' Hij grinnikte. 'Nee, natuurlijk niet. Hoewel, dat ben ik waarschijnlijk wel geweest. Vroeger, toen ik drugs gebruikte. Maar als je verslaafd bent, is liegen heel normaal.'

'Sorry, maar ik vond dat ik daarmee moest beginnen, omdat ik je wil vragen – misschien moet ik zeggen, smeken – om me de waarheid te vertellen.'

'Dat beloof ik, edelachtbare. De waarheid, de gehele waarheid en niets dan de waarheid. Wat is er aan de hand, Em?'

'Ik ben gisteren bij Norma Erskine geweest.'

'O. Aha.' Alex zuchtte en nam een slok wijn. 'En wat had ze te vertellen?'

'Alles wat ze heeft gezegd, was op mijn verzoek. Omdat ik ernaar vroeg,' verzekerde Emilie hem haastig. 'Over vroeger, toen jullie nog kinderen waren.'

'En?' Hij was duidelijk op zijn hoede.

'Ze was erg diplomatiek, maar naar aanleiding van dat gesprek wil ik je een paar dingen vragen, om duidelijkheid te scheppen in de verwarring.'

'Oké... Ik denk dat ik weet waar je heen wilt. Maar dat is precies wat ik altijd welbewust heb vermeden,' zei Alex ernstig. 'Weet je zeker dat je hiermee door wilt gaan? Ik kan je alleen de waarheid vertellen. Maar – en dat geldt voor ons allemaal – dat is dan wel mijn waarheid, vanuit mijn perspectief, en dat kan heel goed verwrongen zijn. En vooringenomen.'

'Dan denk ik dat ik moet beginnen met een paar korte vragen. Volgens mij vragen die je met "ja" of "nee" kunt beantwoorden.'

'Heb je ooit overwogen advocaat te worden? Ik denk dat je een schitterende carrière tegemoet zou gaan,' zei hij glimlachend, in een poging de spanning te breken.

'Alex, dit is een serieuze kwestie.'

'Ach, edelachtbare, zo serieus kan het toch niet zijn, zolang je nog leeft en gezond bent.'

'Alex, toe.'

'Sorry. Ik zal met "ja" of "nee" antwoorden en verder niet uitweiden, tenzij je daarom vraagt. Begin maar.'

Emilie keek op haar lijstje. 'De eerste vraag. Werd je als kind op je kop gezeten door je broer? En loog hij voortdurend over wie een ruzie of een vechtpartij was begonnen, om jou in moeilijkheden te brengen?'

'Ja.'

'En toen je een beurs won en naar dezelfde school ging als je broer, heeft hij toen weer geprobeerd jou de schuld in de schoenen te schuiven als er vervelende dingen gebeurden? Heeft hij bijvoorbeeld die brand aangestoken, waardoor jij van school bent gestuurd?'

Alex aarzelde even. 'Dat moest haast wel,' zei hij ten slotte. 'Ik heb het in elk geval niet gedaan. Vier leerlingen en een docent hebben verklaard dat ze me de sportzaal uit zagen rennen, nadat ik de brand zou hebben gesticht. Maar van een afstand is het heel goed mogelijk dat ze Seb en mij door elkaar hebben gehaald.'

'Waarom heb je je niet verdedigd?'

'Ik dacht dat je alleen maar "ja" of "nee" wilde horen?' Alex trok een wenkbrauw op. 'Om te beginnen zou ik natuurlijk nooit mijn eigen broer hebben beschuldigd. Bovendien, ze zouden me toch niet geloofd hebben. Seb had op de een of andere manier een onberispelijke reputatie weten op te bouwen. Hij was een soort Macavity, uit de gedichten van T.S. Eliot. Wanneer er problemen waren, was hij in geen velden of wegen te bekennen. Maar er is geen enkel bewijs dat hij het heeft gedaan. Dus daar kan ik geen uitspraak over doen.'

'Oké. Volgende vraag. Had je gedronken, die avond toen jullie samen op pad waren met de auto en toen je een proces-verbaal kreeg wegens rijden onder invloed?'

'Niet dat ik weet. Ik had in de pub om sinaasappelsap gevraagd, zoals altijd.'

'Geloof je dat je broer er drank in heeft gedaan?'

'Ja,' antwoordde hij zonder enige aarzeling.

'Heb je hem daar ooit mee geconfronteerd?'

'Nee. Want het viel niet te bewijzen.'

'Denk je dat hij het deed om te voorkomen dat je naar Cambridge ging?'

'Ja.'

'Ben je hier weggegaan, naar het buitenland, om te ontsnappen aan je broer? Omdat je besefte dat hij zo werd verteerd door jaloezie dat hij alles kapot zou maken wat je bereikte?'

'Ja.'

'Op de avond van dat tweede ongeluk hadden Sebastian en jij slaande ruzie gehad. Was dat omdat hij Blackmoor Hall wilde verkopen en jij niet?'

'Ja.'

'Geef je Sebastian de schuld van het ongeluk?'

'Nee,' antwoordde Alex op besliste toon. 'Het was puur toeval. Daar had hij niets mee te maken.'

'Weet je dat zeker?'

Alex zweeg even, ten slotte slaakte hij een diepe zucht. 'Laten we het zo zeggen. Ik was woedend, en de ruzie ging door omdat hij het vertikte uit te stappen. Dus ik had de auto in de berm gezet, en net toen ik bezig was te keren, kwam er een snelheidsmaniak de hoek om. En die knalde boven op ons. Dus...' Hij haalde zijn schouders op. 'Je kunt het op verschillende manieren bekijken. Als ik geen daverende ruzie had gehad met mijn broer, zou ik daar niet in de berm hebben gestaan. Maar zo kun je bij elke situatie wel redeneren. Uiteindelijk was het gewoon pech. Daar kan ik Sebastian niet de schuld van geven. Ga door.'

'Heeft je broer er, volgens jou, sinds dat ongeluk alles aan gedaan om het je zo moeilijk mogelijk te maken? Bijvoorbeeld door verzorgsters in dienst te nemen van wie hij wist dat je ze niet langer nodig had? En dat je niet met hen overweg zou kunnen? En door een verzorgster die je wel aardig vond, te ontslaan?'

'Ja.'

'Doet hij dat, volgens jou, alleen maar om je dwars te zitten? Of heeft hij daar een speciale reden voor? Probeert hij je op die manier zover te krijgen dat je akkoord gaat met de verkoop van het huis?'

Weer bleef het even stil. Alex nam een slok van zijn wijn en keek haar peinzend aan. 'Waarschijnlijk dat laatste. Het huis staat op naam van ons beiden, dus hij moet mijn goedkeuring hebben om te kunnen verkopen. En dat wil ik niet. Om diverse redenen. Was dat het?'

Emilie keek op haar lijstje. Er stond nog meer op. Een treurige opsomming van dingen die te maken hadden met haar eigen relatie met Sebastian. Door alles wat ze had gehoord, was ze echter zo geschokt, dat ze besloot die vragen voorlopig te laten rusten. Dus ze knikte. 'Ja, dat was het.'

'Je beseft ongetwijfeld dat je volstrekt tegengestelde antwoorden zou krijgen als je diezelfde vragen aan mijn broer stelt?'

'Ja, maar ik ben niet gek, Alex. En ik heb ook ogen en oren...'

'Arme Em,' zei Alex plotseling. 'Verstrikt in een spel van kat en muis, zonder te weten wie of wat je moet geloven.'

'Hou op met te doen alsof ik zielig ben,' zei Emilie geërgerd. 'Ik probeer er gewoon achter te komen hoe het zit. Het is me al wel duidelijk dat schijn bedriegt. Bij jullie allebei.'

'Dat is zeker zo. Het was niet mijn bedoeling neerbuigend te klinken. Ik heb oprecht met je te doen. Wil je nog een beetje wijn?'

Emilie knikte en keek zwijgend toe terwijl hij haar glas bijvulde. 'Waarom blijf je hier eigenlijk?' vroeg ze ten slotte. 'Voor het geld hoef je het niet te doen, zei je. En het zou heel wat beter en veiliger zijn voor jullie allebei als je akkoord ging met de verkoop van het huis, zodat jullie allebei je eigen weg kunnen gaan.'

'Inderdaad, puur verstandelijk geredeneerd heb je gelijk. Maar er zijn ook emoties in het spel. Het was de liefste wens van mijn oma dat Sebastian en ik de kloof tussen ons zouden dichten. En door Blackmoor Hall aan ons samen na te laten, hoopte ze – ten onrechte, zoals inmiddels is gebleken – dat we nader tot elkaar zouden komen. Ik heb het oprecht geprobeerd, maar het is onmogelijk. En eerlijk gezegd heb ik er onderhand de energie niet meer voor. Uiteindelijk wint Sebastian. Daar heb ik me bij neergelegd.'

'Waarom wil hij het huis zo graag verkopen?' vroeg Emilie. 'Hij zegt dat het hem dierbaar is en dat hij probeert het geld bij elkaar te krijgen om het te laten opknappen.'

'Em, er is een grens aan wat ik je kan vertellen. En dit is een van de dingen die je aan hem zelf zult moeten vragen. Ik heb geprobeerd tot een verzoening te komen, omdat mijn oma dat zo graag wilde. Want ik heb haar al veel te vaak teleurgesteld.' Hij zuchtte. 'Ik was dol op Constance, maar door weg te gaan heb ik haar erg veel verdriet gedaan. Om nog maar te zwijgen over de drugs waar ik me jaren in heb ondergedompeld.'

'Ze moet toch hebben geweten waarom je wegging?'

'Misschien, maar al heeft mijn broer me dan van jongs af aan het leven zuur gemaakt, ik kan hem er niet de schuld van geven dat ik aan de drugs raakte. Dat was mijn eigen keus. Ik probeerde de pijn te verdringen van alles wat ik had verloren. Van alles wat anders had kunnen lopen. Ik had het punt bereikt waarop ik dacht dat alles in mijn leven zou mislukken. Dat er allemaal niets van terecht zou komen, hoe ik ook mijn best deed. Kun je je daar iets bij voorstellen?'

'Ja.' Emilie knikte.

'Maar het is onvergeeflijk dat ik mijn oma daardoor zo veel verdriet heb gedaan. Door hier te blijven en vrede te sluiten met Seb had ik het gevoel dat ik althans een poging deed om het goed te maken.'

'Dat begrijp ik.'

'Weet je, Em,' vervolgde Alex na een korte stilte, 'op dit moment maak ik me vooral zorgen over jou. Want al heeft mijn broer problemen met mij, dat zegt niets over zijn relaties met anderen. Ik zou het afschuwelijk vinden als jij je zou laten beïnvloeden door wat er in het verleden tussen ons als broers is gebeurd. Want ik wil niets liever dan dat Seb en jij gelukkig zijn samen.'

'Maar hoe kún je ook nog maar iets om hem geven, na alles wat hij je heeft aangedaan?'

'Omdat ik heb geleerd dat het voor een kind niet meevalt om je altijd de mindere te voelen, ongeacht of je dat ook werkelijk bent. Dus ik begrijp inmiddels hoe dat voor Seb moet zijn geweest. En misschien voelt hij het nog steeds zo. Uitgerekend jij moet dat kunnen begrijpen.' Hij keek haar aan.

'Ja.' Ze bloosde. 'We dragen allemaal onze geheimen met ons mee en we hebben allemaal onze zwakten.'

'Maar ook onze sterke kanten. Seb is dan misschien niet zo academisch ingesteld als ik, hij is wel verbijsterend slim en door de wol geverfd. Hij weet wat er te koop is in de wereld, en daarmee rooit hij het. Geef hem een kans, Em. Gooi het bijltje er nog niet bij neer.'

'Oké.'

'Zo, en zal ik dan nu iets te eten maken?' stelde Alex voor. 'Ik heb net weer een bestelling binnen van de biologische super. En misschien kun jij me onder het eten vertellen wat je in Frankrijk nog meer over mijn oma te weten bent gekomen.'

Dat deed ze. Zo nauwkeurig als ze kon, herhaalde ze wat Jacques haar had verteld.

'Dat verbaast me allemaal niets,' zei Alex toen ze was uitgesproken. 'Constance was een geweldige vrouw, Em. Ik zou willen dat je haar had gekend.'

Emilie las in zijn ogen hoeveel hij van haar had gehouden. 'Tja, wat moet ik daarop zeggen, behalve dat ik het heel erg vind.'

'Bedankt, Em.' Alex schonk haar een weemoedige glimlach. 'Het zal altijd pijn blijven doen, en misschien heeft het zo moeten zijn. Het was zo'n schok om haar te verliezen dat ik eindelijk tot bezinning kwam. Ik ben er een beter mens door geworden.'

Emilie zag dat het al na middernacht was. 'Ik moet ervandoor. Morgen vlieg ik weer naar Frankrijk om de rest van het verhaal te horen. Maar ik zie je bij terugkomst. Bedankt voor je openhartigheid. En bedankt dat je niet probeert Sebastian zwart te maken. Welterusten.' Ze boog zich naar hem toe en kuste hem luchtig op zijn wang.

'Welterusten, Em.'

Met een zucht keek hij haar na. Er was nog zo veel dat hij haar zou willen vertellen, maar zijn handen waren gebonden, wist hij. Meer kon hij niet doen. Het was aan haar om achter de waarheid te komen over de man met wie ze was getrouwd.

Ten prooi aan verwarring kroop Emilie in bed. Tegelijkertijd voelde ze zich opgelucht dat ze duidelijkheid had over de relatie tussen de broers. Gewapend met de feiten voelde ze zich beter tegen de situatie opgewassen. Haar man was niet gek, hij was alleen een onzekere kleine jongen die zijn leven lang al een diepe jaloezie koesterde jegens zijn broer die altijd in alles beter was geweest.

Was Sebastian daarom een slecht mens?

Nee, nee...

Nu ze hem begreep, zou ze hem kunnen helpen zijn problemen te overwinnen. Het was belangrijk dat hij zich veilig en gewaardeerd voelde. Dat hij wist dat er van hem werd gehouden. Dat had hij nodig.

Anders dan bij Frederik en Falk hoefde de ene broer niet alleen maar slecht en de andere alleen maar goed te zijn. De meeste mensen waren niet zo zwart-wit.

Of zocht ze naar excuses voor Sebastian? Emilie deed zuchtend het licht uit. Zocht ze naar excuses omdat ze de waarheid niet onder ogen wilde zien?

Namelijk dat ze een afschuwelijke fout had gemaakt…

Toen ze de volgende morgen bij het chateau arriveerde, was de aanblik van steigers en dichtgetimmerde ramen en deuren bijna meer dan ze kon verdragen. Ze sprak twee uur met de architect om door te nemen wat er tot op dat moment was gedaan. Daarna reed ze naar de wijngaard, waar Jean zoals gebruikelijk in de cave achter zijn bureau zat, verdiept in zijn administratie.

'Emilie, fijn dat je er weer bent!' Hij kwam glimlachend naar haar toe en gaf haar een kus.

'Hoe is het met je vader?'

'Die begint met de komst van het voorjaar ook weer tot leven te komen. Op dit moment ligt hij te rusten, maar hij is er klaar voor om vanavond verder te gaan met zijn verhaal. Hij zei wel dat ik je moest waarschuwen…' Jean zuchtte. 'Want het loopt niet goed af.'

Na de verwarrende, emotionele week die ze achter de rug had en die zo'n schrille tegenstelling vormde met haar blijdschap dat ze weer in de zonnige Provence was waar de lente al duidelijk voelbaar in de lucht hing, kon Emilie wel wat hebben. 'Het gaat over het verleden, Jean. Niet over het heden of de toekomst. Dus ik beloof je dat ik het aan kan.'

Hij nam haar aandachtig op. 'Je lijkt wel veranderd,' zei hij ten slotte. 'Ik heb het gevoel dat je volwassen bent geworden, en dat bedoel ik niet kwetsend.'

'Dat begrijp ik. En ik denk dat je gelijk hebt.'

'Ze zeggen weleens dat je pas echt volwassen wordt na de dood van je ouders. Misschien is dat de beloning voor het verdriet over het verlies.'

'Misschien.'

'Iets anders. Kunnen wij het over de wijngaard hebben, zolang mijn vader nog ligt te rusten? Ik wil je mijn plannen voor de uitbreiding voorleggen.'

Emilie deed haar best zich op de feiten en de cijfers te concentreren, maar ze voelde zich niet in staat daar een mening over te geven. Haar onvermogen maakte dat ze zich geneerde voor het feit dat Jean haar om toestemming moest vragen voor de uitvoering van zijn plannen.

'Ik vertrouw je volledig, Jean,' zei ze dan ook toen hij zijn papieren opruimde. 'Want ik weet dat je zal doen wat in je vermogen ligt om de cave ook in financieel opzicht nog meer tot een succes te maken.'

'Bedankt voor je vertrouwen, Emilie. Maar het land en de cave zijn van jou, dus ik moet mijn ideeën wel met je doorspreken.'

'Misschien moeten we daar dan maar eens verandering in brengen.' Het idee kwam plotseling bij haar op. 'Misschien zou het beter zijn als de wijngaard en de cave van jou waren.'

Jean keek haar verrast aan. 'Ik stel voor dat we verder praten met een glas rosé. Wat vind je?'

Ze gingen op het terras achter het huisje zitten en bespraken de mogelijkheden om Emilies idee te realiseren.

'Misschien zou ik het bedrijf kunnen kopen en het land pachten. Op die manier zou dat tot het chateau blijven behoren, ook wanneer de cave na mij in andere handen overgaat,' opperde Jean. 'Ik kan er niet al te veel voor betalen, want ik zal het geld moeten lenen van de bank. Maar ik kan je wel een aandeel in de winst aanbieden.'

'Dat klinkt, volgens mij, allemaal heel redelijk,' zei Emilie instemmend. 'Ik zal Gerard moeten vragen wat hij ervan vindt, en bovendien moeten we controleren of er door vorige generaties geen afspraken zijn gemaakt die het plan onmogelijk maken. Maar zelfs al zijn die er, dan kan ik dat struikelblok vast wel uit de weg ruimen, als ik dan toch ineens almachtig ben,' zei ze stralend.

'En het staat je goed.' Jean keek haar lachend aan.

'Tja, misschien wel.' Emilie nam nadenkend een slok wijn. 'Weet je, net na de dood van mijn moeder wist ik me geen raad met het chateau en alles wat daarbij hoorde. Het was allemaal zo veel en zo groot dat ik er doodsbang van werd. Mijn eerste reactie was om alles te verkopen. Maar ik heb zo veel geleerd het afgelopen jaar. Misschien kan ik meer dan ik denk.' Ze schrok van haar eigen woorden. 'Sorry. Dat klinkt misschien wel heel erg arrogant, en zo bedoel ik het niet.'

'Emilie, dat is nou precies je probleem. Je hebt altijd veel te weinig vertrouwen gehad in jezelf. Hoe dan ook, ik vind het een geweldig idee. Dus als jij het wilt onderzoeken, doe ik er alles aan om te zorgen dat we het eens kunnen worden. Zo, en nu zul je wel trek hebben. Laten we naar binnen gaan om te eten. Dan heeft mijn vader daarna alle tijd om de rest van zijn verhaal te vertellen.'

Emilie vond dat Jacques er veel beter uitzag dan de laatste keer dat ze hem had gesproken.

'Dat is de voorjaarslucht. Die verwarmt mijn botten,' zei hij grinnikend terwijl ze genoten van de verse zeebrasem die Jean op de markt in het dorp had gekocht. 'Ben je er klaar voor, Emilie?' vroeg Jacques toen ze het zich gemakkelijk maakten in de zitkamer. 'Ik waarschuw je, het verhaal is nogal… ingewikkeld.'

'Ik ben er klaar voor.'

'Als ik me goed herinner, waren Constance en Sophia net aangekomen op het chateau en was het Édouard gelukt om naar Engeland te ontsnappen…'

Paradijs

Dageraad bloost als een rijpe vrucht,
Het strand, de zee, de blauwe lucht.
Ontloken roos, bedauwd en pril
Een zoete geur, de wereld stil.

Schoonheid alom die vrede schenkt,
De zinnen in verrukking brengt.
Een donkere cel, angst voor de nacht,
Mistral ontvouwt zijn wrede macht.

De winter bitter, dor het land,
De kou regeert met strenge hand.
Schoonheid met al haar lieve lusten
Nam de vlucht naar verre kusten.

Een kus zo zoet, een strelende wang,
Herinnering, o, ik verlang
Zo naar een arm die troost, behoedt.
Naar wie ik zo node missen moet.

Maar een ster in het duister leidt mijn reis
En met jou vind ik het Paradijs.

Sophia de la Martinières, april 1944

27

GASSIN, ZUID-FRANKRIJK, 1944

'Er komt iemand aan!' riep Jacques. 'Waar is Sophia?'

'In de kelder. Ze slaapt,' antwoordde Connie, onmiddellijk alert.

'Ga erheen! En zeg dat ze niet mag roepen...' Jacques tuurde gespannen door het kijkgaatje in de deur van de cave. 'O, wacht... Het is Armand!' Met een zucht van verlichting keerde hij zich naar Connie. Toen deed hij de deur open. Armand zette zijn fiets tegen de muur en kwam binnen. Nadat ze een maand lang niemand anders had gezien dan Jacques en Sophia, was zijn vrolijke gezicht Connie meer dan welkom.

De twee mannen omhelsden elkaar zoals dat in Frankrijk de gewoonte was – een gewoonte die Connie nog altijd trof als merkwaardig intiem.

'Ga zitten, m'n vriend,' zei Jacques, nadat hij Armand door de gang was voorgegaan naar het huisje. 'Vertel! Heb je nog nieuws? We horen hier nooit wat, dus we zijn razend benieuwd. Constance, wil jij even koffiezetten?'

Connie knikte aarzelend, want ze wilde niets missen van wat Armand te vertellen had. Ze kreeg met de dag meer moeite met haar troostende, verzorgende rol, temeer omdat Sophia al sinds een maand weigerde uit bed te komen om een frisse neus te halen in de ommuurde tuin. Bovendien at ze niet en hield ze zich doof voor Connies smeekbeden dat ze de moed niet mocht opgeven.

Haastig zette Connie drie mokken op het blad, schonk koffie in en liep ermee naar de zitkamer.

'Dank je wel, Constance. Trouwens, nog een gelukkig nieuwjaar!' zei Armand terwijl hij een mok van het blad nam.

'En laten we hopen dat we in 1944 eindelijk weer vrij zullen zijn,' voegde Jacques er vurig aan toe.

'Ja.' Armand knikte. Toen haalde hij een pakketje uit zijn tas. 'Dit is voor mademoiselle Sophia, maar ze vindt het vast niet erg als u het openmaakt, madame. Er zit goed nieuws in.'

Connie pakte het van hem aan en maakte het open. Er zat een boek in, met een omslag van verbleekt groen linnen. Bij het zien van de titel glimlachte ze.

'*De geschiedenis van fruit in Frankrijk, deel twee*.' Met stralende ogen keek ze naar Jacques. 'Hier bladerde ik altijd graag in. Het komt uit de bibliotheek van Édouard in Parijs. Dus ik neem aan dat dit betekent dat hij in veiligheid is?'

'Inderdaad, madame,' bevestigde Armand. 'En vanaf zijn onderduikadres helpt hij ons nog altijd in onze strijd. Ik weet zeker dat het mademoiselle Sophia nieuwe hoop zal geven als ze weet dat haar broer nog leeft en dat het goed met hem gaat. En wie weet? Misschien komt hij wel sneller hierheen dan we denken. De enige reden dat hij wegblijft, is om zijn zuster te beschermen.'

'Weet je ook hoe hij heeft weten te ontsnappen? Hij was zo ziek toen wij uit Parijs vertrokken.' Connie klemde het boek nog altijd tegen zich aan, alsof het geluk bracht.

'Ik ken de details niet, madame. Maar ik weet wel dat de Britse agent die hem heeft gered, triest genoeg is gefusilleerd door de Gestapo. Het zijn gevaarlijke tijden, madame, maar gelukkig is Hero in veiligheid.'

'Is er nog nieuws van Sarah?'

'Helaas niet.' Armand schudde verdrietig zijn hoofd. 'Ze is spoorloos verdwenen. Zoals zovelen. Hoe gaat het met Sophia?'

Jacques en Connie keken elkaar aan.

'Ze mankeert niks,' zei Jacques bars. 'Maar ze mist haar broer. En haar vrijheid. Maar daar valt voorlopig weinig aan te doen.'

'Zegt u alstublieft dat ze de hoop niet moet opgeven. Het duurt niet lang meer, dan komt er een eind aan de duisternis. De invasie van de geallieerden kan nu elk moment plaatsvinden. En wij hier doen wat we kunnen, om te helpen met de voorbereidingen.' Armand keek Connie glimlachend aan en ze ontleende nieuwe moed aan het vertrouwen en de hoop die ze in zijn ogen las. 'Nu moet ik er weer vandoor.'

Jacques en Connie keken hem na toen hij wegfietste, dankbaar voor elke afleiding in hun eenzame bestaan. Sophia mocht zich dan een gevangene voelen in haar kelder, bovengronds voelden haar bewakers zich net zo opgesloten door de noodzaak haar te beschermen.

'Hoe is het vandaag met haar?' vroeg Jacques terwijl Connie de koffiekopjes wegruimde.

'Hetzelfde. Alsof ze alle hoop heeft opgegeven.'

'Misschien helpt het als ze het goede nieuws hoort over haar broer.' Jacques haalde zijn schouders op.

'Ik ga het haar meteen vertellen,' zei Connie.

Jacques knikte zwijgend. Connie haalde een verzegelde fles melk uit de bijkeuken en stopte hem in de linnen tas die ze gebruikte om spullen in mee te nemen naar de kelder.

'Probeer haar zover te krijgen dat ze een poosje naar buiten gaat,' opperde Jacques.

'Ik doe mijn best.'

Met de linnen tas voor haar borst gebonden klauterde Connie het eikenhouten vat in, ze haalde de valse bodem weg, stak de olielamp aan en liet zich in de tunnel zakken. De tocht die haar de eerste keer zo veel angst had ingeboezemd, was inmiddels routine geworden. Het liep al tegen de middag, maar toen ze de deur naar de kelder opendeed, zag ze bij het schemerige licht dat door het raampje naar binnen viel, dat Sophia nog sliep.

'Sophia...' Connie schudde haar zachtjes. 'Word eens wakker. Ik heb goed nieuws.'

Sophia rolde op haar rug en rekte zich uit. Onder haar witbatisten nachtjapon was de bolling van haar buik inmiddels duidelijk zichtbaar. 'Wat is er?' vroeg ze.

'Er is een koerier langs geweest! Met geweldig nieuws! Je broer is in veiligheid!'

Sophia schoot overeind. 'Komt hij naar het chateau? Om me hier weg te halen?'

'Misschien al heel gauw,' loog Connie. 'Maar is het niet heerlijk om te weten dat alles goed met hem is? Hij heeft ons zijn boek over fruit gestuurd. Weet je nog? Dat gebruikten we in Parijs als voorbeeld voor je tekeningen.'

'Ja!' Sophia trok haar knieën op en sloeg haar armen eromheen. 'Ach, dat was een heerlijke tijd.'

'En die tijd komt terug, Sophia. Dat beloof ik.'

'En mijn broer komt spoedig hierheen...' Ze staarde niets ziend voor zich uit. 'Om me weg te halen uit deze hel. Of misschien komt Frederik wel...' Plotseling pakte ze Connies hand. 'Je hebt geen idee hoe ik hem mis.'

'Jawel, dat weet ik maar al te goed. Want ik heb ook iemand die ik heel erg mis.'

'Je man.' Plotseling was het gedaan met haar kortstondige opleving en Sophia liet zich terugvallen in de kussens. 'Ach, er komt nooit een eind aan de oorlog. Uiteindelijk ga ik gewoon dood in dit ellendige oord.'

Het was een verzuchting die Connie de afgelopen weken al zo vaak had moeten aanhoren. Uit ervaring wist ze dat ze er weinig tegen kon doen. Dat niets wat ze zei, Sophia uit haar lusteloosheid kon wekken.

'Het voorjaar komt eraan, Sophia, en daarmee de dageraad van een nieuwe tijd. Daar moet je in blijven geloven,' zei ze bezwerend.

'Dat wil ik ook. Echt waar. Maar 's nachts, als ik hier helemaal alleen ben, vind ik dat heel erg moeilijk.'

'Dat begrijp ik, maar toch moet je de hoop niet opgeven.'

Zwijgend zaten ze in de duisternis. Waarom had Sophia haar nog steeds niet verteld dat ze zwanger was, vroeg Connie zich af. Dat moest ze toch weten, gezien de veranderingen die haar lichaam onderging? Connie had al vaak op het punt gestaan erover te beginnen. Misschien was Sophia altijd zo door Édouard en Sarah van de wereld afgeschermd, dat ze geen idee had wat er met haar aan de hand was. Connie had uitgerekend dat het kindje over nog geen zes maanden zou worden geboren. Misschien was dat wel het enige wat Sophia uit het moeras van haar wanhoop zou kunnen trekken, besefte Connie ineens. Bovendien kon het niet langer onuitgesproken blijven.

'Sophia,' begon ze voorzichtig. 'Weet je wel dat je al heel gauw een kindje gaat krijgen?'

De vraag bleef zo lang in de vochtige, onwelriekende lucht hangen dat Connie zich begon af te vragen of Sophia weer in slaap was gevallen.

'Ja,' klonk het ten slotte.

'Is Frederik de vader?'

'Ja, natuurlijk!' reageerde Sophia verontwaardigd.

'Je weet toch dat vrouwen die in verwachting zijn, goed voor hun kindje moeten zorgen? Niet alleen door genoeg te eten, maar ook door te zorgen dat ze frisse lucht krijgen en dat ze vrolijk zijn en vol vertrouwen in de toekomst?'

Weer bleef het geruime tijd stil.

'Hoe lang weet je het al?' vroeg Sophia ten slotte.

'Sarah wist het meteen. En zij heeft het aan mij verteld,' antwoordde Connie.

'Ja, natuurlijk wist ze het.' Sophia ging zuchtend verzitten, op zoek naar een houding waarin ze zich prettiger voelde. 'Ik mis haar heel erg.'

'Dat weet ik. En ik doe mijn best, maar ik begrijp dat ik Sarahs plaats niet kan innemen.' Connie hoorde zelf de zweem van frustratie in haar stem.

'Vergeef me, Constance.' Blijkbaar was Sophia zich bewust van de verkoeling die tussen hen was ontstaan. 'Ik weet echt wel hoe goed je voor me zorgt. En daar ben ik je heel erg dankbaar voor. Wat het kindje betreft... Ik schaamde me. Daarom heb ik niets tegen je gezegd. Want ik begrijp wat het betekent. Ik besef wat ik heb gedaan.' Sophia wrong haar handen in wanhoop. 'Misschien is het beter als ik doodga. Wat zal mijn broer zeggen als hij het hoort? O god, wat zal Édouard zeggen?'

'Hij zal begrijpen dat je ook maar een mens bent, dat je het hebt gedaan uit liefde,' loog Connie weer. 'En uit die liefde komt straks een nieuw leven voort. Daarom mag je het niet opgeven, Sophia. Je moet vechten zoals je nog nooit hebt gevochten. In het belang van je kindje.'

'Maar... Édouard zal het me nooit vergeven! En ik durfde tegen jou niet te zeggen dat ik je had bedrogen, Constance! Dat ik Frederik had binnengelaten in de nacht dat mijn broer weg was! O god, wat zul je me haten!' Sophia schudde wanhopig haar hoofd. 'En toch zorg je voor me, want je bent een goed mens, en je kan niet anders. Maar je begrijpt niet hoe het is om iedereen tot last te zijn. Van kinds af aan konden ze me nooit alleen laten, omdat ze bang waren dat ik zou vallen. Elke dag opnieuw word ik geconfronteerd met dingen die ik niet kan. Heel gewone dingen. Maar ik kan ze niet. Ik ben altijd afhankelijk van anderen. Ik moet om hulp vragen wanneer ik de trap op wil, of in bad. Zelfs wanneer ik een nieuwe jurk heb waar ik nog niet aan gewend ben, dan moet een ander me helpen met aankleden. Ik kan nooit, zoals jij, de deur uit lopen en de stad in gaan.' Sophia legde haar slanke vingers op haar voorhoofd. 'Vergeef me mijn zelfbeklag, Constance.'

'Stil maar.' Connie legde troostend haar hand op Sophia's schouder. 'Het valt allemaal niet mee. Dat begrijp ik heel goed.'

'En dan leer ik een man kennen die me niet in de eerste plaats als een blinde ziet,' vervolgde Sophia. 'Een man die me niet behandelt als een hulpeloos kind, zoals mijn familie dat doet. Nee, voor Frederik ben ik een vrouw. Hij negeert mijn gebrek, hij luistert naar me en neemt me serieus, hij houdt van me om wie ik ben, diep vanbinnen. Om wie ik ook naar buiten toe zo graag zou willen zijn. Maar helaas, hij staat in deze oorlog aan de verkeerde kant. Aan de kant van de vijand. En daarom mag ik niet van hem houden. Dat hoort niet. Door van hem te houden verraad ik mijn familie – zelfs mijn land – en zorg ik voor nog meer problemen. Nu is hij weg, en ik ben in verwachting van zijn kind. Een nieuwe last voor mijn omgeving. Je vraagt je af waarom ik hier lig te wachten op het einde, Constance? Waarom ik daar zelfs naar verlang? Omdat ik weet hoeveel gemakkelijker iedereen het zou hebben zonder mij!'

Connie was geschokt door de heftigheid van Sophia's uitbarsting. Voor het eerst werd ze zich bewust van de omvang van Sophia's begrip, van haar schuldgevoelens omdat ze afhankelijk was van anderen.

'Zonder mij had Sarah niet in die trein gezeten en zou ze niet zijn opgepakt,' vervolgde Sophia. 'Waarschijnlijk is ze allang dood of ze is naar een van die verschrikkelijke kampen gestuurd, waar ze uiteindelijk alsnog zal omkomen.'

Connie zocht naar de juiste woorden. 'Sophia, je betekent zo veel voor je familie. Niemand beschouwt het ook maar enigszins als een last om voor je te zorgen. Iedereen houdt van je.'

'En hoe beloon ik die liefde? Door mijn familie te schande te maken.' Sophia schudde haar hoofd, de tranen stroomden over haar wangen. 'Édouard vergeeft het me nooit. Dat weet ik zeker, wat je ook zegt. Hoe moet ik het hem ooit vertellen?'

'Daar kunnen we ons later zorgen over maken,' zei Connie. 'Op dit moment gaat het om jou en om de gezondheid van je kindje. Je moet doen wat je kunt om je kindje te helpen gezond ter wereld te komen. Wil je dit kind, Sophia?'

Het bleef geruime tijd stil. 'Soms geloof ik dat het beter zou zijn als we hier samen op de dood wachten. Maar dan denk ik eraan dat iedereen die me dierbaar is, me heeft verlaten. En dat het kindje dat in me groeit nog het enige is wat ik heb. En het is ook een deel van hem, van Frederik... O, Constance, ik ben zo in de war. Verafschuw je me niet om wat ik heb gedaan?'

'Nee, Sophia.' Connie slaakte een zucht. 'Natuurlijk niet. Je bent niet de eerste die in deze moeilijke situatie terecht is gekomen. En er zullen ongetwijfeld nog talloze vrouwen volgen zoals jij. Ik ben het met je eens dat het allemaal heel erg gecompliceerd is, maar daar heeft dat kleine, onschuldige wezentje dat in je groeit, geen weet van. En wat zijn of haar erfgoed ook mag zijn, wat de toekomst voor hem of haar ook in petto heeft, je bent het aan je kind verschuldigd om alles op alles te zetten om het een kans te geven. Overal om ons heen heerst dood en verwoesting. Een nieuw leven brengt nieuwe hoop, ongeacht de omstandigheden waaronder het is verwekt. Een kind is een geschenk van God, Sophia.'

Ze aarzelde even, zich afvragend waar die woorden vandaan kwamen. Werden ze ingegeven door haar katholieke opvoeding, ook al lag die inmiddels ver achter haar? Tegelijkertijd besefte ze dat ze hartstochtelijk meende wat ze had gezegd. 'Voorlopig is het enige wat je kunt doen, het nieuwe leven dat je bij je draagt, koesteren,' voegde ze er zacht aan toe.

'Je hebt gelijk, Constance. Je bent zo lief en zo wijs, en ik weet gewoon niet hoe ik je moet bedanken voor alles wat je hebt gedaan. Ooit hoop ik iets terug te doen voor al je goedheid.'

'Dat kun je nu al doen door niet in bed te blijven liggen, verlangend naar de dood,' stelde Connie voor. 'Alsjeblieft, Sophia, help me om jou en je kindje te helpen.'

'Ja.' Sophia slaakte een zucht. 'Ik heb me gewenteld in zelfbeklag, en dat terwijl er zo veel anderen zijn die het veel zwaarder hebben dan ik. Van nu af aan zal ik proberen weer hoop te koesteren. En als Frederik komt, kunnen we misschien een plan bedenken.'

Connie staarde haar verbijsterd aan. 'Geloof je nog steeds dat hij hierheen komt?'

'Dat weet ik,' antwoordde Sophia met de zekerheid van de liefde. 'Hij heeft gezegd dat hij zou komen, en ik weet diep in mijn hart dat hij me niet zal teleurstellen.'

'Dan mag jij hem ook niet teleurstellen, Sophia,' moedigde Connie haar aan.

In de dagen daarna herpakte Sophia zichzelf. Ze begon goed te eten, en ze beklom dagelijks de trappen naar het chateau, om in de ommuurde tuin te wandelen, samen met Connie. Want ze wist dat beweging goed voor haar was.

Op een ochtend snoof ze aandachtig. 'Het voorjaar komt eraan. Ik ruik het. En dan wordt het leven zo veel aangenamer.'

Het werd maart, en in de ommuurde tuin bloeide de mimosa uitbundig. Het chateau werd ongemoeid gelaten, maar Jacques vond het nog altijd niet goed dat Connie naar het dorp fietste om boodschappen te doen. Dat deed hij zelf. Ze waren altijd waakzaam, voortdurend bedacht op een bezoek van de plaatselijke Gestapo, maar de enige die langskwam, was een Duitse soldaat die honderd flessen wijn vorderde en twee vaten schnaps voor de torpedofabriek.

'Ons leven mag dan eenzaam zijn, daardoor zijn we wel veilig,' zei Jacques op een avond. 'Je kunt niemand vertrouwen en zolang ik Sophia onder mijn hoede heb, kunnen we het ons niet veroorloven zorgeloos te worden. Dus we zullen de eenzaamheid en de sleur en elkaars gezelschap moeten verdragen tot de oorlog voorbij is.' Jacques keek haar aan en trok glimlachend zijn wenkbrauwen op.

Connie kon weinig anders dan hem gelijk geven. En ook al was hun samenzijn afgedwongen door de omstandigheden, ze was erg op Jacques gesteld geraakt. Achter zijn verweerde uiterlijk en zijn boerse manier van doen ging een intelligente, filosofische geest schuil. Wanneer Sophia beneden in de kelder eenmaal sliep, brachten ze menige avond bakkeleiend door aan het schaakbord. Connie leerde veel over het complexe proces van het wijn maken, en ze was altijd weer ontroerd door zijn onvoorwaardelijke toewijding aan zijn dierbare vriend en werkgever, Édouard. Op haar beurt vertelde ze hem over haar leven in Engeland en over haar dierbare Lawrence, die geen idee had waar ze was.

Connie had het gevoel dat haar leven zich in een soort eeuwige duisternis afspeelde, zowel beneden in Sophia's kelderruimte als boven in het chateau, waar de luiken gesloten bleven. Soms loodste ze

Sophia de trap op, en dan gingen ze in de heerlijke bibliotheek zitten, tussen de boeken die Édouard en zijn vader bijeen hadden gebracht. Dan nam Connie een boek uit de kast en las ze Sophia voor bij het flakkerende licht van een olielamp. Op een van de planken had Connie het eerste deel van *De geschiedenis van fruit in Frankrijk* gevonden, en ze had het meegenomen naar het huisje om het aan Jacques te laten zien.

'Het zijn prachtige boeken,' zei hij bewonderend terwijl hij de broze bladzijden met de uitgelezen kleurplaten omsloeg. 'Édouard heeft me ooit eens verteld dat zijn vader dit deel enkele jaren geleden had gekocht. En na al die eeuwen zijn althans de bóéken eindelijk herenigd.'

Met de komst van de lente begon ook Sophia te ontluiken. Ze verkeerde in de volle bloei van haar zwangerschap, met een blos op haar wangen dankzij de middagen in de beschutting van de kastanjeboom in de ommuurde tuin. Wanneer Sophia buiten was, patrouilleerde Jacques rond het chateau, alert op ongewenste bezoekers. Hij was zo beschermend als een vader.

Op een avond – Connie had Sophia naar bed geholpen in de kelder – pakte Jacques een kruik wijn en schonk zichzelf en Connie een glas in.

'Heb je enig idee wanneer het kind wordt verwacht?' vroeg hij.

'Volgens mij ergens in juni.'

'En dan?' Jacques slaakte een zucht. 'Kan een pasgeboren kind de eerste weken van zijn leven wel in een koude, donkere kelder slijten? Bovendien, stel je voor dat het huilt en dat iemand het hoort? En hoe moet Sophia, als blinde moeder, voor haar kind zorgen?'

'Onder normale omstandigheden zou ze een kindermeisje hebben gehad om haar te helpen. Maar dit zijn geen normale omstandigheden,' zei Connie.

'Nee.'

'Tja...' Connie zuchtte. 'Ik weet niets van de zorg voor zuigelingen, maar het lijkt erop dat ik voor kindermeisje zal moeten spelen.'

'Weet je, Constance, misschien is het maar het beste als het kind rechtstreeks naar een weeshuis wordt gebracht. Dan weten alleen jij en ik en mademoiselle Sophia van zijn bestaan. Want wat voor toekomst heeft zo'n kind?' Jacques schudde wanhopig zijn hoofd. 'Ik durf me nauwelijks voor te stellen hoe Édouard zal reageren als hij het hoort.'

'Een weeshuis is een optie,' gaf Connie aarzelend toe. 'Maar dat zou ik op dit moment nog niet tegen Sophia zeggen. Het gaat net zo goed met haar.'

'Natuurlijk...' Jacques knikte. 'Maar ik weet dat het klooster in Draguignan dit soort kinderen opneemt.'

'Misschien.' Het leek Connie niet gepast om over de hechte band te beginnen die Sophia inmiddels met haar ongeboren kindje had ontwikkeld. Om te vertellen hoe ze haar kindje zag als een deel van Frederik en als een symbool van hun liefde. Iets wat Connie had aangemoedigd om Sophia los te weken uit haar apathie. Jacques was een man. Hij zou het toch niet hebben begrepen. 'We zullen zien,' was alles wat ze zei.

Begin mei kwam Armand langs op de fiets. Hij ging met Jacques en Connie in de kleine tuin zitten. Ze dronken de rosé van de laatste oogst, rechtstreeks uit het vat. Uitgeput en broodmager vertelde hij dat zijn afdeling van de Maquis, die opereerde vanuit de dichtbeboste heuvels van La Garde-Freinet, bezig was met de voorbereidingen van de zuidelijke invasie.

'De moffen zijn op het verkeerde been gezet. Ze verwachten de aanval op de kust bij Marseille en Toulon, maar in werkelijkheid zijn de geallieerden van plan hier aan land te gaan, op de stranden bij Cavalaire en Ramatuelle. En wij van het verzet doen wat we kunnen om de moffen nog verder in de war te brengen en de boel te saboteren.' Hij grijnsde. 'We snijden telefoonlijnen door, we blazen spoorbruggen op en we overvallen hun konvooien met wapens. We zijn inmiddels met vele duizenden, allemaal toegewijd aan de goede zaak. De Britten doen zo veel mogelijk geheime wapendroppings, en we zijn goed georganiseerd. Ik heb gehoord dat de Amerikanen de zuidelijke aanval vanuit zee zullen leiden. Ik weet dat jij in dit soort werk bent opgeleid, Constance. Dus kun jij ons helpen? We hebben een koerier nodig om…'

'Nee, Armand. Ze is het huis niet uit geweest sinds ze hier zit,' antwoordde Jacques op besliste toon. 'En daardoor hebben ze ons met rust gelaten. Als iemand Constance heen en weer had zien fietsen, zou dat gevaar hebben opgeleverd voor mademoiselle Sophia.'

Connie was diep teleurgesteld. 'Maar kan ik niet via de weg achterlangs, Jacques? Ik wil zo graag iets doen.'

'Dat begrijp ik, Constance, en misschien kan dat uiteindelijk ook wel. Maar voorlopig moet je bij mademoiselle Sophia blijven.' Jacques zond haar een waarschuwende blik.

'Misschien is er dan een andere manier waarop jullie ons kunnen helpen, Jacques,' vervolgde Armand. 'We hebben regelmatig Britse piloten die we via Corsica het land uit smokkelen. En soms hebben we een schuiladres nodig waar ze op de boot kunnen wachten. Zou jij ze in huis willen nemen?'

Jacques zuchtte weifelend. 'Ik wil op geen enkele manier de aandacht trekken.'

'Maar dat kunnen we toch veilig doen, Jacques,' drong Connie aan. 'Sophia zit ver van de cave verborgen, en we moeten doen wat we kunnen om te helpen. Édouard leefde voor het verzet, zelfs al bracht hij daarmee zijn familie in gevaar,' vervolgde ze, vastberaden om iets nuttigs te doen.

'Je hebt gelijk, Constance,' zei Jacques ten slotte. 'Dit mag ik niet weigeren. We kunnen de piloten op de zolder onderbrengen.'

'Dank je wel.' Armand knikte dankbaar.

'En jij zult ongetwijfeld goed voor hen zorgen, Constance.' Jacques stond op.

'Natuurlijk.' In een aanval van egoïsme dacht Connie hoe graag ze met die piloten mee zou gaan, op de boot naar Corsica.

'Ik... of een van onze mensen... neemt contact op zodra de noodzaak zich voordoet,' zei Armand. 'En nu moet ik ervandoor.'

De eerste twee piloten kwamen een week later, 's nachts om drie uur. Bij het horen van hun Britse accent kreeg Connie tranen in haar ogen, terwijl ze hen omringde met goede zorgen en eten en wijn voor hen klaarzette. Ze zouden vierentwintig uur blijven en dan op de boot naar Corsica stappen. De twee mannen waren weliswaar verzwakt en uitgeput doordat ze al weken voor de vijand op de vlucht waren, maar dankzij het vooruitzicht dat ze naar huis gingen, was hun moreel uitstekend.

'Moed houden, meisje,' zei een van de twee toen ze hen voorging de trap op naar de zolder. 'De nazi's beginnen hun greep op Frankrijk te verliezen. Hitler raakt de controle kwijt. Er is onlangs zelfs een samenzwering ontdekt van hoge militairen die hem hadden willen vermoorden. Hoe dan ook, het einde is in zicht. Het is eerder een kwestie van weken dan van maanden.'

Toen ze de volgende nacht in de kleine uurtjes vertrokken, gaf Connie een van de piloten een brief mee. 'Wil je die alsjeblieft voor me op de post doen wanneer je weer thuis bent?'

'Natuurlijk. Dat is een bescheiden wederdienst voor het eerste fatsoenlijke bord eten in weken,' zei hij met een glimlach.

Vervuld van nieuwe hoop ging Connie naar bed. Als de piloot Engeland veilig wist te bereiken, en als hij zich hield aan zijn belofte, zou Lawrence althans weten dat alles goed met haar was.

Naarmate het einde van Sophia's zwangerschap naderde, kostte het haar met haar dikke buik steeds meer moeite om de steile keldertrap te beklimmen. Maar er was een zekere rust over haar gekomen en ze blaakte van gezondheid.

Bij de spullen van de oude huishoudster op het chateau had Connie een voorraadje wol en breipennen gevonden. 's Middags zat ze met Sophia in de ommuurde tuin en breiden ze kleine truitjes, mutsjes en sokjes voor het kindje. Soms keek ze jaloers naar Sophia. Het was haar droom geweest om samen met Lawrence een gezin te stichten. In plaats daarvan deelde ze noodgedwongen de voorbereidingen van een andere vrouw op het moederschap.

Op de warme avonden zaten Jacques en zij vaak aan de tafel in de tuin bij het huisje, omringd door het tere jonge groen dat de kleine vruchtjes beschermde die zich al spoedig tot dikke, ronde druiven zouden ontwikkelen.

'Het duurt niet lang meer, dan is het tijd voor de vendange. Maar ik weet niet of ik genoeg mankracht kan krijgen voor de druivenpluk,' verzuchtte Jacques. 'De mensen hebben wel wat anders aan hun hoofd dan wijn.'

'Ik zal je zo veel mogelijk helpen,' zei Connie, ook al besefte ze hoe zinloos haar aanbod was. Onder normale omstandigheden had Jacques minstens een tiental plukkers, mannen en vrouwen die van de vroege ochtend tot het invallen van de schemering in de wijngaard aan het werk waren.

'Dat waardeer ik, Constance, maar ik denk dat je hulp elders nodig is. Weet je iets van bevallingen?'

'Nee. Dat was vreemd genoeg geen onderdeel van onze opleiding,' antwoordde ze met een zweem van ironie in haar stem. 'In boeken wordt er altijd druk heen en weer gelopen met heet water en handdoeken. Waarom, dat weet ik eigenlijk niet eens precies. Maar ik doe mijn best. Als het eenmaal zover is, weet ik me vast wel te redden.'

'Ik maak me zorgen dat er iets misgaat. Dat Sophia medische hulp nodig heeft. Wat doen we dan? Het is te gevaarlijk om haar naar het ziekenhuis te brengen,' zei Jacques somber.

'Zoals ik al zei, ik doe mijn best.'

'Tja, meer kunnen we niet doen, mijn lieve Constance,' verzuchtte Jacques.

Een gestage stroom piloten bivakkeerde op de zolder van het huisje in de wijngaard, in afwachting van de boot naar Corsica. Van hen kwam Connie te weten dat de geallieerde invasie in het noorden niet lang meer op zich zou laten wachten en dat de troepen in Normandië aan land zouden gaan. Een paar weken later zou de zuidelijke invasie beginnen. Telkens wanneer er een groepje piloten vertrok, gaf Connie hun een brief mee voor Lawrence.

En in elke brief schreef ze hetzelfde:

Liefste, maak je over mij geen zorgen. Het gaat goed met me en ik hoop spoedig weer veilig thuis te zijn.

Ze moest er toch van uit kunnen gaan dat een van haar boodschappen Lawrence zou bereiken, dacht ze, terwijl ze op een avond in juni haar vijfde brief schreef.

Plotseling kwam Jacques met een verontrust gezicht de zitkamer binnen. 'Constance, er loopt iemand om het huis. Ga naar boven en zeg tegen de piloten dat ze zich muisstil houden. Dan ga ik kijken wie het is.'

Hij pakte het jachtgeweer van zijn vaste plek bij de voordeur en liep naar buiten.

Toen Connie de piloten had gewaarschuwd en weer beneden kwam, trof ze Jacques in de zitkamer. Hij hield zijn geweer gericht op een lange, gruwelijk uitgemergelde blonde man die met zijn handen boven zijn hoofd voor hem stond.

'Pas op! Het is een Duitser!' Jacques zette de loop van het geweer op de borst van de man. 'Zitten! Daar!' Hij wees naar de stoel bij de haard, om hem in een hoek te drijven vanwaar hij geen kant uit kon.

De man ging zitten en Constance keek naar zijn ogen, die reusachtig leken in zijn sterk vermagerde gezicht, en naar zijn vervilte blonde haar vol klitten. Wat er over was van zijn overhemd en zijn broek hing als lompen om zijn broodmagere lichaam. Haar hart begon te bonzen, ze was zo geschokt dat ze bang was flauw te vallen.

'Constance, ik ben het, Frederik,' bracht de man uit met schorre stem. 'Misschien herken je me niet zonder uniform?'

Connie dwong zichzelf opnieuw naar zijn gezicht te kijken. Alleen de blik in zijn ogen verraadde welke van de tweelingbroers hier voor haar stond. Bij het zien van de zachtheid en de angst in zijn blik slaakte ze een zucht van verlichting, want ze wist dat hij de waarheid sprak.

'Ken je hem?' Jacques keerde zich met een blik vol ongeloof naar Connie.

'Ja.' Ze knikte. 'Hij heet Frederik von Wehndorf en hij is kolonel bij de ss. En Sophia kent hem ook.' Connie keek Jacques aan, in de hoop dat hij zou begrijpen wat ze daarmee wilde zeggen.

'O. Aha.' Jacques knikte om duidelijk te maken dat hij het begreep. Nog altijd met zijn geweer in de aanslag keerde hij zich naar Frederik. 'Wat doe je hier?'

'Ik kom voor Sophia. Dat had ik haar beloofd. Is ze hier?'

Connie noch Jacques gaf antwoord.

'U ziet, ik maak niet langer deel uit van het Duitse leger.' Frederik wees naar zijn kleren. 'Sterker nog, ik word gezocht. Als ze me vinden, brengen ze me terug naar Duitsland en word ik wegens verraad terechtgesteld.'

Jacques lachte schamper. 'Denk je nou echt dat we dat geloven? Hoe weet ik dat het geen truc is? Jullie moffen liegen alsof het gedrukt staat.'

'Ik kan het inderdaad niet bewijzen, monsieur,' gaf Frederik beheerst toe. 'Ik kan alleen maar zeggen dat ik de waarheid spreek.' Hij keerde zich naar Connie. 'Nadat ik jou en Sophia met haar dienstbode had afgezet bij het Gare de Lyon, ben ik niet teruggegaan naar Duitsland. Ik wist dat Falk, mijn broer, niet zou rusten voor hij me voor het gerecht had gesleept omdat ik jullie had geholpen te ontsnappen. Het was niet voor het eerst dat hij twijfelde aan mijn loyaliteit. Blijkbaar heb ik veel vijanden en geen vrienden.'

De pijn en de uitputting in zijn ogen waren hartverscheurend en oprecht. Zonder uniform leek hij ineens veel kwetsbaarder.

'Waar ga je nu naartoe, Frederik?' vroeg Connie.

'Het enige wat me op de been hield, was dat ik Sophia moest zien te bereiken. Dat had ik haar beloofd. Na mijn vertrek uit Parijs ben ik naar de Hautes-Pyrénées gevlucht, en daar heb ik me dankzij omkoperij en de goedheid van vreemden in leven weten te houden. Ik ben zo veel mogelijk ondergedoken, en ik heb zelfs koeien gemolken en kippen gevoerd, totdat ik het gevoel had dat ik veilig door Frankrijk kon reizen. Het is inmiddels weken geleden dat ik aan de tocht hierheen ben begonnen.' Frederik haalde wanhopig zijn schouders op.

'Het is knap dat je zover bent gekomen, zonder dat je door een van beide kampen gevangen bent genomen,' zei Jacques, nog altijd ongelovig.

'Het was de gedachte aan Sophia die me voortdreef. Tot dusverre heb ik geluk gehad, maar dat zal niet lang meer duren. Want er is er in elk geval één die kan hebben geraden waar ik naartoe wilde. En hij haat me zo dat hij me zelfs tot hier zou achtervolgen.' Frederik schudde zuchtend zijn hoofd. 'Het maakt niet uit. Ik ben hoe dan ook ten dode opgeschreven. Als de Duitsers me niet te pakken krijgen, zullen de Fransen me de kogel geven. Maar ik wilde Sophia nog één keer zien. Is alles goed met haar, Constance? Zeg alsjeblieft dat ze nog leeft!'

Connie zag dat er tranen in zijn ogen schitterden. Zoals hij daar zat, nog altijd met het geweer op zich gericht, nauwelijks herkenbaar als de man die hij was geweest, ging haar hart naar hem uit. Hij had ervoor gekozen zijn leven te wagen om nog één keer de vrouw te zien die hij liefhad, in plaats van te ontsnappen en zichzelf in veiligheid te brengen. Ongeacht zijn nationaliteit en zijn politieke overtuiging, zelfs ongeacht wat hij de afgelopen jaren misschien had gedaan, verdiende hij op dit moment haar mededogen.

'Ja, alles is goed met haar,' zei ze dan ook, en ze negeerde de waarschuwende blik die Jacques haar toewierp. 'Heb je honger? Zo te zien heb je de afgelopen weken niet veel te eten gehad.'

'Alles wat je kunt missen is welkom, Constance. Is Sophia hier? Kan ik naar haar toe?' vroeg Frederik smekend.

'Ik zal wat te eten voor je maken, en daarna kunnen we praten. Jacques, laat dat geweer maar zakken. Frederik zal ons niets doen. Daar sta ik voor in. Waarom ga je niet even naar boven, om onze vrienden op zolder te vertellen dat er geen reden is voor paniek? Dat we familiebezoek hebben, maar dat ze zich wel verborgen moeten houden.'

'Als jij zegt dat we hem kunnen vertrouwen, dan vertrouw ik hem,' zei Jacques langzaam. Met tegenzin liet hij het geweer zakken.

'Ja, je kunt hem vertrouwen.' Connie knikte, genietend van het gevoel dat zij voor de verandering de leiding had. 'Frederik, kom maar mee naar de keuken. Dan praten we terwijl ik wat te eten voor je maak.'

Frederik stond moeizaam op. Connie merkte dat elke stap die hij zette, een worsteling was. Hij had het einde van zijn reis bereikt. Uitputting, honger en wanhoop lieten zich niet langer verdringen door adrenaline. Ze sloot de keukendeur ferm achter zich en gebaarde naar de houten stoelen rond de kleine tafel.

'Constance, is Sophia hier?' vroeg hij opnieuw smekend.

'Ja, ze is hier.'

'O god! O, god.' Frederik sloeg zijn handen voor zijn gezicht en begon te huilen. 'Op weg hierheen, als ik 's nachts in een greppel lag of vuilnis doorzocht, op zoek naar iets te eten, dacht ik soms dat ze dood was. Ik heb het me zo vaak voorgesteld. Ik...' Frederik veegde hoofdschuddend met zijn mouw zijn neus af. 'Het spijt me, Constance. Ik begrijp dat je geen sympathie voor me kunt voelen, maar je hebt geen idee van de hel die ik heb doorgemaakt om haar te vinden.'

'Alsjeblieft.' Ze zette een glas wijn voor hem neer en klopte hem liefkozend op zijn schouder. 'Het verbaast me dat je zover hebt weten te komen.'

'Zowel de Fransen als de Duitsers weten dat er iets staat te gebeuren. Dat werkte in mijn voordeel. Er heerst chaos in Frankrijk, het verzet wordt steeds sterker. We... Zij,' verbeterde Frederik zichzelf onmiddellijk. 'Ze hebben het er zwaar mee. Het kost ze de grootste moeite het verzet onder controle te houden. En misschien was Frankrijk wel de laatste plek waar ze me zochten. Behalve die ene dan...'

'Alsjeblieft.' Connie gaf hem een dikke snee brood en wat kaas.

'Hebben ze het chateau al doorzocht?' vroeg Frederik, terwijl hij een hap brood met kaas in zijn mond stopte en slikte zonder te kauwen.

'Ja, maar ze hebben niets gevonden. Jacques en ik zijn heel voorzichtig geweest. De luiken van het chateau zijn altijd gesloten, en Sophia blijft zorgvuldig verborgen. Er is niemand die zelfs maar vermoedt dat ze hier is.'

'En Édouard? Is hij hier ook?' vroeg Frederik.

'Nee. Hij wist dat zijn aanwezigheid zijn zuster zo mogelijk nog meer in gevaar zou brengen.'

'Ik zal niet lang blijven. Want ik vorm ook een gevaar voor jullie, met elke minuut dat ik hier ben. Dus...' Frederik spoelde de kaas en het brood weg met grote slokken wijn. 'Zodra ik Sophia heb gezien, ga ik weer weg. Wil je me alsjeblieft bij haar brengen, Constance?'

'Ja, dat zal ik doen. Kom maar mee.'

Ze bracht hem naar de cave en loodste hem door het wijnvat de gang in.

'O arme, arme Sophia,' mompelde hij toen hij diep moest bukken om zijn hoofd niet te stoten. 'Het is bijna ondraaglijk. Zonder de warmte van de zon op haar gezicht.'

'Ze heeft geen keus. Het is voor haar eigen veiligheid.' Connie had de deur bereikt. 'Hier is het, maar het kan zijn dat ze slaapt. Dus ik ga eerst naar binnen, anders schrikt ze misschien. En, Frederik...' Ze keerde zich naar hem om. 'Ik denk dat jij ook zult schrikken.'

Connie klopte drie keer op de deur en ging toen naar binnen. Sophia zat in de stoel bij het kleine raampje, met een boek in braille op haar buik.

'Constance?' Ze hief haar hoofd op.

'Ja, ik ben het.' Connie liep naar haar toe en legde teder een hand op haar schouder. 'Je moet niet schrikken, maar je hebt bezoek. En ik denk dat je heel blij zult zijn als je beseft wie het is.'

'Sophia, mijn liefste Sophia. Ik ben het, Frederik,' klonk het fluisterend achter Connie. 'Ik ben het, mein Liebling.'

Even kon Sophia geen woord uitbrengen. 'Droom ik? Frederik?' fluisterde ze. 'Ben jij het? Ben je het echt?'

'Ja, Sophia, ik ben het echt.'

Toen spreidde ze haar armen, en het boek viel op de grond.

Connie trok zich terug. Vanuit de deuropening zag ze dat Frederik naar Sophia toe liep en haar in zijn armen nam. Met tranen in haar ogen trok ze zachtjes de deur achter zich dicht.

28

Die hele nacht hield Connie de wacht in de woonkamer van het huisje bij de cave. Toen de piloten om twee uur vertrokken, kwam Jacques geeuwend en slaperig bij haar zitten.

'Nou, dat is in elk geval één probleem minder. Hoe zit het met het andere?' Hij wees naar beneden. 'Is hij nog bij haar?'

'Ja.'

'Ben je wezen controleren?'

'Eén keer. Toen hoorde ik ze praten.'

'Vergeef me dat ik het vraag, Constance, maar weet je zeker dat je hem kunt vertrouwen? Het zou een valstrik kunnen zijn, door misbruik te maken van een verliefd jong meisje.'

'Nee, dat is het niet. Echt niet. Je hoeft hem alleen maar in zijn ogen te kijken om te weten dat hij de waarheid spreekt. Het is hem aan te zien dat hij al weken op de vlucht is. Bovendien, als hij ons niet had geholpen zouden we nooit uit Parijs zijn weggekomen. Dan waren we hier nu niet geweest. En hij houdt van Sophia, ze betekent alles voor hem.'

'Maar stel nou eens dat hij is gevolgd?'

'Misschien. Dat zou kunnen...'

'Dat zou kunnen?' herhaalde Jacques heftig. 'Na alles wat ik over zijn broer heb gehoord, lijkt me dat zo goed als zeker!'

'Zolang ze in de schuilkelder zitten, hebben we niets te vrezen. En Frederik weet dat hij hier zo snel mogelijk weer weg moet. Maar het zou afschuwelijk wreed zijn om hen niet nog een paar uur samen te gunnen. Misschien is dit wel de laatste keer dat ze samen zijn. Geef ze alsjeblieft die paar uurtjes,' pleitte Connie. 'Ik denk dat ze een hoop te bespreken hebben, gezien de omstandigheden.'

'Hij moet hier zo snel mogelijk weg.' Jacques huiverde. 'Als ooit bekend wordt dat we onderdak hebben verleend aan een nazi, dan ben ik er geweest.'

'Hij gaat morgen weer weg, Jacques,' zei Connie met grote stelligheid.

Sophia lag op het smalle bed dat voor haar al nauwelijks breed genoeg was, laat staan met de man erbij die haar in zijn armen hield. Telkens weer streelde ze zijn gezicht, zijn haar, als om zichzelf ervan te overtuigen dat hij echt bij haar was. Frederik was zo uitgeput dat hij af en toe in slaap viel, maar dan schrok hij weer wakker en verstrakte hij zijn greep om haar schouders.

'Hoe moet het nu verder, liefste?' vroeg ze. 'Er moet toch ergens op de wereld een plek zijn waar we naartoe kunnen vluchten?'

Frederik ging teder met zijn hand over zijn kind dat zich aftekende onder de dunne, bleke huid van Sophia's buik. 'Je moet in elk geval hier blijven tot ons kind is geboren. Ik vertrek morgen. Zo God het wil, zal ik ergens een veilige haven vinden tot de oorlog voorbij is. En dat zal niet lang meer duren, dat beloof ik.'

'Dat hoor ik al jaren, maar het lijkt wel alsof er nooit een einde aan komt.' Sophia slaakte een zucht.

'Ooit is de oorlog voorbij, Sophia. Daar moet je in blijven geloven. En als het eenmaal zover is, en als ik een plek heb gevonden waar we samen kunnen zijn, dan kom ik jullie halen. Jou en ons kind.'

'Laat me niet alleen! Ga niet weg! Ik kan niet zonder je! Blijf bij me, alsjeblíéft...' Haar noodkreet, waarvan ze zelf wist dat die zinloos was, werd gesmoord toen ze haar gezicht tegen zijn warme borst verborg.

'Het is maar voor een paar maanden. Je moet volhouden. Je moet sterk zijn voor ons kind. En op een dag kunnen we hem vertellen hoe dapper zijn moeder was toen ze hem ter wereld bracht. Sophia...' Hij kuste teder haar voorhoofd, haar neus, haar lippen. 'Ik heb gezegd dat ik naar je toe zou komen, en hier ben ik. Dus ik zal je ook in de toekomst niet teleurstellen. Dat moet je geloven.'

'Ik geloof je. Laten we het over iets vrolijkers hebben. Vertel me eens over vroeger, toen je klein was,' stelde Sophia voor, in een wanhopig verlangen zo veel mogelijk te weten te komen over de man die ze liefhad, de vader van haar kind.

'Ik ben opgegroeid in Oost-Pruisen, in een klein dorpje, Charlottenruhe.' Frederik sloot zijn ogen en glimlachte bij de herinnering. 'We hadden het goed, want we woonden in een mooi *Schloss*, omringd door uitgestrekte, vruchtbare landerijen die bij het familiebezit hoorden. Oost-Pruisen stond bekend als de Korenschuur. Honderden vierkante kilometers akkerland. En dankzij het land dat we bewerkten, leidden we een welvarend bestaan. Als kind heeft het me nooit aan iets ontbroken. Ik had lieve ouders die me in staat stelden een uitstekende opleiding te volgen. Het enige probleem was misschien mijn broer. Hij heeft altijd een hekel aan me gehad, al van jongs af aan.'

'Twee broers, de een maar een uur ouder dan de ander, grootgebracht in hetzelfde gezin, en toch zijn jullie zo verschillend,' zei Sophia peinzend. Ze legde een hand op haar buik. 'Ik hoop echt dat onze kleine op zijn vader lijkt, en niet op zijn oom. Toen jullie van school kwamen, waar gingen jullie toen naartoe?'

'Falk ging het leger in, en ik naar de universiteit in Dresden, om politieke wetenschappen en filosofie te studeren. Het was een boeiende tijd. De Führer was net aan de macht gekomen,' vertelde Frederik. 'Na de Eerste Wereldoorlog volgden voor heel veel Duitsers jaren van grote armoede, maar dankzij de hervormingen van Hitler begon de levensstandaard van het volk eindelijk weer te stijgen. Mede door mijn belangstelling voor de politiek, vanwege mijn studie, werd ik zoals alle jonge, radicale denkers meegesleept in de euforie.' Frederik slaakte een zucht. 'Ik weet dat je het niet wil horen, Sophia, maar in zijn eerste jaren als Rijkskanselier heeft Hitler diverse goede hervormingen doorgevoerd, en zijn ideeën om het land op te bouwen tot een sterk economisch bolwerk met een internationale industrie sprak heel veel mensen aan. Ik ben naar een van zijn bijeenkomsten in Neurenberg geweest, en de sfeer was ongelooflijk. Het Duitse volk was vermorzeld, vertrapt, en de Führer bezat een uitstraling, een charisma waardoor hij een onweerstaanbare aantrekkingskracht bezat. Wanneer hij sprak, geloofden we hem onvoorwaardelijk. Hij gaf ons hoop voor de toekomst, en we aanbaden hem. Net als mijn vrienden wist ik niet hoe snel ik lid moest worden van zijn partij.'

'O. En hoe heeft het allemaal zo kunnen veranderen?' Sophia huiverde.

'Tja...' Uitgeput als hij was, zocht Frederik naar de juiste woorden. 'Jij en ik kunnen ons niet voorstellen hoe het is als miljoenen mensen aan je lippen hangen, als je wordt aanbeden door de massa, bijna zonder weerwoord, zonder te worden geconfronteerd met afwijkende meningen. Dan ga je je vanzelf almachtig voelen. Een god.'

'Ja, dat begrijp ik,' mompelde Sophia met haar hoofd op zijn schouder.

'Al voordat de oorlog begon, stuitte het me tegen de borst wat hij deed met de Joden, en dat hij alle godsdiensten verbood. Ik ben een christen, maar daar praatte ik niet over, om geen risico te lopen. Hoe dan ook, ik was inmiddels al uitgekozen om me aan te sluiten bij de inlichtingendienst. Dus ik had geen keus, Sophia. Als ik had geweigerd, was ik doodgeschoten.'

'Arme Frederik, wat moet je hebben geleden.' Sophia kreeg tranen in haar ogen.

'Ach, dat is nog niets vergeleken bij jongens van amper dertien, die een geweer in hun handen gedrukt kregen om te doden voor een zaak die ze niet begrijpen!' Frederik begon ook te huilen. 'Door wat ik heb gedaan, heb ik ook welbewust mensen de dood in gejaagd. O, Sophia... je hebt geen idee van de gruwelijkheden die ik op mijn geweten heb... Moge God me vergeven! En jij...' Frederik keek haar aan met een gekwelde blik in zijn ogen. 'Hoe kun jij me vergeven? Hoe kan ik mezelf vergeven?'

'Frederik, toe...'

'Je hebt gelijk. Genoeg daarover.' Hij ging met zijn lippen over haar haren. 'Hier bij jou voel ik me eindelijk veilig en heb ik eindelijk vrede gevonden. Als ik nu sterf, verlaat ik deze wereld als een gelukkig mens.'

Frederik legde zijn hoofd weer naast het hare en keek naar de lichtkring van de olielamp op het donkere plafond. 'Ik zal deze nacht nooit vergeten. Want nu begrijp ik dat het Paradijs geen lieflijk oord is zoals de Hof van Eden, en dat het er niet om gaat rijkdom te vergaren om macht en status te verwerven. Dat zijn maar uiterlijkheden die niets betekenen. Want hier, in deze vochtige, donkere kelder, met jou in mijn armen, heb ik eindelijk vrede gevonden, ook al is mijn doodvonnis al getekend.' Hij snikte, overmand door emoties. 'Met jou heeft mijn ziel het Paradijs gevonden.'

'O, Frederik,' smeekte Sophia. 'Hou me vast! Hou me vast alsof je me nooit meer laat gaan.'

Bij hun ontwaken werden de bewoners van het chateau De la Martinières begroet door het zachte licht van de Provençaalse dageraad. Boven de grond heersten spanning en onrust, maar ook onder de grond werd de komst van de nieuwe dag waakzaam en vol angst afgewacht.

In Londen werd Édouard de la Martinières bij het eerste daglicht opgeschrikt door een zacht, aanhoudend gezoem dat aanzwol tot een oorverdovend gebulder. Hij liep naar het raam en zag een eindeloze stroom vliegtuigen in formatie over de hoofdstad trekken. Het was 6 juni 1944. D-Day was begonnen.

Om zeven uur hoorde Connie een voorzichtige klop op de keukendeur. Ze deed open. Het was Frederik, met de vurige gloed van de liefde nog in zijn ogen.

'Ik moet weg, Constance. Mag ik je vragen om een kop koffie?

En misschien wat brood? Het zou weleens heel lang kunnen duren voordat ik weer iets te eten krijg.'

'Natuurlijk,' zei Connie. 'En we hebben vast ook wel schone kleren voor je. Volgens mij heb je ongeveer hetzelfde postuur als Jacques.' Zelfs van een afstand kon ze ruiken dat Frederik zich al lang niet meer had gewassen.

'Dank je wel. Dat waardeer ik echt heel erg. Sophia vraagt of je naar haar toe wil komen. Ze zegt dat er ergens een tuin is waar ze veilig kan gaan zitten. Want ze zou het liefst daar afscheid van me nemen.'

'Dat is goed.' Connie wees naar de ketel op het fornuis. Het water kookte bijna, en het brood van de vorige avond stond nog op tafel. 'Als je de keukendeur uit loopt, zie je een kraan om je te wassen. Ondertussen zal ik wat kleren voor je halen.'

Jacques was op de fiets naar het dorp om vers brood te halen. Dus Connie haalde wat kleren uit zijn kast waarvan ze dacht dat die geschikt waren voor Frederik. 'Kijk maar wat je past. Ik ga Sophia naar de tuin brengen, en dan kom ik hier terug. En ik zal ook even kijken of we je misschien wat francs kunnen meegeven voor onderweg.'

'Constance, je bent de goedheid zelve. Dank je wel. Ik zal nooit vergeten wat je voor Sophia en voor mij hebt gedaan.'

Een kwartier later klopte Connie op de deur van de kelder. Sophia zat op het bed, er lag een serene uitdrukking op haar mooie gezicht.

'Frederik zei dat je in de tuin afscheid van hem wil nemen.'

'Ja. Het kan wel heel lang duren voordat we weer samen zijn. Ik wil me onze laatste momenten samen herinneren alsof we vrij waren. Vrij om te gaan en te staan waar we wilden.'

'Dat begrijp ik, maar je moet je erop voorbereiden dat je snel weer naar binnen kunt, mocht er iemand komen.'

'Natuurlijk, dat begrijp ik. Kun je even controleren of ik geen vlekken op mijn gezicht heb? En of mijn haar goed zit?'

Connie bestudeerde haar in het schemerige licht dat door het kleine raam naar binnen viel. Dankzij de liefde die Sophia's gezicht deed stralen, zou ze er hoe dan ook prachtig hebben uitgezien, dacht ze. Vervolgens loodste ze Sophia de trap op en naar buiten, naar de ommuurde tuin, waar ze haar onder de kastanjeboom installeerde.

'Dan ga ik nu Frederik halen.'

'Dank je wel. Het is een prachtige ochtend,' zei Sophia.

'Ja, dat is het.'

Connie liep de tuin uit, en Sophia bleef alleen achter, genietend van de zon op haar gezicht. Ze ademde diep in. Het rook heerlijk in de tuin, en ze herkende de sterke geur van de weelderige lavendelstruiken in de borders.

'Sophia!'

'Wat ben je snel terug.' Ze opende glimlachend haar armen voor hem. 'Heeft Constance ons alleen gelaten?'

Het bleef heel even stil. 'Ja,' klonk het toen.

'Sla je armen om me heen, Frederik. We hebben niet veel tijd.'

Dat deed hij en Sophia ademde zijn geur in, zo anders dan een uur daarvoor. Ze volgde de vertrouwde lijnen van zijn gezicht en voelde de harde stof van een jasje dat ze niet kende. 'Je hebt je gewassen,' zei ze. 'En volgens mij heeft Constance je nieuwe kleren gegeven.'

'Ja. Ze zorgt goed voor me.'

'Moet je meteen weg? Of kunnen we hier nog even zitten samen?' Ze klopte op de stoel naast zich en tastte naar zijn handen toen hij ging zitten. Zijn greep leek strakker dan ze gewend was. Zijn handen voelden minder ruw, waarschijnlijk door de zeep.

'Hoe weet ik waar ik je kan bereiken als je straks weg bent?' vroeg ze.

'Ik neem contact met je op. En misschien kun je me vertellen waar je broer zich schuilhoudt, dan kan ik hem ook bericht sturen.'

'Maar dat heb ik je gisteravond toch al verteld? Ik weet niet waar hij is. Hij blijft hier weg om mij te beschermen.'

'Dus je hebt echt geen idee waar hij is?'

'Nee!' Ze schudde gefrustreerd haar hoofd. 'Waarom moeten we het daar nu over hebben? We hebben nog maar zo weinig tijd samen! Laten we het over onze plannen voor de toekomst hebben. Misschien kunnen we een naam voor ons kindje bedenken.'

'Wat dacht je van Falk, naar zijn oom?' Het was dezelfde stem, maar hij klonk ineens verder weg. Sophia begreep het niet. Ze strekte haar armen en reikte zoekend om zich heen.

'Frederik, waar ben je? Frederik?'

Frederik keek naar zijn broer, die was opgestaan uit de stoel naast Sophia en die een pistool op hem richtte.

'Dus je hebt me gevonden,' zei Frederik.

'Je had toch niet gedacht dat ik je zou laten ontsnappen?'

'En heb je je Gestapovrienden meegebracht? Staan die bij de oprijlaan naar het chateau te wachten om me in de boeien te slaan en af te voeren naar Duitsland?' vroeg Frederik vermoeid.

'Nee.' Falk schudde zijn hoofd. 'Ik wilde hier helemaal alleen van genieten. En je een laatste kans geven om het uit te leggen. Je bent tenslotte mijn broer. Dus dat vond ik wel het minste wat ik kon doen.'

'Erg aardig van je.' Frederik knikte. 'Hoe heb je me gevonden?'

'Ach, elke idioot kon weten waar je naartoe zou gaan. Je bent de afgelopen weken gevolgd. En ik wist dat je me uiteindelijk bij de rest zou brengen, want die heb ik ook het een en ander te vragen. Bijvoorbeeld deze jongedame. Helaas weigert ze me te vertellen waar haar broer zit. Want je maakt mij niet wijs dat ze dat niet weet.'

'Monsieur, ik weet het echt niet! Dat heeft hij ons niet verteld. Om ons niet in gevaar te brengen!' riep Sophia.

'Kom nou toch, Fräulein, zelfs een hoer zoals jij,' Falk wees op haar buik, 'die haar verstand duidelijk ergens anders heeft zitten, kan toch niet verwachten dat ik dat geloof?' Hij keerde zich weer naar Frederik. 'Je weet dat ik een arrestatiebevel voor je op zak heb. Het zou zonde zijn als ik je moest neerschieten om je vriendin aan de praat te krijgen.'

'Misschien is dit wel het moment waar je van kinds af aan naartoe hebt geleefd, broer.' Frederik keek hem verdrietig aan. 'En zonder de vrouw die ik liefheb, zou ik het niet erg vinden als je me neerschoot. Maar als ik me overgeef, als ik met je mee terugga naar Duitsland, zodat je eer kunt inleggen met mijn arrestatie, ben je dan bereid haar te sparen? Ik zweer je op het leven van onze moeder dat Sophia niet weet waar Édouard de la Martinières op dit moment is. Kunnen we dat afspreken?' vroeg Frederik smekend. 'Ik ga vrijwillig met je mee en ik geef je de roem die je altijd hebt gezocht, als je belooft het leven van de vrouw die ik liefheb en dat van ons kind te sparen.'

Falk lachte schamper. Hij lachte zo hard dat hij even ongecontroleerd met zijn pistool zwaaide. Toen had hij zichzelf weer in de hand. 'Ach, broer, wat ben je toch een idealist! De gedichten die je las als kind! Sentimentele kletspraat! Je geloof in God, je intelligentie, je kennis van de filosofie waar je altijd zo over opschept! Maar ondertussen heb je geen idee waar het in het leven werkelijk om draait. Het leven is koud en hard en wreed. Die ziel waar jij altijd zo vol van bent... die hebben we niet. We zijn geen haar beter dan mieren die in het wilde weg over de wereld kruipen. Je hebt de werkelijkheid nooit begrepen. Het is eten of gegeten worden, broer. Ieder voor zich. Denk je nou echt dat jouw onbeduidende leven er ook maar iets toe doet? Of het hare? Denk je nou echt dat líéfde,' zijn stem droop van de hoon en de minachting, 'alles overwint? Je ziet het allemaal verkeerd, Frederik. Helemaal verkeerd. En dat is altijd al zo geweest. Het wordt tijd dat ik je ogen open voor de werkelijkheid.'

Falk bewoog het pistool weg van Frederik en richtte het op Sophia. 'Dit is de werkelijkheid!'

Op het moment dat het schot de stilte van de ochtend verscheurde, wierp Frederik zich voor Sophia.

Toen klonk er nog een schot.

Frederik keerde zich naar Sophia, bang dat ze was geraakt. Maar het was Falk die tegen de grond was geslagen. Er trok een huivering door hem heen, toen viel het pistool uit zijn hand. Frederik haastte zich naar hem toe, liet zich op zijn knieën vallen en keek in de ogen van zijn broer, die rolden in hun kassen.

Falk deed zijn mond open, het lukte hem te focussen op zijn tweelingbroer.

'Jij hebt gewonnen,' was het laatste wat hij wist uit te brengen. Toen stierf hij, met een zweem van een berustende glimlach om zijn lippen.

Het werd stil in de tuin waar het geurde naar lavendel, op het gekwinkeleer van de vogels na, die onverstoorbaar de nieuwe dag begroetten. Nadat hij de ogen van zijn tweelingbroer had gesloten en hem op het voorhoofd had gekust, richtte Frederik zich op.

Daar stond Connie, met het jachtgeweer van Jacques nog gericht op de plek waar Falk had gestaan.

'Dank je wel,' zei Frederik geluidloos. Er blonken tranen in zijn ogen.

'Hij verdiende niet beter,' zei ze. 'En ik vond het tijd worden om eindelijk iets te doen met mijn kostbare opleiding,' voegde ze er zacht en met een vluchtige glimlach aan toe. 'Is het goed wat ik heb gedaan?' Haar ogen smeekten om bevestiging.

Frederik keek neer op zijn dode broer, toen keerde hij zich naar Sophia, die asgrauw was geworden.

'Ja,' zei hij toen. 'Het is goed wat je hebt gedaan. Dank je wel.'

Jacques kwam naast haar staan. 'Geef mij dat geweer maar, Constance.' Hij nam het voorzichtig uit haar handen, en op hetzelfde moment begon Connie onbeheerst te beven. Jacques sloeg een arm om haar schouders en loodste haar naar de stoel naast Sophia.

'Is hij dood?' vroeg Jacques aan Frederik, met een blik op het lichaam in het gras.

'Ja.'

'Ik wist niet dat je zo'n goede schutter was, Constance,' zei Jacques terwijl hij zich over Falk heen boog en keek naar het bloed dat door een gaatje in zijn uniform sijpelde.

'Ik ben getraind om te doden,' antwoordde Connie.

'Was hij je broer?' vroeg Jacques aan Frederik.

'Mijn tweelingbroer.'

'Er zijn ongetwijfeld anderen die weten dat hij hier is,' veronderstelde Jacques.

'Dat betwijfel ik. Hij wilde de triomf van mijn gevangenneming helemaal voor zich alleen.'

'Toch kunnen we geen enkel risico nemen,' zei Jacques. 'Je moet hier onmiddellijk weg. Bovendien kan iemand die toevallig langskwam, de schoten hebben gehoord. Mademoiselle Sophia, je moet zo snel mogelijk de kelder in. En daar moet je blijven tot we hebben besloten wat ons te doen staat. Constance zal je helpen.'

'Dank je wel,' zei Sophia toen Connie haar overeind hielp. De twee vrouwen zochten steun bij elkaar.

Frederik keerde het lichaam van zijn broer de rug toe en kwam langzaam naar hen toe. 'Ik wil niet dat jij de schuld op je neemt,' zei hij tegen Connie. 'Falk kwam voor mij, dus wanneer zijn dood wordt ontdekt, zeg je maar dat ik hem heb doodgeschoten.'

'Nee, Frederik. Ik heb hem niet alleen vermoord om jou en Sophia te beschermen.' Connie staarde even niets ziend voor zich uit. 'Ik had mijn eigen redenen. Nu weet ik zeker dat geen enkele vrouw meer hoeft te lijden zoals ik heb geleden.' Ze keek Frederik aan. 'Ik heb hem al maanden dood gewenst.'

'We moeten zo snel mogelijk van het lichaam af,' zei Jacques. 'Ik heb je hulp nodig, Frederik. We moeten hem begraven.'

'Natuurlijk help ik je.'

'Het is het veiligst om het hier te doen, in de tuin. Dan hoeven we hem niet te verplaatsen, met het risico dat iemand ons ziet. Ik ga scheppen halen. Misschien kun jij hem ondertussen uitkleden en zijn kleren verbranden,' stelde Jacques voor. 'Constance, er staat een fles cognac in de keuken. Neem een slok, zodra je Sophia naar de kelder hebt gebracht. Dat is goed voor de schrik. We hebben je hier verder niet nodig.'

Nadat ze de geschokte Sophia naar beneden had gebracht en haar had beloofd dat Frederik nog afscheid zou komen nemen, deed Connie wat Jacques had gezegd. De cognac hielp inderdaad, hoewel ze ondanks de hete junidag niet kon ophouden met bibberen.

Een half uur later kwam Jacques terug. 'Falk is begraven, en we hebben zijn uniform verbrand. Frederik is naar de kelder om afscheid te nemen. Daarna gaat hij weg.'

'Dank je wel, Jacques.'

'Nee, wij moeten jou bedanken.' Jacques had nog meer respect voor haar gekregen, en dat stond in zijn ogen te lezen. 'Ik zal wat spullen pakken voor Frederik, om mee te nemen voor onderweg. Als hij eenmaal vertrokken is, praten we verder.'

'Dag, liefste.' Frederik hield Sophia tegen zich aan. 'Zodra ik kan, stuur ik je bericht. Dat beloof ik. Maar voorlopig moet je alleen maar zorgen dat je veilig bent. En dat alles goed gaat met ons kindje. Luister naar Jacques en Constance. Ze hebben het beste met je voor, en ik weet zeker dat ze je zullen beschermen.'

'Ja.' Uit Sophia's blinde ogen stroomden de tranen over haar gezicht. Ze trok haar zegelring over de gezwollen knokkel van haar rechterpink. 'Alsjeblieft. Ons familiewapen staat erin gegraveerd. Ik wil dat jij hem bij je houdt.'

'Dan geef ik jou de mijne. Met mijn familiewapen. Kom maar, dan doe ik hem om je vinger.'

Sophia stak haar hand uit, en Frederik schoof de ring aan haar vinger.

'We wisselen ringen uit,' zei hij glimlachend. 'In deze afschuwelijke kelder, op deze afschuwelijke dag. Ik zou er niet voor hebben gekozen, maar het is beter dan niets. Draag mijn ring, Sophia, en vergeet nooit hoeveel ik van je hou. Je bent voor altijd bij me, in mijn hart.'

'En jij bij mij.'

'Nu moet ik echt gaan.'

'Ja.'

Met tegenzin nam hij haar weer in zijn armen, hij kuste haar voor het laatst op haar lippen en liep naar de deur. 'En wat er ook gebeurt, zeg tegen ons kind dat zijn vader heel veel van zijn moeder hield. Dag, Sophia.'

'Dag,' zei ze fluisterend. 'Moge God je bijstaan.'

Later, toen Frederik eindelijk weg was, ging Connie naar de kelder om Sophia te troosten. Ze zou ongetwijfeld erg van streek zijn, wist ze. Maar toen ze binnenkwam, stond Sophia over het bed gebogen. Haar ademhaling ging zwaar.

'God, ik dacht dat je nooit zou komen! Het kind...' Sophia schreeuwde het uit toen er opnieuw een verscheurende wee door haar lichaam trok. 'Je moet me helpen, Constance! Help me dan toch!'

Terwijl de geallieerden de stranden van Normandië bestormden en de dagenlange strijd om de bevrijding van Frankrijk begon, klonk door de donkere kelder het gehuil van een pasgeboren kind.

29

DRIE MAANDEN LATER

Op een milde avond aan het begin van september betrad Édouard de la Martinières de ommuurde tuin van het chateau. De zon stond al laag aan de hemel, en onder de kastanjeboom zat een vrouw. Ze ging volledig op in het kind dat ze in haar armen hield en zachtjes wiegde.

Licht in verwarring gebracht liep Édouard naar haar toe. 'Goeienavond,' groette hij, een beetje vragend. Maar zijn vraag werd beantwoord op het moment dat de vrouw haar heldere bruine ogen opsloeg, verrast omdat ze hem niet had horen aankomen.

'Édouard!'

Ze stond op, nog altijd met het kind in haar armen.

'Constance, neem me niet kwalijk, ik had je niet herkend. Door je haar... Je ziet er heel anders uit. Ik dacht even dat je Sophia was.' Hij glimlachte.

'Nee...' Er kwam een verdrietige blik in Connies ogen. 'Édouard! Ik weet gewoon niet hoe ik het heb! Je had bericht moeten sturen.'

'Dat vond ik te riskant. Want ook al is Parijs dan bevrijd, en ook al heeft De Gaulle de zaak onder controle, de situatie blijft gevaarlijk totdat heel Frankrijk eindelijk vrij is.'

'Sinds de invasie van de geallieerden op de stranden hier vlakbij, zijn de Duitsers gevlucht als een sprinkhanenplaag, op de hielen gezeten door het verzet,' vertelde Connie. 'Weet Jacques al dat je er bent?'

'Nee, hij was niet in de cave, en ook niet thuis. Maar ik zag dat de luiken van het chateau openstonden. Dus ik nam aan dat Sophia en Sarah hier waren.'

'Het is heerlijk om eindelijk zonder angst in het chateau te kunnen wonen,' zei Connie.

'Is Sophia binnen?'

'Nee. Ga alsjeblieft even zitten...' Connie zuchtte. 'Ach Édouard, ik heb je zo veel te vertellen.'

'Dat zie ik.' Hij wees naar het kindje.

Omdat zijn bezoek haar had overvallen, wist Connie niet goed waar ze moest beginnen. 'Nee, Édouard, het is... niet wat je denkt.'

'In dat geval haal ik eerst een kruik rosé uit de cave. Ik ben zo terug.'

Connie zag hem door de deur in de muur verdwijnen. Ze had de afgelopen weken zo naar dit moment verlangd, maar er ook zo tegenop gezien. Nu het eenmaal zover was, vroeg ze zich af hoe hij zou reageren op wat ze hem te vertellen had. Want ook al betekende zijn langverwachte komst ook eindelijk háár bevrijding, toch zag ze hem met een bezwaard gemoed terugkeren met de kruik wijn en twee glazen.

'Voordat we verder praten, vind ik dat we het glas moeten heffen op het eind van de nachtmerrie. Frankrijk is bijna weer vrij, en de rest van de wereld zal spoedig volgen.' Édouard tikte zijn glas tegen het hare.

'Op een nieuw begin,' mompelde Connie. 'We zijn weer vrij! Ik kan het nog bijna niet geloven.'

'Ja, op een nieuw begin.' Édouard nam een slok rosé. 'Waar is Sarah?'

Connie vertelde over haar arrestatie tijdens de reis naar het zuiden. 'We hebben de afgelopen weken naspeuringen gedaan, en we denken dat ze naar een werkkamp in Duitsland is gestuurd. Misschien komen we ooit nog meer te weten, maar dat zullen we moeten afwachten,' besloot ze met een zucht.

'Laten we het hopen,' verzuchtte hij. 'Sinds de invasie in het noorden en het zuiden waart er een nieuwe geest door het land. Door de mensen. Ik verwacht dat de Duitsers zich spoedig officieel overgeven. Maar het zal jaren kosten om de aangerichte verwoestingen ongedaan te maken en om het verdriet over de honderdduizenden slachtoffers te verwerken. Maar hoe zit het met… Nou ja, daarmee!' Hij wees naar het kind. 'Ik ben geschokt. Dat zal ik niet ontkennen. Hoe… Of laat ik het anders vragen… Wie?'

Connie haalde diep adem. 'Het is niet mijn kind, Édouard. Ik zorg er alleen maar voor.'

'Van wie is het dan?'

'Dit is je nichtje, Édouard. Het is het kind van Sophia.'

Hij keek haar aan alsof ze haar verstand had verloren. 'Nee, nee! Dat kan niet! Sophia zou nooit…' Hij schudde zijn hoofd. 'Nee,' zei hij opnieuw. 'Dat is ondenkbaar!'

'Ik begrijp je reactie. Ik kon het ook eerst niet geloven toen Sarah het me vertelde. Maar ik heb geholpen bij de bevalling, Édouard. De weeën begonnen op D-Day, dus we vonden het gepast om het kleine meisje Victoria te noemen.'

Met zijn hand tegen zijn voorhoofd gedrukt probeerde Édouard te bevatten wat Constance hem vertelde.

'Ik begrijp dat je geschokt bent,' vervolgde ze. 'En het spijt me dat je het van mij moet horen. Weet je, Édouard, we hebben Sophia allemaal als een kind behandeld. Maar ze was net zo oud als ik. Een volwassen vrouw. En ze werd verliefd.'

Édouard hief met een ruk zijn hoofd op. 'Waarom praat je over haar in de verleden tijd? Alsof ze er niet meer is? Waar is ze, Constance? Waar is Sophia?'

'Sophia is dood, Édouard,' zei Connie langzaam. 'Ze is een paar dagen na de geboorte van Victoria gestorven. Het was een langdurige, zware bevalling. We hebben gedaan wat we konden, maar het lukte ons niet het bloeden te stoppen. Het was natuurlijk ondenkbaar dat we haar naar het ziekenhuis brachten. Jacques heeft een dokter laten komen. En ook de dokter heeft gedaan wat hij kon. Maar ze zou hoe dan ook niet te redden zijn geweest.' Connies stem brak. 'O, Édouard, ik vind het zo erg om je dit te moeten vertellen. Je hebt geen idee hoe ik tegen dit gesprek heb opgezien.'

Édouard zei aanvankelijk niets. Toen werd de stilte van de avond verscheurd door een wanhoopskreet die diep uit zijn keel leek te komen.

'Nee! Nee! Dat kan niet!' Hij stond op, keerde zich naar Constance en greep haar bij de schouders. 'Zeg dat het niet waar is!' Hij schudde haar door elkaar. 'Zeg dat ik droom! Dat mijn lieve zuster niet dood is, terwijl ik nog leef. Dat kan niet! Dat mag niet!'

'O, Édouard, het spijt me zo. Maar het is echt waar!' Bij het zien van de blik in zijn ogen begon Connie bang voor hem te worden. Terwijl hij haar door elkaar schudde, trok ze het kindje dichter tegen zich aan.

'Édouard! Hou op! Hou op! Er valt Constance niets te verwijten! Integendeel, je zou haar dankbaar moeten zijn!'

Jacques kwam de tuin in en trok Édouard bij de angstige Connie vandaan. 'Édouard! Luister naar me! Constance heeft je zuster gered! Ze heeft haar beschermd, met gevaar voor eigen leven. Ze heeft zelfs een Duitser doodgeschoten om je zuster te beschermen. Hoe geschokt en verdrietig je ook bent, ik zal niet tolereren dat je Constance zo behandelt.'

'Jacques...' Édouard deinsde strompelend achteruit en keek zijn oude vriend aan alsof hij hem niet meer herkende. 'Zeg alsjeblieft dat het niet waar is! Zeg dat het niet waar is wat ze zegt!' smeekte hij wanhopig.

'Het is waar, Édouard. Sophia is drie maanden geleden gestorven. We hebben geprobeerd je bericht te sturen, maar sinds de invasie verkeert het hele land in chaos. Dus het verbaast me niet dat je dat nooit hebt gekregen.'

'O god, o god! Sophia... Nee!'

Édouard begon te snikken. Jacques sloeg troostend een arm om de schouders van zijn vriend.

'Het is onverdraaglijk! Onverdraaglijk! Want het is mijn schuld. Als ik de bevrijding van Frankrijk niet had laten voorgaan, als ik in de eerste plaats aan haar had gedacht, zou Sophia nog leven. Dat weet ik zeker. Het is niet eerlijk! Het is niet eerlijk dat zij haar leven moest geven! Dat offer had ik moeten brengen! Niet zij!'

'Ja, het is verschrikkelijk dat ze niet mocht blijven leven,' viel Jacques hem bij, rustig op hem inpratend. 'Maar je moet jezelf geen verwijten maken. Sophia aanbad je, Édouard, en ze was trots op alles wat je hebt gedaan voor onze bevrijding.'

'Maar Jacques...' Édouard huilde. 'Ik heb maandenlang veilig in Londen gezeten, en al die tijd was zij hier, helemaal alleen. Ik dacht dat ik bij haar weg moest blijven, dat ik haar in gevaar zou brengen door naar haar toe te gaan. Maar nu is ze dood!'

'Sophia is niet door de hand van de Gestapo gestorven,' zei Jacques zacht en geduldig. 'Dat moet je goed voor ogen houden. Ze is gestorven in het kraambed. Ook al was je hier geweest, dan nog is het maar zeer de vraag of je haar had kunnen redden.'

Plotseling hield Édouard op met snikken, en hij keek Jacques aan.

'Wie is de vader?'

Jacques keerde zich hulpeloos naar Connie. Ze stond op en deed aarzelend een stap in Édouards richting. 'Frederik von Wehndorf. Het spijt me, Édouard.'

Het bleef lang stil in de tuin terwijl Édouard ook deze onthulling op zich liet inwerken. Hij strompelde zuchtend naar een stoel en liet zich erin vallen alsof hij plotseling niet meer op zijn benen kon staan.

'Zelfs jij zei dat Frederik een goed mens was, Édouard,' zei Connie zacht terwijl hij diep geschokt voor zich uit staarde. 'Dankzij hem hebben we uit Parijs weten weg te komen, en hij heeft net als jij ook heel veel anderen geholpen, met groot gevaar voor zijn eigen leven. En ook al droeg hij het uniform van de vijand, hij hield zielsveel van je zuster.'

'Ja, hij hield van haar. Dat heb ik ook gezien,' viel Jacques haar bij.

'Heb je hem ontmoet?' Édouards ogen stonden glazig van de schok.

'Ja. Hij is hier geweest, dat had hij Sophia beloofd,' vertelde Jacques. 'Dus dat heeft ze nog mogen beleven. Ze heeft nog een paar gelukkige uren gekend, troostrijke uren, voordat ze stierf. En dat is nog niet alles. Falk...'

'Nee! Ik wil het niet horen!' Het leek alsof Édouard nog meer wilde zeggen, maar het bleef stil, alsof hij niet de woorden kon vinden om uiting te geven aan wat hij voelde. 'Het spijt me.' Hij stond op en wankelde onvast naar de deur in de muur van de tuin. 'Ik moet alleen zijn.'

Toen Connie de kleine Victoria die avond na haar flesje in bed stopte, in de lichte kinderkamer die ze in een van de slaapkamers van het chateau had ingericht, hoorde ze voetstappen op de trap. Even later verscheen Édouard in de deuropening. Zijn gezicht zag grauw en afgetobd, zijn ogen waren rood van het huilen.

'Constance, ik moet je mijn diepste verontschuldigingen aanbieden voor de manier waarop ik je heb behandeld. Dat was onvergeeflijk.'

'Ik begrijp het wel,' zei Connie, dankbaar dat hij tot rust leek te zijn gekomen. 'Wil je je kleine nichtje zien?' bood ze aan. 'Ze is een prachtig klein meisje, het evenbeeld van Sophia.'

'Nee... nee! Ik kan het niet.'

Hij draaide zich om en liep weg.

In de dagen daarop zag Connie hem nauwelijks. Hij sloot zich op in de grootste slaapkamer van het chateau, een eind verder in de gang. Daar hoorde ze hem 's nachts rusteloos heen en weer lopen, maar wanneer ze 's morgens beneden kwam, was hij al weg. Op een ochtend zag ze hem vluchtig toen ze naar buiten keek terwijl ze Victoria haar eerste flesje gaf. Een verre figuur die tussen de wijnstokken uit het gezicht verdween. Zijn lichaamstaal verraadde hoe diep ongelukkig hij was. Hij bleef de hele dag weg, kwam pas terug als het al donker was en ging dan onmiddellijk naar zijn slaapkamer.

‘Hij is in de rouw, Constance. Laat hem maar. Hij heeft tijd nodig,’ zei Jacques.

Dat begreep ze, maar naarmate de dagen verstreken zonder dat ook maar iets erop wees dat Édouard probeerde zich aan zijn wanhoop te ontworstelen, begon haar geduld op te raken. Ze wilde eindelijk naar huis! Sinds de bevrijding van Parijs was het weer veilig om te reizen, en ze verlangde naar het weerzien met haar man. Bovendien snakte ze ernaar om, na vier lange jaren, haar leven weer in eigen hand te nemen.

Maar zolang Édouard niet over zijn verdriet heen was, zolang hij de verantwoordelijkheid voor zijn kleine nichtje niet op zich kon nemen, wilde ze Victoria niet in de steek laten. Zij was de eerste die het kleine meisje in haar armen had gehouden; omdat Sophia te verzwakt was geweest om zich over haar kindje te ontfermen, was het Connie geweest die van meet af aan voor Victoria had gezorgd.

Ze keek neer op het engelachtige gezichtje, een miniatuuruitgave van het gezicht van Sophia. Connie had zich zorgen gemaakt dat Sophia’s blindheid erfelijk zou blijken te zijn, maar Victoria’s prachtige blauwe ogen volgden de stralende kleuren die Connie haar voorhield, ernstig en vol belangstelling. Sinds kort lachte ze en begon haar hele gezichtje te stralen wanneer ze uit haar bedje werd gehaald. Aan het verdriet bij het afscheid wilde Connie nog niet denken. Ze was de moeder van het kleintje geworden, en het besef hoezeer haar hart overliep van liefde voor het moederloze meisje, vervulde haar met angst.

Ooit – heel spoedig hoopte ze – zou ze zelf kinderen hebben met Lawrence. Dat was haar diepste wens.

Na een week waarin Édouard zich volledig had teruggetrokken in zijn rouw, besloot Connie hem over het probleem aan te spreken. Toen ze op een ochtend al vroeg bij Victoria was, hoorde ze zijn voetstappen op de overloop. Op het moment dat hij de trap af wilde lopen, hield ze hem staande.

'Édouard, we moeten praten.'

Hij draaide zich langzaam naar haar om. 'Waarover?'

'De oorlog is zo goed als voorbij. Ik heb een man, een eigen leven, ik moet terug naar Engeland.'

'Ga dan.' Hij haalde zijn schouders op en wilde de trap aflopen.

'Édouard, wacht nou even! Hoe moet het dan met Victoria? Je zult iets moeten regelen, zodat er voor haar wordt gezorgd wanneer ik eenmaal weg ben. Misschien kun je een kindermeisje in dienst nemen? Ik wil je wel helpen om iemand te vinden.'

Édouard draaide zich opnieuw naar haar om. 'Constance, voor alle duidelijkheid, ik ben niet in dat kind geïnteresseerd.' Hij klonk bitter, vervuld van weerzin. 'Het is de schuld van dat kind – en van haar bastaardvader – dat Sophia dood is.'

Constance was ontdaan door zijn reactie. 'Maar Édouard, je beseft toch wel dat Victoria daar niets aan kan doen? Ze is een onschuldig klein meisje dat niet om het leven heeft gevraagd. Ik... Als haar oom ben jij verantwoordelijk dat er voor haar wordt gezorgd!'

'Ik heb je gezegd dat ik er niets mee te maken wil hebben! Regel maar wat. Misschien is er wel een weeshuis in de buurt waar ze haar willen hebben.' Hij zuchtte. 'Je wilt blijkbaar naar huis. Dus dan zul je dit ook zo snel mogelijk geregeld willen hebben. Hoe eerder dat kind hier weg is, hoe beter. Dus doe wat jou goeddunkt. De kosten zijn uiteraard voor mij.'

Na die woorden keerde hij haar de rug toe en liep de trap af. Connie bleef achter, zo geschokt dat het haar duizelde.

'Hoe kan hij zulke verschrikkelijke dingen zeggen?' vroeg Connie een uur later aan Jacques, handenwringend van wanhoop. Hij had haar verslag grimmig aangehoord.

'Zoals ik al zei, hij is in de rouw. Niet alleen om Sophia, om iedereen die hij in de oorlog heeft verloren. Dat hij weigert het kind te erkennen, komt doordat haar aanwezigheid hem voortdurend confronteert met zijn schuldgevoelens. Natuurlijk weet hij dat Victoria er allemaal niets aan kan doen. Hij is een integer mens en hij is nog nooit teruggeschrokken voor zijn verantwoordelijkheden,' verklaarde Jacques nadrukkelijk. 'Hij komt wel tot inkeer, Constance. Daar ben ik van overtuigd.'

'Maar Jacques, ik kan niet nóg langer blijven!' zei Connie wanhopig. 'Hoe erg ik het ook vind, je begrijpt toch wel dat ik naar huis wil! Dat ik verlang naar het weerzien met iedereen die me lief is! De wetenschap dat ik vandaag nog naar Engeland zou kunnen vertrekken, als ik niet de zorg voor Victoria had gehad, maakt de situatie bijna ondraaglijk. Maar ik hou van Victoria, ik kan haar niet in de steek laten. Hoe kan Édouard nou zeggen dat ze naar een weeshuis moet?' De tranen stroomden over haar gezicht terwijl ze neerkeek op Victoria, die tevreden lag te pruttelen op een deken in het gras.

'Het maakt het ook niet gemakkelijker dat ze zo sprekend op haar moeder lijkt,' verzuchtte Jacques. 'Constance, ik weet zeker dat Édouard tot inkeer komt. Uiteindelijk zal hij beseffen dat dit kind is wat hij nodig heeft om weer gelukkig te worden, om weer vertrouwen te krijgen in de toekomst. Hij gaat zo op in zijn verdriet dat hij dat nu nog niet inziet.'

'Maar wat moet ik dan doen, Jacques? Wat moet ik doen?' vroeg ze smekend. 'Ik wil naar huis! En ik kan niet veel langer wachten.'

'Ik zal met Édouard gaan praten. Misschien kan ik hem tot inkeer brengen en hem losweken uit zijn zelfbeklag,' stelde Jacques voor.

'Ik ben blij dat jij het zegt,' bekende Connie. 'Want zo begin ik er ook over te denken. Er is zo veel geleden. Door ons allemaal.'

'Zoals ik al zei, Édouard is normaliter geen man om medelijden te hebben met zichzelf.' Jacques knikte. 'Ik zal met hem praten.'

Toen hij Édouard die avond naar huis zag terugkomen, liep Jacques hem door de wijngaard tegemoet. In het huisje wachtte Connie gespannen af. Als er iemand was naar wie Édouard zou luisteren, dan was het Jacques. Hij was haar enige hoop.

Ze legde Victoria te slapen in de mand die ze in het huisje had staan voor als ze bij Jacques langsging. Het wachten was een kwelling, maar toen Jacques terugkwam, zag ze onmiddellijk aan zijn gezicht dat hij geen goed nieuws had.

'Nee, Constance...' Hij zuchtte. 'Édouard is niet te vermurwen. Hij zit zo vol haat en bitterheid... De oorlog heeft een ander mens van hem gemaakt. Ik denk nog steeds dat hij ooit tot inkeer zal komen, maar nogmaals, dat heeft tijd nodig. En die tijd heb je niet. Dat begrijp ik. En ik zou niet willen dat jij je schuldig voelde omdat je terug wilt naar huis, naar je dierbaren. Je hebt zo veel voor de familie gedaan. Hoe dan ook, misschien is dat weeshuis waar ik het destijds over had...'

'Nee!' Connie schudde vastberaden haar hoofd. 'Ik laat Victoria niet in de steek! Dan zou ik mezelf niet meer recht in de ogen kunnen kijken.'

'Constance, ik weet niet wat jij je bij dat weeshuis voorstelt, maar in het klooster waar ik het over heb, worden de kinderen opgevangen door allervriendelijkste nonnen. Het is er schoon en gezellig, en bij zo'n mooi kindje als Victoria is de kans groot dat er al heel snel een pleeggezin wordt gevonden,' zei Jacques met meer overtuiging dan hij voelde. 'Bovendien, Victoria is niet jouw verantwoordelijkheid. Dat moet je goed voor ogen houden. Het wordt tijd om aan jezelf te denken.'

Connie keek zwijgend op Victoria neer. 'Wiens verantwoordelijkheid is ze dan?'

'Constance...' Jacques legde teder een hand op de hare. 'Oorlogen zijn wreed, er vallen talloze slachtoffers. En dan heb ik het niet alleen over de dappere soldaten die hebben gevochten voor hun land, maar ook over mensen zoals Sophia en haar dochter. En over Édouard. Misschien wordt hij nooit meer de oude. Want hoe woedend hij ook uithaalt naar anderen en hun de schuld geeft van Sophia's dood, diep vanbinnen legt hij de schuld bij zichzelf. Jij hebt in elk geval genoeg gedaan, kindje. Meer kun je niet doen. En als iemand die je bewondert en die je respecteert, zeg ik dat het tijd wordt dat je naar huis gaat.'

‘En Victoria’s vader?’ vroeg Connie. ‘Als Frederik wist dat Sophia dood is en dat Édouard weigert het kind te erkennen, dan weet ik zeker dat hij zich over haar zou ontfermen.’

‘Dat denk ik ook. Maar hoe wil je hem opsporen? We hebben geen idee waar hij zit. En misschien is hij wel dood, net als Sophia.’ Jacques schudde zijn hoofd. ‘Constance, de wereld verkeert in chaos, overal zijn mensen ontheemd geraakt. Het zou zinloos zijn om naar hem op zoek te gaan.’

‘Ja, dat is zo. Het is... hopeloos,’ zei Connie verdrietig. ‘Onoplosbaar.’

‘Ik ga morgen naar het klooster in Draguignan om de nonnen te vragen of ze plaats hebben voor Victoria,’ zei Jacques zacht. ‘Ze is mij ook heel dierbaar. Echt waar. Ik zou dat weeshuis niet voorstellen als ik dacht dat daar niet goed voor haar werd gezorgd. Het wordt tijd dat de last van jouw schouders wordt genomen. En als Édouard dat niet kan doen, dan doe ik het.’

Connie deed die nacht geen oog dicht. Ze lag te woelen en te draaien, gekweld door twijfel. Het leek wel alsof de moraal, het besef van goed en kwaad door de oorlog volledig op zijn kop was gezet. En Connie worstelde met haar eigen gevoel voor normen en waarden.

Ineens schoot ze overeind. Als zij Victoria nu eens meenam, terug naar Engeland...

Ze liet zich uit bed glijden en begon rusteloos de kamer op en neer te lopen.

Nee, dat was een krankzinnig idee... Los van alle andere haken en ogen... als ze na jaren van hem gescheiden te hebben geleefd, thuiskwam met een kind, zou Lawrence haar dan geloven als ze vertelde hoe ze aan dat kind was gekomen? Of zou hij – ongetwijfeld net als iedereen – denken dat ze loog en dat het haar eigen kind was?

Wat Lawrence ook geloofde, het zou vast niet bevorderlijk zijn voor hun relatie als ze hem bij het weerzien na vier jaar met een kind confronteerde. Dat was simpelweg niet eerlijk tegenover hem.

Diep ongelukkig kroop Connie weer in bed. In gedachten hoorde ze opnieuw wat Jacques had gezegd, en ze wist dat ze geen keus had, niet alleen in haar eigen belang, maar ook in dat van Lawrence. Ze zou zich moeten neerleggen bij het onvermijdelijke. Jacques had gelijk. Een oorlog eiste offers. En haar man en zij hadden al genoeg offers gebracht voor een heel leven.

'Ze zijn bereid haar op te nemen, Constance,' vertelde Jacques de volgende avond na terugkeer van zijn bezoek aan het weeshuis, toen hij zich bij haar voegde in de ommuurde tuin.

'Eigenlijk zitten ze vol, maar ik heb hun een royale donatie aangeboden, en daar gingen ze op in. Het spreekt vanzelf dat Édouard die donatie voor zijn rekening neemt.'

Connie slikte krampachtig om haar tranen terug te dringen. 'Wanneer ga je haar brengen?'

'Het lijkt me voor iedereen het beste als ze er zo snel mogelijk naartoe gaat. Ik zal Édouard vanavond om het geld vragen, en hem een laatste kans geven om zich te bedenken.' Jacques trok een lelijk gezicht. 'En als hij dat niet doet, breng ik Victoria morgenochtend naar de nonnen.'

'Dan ga ik met je mee,' zei Connie vastberaden.

'Is dat wel een goed idee?' vroeg Jacques fronsend.

'Misschien niet. Het is allemaal verschrikkelijk, maar dan zie ik tenminste waar Victoria terechtkomt, en misschien voel ik me dan een beetje gerustgesteld.' Ze zuchtte wanhopig.

'Zoals je wilt.' Jacques knikte. 'Als Édouard bij zijn besluit blijft, vertrekken we halverwege de ochtend.'

Nadat Connie het kleine meisje die avond in haar wiegje had gelegd, bleef ze bij haar zitten en keek voor de laatste keer naar de vertrouwde bewegingen totdat Victoria sliep.

'Lief, lief meisje,' fluisterde Connie. 'Het spijt me zo verschrikkelijk.'

'Édouard blijft bij zijn besluit,' vertelde Jacques de volgende ochtend. Hij schudde verdrietig zijn hoofd. 'Ik vroeg om het geld, en hij gaf het zonder één woord te zeggen. Dus ik stel voor dat we zo snel mogelijk vertrekken.'

Connie had alle spulletjes al gepakt – ze had alles aangegrepen om de lange, slapeloze nacht door te komen – dus ze ging Victoria halen. Toen ze van de kinderkamer naar beneden liep, hoopte ze vurig dat haar op het laatste moment respijt zou worden geschonken; dat Édouard vanuit zijn kamer of vanuit de tuin naar haar toe zou komen als hij zag dat ze Victoria wegbrachten. Maar hij liet zich niet zien.

Voor het huisje stond een oude Citroën.

'Ik heb de benzine bewaard voor als ik de auto ooit echt nodig zou hebben,' zei Jacques. 'We hebben net genoeg om heen en weer te rijden.'

Connie ging naast hem zitten, met Victoria in haar armen. De motor kwam schuddend en pruttelend tot leven, en ze lieten het chateau achter zich. Hoewel Victoria anders altijd erg zoet was, huilde ze nu onafgebroken, de hele weg naar Draguignan.

Bij het klooster aangekomen, droeg Jacques het koffertje dat Connie had gepakt, en hij ging haar voor naar de deur. De non die opendeed, bracht hen naar een stille wachtruimte. Victoria was nog steeds niet tot bedaren te brengen.

'Sst,' suste Connie. Ze wierp Jacques een wanhopige blik toe. 'Denk je dat ze het weet?'

'Nee, Constance, ik denk dat ze niet van autorijden houdt.' Jacques schonk haar een vluchtige glimlach, in een poging de spanning te breken. Ten slotte kwam er een non binnen in een gesteven wit uniform.

'Welkom, monsieur.' Ze knikte naar Jacques. Het was duidelijk dat ze hem kende. Toen keerde ze zich naar Connie en Victoria. 'En dit is de kleine met haar moeder?'

'Nee.' Connie schudde haar hoofd. 'Ik ben niet Victoria's moeder.'

De non knikte, maar het was duidelijk dat ze Connie niet geloofde. Toen strekte ze haar armen. 'Geeft u mij het kind maar.'

Connie haalde diep adem en droeg Victoria over. Het kleine meisje begon nog harder te jammeren.

'Huilt ze altijd zo?' De non fronste haar voorhoofd.

'Nee, ze huilt anders nooit,' verzekerde Connie haar.

'Afijn, we zullen goed voor haar zorgen. Monsieur?' De non keerde zich vragend naar Jacques. Die haalde haastig een envelop tevoorschijn.

'Dank u wel.' Ze stopte de envelop met het geld in een wijde zak van haar uniform. 'Laten we hopen dat we spoedig een goed pleeggezin voor haar vinden. Helaas valt dat op dit moment niet mee. Er heerst nog overal chaos en onrust. Gezinnen hebben moeite alle monden te voeden. En als er dan nog een bij komt... Maar het is een mooi kindje, zelfs als ze huilt. En dan moet u me nu verontschuldigen. We hebben het erg druk, ik moet terug naar de kinderafdeling. U komt er zelf wel uit, neem ik aan?'

De non draaide zich om en liep met Victoria naar de deur. Connie maakte aanstalten haar te volgen, maar Jacques hield haar tegen. Met zijn arm om haar schouder loodste hij de snikkende Connie naar buiten. Daar hielp hij haar zorgzaam in de auto.

Net als Victoria was ook Connie de hele weg niet tot bedaren te brengen.

Toen Jacques stilhield voor de cave, legde hij troostend een hand op Connies knie.

'Ik hield ook veel van dat kleine meisje, Constance. Maar het is beter zo. Misschien is het een troost om te weten dat kinderen zich niets herinneren van hun eerste paar maanden. Dus ze weet later niet meer dat jij voor haar hebt gezorgd. Je moet jezelf geen verwijten maken. Victoria is in goede handen, en jij bent eindelijk vrij. Je moet aan je toekomst denken, aan je terugkeer naar huis en naar je man.'

Twee dagen later had Connie haar schaarse bezittingen gepakt. Jacques zou haar met het laatste restje benzine naar het station van Gassin brengen. Voor het laatst daalde ze de trap af van het chateau, en ze liep naar de bibliotheek om *De geschiedenis van fruit in Frankrijk, deel twee* terug te zetten. Ze had ook het aantekeningenboekje met Sophia's gedichten. Dat wilde ze op Édouards bureau leggen, in de hoop dat hij de gedichten zou lezen en zou begrijpen hoe innig veel zijn zuster van Frederik had gehouden. Bovendien hoopte ze dat Sophia's oprechte, innige woorden een troost voor hem zouden betekenen en hem milder zouden stemmen.

Het was donker in de bibliotheek, de luiken waren gesloten. Connie liep naar een van de ramen om een luik open te doen, zodat ze kon zien waar ze het boek moest terugzetten.

'Dag, Constance.'

Ze dacht dat haar hart stilstond toen ze zich omdraaide en Édouard in een van de leren fauteuils zag zitten.

'Neem me niet kwalijk als ik je heb laten schrikken,' zei hij.

'En neem mij niet kwalijk dat ik je stoor. Ik wilde voor mijn vertrek dit boek terugzetten. En hier heb ik Sophia's aantekeningenboekje met haar gedichten. Ik dacht dat je ze misschien wel wilde lezen. Ze zijn prachtig.' Connie hield hem het boekje voor, zo vol wrok dat ze zo snel mogelijk weg wilde.

'Nee, ik hoef ze niet. Neem jij ze allebei maar mee naar Engeland, als aandenken aan alles wat hier is gebeurd.'

Connie had niet de kracht hem tegen te spreken. 'Ik vertrek, Édouard Dank voor je hulp, destijds op mijn eerste dag in Parijs,' wist ze uit te brengen. Ze liep naar de deur.

'Constance?'

Ze draaide zich naar hem om. 'Ja?'

'Jacques heeft me verteld dat je Sophia's leven hebt gered. Dat je Falk von Wehndorf hebt doodgeschoten toen hij zijn broer kwam arresteren. Daar ben ik je dankbaar voor.'

'Ik heb niet meer gedaan dan mijn plicht, Édouard,' zei ze afgemeten.

'En Venetia, je dappere vriendin, heeft mijn leven gered. Maar die dapperheid heeft ze met haar eigen leven moeten bekopen,' voegde hij er verdrietig aan toe. 'Ik was al in Londen toen ik hoorde dat ze door de Gestapo is gefusilleerd.'

'Venetia? Is ze dood? O, nee! O, nee!' Er kwamen tranen in Connies ogen, en ze vroeg zich af of er ooit een einde zou komen aan de nasleep van de oorlog.

'Ze was een geweldige vrouw.' Iets van de verbittering was uit zijn stem verdwenen. 'Ik zal haar nooit vergeten. Weet je, ik denk steeds vaker dat het beter was geweest als ik ook was gestorven, net als alle dierbaren die ik heb verloren.'

'Dat was niet je bestemming, Édouard. Noch de mijne,' zei Connie vol overtuiging. 'En het is aan ons, de overlevenden, om een nieuwe toekomst op te bouwen, in hun nagedachtenis.'

'Ja. Maar er zijn dingen...' Édouard schudde zijn hoofd. 'Er zijn dingen die ik niet kan vergeven en vergeten. Het spijt me, Constance. Het spijt me oprecht.'

Ze aarzelde, zoekend naar woorden. Maar er viel niets meer te zeggen, dus ze deed de deur open en liep de bibliotheek uit. En terwijl Édouard de la Martinières achterbleef, gevangen in het verleden, zette Connie haar eerste voorzichtige stappen naar de toekomst.

Drie dagen later reed haar trein, tjokvol vermoeide, gedemobiliseerde soldaten, het station van York binnen. Connie had een telegram naar Blackmoor Hall gestuurd, maar ze had geen idee of het was aangekomen. Sterker nog, ze wist niet eens of Lawrence al thuis was. Toen ze uit de trein stapte – huiverend, maar dankbaar voor de Engelse herfstkilte – liep ze in angstige spanning het perron af.

Zou hij er zijn?

Verlangend keek ze naar de menigte, allemaal mensen die hun dierbaren kwamen verwelkomen. Ze bleef staan en liet haar blik door de stationshal gaan, op zoek naar het vertrouwde gezicht van haar man. Toen ze hem een kwartier later nog niet had gevonden, besloot ze aan te sluiten bij de rij voor de bus naar de heidegronden. Op dat moment ontdekte ze een eenzame figuur, helemaal aan het eind van het inmiddels verlaten perron. Zijn haar was voortijdig grijs geworden, en in zijn rechterhand hield hij een wandelstok.

'Lawrence!'

Bij het geluid van haar stem draaide hij zich om. Toen zag hij haar, en op zijn gezicht streden verbazing en herkenning om de voorrang. Ze rende naar hem toe en viel hem om de hals. Zijn vertrouwde geur – de geur die alles vertegenwoordigde wat goed en heerlijk en veilig was – maakte dat ze tranen in haar ogen kreeg.

'O, liefste! Het spijt me, ik had je niet herkend! Je haar...' zei hij zacht, terwijl hij haar verwonderd opnam.

'O, natuurlijk,' zei Connie begrijpend. Ze waren allebei veranderd. 'Ik ben er onderhand aan gewend, dus ik sta er niet meer bij stil.'

'Ik moet zeggen...' Hij keek haar grijnzend aan. 'Het staat je wel. Je ziet eruit als een filmster.'

'Hm.' Connie keek met een zucht naar de gekreukte kleren die ze de hele reis van Zuid-Frankrijk naar Engeland had gedragen.

'Hoe is het met je?' vroegen ze allebei tegelijk, en ze begonnen te lachen.

'Ik ben doodmoe,' zei Connie. 'Maar ook zo blij om weer thuis te zijn. En ik heb je zo veel te vertellen, ik weet gewoon niet waar ik moet beginnen.'

'Dat kan ik me voorstellen,' zei Lawrence. 'Dus ik zou zeggen, begin maar zodra we in de auto zitten. Ik heb al mijn benzinebonnen gebruikt om je te kunnen halen. We gaan naar huis!'

'Naar huis...' fluisterde Connie. Die twee woorden vertegenwoordigden alles waarnaar ze de afgelopen anderhalf jaar had verlangd.

Bij het zien van haar ontroering sloeg Lawrence nogmaals zijn armen om haar heen en trok haar dicht tegen zich aan. Toen pakte hij haar tas, en hij trok haar arm door de zijne.

'Ja, liefste.' Hij knuffelde haar. 'Ik neem je mee naar huis.'

Drie maanden later ontving Connie een brief van de F Section, met de vraag of ze naar Londen wilde komen voor een gesprek met Maurice Buckmaster.

Hij begroette haar opgewekt toen ze zijn kantoor aan Baker Street binnenkwam en schudde haar hartelijk de hand.

'Constance Chapelle, de agent die nooit agent werd. Neem plaats, kindje.'

Connie deed wat hij zei terwijl Buckmaster zoals gebruikelijk op zijn bureau ging zitten. 'En, Constance, ben je blij dat je terug bent in Engeland?'

'Dolblij, sir,' antwoordde ze uit de grond van haar hart.

'Mooi zo. Dan kan ik je nu officieel laten weten dat je gedemobiliseerd bent.'

'Dank u wel, sir.'

'Ik moet me verontschuldigen dat we ons genoodzaakt zagen je meteen bij aankomst in Frankrijk als een hete aardappel te laten vallen. Het was buitengewoon ongelukkig dat je aanklopte bij een van de machtigste en waardevolste leden van de Vrije Fransen, de verzetsorganisatie van De Gaulle. Onze orders kwamen van het hoogste niveau. Ze konden niet riskeren dat "Hero" werd ontmaskerd. Zijn dekmantel moest ten koste van alles worden beschermd. Niets aan te doen. Maar ik ben blij dat je uiteindelijk weer veilig thuis bent gekomen.'

'Dank u wel, sir.'

'Van de veertig meisjes die we hebben uitgezonden, zijn er helaas veertien niet teruggekeerd. Onder wie je vriendin Venetia.' Buckmaster zuchtte.

'Ik heb het gehoord,' zei Connie somber.

'Toch strekt het jullie allen tot eer dat het aantal overlevenden zo hoog is. Ik had op grotere verliezen gerekend. Het is verduiveld jammer van Venetia. Toen ze naar Frankrijk vertrok, maakten we ons allemaal zorgen vanwege haar roekeloosheid. Ze heeft zich echter bewezen als een van onze beste, dapperste agenten. Er is een procedure gestart om haar postuum te onderscheiden wegens betoonde moed.'

'Daar ben ik blij om, sir. Als iemand die onderscheiding verdient, is zij het.'

'Afijn, heel Frankrijk is eindelijk vrij. En daar heeft de SOE een belangrijke rol bij gespeeld. Het is erg jammer dat je niet de kans hebt gekregen actief betrokken te zijn. Maar onder de hoede van De la Martinières kreeg je waarschijnlijk beter te eten dan ik.' Hij glimlachte. 'Ik hoor dat je aan het eind van de oorlog zelfs in het chateau van de familie woonde, in het zuiden van Frankrijk!'

'Dat klopt, sir, maar...'

Connie riep zichzelf een halt toe. In de trein van York naar Londen had ze zich afgevraagd of ze hem het ware verhaal zou vertellen, over de offers die ze had moeten brengen. Maar Venetia, Sophia en zovele anderen hadden het zwaarste offer gebracht, terwijl zij nog leefde en weer een toekomst kon opbouwen, ongeacht de littekens die ze voor altijd bij zich zou dragen.

'Wat wilde je zeggen, Constance?'

'Niets, sir.'

'Dan rest me alleen nog je geluk te wensen met je veilige terugkeer. En je namens de Britse regering te bedanken voor je bereidheid om je leven voor je land op het spel te zetten.' Buckmaster kwam van zijn bureau en schudde haar de hand. 'Blijkbaar heb je geluk gehad en de oorlog in betrekkelijke rust kunnen uitzitten.'

'Inderdaad, sir,' antwoordde Connie. Ze stond ook op en liep naar de deur. 'Ik heb een rustige oorlog gehad.'

30

GASSIN, ZUID-FRANKRIJK, 1999

Jean stond op en liep naar de keuken om de fles armagnac te halen en drie glazen. Emilie keek naar Jacques, die zijn neus snoot en over zijn ogen veegde. Tijdens het vertellen van zijn verhaal had hij menige traan gelaten. Emilie probeerde haar gedachten te ordenen... Ze had zo veel vragen. Maar er was er maar een waarop ze direct antwoord wilde.

'Gaat het een beetje, Emilie?' Jean kwam terug. Hij legde zorgzaam een hand op haar schouder en reikte haar een glas armagnac aan.

'Ja hoor.'

'Papa, een armagnac?'

Jacques knikte.

Emilie nam een grote slok, in de hoop dat ze daardoor de moed zou hebben de vraag te stellen die op haar tong brandde. 'Wat is er geworden van het kind van Sophia en Frederik?'

Jacques zei niets maar keek zwijgend langs haar heen in de verte.

'Als ik haar zou kunnen vinden, zou ik niet langer de enig overlevende De la Martinières zijn,' voegde Emilie eraan toe.

Jacques zei nog altijd niets, en uiteindelijk was het Jean die antwoord gaf. 'Het is onwaarschijnlijk dat je er ooit achter komt wie de baby heeft geadopteerd. Er waren in de oorlog zo veel wezen. De wereld verkeerde in chaos. En trouwens, toen Victoria in het weeshuis terechtkwam, had ze geen geboortebewijs, niets waaruit bleek wie ze was. Dat klopt toch, Papa?'

'Ja.'

'Dus ook al was de moeder van de baby een De la Martinières, Victoria zelf was buitenechtelijk, en als zodanig kan ze geen aanspraak maken op de erfenis.' Jean sprak hardop zijn gedachten uit.

'Daar gaat het me niet om,' zei Emilie. 'Het enige wat telt, is dat er misschien nog ergens familie van me rondloopt. Misschien heeft ze wel kinderen... Ik heb ineens zo veel vragen.' Emilie zuchtte. 'Jacques, wil je me alsjeblieft nog één ding vertellen: heeft Frederik gedaan wat hij beloofde? Is hij teruggekomen?'

'Ja.' Jacques verbrak eindelijk het stilzwijgen. 'Een jaar na de oorlog stond hij hier ineens voor de deur. En ik moest hem het verdrietige nieuws vertellen dat Sophia was overleden.'

'Heb je hem ook verteld dat hij een dochter had?' vroeg Emilie.

Jacques schudde van nee en legde een bevende hand op zijn voorhoofd. 'Ik wist niet wat ik moest zeggen, dus ik heb gelogen en gezegd...' Zijn stem brak. 'Ik heb gezegd dat het kindje ook was gestorven. Want ik dacht...' Hij ademde zwaar van emotie. 'Ik dacht dat het voor iedereen het beste was.'

'Papa, het was goed wat je hebt gedaan. Dat weet ik zeker,' zei Jean troostend. 'Als Frederik van Sophia hield, zoals je zegt, dan zou hij niet hebben gerust voordat hij zijn dochter had gevonden. En wie weet wat voor verdriet dat had opgeleverd, als de baby inmiddels al helemaal opgenomen was geweest in een nieuw gezin, waar niemand wist dat haar vader een nazi was. Dus het was beter zo, voor iedereen.'

'Ik moest het kind beschermen...' Jacques sloeg een kruis. 'Moge God me die verschrikkelijke leugen vergeven. Frederik was gebroken. Ontroostbaar. Hij was er kapot van.'

'Dat moet wel.' Jean huiverde.

'Waar ligt Sophia begraven, Jacques?' vroeg Emilie.

'Op het kerkhof van Gassin. Tot het eind van de oorlog stond er geen zerk op het graf. We mochten geen enkel risico nemen. Zelfs na haar dood moest Sophia verborgen blijven.'

'En weet je waar Frederik is?' vroeg Jean. 'Of misschien is hij al dood. Hij moet inmiddels in de tachtig zijn.'

'Hij woont in Zwitserland, onder een andere naam. Toen hij eindelijk naar huis terugkeerde, kon hij niet langer aanspraak maken op het familiebezit. Bij vaststellen van de nieuwe grenzen was Oost-Pruissen teruggegeven aan Polen. En zijn beide ouders waren vermoord door de Russen. Dus net als zovelen moest hij een nieuw leven opbouwen. Maar ik heb begrepen dat heel veel mensen die dankzij hem aan de vernietigingskampen waren ontsnapt, hem maar al te graag wilden helpen. En zo kon hij inderdaad een nieuwe start maken.' Jacques lachte zacht. 'Hij is klokkenmaker geworden! In Bazel. En in zijn vrije tijd werkte hij als lekenpredikant. We hebben jaren gecorrespondeerd. Hij heeft me veel geleerd over vergevingsgezindheid en ik ben er trots op dat hij mijn vriend is. Ik heb vaak tegen Édouard gezegd dat hij contact met hem moest zoeken. Frederik en hij waren niet zo verschillend als Édouard dacht. In een tijd van gruwelijke verwoestingen hebben ze allebei gedaan wat ze konden. Dus ik dacht dat ze elkaar misschien konden troosten in hun verdriet om een vrouw van wie ze allebei hadden gehouden. Maar helaas...' Hij zuchtte. 'Het mocht niet zo zijn.'

'Heb je nog steeds contact met Frederik?' vroeg Jean.

'Hij schrijft me nog af en toe, maar inmiddels heb ik al meer dan een jaar niets van hem gehoord. Dus misschien is hij ziek. Net als ik...' Jacques haalde zijn schouders op. 'Hij is nooit getrouwd. Sophia was zijn grote liefde. Een andere vrouw heeft die plaats nooit kunnen innemen.'

'En mijn vader...' Voor Emilie was dat het pijnlijkste gedeelte van het verhaal. 'Ik kan haast niet geloven dat hij het kind van zijn zuster in de steek liet. Hij had zo'n groot hart. En hij had zo veel liefde te geven. Hoe is het mogelijk dat hij dat kleine meisje simpelweg de rug heeft toegekeerd?'

'Emilie, je vader had inderdaad een groot hart,' zei Jacques langzaam. 'Maar hij had zijn zuster haar leven lang beschermd en haar op een voetstuk geplaatst. De gedachte dat haar onschuld, haar reinheid was bezoedeld door een man – en dan ook nog een Duitse militair – vond hij onverdraaglijk. Dag in dag uit geconfronteerd worden met het resultaat van de verhouding van zijn zuster, met het levende bewijs van wat ze had gedaan, zou voor hem hebben betekend dat hij dagelijks werd herinnerd aan zijn onvermogen om haar te beschermen. Je moet hem geen verwijten maken, Emilie. Je begrijpt niet hoe hij zich voelde, en dat kun je ook niet begrijpen...'

'Papa, het lijkt me dat het zo genoeg is,' zei Jean bij het zien van de uitputting op het gezicht van zijn vader. 'Emilie kan je morgen nog meer vragen stellen. Kom.' Hij bood zijn vader een arm.

Jacques kwam overeind en keerde zich nog even naar Emilie. 'Édouard heeft alles gegeven voor zijn land. Hij was een echte Fransman, en je hebt alle reden om trots op hem te zijn. Maar de oorlog heeft ons allemaal veranderd, Emilie. Ons allemaal.'

Emilie staarde peinzend in het vuur terwijl Jean zijn vader naar boven bracht.

'Hoe gaat het?' vroeg hij toen hij weer beneden kwam.

'Ik ben geschokt. Wat een gruwelijk verhaal. Het valt niet mee om het op je te laten inwerken.'

'Dat begrijp ik. En het is allemaal nog maar vijfenvijftig jaar geleden gebeurd,' verzuchtte hij. 'Zoiets is nu bijna niet meer voor te stellen.'

'Je vader weet waar de baby van Sophia en Frederik is gebleven, Jean. Daar ben ik van overtuigd,' voegde Emilie eraan toe.

'Misschien. Maar als hij het weet, dan heeft hij blijkbaar zijn redenen om het je niet te vertellen. En als hij heeft besloten haar verblijfplaats geheim te houden, zul je dat moeten respecteren.'

'Dat besef ik. Hoe dan ook, het verleden ligt achter ons. Laten we hopen dat we er allemaal iets van hebben geleerd. De wereld heeft ondertussen niet stilgestaan.'

'Dat ben ik met je eens, maar voor mijn vader en voor heel veel anderen van zijn generatie die de verschrikkelijke oorlogstijd hebben meegemaakt, is dat niet zo gemakkelijk. Als jongere generatie kunnen we er verstandelijk op terugkijken omdat het inmiddels geschiedenis is geworden. Maar wie het allemaal aan den lijve heeft ondervonden, kan zich er moeilijker van losmaken. Voor hen blijven de emoties altijd een grote rol spelen. Afijn...' Jean klopte Emilie op haar hand. 'Tijd om ook naar boven te gaan.'

Tot haar eigen verbazing sliep Emilie al voordat haar hoofd het kussen raakte, maar ze was de volgende morgen al vroeg weer wakker. Nadat ze zich had aangekleed, liep ze de oprijlaan af naar het chateau, verlangend naar een moment van rust voordat de bouwvakkers aan het werk gingen. Ze duwde de deur open naar de ommuurde tuin en liep over het gazon naar het kleine houten kruis, waarvan Jacques haar had verteld dat Frederik het bij zijn terugkeer na de oorlog voor Falk had opgericht. Ze had altijd aangenomen dat daar een huisdier van de familie begraven lag. De gedachte dat recht onder haar de overblijfselen van Falk in de grond rustten, deed haar huiveren. Het was bijna niet te bevatten dat er in deze vredige, prachtige tuin zo veel haat en geweld had gewoed.

Emilie wenste dat Sebastian én Alex erbij waren geweest om het verhaal te horen over hun dappere oma, die nooit lof toegezwaaid had gekregen voor alles wat ze had gedaan, en die zelfs haar eigen familie niets over haar leven in oorlogstijd had verteld. Ze was een opmerkelijke vrouw geweest, een van de vele onbezongen helden van de oorlog. En een van haar twee kleinzoons werd verteerd door jaloezie ten opzichte van zijn broer... De ironie van de familiegeschiedenis die ze had ontdekt, ontging haar niet. En Emilie besefte dat die ook Constance niet kon zijn ontgaan.

Als enig kind had Emilie de rivaliteit tussen broers en zussen nooit gekend. Maar na het verhaal van de vorige avond begreep ze pas goed hoe ingrijpend die kon zijn.

Ze schudde haar hoofd, als om helderheid te scheppen, niet in staat om met meerdere complexe scenario's tegelijk in het reine te komen. Terwijl ze terugliep over het gazon, dacht ze aan de verschrikkelijke kelder waarop Sebastian en zij die eerste middag waren gestuit. De kelder waar Sophia min of meer gevangen had gezeten, waar ze haar kindje had gekregen en waar ze was gestorven. In het besef van de fysieke en emotionele pijn die haar tante moest hebben geleden, kreeg ze tranen in haar ogen. Tegelijkertijd realiseerde ze zich daardoor des te meer hoe gelukkig zíj zich mocht prijzen. Toen ze het chateau de rug toekeerde en de oprijlaan weer af liep, kwam Anton, de zoon van Margaux, haar tegemoet fietsen. Hij hield stil en schonk haar een schuchtere glimlach.

'Hallo, Anton! Hoe gaat het?'

'Goed, dank u, madame. Ik moest u dit teruggeven van Maman.' Anton reikte in zijn mand en gaf haar het boek dat ze hem had geleend. 'Dank u wel dat ik het mocht lezen. Ik vond het hartstikke mooi.'

'Heb je het nu al uit? Toe maar, wat knap. Ik heb er destijds maanden over gedaan,' bekende ze.

'Ik lees heel snel, soms tot diep in de nacht. Ik hou erg van boeken...' Hij haalde zijn schouders op. 'Jammer genoeg heb ik in de dorpsbibliotheek bijna alles gelezen wat geschikt voor me is.'

'Dan moet je maar gauw nog meer komen lenen zodra de bibliotheek van het chateau terug is. Volgens mij krijg je die nooit uitgelezen.' Ze glimlachte.

'Dank u wel, madame!'

'Hoe is het met je moeder?' vroeg Emilie.

'Ze doet u de groeten. En ze zegt dat u haar moet bellen als u haar nodig hebt. Volgens mij zal ze blij zijn als alles weer gewoon is.'

'Ja, dat geldt voor ons allemaal. Dag, Anton.'

'Dag, madame Emilie.'

Bij terugkomst in het huisje zette ze koffie voor zichzelf. Toen ze even later naar de cave wandelde, zat Jacques op zijn vaste plek aan tafel flessen in vloeipapier te rollen, terwijl Jean aan het werk was achter het bureau. Om hen niet te storen liep ze met haar koffie de tuin in. Ze wilde er bij Jacques niet op aandringen haar te vertellen door wie het kleine meisje was geadopteerd, maar ze wilde het wel heel graag weten. En hoe het Frederik was vergaan, de vader van het kind en Sophia's muze. Volgens Jacques leefde hij nog...

Er kwam een idee bij haar op en tijdens de lunch begon ze erover.

'Waarom niet?' viel Jean haar bij. 'Papa, wat vind jij? Is het een goed idee als Emilie naar Zwitserland gaat om Frederik te ontmoeten?'

'Ik weet het niet.' Jacques leek slecht op zijn gemak.

'Maar dat kan toch geen kwaad, Papa?' vroeg Jean. 'Als Emilie hem de gedichten geeft, heeft hij in elk geval een tastbaar aandenken aan Sophia. Misschien is dat een troost voor hem.'

'Zou je me zijn adres willen geven, Jacques?' vroeg ze.

'Ik zal zien of ik het kan vinden.' Jacques bleef terughoudend. 'En het kan natuurlijk zijn dat hij inmiddels is overleden.'

'Dat besef ik, maar ik kan hem in elk geval schrijven. Dan weten we het zeker.'

'Ga je hem vertellen dat ik heb gelogen over het kind?' vroeg Jacques aarzelend.

Emilie keek onzeker naar Jean.

'Papa, als Frederik inderdaad is zoals jij hem hebt beschreven, zal hij begrijpen waarom je de geboorte van zijn dochter geheim hebt gehouden. Dat heb je gedaan om het kind te beschermen.'

'Maar ik heb hem het recht ontzegd om zijn dochter te zien opgroeien. Denk je echt dat hij dat zal kunnen aanvaarden?'

'Ja,' zei Jean. 'Want op dat moment had je geen keus. Papa, als je weet waar ze is, dan denk ik dat het moment is aangebroken om dat te vertellen. Emilie heeft er ook recht op het te weten. Het gaat tenslotte om haar familie.'

'Nee!' Jacques schudde zijn hoofd. 'Jean, je begrijpt het niet... Je begrijpt het niet. Ik...'

'Jacques.' Emilie legde een hand op zijn arm. 'Maak je alsjeblieft niet van streek. Als je zo sterk het gevoel hebt dat je het niet moet doen, dan heb je daar ongetwijfeld een goede reden voor. Ik wil je alleen nog één ding vragen. Wéét je het wel? Weet je waar ze is?'

Jacques aarzelde, zijn gezicht stond gekweld van besluiteloosheid.

'Ja! Ik weet het!' bekende hij ten slotte. 'En door dat toe te geven heb ik de belofte gebroken die ik mezelf al die jaren geleden heb gedaan.' Hij schudde wanhopig zijn hoofd.

'Papa, het is inderdaad jaren geleden. Niemand zal Sophia's dochter er nu nog op aankijken. Je brengt haar op geen enkele manier in gevaar door het te vertellen.'

'Hou op! Ik wil het er verder niet over hebben!' Jacques sloeg met zijn vuist op tafel. Toen werkte hij zich overeind, en hij greep zijn wandelstok. 'Je begrijpt het niet. Ik moet erover nadenken.'

Jean en Emilie keken hem na terwijl hij zo snel als hij kon naar buiten strompelde.

'We hadden hem niet onder druk moeten zetten,' zei Emilie schuldbewust. 'Hij is totaal van streek.'

'Ach, misschien zou het wel goed zijn als hij die last eindelijk kon afleggen. Hij heeft al zo lang met dat geheim rondgelopen. Afijn, ik moet weer aan het werk. Kun jij jezelf vermaken vanmiddag?'

'Natuurlijk. Ga jij maar terug naar de cave, ik regel het hier wel.'

Toen Jean weg was, ruimde Emilie de tafel af en deed de afwas. Toen haalde ze haar mobiele telefoon tevoorschijn. Ze had een aantal gemiste oproepen, zag ze. Sebastian had haar gebeld, maar nu was het háár beurt om niet terug te bellen. Ze had er geen zin in. Het verhaal van de vorige avond had haar aangegrepen, in meer dan één opzicht. En haar weerzin over de manier waarop Sebastian zijn broer behandelde, was alleen maar toegenomen.

Omdat ze behoefte had aan frisse lucht liep ze de wijngaard in. Ze was zo in verwarring dat het haar duizelde. Toen kwam er een gedachte bij haar op, en ze bleef met een ruk staan…

Jacques had gezegd dat Constance het verschrikkelijk had gevonden om de baby af te staan. Tenslotte had ze sinds de geboorte voor het kleine meisje gezorgd. Emilie begreep heel goed waarom Constance de baby niet mee naar Engeland had genomen. In die tijd bestonden er nog geen genetische testen, dus haar man zou waarschijnlijk altijd zijn twijfels hebben gehouden, hoe Constance ook haar best zou hebben gedaan hem ervan te overtuigen dat Victoria niet haar kind was.

Victoria…

Emilie ging abrupt op de grond zitten, tussen de wijnstokken. Maar als Constance bij terugkeer in Yorkshire nu eens had verteld over de baby die ze naar het weeshuis had moeten brengen? En als Lawrence nu eens zo met zijn vrouw te doen had gehad, dat hij ermee had ingestemd om terug te gaan naar Frankrijk en de baby te adopteren?

Emilie wist zeker dat Sebastian de naam van zijn moeder ooit had genoemd… Ze pijnigde haar hersens, maar de naam wilde haar niet te binnen schieten. Ze haalde haar mobiel tevoorschijn. Even aarzelde ze wie van de twee broers ze zou bellen om haar vermoeden bevestigd te krijgen.

Als eerste probeerde ze haar man te bereiken, maar ze kreeg zijn voicemail. Dus toen belde ze Alex op zijn mobiel. Hij nam direct op.

'Alex? Je spreekt met Emilie.'

'Emilie! Wat leuk om van je te horen! Hoe gaat het?'

'Goed, dank je.' Emilie kwam direct ter zake. 'Alex, hoe heette je moeder? Haar voornaam, bedoel ik?'

'Victoria. Hoezo?'

Emilie sloeg geschokt een hand voor haar mond.

'Dat eh… dat is een lang verhaal. Ik leg het je uit zodra ik terug ben. Dat beloof ik. Heel erg bedankt. Dag.'

Ze beëindigde het gesprek en staarde voor zich uit terwijl ze, omringd door wijnstokken, probeerde deze nieuwe informatie tot zich te laten doordringen.

Victoria was de moeder van Sebastian en Alex.

En dat betekende – Emilie dacht razendsnel na – dat ze met haar directe neef was getrouwd…

'Neeee!' Haar kreet verscheurde de stilte van de middag. Ze liet zich plat op haar rug vallen, met haar hoofd op de harde, rotsachtige grond, en probeerde kalm en rationeel na te denken.

Stel nu eens dat Constance, toen ze haar einde voelde naderen, aan Sebastian had verteld dat zijn moeder, Victoria, geadopteerd was? En dat ze in werkelijkheid deel uitmaakte van het geslacht De la Martinières? Constance had hem ook over het boek verteld – het boek over fruit in Frankrijk – en over de gedichten van Sophia – die dus misschien wel zijn grootmoeder was. Waarom had ze dat gedaan? Had ze de twee broers de bewijzen in handen willen geven zodat ze aanspraak konden maken op de erfenis?

Vervolgens was Sebastian op onderzoek uitgegaan naar het geslacht De la Martinières. En toen hij in de krant las dat haar – Emilies – moeder was overleden, had hij gedacht misschien te kunnen delen in de erfenis.

Maar zoals Jacques al had gezegd, zou dat een langdurige juridische strijd zijn geworden, omdat hij de zoon was van een buitenechtelijk kind. Dus het zou aanzienlijk gemakkelijker zijn om te trouwen met de officiële erfgename. En om haar op enig moment over te halen het chateau en het geld op hun beider naam te zetten.

Ze huiverde, niet eens zozeer vanwege de mogelijkheid dat Sebastian haar had bedrogen, als wel om haar eigen kille, pragmatische analyse. Het klopte allemaal precies, maar ze had geen enkel bewijs dat ze gelijk had. En bovendien, was Sebastian in staat om welbewust met zijn eigen nicht te trouwen?

Terwijl ze daar lag, verbaasde ze zich over haar eigen naïviteit. Zelfs al wás er een andere verklaring en had ze zojuist een machiavellistisch scenario bedacht waaraan Sebastian volmaakt onschuldig was, dan nog vroeg ze zich af wat haar had bezield, waarom ze in godsnaam was getrouwd met een man van wie ze zo goed als niets wist.

Misschien gewoon omdat hij aardig tegen haar was geweest en omdat hij haar had geholpen in een kwetsbare periode. Want de Sebastian die ze in Frankrijk had leren kennen, was een en al zorgzaamheid geweest. Hij had haar omringd met liefde en haar gesteund in alle moeilijke beslissingen die ze had moeten nemen. Was dat bedrog geweest? Had hij haar zand in de ogen gestrooid, met de bedoeling haar te verleiden?

Emilie ging rechtop zitten. 'O god...' Ze schudde wanhopig haar hoofd. Zelfs als ze zich vergiste in zijn motieven, dan nog kon ze niet ontkennen dat ze diep ongelukkig was. En dat ze haar man niet meer vertrouwde.

Leeg, uitgeput en geschokt werkte ze zich overeind en liep ze terug naar het huisje. Er was maar één manier om duidelijkheid te krijgen. Ze zou Jacques moeten smeken om haar te vertellen of ze gelijk had.

'Emilie, waar was je? Het is al bijna donker.' Jean stond achter het fornuis. Hij nam haar bezorgd op.

'Ik moest naar buiten, om na te denken.'

'Wat zie je bleek.' Weer een bezorgde blik.

'Ik moet zo snel mogelijk met je vader praten,' zei ze.

'Alsjeblieft. Drink wat.' Hij gaf haar een glas wijn. 'Mijn vader is al naar zijn kamer. Hij heeft gevraagd of we hem niet meer willen storen. Probeer alsjeblieft te begrijpen hoe moeilijk dit voor hem is, Emilie. Je vraagt hem een geheim te onthullen dat hij meer dan vijftig jaar met zich heeft meegedragen. Hij heeft tijd nodig om erover na te denken. Je zult simpelweg geduld moeten hebben. Hij wil er vanavond niet verder over praten.'

'Maar je begrijpt het niet... Ik móét het weten voordat ik naar huis terugga. Dat moet gewoon!'

Jean kon merken hoe wanhopig en van streek ze was. 'Maar waarom dan? In hoeverre is wat Papa je te vertellen heeft van invloed op je huidige leven?'

'Dat... dat is nou eenmaal zo... O, Jean, wil je alsjeblieft vragen of ik naar hem toe mag?' vroeg ze smekend.

'Emilie, probeer rustig te worden. We kennen elkaar al zo lang, jij en ik. Vertrouw je me genoeg om me te vertellen waaróm je zo van streek bent? Kom, laten we gaan zitten.' Jean loodste haar naar de zitkamer en duwde haar met zachte drang in een stoel.

'O, Jean.' Emilie sloeg haar handen voor haar gezicht. 'Ik weet het niet meer! Misschien ben ik wel bezig gek te worden.'

'Dat betwijfel ik.' Hij glimlachte. 'Ik heb zelden zo'n geestelijk stabiele vrouw gezien als jij. Vertel. Ik luister,' moedigde hij haar aan.

Emilie haalde diep adem en vertelde het hele verhaal, vanaf haar eerste ontmoeting met Sebastian in Gassin. Over hun verliefdheid in de aanloop naar hun huwelijk en over het bizarre gedrag dat haar man recentelijk vertoonde. Over Sebastians relatie met zijn broer, over de vreemde sfeer in het huis in Yorkshire. En nadat ze al pratend een verrukkelijk bord stoofschotel van konijn naar binnen had gewerkt, vertelde ze hem ten slotte over haar vermoeden dat Victoria de moeder was van Alex en Sebastian.

'Stel nu eens dat Sebastian alleen maar daarom met me getrouwd is! Om gemakkelijker de hand te kunnen leggen op een erfenis waarvan hij denkt dat hij er recht op heeft?'

'Emilie, je draaft door. Je hebt geen enkel bewijs, alleen een voornaam.'

'Dus ik ben gek om zoiets van mijn eigen man te denken?' vroeg Emilie verdrietig.

'Nou, volgens mij weten we allebei dat Sebastian hier niet toevallig opdook, ook al zei hij dat hij in de buurt was voor zijn werk,' viel Jean haar bij. 'Je vertelt net dat hij onmiddellijk over de connectie van zijn oma met de familie begon. En dat zijn moeder Victoria heet, maakt je theorie inderdaad geloofwaardig. Maar, ongeacht of er nou wel of niet sprake is van een bloedband... Vind je het erg als ik geen blad voor de mond neem?'

'Nee, natuurlijk niet. Ik wil juist graag dat je eerlijk bent.'

'Simpel gezegd, denk ik dat het daar niet om gaat. Of Sebastian nou een verborgen agenda had of niet, je bent diep ongelukkig. En zo te horen is je man niet...' Jean haalde zijn schouders op. 'Niet iemand op wie je kunt bouwen.'

'Maar zoals Alex al zei, misschien beperkt Sebastians wangedrag zich tot hem,' antwoordde Emilie.

'Als je het mij vraagt, is die Alex te netjes. Hij wil je relatie met je man niet in gevaar brengen. Alex klinkt als een verstandig iemand. Misschien ben je met de verkeerde broer getrouwd.' Er dansten pretlichtjes in zijn ogen.

'Alex is inderdaad erg verstandig en intelligent,' gaf ze ongemakkelijk toe.

'Emilie, ik begrijp hoe je je voelt.' Jean knikte, zijn ogen stonden weer ernstig. 'Je bent met Sebastian getrouwd, je hebt voor hem gekozen, en je wilt dat het huwelijk een succes wordt. Dus het enige wat je kunt doen, is hem meteen bij thuiskomst confronteren met je angsten en je vermoedens.'

'Maar dan ontkent hij natuurlijk alles! Om zichzelf te beschermen.'

'Dat lijkt me dan duidelijk,' zei Jean verdrietig. 'Als je het gevoel hebt dat je van je man geen eerlijkheid hoeft te verwachten, hoe kun je dan nog hopen dat jullie relatie een succes wordt?'

Emilie zweeg, in het besef dat hij gelijk had. 'We zijn nog maar zo kort getrouwd,' zei ze ten slotte. 'Dan verdienen we toch nog een kans? En dan mag ik het toch niet zomaar opgeven?'

'Dat ben ik met je eens. Het is niets voor jou om je hart voorrang te geven boven je verstand. Maar dat heb je in dit geval wel gedaan. Je hebt voor het eerst in je leven impulsief gereageerd. Maar daar moet je jezelf geen verwijten over maken. En wie weet, misschien komt het toch nog allemaal goed. Op voorwaarde dat je achter zijn werkelijke beweegredenen kan komen.'

'Ik zal me zo veel beter voelen als ik eenmaal met je vader heb gesproken.' Ze slaakte een zucht. 'Dat hij het niet wil vertellen, moet haast wel betekenen dat het ingrijpende gevolgen zal hebben als hij dat toch doet. Maar voor wie?'

'Ik zal morgen met Papa praten, dat beloof ik,' zei Jean. 'Als jij je best doet om weer rustig te worden.'

'Je hebt zo'n goede band met je vader,' zei ze met een weemoedige zucht. 'Dat is heel bijzonder.'

'Wat is daar zo bijzonder aan? Hij heeft me grootgebracht en vroeger zorgde hij voor mij. Dus nu hij me nodig heeft, zijn de rollen omgedraaid. Mijn vader was – net als de jouwe – al wat ouder toen ik werd geboren. En mijn moeder is gestorven toen ik nog heel klein was. Doordat mijn ouders niet zo jong meer waren, ben ik misschien nog opgegroeid met de normen en waarden van vorige generaties. Want het lijkt wel alsof onze generatie in dat opzicht haar kompas is kwijtgeraakt.'

'Merkwaardig eigenlijk, dat onze vaders allebei pas laat zijn getrouwd,' zei Emilie peinzend. 'Zou dat te maken hebben met hun ervaringen in de oorlog?'

'Misschien. Ze hebben met eigen ogen ook de donkere kant van de mens gezien. Het heeft ze ongetwijfeld jaren gekost om weer in de liefde te durven geloven. Maar goed...' Hij geeuwde. 'Het is al laat. Tijd om te gaan slapen.'

'Ja.'

Ze stonden op en gaven elkaar een nachtkus.

'Dank je wel, Jean. Je hebt geen idee hoezeer ik je goede raad waardeer. En het spijt me dat ik je lastigval met mijn problemen.'

'Emilie, je valt me niet lastig. We zijn bijna familie,' zei hij zacht.

'Ja, dat is zo.'

Emilie was de volgende morgen alweer vroeg op, want ze had maar een paar uur de tijd vóór haar vertrek naar het vliegveld.

Uiteindelijk verscheen ook Jacques in de keuken voor ontbijt. Hij knikte haar toe terwijl ze een mok koffie voor hem neerzette.

'Hoe heb je geslapen?' vroeg ze.

'Ik heb niet geslapen.' Hij bracht de mok naar zijn mond.

'Heb je Jean vanmorgen al gezien?'

'Ja. Hij kwam bij me en hij zei dat je een theorie hebt bedacht, een reden waarom ik je liever niet vertel wie je nicht is.'

'Jacques, toe! Ik moet weten of ik gelijk heb,' drong Emilie aan. 'Dat begrijp je toch wel?'

'Ja.' Hij keek haar aan, en plotseling begon hij te grinniken. 'Je bent een slimme meid, Emilie. Het is een goed verhaal. En inderdaad...'

Hij knikte. 'Constance noemde haar enige kind naar het kleine meisje dat ze achterliet.'

'Maar...' Emilie keek hem aan, op zoek naar duidelijkheid. 'Haar dochter was niet de baby van Sophia?'

'Nee, het was niet Constance die de kleine Victoria heeft geadopteerd. En ook al kan ik niet zeggen dat ik je man vertrouw – en al heb ik hem maar een paar keer ontmoet – in dit opzicht gaat hij vrijuit. Hij is niet met je getrouwd omdat hij dacht dat hij misschien een onwettige erfgenaam was van het huis De la Martinières.'

'Goddank!' Emilie kon wel huilen van opluchting. 'Dank je wel, Jacques.'

'Ik ben blij dat ik je althans in dat opzicht heb kunnen geruststellen.' Hij nam weer een slok van zijn koffie.

Emilie voelde zich heen en weer geslingerd tussen opluchting omdat het verhaal niet waar bleek te zijn, en schuldgevoel omdat ze Sebastian tot een dergelijk achterbaks scenario in staat had geacht.

'Wil je me dan alsjeblieft vertellen waar Victoria is?'

Jacques zweeg even, nam nog een slok koffie en keek haar aan. 'Ik begrijp dat je het erg graag wilt weten. Alleen, jouw leven komt daardoor niet op zijn kop te staan, maar het hare. En dat van haar gezin. Als ik besluit het te vertellen, dan zal ik eerst met haar praten. En daarna pas met jou. Begrijp je dat?'

Wat Jacques wilde zeggen, was dat ze alleen aan zichzelf had gedacht, besefte Emilie. Beschaamd boog ze haar hoofd. 'Ik begrijp het. En het spijt me.'

'Je hoeft je niet te verontschuldigen. Want ik begrijp heel goed waarom je het wilt weten.'

Jean kwam de keuken binnen en was zich onmiddellijk bewust van de gespannen sfeer. 'Heeft Papa je verteld dat je theorie niet klopt?'

'Ja.'

'Dan zul je wel opgelucht zijn.'

'Ja, natuurlijk.' Ze stond op, gegeneerd en slecht op haar gemak omdat ze tegenover deze twee mannen zulke overhaaste en oneerbare conclusies had getrokken over haar echtgenoot. 'Ik moet ervandoor!' Ze had er plotseling behoefte aan om alleen te zijn. Op het vliegtuig van Nice zou ze in alle rust kunnen nadenken. Ze had nog een paar uur voordat haar vlucht vertrok. 'Sorry.'

Vader en zoon keken haar welwillend na toen ze de keuken uit liep om haar weekendtas uit de slaapkamer te halen.

'Ze had nooit met die man moeten trouwen, en dat weet ze,' fluisterde Jacques. 'Hij mag dan geen De la Martinières zijn, maar zijn motieven zijn niet zuiver.'

'Ik ben het helemaal met je eens. Maar wat wil je? Ze had net haar moeder verloren. Verder had ze niemand meer. Dus het is niet zo verbazend dat ze de eerste die langskwam in de armen viel. Ze was zo kwetsbaar op dat moment.'

'Maar het afgelopen jaar is ze enorm gegroeid. Ze moest ook wel, maar ze is veel sterker geworden. En ze heeft een hoop geleerd.'

'Dat is zo,' viel Jean zijn vader bij. 'En dat maakt haar nog specialer dan ze al was.'

Jacques zag de pijn in de ogen van zijn zoon. 'Ik weet wat je voor haar voelt. Maar ze lijkt op haar vader. Een slimme meid, met een zuivere intuïtie. Dus uiteindelijk zal ze de juiste beslissing nemen en naar huis komen, waar ze hoort.'

'Wist ik dat maar net zo zeker als jij,' verzuchtte Jean.

'Geloof me nou maar,' zei Jacques.

Op dat moment kwam Emilie de keuken weer binnen. Haar gezicht stond bleek en gespannen. 'Nogmaals bedankt voor jullie gastvrijheid, en ik weet zeker dat we elkaar snel weerzien.'

'Er staat hier altijd een bed voor je klaar,' zei Jean, in een poging haar op haar gemak te stellen omdat hij voelde dat ze van streek was.

'Dank je wel.' Emilie zette haar weekendtas neer. 'Jacques, het spijt me echt dat ik je zo onder druk heb gezet. Het is jouw beslissing. Ik beloof je dat ik nooit meer naar de baby zal vragen.' Ze bukte zich en kuste hem op beide wangen. Voordat ze zich kon oprichten, nam hij haar handen in de zijne.

'Je vader zou trots op je zijn. Vertrouw op jezelf, Emilie. En God zij met je tot we elkaar weerzien.'

'Ik kom al heel snel terug om te zien hoe de renovatie vordert. Dag, Jacques.'

Ze liep de keuken uit, gevolgd door Jean, die haar tas naar de auto droeg.

'Hou contact, Emilie,' zei hij terwijl hij de kofferbak dichtdeed. 'We zijn er voor je. Dat weet je.'

'Ja, dat weet ik.' Ze knikte. 'Bedankt! Voor alles.'

31

Tijdens de rit naar het vliegveld van Nice nam Emilie een besluit. Ze kon het niet opbrengen om naar Yorkshire te gaan en daar te wachten tot Sebastian thuiskwam. Dus ze zou rechtstreeks naar Londen vliegen, hem opzoeken in zijn galerie en daar met hem praten. Hem vragen haar de waarheid te vertellen.

Terwijl ze bij de balie stond om haar ticket om te boeken naar Heathrow vroeg ze zich af of ze Sebastian moest laten weten dat ze kwam. Maar het was misschien beter hem te verrassen. Haar vlucht arriveerde om half drie in Londen, dus ze had genoeg tijd om nog vóór sluitingstijd bij de galerie te zijn. Ze zou zeggen dat ze hem had gemist en dat ze hem meteen had willen zien.

Toen ze aan boord ging, voelde ze zich een stuk beter, ook al wist ze zich nog altijd niet goed raad met Sebastians gedrag. Maar ze had eindelijk actie ondernomen, ze dééd tenminste iets om te proberen de kloof die tussen hen was ontstaan, te dichten. Want ze moest hem confronteren met de relatie tussen hem en Alex, en ze wilde weten wat de werkelijke reden was waarom hij haar in Londen niet bij zich wilde hebben.

Na de landing op Heathrow nam ze een taxi naar Fulham Road, waar de galerie was gevestigd. Omdat ze er plotseling aan twijfelde of het wel een goed idee was om onverwacht voor de deur te staan, belde ze Sebastian op zijn mobiele telefoon. Een stem op een bandje vertelde haar dat zijn toestel stond uitgeschakeld.

Twintig minuten later stopte de taxi voor Arté. Emilie betaalde de chauffeur, hees haar weekendtas uit de kofferbak en liet haar blik over de ramen gaan. Het was duidelijk dat de galerie gespecialiseerd was in moderne kunst, precies zoals Sebastian haar had verteld. De eerste aanblik was buitengewoon chic. Toen ze naar binnen ging, rinkelde er een belletje, en er kwam een aantrekkelijke, slanke blondine naar haar toe.

'Goedemiddag! U wilt wat rondkijken?'

'Is de eigenaar er ook?' vroeg Emilie, kortaf doordat ze gespannen was.

'Ja, die is in het kantoor. Kan ik u misschien helpen?'

'Nee, dank u. Wilt u zeggen dat ik hem graag wil spreken? De naam is Emilie de la Martinières.'

'Natuurlijk, zoals u wilt.'

Het meisje verdween door een deur achter in de winkel, en ondertussen liep Emilie langs de tentoongestelde werken. Enkele ogenblikken later verscheen er een elegant ogende man van middelbare leeftijd in de deuropening. Hij kwam naar Emilie toe.

'Madame de la Martinières, wat een genoegen u te ontmoeten! Ik heb natuurlijk gehoord over de verkoop van uw Matisse, vorig jaar. Kan ik u ergens mee van dienst zijn?'

'Ik eh...' Emilie wist zich even geen raad met de situatie. 'Bent u de eigenaar?'

'Dat klopt. Jonathan Maxwell,' stelde hij zich voor. Terwijl Emilie verbouwereerd zijn uitgestoken hand schudde, nam hij haar belangstellend op. 'U lijkt verrast?'

'Ja, eh... Misschien ben ik op het verkeerde adres,' stamelde ze. 'Ik dacht dat Sebastian Carruthers de eigenaar was van deze galerie?'

'Sebastian? Nee.' Jonathan grinnikte. 'Wat heeft hij u op de mouw gespeld? Sebastian is agent, en hij werkt voor een aantal kunstenaars van wie ik af en toe werk exposeer. Maar ik heb hem al een tijdje niet gezien. Volgens mij heeft hij zich meer gericht op het vinden van Franse werken voor zijn klanten. Hij heeft toch die ongesigneerde Matisse ontdekt, die u vorig jaar hebt laten veilen?'

'Inderdaad.' Emilie was opgelucht dat althans íéts van wat Sebastian haar had verteld, bleek te kloppen.

'Dat zijn mooie stukken, als je er de hand op kunt leggen,' zei Jonathan. 'Ik neem aan dat u Sebastian wilt spreken?'

'Ja.'

'Als u wilt, kan ik u zijn telefoonnummer geven,' bood Jonathan aan.

'Heel graag. Weet u toevallig ook het adres van zijn kantoor?'

'"Kantoor" lijkt me te veel gezegd. Hij werkt vanuit het appartement van zijn vriendin, Bella. Ze is een van de kunstenaars die hij vertegenwoordigt.' Jonathan wees naar een groot levendig doek met extravagante, rode klaprozen. 'En dat adres heb ik ook. Daar stuur ik de cheques naartoe wanneer ik iets van Bella heb verkocht. Waarschijnlijk kunt u beter eerst even bellen om een afspraak te maken.'

Emilie had het gevoel dat de grond onder haar werd weggeslagen, maar ze liet niets merken.

'Geeft u me toch het adres maar,' zei ze opgewekt. 'Ik... ik ben erg gecharmeerd van Bella's werk. Misschien heeft ze zelf nog meer hangen.'

'Ze heeft haar studio aan huis. Een appartement in een van die kadeprojecten bij Tower Bridge. Niet wat je noemt een zolderkamertje in Parijs, de bofferd...' Jonathan keek Emilie veelbetekenend aan. 'Ik zal het adres even voor u halen.'

In het besef dat er een paniekaanval dreigde, haalde Emilie een paar keer langzaam en diep adem terwijl ze wachtte tot hij terugkwam.

'Alstublieft,' klonk het even later. Jonathan gaf haar een envelop waarop hij het adres en het telefoonnummer had gekrabbeld. 'Zoals ik al zei, ik denk dat u beter eerst kunt bellen, anders staat u misschien voor een dichte deur.'

'Dat zal ik doen. Dank u wel.'

'Graag gedaan. Ik geef u mijn kaartje.' Jonathan haalde een visitekaartje uit de borstzak van zijn overhemd. 'Misschien kan ik in de toekomst iets voor u betekenen. Dus ik hoop tot ziens, madame de la Martinières.'

'Tot ziens.' Emilie draaide zich om en liep naar de deur.

'O, en als u Sebastian ziet, zeg dan maar tegen die dekselse vlerk dat ik nog een appeltje met hem heb te schillen. Eigenaar van de galerie! Waar haalt hij het vandaan?' Jonathan trok glimlachend zijn wenkbrauwen op. 'Het is een aardige vent, maar hij is soms wat zuinig met de waarheid.'

'Ik zal het zeggen. Nogmaals bedankt.'

Emilie liep naar buiten en keek naar het adres op het kaartje dat ze in haar trillende hand hield. Voordat ze zich zou bedenken, hield ze een taxi aan, gaf de chauffeur het adres en stapte in. Toen de taxi in beweging kwam en ze besefte waar ze naartoe ging, begon ze te hijgen. Ze haalde een papieren zak uit het zijvak van haar weekendtas. Er zat nog een halve croissant in die ze op het vliegveld van Nice had gekocht. Met de zak voor haar mond probeerde ze zo onopvallend mogelijk in en uit te ademen.

'Gaat het, kindje?' vroeg de chauffeur.

'*Oui*... Ja, dank u wel.'

'Mijn zoon had ook last van hyperventilatie.' Hij keek naar haar in zijn achteruitkijkspiegeltje. 'Gewoon diep inademen, kindje, dan komt het helemaal goed.'

'Dank u wel.' De vriendelijkheid van een volslagen vreemde maakte dat ze tranen in haar ogen kreeg.

'Is er iets gebeurd waardoor je zo van streek bent?'

'Ja.' Tranen van schrik en wanhoop biggelden over haar wangen.

'Alsjeblieft.' De taxichauffeur gaf een doos tissues aan door het raampje in de scheidingswand. 'Wat het ook is, het komt allemaal goed. Zo'n mooie meid als jij... dan zal het vast wel meevallen.'

Ruim een half uur later – Emilie voelde zich nog steeds ellendig – hield de chauffeur stil in een smalle klinkerstraat tussen twee hoge gebouwen.

'Hier werd vroeger de thee uit India opgeslagen. En nu is het een zeer gewilde buurt. De appartementen gaan weg voor miljoenen.

Wie had dat kunnen denken? Een duur ritje, ben ik bang. Zesendertig pond,' voegde hij eraan toe.

Emilie betaalde en stapte uit met haar weekendtas. Haar hart bonsde in haar keel. Ze liep naar de ingang met daarnaast een intercominstallatie. Nadat ze zorgvuldig had gecontroleerd of ze het juiste nummer had, raapte ze al haar krachten bij elkaar en drukte op de bel van nummer negen.

'Hallo?'

'Hallo. Ik ben op zoek naar Bella Roseman-Boyd?'

'Dat ben ik.'

'Ik heb uw adres gekregen van galerie Arté aan Fulham Road. Jonathan zei dat ik hier moest zijn als ik meer werk van u wilde zien,' loog Emilie en ze deed haar best om nonchalant te klinken. 'Echt waar? Merkwaardig dat hij niet even heeft gebeld.'

'Nou, ik heb gezegd dat ik meteen even langsging... want ik ga morgen weer naar Frankrijk en ik wilde vóór mijn vertrek uw werk nog zien. Als u dat wilt, kunt u hem bellen. Ik kom net bij hem vandaan.'

In de stilte die volgde, hoopte Emilie vurig dat ze de juiste argumenten had gebruikt om Bella te overtuigen.

'Komt u dan maar boven.'

De zoemer klonk en de deur ging open. Emilie stapte in de grote getraliede lift naar de derde verdieping. Toen ze de gang in liep zag ze dat de deur van nummer negen op een kier stond. Opnieuw raapte ze al haar moed bij elkaar en ze klopte.

'Kom maar binnen! Ik probeer net de verf van mijn vingers te krijgen,' riep een stem.

Emilie betrad de royale loft met reusachtige ramen die een schitterend uitzicht boden op de Theems. Een deel van de loft was ingericht als studio, de rest bood ruimte aan een keuken en een zitgedeelte met banken.

'Hallo.' Uit een deur kwam een opvallend mooi meisje met gitzwart haar. De verfspatten op haar strakke, verbleekte spijkerbroek en haar T-shirt deden geen enkele afbreuk aan haar ranke figuurtje. 'Sorry, maar hoe zei u dat uw naam was?'

'Ik heet Emilie. Bent u alleen thuis, of stoor ik?' Ze moest onmiddellijk weten of Sebastian er was.

'Nee, ik ben alleen. Wat geweldig dat u helemaal hierheen bent gekomen om mijn werk te zien. Ik zou u wel een kop thee willen aanbieden, maar ik weet bijna zeker dat de melk op is. En eerlijk gezegd heb ik ook niet zo veel te laten zien. Ik werk de laatste tijd erg veel in opdracht van particulieren.' Ze glimlachte haar perfecte witte tanden bloot.

'Wie is uw agent?' vroeg Emilie beleefd.

'Sebastian Carruthers, maar die zult u wel niet kennen. Hoe dan ook, kijk gerust wat ik heb,' bood ze aan.

'Mag ik misschien eerst even gebruikmaken van het toilet?' vroeg Emilie.

'Natuurlijk, de gang in, aan uw rechterhand,' wees Bella.

'Dank u wel.'

Emilie liep de gang in die Bella haar had gewezen. Er waren drie deuren, en ze stonden allemaal op een kier. Achter de eerste deur stond een groot, onopgemaakt tweepersoonsbed. Emilie hield geschokt haar adem in toen ze Sebastians weekendtas op een stoel zag staan. Op de grond lag zijn favoriete roze overhemd, op één hoop met vrouwelijke lingerie.

Toen ze verder liep, zag ze dat de volgende kamer werd gebruikt als opslagruimte, met boeken, schilderijen, een stofzuiger en een rek met kleren. Daarmee was het kamertje stampvol. Er was in elk geval geen plek voor een bed in deze 'opslagruimte', dacht ze grimmig. Bijna wankelend betrad ze de badkamer. Op de plank boven de wastafel stond Sebastians toilettas met zijn scheerspullen en zijn aftershave. Op de wastafel zelf lag zijn blauwe tandenborstel.

Emilie ging op de wc zitten en probeerde uit alle macht haar emoties te bedwingen om rustig en logisch te kunnen nadenken hoe het nu verder moest. Ook al zou ze het liefst onmiddellijk de deur uit rennen, ze besefte dat ze van de gelegenheid gebruik moest maken om zo veel mogelijk informatie te verzamelen. Want wanneer ze Sebastian met de situatie confronteerde, zou hij zich achter de gebruikelijke muur van leugens en bedrog verschuilen. Ze stond op, spoelde door, ook al had ze de wc niet gebruikt, en liep terug naar de kamer.

'Kijk eens!' riep Bella. 'De zon begint al te zakken. Melk voor thee heb ik niet, en ik snak naar een glas wijn. Doet u mee?'

'Graag.'

'Kijk gerust rond in de studio,' zei Bella terwijl ze naar de keuken liep.

Emilie liep erheen en moest ondanks zichzelf toegeven dat Bella schitterend werk maakte. De schilderijen bezaten een dynamiek en een levendigheid die duidden op talent.

'Kom zitten. Mag ik jij zeggen?' Bella klopte op de comfortabele leren bank. 'Ik heb de hele dag gewerkt, dus ik ben blij dat ik even kan pauzeren. Wat vind je?' Ze wees naar het schilderij dat op haar ezel stond, een uitbundige collage van reusachtige paarse irissen. 'Als kunstenaar ben ik natuurlijk enorm kritisch en twijfel ik voortdurend aan mezelf, maar volgens mij is dit best geslaagd.'

'Ik vind het prachtig,' zei Emilie oprecht en ze ging op de bank zitten.

'Het is helaas niet te koop. Ik maak het in opdracht van iemand uit de City. Daar kwam Sebastian mee aanzetten. Maar als je dat wilt, kan ik voor jou iets soortgelijks maken. Dan moet je wel drie maanden geduld hebben. Want ik heb voorlopig even genoeg irissen geschilderd.'

'Ik ben zeker geïnteresseerd,' zei Emilie. 'Hoeveel moet zoiets kosten?'

'O, daar gaat Sebastian over. Dus dat moet je met hem overleggen.' Bella wuifde haar vraag luchtig weg. 'Ik geloof ergens tussen de vijf- en de twintigduizend, afhankelijk van de afmetingen.'

'Het is eigenlijk zonde dat je daar iemand voor moet betalen. Ik ben hier nu, dus we zouden samen een prijs kunnen afspreken,' zei Emilie.

'Dat is zo.' Bella knikte. 'Agenten zijn aasgieren. Ze leven van het talent van ons, kunstenaars. Maar in mijn geval blijft het als het ware "in de familie". Dus dat scheelt.'

'Sorry, het zal mijn gebrekkige Engels wel zijn.' Emilie dwong zich tot een verontschuldigende glimlach. 'Maar bedoel je dat Sebastian familie is?'

'Nee, niet echt familie. Hij is – hoe zeg je dat in het Frans – *mon amour*.'

'O, aha!' Emilie deed alsof ze het begreep. 'Zoiets zei monsieur Jonathan ook al. Dat hij je vriend was.'

'Nou, zover zou ik niet willen gaan.' Bella grinnikte. 'Maar Seb en ik hebben al jaren "iets". We hebben elkaar eeuwen geleden leren kennen, toen hij naar mijn afstudeerexpositie kwam op St. Martins. Hij logeert hier als hij in de stad moet zijn. Erg relaxt allemaal. Wil je nog wat wijn?'

'Welja.' Emilie keek toe terwijl Bella haar een beetje bijschonk en haar eigen glas opnieuw vulde.

'Tussen ons gezegd en gezwegen, hij is nog niet zo lang geleden getrouwd,' vertelde ze op vertrouwelijke toon. 'Dus ik had eigenlijk verwacht dat het gedaan zou zijn met onze plezierige regeling. Maar blijkbaar niet. Afijn, ik dwaal af.' Ze nam nog een slok wijn.

'Vind je het niet vervelend dat hij getrouwd is?' vroeg Emilie quasigeïnteresseerd.

'Ach, het leven is te kort om elkaar aan de ketting te leggen. De relatie tussen Seb en mij werkt uitstekend. We zijn er allebei gelukkig mee. Hij weet dat ik ook andere minnaars heb.' Ze haalde haar schouders op. 'En ik ben niet het jaloerse type. Het verbaasde me wel dat hij trouwde. Ik heb hem niet echt naar de bijzonderheden gevraagd. Want zo gaan we niet met elkaar om. Ik weet niet eens hoe zijn vrouw heet. Maar volgens mij is ze behoorlijk rijk. Een paar weken geleden kwam hij met een schitterend collier van Cartier aanzetten.' Haar hand schoot instinctief naar de prachtige solitaire diamant die ze om haar ranke zwanenhals droeg. 'En hij ontdekte een Matisse in het huis van zijn vrouw. Die heeft hij verkocht. Van de royale commissie heeft hij een splinternieuwe Porsche gekocht. Hij vindt het heerlijk om er in Londen mee rond te rijden. De schat.' Bella zuchtte. 'Zolang ik hem ken, zit hij al in de schulden. Hij kan volstrekt niet met geld omgaan – het brandt in zijn zakken, wat hij heeft, geeft hij uit – maar tot dusverre heeft hij zich altijd weten te redden.'

'Dus je bent financieel niet afhankelijk van hem?'

'Nee, ik moet er niet aan denken!' Bella rolde met haar ogen. 'Dat zou echt een ramp zijn. Het is eerder andersom. Mijn ouders hebben geld genoeg, dus ze steunen me in mijn ambitie om succes te hebben als kunstenares. Dat is verdomd moeilijk. Maar de laatste paar maanden heb ik zo veel verdiend dat ik de maandelijkse cheque van pa en ma niet meer nodig had. Het was echt een triomf toen ik hun dat kon vertellen. Dat kun je je voorstellen.' Bella glimlachte.

'Ja, dat snap ik.' Emilie besefte dat ze haar grens had bereikt. Meer kon ze er niet bij hebben. Dus ze moest een eind maken aan dit genoeglijke gesprek. 'Misschien kan ik je een beetje helpen op weg naar de onafhankelijkheid. Ik zou je heel graag een opdracht willen geven. Als je me in contact brengt met Sebastian, kunnen we een prijs afspreken. Zie je hem al snel weer?'

'Hij heeft aan het begin van de avond een afspraak met een potentiële klant. Maar daarna komt hij hierheen. Dus als je je nummer opschrijft, zal ik zeggen dat hij je moet bellen. Morgenavond vertrekt hij weer naar het huis dat hij van zijn oma heeft geërfd. Een afzichtelijke bakstenen kolos in Yorkshire. En naar zijn vrouw.' Bella rolde samenzweerderig met haar ogen. 'Maar dat vind ik eigenlijk wel prima. Op die manier heb ik het weekend voor mezelf. Ik zal een papiertje pakken, dan kun je je nummer opschrijven.'

'Oké.'

'Heb je er bezwaar tegen als we Jonathan Maxwell en de galerie erbuiten houden? Omdat hij ons met elkaar in contact heeft gebracht, heeft hij eigenlijk recht op een commissie,' legde Bella uit. 'Ik zal niet zeggen dat je hier bent geweest. Dus als jij ook niks zegt, kan ik je een betere prijs bieden.'

'Natuurlijk.' Emilie knikte toen Bella naar de keuken liep en in een van de laden op zoek ging naar een stukje papier.

'Alsjeblieft.'

Emilie aarzelde even, toen schreef ze haar volledige naam, telefoonnummer en adres in Frankrijk op. 'Ik vond het erg... interessant om je te ontmoeten, Bella.' Ze stond op. 'En ik wens je heel veel geluk met je toekomst als kunstenares. Ik weet zeker dat je succes zult hebben. Want je hebt duidelijk talent.'

'Dank je wel.' Bella liep met Emilie mee naar de deur. 'Ik vond het ook leuk om jou te leren kennen. Ik hoop dat we elkaar snel weerzien.'

'Wie weet.' Emilie legde impulsief haar hand op Bella's arm. 'Je bent een aardige meid, Bella. Pas goed op jezelf.'

Toen wendde ze zich af, en liep naar buiten.

32

Het was al bijna middernacht tegen de tijd dat Emilie bij Blackmoor Hall arriveerde. Ze had vanaf het station in York een taxi genomen – de Land Rover stond nog op het vliegveld. Die kon Sebastian zelf gaan halen. Dat was haar probleem niet meer.

Tot haar opluchting zag ze dat er nog licht brandde in de vleugel van Alex. Ze zou de volgende ochtend in alle vroegte alweer vertrekken, maar dat wilde ze niet doen voordat ze afscheid van hem had genomen.

'Kom binnen, Em,' riep hij toen ze bij hem aanklopte. 'Wat ben je laat thuis. Had je je vlucht gemist?'

Alex zat met een boek op de bank.

'Nee. Ik ben in Londen geweest.'

'O? Wat is er gebeurd?' vroeg hij bezorgd bij het zien van haar geschokte gezicht en haar grote schrikogen.

'Ik ga morgenochtend meteen terug naar Frankrijk. We gaan scheiden. Zo snel als ik dat kan regelen.'

'Ach.' Hij zuchtte. 'En is daar een speciale aanleiding voor?'

'Ik ben vandaag in Londen geweest. Bij zijn vriendin. En ik heb met eigen ogen gezien waar Sebastian logeert als hij in de stad is. Ze kennen elkaar al jaren.'

'O. Zal ik de cognac halen?' vroeg Alex.

'Nee, dat doe ik wel.'

Emilie liep naar de keuken en kwam terug met de fles en twee glazen. 'Wist je van haar bestaan?' vroeg ze terwijl ze inschonk en hem een glas gaf.

'Ja.'

'En heb je al die tijd geweten dat ze elkaar na ons huwelijk gewoon zijn blijven zien?'

'Ik vermoedde het toen hij zo vaak naar Londen begon te gaan en niet wilde dat jij met hem meeging. Maar ik wist het niet zeker.'

'En je vond het niet nodig om me dat te vertellen? Ik dacht dat we vrienden waren!'

'Emilie, dat is niet eerlijk!' Hij was geschokt door haar heftigheid. 'Sebastian schilderde me af als een blok aan zijn been. Alsof ik niets anders deed dan liegen en bedriegen. Alsof ik tot alles bereid was om hem zwart te maken. Stel dat ik het je had verteld, denk je nou echt dat je me dan had geloofd?'

'Nee.' Emilie nam een grote slok cognac. 'Je hebt gelijk. Ik zou je niet geloofd hebben. Sorry.' Ze drukte haar vingers tegen haar voorhoofd. 'Ik heb nogal een enerverende dag achter de rug.'

'De koningin van het understatement.' Alex glimlachte wrang. 'Weet Sebastian dat je bij zijn vriendin bent geweest?'

'Ik heb mijn mobiel nog niet aangehad sinds ik uit Londen ben vertrokken. Dus ik heb geen idee.' Ze haalde haar schouders op.

'Heb je Bella verteld wie je bent?'

Emilie keek hem geschokt aan. Het feit dat hij haar naam kende en dat ze dus blijkbaar zo'n grote rol in Sebastians leven speelde, dreigde haar moeizaam verworven kalmte te ondermijnen. 'Nee. Ik heb gezegd dat ik overwoog haar een opdracht te geven, en toen vroeg ze of ik mijn naam, adres en telefoonnummer wilde opschrijven. Dat heb ik gedaan. Ze zou het aan Sebastian doorgeven zodra hij... thuiskwam.'

Welke reactie ze ook had verwacht, niet dat Alex zijn hoofd achterover zou gooien en het zou uitschateren.

'O, Em! Dat is briljant! Echt briljant. Sorry.' Hij veegde de tranen uit zijn ogen. 'Ik reageer volstrekt ongepast. Neem me niet kwalijk. Maar god, wat een meesterzet. En echt iets voor jou. Beheerst, subtiel, chic... ronduit schitterend. Echt schitterend,' zei hij bewonderend. 'Kun je je het gezicht van Seb voorstellen als Bella hem dat papiertje geeft met jouw naam en nummer erop!'

'Het kan me niet schelen wat voor gezicht hij trekt.' Ze slaakte een zucht. 'Of wat hij denkt. Ik wil hier zo snel mogelijk weg. Terug naar huis.'

De uitdrukking op zijn gezicht veranderde. 'Natuurlijk,' zei hij ernstig. 'Maar begrijp je dat ik van meet af aan in een onmogelijke positie zat? Ik hoopte oprecht dat Seb een vrouw had gevonden van wie hij hield.'

'Nou, volgens mij houdt hij alleen van zichzelf. En heel misschien van Bella. Ze is beeldschoon en buitengewoon talentvol. Als ze het niet met mijn echtgenoot hield, zou ik serieus overwegen haar een opdracht te geven.' Emilie slaagde erin te glimlachen – haar eerste oprechte, zij het grimmige glimlach van die dag. 'Ken je haar?'

'Ja. Ze kwam vroeger weleens met Seb mee in het weekend.' Alex nam haar aandachtig op. 'God, je bent werkelijk verbijsterend, Em. Zoals je je staande houdt! Geweldig! Hoe krijg je dat voor elkaar?'

'Ach, dat is heel simpel.' Ze haalde haar schouders op. 'Sebastian is niet meer de man op wie ik verliefd ben geworden. Wat ik in Frankrijk voor hem voelde... dat is helemaal weg.'

'Petje af, ook al weet ik niet of het wel echt waar is wat je zegt. Hoe dan ook, je bent geweldig. En ik zou Seb wel kunnen wurgen dat hij je laat gaan.'

'Dank je wel.' Ze ontweek zijn blik. 'Voordat ik wegga, wil ik nog één ding van je weten.'

'En dat is?'

'Waaróm is je broer met me getrouwd? Wat wilde hij van me dat hij niet ook bij Bella had kunnen vinden? Ze vertelde dat ze rijke ouders heeft.' Emilie schudde haar hoofd. 'Ik begrijp het gewoon niet.'

'Ach, Em...' Alex zuchtte. 'Zoals gebruikelijk bij dit soort vragen ligt het antwoord recht voor je neus. En je hebt het ook al gezien.'

'O?'

'Maar blijkbaar zonder het te beseffen.'

'Ik zie anders niks...'

'De volgende vraag is of je het echt wilt weten.'

'Natuurlijk wil ik het weten! Ik ga morgen terug naar Frankrijk. Mijn huwelijk is voorbij.'

'Akkoord.' Alex knikte langzaam. 'Maar dan moet ik wel volledig open kaart spelen.'

'Prima.' Emilie knikte instemmend.

'Kom dan maar mee. Ik moet je wat laten zien.'

'Zo!' Alex deed het licht aan in de kleine studeerkamer waar Sebastian werkte als hij thuis was. Hij reed naar een boekenkast, voelde onder een van de boeken en haalde een sleutel tevoorschijn. Toen keerde hij zijn rolstoel naar het bureau met daarop Sebastians computer. Uit een la haalde hij een map en gaf die aan Emilie.

'Dat is het belangrijkste bewijsstuk. Maar je mag er straks pas naar kijken, als ik alles heb.' Alex ging achter de computer zitten, zette die aan en voerde het wachtwoord in.

'Hoe weet je wat zijn wachtwoord is?' vroeg Emilie.

'Ach, als je weet dat iemand er alles aan doet om je het leven zo zuur mogelijk te maken, dan zorg je dat je dat soort dingen weet. Helemaal als je, zoals ik, weinig anders hebt om je mee bezig te houden,' voegde hij er al typend aan toe. 'Bovendien, mijn broer is een open boek voor me. Dus zo ingewikkeld was het niet.'

'Is het soms "Matisse"?' gokte Emilie.

'Hoe ráád je het?' Alex keek haar grijnzend aan. 'Dat is typisch Seb. Zo overtuigd van zijn kwaliteiten als leugenaar wanneer hij ter verantwoording wordt geroepen, dat hij nauwelijks de moeite neemt zijn sporen uit te wissen. Ziezo...' Alex bukte zich om wat vellen papier uit de printer te pakken. 'Bewijsstuk B.' Hij gaf ze aan haar. 'Nu nog één...' Hij wees naar een olieverfportret van zijn oma. 'Kun je dat van de muur halen?'

Emilie deed het. Erachter bleek een kleine kluis te zitten.

'Daar gaat-ie. Tenzij hij de combinatie heeft veranderd – en dat zou me verbazen – is het de geboortedatum van mijn oma.' Alex legde zijn hand op de knop van de kluis en begon er zorgvuldig aan te draaien. 'Ik hoop alleen dat Seb het er niet uit heeft gehaald. De laatste keer dat ik het heb gecontroleerd, lag het er nog.' Hij stak zijn hand in de kluis, tastte even in het rond en haalde toen met een zucht van verlichting een gewatteerde en een gewone witte envelop tevoorschijn. 'Bewijsstukken C en D.' Hij deed de kluis weer dicht en gebaarde Emilie het schilderij terug te hangen. 'Ik stel voor dat we teruggaan naar mijn vleugel. Je weet maar nooit. Misschien is je man met een noodgang op weg hierheen, om zijn huwelijk te redden. Of liever gezegd, om zichzelf te redden. Bovendien is het bij mij een stuk warmer.'

Alex zette de computer en de printer uit, en ze verlieten de studeerkamer. Eenmaal terug in zijn appartement vroeg hij Emilie de vier bewijsstukken naast elkaar op de salontafel te leggen. 'Ben je er klaar voor, Em?' Hij keek haar onderzoekend aan, maar ook met een blik vol medeleven. 'Ik ben bang dat het nogal schokkend is.'

'Ik ben niet meer te schokken. Dat stadium ben ik voorbij. Ik wil gewoon weten waarom hij met me getrouwd is.'

'Oké. Begin dan maar met de eerste map.'

Emilie maakte hem open en keek naar haar eigen gezicht en dat van haar moeder, op fotokopieën van artikelen in diverse Franse kranten naar aanleiding van haar moeders overlijden. In alle artikelen werd zij genoemd als de enige erfgename.

'En dan de envelop die we uit de kluis hebben gehaald. Wees voorzichtig. Wat erin zit, is heel erg oud.'

Emilie stak haar hand in de envelop en haalde er een boek uit. Vol ontzag keek ze naar de titel. '*De geschiedenis van fruit in Frankrijk*. Daar had Jacques het gisteren nog over! Mijn vader had het als aandenken aan Constance gegeven, bij haar vertrek van het chateau. Dit is het boek dat je niet kon vinden, hier in de bibliotheek.'

'Precies. Nu moet je het heel voorzichtig openslaan en lezen wat er op de eerste bladzijde staat.'

'Édouard de la Martinières,' las ze. '1943. Wat betekent dat?'

'Wacht even,' zei Alex. 'Ik moet je nog iets laten zien.' Hij reed de kamer uit, maar was al snel weer terug. Met een envelop. 'Hier zit een brief in van mijn oma. Aan mij. Ze heeft hem kort voor haar dood bij haar notaris in bewaring gegeven. Volgens mij omdat ze er niet op vertrouwde dat Seb hem aan me zou geven. De geschiedenis herhaalt zich.' Hij zuchtte.

Emilie begon te lezen.

Blackmoor Hall, 20 maart, 1996

Lieve Alex,

Ik schrijf je deze brief, in de hoop dat je uiteindelijk terugkomt naar Blackmoor Hall, ook al heb ik me erbij neergelegd dat ik dat niet meer zal meemaken. Lieve kleinzoon van me, ik begrijp inmiddels waarom je het gevoel had dat je hier weg moest. En het spijt me heel erg dat ik niet eerder heb ingezien wat er aan de hand was, en dat ik dus ook niet eerder heb ingegrepen. Ik wil dat je dat weet. Ik ben bang dat ik je in de steek heb gelaten, dat ik je niet in bescherming heb genomen toen je mijn bescherming nodig had. Maar het was bijna niet te geloven dat je broer, van wie ik ook zielsveel houd, zo stelselmatig bezig was je kapot te maken.

Lieve jongen, kun je me vergeven dat ik ooit aan je heb getwijfeld? Net als jij ben ik ook maar al te vaak bedrogen door je broer. Qua intelligentie kan hij niet in je schaduw staan, maar hij blinkt op zijn beurt uit in gewiekstheid en het vermogen te liegen en te bedriegen. Misschien voelde ik me als je grootmoeder – en later in de rol van je moeder – wel schuldig, omdat ik van meet af aan meer van jou heb gehouden dan van je broer. Je was zo'n aanbiddelijk, engelachtig, lief kind en je arme broer was in alle opzichten zo veel minder aantrekkelijk dan jij. Ik heb ooit een gedicht gelezen van Philip Larkin, waarin hij zijn pasgeboren petekind toewenst dat het 'gewoon' zal zijn, gezegend met net genoeg talent, niet te weinig, maar ook niet te veel. Nu begrijp ik wat hij bedoelde. Want jouw talent, Alex, is je ondergang geworden. Maar ik dwaal af. Vergeef me.

Het is mijn vurige wens dat je voor mijn dood naar huis zult terugkeren. Want ik moet een besluit nemen over mijn geliefde Blackmoor Hall. Zoals je weet, is het huis al meer dan honderdvijftig jaar in de familie van je grootvader. Omdat ik niet weet waar je bent, en omdat ik geen idee heb van de kosten om het huis te restaureren, valt die beslissing me zwaar. Dus ik heb besloten het huis aan jou en je broer na te laten, mijn liefste jongen, in de hoop dat het gedeelde eigenaarschap jullie weer nader tot elkaar zal brengen. Ik besef dat het slechts de wens is van een optimistische, maar stervende oude vrouw, en misschien bereik ik met mijn beslissing juist het tegenovergestelde. Ik kan alleen maar vurig hopen dat het huis niet als een last op jullie schouders zal drukken. Mocht dat wel zo zijn, dan hebben jullie mijn zegen om het te verkopen.

Ik laat je ook een boek na, want ik ken je liefde voor oude drukken. Het is een boek dat eerder emotionele dan materiële waarde vertegenwoordigt. Ik heb het lang geleden – in de oorlog – gekregen van een vriend in Frankrijk. Deze envelop bevat ook een boek met gedichten, geschreven door zijn zuster, Sophia, van wie ik erg veel heb gehouden. Mocht het je interesseren, dan is de naam van de vorige eigenaar van het boek – op het schutblad – voldoende om meer te weten te komen over wat je grootmoeder in Frankrijk heeft meegemaakt. Ik heb ervoor gekozen daarover te zwijgen, maar het is een boeiend verhaal en misschien zul je daardoor iets minder slecht over me gaan denken. Ik heb mijn best gedaan om altijd goed voor je te zorgen, maar daarbij heb ik een aantal noodlottige fouten gemaakt. Het boek en de gedichten staan waar ze altijd hebben gestaan. Op de derde plank links in de bibliotheek.

Daarnaast laat ik je vijftigduizend pond na, de helft van alles wat ik heb. Mijn vurige wens is dat je ooit naar huis zult terugkeren, lieve Alex, en dat je me kunt vergeven. Ondanks zijn onvolkomenheden had ook Sebastian recht op mijn liefde. Ik hoop dat je dat begrijpt.

Je liefhebbende grootmoeder, Constance X

Emilie veegde de tranen uit haar ogen. De spanningen en de traumatische ervaringen van de lange dag begonnen haar eindelijk te veel te worden. 'Wat een prachtige brief.'

'Ja, dat is het. En weet je, Em, ik heb vanuit het buitenland minstens drie of vier brieven naar huis geschreven. En toen ik in Italië zat, heb ik mijn oma mijn adres gestuurd. Maar dat heeft ze allemaal nooit gekregen. De enige verklaring die ik kan bedenken, is dat Sebastian de post onderschepte en mijn brieven heeft laten verdwijnen. En dus dacht mijn oma dat ik nooit de moeite heb genomen haar te laten weten waar ik zat. Met andere woorden…' Alex zuchtte. 'Dat ik niet om haar gaf.'

'Ik kijk inmiddels nergens meer van op,' viel Emilie hem bij. 'Sebastian is een aartsmanipulator. Dank je wel dat je me de brief hebt laten lezen. Maar wat heeft die te maken met de rest?'

'Kijk maar in de laatste map.'

Emilie sloeg hem open, en haar ogen werden groot toen ze de inhoud las. Ten slotte keek ze op.

'Zoals je ziet, had ze het in één opzicht mis,' zei Alex. 'Het boek dat ze me naliet, had niet alleen "emotionele" waarde.'

'Nee, dat zie ik.' Emilie las verder.

'Toen ik haar brief eindelijk had gekregen, en toen ik na het ongeluk, bij thuiskomst uit het ziekenhuis in de bibliotheek naar het boek op zoek ging, ben ik zo stom geweest om Seb te vertellen wat ik zocht. En waar het stond. Op de derde plank van boven. Daar kon ik niet bij.' Alex haalde zijn schouders op. 'En toen Seb het voor me had gepakt, heb ik het hem laten zien. Ik wilde op dat moment niets liever dan proberen een band op te bouwen, dus toen hij vroeg of hij het een paar dagen mocht lenen heb ik ja gezegd. Tegen de tijd dat ik het terug wilde, zei hij telkens als ik ernaar vroeg dat hij het terug zou geven. Maar dat deed hij natuurlijk niet. Seb kennende, vermoedde ik dat hij iets in zijn schild voerde. Dus ik heb het boek opgezocht op internet. Blijkbaar had hij dat ook gedaan. Als hij het al niet had verkocht, moest het in zijn kluis liggen, wist ik. En daar lag het inderdaad.' Alex schudde verdrietig zijn hoofd.

'Maar waarom heeft hij het nog niet verkocht?' vroeg Emilie. 'En als je wist dat het zo waardevol was, waarom heb je het dan niet teruggevraagd?'

'Je hebt blijkbaar nog niet alles gelezen. Want ik was er eigenlijk van overtuigd dat Seb het niet zou verkopen. Het enige wat ik zeker weet over mijn broer, is dat hij hebzuchtig is. Hij wil het onderste uit de kan hebben. Met minder neemt hij geen genoegen. Lees eens voor wat je daar hebt. Vanaf het begin.'

Emilie was bijna misselijk van uitputting, maar ze deed haar best zich op de tekst te concentreren.

CATALOGUS VAN ZELDZAME BOEKEN
De geschiedenis van fruit in Frankrijk

Door Christophe Pierre Beaumont. 1756. Twee delen. Wordt beschouwd als een van de mooiste en zeldzaamste boeken over fruit. Met illustraties van vijftien verschillende soorten vruchtdragende gewassen. Het werk werd geïnspireerd door een eerdere publicatie van Duchamel, *Anatomie de la Poire*, uit de jaren dertig van de achttiende eeuw. De illustraties zijn van de hand van Guillaume Jean Gardinier en François Joseph Fortier. Beaumont schreef zijn boek met de bedoeling de gezondheid van vruchtdragende gewassen te bevorderen en de voedingswaarde van de vruchten te verhogen. In het werk worden vijftien fruitsoorten behandeld en een aantal van de diverse rassen: amandel, abrikoos, berberis, kers, kweepeer, vijg, aardbei, kruisbes, appel, moerbei, peer, perzik, pruim, druif en framboos. Elke kleurenplaat bevat illustraties van het zaad, het blad, de bloesem, de vrucht en soms ook kruisingen van de soorten.
Herkomst: Beide delen bevinden zich naar alle waarschijnlijkheid in een privécollectie in Gassin, Frankrijk.
Geschatte waarde: Vijf miljoen pond.

Aan het eind van de tekst gekomen, keek Emilie weer op. 'Ik begrijp het nog steeds niet.'

'Dan zal ik het je uitleggen. Ik heb contact gezocht met de eigenaar van een boekenantiquariaat in Londen. Iemand die ik ken. En ik neem aan dat Sebastian ook navraag bij deskundigen heeft gedaan. Hoe dan ook, de man in Londen vertelde me dat de delen elk afzonderlijk waarschijnlijk een miljoen pond waard zijn. Maar samen zouden ze vijf keer zo veel opbrengen. Begrijp je het nu?'

Het muntje viel. Eindelijk.

'Sebastian was in mijn vaders bibliotheek op zoek naar het eerste deel,' zei ze met doffe stem.

'Ja.'

Emilie liet de ontdekking op zich inwerken. 'Alles valt ineens op zijn plaats,' zei ze ten slotte. 'Dáárom was hij een paar weken geleden in Frankrijk. Mijn vriend Jean, de bedrijfsleider van de wijngaard, trof hem in de bibliotheek. Met stapels boeken om zich heen. Geen wonder dat hij bij terugkeer in Yorkshire zo chagrijnig was dat weekend. Blijkbaar had hij het eerste deel niet gevonden.'

'Nou ja, dat is tenminste iets,' zei Alex.

'Ik begrijp het allemaal,' zei Emilie. 'Maar ik snap nog steeds niet waarom hij zo ver ging om met me te trouwen.'

'Nou ja, omdat hij het eerste deel nog niet had gevonden toen je besloot het chateau te laten renoveren, waardoor de bibliotheek tijdelijk in de opslag zou verdwijnen, vond hij het waarschijnlijk tijd om de boel drastischer aan te pakken. Als jouw echtgenoot kon niemand hem de toegang tot het chateau weigeren en had hij alle kans om zijn zoektocht voort te zetten. Door jullie huwelijk kreeg hij carte blanche.'

'Ja, dat is zo. En ik vertrouwde hem volledig.'

'Er is nog één envelop, Em. Ben je er klaar voor om die ook open te maken?' Alex wees naar de tafel. 'Ik ben alleen bang dat de inhoud daarvan je nog het meest zal schokken.'

'Maak je over mij geen zorgen,' antwoordde Emilie stoïcijns. Ze pakte de envelop en maakte hem open. Er zat een sleutel in, van het nieuwe voordeurslot in het chateau. Toen Sebastian om een reservesleutel had gevraagd, had ze daar niets achter gezocht. Maar de envelop bevatte tevens de oorspronkelijke, roestige sleutel die was zoekgeraakt.

'O god!' Ze kreeg tranen in haar ogen. 'Dus híj heeft het gedaan! Die inbreker, dat was hij! En dan had hij ook nog het lef om bijna direct daarna terug te komen… en me te troosten! O, Alex! Wat verschrikkelijk! Wie doet nou zoiets?'

'Zoals ik zei, hij vond het tijd om de boel drastischer aan te pakken. Ik vind het echt afschuwelijk voor je, Em. En de eerlijkheid gebiedt me te zeggen dat hij aanvankelijk echt heel erg van je gecharmeerd was,' zei hij in een wanhopige poging de pijn althans iets te verzachten. 'Hij was lyrisch over je toen hij die eerste keer terugkwam uit Frankrijk. Misschien bedoelde hij het niet alleen maar slecht. Misschien dacht hij oprecht dat het goed zou gaan tussen jullie. Maar hij kon de verleiding van Bella niet weerstaan. Ze kennen elkaar al tien jaar, en het is hem nooit gelukt helemaal afstand van haar te nemen.'

'Hou op met excuses voor hem te bedenken!' snauwde Emilie. 'Hij verdient het niet dat je hem in bescherming neemt. In geen enkel opzicht. Nog los van alles wat hij me heeft geflikt, als je van iemand houdt, is er voor anderen geen plaats meer. Tenminste, zo werkt het bij mij,' zei ze heftig. Ze veegde ruw met de rug van haar hand over haar ogen, want ze weigerde haar tranen nog langer aan Sebastian te verspillen.

'Bij mij ook,' zei Alex. 'Nou, daar zitten we dan. Ik vind het verschrikkelijk dat je het van mij moest horen, Em. Mijn hart breekt dat ik je verdriet moet doen. Dus ik hoop niet dat je nu ook een hekel aan mij krijgt. Ik verafschuw mijn broer om wat hij je heeft aangedaan. Dat meen ik oprecht.'

'Natuurlijk krijg ik geen hekel aan jou.' Ze was inmiddels totaal aan het eind van haar krachten. 'Ik heb je zelf gevraagd om me alles te vertellen.'

‘Nou, dat hoop ik dan maar,’ verzuchtte Alex. Hij wees naar het boek dat onschuldig tussen hen in op tafel lag. ‘Trouwens, ik vind dat jij het moet hebben. Het hoort in het chateau.’

‘Maar mijn vader heeft het aan jouw oma gegeven, en zij weer aan jou. Dus is het van jou.’

‘Onder normale omstandigheden zou je daar gelijk in hebben. Maar het is misschien toch beter als je het meeneemt naar Frankrijk. Dat is wel zo veilig. Overigens, puur uit belangstelling, waar is het andere deel? Weet jij dat? Blijkbaar niet in de bibliotheek van je vader.’

‘Je hebt de bibliotheek niet gezien,’ zei Emilie. ‘Die is enorm. Met meer dan twintigduizend boeken. Dus Sebastian zou een paar dagen nodig hebben gehad om ze allemaal te controleren.’

‘Het spijt me dat ik het moet zeggen, Em.’ Hij keek haar gekweld aan. ‘Maar hij heeft langer de tijd gehad dan een paar dagen. Zijn recente bezoek was simpelweg een laatste poging voordat de bibliotheek in de opslag ging, om te controleren of hij het niet over het hoofd had gezien. Maar daarvóór had hij al alle tijd gehad.’

‘Ja, dat is zo.’ Emilie ging in gedachten terug naar hun eerste ontmoeting. En naar de boeken over fruit die uit de rij waren gehaald, op de dag van de veronderstelde inbraak. Hij had van meet af aan naar het boek gezocht.

‘Hoe dan ook…’ Ze schudde haar hoofd, vervuld van afschuw over de achterbaksheid van haar echtgenoot en over haar eigen naïviteit. ‘Voor zover we weten heeft hij het niet kunnen vinden, en dat is goed nieuws. Ik ga ernaar op zoek zodra de bibliotheek terug is, na de renovatie. En ik ken eindelijk de volledige waarheid. Het is tijd om door te gaan met mijn leven.’

‘Je bent echt verbijsterend, Emilie,’ zei Alex vol oprechte bewondering.

‘Welnee.’ Emilie slaakte een zucht die overging in een geeuw. ‘Ik ben gewoon praktisch en nuchter. En ik heb me laten meeslepen door de illusie van de liefde. Voor het eerst in mijn leven heb ik me halsoverkop in het avontuur gestort, en het liep meteen verkeerd af. En trouwens... ik heb Sebastian ook niet alles verteld.'

Alex keek haar zwijgend aan, terwijl Emilie worstelde met de vraag of ze nog meer zou zeggen.

'Hij weet bijvoorbeeld niet dat we geen kinderen kunnen krijgen,' zei ze toen ze eindelijk het zwijgen verbrak. 'Dat wil zeggen, ik kan geen kinderen krijgen.'

'O. Maar heeft Seb je daar ooit naar gevraagd?' Alex reageerde heel beheerst.

'Nee. Maar ik had het hem wel moeten vertellen. En dat wist ik ook wel. Alleen... dan moest ik terug naar de oorzaak... terug naar wat er ooit is gebeurd...' Het kostte haar moeite verder te praten. 'En dat kon ik niet opbrengen.'

'Ik begrijp het. Maar hoe weet je dat je geen kinderen kunt krijgen? Of vind je het te pijnlijk om daarover te praten? Dan moet je het gewoon zeggen.'

Om zichzelf moed in te drinken schonk Emilie haar glas nog eens bij. Want het moest eruit, wist ze. 'Ik was dertien,' begon ze, en ze kreeg op slag hartkloppingen. 'Ik was heel erg ziek. Mijn vader zat op het chateau, en ik was in Parijs, met mijn moeder. Die had een razend druk sociaal leven, dus het was een van de dienstmeisjes die haar moest waarschuwen dat ik er slecht aan toe was. Dat ze een dokter moest bellen. Mijn moeder kwam bij me kijken, ze legde even een hand op mijn voorhoofd en zei dat het na een nacht goed slapen wel over zou zijn. En weg was ze weer, naar het een of andere diner. Hoe dan ook...' Emilie nam nog een slok cognac. 'Een paar dagen later was ik er nog veel slechter aan toe. Uiteindelijk liet mijn moeder een dokter komen. Een oude vriend van haar. Voedselvergiftiging, was zijn diagnose. Hij schreef me tabletten voor en vertrok. De volgende dag raakte ik buiten bewustzijn. Mijn moeder was niet thuis, dus de dienstbode belde de ambulance en ging met me mee naar het ziekenhuis. Daar werd een eileiderontsteking geconstateerd. De eerlijkheid gebiedt me te zeggen dat zo'n ontsteking zelden voorkomt bij meisjes van die leeftijd. Dus het is niet zo vreemd dat de huisarts ernaast zat. In de eerste stadia is de aandoening heel gemakkelijk te genezen, maar voorbij een bepaald punt treedt er onherstelbare schade op. En dus kreeg ik te horen dat ik nooit kinderen zou kunnen krijgen,' zei Emilie met een zucht.

'O, Em, wat verschrikkelijk voor je.' Er stond medeleven in zijn ogen te lezen.

'Alex...' Emilie keek hem aan, geschokt door haar eigen openhartigheid. 'Je bent de eerste aan wie ik dit heb verteld. Ik heb er nooit over kunnen praten. Ik...' Haar schouders schokten, ze sloeg haar handen voor haar gezicht en snikte het uit.

'Em, Emilie... O, lieverd...'

Ze voelde een arm om haar schouders, en hij trok haar tegen zich aan op de bank. Nog altijd snikkend legde ze haar hoofd op zijn borst. Hij zei niets en streek alleen maar teder over haar haar, terwijl haar neus begon te lopen en ze hortend en stotend probeerde lucht binnen te krijgen.

'Waarom wilde mijn moeder niet zien hoe ziek ik was? Waarom zág ze het niet, nog los van wat ik mankeerde?'

'Ik weet het niet, Em. Ik weet het echt niet. Maar ik vind het zo verdrietig voor je.'

Hij drukte een zakdoek in haar hand.

'Het spijt me,' snotterde ze. 'Dit soort uitbarstingen is niks voor mij.'

'Natuurlijk wel,' zei hij zacht. 'De pijn is een deel van je, en het is goed om erover te praten. Dat helpt. Echt waar.'

'Ik was nog heel jong toen ze zeiden dat ik geen kinderen kon krijgen. En ik probeerde mezelf voor te houden dat het er niet toe deed. Maar het doet er wel toe, Alex!' zei ze huilend. 'Naarmate ik ouder word, doet het er steeds meer toe. Want daarvoor zijn we hier! Om kinderen te krijgen! Dat geeft ons leven zin! Maar dat is voor mij niet weggelegd.'

'Weet je het heel zeker?' vroeg hij zacht.

'Bedoel je of ik kans maak op een wonder? Zoals je dat tegenwoordig wel vaker hoort bij vrouwen die dachten dat ze geen kinderen konden krijgen? Het antwoord is nee,' zei ze op besliste toon. 'Mijn lichaam maakt geen eitjes aan, en mijn baarmoeder heeft zo veel schade opgelopen dat ik ook geen eitjes van een andere vrouw zou kunnen dragen.'

'Je kunt een kindje adopteren.'

'Dat zou kunnen.' Emilie snoot haar neus.

'Ik zeg het omdat het iets is wat ik ook heb overwogen. Want ik ben ook onvruchtbaar. Ik zal niet in details treden,' voegde hij er met een zweem van een glimlach aan toe. 'Mijn "gereedschap" doet het nog, maar er ontbreekt wel wat. Ik had dolgraag kinderen willen hebben. Echt waar...' Hij grinnikte wrang. 'We zijn wel een stel samen, hè?'

'Ja.' Emilie lag zwijgend in zijn armen, zo veilig en getroost dat ze wel altijd zo wilde blijven liggen. Maar uiteindelijk ging ze rechtop zitten en keerde ze zich naar hem toe. 'Ik ga zo, maar eerst wil ik nog zeggen dat het me spijt dat ik ooit aan je heb getwijfeld. Je bent een van de moedigste mensen die ik ooit heb ontmoet.'

'Ach, lieve Em, dat is de cognac. Ik ben helemaal niet moedig.'

'Ja, dat ben je wel.' Ze hief haar gezicht op naar het zijne. 'Het enige wat ik van Engeland zal missen, ben jij.'

'Lieve hemel! Hou op! Straks ga ik nog blozen.' Alex keek glimlachend op haar neer en streelde haar wang. 'Maar als we toch complimenten aan het uitdelen zijn... en omdat we elkaar waarschijnlijk nooit meer zien... Nou ja, wat ik maar wil zeggen... als het allemaal anders was gelopen in het leven...' Hij slaakte een diepe zucht. 'Ik zal je missen, Em. Dat meen ik echt. En nu wordt het tijd dat je gaat. Het loopt al tegen drieën. Vergeet het boek niet, en als je deel één vindt, laat het me weten. Ik zal mijn e-mailadres voor je opschrijven. Want ik zou het leuk vinden om contact te houden.'

'Wat ga je tegen Sebastian zeggen?' vroeg Emilie, plotseling bezorgd om Alex.

'Als hij zegt dat het boek – mijn boek – is verdwenen, dan is dat precies wat hij al twee jaar beweert.' Alex haalde grijnzend zijn schouders op. 'Dus wat kan hij zeggen? Zijn eigen leugen is waarheid geworden. Het boek is nu echt verdwenen.'

'Maar als hij nou denkt dat jij het hebt? En als hij het je dan nog moeilijker gaat maken?'

'O, Em, maak je over mij maar geen zorgen. Je hebt al genoeg aan je hoofd. Ik kan op mezelf passen. Dat beloof ik.' Hij keek haar lachend aan. 'En nu vooruit, wegwezen.'

Ze stond op en pakte het boek, de map en de papieren van de tafel. 'Ik weet gewoon niet hoe ik je moet bedanken, Alex. Pas alsjeblieft goed op jezelf.' Ze bukte zich om hem op beide wangen te kussen, maar in een impuls sloeg ze haar armen om hem heen en trok hem dicht tegen zich aan.

'Adieu, mon amour,' fluisterde Alex terwijl hij haar nakeek.

33

Eenmaal in haar slaapkamer deed Emilie niet eens een poging om nog te gaan slapen. Ze was veel te gespannen en bang dat Sebastian elk moment kon thuiskomen. Dus zodra het licht werd, belde ze een taxi, ze stopte zo veel als ze kon meenemen in een koffer, en daarna ging ze op de rand van het bed zitten, zich afvragend of ze een briefje voor haar man moest neerleggen. Ze besloot van niet en schreef in plaats daarvan een briefje aan Alex, met daarin haar e-mailadres, en schoof het onder zijn deur door.

Toen de taxi kwam en ze het huis voor de laatste keer achter zich liet, voelde ze zich alleen schuldig en bezorgd ten opzichte van Alex. Het viel te verwachten dat Sebastian zijn woede opnieuw op zijn broer zou afreageren. Maar wat kon ze ertegen doen?

Terwijl het vliegtuig zich later die ochtend soepel losmaakte van de grond en haar wegvoerde van de gruwelijke fout die ze had gemaakt, sloot Emilie haar ogen en probeerde ze aan niets te denken. Na aankomst in Nice nam ze een kamer in een hotel vlak bij het vliegveld en liet ze zich op het bed vallen. Ze viel meteen in slaap.

Tegen de tijd dat ze wakker werd, begon het al te schemeren. Ze voelde zich afschuwelijk – slap, bibberig en met barstende koppijn van alle cognac de vorige avond. Omdat ze ineens besefte dat ze sinds de croissant van de vorige dag niets meer had gegeten, belde ze de roomservice en bestelde een hamburger. Nadat ze die met moeite naar binnen had gewerkt, ging ze weer op bed liggen. De gedachte kwam bij haar op dat ze tijdelijk dakloos was. Haar appartement in Parijs was tot eind juni verhuurd en het chateau was geen optie zolang de renovatie nog aan de gang was.

Ze besloot die nacht in het hotel te blijven en de volgende morgen naar Gassin te rijden. Jean zou er vast geen bezwaar tegen hebben als ze nog een paar dagen kwam logeren, totdat ze een andere oplossing had gevonden. Misschien kon ze in de omgeving een gîte huren. Dan was ze in de buurt om toezicht te houden op de verbouwing.

Rustig aan, riep ze zichzelf tot de orde. Het was te vroeg om al over de toekomst na te denken.

Was Sebastian inmiddels terug in Yorkshire? Ze zou door de zure appel heen moeten bijten en zo snel mogelijk contact moeten opnemen met Gerard, met de vraag of hij haar een echtscheidingsadvocaat kon aanbevelen. Gelukkig was ze nog niet zo lang getrouwd dat er al officiële documenten waren veranderd en Sebastian en zij waren verder nog geen verplichtingen aangegaan. Een gevoel van onpasselijkheid overviel haar bij de gedachte aan de schitterende diamant die hij voor Bella had gekocht en aan de Porsche die ze nooit had gezien, nadat zij hem een cheque van twintigduizend pond had gegeven.

Ze wilde dat ze net zo kalm en berustend kon reageren als Alex, maar hij had ook gezegd dat het weleens goed was om boos te worden; dat het een helende werking had. En zolang ze kwaad was, voelde ze geen pijn, ook al besefte ze dat die waarschijnlijk nog wel zou komen. Het verbaasde haar dat ze op dit moment zo weinig voelde. Tenslotte was ze ooit tot over haar oren verliefd geweest op Sebastian. Een overweldigende ervaring die haar volledig had meegesleurd. Maar misschien was het wel nooit echte 'liefde' geweest, zoals Constance die lang geleden, in Parijs, tegenover Sophia had beschreven. In elk geval niet de duurzame liefde, die dan misschien niet zo overrompelend was, maar wel standvastig, en die je in staat stelde de beproevingen van het leven samen het hoofd te bieden.

Sebastian was gekomen met de mistral en had stormenderhand haar hart veroverd. Maar had ze zich ooit zo vertrouwd bij hem gevoeld dat ze volledig zichzelf had kunnen zijn? Nu pas besefte ze dat ze het afgelopen jaar bijna voortdurend op haar tenen had gelopen en er alles aan had gedaan om het hem naar de zin te maken. Ze was hem zo dankbaar geweest dat hij zijn leven met haar wilde delen dat ze zich volledig had laten verblinden. Er hadden zich talloze momenten voorgedaan waarop ze hem ter verantwoording had moeten roepen, waarop ze sterker had moeten zijn, maar Sebastian had van meet af aan alle troeven in handen gehad. Ze hadden altijd gedaan wat híj wilde. Zij had zich naar hem gericht, voortdurend bereid zich aan te passen, een slag om de arm te houden, en om alles te geloven wat hij haar vertelde.

Nee, dacht Emilie. Dat was geen liefde.

Ze zette de televisie aan om de stilte te verjagen. Was het de cognac geweest, waardoor ze Alex had verteld wat haar moeder al die jaren geleden had gedaan – of liever gezegd, niet had gedaan?

Het voelde onwezenlijk. Al die jaren had ze met niemand over de gevolgen van haar moeders gebrek aan zorgzaamheid en interesse gesproken. Ze had haar verbittering laten voortwoekeren, waardoor haar positieve gedachten, haar vertrouwen in anderen, haar diepste gevoelens geen ruimte meer hadden gekregen en waren verstikt. Maar de afgelopen weken had Alex haar laten zien dat het zinloos was om te haten, om achterom te kijken. De enige die daaronder leed, was je zelf.

Lieve Alex… wat was hij wijs en wat bedoelde hij het goed. Emilie dacht eraan hoe het was geweest om in zijn armen te liggen toen ze moest huilen. Hoe getroost en op haar gemak ze zich had gevoeld. En waarom had ze het hém wel kunnen vertellen, terwijl ze het tegenover haar man niet over haar lippen had kunnen krijgen?

Maar de periode Engeland was afgesloten, hield ze zichzelf streng voor. Het werd tijd om te vergeven, te vergeten en verder te gaan.

'Emilie! Lang niet gezien.' Jean keek glimlachend op toen ze de cave binnenkwam.

'Ik kon gewoon niet zonder jullie,' antwoordde ze een beetje spottend. Toen zag ze nog een paar ogen dat haar stralend aankeek, vanaf de bank waar Jacques doorgaans zat. 'Hallo, Anton,' begroette ze hem glimlachend. 'Help je in de cave? Om wat bij te verdienen om boeken te kopen?'

'Anton logeert een paar dagen bij ons, zolang zijn Maman in het ziekenhuis ligt,' antwoordde Jean.

'Is Margaux ziek? Dat wist ik niet. Wat heeft ze? En is ze alweer aan de beterende hand?' vroeg Emilie fronsend.

'Ja, dat komt helemaal goed.' Jean wierp haar een waarschuwende blik toe. 'Maar zolang ze nog niet naar huis mag, leer ik Anton alles wat er te weten valt over wijn. Papa zit in de tuin. Ga maar vast naar hem toe, dan kom ik zo bij jullie.'

Jacques zag er aanzienlijk minder vermoeid uit dan twee dagen daarvoor. Hij stak haar glimlachend zijn knoestige hand toe. 'Ik dacht wel dat je snel weer terug zou zijn. En ik vraag nergens naar, maar als je erover wilt praten, dan ben ik er voor je.'

'Dank je wel.' Ze ging naast hem aan de kleine tafel zitten. 'Wat is er met Margaux?'

Jacques keek haar een beetje verschrikt aan. 'Is Anton nog bij Jean in de cave?'

'Ja.'

'Ze is erg ziek, Emilie. Vorige week klaagde ze ineens over buikpijn en een zere rug, maar ik weet bijna zeker dat ze daar al veel langer last van had. Op de dag dat jij vertrok, is ze naar de dokter gegaan, en die heeft haar rechtstreeks doorgestuurd naar het ziekenhuis. Anton weet het nog niet, maar ze heeft kanker aan de eierstokken, in een vergevorderd stadium. Vandaag wordt ze geopereerd, maar...' Jacques haalde zijn schouders op. 'Het ziet er niet goed uit.'

'O, Jacques! Wat erg! Margaux was als een moeder voor me toen ik hier kwam, na de dood van mijn vader.'

'Ja, het is een schat van een vrouw, en we mogen de hoop nog niet opgeven.'

'Ik ga zo snel mogelijk bij haar langs in het ziekenhuis,' zei Emilie.

'Dat zal ze fijn vinden. En nu jij.' Jacques nam haar onderzoekend op. 'Wat zijn je plannen?'

'Ik heb nog geen idee.' Emilie schudde verdrietig haar hoofd.

De daaropvolgende dagen schoof Emilie het nadenken over de toekomst voor zich uit. Ze sliep, ze at, ze ging naar het chateau om te zien hoe de renovatie vorderde en ze reed met Anton naar Nice, om zijn moeder op te zoeken in het ziekenhuis. De operatie was niet geslaagd, en Margaux was er slecht aan toe. Als ze moeder en zoon alleen liet, ging haar hart naar hen uit. Het was maar al te duidelijk dat ze allebei dapper probeerden te zijn voor de ander.

Nadat Anton naar bed was gegaan – hij sliep tijdelijk op een matras in de kleine studeerkamer beneden – bespraken Emilie, Jean en Jacques hoe het verder moest als zijn moeder niet meer beter werd.

'Zijn vader is dood. Heeft hij nog familie?' vroeg Jean.

'Volgens mij een tante, in Grasse,' antwoordde Jacques. 'Misschien moeten we contact met haar opnemen.'

'Ja.' Jeans gezicht stond ernstig. 'Maar ik ben Antons peetvader. Dus misschien kunnen we aanbieden dat hij hier bij ons komt wonen?'

'Dat kan wel, maar alleen tijdelijk. Zo'n jong kind heeft behoefte aan een vrouwenhand,' zei Jacques. 'En dit is een mannenhuishouden.'

'Anton is bijna dertien. Hij heeft ongetwijfeld zijn eigen gedachten over hoe het verder moet,' opperde Jean.

'Trouwens, over ons huidige huishouden gesproken, ik hoorde dat er een gîte te huur is, in de wijngaard van de familie Bournasse,' zei Emilie. 'Ik heb madame Bournasse al gebeld en ik ga morgen kijken. Maar het klinkt als de perfecte oplossing.'

'Je zit ons absoluut niet in de weg, hè? Dat weet je,' zei Jean nadrukkelijk.

'Ja, dat weet ik, en dat is erg lief van jullie, maar ik moet onderhand plannen gaan maken.'

Toen Jacques zich had teruggetrokken, ruimden Jean en Emilie de tafel af.

'Heeft je vader nog iets gezegd over de baby van Sophia?' vroeg ze.

'Nee, en ik dring ook niet aan, om hem niet weer van streek te maken,' antwoordde Jean op besliste toon. 'Hij voelt zich een stuk beter en dat wil ik graag zo houden.'

'Hij is verbazend veerkrachtig,' viel Emilie hem bij. 'Het kan raar lopen. Ik dacht echt even dat we afscheid van hem zouden moeten nemen, maar nu lijkt het erop dat Margaux ons gaat verlaten. Ze zag er zo slecht uit vanmiddag. Anton houdt zich erg flink.'

'Ja, het is een bijzonder kind. Omdat hij zijn vader al zo jong heeft verloren, is de band met zijn moeder extra hecht. Papa wil morgenmiddag graag alleen bij Margaux op bezoek. Vind je het goed dat Anton dan eventueel bij jou blijft?'

'Natuurlijk. Hij kan met me mee als ik de gîte ga bekijken. Wie had dat kunnen denken? Dat Jacques bij een stervende in het ziekenhuis op bezoek zou gaan?' Emilie zuchtte.

'Krakende wagens lopen het langst,' zei Jean. 'Als we niet oppassen, overleeft hij ons allemaal.'

Emilie en Anton wisten meteen dat de gîte een perfect tijdelijk onderkomen voor haar zou zijn. Het huisje lag tien minuten lopen van het chateau, te midden van prachtige wijngaarden. De gezellige inrichting straalde de sfeer van de Provence uit, en dankzij de houtkachel zou ze die winter geen kou hoeven te lijden.

'Het heeft twee logeerkamers,' zei Anton terwijl hij een van de twee binnenliep. 'Misschien kan ik weleens komen logeren als Maman... nou ja, als Maman er een tijdje niet is.'

'Natuurlijk!' Ze keek hem glimlachend aan. 'Je bent altijd welkom. Dus, wat vind je? Zal ik het maar doen?'

'Ja! Er is zelfs een internetaansluiting,' antwoordde hij gretig. Nadat Emilie het met madame Bournasse eens was geworden over de prijs, nam ze Anton mee naar Gassin, om het te vieren met een lunch bij Le Pescadou.

Met zijn kin steunend op zijn hand liet Anton zijn blik over het schitterende uitzicht vanaf de heuvel gaan. 'Ik hoop niet dat ik weg moet uit het dorp,' zei hij verdrietig. 'Ik woon hier al mijn hele leven en ik ben hier gelukkig.'

'Waarom zou je weg moeten?' vroeg Emilie toen de ober verscheen met hun versgebakken pizza's.

Anton keek haar aan met zijn reusachtige blauwe ogen. 'Omdat mijn moeder doodgaat. En als ze dood is, dan moet ik misschien bij mijn tante gaan wonen, in Grasse.'

'O, Anton.' Emilie legde haar hand op zijn arm. 'Je moet de hoop niet opgeven. Misschien wordt je moeder weer beter.'

'Nee, dat wordt ze niet. Ik ben niet gek. Het is aardig dat jullie allemaal doen alsof, maar ik weet hier, vanbinnen, dat ze niet meer beter wordt.' Hij bonsde met zijn vuist op zijn tengere borstkas. 'Ik ben niet graag bij mijn tante en mijn neefjes. Het enige wat ze interesseert, is voetbal. Ze plagen me omdat ik van lezen hou en omdat ik graag naar school ga.'

'Probeer daar nog maar niet aan te denken. En als je moeder inderdaad niet meer beter wordt...' Het was voor het eerst dat ze die mogelijkheid tegenover hem erkende. '... dan vinden we vast wel een andere oplossing.'

'Ik hoop het,' zei hij zacht.

Een paar dagen later verliet Emilie het huisje bij de cave en nam ze haar intrek in haar nieuwe onderkomen. Anton had aangeboden haar te helpen met verhuizen. Hij liep als een hondje achter haar aan, vooral sinds Margaux had voorgesteld dat hij niet meer elke dag naar het ziekenhuis kwam. Haar toestand was nog verder achteruitgegaan en ze wilde het haar zoon besparen zijn moeder te zien lijden. Bovendien kreeg ze inmiddels zo veel morfine dat ze nauwelijks meer bij bewustzijn was. Het was nog slechts een kwestie van tijd en dat wisten ze allemaal.

'Vind je het vervelend als ik af en toe naar je toe kom fietsen?' vroeg hij toen Emilie de stekker van haar laptop in het stopcontact stak om te controleren of ze inderdaad internet had.

'Natuurlijk niet! Ik vind het altijd leuk als je komt. Zo. Wat zou je zeggen van een kopje thee?'

Later die avond, toen ze Anton veilig naar Jean en Jacques had teruggebracht, ging ze achter de computer zitten om haar e-mail te controleren. Ze was bang dat ze post had van Sebastian, maar dat bleek niet zo te zijn. In plaats daarvan zag ze de naam van Alex in haar inbox verschijnen.

Aan: edlmartinieres@orange.fr
Van: aecarruthers@blackhall.co.uk

Lieve Em,
Ik hoop dat het goed met je gaat. En dat Frankrijk werkt als balsem op je arme, gekwetste hart. Hopelijk vind je het niet vervelend dat ik je schrijf, maar misschien interesseert het je te lezen wat er hier allemaal is gebeurd sinds je vertrek. En zelfs als het je niet interesseert, vind je het misschien wel vermakelijk.
Een paar uur na jouw vertrek kwam Sebastian thuis, een en al verontwaardiging en ergernis, want er was sprake van een afschuwelijk misverstand, zei hij. (Ik kwam ernstig in de verleiding om hem te vertellen dat de uitleg van zijn vriendin geen enkele ruimte liet voor misverstanden, en dat zijn rondslingerende kleren in haar slaapkamer je misschien op een idee hadden gebracht. Maar je kunt gerust zijn, ik heb me beheerst, zij het met moeite.) Hij vroeg waar je was. Ik deed alsof ik van niets wist. Maar ik zei wel dat ik meende gehoord te hebben dat je die ochtend al heel vroeg was vertrokken. Hij mompelde iets – dat je wel weer terug zou komen zodra je gekalmeerd was – en vertrok naar het hoofdgedeelte van het huis. Het bleef een paar uur rustig, toen hoorde ik plotseling een kreet, gevolgd door driftige voetstappen in de gang naar mijn deur.
Dus ik trok mijn mentale kogelvrije vest aan, want ik vermoedde

wel wat er ging komen. En inderdaad, mijn broer stormde de kamer binnen en vroeg op hoge toon wie er in zijn kluis was geweest en zijn boek had gestolen.
'Over welk boek heb je het, m'n beste broer?' vroeg ik.
'Dat boek dat ik al eeuwen geleden van je heb geleend!'
'O, dus je bedoelt míjn boek? Maar dat was je toch kwijt, zei je? Eerlijk gezegd, was ik dat boek totaal vergeten, Seb.' Ik keek hem fronsend aan. 'Dus je wás het helemaal niet kwijt?'
O, Emilie, je had zijn gezicht moeten zien! Onbetaalbaar! Hij was rechtstreeks in de val gelopen van zijn eigen leugens!
Toen begon hij – echt waar – mijn hele appartement overhoop te halen, terwijl hij mij ervan beschuldigde dat ik het had gestolen. Behoorlijk brutaal, als je bedenkt dat het míjn boek is. Afijn, nadat hij overal had gekeken, in alle hoeken en gaten – die arme Jo was erg van streek door de rommel die hij had gemaakt – gooide hij het over een andere boeg. 'Luister eens, Alex,' begon hij op die ergerlijke, quasioprechte toon van hem waardoor je weet dat hij probeert je een kunstje te flikken. 'Ik wilde het je pas vertellen als ik het voor honderd procent zeker wist, maar dat boek van je is heel veel geld waard. Daar ben ik kortgeleden achter gekomen.'
'Echt waar? Allemachtig, wat een verrassing!'
'Ja, en dan heb ik het over echt heel veel geld.'
'Nee maar, wat een bof. En wat versta jij onder "echt heel veel geld"?' vroeg ik.
'Rond een half miljoen pond,' antwoordde hij. (Leugenaar) Dus als ik het toevallig nog had, moest ik er vooral heel zuinig op zijn, want – hij boog zich dichter naar me toe in een poging nog vertrouwelijker te worden – er bestond een kans dat hij van die half miljoen wel een heel miljoen zou weten te maken!
'Toe maar! Hoe kan dat dan?'
Dus hij vertelde dat er nog een deel van bestond en dat hij daar wat naspeuringen naar had gedaan. Met succes. Hij was het boek op het spoor, zei hij, en zodra hij het eenmaal in zijn bezit had,

zouden de twee delen samen een fortuin waard zijn. Dus misschien konden we, als liefhebbende, eerlijke broers die elkaar alles gunden, onze twee delen samenvoegen en ieder de helft van de winst opstrijken?
Ik knikte heftig, met een serieus gezicht, en ik luisterde aandachtig. 'Dat klinkt allemaal geweldig, Seb. Er is alleen één probleem. Ik heb het boek niet. Het is weliswaar van mij, maar ik heb het niet terug gestolen. En ik heb ook geen idee waar het is. Wíé zou het kunnen hebben...' vroeg ik, om hem een beetje te stangen.
We dachten allebei diep na. Eindelijk zag ik het muntje vallen, en ik keek hem aan alsof ik tot dezelfde droevige conclusie was gekomen.
'Emilie!'
'Ja, dat moet haast wel,' viel ik hem bij.
Hij stond op en begon rusteloos door de kamer heen en weer te lopen, zich hardop afvragend hoe jij in 's hemelsnaam achter de waarde en het bestaan van het boek kon zijn gekomen. Als je het van ons had 'gestolen', dan moest hij – hij verbeterde zichzelf onmiddellijk – dan moest ík onmiddellijk contact opnemen met de politie.
Als jij het inderdaad had gedaan, zei ik, dan zou het niet meevallen om te bewijzen dat je het had gestolen. Tenslotte stond de handtekening van je vader voor in het boek.
Dat zat hem goed dwars, toen klaarde zijn gezicht ineens op. 'Maar jij hebt een brief van oma gekregen! Daarin schrijft ze dat ze het aan jou nalaat!' beweerde hij opgelucht.
Maar Em, ik weet niet beter of ik heb die brief nooit aan mijn broer laten lezen.
'Welke brief?' vroeg ik dan ook. 'Ik kan me geen brief herinneren.'
'Die brief waar je me over hebt verteld. Waarin oma schreef dat ze het boek aan jou naliet!'
'O ja, dat is waar ook.' Ik krabde achter mijn oor alsof ik het me

weer vaag herinnerde. 'Volgens mij heb ik die brief verscheurd.'
De wanhoop op zijn gezicht was bijna komisch om te zien. Hij keek me aan – o, als blikken konden doden! – en stormde de deur uit.
Op dat moment besloot ik dat Seb gevaarlijk kon zijn als hij zo kwaad was. Of misschien moet ik zeggen, nog gevaarlijker dan anders. Dus ik heb maatregelen genomen, die nogal overdreven klinken als je bedenkt dat we het hier over een zoekgeraakt boek hebben. Hoe dan ook, ik heb een slotenmaker gebeld. Die kwam nog dezelfde middag en heeft zijn werk goed gedaan, met als gevolg dat ik kan bogen op een beveiligingssysteem dat bij de *Mona Lisa* niet zou misstaan. Er zit een intercom op zowel de buiten- als de binnendeur, en daarnaast zijn alle deuren voorzien van sloten en grendels. Het klinkt dramatisch, maar ik wil 's nachts wel rustig kunnen slapen.
Opmerkelijk genoeg vertrok Seb die middag. Dat was gunstig voor het installeren van mijn beveiligingssysteem. Het nadeel is dat ik dat nog niet heb kunnen testen, en inmiddels heb ik het gevoel dat ik geld over de balk heb gesmeten. Bovendien maak ik me zorgen dat hij misschien naar jou op weg is.
Ik heb geen idee van je omstandigheden of hoe je op dit moment woont, en waarschijnlijk laat ik me meeslepen door mijn bezorgdheid, maar weet hij waar de bibliotheek is opgeslagen? Ik acht hem royaal in staat nogmaals een zoekpoging te doen. En omdat ik heb begrepen dat hij die opslag heeft geregeld, en omdat hij nog steeds je echtgenoot is, kan hem de toegang tot de boeken niet worden geweigerd. Mocht hij inderdaad ineens voor je deur staan, zorg dan dat er iemand bij je is als hij met je wil praten.
Het zal waarschijnlijk zo'n vaart niet lopen. Sebastian is niet gewelddadig – dat was hij alleen vroeger, jegens mij. Maar wees toch maar voorzichtig. Want het gaat om heel veel geld.
Afijn, door alle toestanden met mijn broer – en omdat ik me nu letterlijk wel erg opgesloten voel – ben ik eens gaan naden-

ken over de toekomst. Of misschien kwam het door de brief van mijn oma. Die heeft me ook aan het denken gezet nadat jij hem had voorgelezen. Hoe dan ook, ik ben tot een aantal belangrijke conclusies gekomen. Ooit, over niet al te lange tijd, wil ik die graag met je delen. Maar dat doe ik een andere keer.

Op dit moment heb je al genoeg aan je hoofd. Trouwens, ik heb zwart op wit gezet dat ik het boek officieel weer aan jou 'nalaat'. Dus mocht je erin slagen deel één te vinden, dan kun je met de boeken doen wat je wilt. Ik heb het geld niet nodig. Alle 'kinderen' die ik recentelijk heb geadopteerd, doen het uitzonderlijk goed.

Ik hoop dat je terugschrijft, in de eerste plaats omdat ik wil weten of je deze e-mail hebt ontvangen, en daarmee mijn waarschuwing voor Seb. Maar ook omdat ik het heerlijk zou vinden om van je te horen.

Het is hier erg stil zonder jou.

Liefs, en het ga je goed,

Alex x

Geschokt pakte Emilie haar mobiele telefoon. Als eerste nam ze contact op met het opslagbedrijf, en ze sprak een boodschap in die erop neerkwam dat ze in scheiding lag en dat haar man onder geen voorwaarde tot de inboedel van het chateau – in het bijzonder de bibliotheek – mocht worden toegelaten. Vervolgens belde ze Jean, met het verzoek om te ontkennen dat hij haar had gezien, mocht Sebastian zich inderdaad bij hem melden.

'Dat had ik al begrepen, Emilie,' luidde zijn wijze antwoord.

Daarop begon ze aan een e-mail naar Alex. Ze bedankte hem uitvoerig voor zijn waarschuwing, verontschuldigde zich dat ze pas zo laat reageerde en vertelde dat Sebastian zich nog niet had laten zien. Verder schreef ze dat ze erg benieuwd was naar zijn plannen voor de toekomst, en ze sloot, net als hij, af met een kus.

Het was inmiddels donker. Ze schonk zichzelf een glas wijn in en ijsbeerde rusteloos door de gîte.

Alex maakte zich zorgen over haar, maar op haar beurt was zij erg ongerust over hem.

Meer dan ongerust…

Ze ging direct na het avondeten naar bed. Maar ook daar kon ze niet ontspannen, mede door het nieuwe matras, waarin ze veel dieper wegzakte dan in de oude, met paardenhaar gevulde matrassen die ze gewend was.

Stel je voor dat Sebastian naar Blackmoor Hall was teruggegaan en de beveiligingsinstallatie onklaar had weten te maken! Dat hij zich toegang had weten te verschaffen tot het appartement van Alex!

Niet doen, zei ze tegen zichzelf. Alex was de broer van haar exman, meer niet. Ze was niet voor hem verantwoordelijk.

Maar… Emilie liet zich uit bed glijden en begon de kleine slaapkamer op en neer te lopen. Haar betrokkenheid ging wel degelijk verder dan dat. En ze maakte zich net zo veel zorgen om hem als hij om haar.

Ze stopte abrupt met ijsberen toen de woorden van Jean haar te binnen schoten.

Misschien ben je met de verkeerde broer getrouwd…

Ze was moe, daardoor reageerde ze veel te emotioneel. En beeldde ze zich gevoelens in die er helemaal niet waren.

Met die gedachte kroop ze weer in bed, en ze deed vastberaden haar ogen dicht.

34

Jean belde twee dagen later.

'Ik heb slecht nieuws. Margaux is vanochtend in alle vroegte overleden. Ik weet niet goed hoe ik het aan Anton moet vertellen. Hij is tot nu toe erg flink geweest maar...'

'Ik kom eraan,' zei Emilie.

'Anton is de wijngaard in gelopen. Hij wilde alleen zijn,' vertelde Jean toen Emilie bij het huisje aankwam.

'Heb je het hem verteld?'

'Ja, en hij nam het heel kalm op. Ik heb zijn tante in Grasse ook al gebeld. Ze is bereid hem in huis te nemen, maar daar is Anton niet gelukkig mee.'

'Nee, dat weet ik. Dus we moeten allemaal doen wat we kunnen om hem te helpen.' Ze zuchtte.

'Hij is erg op jou gesteld, Emilie,' zei Jean zacht.

'En ik op hem. Ik zou hem in elk geval voorlopig in huis kunnen nemen, maar...'

'Ik begrijp het.' Jean knikte.

Met een ongemakkelijk gevoel stond ze op. 'Ik ga naar hem toe.'

Terwijl ze de wijngaard in liep, vroeg ze zich af waar die 'maar' uit voortkwam. Ze was rijk, ze was alleen, ze had een reusachtig huis, en gezien de nieuwe situatie had ze alle tijd voor een kind dat een groot verlies had geleden. En niet zomaar een kind, een jochie op wie ze de afgelopen weken steeds meer gesteld was geraakt. Het was onwaarschijnlijk dat ze zou hertrouwen. En eigen kinderen zou ze nooit krijgen.

Diep in haar hart wist ze echter waar die 'maar' uit was voortgekomen. Ze was bang. Ze schrok terug voor de verantwoordelijkheid, voor een situatie waarin iemand van haar afhankelijk was, haar nodig had. Een situatie waarin ze iemand anders bij al haar beslissingen op de eerste plaats zou moeten zetten. Het tegenovergestelde van wat zij met haar moeder had ervaren.

Zou zij als moeder net zo zijn?

Dat was haar grote angst.

'Anton heeft me nodig. Hij heeft míj nodig...' Was ze tegen die taak opgewassen?

Natuurlijk was ze dat, stelde ze zichzelf gerust. Iedereen zei altijd dat ze op haar vader leek. En Édouard had haar keer op keer verzekerd dat nodig zíjn oneindig veel gelukkiger maakte dan nodig hébben.

Ineens besefte ze dat ze het een eer zou vinden als Anton bij haar wilde komen wonen. Zo was het! En niet andersom!

Ze liep tussen de wijnstokken door, en uiteindelijk kreeg ze hem in de gaten. Hij stond naar het chateau in de verte te staren, ontroostbaar, zijn tengere jongensgedaante gebroken door verdriet. Emilie voelde zich overspoeld door een golf van moederlijke liefde, en haar besluit stond vast. Ze liep met haar armen wijd naar hem toe.

Bij het horen van haar voetstappen draaide hij zich om, haastig zijn tranen wegvegend.

'Ach, Anton, ik vind het zo verdrietig voor je.' Ze sloeg haar armen om hem heen, en na een lichte aarzeling vatte hij moed en beantwoordde hij haar omhelzing. Zo bleven ze staan, en bij hen allebei stroomden de tranen over hun wangen.

Toen zijn schouders niet langer schokten, veegde ze met de zoom van haar vest hun wangen droog.

'Wat kan ik zeggen om je te troosten, Anton? Ik weet hoeveel je van haar hield.'

'Jacques zei vanmorgen dat de dood bij het leven hoort. En ik moet proberen dat te accepteren, maar ik weet niet of ik dat kan.'

'Jacques is een wijs mens. Weet je, Anton, misschien is dit niet het juiste moment, maar als je dat zou willen, kun je mij misschien gezelschap houden in de gîte? In elk geval een tijdje? Het is er erg eenzaam. Ik kan wel een man in huis gebruiken.'

Hij keek met een verbaasde blik naar haar op. 'Meen je dat echt?'

'Ja, natuurlijk. Wil je er alsjeblieft over nadenken?'

'Daar hoef ik niet over na te denken! Je zult geen last van me hebben, dat beloof ik! En ik kan je helpen… en dingen voor je doen!' Zijn gretigheid was hartverscheurend.

'Precies. We zijn tenslotte allebei wees, nietwaar?'

'Ja, maar… Ik vind het misschien wel veel te fijn bij je, en dan wil ik nooit meer weg…'

'Nou, zal ik je dan eens wat vertellen…' Emilie keek glimlachend op hem neer, toen trok ze hem tegen zich aan en streek over zijn haar. 'Misschien hoef je ook wel nooit meer weg.'

Aan: edlmartinieres@orange.fr
Van: aecarruthers@blackhall.co.uk

Lieve Em,

Wat een opluchting om van je te horen! Niet dat ik dacht dat je-weet-wel zwaaiend met een pistool voor je deur zou staan en mijn boek zou terugeisen. Want diep in zijn hart is hij een lafaard. Tot je geruststelling kan ik je melden dat ik hem hier ook niet meer heb gezien. Dus ik zit nog steeds – beveiligd als de *Mona Lisa* – te wachten tot ik zijn oude roestbak hoor aankomen. Maar ik hou het erop dat hij zijn verlies heeft genomen en zijn eeuwige liefde aan Bella heeft verklaard. (Sorry.) Hoe dan ook, je kunt je voorstellen dat het hier behoorlijk eenzaam is – het wil wel wat zeggen als je zelfs de tirades van je broer begint te missen! Daarop voortbordurend kan ik je vertellen dat de spanning van het wachten me heeft gesterkt in het voornemen dat ik in mijn vorige e-mail al heb aangestipt. Ik schreef dat 'mijn kinderen' het goed deden. Sterker nog, ze deden het zo goed dat ik ze heb verkocht aan de hoogste bieder voor een zeer aanzienlijk bedrag. (NIET AAN JE AANSTAANDE EX VERTELLEN, NATUURLIJK!) Hoe dan ook, het bedrag stelt me in staat om er de rest van mijn leven goed – wat heet, luxueus – van te leven. En om ook nog een leuke, minder geïsoleerde stek voor mezelf te kopen, waar ik meer onder de mensen kom. Ik heb informatie aangevraagd over een stel appartementen op de begane grond in het centrum van York. Een prachtige stad met een schitterende kathedraal.

Na mijn bewering dat ik alles op alles zou zetten om hier te kunnen blijven, verbaast het je misschien dat ik ineens een draai van honderdtachtig graden heb gemaakt. Maar helaas heeft het gedeelde bezit van het huis niets anders dan narigheid opgeleverd. En hoewel een verzoening tussen Seb en mij de laatste wens was van mijn oma, is het daar niet van gekomen. En dat gaat ook nooit gebeuren. Dus in het belang van ons allebei heb ik besloten eindelijk akkoord te gaan met de verkoop van Blackmoor Hall. Wat ik je misschien nog niet had verteld, is dat Seb een reusachtige hypotheek op zijn deel van het huis heeft genomen. Ik neem aan dat de bank erop aandringt dat hij dat geld terugbetaalt, en dat hij daarom zo'n haast heeft met de verkoop. Hij zal dolblij zijn als ik het hem vertel, en bovendien denk ik dat de tijd gekomen is om de banden met het verleden te verbreken en verder te gaan met mijn leven.

Wat ik je ook nog niet heb verteld – je zult er waarschijnlijk door geschokt zijn, vandaar dat ik het tot dusverre heb verzwegen – is dat ik zelf alle kosten heb betaald voor de renovatie van mijn appartement in de oostelijke vleugel. En alle kosten van mijn huishoudelijke noden. De verzekeringsmaatschappij van de chauffeur door wie ik in een rolstoel ben beland, heeft me een royaal bedrag uitgekeerd. Dat scheelt een slok op een borrel, om in stijl te blijven! Ik vertel je dit, omdat ik het belangrijk vind dat je weet dat ik niet op de zak van mijn broer heb geteerd. Verder moet je nog weten dat ik het geld van de schikking in eerste instantie heb aangeboden voor de renovatie van Blackmoor Hall. Pas toen ik ontdekte dat Seb er een maximale hypotheek op had genomen, heb ik mijn aanbod teruggetrokken. Merkwaardig genoeg wil hij sindsdien helemaal niets meer van me weten.

Hoe dan ook, wat vind je van mijn plan om hier weg te gaan en elders een nieuwe start te maken? Ik heb de knoop nog niet doorgehakt, maar volgens mij zou ik er goed aan doen.

Als ik eerlijk ben, Em, moet ik bekennen dat ik me sinds jouw vertrek erg eenzaam heb gevoeld. En nu ik mijn kinderen van de hand heb gedaan, ben ik nogal in een gat gevallen. Ik kan natuurlijk altijd weer nieuwe adopteren…

Als je tijd hebt, hoor ik graag wat je ervan vindt. Het was heerlijk om te lezen hoe het met je gaat.

Ik mis je.

Alex XX

Emilie had geen tijd om direct terug te schrijven, want Anton en zij moesten zich gereedmaken voor de begrafenis van Margaux. Maar zelfs in de prachtige middeleeuwse kerk van Saint-Laurent in Gassin, met de hand van Anton stevig in de hare, moest ze nog aan de e-mail van Alex denken.

Ik mis je.

Na de dienst kwamen veel mensen uit het dorp mee terug naar het huisje in de wijngaard. De nieuwe oogst werd geproefd en uitstekend bevonden.

Toen de laatste begrafenisganger was vertrokken, bood Anton een eenzame aanblik. Emilie zag aan zijn gezicht dat hij uitgeput was.

'Weet je wat! Begin jij boven vast met pakken. Dan gaan we zo naar huis,' zei ze zacht.

Zijn gezicht klaarde iets op. 'Goed, dat doe ik.'

Terwijl ze hem met hangende schouders de trap op zag sjokken, voelde Emilie zich getroost door het besef daar haar besluit om hem na de begrafenis bij haar in te laten trekken, juist was geweest. Daardoor volgde er na het verschrikkelijke afscheid in zekere zin ook een nieuw begin.

Jean kwam de keuken binnen. 'Emilie, mijn vader vraagt of je nog even bij ons komt zitten terwijl Anton boven is.'

'Natuurlijk.' Ze volgde hem naar buiten.

Jacques zat nog in de stoel waarin hij de hele middag had gezeten. Hij had zich een uitstekende gastheer getoond en Emilie had gemerkt hoeveel hij van zijn dorp en de plaatselijke gemeenschap hield.

'Ga zitten, Emilie,' zei hij ernstig. 'Ik moet met je praten. Jean, ik wil dat jij er ook bij blijft.'

Iets in zijn stem deed haar vermoeden dat het serieus was wat hij met haar te bespreken had.

Jean schonk hun alle drie nog een glas wijn in en ging naast Emilie zitten.

'Ik heb besloten dat dit het moment is om je te vertellen wie het kind van Sophia is. En wanneer ik dat heb gedaan, hoop ik dat je begrijpt waarom ik dat nu pas doe.' Jacques schraapte zijn keel, die schor was van het vele praten.

'Nadat Constance en ik Victoria naar het weeshuis in het klooster hadden gebracht, en nadat Constance naar Engeland was vertrokken, heb ik Édouard nogmaals gesmeekt om zich te bedenken,' begon Jacques. 'Maar hij wilde niets met het kindje te maken hebben en een paar dagen later vertrok hij ook. Hij ging terug naar Parijs. Maar ik werd verteerd door schuldgevoel. Ik was me er voortdurend van bewust dat het kind van Sophia de la Martinières vlakbij was, ongewenst en onbemind.' Jacques haalde zijn schouders op. 'En ook al probeerde ik mezelf uit alle macht voor te houden dat de oorlog nu eenmaal een gruwelijke erfenis aan ongewenst menselijk afval had achtergelaten en dat ik niet voor Victoria verantwoordelijk was, toch kon ik haar niet vergeten. Want ik was van haar gaan houden. Na een innerlijke worsteling van twee weken besloot ik terug te gaan naar het weeshuis. Misschien was Victoria al geadopteerd. Dan was het Gods wil, en dan zou ik haar niet gaan zoeken. Maar ze was natuurlijk nog niet geadopteerd.' Jacques schudde zijn hoofd. 'Tegen die tijd was Victoria vier maanden oud. Op het moment dat ik de kinderkamer binnenkwam, begonnen haar ogen te stralen. Ze herkende me en ze glimlachte... Ze lachte naar me, Emilie!' Jacques sloeg zijn handen voor zijn gezicht. 'Toen ze dat deed, wist ik dat ik haar onmogelijk in de steek kon laten.'

Jacques zweeg, niet in staat verder te spreken, en Jean sloeg troostend een arm om zijn schouders.

'En dus...' Jacques keek plotseling weer op. 'En dus ging ik terug naar huis, en ik probeerde een oplossing te bedenken. Ik zou haar zelf kunnen adopteren, maar dat leek me niet goed voor het kind. Mannen hadden in die tijd geen idee hoe ze voor een baby moesten zorgen, en Victoria had een moeder nodig. Ik pijnigde mijn hersens of ik iemand in de buurt wist die haar in huis zou kunnen nemen. Want ook al zorgde ik dan niet zelf voor haar, dan zou ik in elk geval over haar kunnen waken en haar kunnen zien opgroeien. Uiteindelijk vond ik iemand. Een vrouw die al een kind had – ik kende haar omdat haar man voor de oorlog tijdens de vendange bij me in de wijngaard had gewerkt. Toen ik bij haar langsging, bleek dat haar man nog altijd niet terug was uit de oorlog, en ze had niets van hem gehoord. Zij en haar kind waren er wanhopig aan toe. Ze leden zelfs honger, zoals zovelen na de oorlog,' vertelde Jacques. 'Maar ze was een goed mens en aan het kind dat ze al had, kon ik zien dat ze ook een lieve, zorgzame moeder was. Dus ik vroeg of ze misschien een kind zou willen adopteren. Aanvankelijk weigerde ze en dat had ik ook wel verwacht. Ze kon haar eigen kind amper te eten geven, zei ze. Dus ik vertelde haar dat ze het niet voor niets hoefde te doen, en ik bood haar een geldbedrag. Een aanzienlijk bedrag...' Jacques knikte. 'Toen zei ze dat ze het wel wilde doen.'

'Maar hoe kon je haar zo veel geld bieden, Papa?' vroeg Jean. 'Ik weet hoe arm je was na de oorlog.'

'Dat was ik ook. Maar...' Jacques haperde en keek op naar Emilie. Ze kon in zijn ogen zien hoe zwaar het hem viel wat hij haar moest vertellen. 'Je vader had me iets gegeven, vóór zijn vertrek naar Parijs en na de terugkeer van Constance naar Engeland. Hij had niets gezegd, maar het in mijn handen gedrukt. Misschien was dat zijn manier om het goed te maken en me te vragen hem te vergeven dat hij niet voor het kind van Sophia wilde zorgen. Dus ik nam contact op met iemand van wie ik wist dat hij op de zwarte markt handelde. Die bloeide, zo kort na de oorlog. Ik vroeg hem om een taxatie van wat je vader me had gegeven, zodat ik daarmee die lieve vrouw kon betalen om Victoria te adopteren.'

'Wat had mijn vader je dan gegeven?' vroeg Emilie zacht.

'Een boek. Een boek waarvan ik wist dat het hem heel dierbaar was. Het was al heel oud, met schitterende kleurenplaten. Nog niet zo lang geleden had hij het tweede deel weten te bemachtigen, zodat hij de serie compleet had. Ik heb je verteld dat hij dat tweede deel vanuit Parijs aan een koerier had meegegeven, om ons te laten weten dat hij veilig had weten te ontsnappen. Weet je dat nog, Emilie? En dat hij het later aan Constance gaf toen ze terugging naar Engeland?'

'Ja, dat weet ik nog,' antwoordde Emilie met een vluchtige glimlach. '*De geschiedenis van fruit in Frankrijk.* Zo heette het.'

'Precies,' zei Jacques. Hoe dan ook, ik ontdekte dat mijn exemplaar – deel één – heel zeldzaam was en heel oud. En door het te verkopen had ik genoeg geld om de vrouw te betalen die het kind van Sophia in huis nam. Ik hoop dat je me kunt vergeven, Emilie. Natuurlijk had ik het niet mogen verkopen. Het was een geschenk van je vader aan mij! Maar op die manier kon ik zijn nichtje een toekomst geven.'

Emilie had tranen in haar ogen en een brok in haar keel, zodat ze bijna niet kon praten. 'Jacques, je had dat boek geen betere bestemming kunnen geven,' zei ze ten slotte.

'Voor hoeveel heb je het verkocht?' vroeg Jean.

'Tienduizend franc,' zei Jacques. 'Dat was in die tijd, een tijd van honger en armoede, een fortuin. Ik heb de vrouw duizend franc gegeven en gezegd dat ze, tot het kind zestien werd, elk jaar vijfhonderd franc zou krijgen. Want ik vond het te riskant om haar meteen het hele bedrag te geven. Ze moest het geld verdienen. En ik heb ervoor gezorgd dat ze niets van de achtergrond van de baby wist. Ze vroeg of ze Victoria een andere naam mocht geven, want ze wilde haar vernoemen naar haar eigen moeder.'

'En dat heb je natuurlijk goedgevonden,' veronderstelde Jean.

'Ja. En gelukkig bleek dat ik de juiste keuze had gemaakt,' zei Jacques met zachte stem. 'Sterker nog, toen het kleine meisje vijf was, wilde de moeder niet langer geld voor haar aannemen. Haar man was teruggekeerd uit de oorlog, en haar omstandigheden waren verbeterd. Ze hield van het kind als van haar eigen vlees en bloed, zei ze, en het voelde niet juist om een vergoeding voor haar te ontvangen. Ik ben erg blij dat ik de goede vrouw had gekozen. Het kind van je tante had geen liefdevoller en gelukkiger thuis kunnen hebben, Emilie.'

'Dank je wel. Ik ben je echt heel dankbaar voor wat je hebt gedaan, ook namens mijn tante en mijn vader. En Jacques...' De vraag brandde op haar tong. 'Waar is het kind van Sophia nu? En hoe heet ze?'

'Ze heet...'

Jacques slikte krampachtig en probeerde het nog eens.

'Ze heette Margaux.'

35

Het werd doodstil terwijl ze de implicaties van wat Jacques had onthuld, op zich lieten inwerken.

'Begrijp je nu waarom ik aarzelde om de identiteit van de baby te onthullen, Emilie?' vroeg hij ten slotte. 'Als ik dat had gedaan, zou ik het leven van Margaux volledig overhoop hebben gehaald. Ze heeft meer dan vijftien jaar als huishoudster op het chateau gewerkt. Na de dood van je vader ging de oude huishoudster met pensioen – misschien kun je je haar nog herinneren. De moeder van Margaux was inmiddels een goede vriendin van me geworden, en ik heb haar dochter bij jouw moeder, bij Valérie, aanbevolen.'

'Nu begrijp ik waarom je vond dat je er niets over kon zeggen, Papa,' zei Jean zacht. 'Want hoe zou Margaux hebben gereageerd als ze had gehoord dat ze jaren voor de familie had gewerkt, terwijl ze nota bene zelf een De la Martinières was?'

'Precies,' viel Jacques hem bij. 'Maar Margaux is er niet meer, en Anton is als het ware in de schoot van de familie teruggekeerd. Het is wel duidelijk dat er een hechte band is ontstaan tussen jullie...' Hij wees naar Emilie. 'Dus nu moest ik het wel vertellen. Want het jochie dat boven zijn spullen pakt en straks met je mee naar huis gaat, is je rechtstreekse neef.'

Emilie luisterde terwijl de altijd analytische Jean naar verdere bijzonderheden vroeg. Er werd haar ineens heel veel duidelijk... Plotseling begreep ze waarom Anton haar van meet af aan zo vertrouwd was geweest... Ze hadden een bloedband, hij was een De la Martinières, net als zij. Terugdenkend aan die dag waarop ze Anton, verdiept in een boek, in de bibliotheek op de grond had zien zitten… een kleine jongen met donker haar en fijngetekende gelaatstrekken… begreep ze maar al te goed waarom er een huivering door haar heen was gegaan. De ironie wilde dat hij niet op zijn oma leek, maar op zijn oudoom, Édouard.

'Emilie,' vervolgde Jacques, 'ik heb besloten dat ik de beslissing bij jou leg. Dat ik het aan jou overlaat of je Anton over zijn erfgoed vertelt. Misschien doet dat er op dit moment nog niet toe en zou het alleen maar ballast voor hem zijn. Maar Anton Duvall is wel de enige andere nog levende De la Martinières.'

In de stilte die op zijn woorden volgde, luisterde Emilie naar de vogels die zich voorbereidden op het vallen van de avond.

'Of Anton nou de zoon was geweest van mijn huishoudster of mijn rechtstreekse neef, dat zou niets hebben uitgemaakt voor mijn besluit hem in huis te nemen,' zei ze ten slotte. Ze boog zich naar voren en legde haar hand op de knie van de oude man. 'Ik wil nog twee dingen zeggen, Jacques. Om te beginnen dat je het cadeau van mijn vader niet beter had kunnen gebruiken. En verder ben ik je heel erg dankbaar dat je me genoeg vertrouwt om me de waarheid te vertellen. Dat Anton familie blijkt te zijn, is voor mij alleen maar een reden te meer om blij te zijn. Ons contact voelde van meet af aan vertrouwd.' Ze glimlachte. 'Dus je hebt me vanavond erg gelukkig gemaakt, Jacques. Ik hoop dat ik daar ooit iets voor terug kan doen.'

'Emilie, Emilie…' Jacques stak zijn handen naar haar uit en ze nam ze in de hare. 'Misschien heeft het zo moeten zijn. Hoe verdrietig de dood van Margaux ook is, daardoor is er wel een oplossing gekomen voor mijn dilemma. Anton heeft een nieuw thuis, en ik weet zeker dat hij in jou een moeder krijgt met een groot, warm hart. Dat had Édouard ook, maar hij is het in de oorlog kwijtgeraakt, zoals veel van mijn landgenoten. Zorg alsjeblieft dat jij het behoudt.'

'Dat beloof ik,' zei Emilie vastberaden.

'Het leven is te kort om te haten en om onverdraagzaam te zijn. Wanneer er iets goeds op je pad komt, laat het dan niet voorbijgaan maar grijp zo'n kans met beide handen.' Jacques schonk haar een vluchtige glimlach.

'Dat zal ik doen,' beloofde Emilie.

'Kunnen we al gaan?'

Ze draaiden zich alle drie om. Daar stond Anton, met zijn koffertje. De blik in zijn ogen verraadde dat hij zich bewust was van de emoties waaraan de volwassenen ten prooi waren gevallen, ook al begreep hij niet wat er aan de hand was.

'We kunnen beter zorgen dat we vóór het donker thuis zijn, Emilie,' zei hij zacht.

'Ja, je hebt gelijk.' Emilie stond op en stak haar hand naar hem uit. 'Kom, dan gaan we! Voordat het donker wordt.'

Toen Anton zich in zijn nieuwe kamer had geïnstalleerd en in bed lag, betrapte Emilie zich op een gevoel van euforie in plaats van uitputting, zoals ze had verwacht. Of en wanneer ze Anton over zijn afkomst zou vertellen, was van later zorg. Waar het om ging, was dat hij zich gewenst voelde en door liefde omringd. Hij was erg intelligent, dus als ze hem nu al vertelde dat ze familie waren, bestond de kans dat hij dacht dat ze hem alleen dáárom in huis had genomen. Voordat ze over het verleden begon, wilde ze eerst een hechtere band met hem ontwikkelen en hem de kans geven nog meer vertrouwen in haar te krijgen.

Ze ging achter haar computer zitten en herlas de e-mail van Alex. Toen stond ze weer op, plotseling vervuld van nerveuze energie.

'Ik mis jou ook,' zei ze tegen haar laptop terwijl ze de kamer op en neer liep. 'Ik mis je heel erg,' voegde ze eraan toe. 'Echt heel, heel erg.'

Ze bleef abrupt staan. Was het belachelijk, zoals ze zich gedroeg?

Misschien. De band tussen Alex en haar was gegroeid onder moeilijke omstandigheden, om het maar voorzichtig uit te drukken. Maar ook al waren de omstandigheden inmiddels veranderd, het bijzondere gevoel diep vanbinnen, wanneer ze aan hem dacht, hield stand.

Sterker nog, dat gevoel was er inmiddels al zo lang dat ze zich niet meer kon voorstellen dat het er ooit niét was geweest.

Ze begon opnieuw de kamer op en neer te lopen. Het zou natuurlijk op een totale mislukking kunnen uitlopen... Maar waarom zou ze het niet proberen? Niets was voor de eeuwigheid, dat had ze de afgelopen maanden door schade en schande ondervonden. Het leven kon van het ene op het andere moment radicaal veranderen, dus wat kon het voor kwaad? Als ze *iets* had geleerd, zowel van het verleden als van het heden, dan was het dat het leven je geen tweede kans gaf. Het leven vroeg, nee, smeekte je om je open te stellen voor wat er op je pad kwam, om het goede te grijpen en het slechte, het verkeerde de rug toe te keren. Net zoals Jacques haar dat zo-even nog had gesmeekt...

Ze geeuwde, ineens doodmoe, en ze liet zich op de bank ploffen. Morgen zou ze er verder over nadenken, nam ze zich voor. En als ze er in het ontnuchterende licht van de nieuwe dag nog net zo over dacht, zou ze het hem schrijven. Met die gedachte werkte ze zich overeind, en ze ging naar bed.

Aan: aecarruthers@blackhall.co.uk
Van: edlmartinieres@orange.fr

Lieve Alex,
Dank je wel voor je e-mail. Ik was van plan om je te schrijven over deel één van het boek, want ik weet inmiddels wat daarmee is gebeurd. Maar laat ik volstaan met te zeggen dat het niet langer in het bezit is van de familie. Het is een lang verhaal. Bovendien is het een verhaal dat ik je rechtstreeks wil vertellen, en niet in een brief of een e-mail. Het enige wat ik nog wel kan zeggen is dat het boek iemand van mijn familie een veilig thuis heeft bezorgd. Een betere bestemming had het wat mij betreft niet kunnen krijgen, en daarmee heeft het zijn waarde meer dan opgebracht. Bovendien ben ik blij dat Sebastians zoektocht van

meet af aan zinloos was, en dat de opbrengst van de verkoop een veel hoger doel heeft gediend dan het bevredigen van zijn hebzucht.

Verder kan ik je vertellen dat ik een kind heb geadopteerd. Niet officieel natuurlijk, maar het komt er in de praktijk wel op neer. Anton is twaalf, en ook dat is weer een lang en ingewikkeld verhaal. Ten slotte vroeg ik me af of je, gezien je besluiteloosheid over de toekomst, misschien behoefte hebt aan wat tijd en afstand. De gîte die ik tijdelijk heb gehuurd, is niet groot, maar alle kamers liggen op de begane grond, en ik heb een logeerkamer over. En ook al zitten we niet tussen de mensen maar tussen de druiven, ik hoop dat Anton en ik je voldoende afleiding kunnen bezorgen.

Laat maar weten of je kunt komen. Drie wezen in een wijngaard!

Ik mis jou ook.

E xxx

Aan: edlmartinieres@orange.fr
Van: aecarruthers@blackhall.co.uk

Liefste Em,

Bedankt voor de uitnodiging. Ik land maandag om 13.40 uur op Nice Airport. Als het niet lukt om me – met mijn rolstoel! – te komen halen, laat het me dan weten. Ik verheug me op het weerzien! En op de kennismaking met Anton, natuurlijk.

A xxx

Ps: Wat heerlijk dat ik je niet meer hoef te missen, maar me op je kan verheugen.

Nieuw leven

Nog ongezien, maar diep gekoesterd,
Draag ik jou onder mijn hart.
Vrucht van liefde, pril nieuw leven,
Vonk van licht in duist're smart.

Mijn schoot jouw wieg, zo warm en veilig,
Waar niets je groei en rust verstoort.
En op een dag gaat voor ons open
De poort waarachter vrijheid gloort.

De liefde waaruit je wordt geboren,
Is eeuwig, stralend als de zon.
Je vader moedig en zo nobel,
Als een kind zich wensen kon.

Onzichtbaar de bron van alle leven,
De harten die in eendracht slaan,
Maar ik voel je, diep vanbinnen,
Een nieuw begin breekt gouden baan.

Sophia de la Martinières, mei 1944

EPILOOG

EEN JAAR LATER

Emilie stak de sleutel in het slot en zwaaide de voordeur van het chateau wijd open. Samen met Anton duwde ze Alex in zijn rolstoel over de drempel, de hoge, holle hal binnen. Het was er nog helemaal leeg, op de ladder van een stukadoor na die bezig was met de laatste afwerking van de muren.

'Wow!' Vol ontzag keek Anton omhoog. 'Het lijkt wel groter geworden.'

'Dat komt doordat de muren nu fris wit zijn, nadat we weken tegen het ruwe pleisterwerk hebben aangekeken,' legde Emilie uit. Ze knikte goedkeurend terwijl ze haar blik over de vloer liet gaan. 'Het marmer is ook prachtig gerenoveerd. Ik zou het erg jammer hebben gevonden als ze het eruit hadden moeten slopen.'

'Ja.' Alex volgde haar blik. Toen keek hij naar de trap. 'Ik ben een beetje bang dat zo'n afzichtelijke traplift om mij naar boven te krijgen afbreuk zal doen aan al dit fraais.'

'Daarom hebben we je meegenomen.' Emilie knipoogde naar Anton. 'Zullen we het hem laten zien?'

'Ja!' Antons ogen schitterden van opwinding. 'Kom maar mee!'

Anton ging hen voor door weergalmende gangen, langs kamers vol rommel en gereedschap – het zou nog een paar maanden duren voordat het chateau ook vanbinnen helemaal klaar was – naar de achterkant van het huis. Om precies te zijn naar een kleine hal naast de keuken. Daar manoeuvreerde hij de rolstoel voor een deur, hij drukte op een knop in een bedieningspaneel, en de deur schoof soepel open.

Alex keek naar binnen. 'Een lift!'

'Inderdaad, *monsieur le détective.*' Anton glimlachte. 'En mijn favoriete nieuwe speelgoed. Zullen we een ritje maken?'

Ze stapten in de lift, en toen Anton op de knop drukte om de deur te sluiten, keek Alex op naar Emilie. Zijn ogen schitterden vochtig. 'Dank je wel,' zei hij geluidloos, alleen zijn lippen bewogen.

'Daar hoef je mij niet voor te bedanken. Die lift is er voor als ík te oud ben om de trap nog op te kunnen.' Ze grijnsde. 'En voor het geval dat je nog een poosje langer blijft.'

Dat was een standaardgrapje geworden. Alex was er inmiddels een jaar, en ook al hadden ze geen toekomstplannen gemaakt, ze wilden elkaar nooit meer kwijt. Ze namen de dagen zoals ze kwamen, zonder dat ze behoefte hadden aan een formele regeling, maar diep vanbinnen voelden ze dat hun band met elke maand die verstreek, hechter en sterker werd.

En wat Alex en Anton betrof, die hadden vanaf het eerste moment een bewondering en genegenheid voor elkaar opgevat waar niemand omheen kon. Met zijn heldere, onderzoekende geest zoog Anton als een spons alles op wat Alex hem leerde, en Emilie zag hoe ze allebei opbloeiden in elkaars gezelschap. Op buitenstaanders maakte hun vreemde gezinnetje misschien een rare indruk, maar ze waren gelukkig, tevreden en in harmonie met de wereld en zichzelf.

Anton kende zijn ware afkomst nog steeds niet, maar het zou niet lang meer duren of de band tussen Emilie en hem werd officieel. Ze zou hem adopteren, zodat hij zijn rechtmatige achternaam kon dragen en ooit het chateau kon erven. Wanneer het eenmaal zover was, zouden Alex en zij hun relatie misschien ook officieel maken, maar Emilie had geen haast. Het leven was volmaakt zoals het was.

Ze keek naar Antons opgewonden gezicht toen de deur van de lift openging en ze uitkwamen op de brede overloop.

'Allemachtig! Hier kun je een feesttent voor tweehonderd man neerzetten!' grapte Alex en Emilie gebaarde dat Anton de stoel naar rechts moest draaien.

'Deze leek me wel geschikt voor ons,' zei ze toen Anton hem de prachtige voormalige slaapkamer van haar ouders in reed, met aangrenzend het boudoir van Valérie, dat was verbouwd tot een aangepaste badkamer waarin Alex zich volledig zelfstandig zou kunnen redden.

'De muren zijn nog niet betegeld, zoals je ziet. Ik dacht dat je misschien zelf de kleur en de stijl zou willen uitkiezen.'

'Liefste, het is prachtig! Dank je wel.' Alex was geroerd door alle moeite die ze voor hem had gedaan.

'En we hoeven de badkamer niet te delen,' zei ze grijnzend. 'De mijne is daar.' Ze wees. 'Met een eigen kleedruimte.' Alex reed terug naar het midden van de slaapkamer. 'Hoe vind je het uitzicht?' vroeg Emilie.

'Schitterend. Echt schitterend.' Hij keek door de hoge ramen uit over de tuin en daarachter de glooiende wijngaarden die zich uitstrekten tot de heuvel in de verte, met op de top het dorp Gassin. 'Het is lang geleden dat ik op iets heb kunnen neerkijken.' Opnieuw klonk zijn stem schor van emotie.

'Alex, kom eens kijken naar mijn kamer!' riep Anton. 'Emilie, mag ik ook zelf de kleuren uitkiezen? Zolang het maar geen zwart is?'

Emilie keek hen glimlachend na. Zelf bleef ze achter bij de ramen, waardoor het zonlicht de kamer binnenstroomde. Twee jaar eerder was haar moeder in deze kamer gestorven, en terwijl ze genoot van het uitzicht, werd ze overspoeld door emoties. Ze dacht aan haar vader, die zich door het verlies van zijn dierbaren volledig naar binnen had gekeerd. Het grootste deel van haar jeugd had hij zich hier op het chateau in zijn bibliotheek verschanst, ver weg van de wereld.

Ze had ook een zekere empathie gekregen voor haar moeder. Uit de liefdesbrieven die Valérie aan haar man had geschreven, bleek maar al te duidelijk hoezeer ze hem had aanbeden. Het was ongetwijfeld een zware strijd geweest om de liefde en de aandacht te veroveren van een man die te beschadigd was om zich vrijelijk te geven. Terugkijkend besefte Emilie dat haar moeder een groot deel van haar huwelijk alleen was geweest, in Parijs.

Het feit dat Sophia's kleinzoon alsnog in de familie zou worden opgenomen, en dat ze Anton uit pure compassie en affectie in huis had genomen, maakte althans iets goed van het gruwelijke onrecht in het verleden. De cirkel was rond, het was tijd voor een nieuw begin.

Emilie draaide zich om en liep langzaam de kamer uit, achter Alex en Anton aan. Terwijl ze dat deed, besefte ze dat het eenzame, boze meisje dat twee jaar eerder had geschreeuwd en gehuild aan het sterfbed van haar moeder, eindelijk volwassen was geworden.

'Nu ik mijn nieuwe badkamer heb gezien, kan ik niet wachten om te verhuizen!' bekende Alex later. Hij klapte de zijkanten van zijn rolstoel omlaag en hees eerst zijn bovenlichaam op het bed, gevolgd door zijn benen.

'Volgens de uitvoerder zijn ze over uiterlijk drie maanden klaar. Dus dat betekent dat we er voor de herfst in kunnen, en voor onze eerste Kerstmis samen,' vertelde Emilie.

'Trouwens, ik kreeg vandaag een e-mail van mijn advocaat,' zei Alex. 'Seb heeft een koper gevonden voor Blackmoor Hall. Hij is ongetwijfeld euforisch. En hij zal ongetwijfeld proberen me mijn deel van de uiteindelijke netto-opbrengst door mijn neus te boren.' Alex trok zijn wenkbrauwen op. 'Volgens mijn advocaat is het huis belast met een hypotheek van meer dan driehonderdvijftigduizend pond, en dat is precies wat Seb de bank schuldig is.' Hij schudde zijn hoofd. 'Alles wat hij meer krijgt, heeft hij er binnen een jaar doorgedraaid. Dat kan ik je garanderen. Maar goed, Bella kent hem als haar broekzak. Dus ze moet wel erg veel van hem houden. Heb je trouwens nog iets van de echtscheidingsadvocaat gehoord?'

'Nee, alleen dat Sebastian zelfs nog exorbitantere eisen stelt. Daar ga ik niet mee akkoord, natuurlijk. Maar ik zou het bijna doen, gewoon om van hem af te zijn. Waarschijnlijk zijn de kosten voor juridische bijstand straks hoger dan de hele schikking.'

'Mijn rol in het hele gebeuren heeft de zaak vast en zeker ook geen goed gedaan,' zei Alex met een zucht. 'Als Sebastian zich al schuldig voelde, heeft hij dat schuldgevoel kunnen wegpoetsen door jou af te schilderen als een sloerie en mij als een schoft en een proleet die zijn vrouw van hem heeft afgepakt.'

'Ja, dat zal wel.' Emilie zweeg even. 'Ik moet je nog iets vertellen,' zei ze toen. 'Ik heb iemand uitgenodigd. Hij komt morgen. Op het moment dat ik het deed, wist ik zeker dat het een goed idee was... Maar nu word ik er toch een beetje zenuwachtig van,' bekende ze.

'Nou, ik ben benieuwd. Vertel op.'

Jacques zat bij het vuur te dommelen toen hij hoorde dat er een auto stopte voor het huisje. Als gevolg van de lange, strenge winter had zijn bronchitis weer opgespeeld. En net als elk jaar had hij zich afgevraagd of hij de zomer zou halen.

De keukendeur ging open, en ineens herinnerde hij zich wat Emilie had gezegd. Ze zou een vriend meebrengen voor de lunch.

Jean kwam de zitkamer binnen. 'Papa, ben je wakker?'

'Ja.' Jacques deed zijn ogen open.

'Papa...' Jean pakte zijn hand. 'Emilie heeft iemand meegebracht. En hij komt voor jou.'

'Hallo, Jacques,' zei Emilie terwijl ze haar gast de kamer binnenloodste.

Jacques keek op en zag een oude man, ongeveer net zo oud als hij. Een rijzige, kaarsrechte, elegante verschijning.

'Jacques,' zei de man. 'Ken je me nog?'

Hij sprak Frans, maar met een sterk accent. Zijn gezicht kwam Jacques bekend voor, maar toch kon hij het niet plaatsen.

'Meer dan vijftig jaar geleden stonden we ook samen in deze zelfde kamer,' hielp de man hem een handje.

Jacques keek in de verbleekte, maar nog altijd doordringende blauwe ogen. Toen wist hij wie er voor hem stond.

‘Frederik?’

‘Ja, Jacques, ik ben het.’

‘Mijn god! Het is niet te geloven!’

Jacques liet de arm van zijn zoon los en weigerde hulp toen hij zich overeind werkte. Nog even keken de twee mannen elkaar aan, ieder voor zich overspoeld door herinneringen. Toen stak Jacques zijn armen uit naar de Duitser en vielen ze elkaar om de hals.

Zoals Emilie had gevraagd, arriveerde Alex na de lunch met Anton. Hij had onlangs een aangepaste auto gekocht, die hij met zijn armen kon bedienen. Door de aankoop was zijn leven ingrijpend veranderd, ook al gebruikte hij zijn nieuw verworven onafhankelijkheid alleen nog maar voor korte ritten, vergezeld door Emilie of Anton.

Anton tilde de rolstoel uit de achterbak en reed die naar de bestuurderskant van de auto. ‘Wie is het eigenlijk, die man met wie ik kennis moet maken?’ vroeg hij terwijl hij Alex uit de auto in de rolstoel hielp.

‘Dat moet Emilie je zelf maar vertellen.’

Toen ze de keuken binnenkwamen, zag Anton dat Emilie aan de koffie zat met Jean en Jacques en met een oude man die hij nooit eerder had gezien.

‘Hallo,’ zei hij wat ongemakkelijk.

Emilie stond haastig op, kwam naar hem toe en sloeg een arm om zijn schouders.

‘Anton,’ begon ze, en ze zag dat Frederik tranen in zijn ogen kreeg. ‘Dit is je grootvader. Hij heet Frederik. En wanneer je er klaar voor bent, heeft hij je een verhaal te vertellen over je familie...’

DANKWOORD

Mijn grote dank gaat uit naar Jeremy Trevathan, Catherine Richards en het hele team bij Pan Macmillan. Naar Jonathan Lloyd, Lucia Rae en Melissa Pimentel bij Curtis Brown. Naar Olivia Riley, mijn PA, naar Jacquelyn Heslop, Susan Grix en Richard Jemmett. Naar Susan Boyd, Sam Gurney, Helene Ruhn, Rita Kalagate, Almuth Andreae, Johanna Castillo en Judith Curr, die me niet alleen dierbaar zijn, maar die ook een onschatbare bron aan adviezen voor me betekenen, zowel persoonlijk als professioneel.

En naar Damien en Anne Rey-Brot en hun familie en vrienden bij Le Pescadou in Gassin. Naar Tony Bourne en monsieur Chapelle van het Domaine du Bourriane. Zijn achternaam, chateau en cave heb ik gebruikt bij het creëren van Constance en de rest van mijn personages, al voordat ik wist dat een dergelijke familie met zo'n prachtig huis ook echt bestond. Vorig jaar augustus liep ik mijn eigen boek binnen, en het was een magische ervaring die me bovendien nederig stemde. Ik ben jullie dankbaar voor alle verhalen, alle bijzonderheden die jullie met me hebben gedeeld. Eventuele onjuistheden in de tekst komen volledig voor mijn rekening.

Tevens gaat mijn grote dank uit naar Jan Goessing, die de geschiedenis van het vooroorlogse Duitsland zo levendig voor me heeft samengevat, en naar Marcus Tyers, Naomi Ritchie en Emily Jenkins van St. Mary's Bookshop in Stamford, die zo lief waren research te doen naar twee buitengewoon oude en waardevolle Franse boeken waaruit ik inspiratie kon putten.

Ook al mijn buitenlandse uitgevers ben ik heel erg dankbaar voor de hartelijke manier waarop ze me in hun land hebben ontvangen.

Reizen en de kennismaking met nieuwe culturen voeden mijn verbeelding met ideeën en scenario's voor toekomstige boeken.

En ten slotte wil ik natuurlijk 'De Familie' bedanken, wier steun en aanmoediging dit afgelopen – buitengewoon hectische – jaar van onschatbare waarde zijn geweest. Om te beginnen mijn kinderen. Harry, voor zijn inzichtelijke redactionele kritiek en voor zijn toespraken. Bella, voor de eerste plotbesprekingen en voor het bedenken van de namen voor twee van de voornaamste personages. Leonora, voor het prachtige gedicht dat ze voor me schreef als 'Sophia' toen die net zo oud was als zij. En Kit, omdat ze binnen ons huishouden de grootste klant is bij Amazon... in de afdeling sportboeken! En dan natuurlijk mijn moeder, Janet, 'Opa Johnson', mijn zus Georgia en mijn man Stephen, die echt geweldig is geweest.

En ten slotte bedank ik al mijn lezers, van al mijn boeken, waar ook ter wereld. Zonder jullie zou ik een diep ongelukkige auteur zijn zonder publiek. Ik voel me vereerd dat jullie voor mijn verhalen hebben gekozen. Dank je wel.

Lucinda Riley, mei 2012

BIBLIOGRAFIE

De lavendeltuin is een roman, met historische gebeurtenissen als context en achtergrond. Dit zijn de bronnen die ik heb gebruikt om research te doen naar de tijd waarin het boek speelt, en naar de omstandigheden waaronder mijn personages leefden:

Lucie Aubrac, *Outwitting the Gestapo* (Bison Books, 1994).

Matthew Cobb, *The Resistance: The French Fight Against the Nazis* (Pocket Books, 2009).

Majoor Beryl, E. Escott, *The Heroines of SOE: F Section: Britain's Secret Women in France* (The History Press, 2010).

Hans Fallada, *Alone in Berlin* (Penguin, 1994), vertaald als *Alleen in Berlijn* (Cossee, 2011).

Anna Funder, *All That I Am* (Viking, 2011), vertaald als *Al wat ik ben* (Contact, 2011).

Sarah Helm, *A Lift in Secrets: The Story of Vera Atkins and the Lost Agents of SOE* (Abacus, 2006).

John van Wyck Gould, *The Last Dog in France* (Author-House, 2006).

LEES OOK *DE ZEVEN ZUSSEN*, DE SERIE WAAR IEDEREEN NAAR UITKIJKT!

'Leest als een trein.' – ***Libelle***

Na de plotselinge dood van hun vader komen Maia en haar zussen bij elkaar in hun ouderlijk huis, een prachtig landhuis aan het Meer van Genève. De zussen werden als baby door Pa Salt geadopteerd en krijgen na zijn dood allemaal een brief met een mysterieuze verwijzing naar hun afkomst.

Maia's verleden brengt haar naar Rio de Janeiro. Daar aangekomen probeert ze met de weinige aanwijzingen die ze heeft haar achtergrond te ontrafelen. Het voert haar tachtig jaar terug in de tijd, naar de bouw van het wereldberoemde Christus de Verlosser-beeld én de roerige jaren twintig in Parijs. Slaagt zij erin haar ware identiteit te achterhalen?

De zeven zussen is het eerste deel uit een zevendelige serie over liefde, verlies en de zoektocht naar wie je werkelijk bent.

Nu overal verkrijgbaar.

EEN BOEK WAARVAN JE HOOPT
DAT ER NOOIT EEN EINDE AAN KOMT

'Een zoektocht naar liefde en identiteit vol exotische locaties, glamour en mystiek. Heerlijk!' – *Margriet*

Ally's zeilvakantie is bijna ten einde als ze bericht krijgt over de plotselinge dood van haar adoptievader. Zo snel ze kan vliegt ze naar huis om samen met haar zussen afscheid te nemen van Pa Salt. Voor ieder van hen is er een brief met een mysterieuze verwijzing naar hun afkomst.

Na een traumatische ervaring op zee besluit Ally haar zeilcarrière de rug toe te keren en haar vaders aanwijzing te volgen. Het brengt haar naar Noorwegen, naar een verleden waarin muziek de hoofdrol speelt. Hoe meer Ally te weten komt, hoe meer vragen er ontstaan. Wat probeert haar vader haar duidelijk te maken?

Storm, het tweede deel in *De zeven zussen*-serie, is nu overal verkrijgbaar!